I0592928

LA FIAMMETTE

AMOVREVSE DE M. IEAN BOCACE

GENTIL-HOMME

Florentin :

Contenant, d'vne inuention gentile, toutes les plainctes & passions d'amour.

Faicte Françoise & Italienne, pour l'vtilité de ceux qui desirent apprendre les deux langues, par G. C. D. T.

A PARIS,

Chez Abel l'ANGELIER, au premier pillier de la grand salle du Palais.

M. D. LXXXV.

Auec priuilege du Roy.

AVX NOBLES ET VERTVEVSES DAMES.

'OEVVRE de la Fiá-
mette de Iean Boca-
ce que nousvous pre-
sentõs en nostre langue, à fin
de vous plaire, mes gratieuses
Dames, n'a esté imprimee cóme aucuns penseront, pour
vó' induire à aymer, ou suiure
les fallaces & tromperies de
l'amour pipeur & flateur:mais
à fin que de là vous apreniez à
fuir ses lasciuetéz, attendu que
des peines & dãgers que sup-
porte & encourt l'infortune
& malheureuse Fiámette, vous
viendrez à cognoistre & comprédre, que les fruicts du vain

Amour, ne sont autre chose,
que tromperies, tourmés, deshonneur, perte, dommage &
mor:tmais mort, non tát igno-
minieuse au Monde, que dommageable & pernicieuse à l'A-
me. Pour cete cause, l'aduertis-
semét & instruction que vous
autres Nobles & vertueuses
dames, deuez prédre de ce petit œuure, doit estre cete cy,
que fuyant les vanitez amoureuses, vous vous apliquie z en
tieremét à l'amour deDieu, auquel vous dóniez vostre cœur
& cósacriez les esprits & l'ame:
ce que vous pouuez aussi fort
bien faire, sans vous sequestrer
du monde, ne se trouuât aucune entreprinse, ny plus facile,
ny plus gaillarde, ny de plus
grád fruict que cete-cy. Tádis

que vous lirez les passions, que
l'amoureuse Fiammette endu-
roit, vous considerez que l'a-
mour terrié & charnel, ne porte aucun fruict, sinon terrié &
de peu de duree, entremeslé
d'amertume & d'vne infinité
d'ennuis & angoisses. Voyant
les dangers & les fausses espe-
rances d'icelle, iugez qu'en ce
monde ne se trouue aucú plaisir parfaict, ny esperáce ferme,
hors mis celle que l'on a en
Dieu nostre Createur . Ainsi detestát cet amour là, & sui-
uant l'amour diuin, vous serez
honorables & glorieuses au
monde, & agreables enuers la
Maiesté de nostre bon Dieu,
auquel vous soyez toutes re-
commandees, & nous aussi.

* iij

PROLOGO,
LA FIAMMETTA
PARLA.

VOLE à miseri crescer di dolersi vaghezza; quando dise discernono ò sentono in alcuno compassione.

Adunque acciò che in me volontero-sa più, che altro, di dolermi, per lunga vsanza non si menomi la cagione; ma s'aumenti; mi piace ò nobili donne, ne' cuori delle quali amore più, che nel mio forse, felicemente dimora, narrando i casi miei tentare di farui s'io posso, pietose.

AVANT-PROPOS
DE L'AVTEVR.
LA FIAMMETTE
PARLE.

’E N V I E & le defir de fe plaindre & contrifter a de couftume de croiftre, és miferables, quand ils cognoiffent ou fentent qu’aucuń ait compaffion de leur eftat.

Parquoy à fin qu’en moy volontiers duite & accouftumee, par lóg vfage, plus qu’autremét, à me plaindre, l’occafion ne fe diminue, mais s’augmente, ie veux, ô nobles Dames, és cœurs defquelles, Amour demeure parauanture plus heureufemént qu’au mien, effayer en vous narrant & racontant mes infortunes & accidents, de vous rendre pitoiables, s’il m’eft poffible.

Ne mi curo, che'l mio parlare a gli huomini peruenga; anzi quanto io posso del
tutto il niego loro:percioche si miseramẽ-
te in me l'acerbità d'alcuno si discuopre,
che gli altri simili imaginando, più tosto
scherneuole riso,che pietose lagrime ne ue-
drei.

Voi sole, lequali io per me medesima
conosco pieghevoli, et à gl'infortunij pietose;priego,che'l leggiate.

Voi leggendo non trouarete fauole Gre-
che ornate di molte bugie, ne Troiane
battaglie forze per molto sangue, ma a-
mirose,stimalate da molti desij;nelle qua
li dauanti à gli occhi vostri appariranno
le misere lagrime,gli impetuosi sospiri, le
dolente voci & i tẽpestosi pensieri:i quali con stimolo continuo molestandomi

Et ne me ſoucie pas que ma parole paruienne aux hommes, ains
ie la leur nie & refuſe tant que ie
puis, pource que l'aigreur & mali-
gnité d'aucun ſe deſcouure, tant
grande & malheureuſe côtre moy,
qu'imaginant les autres, ſemblables
à cetuy là, i'en verrois pluſtoſt vne
riſee & pure moquerie, que pitoiables larmes.

Ie vous prie tant ſeulement de lire, vous autres que ie cognoy par
moy-meſme, ployables, & portans
côpaſſiõ à mes maux & infortunes.

Vous ne trouuerez, en li-
ſant, des fables Grecques ornees
de pluſieus menſonges, ny des
batailles Troyennes, deſplaiſan-
tes par beaucoup de ſang reſ-
pandu, mais amoureuſes, at-
tiſees & ſtimulees de pluſieurs,
deſirs; eſquelles vous verrez deuant voz yeux, les miſerables larmes, les ſoupirs impetueux, les dolentes voix, & les penſees contrai-
rees & troublees, leſquelles me mo

in sieme il cibo, il sonno, i lieti tempi , &
l'amata bellezza hanno da me tolto via.

Lequali cose ; se con quel core , col quale sogliono esser le donne; vedrete, ò ciascuno per se, o tutte in sieme ; sono certa; che i
dilicati visi di lagrime bagnarete: lequali à me; che altro non cerco ; di dolore per-
petuo siano cagione.

Priegoui adunque, che quelle non riten-
ghiate: pensando che se amici casi; che cosi
poco stabili sono i vostri simili diuenisse-
ro (ilche cessi Iddio) caro vi sarebbe, che io
ue le rendessi.

Et acciò , che'l tempo più nel parlare,
che nel piangere non transcorra ; breue-
mente all'impromesso mi sforzerò di venire, d'amici amori piu felici , che stabili,
cominciando : acciò che da quella felicità allo stato presente argomento ; pren-

lestans , par vn continuel eguillon,
m'ont fait perdre le manger, le dormir, le ioyeux temps, & l'aymée
beauté tout ensemble.

Lesquelles choses si vous voyez
& considerez d'vn tel cœur & volonté qu'ont de coustume les femmes, ou chacune par soy, ou toutes
ensemble, ie suis certaine, que vous
bagnerez vos delicats visages , de
pleurs, lesquelles, ne cherchant autre chose , me seront occasion de
perpetuelle douleur, & ennuy.

Ie vous prie donc ne retenir les
larmes , pensent que si voz affaires
deuenoiét semblables (ce que Dieu
ne vueille) aux miennes , qui sont
tát peu stables , vous seriez bien ai-
ses que ie les vous rendisse.

Et à fin que le temps ne s'en aille
ou consomme plus à parler qu'à
plorer, ie m'esforceray de venir, en
brief, à ce que i'ay promis, commá-
ceát aux amours plaisans, plus heureux que stables , à fin que de cete
felicité, prenant argument & ma-

dendo, me piu che'altra, cognosciate infelice.

Et quindi i casi infelici; ond'io con ragione piango; con lagrimeuole stilo seguirò, si come io potrò.

Ma primieramente (se de'miseri sono i prieghi ascoltati) afflitta, si come io sono, bagnata dalle mie lagrime priego, s'alcuna deità è nel cielo, la cui santa mente per me sia da pietà tocca; che la dolente memoria aiuti & sostenga la tremante mano alla presente opera & appresso così le facciano potenti, che quali nella mente io ho sentito & sento l'angoscie, cotali
l'una proferendo le parole,
l'altra à tale officio piu,
volenterosa, che
forte, le scri-
ua.

tiere de venir à l'estat present, vous me cognoissiez plus infortunee, qu'aucune autre.

A cete cause, ie suiuray d'icy, cóme ie pourray, les infortunez cas, qui me font, à bon droict, plorer.

Mais premierement (si les prieres des miserables sont exaucees) estát affligee comme ie suis, bagnee de mes larmes, s'il y a aucune deité au ciel, de laquelle la saincte pésee soit touchee de compassion & pitié de moy, ie la prie ayder la dolente memoire, & soustenir la tremblante main, pour venir à fin de cete œuure presente, les faisant tát puissantes en apres, que l'vne suggerant les parolles, l'autre plus volontaire que forte à cet office, escriue mes angoisses, peines & ennuis tels que ie les ay senty & sens en mon cœur,

ADVERTISSEMENT
AV LECTEVR.

AMY lecteur, tu trouueras en ce
liure quelques fautes en la page
Italienne, ie m'en
asseure, pource que peu se
trouuent de correcteurs aux
Imprimeries, qui se soucient
gueres de la langue Italienne,
ne s'apliquãs à autres langues
que la Grecque, Latine & He-
braique sur toutes celebres,
qu'ils ont aprinses aux Escoles
& Vniuersitez. A cete cause te
suplie-ie excuser, ce que se
trouera icy de defaut, attédãt

vne seconde impreſſion plus
correcte & repurgee, à laquelle celuy qui a tourné ce petit
œuure aura l'œil, Dieu aydãt,
lequel ie ſupplie te garder, par
ſa ſaincte grace.

EXTRAICT DV
PRIVILEGE.

LE Roy par son priuilege à permis à Abel l'Angelier, Libraire iuré en l'Vniuersité de Paris, d'imprimer ou faire imprimer, *La Flammette Amoureuse de M. Iean Bocace Gentil-homme Florentin, faicte Frãçoise & Italienne pour l'vtilité de ceux qui disirẽt aprẽdre les deux langues par &c.* Et faict defenses à tous autres Libraires de ne l'imprimer deuant dix ans, à peine des amendes plus amplemẽt declarees en ses lettres dónees à Paris le dixiesme iour d'Auril, 1585.

Signé, LE COINTE.

Contraste insuffisant

NF Z 43-120-14

Contraste hétérogène

Conforme à l'original

LA FIAMMETTA
DI M. GIOVANNI
BOCCACCIO.

LIBRO PRIMO.

N EL tempo, nel quale la riuestita terra piu, che in tutto l'altro anno si mostra bella; da parenti nobili procreata, venni io nel mondo da benigna fortuna & abondeuole riceuuta.

O maledetto quel giorno, & à me piu abomineuole che alcuno altro, nel quale io nacqui.

Oh quanto piu felice sarebbe stato, se nata non fossi: ò se dal tristo parto alla sepoltura, fossi stata portata; ne piu lunga eta hauessi hauuta, che i denti seminati da Cadmo; et ad vn'hora cominciato & rotto hauesse Lachesis le sue fila: percioche

LA FIAMMETE
DE IEAN BOCACE.

LIVRE PREMIER.

AV temps que la Terre reuestuë & reuerdissante, se monstre plus belle qu'en tout le reste de l'année, ie vins au monde, procreé de nobles parens, & receuë par la benigne & liberale fortune.

O iour maudit, que ie doy plus abominer ou hayr qu'aucun autre, auquel ie prins naissance!

Ah! que i'eusse esté plus heureuse, si ie ne fusse née, ou si apres le malheureux enfantement, l'on m'eust portée en terre, sans iouyr de plus long aage, que les dents semées par Cadmus, où si Lachesis eust commencé & rompu son fil;

in quella poca età si serebbeno cinchiusi gl'infiniti guai, che hora à scriuere trista cagione mi sono.

Ma che gioua hera di ciò il dolersi? Io ci pur sono: & cosi è piaciuta, e piace à Iddio, che io ci sia.

Riceuuta adunque (si come è detto) in altissime delicie, & in esse nudrita, & dalla infantia nella vaga pueritia tratta sotto reuerenda maestra, qualunque costume à nobile giouane si conuiene, apparai.

Et si come la mia persona ne gli anni trapassati cresceua: cosi le mie bellezze de' miei mali special cagione, multiplica-uano.

Bellez-za dāno sa à chi lapossie-de.

Oime che io (ancor che picciola fossi) vdendole à molti lodare me ne glorïaua:

en vne mesme heure, pource qu'en
ce peu d'aage, se fussent comprins
& perduz les infiniz maux & tourmens, qui me seruent maintenant
de triste & fascheuse occasion d'escrire.

Mais que gangnay-ie maintenant de me plaindre de cecy ? Ie ne
laisse pas d'estre, ce nonobstant ; &
ainsi a pleu & plaist à Dieu que ie
sois icy.

Ayant donc esté receuë (comme
i'ay dict) en tresgrandes delices,
nourrie en icelles ; & de l'enfance
estant venue en l'aage de sept ans,
i'aprins d'vne venerable maistresse
toutes les mœurs & maniere conuenable à vne noble damoiselle.

Et comme ma personne és an-
nées passées croissoit, ainsi mes
beautez, speciale cause de mes
maux s'augmentoient.

Mon Dieu (encore que ie fusse
petite) les oyant loüer à plusieurs,
ou en faire cas, comme ie m'en glo-
A iij

e loro con sollecitudini, & arti faceua
maggiori.

Ma gia dalla fanciulleZZa venuta ad
età piu compiuta, & dalla natura ammaestrata, sentendo quali dissi a'giouani
possono porgeré le vaghe donne, conobbi
che la mia belleZZa (miserabile dono à
chi virtuosamente di viuere desidera)piu
miei coetanei giouanetti, & altri nobili
accese di fuoco amoroso.

I quali me conatti diuersi male alhora
da me conosciuti,volte infinite tentarono
di quello accendere, di che essi ardeuano;
& che me deueua piu che altra riscalda-
re:anZi ardere nel futuro.

Et da molti encora con instantissima
sollecitudine in matrimonio fui addi-
mandà.

Ma poi,che di molti uno à me per ogni

rifiois, & m'efforçois par foin &
artifice de les faire plus grandes.

Mais eſtant deſia venue, de l'enfance, à vn aage plus accomply &
meur, & inſtruite par la nature, ſentant quels deſirs les belles femmes
peuuent donner aux ieunes hommes, ie cogneu que ma beauté (miſerable don à qui deſire vertueuſe-
ment viure) enflamma dauantage
de l'amoureux feu, les iouuenceaux
de mon temps , & autres ieunes
Gentils-hommes.

Leſquels, par diuers geſtes & contenances, que ie cognoiſſois mal à
cete heure là, eſſayerent vne infinité de fois, de m'embraſer de celuy,
duquel ils bruſloient, & qui me deuoit plus qu'autre eſchauffer, voire
meſmes ardre à l'aduenir.

Ie fus auſſi inſtamment deman-
dée en mariage, & auec grande ſo-
licitude.

Mais depuis, que de pluſieurs,
l'vn qui m'eſtoit en toute choſe
A iiij

cosa diceuole, m'hebbe: quasi fuori di speranza cessò la infestante turba de gli a-
manti di sollecitarmi con gli atti loro.

Io adunque debitamente contenta di
tal marito felicißima dimorai, infin che'l
furioso Amore con fuoco non mai sentito non entrò nella giouane mente.

Oime niuna cosa fu mai; che'l mio disio, ò d'alcuna altra dóna deuesse chetare:
che prestamente à mia sodisfattione non
uenisse.

Io era vnico bene, & felicità singolare
del giouane sposo: e così egli da me era
vgualmente amato, come egli m'amaua.

O quanto piu che altra, mi potrei io dir
felice; se sempre in me fosse durato cotale amore.

Viuendo adunque contenta, & in festa continua dimorando, la Fortuna sú-
bita riuo luitrice delle cose mondane, &

conuenable m'obtint ; la facheufe
tourbe des amans, quafi hors d'efperance, ceffa de me foliciter, par
leurs geftes.

Eftant donc, comme ie deuois
contente d'vn tel mary, ie demouray tresheureufe, iufques à ce que
l'Amour furieux, au moyen d'vn
feu que ie n'auois onques fenty, entra en ma ieune fantafie.

Ah iamais ne fe trouua chofe,
qui deuft appaifer mon defir ou
d'aucune autre femme, que tout
foudain ie n'en fuffe fatisfaicte.

I'eftois l'vnique bien & fingu-
liere felicité de mon ieune efpoux;
& ainfi qu'il m'aimoit, il eftoit egalement aymé de moy.

O que ie me pourrois dire plus
heureufe qu'autre, fi vne telle a-
mour euft toufiours duré en moy.

Viuant donc contente, & de-
meurant en fefte continuelle, la
fortune renuerfant les chofes mondaines, & enuieufe des biens mef-

inuidiosa de'beni medesimi, che essa m'ha
ueua prestati ; volendo ritrarre la mano; ne sapēdo da qual parte mettere i suoi
veleni, con sottile argomento à'miei occhi
medesimi fece alle auersità trouar via.

Et certo niuna altra, che quella : onde
entro, v'era piu potente.

Ma gli Dij à me fauoreuoli encora, &
à'miei fatti piu solleciti : sentendo le occulte insidie di costei vollero (se io prender l'hauessi sapute) armi prestare al peto mio : accioche disarmata non venissi
alla battaglia, nella quale io doueua cadere.

Et con aperta visione ne'miei sogni la
notte precedente al giorno, il quale à'miei
danni deueua dar principio; mi chiariro-
no delle future cose in cotal guisa.

Sogni
qualche
uolta
predico-
no il fu-
turo.

A me nell'amplissimo letto dimorante
con tutti i membri risoluti nell'alto sonno

mes qu'elle n'auoit donnez, voulant retirer sa main, ne sçachant de quelle part apliquer son venin, fit par vn subtil argument trouuer à mes yeux mesmes, la voye aux aduersitez.

Et certainement nulle autre que celle-là : parquoy elle y entra, & y estoit plus puissante.

Mais les Dieux, qui m'estoient encores fauorables, & songneux de mon faict, sentans les secrettes embusches de cete-cy, voulurent (si ie les eusse sçeu prendre) armer ma poitrine, à fin que ie ne vinsse pas desarmée en la bataille, en laquelle ie deuois tomber.

Et par vne manifeste vision, en mon sommeil, la nuict precedente le iour, lequel deuoit donner commencement à mon dommage, ie fus éclaircie & certifiée des choses futures, en cete maniere.

Estant couchée en vn tresgrand lict, & dormant profondement, il

pareua un giorno bellißimo, & · piu chiaro, che alcuno altro , eſſere, non ſo di che;
piu lieta, che mai.

Et con queſta letitia à me ſola fra verdi herbette era diuiſo ſedere in vn prato,
dal Sol difeſo & d'a ſuoi lumi da diuerſe ombre d'alberi veſtiti di nuoue frondi.

Et in quello diuerſi fiori hauendo col-
ti, de' quali tutto il luogo era dipinto; con
le candide mani in vn lembo de' miei veſtimenti raccolto gli , fiore da fiore ſcie-
glieua & de gli ſcelti leggiadra ghirlā-
detta facendo n'ornaua la teſta mia.

Et coſi ornata leuatami; qual Proſerpi-
na alhora, che Plutone la rapì alla madre; cotale me ne andaua per la nuoua
primauera cantando.

Poi quaſi ſtanca , tra la piu folta her-

me sembloit, qu'en vn iour tresbeau & plus clair qu'aucun autre,
i'estois plus ioyeuse que iamais &
ne sçay dequoy.

Et auec cete ioye, il m'estoit aduis
que i'estois seule assise entre la tendre verdure, en vn pré, defendu du
Soleil & des rayons d'iceluy, par diuerses ombres d'arbres vestuz de
nouuelles fueilles.

Et ayant en iceluy cueilly & amas-
sé diuerses fleurs, desquelles tout le
lieu estoit depaint, les ayant mises
de mes blanches mains, en vn pan
de ma robe, ie tirois chacune fleur,
& l'vne de l'autre, & faisant des
plus belles & choisies, vne gentile
guirlande, ie m'en ornois la teste.

Et estant ainsi ornée, m'estant leuée, ie m'en allois chantant, par la
nouuelle saison printaniere, telle
que Proserpine, lors que Pluton la
rauit & enleua à sa mere.

Et puis quasi lasse, m'estant couchée de mon long, entre l'herbe la

ba postami à giacere, mi posaua.

Ma non altrimenti il tenero pie di Euridice tràffiſſe il naſcoſo animale: che me
ſopra l'herba diſteſa vna naſcoſa ſerpe
vegnente tra quelle pareua, che ſotto la
ſiniſtra mammella traffiggeſſe.

Il cui morſo nella prima entrata de
gli acuti denti pareua, che mi coceſſe.

Et poi aſſecurata quaſi di peggio non
temendo, mi pareua mettere nel mio ſeno
la fredda ſerpe, imaginando lei deuer col
beneficio del caldo del próprio petto rendere à me piu benigna.

Ma quella piu ſicura fatta per quello
& piu fiera, al dato morſo raggiunſe
l'iniqua bocca: & dopo lungo ſpatio, hauendo molto del mio ſangue beuuto, mi
pareua, che me renitente, vſcendo del mio
ſeno vaga frà le prime herbe col mio ſpirito ſi partiſſe.

plus espaisse, ie me reposois.

Mais, il sembloit qu'estant estendue sur l'herbe, vn Serpent caché
venant entre icelle, me mordist
souz le tetin senestre, ny plus ny
moins que le secret animal offensa
le tendre pié d'Euridice.

Duquel la morsure, en la premiere entrée des dents aigues, sembloit
me cuire.

Et puis estant asseurée, ne craignant quasi pis, il me sembloit que
ie mettois dedans mon sein le froid
serpent, pensant me le rendre plus
gracieux, par le plaisir que ie luy
faisois de l'echaufer en mon sein.

Mais ce serpent deuenu plus asseuré de cela, & plus fier, reioignoit
l'inique bouche à la morsure don-
née; & long temps apres, ayant beu
& succé beaucoup de mon sang, il
m'estoit aduis, que contre mon gré,
sortant de mon sein, il s'en alloit
ioyeux parmy les premieres herbes,
auec mon esprit.

Nel cui partire il chiaro giorno turbato dietro me vegnendo mi copriua tutta & secundo era l'andar di quella; così
la turbatione seguitaua; quasi come à lei
tirante fosse la moltitudine de' nuuoli ap-
picata, & seguisse la.

Et non dopo molto; sì come bianca pietra gittata in profonda acqua à poco à po
co si toglie alla vista de' riguardanti, così
si tolse à gli occhi miei.

Al'hora il cielo di somme tenebre
chiuso vidi; & tale, partitosi il Sole la
notte venuta pensai, quale à Greci nel
peccato d'Atreo.

Le corruscationi correuano per quello
senza alcun ordine: & i crepitanti tuoni
spauentauano le terre, & me similmente.

Et la piaga, laquale infino al'hora per
la sola morsura m'haueua stimulata; piena rimasa di vipereo veleno; non valeo-

Il pecca
to di A-
treo fa
ch'ei die
de à mā
gare il
figliuo-
lo al pa
dre che
era suo
fratello
onde il
Sole tor
nò à die
tro per
non ve-
der sì
scelera-
tamen-
te.

Au departir duquel, le beau iour
derriere moy troublé venant, me
couuroit toute; & selon le depart
& aller d'iceluy, l'obscurité suiuoit,
comme si la quantité des rues, tirant à luy, s'y fust attachée, & la
suiuist.

Et bien tost apres, comme la blā-
che pierre, iettée en l'eau profonde, peu à peu s'exempte & oste de la
veuë des regardans, ainsi ie le perdy
de veuë.

A cete heure là ie veis le ciel tout
tenebreux: & estant le Soleil party,
ie pensay que la nuict estoit venue
telle qu'aux Grecs, par le crime
d'Atree.

Les éclairs couroient par le ciel,
sans aucun ordre, & les grands
tonnerres espouuantoient les terres & moy semblablement.

Et la playe laquelle iusques à cete
heure là, m'auoit par la seule morsure stimulée, estant demourée pleine de poison vipereenne, ne m'y

domi medicine quasi tutto il corpo con en-
fiatura sozzissima pareua, che occupasse.

La onde io in prima senza spirito, non
so come, parendomi esser rimasa; & poi
sentendo la forza del veleno il cuore cercare per vie molto sottili: per le fresche
herbe, aspettando la morte mi voltaua.

Et gia l'hora di quella venuta parendomi, offesa ancora dalla paura del tempo
auerso, fu si graue la doglia del cuore
quella aspettante; che tutto il corpo dormente riscosse, & ruppe il forte sonno:
dopo il quale subito, & paurosa ancora
delle cose vedute, con la destra mano corsi
al morso lato, quello nel presente cercãdo,
che nel futuro m'era apparecchiato.

E senza alcuna piaga trouandolo,
quasi rallegrata e sicura, le sciocchezze

feruant les remedes & medecines,
sembloit auoir occuppé quasi tout
le corps,par vne tresorde enflure.

Parquoy, me semblant en premier lieu estre demourée, ie ne sçay
comment, sans esprit, & puis sentant la force du venin chercher
le cœur, par moiens subtils, ie me
tournois par les fresches herbes attendant la mort.

Et m'estant aduis que l'heure d'i-
celle fust desia venue, offensée encore de la peur du mauuais temps,
la douleur fut si grande du cœur
qui l'attendoit, qu'elle fit tressaillir
tout le corps dormant,& rompit le
fort sommeil, me reueillant : & incontinét apres,que ie fus reueillée,
peureuse encore des choses veües,
ie couru de la main droite au costé
mordu par le serpent, cherchant
lors , ce qui m'estoit appresté à
l'aduenir.

Et le trouuant sans aucune playe,
quasi resiouïe & asseurée, ie com-

de' sogni cominciai à deridere: et così vana feci de gli Dij la fatica.

Ahi misera me quanto giustamente;
s'io gli schernij alhora; poi con mia graue
doglia gli ho veri creduti, e piantigli senza frutto, non meno de gli Dij dolendomi, iquali con tanto oscurita alle menti
grosse dimostrano i loro secreti : che quasi
non mostrati sono, che auenuti possono
dire.

Io adunque eccitata alzai il sonnac-
chioso capo: & per picciola buca vidi entrar nella mia camera il nueuo Sole:
perche ogni altro pensiero gittato via subito mi leuai.

Prono-
stico de
l'Amor
di Fiam
metta
per ri-
giō del-
la coro-
na cadu
tale.

Quel giorno era solenißimo quasi à tutto il mondo; perche io con sollecitudine i
drappi di molto oro rilucenti vestitami,
& con maestra mano di me ornata cias-

mençay à me moquer des fottifes
des fonges; & ainfi ie feis la peine
des Dieux vaine.

Ah, chetifue, comme iuftement,
les ayans mefprifez lors, ie les ay
creu depuis, auec grande douleur,
comme vrais,& les ay pleurez, fans
rien gangner,ne me plaignát moins
des Dieux, lefquels par vne fi gráde
obfcurité,demóftrent leurs fecrets
aux entendemés groffiers,que pref-
que ils ne font monftrez, qu'ils fe
peuuent dire auenuz.

Eftant donc reueillée, ie leuay la
tefte fommeillante; & par vn petit
trou,ie veis le nouueau Soleil entrer en ma chambre : parquoy fu-
primant toute autre penfée, ie me
leuay incontinent.

Ce iour là eftoit treffolennel quafi
à tout le monde; parquoy m'eftant
foigneufement veftue de draps re-
luifans de beaucoup d'or, & ayans
prins peine de me bien parer &

cuna parte simile alle Dee vedute da Paris nella valle d'Ida teniendomi, per andare alla somma festa m'apparecchai.

Et mentre che io tutta me rimiraua non
altrimenti, che'l pauone le sue penne, imaginando di cosi piacere ad altrui, come io
à me piaceua; non so come vn fiore della
mia corona preso della cortina del letto
mio, e forse da celeste mano da me nõ veduta, quella di capo trattami, cadde in
terra: ma io non curante l'oculte cose da
gli Dij dimostrate; quasi come nulla fosse:
ripresala sopra il capo la mi riposi, & oltre andai.

Oime, che segnale piu manifesto di
quel, che auenir deueua, mi poteuano dar
gli Dij? certo niuno.

Questo bastaua à dimonstrarmi, che

orner en chacune partie de moy, me reputant semblable aux Deesses veües par Paris en la vallée d'Ida, ie m'aprestay pour aller, à la grande feste.

Et tandis que ie me mirois & regardois entierement, ny plus ny moins que le Paon, ses belles plumes, pensant plaire à autruy, côme ie plaisois à moy-mesme, ie ne sçay comment vne fleur de ma coronne, prinse de la courtine de mon lict, ou parauanture icelle m'ayant esté enleuée du chef, par vne main celeste, que ie ne veis pas, tomba en terre: mais ne me souciant pas des choses secrettes, monstrées par les Dieux, comme si celà n'eust rié esté, l'ayát reprinse & releuée, ie la remis sur ma teste, & passay outre.

Ah! les Dieux pouuoient ils me donner vn signe plus manifeste de ce qui deuoit aduenir? certainement nul.

Cecy estoit suffisant à me demon-

quel giorno la mia libera anima & di se
donna, diposta la sua signoria serua deueua diuenire, si come diuenne.

O se la mente mia fosse sana : quanto
quel giorno à me-negrissima haurei conosciuto : & senza vscir di casa l'haurei
trappassato.

Ma gli Dij à coloro ; con iquali essi sono adirati; benche della loro salute porge-
no segno, nondimeno gli priuano del conoscimēto debito. Et così ad vn'hora mostrano di fare il loro deuere ; & satiano
l'ira loro.

La fortuna mia adunque me vana &
non curante sospinse fuori : & accompagnata da molte con lento passo peruenni
al sacro tempio, nel quale gia il solenne
vfficio debito à quel giorno si celebraua.
La vecchia vsanza & la mia nobilità m'haueuano tra l'altre donne assai ec-
cellante luogo serbato: nel quale poi, che
assisa fui, serbato il mio costume, subitamente

ſtrer, que ce iour là, mon ame libre,
& maiſtreſſe de ſoy, ayant mis bas
ſa ſeigneurie, deuoit deuenir ſerue,
comme elle deuint.

Ha, ſi i'euſſe eſté bien aduiſee,
côme i'euſſe cogneu ce iour à moy
treſinfortuné, & l'euſſe paſſé ſans
ſortir de la maiſon!

Mais les Dieux priuent de la deuë
cognoiſſâce, ceux auſquels ils ſont
courroucez, combien qu'ils donnent ſigne de leur ſalut. Et ainſi,
tout à la fois, ils monſtrent de faire
deuoir, & côtentét leur courroux.

Ma fortune donc me fit ſortir,
ſuperbe & ſans me ſoucier: & accô-
pagnée de pluſieurs, ie paruins à pas
lent, au ſacré temple, auquel l'office
ſolennel accouſtumé à ce iour, ſe
celebroit deſia.

L'ancienne couſtume & ma nobleſſe m'auoient gardé, entre les autres femmes, vn lieu aſſez excellent;
où apres que ie fus aſſiſe, ſuiuant
ma couſtume, ie tournay incôtinét
la veuë çà & là, & veis l'Egliſe plei-

B

mente gli occhi in giro volſi, vidi il tempio d'huomini, & di donne parimente ripieno: & in varie caterne diuerſamente operare.

Ne prima (celebrandoſi il ſacro vfficio (nel Tempio ſentita fui, che, ſi come l'altre volte ſoleua auenire, non ſolamente gli huomini gli occhi torſero à riguardarmi: ma etiandio le donne non altrimenti, che ſe Venere, ò Minerua mai piu da loro non vedute foſſero in quel luogo, doue io era, veramente diſceſe.

O quante fiate tra me ſteſſa ne riſi, eſſendone meco contenta, & non meno, che vna Dea gloriandomi di cotal coſe.

Laſciate adunque, quaſi tutte le ſchiere di giouani di mirar l'altre, à me ſi poſero dintorno, & dritti quaſi in forma di corona mi circuirono & variamente fra loro della mia bellezza parlando quaſi in vna ſentenza medeſima concorrendo la

Bella deſcrittione d'vna donna occolta.

ne d'hommes & de femmes aussi,
qui faisoient diuersement leur office en diuerses bandes.

Et se celebrant le diuin office, ie
ne fu plustost veüe au Temple, que
comme les autres fois, il souloit
aduenir, non seulement les hommes tournerent les yeux pour me
regarder, mais aussi les femmes, ny
plus ny moins que si Venus, ou Mi-
nerue, qu'ils ne veirent iamais, fussent vraiment descendues au lieu
où i'estois.

O que i'en ay ry de fois en moy-
mesme, estant fort contente de cela,
& me glorifiant, côme vne Deesse,
de telles choses!

Toutes les compagnies des ieunes hommes ayans donc laissé de
regarder les autres, se mirét entour
de moy, & m'enuironnerent droits,
quasi en maniere de coronne; &
parlans diuersement entr'eux, de
ma beauté, estás presque tous d'vn
mesme accord & voix, ils la louerét.
Mais quant à moy, qui me mon-

laudarono.

Ma io che con gli occhi in altra parte
voltati mostrauami d'altra cura sospesa:
tenendo l'orecchie à ragionamēti di quelle sentiua desiderata dolcezza, quasi loro
parendomi essera obligata, tal fiata; con
piu benigno occhio gli miraua.

E non vna volta; ma molte m'accorsi;
che di ciò alcuni vana speranza pigliando cō compagni vanamente se ne gloria-
uano.

Mentre che io in cotal guisa poco pochi
mirando, ò molto da molti mirata dimorai credendo, che la mia bellezza altrui
pigliasse; auenne, che me l'altrui miseramente prese.

Et già essendo vicina al doloroso punto il quale ò di certissima morte, o di vita piu che altra angasciosa mi deueua esser cagione: non so da che spirito mossa
gli occhi con debita gratia eleuati tra la
moltitudini de circostanti giouani con-

ſtrois prinſe d'vn autre ſoucy, ayāt les yeux tournez ailleurs, preſtant l'aureille aux propos de ceux-là, ie receuois vne deſirée douceur & plaiſir : & penſant que ie leur fuſſe quaſi obligée, ie les regardois aucunesfois d'vn œil plus benin.

Et ie ne m'apperceu ſeulement vne fois mais pluſieurs, qu'aucuns ſe paiſſans, ſur ce, d'vne vaine eſperance, ſ'en glorifioient en vain, auec leurs compagnons.

Ce pendant qu'en regardant peu, peu d'hommes, & regardée beaucoup de pluſieurs, ie demouray croyant que ma beauté print autruy, aduint que celle d'autruy me print miſerablement.

Et eſtant deſia proche du triſte & facheux point, lequel me deuoit occaſionner, ou vne tres-certaine mort, ou vne vie plus facheuſe que aucune autre, ie ne ſçay de quel eſprit meüe, ie leuay les yeux, d'vne grace conuenable, entre la multitude des ieunes hommes qui eſtoient

cuto riguardamente distesi.

Et oltre tutti sotto & appogiato ad vna colonna marmorea à me dirittissimamẽte vn giouane opposto vidi: & quel che ancora fatto non haueua d'alcuno altro, da incessabile Fato mossa, me colui, & i suoi modi cominciai à istimare.

Dico che (secondo il mio giudicio, il qual ancora non era d'Amore occupato) egli era di forma bellissima; ne gli atri piaceuolissimo, & honestissimo nell'habito suo: & della sua giouanezza daua manifesto segnale la creppa lanugine, che pur hora occupaua le guancie sue, & me non meno pietoso, che cauto rimiraua tra huomo & huomo.

Fiãmetta s'innamora nel tempio.

Certo io hebbi forza di ritrarre gli occhi da riguardarlo alquanto: ma il pensiero dell'altre cose gia dette & istimate niuno accidente, ne io medesima sforzan

à l’entour de moy, & les eſtendy
ſur eux, d’vn regard aigu.

Et ſur tous, ie voy vn ieune homme, qui eſtoit tout au droit de moy,
au deſſouz d’vn pilier, auquel il
eſtoit appuyé ; & ce que ie n’auois
encore faict d’aucun autre, pouſſée
du deſtin, ie commençay à l’eſtimer
& ſes manieres de faire.

Ie dy que ſelon mon iugement,
lequel n’eſtoit encore ſaiſy & ſurprins d’amour, il eſtoit tresbeau,
tresagreable de contenance, & tres-
honneſte, en ſon veſtement ; & le
poil creſpe de la barbe qui luy có-
mençoit à poindre & ſortir, monſtroit ſigne manifeſte de ſa ieuneſſe ;
& non moins pitoiable que caut
& fin, il me regardoit, entre la compagnie.

Certainement i’eu la force de
retirer mes yeux de le regarder vn
peu : mais quoy que ie m’en efforçaſſe moy-meſme, il n’y eut aucun
accident qui me peuſt oſter la penſée des autres choſes ja dictes &

demi, tor mi puote.

Et gia ne la mia mente essendo l'effigie della sua figura rimasa, non so con che tacito diletto meco la riguardata, & quasi con piu argomenti affermare vere le cose, che di lui mi pareuano, & contenuta d'esser riguardata da lui tal volta cautamente, se esso mi riguardasse mirana.

Ma fra l'altre volte, che io (non guardandomi da gli amorosi lacciuoli) il mirai; tenendo alquāto piu fermi, che l'vsato ne suoi gli occhi miei, à me parue in essi parole conoscere dicenti.

O donna tu sola sei la beatitudine nostra. Certo, se io dicessi che esse non mi fossero piaciute, io mētirei: anzi mi piacquero, si che esse del petto mio trassero vn soaue sospiro, ilquale veniua con quelle parole: Et voi la mia, se non che io di me

estimées.

Et estant l'effigie de sa beauté desia demourée emprainte en mon cœur, ie ne sçay, auec quel secret plaisir, ie la regardois. & contemplois en moy, & quasi par plusieurs argumens, ayant affermé vrayes les choses, qui me sembloient de luy, qui continuoit de me regarder, ie prenois garde aucunesfois finement, s'il me regardoit.

Mais entre autres fois (sans me guetter ou garder des amoureux liens) que ie l'aduisay, tenát vn peu plus fermes & arrestez que de coustume, mes yeux, és siens, il me sembla cognoistre, en iceux, ces paroles.

O femme tu és seule nostre beatitude. Certainement si ie disois que ces paroles ne me fussent ou eussent esté agreables, ie mentirois: ains elles me pleurent tellement, qu'elles tirerent vn doux souspir de mon estomac; qui venoit auec ces paroles: & vous la mienne, n'estoit que me resouuenant de moy, ie les

ricordandomi gliele tolsi.

Ma che vale? Quel che fuori non s'es-
primeua, il cuore s'intendeua seco: in se ri-
tinendo quel, che se di fuori fosse andato,
forse libera anchor sarei.

Adunque da quell'hora innanzi con-
cedēdo maggiore arbitrio à gli occhi miei
folli, di quel che essi erano gia vaghi diuenuti, gli contentaua.

Et certo se gli Dÿ, iquali tirano a conosciuto fine tutte le cose, non m'hauessero il conoscimento leuato; ia poteua anchor essere mia.

Ma ogni cōsideratione al l'ultimo posposta, seguitai l'appetito: & subitamente atta diuenni à poter essere presa.

Perche non altrimenti, che'l fuoco se
stesso d'vna parte in altra balestra, vna
luce da gli occhi suoi partendosi, & per

luy oftay.

Mais que fert cela ? Le cœur en-
tendoit en foy , ce qui ne s'expri-
moit par le dehors, retenant en foy,
ce qu'eftant echappé & forty dehors , ie ferois parauanture encore
libre.

D'or-en-auant donc , donnant
plus grande liberté à mes yeux, ie
les contentois de ce qui les auoit
defia rendu ioyeux.

Et certainement fi les Dieux, lefquels tirent à vne fin cogneüe, toutes chofes , ne m'euffent ofté la cognoiffance, ie pouuois eftre encore
à moy.

Mais en fin, propofant toute cõ-
fideration, ie fuiuay mon appetit ;
& tout incontinent, ie deuins propre à pouuoir eftre prinfe.

Parquoy ny plus ny moins que
le feu s'eflance de foymefme d'vne
part en l'autre, vne lumiere fe departant de fes yeux, & courant, par
vn rayon treffubtil, vint frapper les
miens ; & ne demoura contente en

un raggio sottilissimo transcorrendo per-
cosse ne micane in quelli contenta rimàse:
anzi, non so per quali occulte vie subitamente al cuore penetrando, ne gio:il quale il subito auenimento di quella tenendo, riuocate à se le forze esteriori me pallida et quasi tutta fredda lascio.

Ma non fu lunga dimoranza, che il
contrario soprauenne, et lui solamente
fatto feruente senti:anzi le forze tornate ne luoghi loro seco vn calore arrecaro-
no;ilquale cacciata la palidezza me ros-
sissima et calidissima rendè, come fuoco,
et quello mirando, onde ciò procedeua
sospiraua.

Effetti che fa l'amore quando comincia a possedere vn'anima.

Ne da quell'hora innanzi alcun pensiero in me potè, se non dispiacerli.

In così fatti sembianti essa senza mutar
luogo caucissimo riguardaua: et forse (si
come esperto in più battaglie amorose)
conoscendo con quali armi si deueua la
desiata preda pigliare, ciascuna hora con

iceux;ains ne fçay-ie par quelles fe-
crettes voyes, elle penetra foudain
au cœur,lequel craignant la fubite
venue d'icelle,appella à foy les forces exterieures, & me laiffa palle &
quafi toute froide.

Mais la demeure ne fut pas longue,car le contraire furuint, & luy
feul deuenu feruent fentir, voire
mefmes les forces retournees en
leurs propres lieux,porterent quāt
& elles,vne chaleur,laquelle, ayant
chaffé la palleur,me rendit fort enflammée de vifage & ardante,cōme
feu; & voyant celà, ie foufpirois &
eftois esbahie d'où celà procedoir.

Et depuis cete heure là, ma penfée ne fut autre que de luy plaire.

En tel femblant & contenances,
le ieune homme, fans changer de
place,regardoit finement, & parauanture (comme experimenté en
plufieurs batailles amoureufes) cognoiffant auec quelles armes,il falloit prendre la defirée proye, il fe
monftroit à toute heure, auec vne

humiltà maggiore pietoso si mostraua, et pieno d'amoroso disio.

Oime quanto inganno sotto se quella pietà nascondeua: laquale (secondo, che egli effetti hora dimostrano) partitasi dal cuore, oue mai poi non ritornò sittitia si mostrò nel suo viso.

Et acciò, che io nõ vada ogni atto narrãdo; de' quali ciascuno era pieno di maestreuole inganno, od egli, che l'operasse, ò i Fati che'l concedessono, in si fatta maniera andò, che io oltre ad ogni potere raccontare da subito & inopinato amore mi trouai presa, & ancor sono.

Questo adunque o pietosissime Donne fu colui; il quale il mio cuore con folle istimattone tra tanti nobili, belli, & valorosi giouani, quanti non solamente quiui

plus grande humilité, pitoyable,& plein d’amoureux defir.

Ah!la grande tromperie & deception, qu’il tenoit cachée fouz cete pieté;laquelle (felon que les effects demonſtrent à prefent) ſ’eſtant departie du cœur,où elle ne retourna onques puis, ſe monſtra fainte en ſon viſage.

E à ce que ie ne narre tout le fait, par le menu, comme chacun eſtoit plein d’induſtrieuſe tromperie & cautelle,foit qu’il le fiſt, ou que les deſtins le permiſſent, il ſe porta tellement, que ſans le pouuoir ſuffiſamment raconter, ie me trouuay prinſe d’vne ſoudaine & inopinee amour,& encore le ſuis-ie.

Ceſtuy-cy donc, ô treſgracieuſes dames,fut celuy, lequel mon cœur, par vne folle & legere eſtime, entre tant de nobles, beaux & valeureux ieunes hommes, qui eſtoient non ſeulement là prefens, mais auſſi en toute ma Parthenope, i’eſleu, ſeul premier & dernier, pour le maiſtre

preſenti, ma etiãdio in tutta la mia Parthenope erano primo, ultimo, & ſolo eleſ-
ſi per ſignor della mia vita.

Queſto fu colui; ilquale io amai, &
amo piu, che alcuno altro: Queſto fu colui ilquale eſſer deueua principio, & cagione d'ogni mio male, & ſi come io ſpero, di dannoſa morte.

Queſto fu quel giorno; nel quale io da
prima di libera donna diuenni miſeriſſi-
ma ſerua. Queſto fu quel giorno; nel quale io da prima Amore, non mai prima
da me conoſciuto connobi.

Queſto fu quel giorno, nel quale da prima i Venerei veleni contaminarono il
puro & caſto petto.

Oime miſera quanto mal per me nel
mondo venne ſi fatto giorno: Oime quãto di noia; & d'angoſcia ſarebbe da me
lontano ſe in tenebre ſi foſſe mutato ſi-

& seigneur de ma vie.

Cetuy-cy fut celuy, que i'aymay & ayme plus qu'aucun autre. Cestuy-cy fut celuy, lequel deuoit estre le commencement, & la cause de tout mon mal, & comme i'espere d'vne dommageable mort.

Cetuy fut le iour, auquel de libre damoiselle que i'estois au-parauant, ie deuins tresmiserable serue & esclaue. Cetuy fut le iour, auquel ie cogneu premierement Amour, que ie n'auois onques cogneu auparauant.

Cetuy fut le iour, auquel premierement, le venin venerien côtamina mon pur & chaste cœur.

Ah chetifue ! qu'vn tel iour est mal venu pour moy, au monde ! Ha que d'ennuy, facherie & angoisse seroit eslongnée de moy, si vn tel iour se fust changé en tenebres? Ah, que ce iour là fut ennemy de mon honneur !

Mais quoy? les choses mal faictes passées, se peuuent beaucoup plus

fatto giorno. Oime quanto fu al mio honore nemico sì fatto giorno. Ma che? le
preterite cose mal fatte si possono molto
piu ageuolmente biasimare, che ammendare.

Io pur fui presa sì come è detto: &
qualunque si fosse quella ed infernal furia, ò nemica fortuna; che alla mia casta
felicità inuidia portasse, ad essa insidian-
do questo di con isperanza de'infallibile
vittoria si puote rallegrare.

Oppressa adunque dalla passion nuoua, quasi astonita & di me fuori sedeua
fra le donne, & li sacri vffici appena da
me vditi, non che intesi, passar lasciaua,
& similmente delle mie compagne i ragionamenti diuersi.

Et sì tutta la mente haueua il nuouo,
& subito Amore occupata, che ò con gli
occhi, ò co'pensieri sempre l'amato gioua-

aisément blasmer qu'amender.

Tant y a que ie fus prinse, comme i'ay dict, & quiconque fust celle-là, ou infernale furie, ou contraire fortune, qui ait porté enuie à ma chaste felicité, luy dressant embusches ce iour là, auec esperance d'infallible victoire, se peut resiouyr.

Estant donc opressee de la nouuelle passion, quasi estōnée & hors de moy, i'estois assise entre les femmes, & laissois passer les diuins offices, à peine ouys de moy, tant s'en faut que ie les peusse entendre, & semblablement ne prenois-ie garde aux diuers propos & deuis de mes compagnes.

Et le nouueau & soudain Amour s'estoit emparé de toute ma pensée, car ou auec les yeux, ou auec le cœur, ie regardois tousiours l'aymé ieune homme, & ne sçauois quasi moy-mesme, qu'elle fin d'vn si feruent desir ie demandois.

Combien de fois, desireuse de le voir plus pres de moy, ay-ie blasmé

ne riguardaua, & quaſi io medeſima nõ
ſapeua qual ſine di ſi feruente diſio mi
chiedeßi.

O quante volte deſideroſa di vederlo
mi piu vicino, biaſimai il ſuo dimorare à
gli altri di dietro quello tepideẑa iſti-
mando che egli vſaua à cautela.

Et gia mi notauano e giouani à lui ſtati dinanẑi. De'quali : mentre io fra loro
alcuna volta il mio intendimento mara-
ua; alcuni credendoſi , che in loro il mio
riguardar terminaſſe , ſi credettero forſe
da me eſſer amati.

Ma mentre che in cotadi termini ſtaua-
no i miei penſieri , ſi finì l'vfficio ſolenne
& gia per partirſi erano le mie compagne leuate ; quandoio riuocata l'anima:
che d'intorno alla imagine del piaciuto
giouane vagando andaua; me n'auidi.

Leuata adunque con l'altre, & à lui
gliocchi riuolti, quaſi ne gliocchi ſuoi vidi
quello , ch'io ne'miei à lui apparecchiaua
di moſtrare & moſtrar: cioè che'l partir
mi doleſſa.

ſa demeure derriere les autres, eſtimant tiedeur ce qu'il faiſoit auec
ruſe & cautele?

Et deſia me notoient les ieunes
hommes qui eſtoient deuant luy,
deſquels tandis qu'entre eux, ie regardois aucunefois celuy où i'auois
mon cœur & penſée, aucuns penſans que mon regard ſe terminaſt
en eux, eſtimerent parauanture que
ie les aymaſſe.

Mais tandis que mes penſees
eſtoient en tels termes, l'office ſolennel ſacheua, & mes compagnes
ſ'eſtoient deſia leuées pour ſ'en aller, quand ayant reuoqué mon ame
ou eſprit, lequel vaguoit & alloit
errant entour l'image de l'aymé
ieune homme ie m'en apperceu.

M'eſtant donc leuée auec les autres, & ayant tourné les yeux vers
luy, ie vy quaſi en ſes yeux, ce qu'és
miens, ie m'appreſtois de luy monſtrer, & de faict ie luy monſtray, à
ſçauoir qu'il me faiſoit bien mal de
partir de là.

Ma pur dopo alcun sospiro, ignorando chi egli si fosse, mi diparti.

Deh pietose donne chi crederà possibile in vn punto vn cuore cosi alterarsi? Chi dirà, che persona mai, non veduta sommamente si possa amare nella prima vista?

Chi penserà accendersi di vederla il disio, che della vista, quella partendosi, si senta granißima noia solo disiderando di riuederla?

Chi imaginerà tutte le cose per adietro molto piaciute a rispetto della nuoua non piacere? Certo niuna persona, se non chi pruuate l'haurà, o proua, si come so io.

Oime, che Amore, si come hora in me vsa crudeltà non vdita, cosi nel pigliarmi, nuoua legge dall'altre diuersa gli piacque vsare.

Ce neantmoins apres quelque
souspir, ne sçachant pas qui il estoit,
ie m'en allay.

Ah, pitoiables dames, qui croira
estre possible, qu'vn cœur, en vn
instát s'altere en cete maniere? Qui
dira, que la personne que l'on n'a
iamais veu, se puisse extremement
aymer, à la premiere veüe?

Qui pensera, que de la voir, le desir s'allume? que de la veüe, icelle se
departant, l'on sente vn tresgrand
ennuy, desirant seulement de la
reuoir?

Qui est-ce qui imaginera que
toutes les choses, lesquelles ont esté
par le passé fort agreables, ne plaisent, au regard de la nouuelle? Certainement nulle personne, sinó qui
les aura experimentées, ou experi-
mente, comme ie fay.

Ah a! comme maintenant Amour
vse enuers moy, d'vne cruauté non
ouïe; ainsi, à me prédre, s'est il voulu
seruir d'vne nouuelle loy, differéte
des autres.

Amore come si generi in diuer si auimi

Io ho più volte udito, che ne gli altri nel principio leuissimo, ma poi da' pensieri nudrito aumentando le forze sue, si fa loro graue.

Ma in me così non auenne; anzi con quella medesima forza m'entrò nel cuore che esso v'è poi dimorato & dimora; come colui, che hebbe di me il primo dì interissima possessione.

E certo, così come al verde legno, che malageuolissimamente riceue il fuoco, ma quello riceuuto più conserua, & con magior caldo; così à me auenne.

Io auanti non mai vinta da alcuno, che mi piacesse, tentata da molti ultimamente uinta da uno, arsi & ardo, serbai & serbo più, che altra facesse giamai, il preso fuoco.

Lasciando molti pensieri, che nella mente quella mattina con accidenti diuersi mi furono, oltre à raccontari; dico che di nuouo furore accesa & con l'anima fatta

serua

l'ay ouy dire plusieurs fois, qu'és autres du commencement tresleger, mais depuis, nourry de pésées, augmentant ses forces, il se rend plus fort.

Mais il ne m'en est pas prins ainsi: ains il m'est entré au cœur, auec la mesme force, qu'il y est en apres demouré & demoure, côme celuy, lequel, du premier iour a eu de moy entiere & parfaite possession.

Et certainement il m'est aduenu, comme au bois verd, lequel tres-malaisémét reçoit le feu, mais quád il l'a receu, il le conserue dauantage & auec plus grande chaleur.

N'ayant onques au-parauant esté vaincue d'aucun, qui me pleust, tentée de plusieurs & finalement surmótée d'vn, i'ay bruslé & bruslé, ay gardé & garde le feu conceu & prins, plus qu'autre fit iamais.

Laissant plusieurs pensées, qui me vindrent en l'esprit ce matin là, auec diuers accidents, ie dy qu'embrasée de nouuelle fureur, & faicte

seruò là onde libera l'haueua tratta, mi
ritornai.

I Quiui poi, che nella mia camera sola et
otiosa mi ritrouai, da' diuersi disii accesa,
et piena di nuoui pensieri; et da molte
sollecitudini stimolata, ogni fine di quelle
nella imaginata effigie del piaciuto giouane terminando, pensai, che se da me a-
more cacciar non potessi; almeno cauto si
reggesse, et occulto nel tristo petto.

La qual cosa quanto sia dura à fare:
niuno il può saper, se n'ol proua. Certo io
non credo, ch'ella faccia men noia, che
Amore stesso.

Et in tal proponimento fermata, non
sapendola ad altrui; nè con meco stessa
chiamandola innamorata.

Quanti et quali fossero in mezo questo amare i pensieri nati, lungo sarebbe
tutti uoler narrare: ma alquanti; quasi
sforzandomi, mi tirarò a dichiarare; se

ſerue, de l'ame, ie m'en retournay
au lieu d'où ie l'auois tirée libre.

Et là, depuis que ie me trouuay
ſeule & ocieuſe, en ma chambre, enflammée de diuers deſirs, pleine de
nouuelles penſées, & ſtimulée de
pluſieurs ſouciz, bornant toute fin
d'iceux en l'effigie imaginée de l'aymé icune homme, ie penſay que ſi
ie ne pouuois chaſſer amour de
moy, aumoins il ſe gouuernaſt finement & ſecretement, en mon triſte
cœur.

Et nul ne peut ſçauoir, combien
cete choſe eſt facheuſe à faire, qui
ne l'éprouue. Certainemét ie penſe
qu'elle ne fait moins de peine & facherie qu'Amour meſme.

Et arreſtée en telle propoſition ie
me diſois amoureuſe en moy-meſme, ne ſachant encore de qui.

Ie ſeróis long ſi ie voulois raconter quantes & quelles penſées furét
ſuſcitées & naſquirent en moy, par
cet amour: mais aucunes, m'incitét
quaſi par force, à declarer, ſi par

con alcune cose oltre all'usato in cominciatemi à dilettare.

Dico adunque: che hauendo ogni altra cosa posposta solo il pensare all'amat giouane m'era caro, & parendomi, che in questo perseuerando forse quel, che io intendeua celare, si potesse presumere me piu volte di ciò represi.

Ma che giouaua? Le mie reprensioni diueano luogo larghissimo a'miei disij, et inutili si fuggiuano co'uenti.

Io sommamente desideraua i piu giorni di sapere chi fosse l'amato giouane; a che i nuoui pensieri mi dierano aperta via; et cautamente il seppi: di che non poco rimasi contenta.

Pēsieri che sogliono nascere in vn animo innamora to di nuouo.

Similmente gli ornamenti: de' quali io da prima si come poco bisognosa di quelli, niente curaua: mi cominciarono ad essere cari pensando ornata piu piacere: & quindi i vestimenti l'oro, le perle, e l'altre

quelques choses encommencées
outre la coustume i'ay à delecter.

Ie dy donc, qu'ayát proposé toute autre chose, ie ne prenois plaisir
à autre chose qu'à penser à l'aymé
ieune homme : & m'estant aduis,
que si ie perseuerois en cela, l'on
pourroit presumer ce que i'enten-
dois celer, ie m'en reprins plusieurs
fois.

Mais que gangnois ie ? Mes re-
prehensions donnoient tresample
lieu à mes desirs, & s'enfuioiét inu-
tiles auec les véts, ne seruás de rien.
Ie desirois sçauoir qui estoit l'aymé ieune homme ; à quoy les nouuelles pensées m'ouurirent le chemin; & le sçeu par subtil moié; dont
ie demouray fort contente.

Semblablement les parures &
ornemens, desquels du commencement ie ne me souciois pas cóme
ayant peu affaire d'iceux, me commencerent à agreer, pensant qu'e-
stant braue, ie plairoisdauantage:&
pour cete cause, ie feis cas des veste-

precioſe coſe, piu, che prima, pregeai.

Io infina a quell'hora à i tempij, alle feſte, a'marini liti, & giardini andata ſenza altra vaghezza, che con le giouani ritrouarmi; cominciai con nuouo diſio i detti luoghi a cercare: penſando, che & vedere & veduta potrei eſſere con diletto.

Ma veramente mi fuggi la fidenza laquale io nalla mia bellezza ſoleua hauere; & mai fuori di ſe la mia camera non m'haueua, ſenſa prima pigliar del mio ſpecchio il fidato conſiglio; & le mie mani non ſo da che maeſtra nuouamente ammaeſtrate, ciaſcun giorno più leggiadra ornatura trouando, aggiunta l'artificiale alla natural bellezza, tra l'altre ſplendidiſſima mi rendeuano.

Gli honori ſimilmente a me fatti per pro-

méns, de l'or, des perles, & d'autres
choses precieuses plus que iamais.

Et iusques à cete heure là, estant
allée aux temples, aux festes, aux riuages de la mer, & aux iardins, sans
autre grace & plaisir, qu'à me trouuer, auec les ieunes damoiselles, ie
commençay par vn nouueau desir,
à chercher lesdicts lieux, pésant que
ie pourrois voir, & estre veüe, auec
delectation:

Mais veritablement, la fiance laquelle ie soulois auoir en ma beauté me fuit & trompa, & iamais ie
né sortois de ma chambre, sans premierement prendre l'asseuré conseil de mon miroir : & mes mains
nouuellement enseignées ie ne sçay
de quelle maistresse, trouuans tous
les iours, plus gentil ornement &
parure, aioustant à la naturelle, l'ar-
tificielle beauté, me rendoient tres-
excellente entre les autres.

Ie commençay par semblable à
vouloir quasi pour debte, les honneurs qui m'estoient faicts par

pria cortesia dalle donne, ancor che forse
alla mia nobilità facessero, quasi per debito cominciai à volere: pensando, che'l mio
amante, parendogli io magnifica, piu
giustamente mi gradirebbe.

L'auaritia nelle femine innata da me
fuggendosi, cotale mi lasciò; che così le
mie cose, come non mie, m'erano care; &
liberal diuentai, l'audacia crebbe, &
del tutto mancò la feminil tepidezza; solamente alcuna cosa piu cara riputando,
che prima, & oltre a tutto questo gli occhi miei insino a quel di stati semplici nel
guardare, mutarono modo; & mirabil-
mente artificiosi diuennero al loro uf-
ficio.

oltre a queste ancora molte altre muta-
tioni in me apparirono; lequali non curo tutte di raccontare: sì perciò, che troppo
sarebbe lungo: & sì percioche credo, che
voi, sì come me innamorate conosciate,

courtoisie des femmes , combien
que parauanture elles m'honoraſ-
ſent à cauſe de ma nobleſſe,penſant
que mon amant ,en me trouuant
pompeuſe & magnifique , m'en ai-
meroit mieux.

L'auarice naturelle aux femmes ,
fuiant de moy,me laiſſa telle,que ie
ne faiſois non plus de compte de
mes beſongnes, que ſi elles n'euſſēt
eſté miennes ; & deuins liberale, la
hardieſſe & l'audace creut , & du
tout defaillit la crainte & froideur
feminine, reputant ſeulement aucune choſe plus chere que deuant,
& outre tout cecy, qui auoient eſté
iuſques à ce iour , ſimples à regarder,changerent de maniere, & de-
uindrent merueilleuſement indu-
ſtrieux à leur office.

Et outre ces changemés,pluſieurs
autres apparurent en moy, leſquels
ie ne me ſoucie de raconter tous;
tant pource que ie ſerois troplong,
que pource que ie croy ,que vous
autres dames, amoureuſes comme

quante & quali siano quelle, che a ciascuna auengono posta in cotal caso.

Era il giouane auedutissimo; si come piu volte la esperienza ne rende testimonio. Egli rade volte & honestissimamente, vegnendo colà, doue io era; quasi quel medesimo hauesse proposto; ch'io, cioè, di celare del tutto l'amorose fiamme: con occhio cautissimo mi guardaua.

Certo s'ionegassi, che quando aueniua, che in ciò vedessi, Amore; quantunque fosse in me si potente, che piu non poteua alcuna cosa; quasi l'anima ampiando per forza crescesse; io negherei il vero.

Egli alhora in me le fiamme accese faceua piu viue, & le spente (s'alcuna ve n'era) accedeua.

Ma in questo nõ era si lieto il principio, che la fine non remanesse piu trista, qual-

moy, cognoiſſez, quelles & combien grandes ſont les mutations
qui aduiennent à celle conſtituée
en tel poinct.

Le ieune homme eſtoit treſauiſé,
comme pluſieurs fois l'experience
en a rendu reſmoignage. Iceluy venant peu ſouuent & treshonneſte-
ment là où i'eſtois, comme ſ'il euſt
en pareille deliberation & propoſition à la mienne, ſçauoir eſt de celer
du tout les amoureuſes flammes,
me regardoit d'vn œil bien caut.

Certainement ſi ie niois, que
quand il aduenoit que ie le viſſe,
Amour, encore qu'il fuſt en moy ſi
puiſſant, qu'il n'y pouuoit dauantage, quaſi agrandiſſant par force
l'amé, vint à croiſtre, ie nierois la
verité.

A cete heure là il rédoit en moy,
plus viues les ardantes flammes ; &
ſ'il y en auoit aucune amortie, il
l'allumoit.

Mais en cecy le commencement
n'eſtoit pas ſi ioyeux, & agreable,

hora della vista di quello rimaneua pri-
uata: percioche gli occhi della loro allegrezza priuati dauano al cuore noiosa
cagione di dolersi.

Di che i sospiri in quãtità, & in qualità diuentauano maggiori: & il disio
quasi ogni minimo sentimento occupando mi toglieua di me medesima; & quasi non fossi doue era; feci piu volte marauigliare chi mi vide. dando poi a cotali
accidenti cagioni infinite d'Amore me-
desmo insegnate.

Et oltre à questi souente la notturna
quiete, & il diurno cibo togliendomi, alcuna volta ad atti piu furiosi, che subiti,
& à parole mi moueuano inusitate.

Ecco che i cresciuti ornamẽti, gli accesi
sospiri, i vnuui atti, & i furiosi mouimẽ-
ti, la perduta quiete, & l'altre cose in me

que la fin ne demourast plus triste
& facheuse:aucunefois , ie demourois priuée de la veuë d'iceluy: &
pour cete cause les yeux priuez de
leur alegresse donnoient au cœur
facheuse occasion de se plaindre.

Dont les souspirs deuenoient en
quantité & qualité plus grands : &
le desir occupant quasi tout moindre sentiment, m'ostoit de moy-
mesme ; & comme si ie n'eusse esté
où i'estois , ie feis plusieurs fois
emerueiller ceux qui me virent,dõ-
nant,apres, à tels accidents , occa-
siós infinies,enseigner par l'Amour
mesme.

Et en outre , m'ostant bien souuent le repos de la nuict & le manger du iour ,ils m'incitoient aucunefois,à actions plus furieuses que
soudaines,& à paroles inusitées.

Voicy que les ornemens acreuz,
les souspirs ardans , les nouuelles
contenances , les furieux mouue-
mens,le repos perdu,& autres choses en moy aduenues , à cause de

per lo nuouo Amore venute tra gli altri
domeſtici famigliari, à marauigliare moſ
ſero vna mia balia, d'anni antica, & di
ſenno non giouane: laquale già ſecò conoſcendo le triſte fiamme, moſtrando di
nõ conoſcerle, piu fiate mi riprese ne'nuoui modi.

Ma pure vn giorno me trouando ſopra il mio letto manincenoſa giacere, veggendo di penſieri carica la mia fronte;
poiche d'ogni altra compagnia ne vide libere, coſi cominciò à parlare.

Ragio-
namen-
to de la
balia à
Fiam-
metta.

O figliuola à me quãto me ſteſſa cara
quali ſollecitudini da poco tempo in quà
tiſtimolano? Tu niuna hora trapaßi ſenza ſoſpiri: laquale altra volta lieta, &
ſenza alcuna malincouia ſempre veder
ſoleua.

Allhora io dopò vn gran ſoſpiro, d'v-
ne in altro colore piu d'vna volta muta-

l'Amour nouueau, entre les autres domeſtiques familiers, firent emerueiller vne mienne nourrice, ancienne d'ans ; & non icune de ſens & prudence : laquelle cognoiſſant deſia en ſoy-meſmes les facheuſes flammes, faignant ne les cognoiſtre, me reprint pluſieurs fois de mes nouuelles manieres de faire.

Mais neantmoins me trouuant vn iour, toute melancolique, couchée ſur mon lict, voyant mon viſage chargé de penſées; & eſtás elle & moy ſeules exemptes de toute autre compagnie, elle commença ainſi à parler.

Ma fille, que i'ayme autant que moy-meſme, quels ſouciz depuis peu de temps en ça, vous eſpoinçonnent ? Vous ne paſſez pas vne heure, ſans ſouſpirer, au lieu qu'autresfois, ie vous ſoulois touſiours voir ioyeuſe, & ſans aucune melancolie.

A cete heure là, apres vn grand ſouſpir, m'eſtant pluſieurs fois

tami hor quà et hor là riuolgendomi, per
tempo predere alla rifpofta; a pena potendo la lingua a perfetta parola conducere,
le rifpofi.

Cara nutrice, niuna cofa nuoua mi fti-
mola; ne piu fento, che io mi fia vfato: fo-
lamente i naturali corfi non tenenti fem-
pre in vna maniera i viuenti, hora piu,
che l'vfato, mi fanno & penofa, & pen-
fofa.

Certo figliuola tu m'inganni, rifpofe la
vecchia balia; ne penfi quanto fia graue
a fa alle perfone aftempate credere in parole vna cofa, & vn'altra gli atti mo-
ftrarne.

Egli non bifogna celarmi quel, che io;
gia fono piu giorni in te. manifeftamente
conobbi.

Oime quando io vdi cofi quafi dolende-

changée, d'vne en autre couleur,
me tournant ores-çà ores-là, pour
auoir temps & loisir de respondre,
pouuant à peine conduire ma langue à vne parfaicte parole, ie luy fis
responce.

Chere & bien-aimée nourrice,
il n'y a chose nouuelle qui m'eguillonne, & ne sens autre chose que
i'ay accoustumé: seulement le cours
naturel, ne tenant tousiours en vne
mesme maniere les viuans, me font
maintenant plus triste & pensiue,
que de coustume.

Certainement, ma fille vous me
trompez, respondit la vieille nourrice, & ne pensez pas comme il est
difficile de faire croire, aux personnes aagées, par paroles, vne chose,
& en monstrer neantmoins vne autre, par gestes & contenances.

Il ne faut pas me celer ce que i'ay
manifestement cogneu en vous depuis plusieurs iours en çà.

Mon Dieu, quand ie l'entendy
parler en cete maniere, quasi me

mi cruciandomi, le diſſi. Dunque ſe tu
il ſai, che addimandi? A te piu nõ biſogna ſe non celar quel che conoſci.

Veramente diſſe ella alhora: io celerò
quel che non è licito, che altri ſappia, &
auanti s'apra la terra & me tranghiot-
ta, che io mai coſa, che à te torni in vergogna, paleſi.

Gran tempo è, che à tener celate le coſe
apparai, & per cio di queſto viui ſicura,
& con diligenza guarda, non altri conoſca quello, che io ſenza dirlomi tu od
altri, ne' tuoi ſembianti ho conoſciuto.

Ma ſe quella ſciocchezza, nella quale
io ti conoſco caduta, ti ſi conuiene ſe in
quel ſenno foſſi, nel quale gia foſti à te
ſola il laſcerei penſare, ſicuriſſima che in
ciò il mio ammaeſtramento luogo nõ haurebbe.

plaignant & fachant, ie luy dis. Si
donc vous le ſçauez pourquoy me
le demãdez vous? Vous n'auez plus
que faire, ſinõ de celer, ce que vous
cognoiſſez.

Veritablement , diſt-elle à cete
heure là, ie celeray ce qui n'eſt licite
qu'autre ſache ; & pluſtoſt la terre
ſ'ouure & m'engloutiſſe, que ie manifeſte iamais choſe, qui vous tourne à des honneur.

Il y a long temps que i'ay aprins
à tenir les choſes cachées ; & pourtant de ce viuez en aſſeúrance, &
prenez ſongneuſement garde, que
autre ne cognoiſſe ce que i'ay cogneu à vos contenances, ſans que
vous ou autre m'en ait parlé.

Mais ſi la ſottiſe en laquelle ie
vous cognois tombée , vous eſt
conuenable, ſi vous auiez le ſens &
le iugement auquel ie vous ay veu
autrefois, ie vous le laiſſerois penſer ſeulemét, & vous en ferois iuge,
eſtant bien certaine & aſſeurée,
qu'en cela ma remonſtrance & ad-

Ma percioche questo crudel Tiranno; alqualle, come giouane; non hauendo tu presa guardia di lui; semplicemente ti sei sottomessa suole insieme con la libertà il conoscimento occupare; mi piace di ricordarti & di pregarti, che tu del casto petto cacci viale cose nefande, & ispenga le dishoneste fiamme, & non ti facci di turpissima speranza feruente.

Chi resi ste in principio al l'amore alla fin la vince.

Et hora è tempo da resistere con forza percioche chi nel principio bene contrastò; cacciò il villano Amore, & sicuro rimase & vincitore, ma chi con lesinghe, & lunghi pensieri il nudricò, tardi potè poi ricusare il suo giogo, alquale quasi volontario si sottomesse.

Oime dissi alhora quãto sono piu ageuoli à dir queste cose, che a menarle ad effetto.

uertiſſement n'auroit aucun lieu.

Mais pource que ce cruel Tyran, auquel, comme ieune, ne vous eſtât guettée de luy, vous vous eſtes ſimplement aſſuiettie, a de couſtume d'oſter auec la liberté, la cognoiſſance, ie vous veux bien aduiſer & prier, que vous chaſſiez les choſes mauuaiſes de voſtre chaſte cœur, que vous amortiſſiez les deshonneſtes flámes, & que vous ne vous rendiez feruente d'vne eſperance tres-deshonneſte.

Il eſt temps à cete heure de reſiſter auec force, car quiconque du commencement a courageuſement reſiſté, a chaſſé le deshonneſte Amour, & eſt demouré aſſeuré & victorieux; mais quiconque la nourry & entretenu, par allechemens & longues penſées, tard a il peu reiecter & ſecoüer ſon ioug, auquel il ſ'eſt preſque volontiers ſoumiz.

Ah, dy-ie à cete heure-là, que ces choſes ſont bien plus aiſées à dire, qu'à mettre en effect.

Come ch'elle siano a fare assai malage-
uoli: pur possibile sono, disse ella, & far
si conuengono.

Vedi se l'altezza del tuo parentado,
la gran fama delle tue virtù, il fiore della
tua bellezza, l'honor del mondo presente, & tutte quelle altre cose, che à Donna nobile debbono esser care, & sopra a
tutto la gratia del tuo marito da te tanto
amato, e che te tanto ama, per questa sola
di perder desideri.

Certo voler non dei; ne credo che'l vogli: se sauia teco medesima ti consigli.

Dunque per Dio ritienti; & i falsi
diletti promessi dalla sola falsa speranza
caccia via, & con essi il preso furore.

Io supplicamente per questo vecchio
petto, & nelle molte cure affaticato; dal

Encore qu'elles soient assez mal
aisées à faire, elles sont neantmoins
possibles, dist-elle, & se doiuent
faire.

Voyez si pour suiure vostre desir,
vous voulez perdre la grandeur de
vostre lignage, la grãde renommée
de voz vertuz, la fleur de voftre
beauté, l'honneur du monde present, & toutes les autres choses, qui
doiuent estre cheres & recomman-
dées à vne noble damoiselle, & sur
tout la grace de voftre mary, que
vous aymez tant, & duquel vous
estes aussi tant aymée.

Certainement, vous ne le deuez
pas vouloir, & ne croy que vous le
vouliez aussi, si vous estes auisée de
prendre conseil de vous mesmes.

A cete cause, ie vous prie, au nom
de Dieu, retenez vous, & chassez au
loin, les faux plaisirs promis seulement par la fausse esperãce, & auec
iceux, la fureur conceüe.

Ie vous suplie humblement, par
ce vieux sein, trauaillé de beaucoup

quale tu da prima i nudritiui alimenti
prendesti; ti prego, che tu medesima t'a-
iuti, et à tuoi honori proueggha & i mei
conforti in questo non rifiutare & pensa, che parte della sanità sa il volere esser
guarita. Alhora cominciai io;

In vn'infermo il
voler esser medicato è
parte di
sanità.

O cara nutrice assai conosco vere le cose
che narri; ma il furore mi costringe a seguitar le peggiori, & l'animo consapeuole & ne'suoi desideri straboccheuole, in
darno i tuoi consigli esseguire ardisce, percioche quel che, la ragion vuole, è vinto
dal regnante furore.

La mia mente tutta possiede & signoreggia Amore con la sua deità, & tu sai
che non e secura cosa alle sue potenze resistere.

Et questo detto, quasi vinta sopra le
sue braccia caddi, ma ella alquanto piu
che prima, turbata con voce pio rigida cominciò tali parole.

de souciz, duquel vous auez prins
du commencement voſtre nourriture, que vous vous aidiez vous
meſmes, & preniez garde à voſtre
honneur; ne reiettez mes aduertiſ-
ſemens en cecy, & penſez que la volonté d’eſtre guerie, fait vne partie
de la ſanté.

O chere nourrice, ie cognoy bien
ce que vous dites eſtre vray; mais la
fureur me contraint de ſuiure le
pis; & le cœur conſentant, & preci-
pitamment enclin à ſes deſirs, en
vain ſ’efforce & oſe executer voſtre
conſeil, pource que ce que la raiſon
veut eſt vaincu par la fureur regnante.

Amour, auec ſa deité, poſſede &
maiſtriſe entierement mon cœur; &
vous ſçauez bien, n’eſtre choſe aſſeurée de reſiſter à ſa puiſſance.

Et ayant dict cela, quaſi vaincuë,
ie tombay ſur ſes bras : mais icelle
vn peu plus troublée qu’au parauant, commença plus rigoureuſement à dire ainſi.

D

Voi turba di vaghe giouani di focosa libidine accesa, sospingendoui questa, vi hauete trouato Amore esser Dio; al quale piu tosto giusto titolo sarebbe furore; & lui di Venere chiamato figliuolo dicendo che egli dal terzo cielo piglia le forze sue quasi vogliate alla vostra follia porre necessità per iscusa.

Amor lasciuo biasimato.

O ingannate, & veramente di conoscimēto del tutto fuori, che è quel, che voi dite? Costui da infernal furia sospinto con subito volo visita tutte le terre, non è deità; ma piu tosto pazzia di chi il riceue: benche esso non visiti se non quelli, i quali di souerchio abondante nelle mōdane felicità conosce con gli animi vani, & atti a farli luogo; & questo ci è assai manifesto.

Ora non veggiamo noi Venere santissima habitare nelle picciole case souente nō solamente vtile, ma necessaria al nostro procreamento? certo si.

Vous troupe de belles femmes,
enflammée d'vn ardant defir, & affection amoureufe, auez trouué
Amour eftre Dieu (auquel vous deuriez donner pluftoft le tiltre de
fureur) vous dites qu'il eft appellé
fils de Venus, difant qu'il reçoit du
troifiefme ciel fes forces, comme fi
vous vouliez impofer neceffité
pour excufe, à voftre folie.

O abufées & vraiment priuées de
toute cognoiffance, qu'eft-ce que
vous dites? Ceftuy-cy pouffé de
l'infernale furie, d'vn vol foudain,
vifite tout le monde; il n'eft deité,
mais pluftoft folie, bien qu'il ne vifite autres que ceux, lefquels il
trouue plongez aux felicitez mondaines, ayans les cœurs vains &
ocieux, & propres à luy faire place;
& cecy nous eft affez manifefte.

Or voyons nous pas la treffainéte
Venus demourer aux petites mai-
fons, non feulement vtile, mais auffi
neceffaire à noftre procreatió? certainement ouy.

Ma questi, il quale per furore Amore è
chiamata, sempre le dissolute cose appe-
tenda, non altroue s'accosta, che alla felice
fortuna. Questi schifo cosi di cibi alla natura basteuole, come di vestimenti, i delicati, & risplendenti persuade; & con
quelli mescola i suoi veleni, occupando
l'anime cattiuelle.

Questi cosi volientieri gli altri palagi
eolente, nelle pouere case rade volte si vede, o non mai. Percioche è pestilenza; che
sola elegge: delicati luoghi come piu alla
fine delle sue operationi inique conformi.

Noi veggiamo ne gli humili popoli gli
affetti sani, ma da'ricchi per molto oro
splendenti, cosi in questo, come nell'altre
cose insatiabili, sempre piu chie'l conueneuole ricercasi: & quel, che non puo; chi
molto puo, desidera di potere.

Mais cetuy-cy, lequel, au lieu de fureur, est appellé amour, appetant tousiours les choses dissolües, ne s'accoste ailleurs, qu'à l'heureuse fortune. Cetuy-cy deshonneste, persuade les magnifiques & delicats, tant de la nourriture suffisante à la nature, que des vestemens ; & entre mesle à cela son venin, saisissant les pauures ames.

Cetuy-cy, lequel habite tant volontiers aux palais d'autruy, ne se voit pas souuent, ou iamais aux pauures maisons, pource que ce luy est pestilence : car il élit seulement les lieux delicats, comme les plus aprochantes & conformes à la fin de ses iniques operations.

Nous voyons és peuples pauures & petits, les saines affections: mais les riches, magnifiques à cause de beaucoup d'or qu'ils possedent, insatiables tant en cecy, qu'és autres choses, demãdét & veulét plus q̃ de raison; & celuy qui peut beaucoup, desire pouuoir ce qu'il ne peut.

De' quali se medesima sento esser vna
infelicissima giouane in nuoua & isconcia sollecitudine entrata per troppo bene.

Alla quale dopo il molto hauerla ascoltata io dissi, O vecchia taci: & contro
al mio Dio non parlare. Tu hoggimai à
questi effetti impotenti, & meritamente
rifiutata da tutti, quasi volontaria parli
contro di lui, quello era biasmando, che
altra volta ti piacque.

E saltre donne di me piu famose, piu
sauie, & piu potenti cosi per lo adidietro
hanno chiamato, & chiamano; io non li
posso dar nome di nuouo.

A lui sono veramente soggetta; qualche si sia la cagione: & piu non possa. Le
forze mie piu volte alle sue opposte si, vinte, in dietro si sono ritirate.

Adunque ò la morte, od il giouane disiato resta per sola fine alle mie pene: alle

Desquels ie cognois que vous estes vous mesme vne tres-infortunée damoiselle, entrée en nouuelle & deshonneste solicitude par trop de bien.

A laquelle apres l'auoir long téps escoutée, ie dys. O vieille taisez vous, & ne parlez pas contre mon Dieu; desormais que vous estes impuissante à ces effects, & à bó droit reiettée de tous, vous parlez quasi volontairement contre luy, blasment maintenant ce qui vous a pleu autrefois.

Et si les autres femmes plus fameuses, plus sages, & plus puissantes que ie ne suis, l'ont ainsi par le passé appellé & appellent, ie ne luy peux donner nom de rechef.

Veritablement ie luy suis sujette, quelle qu'en soit l'occasion, & ne peux d'auantage. Mes forces plusieurs fois opposées aux siennes, vaincues se sont retirées arriere.

La mort donc, ou le ieune homme desiré reste pour seule fin à mes

quali tu piu tosto (se cosi sei sauia ; come
io ti tengo) che porga consiglio, & aiuto;
i quali minori le faccano; io ti prego: ò tu
ti rimani di inasprirle biasimando quello, à che l'anima mia , non potendo altro
con tutte le sue forze è disposta.

Ella alhora sdegnata (& non senza
ragione) senza rispondermi , non so che
mormorãdo con seco, me, della camera us-
cendo, lasciò soletta.

Gia era senza piu parlarmi partita la
cara balia, i cui consigli, mal per me furono risiutati : & io sola rimasa le sue parole nel sollecito petto riuolgeua: & ancor, che abbagliato fosse il mio conoscimẽ-
to, di frutte le sentiua piene.

In que-
sto luo-
go si ve-
de, quã-
to sia

Et quasi ciò, che assertiuamente haueua dauanti à lei detto di voler pur seguire, pentendomi nella mia mente vacilla-
ua; & gia cominciando à pensare di vo-

peines: ausquelles (si vous estes tant
sage & auisée, que ie vous estime)
ie vous prie donner pluſtoſt conſeil & ayde, qui les faſſent moindres : ou bien deportez vous de les
enaigrir, blaſmant ce à quoy mon
ame est diſpoſée, ne pouuant autrement auec toutes ſes forces.

Elle indignée à cete heure là (&
non ſans cauſe) ſans me reſpondre,
& murmurant ie ne ſçay quoy entre ſes dents, ſortant de la chambre,
me laiſſa ſeulette.

Ma bien-aimée nourrice eſtoit
deſia partie, ſans plus parler à moy,
de laquelle à mon dam , ie reiettay
les bons aduis : & eſtant ſeule demourée, ie penſois & repenſois à
ſes parolles, en mon cœur ſoucié; &
encore que i'euſſe perdu la cognoiſſance en grande partie, ie les ſentois
pleines de fruict.

Et quaſi ce que i'auois affirmé &
dict deuant elle que ie voulois ſuiure, quoy qu'il en aduint, me repen-
tant, vacilloit en mon eſprit ; &
D. v.

õtraria
la fen-
fualità
alle de-
libera-
tionidel
la ragio
ne.

ler meritamente lasciare andar le cose
dannose, lei voleua richiamare a' miei cõforti: ma nuouo & subito accidente mi
rituolse.

Percioche nella mia secreta camera (nõ
so d'onde venuta) vna bellißima donna
s'offerse a gli occhi miei, circondata da
tanta luce, che appena la vista la sosteneua.

Ma pure essa stendo ancora tacita nel
mio conspetto, quanto potei per lo luma
gli occhi aguzzare; tanto gli spinsi auanti: & in fino a tanto, che alla mia conoscenza peruenne la bella forma, & vidi
lei ignuda fuori solamente d'vn sotilißi-
mo drappo purpureo; ilquale, auenga che
esso in alcuna parte il candidißimo corpo
copriße; di quello non altrimenti toglieua
la vista a me mirante; che posta figura
sotto chiaro vetro.

Descrit-
tione
d'vna
bellißi-
ma don
na.

Et la sua testa; i capelli della quale

commençant defia à penfer de vouloir à bon droiƈt laiffer aller les
chofes dommageables, ie la voulois
r’appeller, pour mon confort &
confolation, mais vn nouueau &
foudain accident m’en detourna.

Pource qu’en ma fecrete chambre, fe prefenta à mes yeux vne tref-
belle femme, ie ne fçay d’où venue,
enuironnée de tant de lumiere,
qu’à peine ma veuë la pouuoit fupporter.

Ce neantmoins fe tenant icelle,
fans dire mot, deuát moy, tant que
ie peu, par la lumiere, porter les
yeux, ie les auançay & darday en
auant, fi bien que ie cogneu la belle
forme, & veis cete femme nue, fors
feulement d’vn treffubtil & delié
drap de pourpre; lequel bien qu’en
quelque partie il couurift fon corps
trefblanc, n’eftoit neantmoins à
moy qui regardois, la veuë d’iceluy,
autrement, que li figure mife fouz
le verre clair.

Et là tefte de cefte femme, de laquelle:
D vj

tantto di chiareZZa l'oro paſſeuano, quãto l'oro de'noſtri paſſati via piu biondi,
hauea coperta d'una ghirlanda di verdi
mirtilli: ſotto l'ombra della quale io vidi
due occhi di belleZZa incomparabile &
vaghi a riguardare oltre modo, rendere
mirabile luce, e tanto tutto l'altro viſo
haueua bello, che quà giù a quel ſimile
non ſi truoua.

Ella non dicea alcuna coſa, anZi o forſe
contenta, ch'io la riguardaſſi, o forſe veggendo me di guardarla contenta, a poco a
poco tra la fuluida luce di ſe le belle parti m'apriua piu chiare, perche io belleZ-
Za in lei da non potere con lingua redire
ne ſenZa viſta penſar fra mortali conobbi.

Laquale, poi che da me conſiderata per
tutto ſi vide, veggendomi marauigliare
& della ſua beltà & della ſua venuta

les cheueux paſſoient en clarté,
d'autant l'or, que l'or, ceux des no-
ſtres paſſez beaucoup plus blonds,
eſtoit couuerte d'vne guirlande de
verd myrte: ſouz l'ombre de laquelle, ie vey deux yeux de beauté incomparable, & merueilleuſement
agreables à voir, rendre vne grande
lumiere, & auoit tout le reſte du viſage tãt beau, qu'il ne ſ'en trouuoit
çà bas aucun à cetuy là ſemblable.

Elle ne diſoit aucune choſe; ains
ou parauanture contente que ie la
regardaſſe, ou d'auanture me voyãt
contente de la regarder, elle me ma-
nifeſtoit peu à peu, entre la iauniſ-
ſante lumiere, les belles parties de
ſoy, plus claires; à raiſon dequoy ie
cogneu en elle, vne beauté, qui ne
ſe peut pas redire ou exprimer auec
la langue, ny penſer entre les mortels, ſans l'auoir veuë.

Laquelle, depuis qu'elle ſe veid
conſiderée de moy par tout, voyãt
que i'eſtois emerueillée & de ſa
beauté & de ſa venue en ce lieu

quiui, con lieta viso & con voce assai piu
che la nostra soaue, cosi verso di me cominciò a parlare.

O giouane, piu che alcun'altra nobile,
per i nuoui consigli della vecchia balia,
che t'apparecchi di fare?

Ragio-
naméto
di Vene
re Fiam
metta.
Non conoscitu, che essi sono molto piu
difficili a seguitare, che l'amor medesimo
che disideri di fuggire? Non pensi tu, quãto & quale, & come incomportabile affanno essi ti serbano?

Tu stoltissima nuouamente nostra per
le parole d'una vecchia non nostra farti
desideri: come colei, che ancora quali &
quanti siano i nostri diletti non sai.

O poco sauia sostieni per le nostre parola
quel, che al cielo, & al mondo è bastate.
Che sai, che quanto Febo surgéte co'chia-

d'vn visage ioyeux, & d'vne voix, beaucoup plus douce que la nostre, se tournant vers moy, commença à parler ainsi.

O damoiselle, plus noble qu'aucune autre, qu'estes vous preste de faire, par les nouueaux conseils & aduis de vostre vieille nourrice?

Cognoissez vous pas, qu'ils sont beaucoup plus difficiles à suiure, que l'amour mesme, que vous desirez fuir? Pensez vous pas quel ennuy, combien grand & insupportable, ils vous gardent?

Vous estes tres-folle, qui nouuellement nostre, desires par les parolles d'vne vieille, te faire non nostre, comme celle, qui ne sçais pas encore quels & combien grands sont noz plaisirs.

O peu aduisée soustenez par nos paroles ce qui a suffy au ciel & au monde. Car tu sçais que nostre fils volant, maistrise sans aucune contradiction, tout ce que le Soleil se leuant, auec ses clairs rayons du

ri raggi di Gange in sino alhora, che
nell'onde d'Hesperia si tuffa; con le lasse
carra per dare alle sue fatiche requie, vede nel chiaro giorno: & ciò, che tra il
freddo Arturo, & il rouente Polo si
chiude, signoreggia il nostro volante figliuolo senza alcun niego.

Et ne' cieli non che esso, si come gli altri Dij sia Dio: ma ancora vi è tanto piu,
che gli altri potente; quanto alcun non
ve ne è, che stato non sia per adietro vinto dalle sue armi.

Forza
grande
d'Amo-
re.

Questi con dorate piume leggerißimo
in vn momento volando per li suoi regni
tutti gli visita, & il forte arco reggendo
soura il tirato neruo adatta le saette da
noi fabricate; & temperate nelle nostre
acque, & quando alcun piu degno de gli
altri legge al suo seruigio; quelle prestamente manda, oue gli piace.

Egli commoue le ferocißime fiamme

fleuue Gange, iusques à ce qu'il se
plonge, aux ondes d'Hesperie, auec
son char & coursiers lassez, pour
donner trefue & repos à ses labeurs,
void, le iour clair; & ce qu'entre le
froid Arcture, & le cuisant ou ardant Pole se peut comprendre.

Et non seulement il est Dieu aux
Cieux, comme les autres Dieux;
mais aussi il y est d'autant plus puissant que les autres Dieux, qu'aucun ne s'y trouue, lequel par le passé
n'ait esté vaincu & donté par ses
armes.

Cestuy-cy, auec plumes dorées,
volant tresleger, en vn moment par
ses Roiaumes, les visite tous, &
gouuernant le fort arc qu'il porte,
il accommode sur la corde bandée,
les sagettes que nous auós forgées,
& trempées en nos eaux; de maniere que quand il élit aucun, plus digne que les autres, à son seruice, il
les enuoye promptement où il luy
plaist.

Il excite les tresfurieuses flammes

de'giouani: & ne gli stanchi vecchi richiama gli spenti calori; & con non conosciuto fuoco delle vergini infiamma i
casti petti: parimente le maritate, & le
vedoue riscaldando.

Questi à gli Dij dale sue fiaccole riscal-
dati; commandò, che lasciati i cieli per innanzi co'falsi visi habitassero le terre.

Or non fu Febo vincitor del gran Pi-
thene, e accordator delle cithare di Par-
naso piu volte da costui soggiogato; hora
per Dafne, hora per Climene, & quando
per Leucothoe, e per altre molte? certo si:
& vltimamente rinchiusa la sua gran
luce sotto la forma d'vn picciol pastore
innamorato guardo gli armenti d'Ame-
to.

Tutte
queste
fauole
son toc

Gioue medesimo; il quale regge in cielo;
costringendolo costui si vesti minor forma di se: & alcuna volta in forma di

des ieunes gens, & reuoque és de-
biles & laſſez vieillards, les chaleurs
amorties, & enflamme d'vn feu incogneu, les chaſtes poitrines, des
filles, reſchaufant pareillement les
mariées & les veufues.

Cetuy-cy a commãdé aux Dieux
eſchaufez de ſes feuz, que laiſſans à
l'aduenir les cieux, ils habitaſſent
entre les humains, en terre, auec
faux viſages, ou deguiſez.

Or Phebus fut-il pas victorieux
du grand Pithon, & accordeur des
inſtrumens de Parnaſſe, qu'il a pluſieurs fois ſubiugué, ores pour l'a-
mour de Daphné, ores de Climene,
& ores pour Leucothoe & pluſieurs
autres? certainement ouy: & finalement ayant comprins & enclos ſa
grande lumiere, ſouz la forme d'vn
petit berger amoureux, il garda les
trouppeaux d'Amete.

Iupiter meſme, lequel gouuerne
le ciel, par la force & contrainte de
ceſtuy, ſe veſtit & print moindre
forme que luy : & aucunefois en

che da
Ouidio
nelle
trasfor-
matio-
ni.

candido vccello mouendo l'ali diede voci piu dolci, che il moriente Cigno.

Et altra volta diuenuto Giouenco, & poſce alla ſua fronte le corna, mughiò per li capi, & i ſuoi doßi humiliò a'ginocchi vergini; & per li fraterni regni con le feſſe vnghie imitando vfficio de'remi cõ forte petto vietãdo il profondo gode della ſua rapina.

Quel, che per Semele nella propria for-ma: quel, che per Alcmena mutato in Anfitrione; quel, che per Califto muta-to in Diana, o per Danae diuenuto oro gia fece: non diciamo: che ſarebbe trop-po lungo.

Et il fiero Dio dell'armi : la cui roſſez-za ancora ſpauenta i giganti: ſotto la ſua potenza temprò i ſuoi aſpri effetti, & diuenne amante.

forme d'vn blanc ciseau, hachant des ailes, il a dōné & ietté vne voix plus douce que le Cigne mourant.

Et vne autre fois deuenu Taureau, & s'estant mis au front les cornes, il a meuglé par les champs, & a baissé & courbé son dos, pour porter Europe; & par les Roiaumes de son frere Neptune, imitant de ses ongles fenduz, l'office des auirons, empeschant de sa forte poitrine, le fonds, il emmeine & ioüit de sa proye.

Nous ne disons pas ce qu'il a fait jadis pour l'amour de Semele, en sa propre forme; pour Alcmene, chāgé en Amphitrion, pour l'amour de Caliste, transformé en Diane; ou pour l'amour de Danae, estant deuenu or: car ie serois trop long à le raconter.

Et mesmes le furieux Dieu des armes, lequel par sa rougeur espouuante les geans, tempera souz sa puissance ses aspres & rigoureux effects, & deuint amoureux.

Et il costumato al fuoco Fabro di Gioue, e facitor delle fulgore, da quelle di costui piu potenti fu tocco.

Et noi similmente, ancor, che madre gli
siamo, non ce ne siamo potuta guardar; sì
come le nostre lagrime fecero aperto nella
morte d'Adone.

Ma percioche ci affatichiamo noi in
tante parole? niuna deità è in cielo da costui non ferita se non Diana.

Questa sola dilettandosi de'paschi l'ha
fuggito, & secondo l'openione d'alcuni,
non fuggito, ma piu tosto nascoso.

Ma se tu forse gli essempi del cielo in-
credula schifi, & cerchi chi del modo gli
habbia sentiti; tanti sono, che da cui co-
minciare appena ci occorre: ma tate ti diciamo veramente, che tutti sono stati valorosi.

Rimirisi in prima al fortissimo figliuol

Et l’accoustumé au feu, Forgeron
de Iupiter, Vulcan qui fait & forge
les fouldres, a esté touché de ceux
de cetuy-cy plus puissans.

Et nous semblablement, encore
que nous luy sçachiõs nier, ne nous
en sommes peu sauuer, comme nos
larmes ont demonstré en la mort
d’Adonis.

Mais pourquoy nous trauaillons
nous, par tant de paroles: il n’y a
deité au ciel, qui n’ait senty les traits
de cetuy hors mis Diane.

Laquelle seule se delectant aux
forests, l’a fuy, & selon l’opinion
d’aucuns, ne l’a fuy, mais plustost
caché.

Mais si d’auanture, estant incre-
dule, vous auez en horreur les exõ-
ples du ciel, & vous cherchez ceux
du monde qui les ont senty, ils sont
en si grand nombre, qu’à peine
sçay-ie par qui ie doy commencer;
mais ie vous dy seulement à la verité, qu’ils ont esté tous valeureux.

Que l’on regarde, en premier lieu,

d'Alcmena; ilquale poste giu le saette et
le minaccieuole pelle del gran leone sostē-
ne d'acconciarsi alle dita i verdi smeral-
di, & poi dar legge a'rozzi capelli, &
con quella mano; con laquale poco innanzi portato haueua la dura mazza, &
occiso il grade Antheo, & tirato l'infernal Cane; trasse le fila della lana data da
Iole dietro al pendente fuso.

Et gli homeri; sopra quali l'alto cielo
s'era posato, mutando spalla Atlante,
furono in prima delle braccia di Iole pre-
muti, e poi coperti per piacerle di sottilis-
sime vestimenti di porpora. Che fece Paris
per costui? che Helena? che Clitemnestra?
& che Egisto? tutto il mondo il conosce.

Et similmente d'Achille, di Silla;
d'Arianna, di Leandro: & di Didone,
& di piu molti non dico: che non biso-

le tres-vaillant fils d'Alcmene, lequel ayãt mis bas, la maffe, les traits
& la redoutable peau du grand
Lion, voulut s'accommoder aux
doigts, les verdes efmerandes, or-
donner & agencer fes rudes cheueux : & de la main de laquelle vn
peu au-parauant il auoit porté la
dure maffe, occis le grand Anthee,
& tiré l'infernal chien Cerbere ; il
tira le fil de la laine, baillee par Iole,
& s'amufa au fufeau.

Et les efpaules, fur lefquelles le
ciel f'eftoit pofé, changeant Atlas
d'efpaule, furent premierement
preffez des bras d'Iole, & puis pour
luy complaire, couuers de tresfins
& deliez veftemens de pourpre.

Qne fit Paris par cetuy-cy ? que
fit Helaine? que fit Clitemneftre? &
que fit Egifte? tout le monde le co-
gnoift.

Ie ne parle femblablement d'A-
chille, de Silla, d'Ariadne, de Leandre, de Didon, & de plufieurs autres ; pour ce qu'il n'en eft pas

gna. Santo è questo fuoco, & molto potente, credimi.

Vdito hai nel cielo, & nella terra sog-
giogati dal mio figliuolo gli Dij, e gli huomini. Ma che dirai tu ancora delle sue
forze stendentisi gli animali irrationali
così celesti, come terreni?

Amore adope-ra la sua for-za in sin-ne le be-stile. Per costui la Tortora il suo maschia seguita: & le nostre Colombe à suoi colom-
bi vanno dietro con grandissima affettione: & niuno altro ve n'è di loro, che dal
le mani di costui fugga alcuna volta.

Et ne' boschi i timidi Cerui fatti fra se
feroci, quando costui gli tocca, per le desi-
derate Cerue combatendo & mughian-
do, del costui caldo mostrano segnali.

Et pessimi singhiali diuenendo per a-
more spumosi, aguzzano gli eburnei denti. Et i Leoni Africani da amore tochi
vibrano i colli.

befoin. Ce feu, & me croyez, eft
fainct & fort puiffant.

Vous auez entédu que les Dieux
& les hommes, au ciel & en la terre,
ont efté fubiuguez, par mon fils.
Mais que direz vous de fes forces,
qui f'eftendent mefmes iufques
aux animaux irraifonnables, tát ce-
leftes, que terreftres?

Par cetuy-cy, la Tourterelle fuit
fon mafle; & noz colombes vont
d'vne trefgrande affection, apres
leurs colombs ou pigeons, & n'y a
aucun autre d'eux, qui echappe des
mains de cetuy-cy, quelque fois.

Et les timides Cerfs, aux bois,
faicts, entre eux farouches & ardás,
quand cetuy-cy les touche, comba-
tans pour les defirées Biches, &
meuglant, móftrent figne euidét de
la chaleur de cetuy-cy.

Et les mechans fangliers, deue-
nans, à caufe d'amour, efcumeux,
efguifent leurs dents d'iuoire, & les
Lions d'Afrique touchez d'amour,
font enragez.

Ma lasciando le selue dico che i dardi del nostro figliolo ancora nelle fredde acque sentono le gregge de'marini Dij, de'correnti fiumi.

Ne crediamo, che occulto ti sia qual testimonianza gia Nettuno, Glauco, & Alfeo, e altri assai, n'habbiano renduta, non potendo con loro humide acque non che spegnere, ma solamente alleuiare la costui fiamma.

Laquale ancorche gia sopra la terra fosse, & nell'acque saputa da ciascuno; si moue penetrando la terra, & insino al Re dell'oscure paludi si fa sentire.

Adunque il cielo, & la terra, il mare, & l'inferno per esperienza conoscono le sue armi. Et accio, che tu i poche parole ogni cosa comprenda della potenza di costui, dico che ogni cosa alla natura soggiace, & da lei niuna potenza è libera; & essa medesima è sotto Amore.

Mais laiſſant les foreſts, ie dy que dedans les froides eaux meſmes, les trouppes des Dieux marins, & des courantes riuieres ſentent pareillement les dards de noſtre enfant.

Et ne penſe pas que vous ignoriez, quel teſmoignage Neptune, Glauque, Alphee & beaucoup d'autres, en ont rendu autrefois, ne pouuans par leurs humides eaux, ie ne diray amortir, mais ſeulement moderer la flamme de cet Amour,

Laquelle, encore qu'elle fuſt autrefois ſur la terre, & és eaux ſceuë & cogneüe de chacun, penetre la terre auſſi, & ſe fait ſentir iuſques au Roy des Enfers tenebreux.

Le ciel donc, la terre, la mer & l'enfer, cognoiſſent par experience ſes armes. Et à fin qu'en peu de paroles vous comprenez entierement la puiſſance d'Amour, ie dy, ḡ toute choſe eſt ſoumiſe à la nature, & que il n'y a puiſſance aucune, qui ſoit exempte d'icelle, & cete nature meſme eſt ſubjette à Amour.

Quando costei il comanda , gli antichi odij periscono ; & le vecchie ire & le nouelle danno luogo a'suoi fuochi.

Et vltimamente tanto si stende il suo potere , che alcuna volta le matrigne fa gratiose a'figliastri; che non è picciola merauiglia. Dunque che cerchi? che dubiti? che mattamente fuggi? se tanti Dij, tanti huomini , tanti animali da costui sono vinti.

E se tu d'esser vinta da lui ti vergognerai; tu non sai che ti fare.

Ma se force di sottometterti à costui aspetti riprensione; ella non ci dee poter cadere percioche mille falli maggiori ; & il seguir ciò, che gli altri piu di te eccellenti hanno fatto , te come poco hauendo fallito, & meno potente, che gli gia detti, renderanno scusata.

MA se queste parole non ti muouono, et

Quand cete-cy le commande, les anciennes haines periſſent, & les anciennes ires,& les nouuelles dõnent lieu à ſes feuz.

Et finalement, ſon pouuoir ſeſtend ſi loin, qu'aucunefois, il fait les maraſtres gracieuſes à leurs filiaſtres; ce qui eſt vne grande merueille.

Que voulez vous dõc?que doutez vous?que fuiez vous folement? puis que tant de Dieux,tant d'hommes, & tant d'animaux ſont vaincuz par ceſtuy-cy?

Et ſi vous auez hõte d'eſtre vaincue de luy,vous ne ſçauez que faire.

Mais ſi d'auanture vous attendez reprehenſion de vous ſoumettre à l'amour;il ne faut pas craindre cela, pource que mille fautes plus grandes, & l'imitation de ce que les autres plus excellens que vous, ont faict,vous rédront excuſable, cõme ayant peu failly, & eſtant moins puiſſante que les ſuſdicts.

Mais ſi vous n'eſtes meüe & in-

pur resistere vorrai ; pensa in virtù non
poter giugnere Gioue, ne in senno Febo, ne
Giunone in richezza , ne noi in bellezza.

Et se tutti siamo vinti: tu sola credi vincere ? tu si ingannata , & ultimamente
pur perderai.

Bastiti quel, che per adietro a tutto il
mondo è bastato, ne ti faccia a ciò tepida
il dire: Io ho marito, & le sante leggi &
la promessa fede mi vietano queste cose:
percioche argomenti vanissimi sono contro alla costui virtù.

Egli come piu forte, l'altrui leggi non
curando auilisce & da le sue.

Pasife similmente haueua marito &
Fedra: & noi ancora , quando amiamo.
Essi medesimi mariti amano le piu volte
hauendo moglie.

Riguarda Giasone, Theseo, il forte Her-

duite de ces paroles, & vous voulez neantmoins resister, pensez n'e-
stre possible, d'attaindre ou egaler
Iupiter en vertu : Apollon, en sens :
Iunó en richesse, nynous en beauté.

Et si nous sommes tous vaincuz;
pensez vous vaincre seule? Vous
estes abusee, & perdrez netmoins
à la parfin.

Contentez vous de ce qu'est le
passé, tout le monde s'est contenté,
& ne vous rende refroidie, le dire;
i'ay vn mary, & les sainctes loix &
la foy promise m'empeschent ces
choses; car sont argumens tres vains,
& de nul effect contre la vertu d'A-
mour.

Lequel, comme plus fort, auilit
les loix d'autruy, desquelles il ne se
soucie pas, & donne les siennes.

Pasiphaë auoit semblablement
vn mary, & Phedre aussi; & nous,
aussi, quand nous aymons. Les maris mesmes, ayment le plus souuér,
autres femmes.

Regardons Iason, Thesée, le fort
E v.

eole, & Vlisse. Dunque non si fa loro ingiuria: se per quelle leggi, cõ che elli trat-
tano altrui, sono trattati essi.

A loro più che alle donne niuna pre-
rogatiua e conceduta percio abandona gli
sciocchi pesieri; & secura ama si come
hai cominciato.

Ma se tu al potente Amore nõ vuoi
soggiacere, fuggir ti conuiene; & doue
fuggirai tu, che egli non ti seguiti; & nõ
ti giunga?

Egli ha in ogni luogo vgual potenZa:
deuunque tu vai ne'suoi regni dimori;
n'quali alcun non gli si puo nasconder,
quando gli piace il ferirlo.

Bastiti solamente o giouane, che di non
abomineuole fuoco si come Mirrha, Semiramis, Bibli, Canace, e Cleopatra fece,
ti molesti. Niuna cosa nuoua dal nostro
figliuolo verso te sarà operata.

Egli ha cosi leggi, come qualunque al-

Hercule & Vlisse. On ne leur fait donc point de toit, si par les loix desquelles ils trauaillent les autres, ils sont traittez eux mesmes.

Ils n'ont point plus de priuilege ou prerogatiue que les femmes : & pour cete cause laissez voz sottes pensees, & aymez asseurement, cóme vous auez commencé.

Vous voyez que si vous ne voulez obeir au puissant Amour, il vous faut fuyr : & où fuirez vous , qu'il ne vous suiue, & ne vous aborde?

Il a egale puissance en tout lieu, en quelque lieu que vous alliez vous demourez en ses Roiaumes, esquels, il n'y a personne qui se puis-se cacher de luy , quand il luy plaist la toucher.

M'amie , contentez vous seule-ment, qu'il ne vous moleste d'vn feu abominable, comme Mirrhe, Semiramis, Biblis, Canace, & Cleo-patre. Nostre fils ne fera en vostre endroiƈt, aucune chose nouuelle.

Il a des loix aussi bien que tout

tro Dio: allequali seguir tu non se prima,
ne l'esser l'ultima dei hauere speranza.

Se forse al presente ti credi sola, vanamente credi. Lasciama star l'altro mondo,
che tutto n'è pieno. ma la tua Città solamente rimira; laquale infinite compagne
ti puo mostrare, & ricordati, che niuna
cosa fatta da tante mèritamente si puo
dire sconcia.

Seguita dunque noi; & la molto ris-
guardata bellezza cò la dietà nostra vera ringratia; lequali del numero delle
semplici a conoscere il diletto de'nostri do-
ni t'habbino tirata.

Deh donne pietose; se Amore felicemente adempia i vostri disii: che deue-
na io, ò, che poteua rispondere à tante tali
parole & di tal Dea; senon. Sia, si come
ti piace?

Adunque dico, che ella gia tacena quã-

autre Dieu; vous n'estes pas la premiere à les suiure,& ne deuez péser
estre la derniere aussi.

Si d'auenture vous croyez pour
le present estre seule, vous pensez
mal. Laissons là l'autre monde, lequel en est tout plein : mais regardez seulement vostre ville, laquelle
te peut monstrer vne infinité de
compagnes, & vous aduiser, qu'il
n'y a chose faicte, par vn si grand
nombre, laquelle, à bon droit, se
puisse dire mauuaise ou deshóneste.

Suyuez nous donc,& remerciez
nostre beauté fort venerable auec
nostre deité, lesquelles vous ont tirée du nombre des simples, pour
cognoistre le plaisir de noz dons.

Ah,pitoiables dames, si Amour
accomplit heureusement voz desirs,que deuoy-ie,ou que pouuois-
ie respondre,à tant de paroles d'vne
telle Deesse, sinon; Soit comme il
vous plaist?

Ie dy donc,qu'elle se taisoit desia,
quand ayant imprimé ses paroles

do io le sue parole hauendo nell'intelletto
raccolte, piene d'infinite scuse sentendole,
et lei gia conoscendo, à ciò fare mi disposi.

Et subitamente del letto leuatami; &
poste con humil cuore le ginocchia in terra, cosi temerosa incominciai.

La potēza di Amore è
sentita
da quelli, che
piu si
diffendono.

O singolar bellezza eterna, ò deità celeste, ò vnica donna della mia mente: la
cui potenza sente piu fiera, chi piu si diffende; perdona alla semplice resistēza fatta da me contro all'armi del tuo figliuol
non conosciuto: & di me sia si come ti
piace; & come, prometti, à luogo & à
tempo merita la mia fede, a ciò che io di
té ira l'altre lodandomi cresca il numero
de' tuo sudditi senza fine.

Queste parole haueua io appena dette,
quando ella del luogo doue staua, mossasi,

en mon entendement, les voyans
pleines d'infinies excuses, & cognoissant desia icelle, ie me dispo-
say de ce faire.

Et tout incontinent m'estant leuee du lict, & mis humblement les
genoux en terre, ie cómençay craintiue à dire ainsi.

O singuliere & eternelle beauté;
ô deité celeste! ô vnique dame &
maistresse de mon cœur, de laquelle
celuy sent plus fort la puissance, &
plus rigoureuse, qui plus y resiste,
excusez la simple resistence que i'ay
faicte contre les armes de vostre
fils qui m'est incogneu, & soit faict
de moy, comme il vous plaïst; &
comme vous promettez, en temps
& lieu merite ma foy; à fin que me
loüant de vous entre les autres, le
nombre de vos subiects croisse
sans fin.

A peine auois-ie acheué de dire
ces paroles, lors qu'icelle, s'estant
meüe du lieu où elle estoit, vint
vers moy, & m'embrassant, comme

verso me venne: et con feruontißimo diſio nel ſambiante abbracciandomi, in prima mi baciò la fronte: & poi, quale il
falſo Aſcanio nella bocca à Didone ha-
litando acceſe l'occulte fiamme; cotale à
me in bocca ſpirãdo fece i primi diſii piu
focoſi, ſi com'io ſenti.

Et aperto alquãto il drappo purpureo
nelle ſue braccia tra le delicate mamelle:
l'effigie dell'amato giouane riuolta nel
ſottile pallio con ſollecitudini alle mie nõ
dißimili mi fece vedere: & coſi diſſe.

O giouane donna riguarda coſtui. Nõ
Liſſa, non Geta, non Birria, ne loro pari
t'habbiamo per amante donato.

Egli per ogni coſa degno d'eſſere da qualunque Dea amato te piu, che ſe medeſimo (coſi come noi habbiamo voluto) ama
& amera ſempre. & perciò lieta, & ſe-

elle monſtroit d’vn tres feruent deſir, premierement elle me baiſa le front, & puis, comme le faux Aſcanius halenāt en la bouche de vidõ, augmenta les flammes ſecrettes : ainſi me ſouflant & inſpirant en la bouche, elle rendit mes premiers deſirs plus ardans, comme ie ſenty.

Et ayant ouuert vn peu ſon voile ou robe de pourpre, elle me ſit voir, auec ſouciz non diſſemblables aux miens, en ſes bras, entre les delicates mamelles, l’effigie de l’aymé ieune homme, enueloppé au ſubtil ou delié manteau pourprin qu’elle portoit : & diſt ainſi.

O ieune femme, regardez cetuy-cy. Nous ne vous auons pas donné pour amant, vn Liſſa, vn Geta, vn Birria, ny leurs ſemblables.

Ce ieune homme, digne pour toute choſe d’eſtre aymé de toute Deeſſe, vous ayme & aymera touſiours plus que ſoy-meſme, ainſi que nous auons voulu ; & pour cete cauſe il vous laiſſe ioyeuſe &

tura del suo amore s'abbandona.

I tuoi prieghi hanno con pietà tocche le nostre orecchie, come digni : & preciò spera; che secondo l'opra senza fallo merito prenderai.

Et quinci senza piu dire subito si tolse à gli occhi miei.

Oime misera io non dubito punto , alle seguite cose pesando, che nõ Venere costei; che m'epparue, ma Tisifone fosse piu tosto. Laquale posti giu gli spauenteuoli crini, nõ altriment', che Giunone la chiarezza della sua deità : & vestita la splendida forma tale, quale quella si vesti la senile: cosi mi fece vedere, come essa a Semele; simigliãte si consiglio d'vltima distruttione (qual fece ella) porgendomi ; quale (miseramente prendendolo iu) o pietosissima fede, o reuerenda vergogna, o castità

certaine de ſon amour.

Voz prieres, comme dignes, ont auec pitié, touché noz aureilles; & pour cete cauſe eſperez, que ſelon l'œuu:e, ſans faillir, vous aurez le merite.

Et là ſans plus me dire mor, elle ſoſta incontinent de deuant mes yeux.

Ah miſerable, ie ne doute aucu-nement, quand ie penſe aux choſes enſuiuies, que cete-cy qui m'appa-rut, ne fuſt Venus, mais pluſtoſt Theſiphone; laquelle ayant mis bas & laiſſé ſes eſpouuentables crins, & cheueux, ny plus ny moins que Iu-non, la clarté de ſa deité; & ayant prinsvne excellente forme, comme cete-là print la forme d'vne vieille, ſeſt fait voir à moy ainſi, comme cete-là ſe fit voir & ſe monſtra à Semele, me donnant vn ſemblable conſeil d'extreme ruine, comme Iunon fit:& ce conſeil (que i'acce-ptay miſerablement & à la male heure)ô treſpiereuſe foy, ô venera-

santißima, delle honeste donne vnico & caro thesoro, mi fu cagione di cacciarui.

Ma perdonatemi; se penitenza data al peccatore, & sostenuta; puote perdono alcuna volta impetrare.

Poi che del mio cospetto si fu partita la Dea;io nè suoi piaceri con tutto l'animo rimasi disposta.

Et come che ogni altro senno mi togliesse la paßione furiosa,che io sosteneua;non so per qual mio merito solo vn bene di molti perduti mi fu lasciata:cioè il conoscere che rade volte:o non mai ad Amor palese è conceduto felice fine.

Ad A-
mor pa
lese ra-
do ò nõ
mai è
cõcedu-
to felice
fine.

Et perciò tra gli altri miei piu sommi pensieri (quantunque egli mi fosse graußimo à fare) disposti di non proporre alla ragione il volere nel recare à fine cotal disio.

ble honneur, ô chasteté tressaincte,
l'vnique & precieux thresor des
deshonestes femmes, fut cause que
ie vous chassay.

Mais pardonnez moy, si la penitence donnee au pecheur & sup-
portée, peut aucunefois impetrer
pardon.

Depuis que la Deesse se fut departie de deuant moy, ie demouray
disposee, de tout mon cœur, à receuoir ses plasirs.

Et quoy que la passion furieuse
que i'endurois me priuast de tout
autre jugement; ie ne sçay par quel
mien merite, vn seul bien, de plusieurs perduz, me fut laissé, à sçauoir la cognoissance, que rarement
ou iamais vne heureuse fin est
octroyee à l'Amour manifeste.

Et pour cete cause, entre les autres miennes plus profondes pensees (combien que ce me fust chose
tresfacheuse à faire) ie deliberay ne
preferer le vouloir à la raison, pour
mener à fin vn tel desir.

Et certo, benche io molte volte foßi per diuerſi accidēti fortißimamente coſtret-ta; pur tanto di gratia mi fu conceduta, che ſenza trappaſſare il ſegno, & viril-mente ſoſtenendo l'affanno, paſſai.

Et in verità ancor durano le forze à tal conſiglio. Percioche quantūſque io ſcri-ua coſe verißime; ſotto ſi fatto ordine l'hò dipoſte, che eccetto colui; che coſi, come io le ſa, (eſſendo di tutte cagione) niuno al-tro, per quantunque haueſſe acuto l'intel-letto, potrebbe, chi io mi foßi, conoſcere.

Et io lui priego; (ſe mai per auentūra queſto libretto alle mani gli peruiene) che egli per quello amore; il qual gia mi por-tò; celi quel, che a lui ne vtile, ne honore puo, manifeſtandolo tornare.

Et ſe egli m'ha tolto ſenza io hauerlo meritato ſe; non mi voglia tor quello hono re, il quale, (auegna, che io ingiuſtamente il porti) eſſo, ſi come ſe, volendo, non mi

Et certainement bien que ie fuſſe
ſouuentesfois, par diüers accidents,
tresfort contrainte ; ce neantmoins
me fut octroyee tant de grace &
faueur, que ie demouray ſans ou-
trepaſſer le but, en ſupportant ver-
tueuſement mon ennuy.

Et veritablemér, ce cóſeil eſt encore en ſa force, car cóbiē que i'eſcriue choſes tres-vrayes, ie les ay néat-
moins diſpoſees ſouz vn tel ordre,
que hors mis celuy qui les ſçait cóme mòy (eſtant cauſe d'elles toutes)
il n'y a aucun autre, de quelque bó
eſprit & entendement qu'il fuſt,
qui peuſt cognoiſtre, qui ie ſuis.

Et ie le prie (ſi d'auenture ce liure
luy vient iamais entre les mains)
que par l'amour, lequel il m'a autresfois porté, il cele ce que le ma-
nifeſtant ne luy peut reuenir ou
tourner à aucun profit & honneur.

Et ſ'il m'a priuée de luy, ſans l'a-
uoir merité, qu'il ne me vueille
oſter l'honneur, lequel (bien que
ie leporté iniuſtemér) lequel cóme

potrebbe render giamai.

Cotal proponimento adunque seruando, & sotto graue peso di sofferenza domando i miei disii volongerißimi dimostrarsi, m'ingegnai con occultißimi atti, quando tempo mi fu conceduto: d'accendere il giouane di quelle medesime fiamme, delle quali io ardeua: & di farlo cau to, si come io era. Et in verità in ciò nõ mi fu luogo lunga fatica: percioche, se ne' sem bianti certa testimonianza della qualità del cuore si comprende: io in poco tempo conobbi almio disiderio esser seguitto l'effetto.

Ne' sembianti spesso si compréde il cuore.

Et non solamente de l'amoroso ardore, ma ancora di cautela perfetto il vidi pieno; il che sommamente mi fu agrado.

Esso con intera consideratione vago di conseruare il mio honore, & adempire, quando il luogo & il tempo il cõcedeßero i suoi

il ſçait, il ne pourroit iamais rendre luy-meſme, encore qu'il le vouluſt.

Gardant donc vne telle propoſition, & dontant ſouz le facheux fardeau de ſouffrance, mes deſirs tres-volontaires à ſe monſtrer, ie m'efforçay par geſtes & contenances treſcachees, quand i'en eu le moien, d'embraſer le ieune homme des meſmes flammes, deſquelles i'eſtois toute en feu ; & de le rendre caut & aduiſé, comme i'eſtois.

En quoy, certainemét, ie n'eu pas beaucoup à faire ; car ſi au viſage & ſemblāt, l'on a certain teſmoignage de la qualité du cœur, ie cogneu en peu de temps, l'effeƈt eſtre enſuiuy à mon deſir.

Et non ſeulement ie le veis plein de l'amoureuſe ardeur, mais auſſi de parfaite cautele, & prudence : ce qui me fut fort agreable.

Iceluy, auec entiere conſideration, bien aiſe de conſeruer mon honneur, & d'accomplir, quand le lieu & le temps le permettoient, ſes

i ſuoi diſii, credo non ſenza grauißima pe
na vſando molte arti, s'ingegnò d'hauere
la familiarità di chiunque m'era parente, & vltimamente del mio marito.

Laquale non ſolamente hebbe; ma ancora con tanta gratia poſſedere, che a niuno niuna coſa era a grado ſe non tanto
quanto con lui la communicaua.

Quanto queſto mi piaceſſe; credo, che
ſenza ſcriuerlo conoſciate: & chi ſarebbe
quella ſi ſtolta, che non credeſſe ciò ſom-
mamente?

Da queſta famigliarità nacque il potermi alcuna volta, & io a lui in publico
fauellare.

Nõ ſolo
cõ paro
le, ma
con atti
ſi puo
dimo-
ſtrare
l'affet-
tione.

Ma gia parendogli tempo di procedere
a piu ſottili coſe, hora con vn'altro quãdo vedeua, che io vdire poteßi, & inten-
dere, parlaua coſe, per lequale io volente-
roſißima d'imparare, conobbi, che non ſolamente fauellando ſi poteua l'affettion

deſirs, comme ie croy, non ſans treſ-
grande peine, vſant de beaucoup
d’art, s’efforça d’auoir la familiarité
de quiconque m’eſtoit parent, &
finalement de mon mary.

Laquelle non ſeulement il eut,
mais auſſi la poſſeda auec tant de
grace, que nulle choſe n’eſtoit à pas
vn agreable, ſinon entant qu’il la
luy communiquoit.

Ie penſe que vous cognoiſſiez
ſans que ie l’eſcriue, combien cecy
me plaiſoit ; & qui ſeroit celle tant
folle, qui ne le creuſt fermement?

Ceſte familiarité fut cauſe qu’il
pouuoit aucunefois publiquement
parler à moy, & moy à luy.

Mais luy ſemblant deſormais eſtre
temps de proceder à plus ſubtiles
choſes, quand il voyoit que ie le
pouuois ouyr & entendre, il parloit
à vn autre de choſes, par leſquelles
eſtant fort pronte & volontaire
d’apprendre, ie cogneu que non
ſeulement par la parole l’on pouuoit demõſtrer à autruy, l’affectiõ,

dimostrare ad altrui, & la risposta pi-
gliarne: ma etiandio con atti diuersi, &
delle mani & del viso si poteua fare.

Et ciò piacendomi molto con tāto auedimento appresi, che ne egli a me, ne io à
lui significar voleua alcuna cōsa, che assai conueneuolmente l'uno l'altro non in-
tendesse.

Ne a questo contento stando s'ingegno
(in figura parlando) d'insegnarmi à tal
modo parlare, & di farmi piu certa
de'suoi difii, me Fiammetta, & se Panfilo nominando.

Oime quante volte già in mia presenza, & de' miei piu cari caldo di festa &
di cibo d'Amore, fingendo Fiammetta,
& Panfilo essere stati Greci, narrò & si
come io da lui, & esso da me primieramente stati erauamo presi, & appresso
quanti accidenti n'erano seguitati, à luoghi & alle persone pertineti, alla nouel-

& en prendre la refpóce, mais auffi
que cela fe pouuoit faire, par diuerfes contenances & des mains & du
vifage.

Et ce me plaifant fort, ie l'aprins,
auec telle prudéce, qu'il ne me vouloit, ny moy à luy, fignifier aucune
chofe, que l'vn l'autre n'entendift
affez bien.

Et n'eftant pas content de cela, il
s'efforça (parlant en figure) de m'en-
feigner à parler tellement, & de me
rendre plus certaine de fes defirs,
me nommant Fiammette & foy
Pamphile.

Mon Dieu, combien de fois en
ma prefence, & de mes plus chers
amis, chaud de la fefte & de la viáde
d'amour, faignant Fiammette &
Pamphile auoir efté Grecs, il racon-
ta comme nous auions premierement efté prins, moy de luy, & luy
de moy, & en apres, combien d'accidents f'en eftoient enfuiuiz, ap-
partenans aux lieux & aux perfon-
nes, & donnant noms conuenables.

la dando conueneuoli nomi.

Certo io ne risi piu volte, & non meno della sua sagacità, che della semplicità de gli ascoltanti. Et tal volta fu, che io temetti, che troppo caldo non trapportasse la lingua disauedutamente, doue essa andar voluto non hauesse.

Ma egli piu sauio, che io non pensaua, astutissimamente si guardaua dal falso Latino.

Amore buonisfimo Maeftro.

O pietosissime donne, che non insegna Amore à suoi suggetti? Et chi non fa egli habile ad imparare de' costumi & sani ragionamenti?

Io semplicissima giouane, & appena potente di scioglier la lingua nelle materiali & semplici cose tra le mie compagne con tanta affettione i modi del parlar di lui accolsi, che in brieue spatio io haurei di fingere & di parlare passato ogni Poeta.

Et poche cose furono: allequali udita la sua positione, io con una finta nouella no-

à la nouuelle?

Certainemét i'ayry plufieurs fois, non moins de fa prudence & cautele, que de la fimplicité des efcoutans. Et aucunefois i'ay eu peur, que vne trop grande ardeur ne trâfportaft, fans y penfer, la langue, où elle n'euft voulu aller.

Mais iceluy plus fage & auifé que ie ne penfois, fegardoit tresfinemét de mefprendre.

O gracieufes dames, qu'eft-ce qu'Amour n'enfeigne à fes fubiets? Et qui eft-ce qu'il ne rend habile à apprendre les belles contenances & fages deuis?

Quant à moy, treffimple damoifelle, & pouuant à peine deflier la langue, entre mes compagnes, pour parler de chofes fimples & materieles, i'apprins d'vne fi grande affection, les manieres de parler d'iceluy, qu'en peu de téps, i'euffe paffé tout Poëte, à faindre & à parler.

Et y auoit peu de chofes, aufquelles, ayant ouy fa pofition, ie ne

deßi rißosta diceuole ; cosa assai (secãdo
il mio parere) malageuole ad imprende-
re, & molto piu ad operare od à raccontare da una giouane.

Ma tutte picciolißime ; & di niuno
peso parrebbeno scriuendo io (se la materia presente il richiedeße) con quãta sottile esperienza fosse per noi prouata la fede d'una mia familiarißima serua

Alla quale deliberammo di cõmettere
il nascoso fuoco, ancora a niuna altra persona palese; considerando; che lungamẽ-
te senza grauißimo affanno (non essen-
doui alcun mezo) non si potea serbare.

Oltre à questo sarebbe lungo il raccontar quanti, & quali consigli & per lui
& per me fossero presi à vane cose forse,
non che per altrui operate, ma appena
(che io creda giamai pẽsate, lequali tutte

donnasse, par vne fainte nouuelle, conuenable responce: chose (à mon aduis) fort malaisee à aprendre, à vne ieune damoiselle, & beaucoup plus à faire, ou à raconter.

Mais elles sembleroient toutes trespetites & de nul poids ou consequence, si i'escriuois (au cas que la presente matiere le requist) auec quelle grande experience, fut par nous esprouuee la foy d'vne miéne tresfamiliere seruante.

A laquelle nous deliberasmes commettre, le feu secret, qui n'auoit encore esté manifesté à autre personne, considerans, qu'il ne se pouuoit garder longuement, sans vn tresgrand ennuy, si nous ne nous aydions de quelque moien.

En outre, ie serois longue à raconter quels conseils furent prins & pour luy & pour moy, parauanture à choses vaines, qui n'ont, ie ne diray, esté faites par autruy, mais à peine (que ie croy) esté seulement pensees: toutes lesquelles, encore

ancor che io al presente in mio detrimen-
to le conosca operate; nõ però mi duole ha
uer sapute.

Cõ quã
ta diffi-
cultà si
posso-
no rite-
ner gli
aman-
ti fra i
termini
della ra
gione.

Se io ò donne non erro imaginãdo; egli
non fu picciola la fermezza de gli animi
nostri, se con interamente si guarda; quãto difficile cosa sia due innamorate menti, & di due giouani, sostener lungo tempo, che esse d'vna parte, ò d'altra da so-
perchi disii soffinte; della ragioneuole via
non trabocchino; anzi su ben tanta, &
tale che i piu forti huomini ciò facendo
laude degna & alta ne acquisteriano.

Ma la mia penna méno honesta, che
vaga s'apparecchia di scriuere che gli vltimi termini d'Amore, a' quali à niuno è
conceduto il potere né con disio, ne cõ opera andar piu oltre.

Ma prima, che io à ciò peruenga: quanto piu supplicemente posso la vostra pietà

que ie cognoiſſe à preſent, qu’elles
ont eſté faictes & pratiquees à ma
perte & detriment,ie ne ſuis neantmoins fachee d’auoir ſçeu.

Si ie n’erre, mes dames,en imaginant, la fermeté de noz cœurs ne
fut petite,ſi l’on regarde bien,com-
bien il eſt difficile,que deux amoureuſes ames,&de deux ieunes gens,
durent long temps, que d’vne part
ou d’autre,pouſſees d’extremes deſirs, elles ne trebuchent & ſe for-
uoient du chemin de la raiſon : ains
elle a eſté ſi grande & telle , que les
plus vaillans & vertueux hommes,
ce faiſant,en acquerroient,vne grãde & digne loüange.

Mais ma plume moins honneſte
que gaye,& gracieuſe,ſ’apreſte d’eſ
crire les derniers termes d’amour,
& les limites, leſquels il n’eſt permis
mis à aucun , ny par le deſir , ny par
œuure,ou de faict,outrepaſſer.

Mais deuant que ie vienne là ; ie
ſupplie le plus humblement qu’il
m’eſt poſſible, voſtre pieté, & l’a-

inuoco, & quella amorosa forza, laquale
ne'uostri teneri petti stãdo a cotal fine tira i vostri disii: & priegoui, che se'l mio
parlare vi par graue (dell'opera non dico
che so che se à cio state non siete, gia d'esser
disiate.)

Et tu honesta vergogna tardi da me
conosciuta, perdonami & alquanto ti
priego, che quiui presti luogo alle timide
donne accio;che da te non minacciate se-
cure di me leggano ciò, che di se amando
disiano.

Molto
è amara
la tardã
za di cõ
durre a
fine gli
amoro-
si deside
ri.

L'un giorno all'altro dopo traheua con
isperanza sollecita i suoi & i miei disii;
& ciò ciascuno agramente portaua:aue-
gna, che l'uno il dimostrasse all'altro oc-
cultamente parlando : & l'altro all'uno
di ciò si mostrase schifo oltre modo : si come voi medesime (lequali forse forza

moureuſe force; laquelle demourant en voz tendres cœurs,tire voz
deſirs à vne telle fin , & vous prie
que ſi ma parole & diſcours vous
ſemble faſcheux (du faict, ie ne dy
que ie ſçay , que ſi vous n'auez encore eſté à ce poinct vous deſirez y
eſtre deſia)elles ſe leuent treſpron-
tement à mon excuſe.

Et toy,honneſte honte, tard co-
gneuē de moy , pardonne moy, te
priant aucunement, qu'en cet endroit tu donnes lieu aux timides
femmes,à ce que n'eſtans menacees
de toy, elles liſent, aſſeurees de ma
part,ce qu'elles deſirent d'elles, en
aymant.

Vn iour apres l'autre,tiroit, auec
vne grande eſperance, ſes deſirs &
les miens ; dequoy chacun de nous
eſtoit bien faché, bien que l'vn le
demonſtraſt à l'autre,parlant ſecretement, & que l'autre monſtraſt
auoir merueilleuſement cela en
horreur,comme vous meſmes (qui
parauanture, demandez la force à

cercate à ciò, che piu vi sarebbe agrado)
sapete, che sogliono le donne amate fare.

Esso adunque in ciò poco alle mie parole credulo, luogo & tempo coueneuole ri-
guardato, piu in ciò, che egli auenne auē-
turato, che sauio, & con piu ardire, che
ingegno, hebbe da me quello, che io si come egli (benche del contrario infingeßi-
mo) disiaua.

Certo s'io diceßi, che questa fusse la cagione, per laquale io l'amaßi; io confeße-
rei, che ogni volta, che ciò nella memoria
mi ritornasse, mi desse dolore a niuno altro simile; ma in cio mi sia Iddio testimonio, che cotale accidente fu, & è cagion
menomißima dell'amore che io gli porto.

Non per tanto niego ; che ciò & hora
& alhora non mi fosse carissimo. Et chi
sarebbe quella si poco sauia, che vna cosa,

ce que vous feroit le plus agreable)
fçauez, que les femmes aymees ont
accouſtumé de faire.

Iceluy donc, aiouſtant en cela,
peu de foy à mes paroles, ayant eu
eſgard au lieu & temps conuenable, plus heureux que ſage, en ce
qui luy aduint, & auec plus de hardieſſe que d'eſprit, eut de moy ce
que ie deſirois, comme luy, encore
que ie faigniſſe du contraire.

Certainement ſi ie diſois que cete
fut la cauſe, pour laquelle ie l'aimaſſe, ie côfeſſerois que toutes les fois
que cela me retourneroit en la memoire me cauſeroit vne douleur
nompareille, mais en cecy Dieu me
ſoit teſmoin, qu'vn tel accident fut
& eſt la plus petite cauſe de l'amour
que ie luy porte.

Ie ne veux pas pourtant nier, que
cela ne me fuſt à cete heure là &
maintenant fort agreable. Et qui ſeroit celle tant peu auiſee, qui n'aimaſt mieux proche que loin, vne
choſe qu'elle aymeroit ? & ne la

che amaſſe; non voleſſe anzi che lontana
vicina? & quanto maggior foſſe l'amore,
piu ſentir là appreſſo?

Dico adunque, che dopo tale auenimē-
to da me auanti non che creduto; ma pur
penſato, non una volta ma molte cõſom-
mo piacere & la fortuna, & il noſtro
ſenno ci conſolarono lungo tempo a tal
partito: auegna, che hora a me, lieue piu
che alcun vento, fuggito, ſi moſtri.

Ma mentre, che queſti coſi lieti tempi
paſſauano, ſi come Amore veramēte puo
dire il qual teſtimonio ſolo ne poſſo dare.

Alcuna volta non fu ſenza tema a me
lecito il ſuo venire, che egli per occulto
modo nõ foſſe meco.

O quanto gli era la mia camera cara,
& come lieta eſſa egli riceueua valentie-
ri? Io il conobbi ad eſſa piu reuerente, che
ad alcun Tempio.

Oime quanti piaceuoli baſci? quanti
amoroſi abbracciamenti? quante notti ra-

vouluſt d'autant plus preſt, que l'a-
mour ſeroit grand?

Ie dy donc qu'apres vn tel euene-
ment, que ie n'auois creu au-parauant ny ſeulement penſé, & la fortune, & noſtre ſens nous conſole-
rent long temps, en ce deduit, non
ſeulement vne fois, mais pluſieurs,
auec vn treſgrand plaiſir; bien que
maintenát il ſe môſtre fuy de moy,
plus vite que le vent.

Mais tandis que nous paſſions
ainſi ioyeuſement le temps, comme
Amour peut veritablement dire,
n'en pouuant donner autre teſmoignage...

Aucunesfois m'eſtoit licite ſa venue, non ſans crainte, qu'il ne fuſt
auec moy, par quelque ſecret moié.

O qu'il aymoit ma chambre; &
cóme elle le receuoit volontiers? Ie
le cogneu porter plus de reuerence
à icelle, qu'à aucun Temple.

Mon Dieu, que de plaiſans baiſers? que d'amoureux embraſſemés?
que de nuicts, paſſees ſans dormir,

gionando gratiose piu, che il chiaro giorno, senza sonno passate? quanti altri diletti cari ad ogni amante in quella ha-
uemmo ne'lieti tempi?

La ver-
gogna
durissi-
mo fre-
no alle
menti
vaghe.

O santißima vergogna, durißimo freno alle vaghe menti, perche non ti parti-
tu pregãdotene io? perche ritienitu la mia
penna atta à dimostrar gli hauuti beni,
acciò, che dimostrati interamente le seguite infelicità haueßono forza maggiore di porre per me pietà ne gli amorosi pet
ti?

Oime che tu m'offendi credeudo forse
giouarmi. Io desideraua di dir piu cose,
ma tu non mi lasci.

Quelle adunque, alle quali tanto di pri-
uilegio ha la natura prestato, che per le
dette poßano quelle, che si tacciono, comprendere, a l'altre non cosi sauie li mani-
festino.

Ne alcun me, quasi non conoscente di

plus gracieuses que le clair iour?
que d'autres plaisirs, agreables à
tout amant, nous auons eu, en ce
temps heureux?

O tressaincte honte, tresdur & rigoureux frein aux amoureuses pensees, que ne te departs tu, veu que
ie t'en prie?pourquoy retiens tu ma
plume,propre à demôstrer les biés
que i'ay eu,à ce qu'estans entierement demonstrez, les malheurs &
infelicitez ensuiuies ayent plus de
force, d'induire à pitié de moy les
cœurs amoureux?

Ah!tu me fais tort, pensant parauanture m'ayder ; i'auois desir de
parler plus auant, mais tu ne me le
permets pas.

Celles donc ausquelles la nature
a presté tant de faueur, & donné ce
priuilege,que par les choses dictes,
elles puissent comprédre celles qui
se taisent,les manifestér aux autres,
qui ne sçauent pas tant.

Et qu'aucun ne me die folle,cóme
ne cognoissant pas beaucoup : car

tanto, stolta dica; che assai ben conosco, che
piu sarebbe il tacere stato honesto che ciò
manifestare, che è scritto.

Ma chi può resister ad Amore, quando egli tutte le sue forze operando s'oppo-
ne?

Io à questo poco piu volte lasciai la penna; & piu volte da lui infestata la ri-
presi; & ultimamente a colui; alquale io
ne' principij non seppi libera ancor resistere; convenne, ch'io serua obedißi.

I diletti
che si
nascor-
donova
gliono
quāto i
thesori,
che si tē
gono
occul-
tati.

Egli mi mostrò altretanto i diletti na-
scosi valere; quanto tesori sotto terra occulti. Ma perche mi diletto io tāte intorno a queste parole?

Io dico, che io alhora piu volte ringra-
tiai la santa Dea promettitrice & da-
trice di que' diletti.

O quante volte io i suoi altari visitai
con incensi, coronata delle sue frondi; &
quāte volte biasimai i consigli della vec-

ie ſçay bien , que le taire euſt eſté
plus honneſte, que manifeſter ce
que i'ay eſcrit.

Mais qui eſt-ce qui peut reſiſter à
Amour, quand il ſ'oppoſe emploiát
toutes ſes forces?

I'ay pluſieurs fois laiſſé la plume,
en ce peu, & pluſieurs fois, par luy
importunée, ie l'ay reprinſe; & finalement m'a eſté force, d'obeir,
comme ſerue à celuy, auquel du có-
mencement, libre , ie n'ay peu meſmes reſiſter.

Il m'a monſtré que ſes plaiſirs ſe-
crets vallent autant, que les thre-
ſors cachez ſouz la terre. Mais quel
plaiſir prens-ie, en telles paroles?

Ie dy qu'à cete heure-là, ie remer-
ciay pluſieurs fois la ſainɔte Deeſſe,
qui me promettoit & donnoit ces
plaiſirs là.

O que de fois ie viſitay ſes autels,
auec encens, coronnee de ſes fueilles: & combien de fois, blaſmant
l'aduis & conſeil de la vieille Nourrice , & en outre, gaye & ioyeuſe,

chia balia & oltre a questo lieta sopra
tutte l'altre compagne scherniua i loro
amori, quello ne' miei parlari biasimando
che piu nell'animo m'era chiaro fra me
souente dicendo.

Niuna è amata, si come io; ne ama giouane degno, si come io amo; ne con tanta
festa coglie gli amorisi frutti si come col-
go io.

Et brieuemente io haueua il mondo per
nulla; & con la testa mi pareua il cielo
toccare: nulla; mancare a me il sommo co-
lmo della beatitudinè a tenere reputaua
se non se solamente in aperto poter dimostrare la cagion della mia gioia, stimando
me come desima, che così à ciascuna persona, come a me, deuesse piacer quello, che a
me piaceua.

Ma tu o vergogna dall'una parte; &
tu paura dell'altra mi ritenesti; minac-
ciandomi l'una d'eterna infamia, &

sur toutes mes autres compagnes,
ie me moquois de leurs amours,
blasmât en mes propos, ce qui m'e-
stoit en l'esprit plus clair & certain,
disant souuent en moy-mesme.

Nulle n'est aymee comme moy,
& n'ayme vn ieune homme, digne,
comme ie fais, & ne reçoit ou viét
à cueillir auec si gráde feste & plaisir, les fruicts amoureux, comme
moy.

Et pour le faire court, ie n'esti-
mois rien le monde, & m'estoit aduis que ie touchois, de la teste, le
ciel: ie ne me souciois point, & me
sembloit n'auoir que faire du com-
ble de la beatitude, & n'auois autre
soucy que de pouuoir apertement
demonstrer l'occasion de ma ioye,
estimant en moy-mesme, que ce
qui me plaisoit, deuoit plaire aussi à
toute personne, comme à moy.

Mais, toy ô vergógne, d'vne part,
& toy peur, de l'autre, m'auez retenu: l'vne me menaçant d'eternelle
infamie & deshonneur, & l'autre,

l'altra di perder ciò, che la nemica fortuna mi tolse poi.

Adunque, si come piacque ad Amore
in cotal guisa, piu tempo senza hauere in
uidia ad alcuna donna, lieta amādo uis-
si, & assai contenta: non pensando, che il
diletto: ilquale io alhora con ampißimo
cuore prendeua; fosse radice, & pianta
nel futuro di miseria: si come io al presente senza frutto miseramente conosco.

Il fine del primo libro.

LA FIAM-

de perdre ce que la fortune ennemie m'osta depuis.

Ie vesquy donc ioyeuse en aymāt
& assez contente, en cete maniere,
comme il pleut à Amour, long
temps, sans porter enuie à aucune
femme, ne pensant que le plaisir, lequel ie prenois à cete heure-là, de
tresgrand cœur, fust à l'aduenir, la
racine & plante de misere, comme,
sans rien gangner, & en vain, ie cognoy miserablement pour le iour-
d'huy.

G

LA FIAMMETTA

DI M. GIOVANNI

BOCCACCIO.

LIBRO SECONDO.

ENTRE, che ò carißime donne, in coſi lieta, & gioioſa vita (ſi come di ſopra è ſcritto) mē vai giorni miei, poco alle coſe future penſando ; la nemica fortuna a me di naſcoſo tempraua i ſuoi veleni, & me con animoſità cōtinua (non conoſcendo io) ſeguitaua.

Ne baſtandole d'hauermi di donna di me medeſima fatta ſerua d'Amore, veggendo, che di diletteuole gioia m'era cotale ſeruire, con piu pungente ortica s'ingegnò di affligere l'anima mia.

Et venuto il tempo da lei aſpettato,

LE SECOND LIVRE

DE LA FIAMMETTE
de Iean Bocace.

Ependant, ô tref-agreables Dames, que ie paſſois mes iours en vne tant gaye & ioyeuſe vie, comme i'ay eſcrit cy deſſus, ne penſant gueres aux choſes à venir ; la contraire fortune m'apreſtoit ſa poiſon, & ſans la cognoiſtre me ſuiuoit d'vne cõtinuelle animoſité.

Et n'eſtant pas contente, de m'auoir faicte, de maiſtreſſe de moy-meſme, ſerue d'Amour, voyant que vne telle ſubiection & ſeruice m'eſtant plaiſant & agreable, elle ſ'esforça d'affliger mon ame, d'vn plus poignant eguillon.

Et le tẽps qu'elle attendoit eſtant

m'apparecchia (sì come appresso vedrete) i suoi assensij: i quali à me (mal mio grado) convenuti gustare, le mie allegreza in tristitia, & il dolce riso in amaro pianto mutarono.

Lequali cose, non che sostenendo, ma pur pensando il devere altrui scriuendo mostrarle, tanta di me stessa compassione m'assalisce, che quasi ogni forza togliendomi; & infinite lagrime a gli occhi recando, appena il mio proposito lascia ad effetto produrre.

Il quale (quantunque male io possa) pur m'ingegno di fornire.

Poi egli & io (sì come a caso venne) essendo il tempo per pioggia & per freddo noioso, nella mia camera (menando la tacita notte le sue piu lunghe dimore) riposandoci nel ricchissimo letto in sieme di morauano; e gia Venere da noi molto affaticata quasi vinta, ci dava luogo: &

venu, elle m'aprefta, comme vous verrez cy apres, fon abfinthe ou fiel, lequel, m'ayant efté force, bon gré mal gré, de le goufter, changea ma ioye en triftefle, & le doux ris en ameres larmes.

Et quand ie penfe feulemét, pour ne dire, quand i'endure, qu'il faille qu'vn autre, efcriuant, demonftre ces chofes là, ie fuis affaillie d'vne fi grande compaffió de moy-mefme, que m'oftant quafi toute force, & m'amenant des larmes infinies aux yeux, à peine me laiffe mettre ma volonté en effeĉt, laquelle neant-moins(encore que ce foit auec dif-ficulté)ie m'efforce de conduire à fin.

Comme luy & moy (ainfi qu'il aduint d'auenture) en vn facheux téps, à caufe de la pluye & du froid, nous repofans en ma chambre, du-rant les plus longues nuiĉts, eftions couchez enfemble, en vn trefriche liĉt; & Venus defia par nous fort trauaillee & exercee, quafi vaincuë

vn lume grandißimo in vna parte della
camera acceſo gli occhi ſuoi della mia bel-
leʒʒa faceua lieti, & i miei ſimilmente
facea della ſua. Liquali mẽtre che di quel
la parlando io coſe varie, eßi ſuperchia
dolceʒʒa beueuano; & quaſi di eſſa in-
ebriate le luci loro, non ſo come per picciolo ſpatio da inganneuole ſonno vinti, &
toltemi le parole ſtettero chiuſi.

Il quale coſi ſoaue da me paſſato, come
era entrato, del caro amante ramariche-
uoli marmorij ſentirono lo mie orecchie.
& ſubito della ſua ſanità in varij penſieri meſſa, volli dire, che ti ſenti?

Ma vinta da nuouo conſiglio mi tac-
qui, & con occhio acutißimo, & cõ orecchie ſottili lui nell'altra parte del noſtro
letto riuolto cautamente mirando, per alcuno iſpatio aſcoltai.

Ma nulla delle ſue voci preſero le orec

nous donnoit lieu, & vn grand flã-
beau allumé, en vne part de la chã-
bre, rendoit ſes yeux ioyeux & gais
de ma beauté; & les miens ſemblablement de la ſienne, leſquels, tandis que ie tenois d'icelle diuers propos, beuuoient & tiroient vne extreme douceur, eſtant quaſi leur lumiere d'icelle enyuree, ie ne ſçay
comment par vn peu d'eſpace de
temps, vaincuz du ſommeil trompeur, m'eſtant la parolle faillie, ils
demourerent fermez.

Et apres que le ſommeil fut paſſé
auſſi doux, comme il eſtoit entré,
i'ouy mon cher amant qui ſe fachoit: & tout ſoudain eſtant en diuerſes péſees de ſa ſanté, ie luy voulu dire, que ſentez vous?

Maïs vaincue de nouueau conſeil, ie me teu, & le regardant finement d'vn œil treſaigu, de l'autre
part de noſtre lict enueloppé, ie l'eſ-
coutay, d'vnaureille ſubtile, quelque eſpace de temps.

Mais mes aureilles ne peurent

chie mie, benche lui in singhiozzi di gra-
nissimo pianto affannato, & il viso parimente & il petto bagnato di lagrime
conoscessi.

Oime quali voci sariano sofficienti ad
esprimere qualè in tale aspetto la cogioze
ignorando, l'anima mia diuenisse.

Et mi corsero mille pensieri per la mé-
te in vn momento: & quasi tutti termi-
nauan'in vne: cioe, che egli amando altra
donna contra voglia dimorasse in tel modo.

Le mie parole furono piu volte infino
alle labrā per dimandarlo qual fosse la
sua noia: ma dubitando, che vergogna nõ
gli porgesse l'essere da me trouato piangē-
do, si ritraheuano indietro.

Et similmente traßi gli occhi piu volte
di riguardarlo: acciò, che le calde lagrime
cadenti da quelli, venendo sopra di lui
non gli dessero materia di sentire, che

prendre aucune de ses paroles, bien
que ie le cogneuſſe fort ennuyé de
pleurs & ſanglots, ayant la face &
le ſein pareillement bagné de larmes.

Mon Dieu, quelles paroles ſe-
roient ſuffiſantes à exprimer, voyāt
celà, & n'en ſachant la cauſe, quelle
deuint mon ame?

Mille penſees me vindrent en
vn moment en l'eſprit, & quaſi toutes terminoient en vne, à ſçauoir
qu'il aymoit vne autre femme, &
que pourtant il demouroit ainſi
contre ſa volonté.

Mes paroles aborderét pluſieurs
fois les leures, pour luy demander
quel eſtoit ſon ennuy; mais crai-
gnāt qu'il n'euſt honte o'eſtre trouué & ſurprins pleurant, elles ſe reti-
roient en arriere.

Ie retiray ſemblablemēt pluſieurs
fois les yeux; me deportant de le regarder, de peur que les chaudes larmes qui tomboient d'iceux, deſcen-
dans ſur luy, ne luy donnaſſent oc-

fosse da me veduto.

O quanti modi impatienti pensai di a-
doperare, accioche egli destami sentisse nõ
hauerlo sentito. & a niuno m'acordaua.

Ma vltimamente vinta dal disio di
saper la cagione del suo pianto, accioche
egli à me si volgesse: quale coloro, che ne
senni ò da caduta, ò da bestia crudele, ò
da altri spauentati, subitamente paui di
si riscuotono, il sogno & senno ad vn'hora rompendo; cotale subita & con vcce
pauida mi ricossi, l'uno de' miei bracci git
tando sopra sue homeri.

Et certo l'inganno hebbe luogo; percioche egli lasciando le lagrime con infinita
letitia subito à me si volse; & disse con
voce pietosa.

O anima mia bella che temesti? Alquale io senza indugio rispposi.

Pareuami, che io ti perdesi Oime, che

dasion de sentir & cognoistre, que
ie le visse?

De combien de moyens impatiés
ie pensay me seruir, à fin qu'estant
resueillee, il cogneust que ie ne
l'eusse ouy; & neantmoins ie ne me
tenois ou accordois à aucun.

Mais en fin vaincuë de desir de
sçauoir la cause de son pleur, à fin
qu'il se tournast à moy, côme ceux
qui en songe, espouuantez ou de
cheute, ou de beste cruelle, ou d'autre chose, se reueillent incontinent
en crainte & sursaut, ie me reueil-
lay incontinent & demenay, auec
vne voix craintiue, iettant sur ses
espaules l'vn de mes bras.

Et certainement la tromperie eut
lieu, pource que laissant les larmes,
il se tourna incontinét à moy, auec
vne ioye infinie, & dist d'vne amia-
ble voix.

O ma douce ame, quelle peur
auez vous eu? Auquel ie fis incontinent responce.

Il m'estoit aduis que ie vous per-

à caso
alcuna
volta
predico
no il ve
ro.

le mie parole (non so da che spirito spinte
fuori, furono del futuro & augurio &
verissime annunciatrici; si come io hora
veggio.

Ma egli rispose; O carissima giouane;
morte, non altri potrà, che tu mi perda,
operare; & a queste parole senza mezo
seguì un gran sospiro; del quale non fusi
tosto da me (che de' primi pianti desideraua saper la cagione) dimandato, che
dall' abondanti lagrime da' suoi occhi, come da due fontane, cominciarono a scatu-
rire, & il mal rasciutto petto di lui a ba-
gnar con maggiore abondanza.

Et me in graue doglia & gia lagrimã-
te tenne per lungo spatio sospesa (si l'im-
pediua il singhiozzo del pianto) prima,
che alle mie molte dimande potesso rispondere.

Ma poi, che libero alquanto dell' empi-
tà senti, con voce' spesso rotta dal pianto

dois. Ah! comme mes paroles, ie ne
ſçay de quel eſprit pouſſees dehors,
furent certain preſage, & treſvrayes
meſſageres ou nunces de l'aduenir,
comme ie voy maintenant.

Mais il me reſpondit ; M'amie, la
mort & non autre pourra faire que
vous me perdiez ; & vn grand ſouſpir ſuiuit incontinent ces paroles ;
duquel il ne fut pluſtoſt enquis de
moy (qui deſirois ſçauoir la cauſe
des premiers pleurs) que des abon-
dantes larmes de ſes yeux, comme
deux fontaines commencerent à
ſourdre, & à bagner en plus grande
abondance, ſon eſtomac, encore
moite.

Et me tint long temps en ſuſpens
& douteuſe, en grande facherie, &
larmoyant deſia (tant le ſanglot du
pleur l'empeſchoit) auãt qu'il peuſt
reſpondre à pluſieurs de mes demandes.

Mais depuis qu'il ſe ſentit vn peu
libre de cete force, il me reſpondit
ainſi d'vne voix ſouuent interrom-

cotoſi mi riſpoſe.

Cariſſima donna & da me ſopra tutte le coſe amata, ſi come gli effetti ti poſſono chiaramente moſtrare; ſe i miei pianti meritano fede alcuna, creder, puoi, che non ſenza cagione amara cotanta abondanza di lagrime ſpandano gli occhi miei.

Qualhora nella memoria mi torna quello, che hora in tanta giogia con teco ſtando mi tormenta: cioè ſolamẽte il penſare, che di me far due non poſſi: ſi com'io vorrei, acciò, che ad Amore, & alla debita pietà ad vn'hora ſodisfar proteſſi, quà dimorando; & la doue la neceſſità ſtrettiſſima mi tira per forza, andando.

Dunque non potendoſi, in afflittione grauiſſima il mio cuore ne dimora; come colui, che da vna parte trahendolo pietà, e fuori delle tue braccia tirato: & dall'altra in quelle con ſomma forza da Amore ritenuto.

Queſte parole m'entrarono nel miſero

pue du pleur.

Treschere maistresse, que i'ayme sur toutes choses, comme les effects vous peuuent monstrer clairemét, si mes pleurs meritent aucune foy, vous pouuez croire, que mes yeux n'espandent, sans cause, vne si gráde abondance de larmes.

Toutes les fois que me reuiét en memoire ce qui me tourmente maintenant que ie suis auec vous, en vne si grande ioye; à sçauoir le penser seulement, que ie ne me puis partir en deux, comme ie voudrois, à fin q́ ie peusse satisfaire à Amour; & à la deuë pieté, tout à la fois, demourant icy, & allant là où la tres estroite necessité me tire par force.

Parquoy cela n'estant possible, mon cœur en est grandement affligé, comme celuy lequel d'vne part tiré par la pieté, est arraché hors de voz bras : & de l'autre part retenu en iceux, par la grande force d'Amour.

Ces paroles m'entrerent au pau-

cuore con amaritudine non mai sentita
et ancor, che bene non fosseno prese dal-
l'intelletto: nödimeno quäto piu di quelle riceueuano le orecchie attente à'danni
loro, tanto piu in lagrime conuertendosi
m'usciuano per gli occhi, lasciädo nel cuore il loro effetto nemico.

Tutte le
ragioni
sono dä-
nate da
li amäti
lequali
turba-
no le
gioie
loro.

Questa fu la prima hora, in che io senti dolori al mio piacer piu nemicheuoli.

Questa fu quell'hora, che senza modo
lagrime mi fece spandere, mai prima da
me simili non sparte: lequali niuna sua
parola, ne conforto: di che assai era fornito: poteuano ristringere.

Ma poi, che per lungo spatio hebbi piä-
to amaramente: quanto potei anchora il
pregai, che piu chiaramente qual pietà il
traheua delle mie braccia, mi dimostrasse.

ure cœur, auec vne amerture non
iamais sentie; & encores qu'elles ne
fussent bien prinses de l'intellect;ce
neantmoins tant plus en receuoiét
les aureilles ententiues à leur dommage, tant plus se conuertissans en
larmes, me sortoient par les yeux,
laissans au cœur,leur effect ennemy
& contraire.

Cete fut la premiere heure, en laquelle ie senty douleur & facherie,
plus contraire à mon plaisir. Ce fut
la premiere heure,qui me fit espandre larmes outre mesure, telles
qu'onques au-parauant, ie n'en
auois espandu de semblables, lesquelles il ne peut estancher ny reprimer, par aucune sienne parole,
ny consolation,de laquelle il estoit
assez fourny.

Mais apres que i'eu autremét plo-
ré vn long espace de temps, ie le
priay encore tant qu'il me fut possible, de me demonstrer plus clairement, quelle pieté le tiroit d'entre
mes bras.

Onde egli non restando però di pianger, così mi disse.

Morte vltimo fine delle cose humane.

La ineuitabil morte, vltimo fine delle cose nostre, di piu figliuoli nouamente me solo ha lasciato al padre mio : il quale d'anni pieno senza sposa, solo d'alcuno fratello sollecito a'suoi conforti, & rimaso senza speranza alcuna di piu hauerne, me a consolation di lui: il quale gia sono piu anni passati non vide :richiama a riuederlo.

Alla qual cosa per nõ lasciarci, gia sonó piu mesi varie maniere discuse ho trouate.

Egli vltimamente non accettandone alcuna, per la mia pueritia nel suo grembo teneramente alleuata:per l'amor di lui verso di me continuamente portato : per quel, che a lui portar debbo, per la debita obedienza filiale; et per qualunque altra cosa piu graue puote, di continuo mi scongiura, che a riuederlo vada.

Et oltre a cio da amici, & da parenti

A cete cause, ne laissant neantmoins de plorer,il me dist ainsi;.

La mort ineuitable, dernieçe fin
de noz besongnes, de plusieurs enfans m'a nouuellement laissé seul à
mon pere,lequel chargé d'ans, sans
femme, seul en soucy de quelque
frere, pour sa consolation, & demouré sans aucune esperance de
plus en auoir, ne m'ayât veu depuis
plusieurs annees en ça,me r'appelle
pour le reuoir,& consoler.

A quoy,pour ne vous laisser,il y a
desia plusieurs mois, que i'ay trouué diuerses manieres d'excuse.

Mais en fin,n'en acceptant iceluy
aucune,il m'adiure & prie,par mon
enfance tendrement esleuee en son
sein,par l'amour qu'il m'a tousiours
porté; par celuy que ie luy doy porter;par la deuë & raisónable obeys-
sance de fils au pere, & par toute
autre chose plus grande qu'il peut,
que ie m'en aille le reuoir.

Et dauantage,il m'y faict inciter,
par instantes prieres des amis &

con prieghi solenni me ne fa stimolare: dicendo alla fine se la misera anima cacciar
del corpo sconsolata, se me non riuede.

Oime quanto sono le naturali leggi forti. Io non ho potuto fare, ne posso, che nel
molto amare, che io ti porto, non habbia
trouato luogo questa pietà.

Le leg-
gi della
Natura
fortissi
me so-
no.

Onde hauendo in me con licenza di te
deliberato d'andare à riuederlo, & con
lui dimorare a consolation sua alcun picciolo spatio di tempo, non sapendo come
senza te viuer mi possa, di tal cosa ricor-
danaomi, tutta via meritamente piango.
Et qui si tacque.

Se alcuna di voi fu mai ò donne; à cui
io parlo; alle quale (feruentemente amãdo) cotal caso auenisse colei sola spera, che
possa conoscere, quale alhora fosse la tristitia dell'anima mia, del suo amore gia
cibata, & senza misura amando accesa:
l'altre nò, percioche si come per dimostrar

parens, difant en fin , que fa pauure ame fort defolee , de fon corps, f'il ne me reuoit.

Mon Dieu,que les loix natureles font fortes ? Ie n'ay peu & ne peux faire, qu'en la grande amour que ie vous porte, cefte pieté n'ait trouué lieu.

Parquoy ayant deliberé en moy, d'aller le reuoir, auec voftre congé, & demourer auec luy, pour fa confolation, quelque efpace de temps, ne fachant comme il me fera poffible de viure fans vous, me fouuenant de telle chofe,ie ne ceffe à bon droiⳅ, de plorer. Et en cet endroit il fe teut.

Si iamais y eut aucunes de vous, mes dames aufquelles ie parle , à laquelle (aymant ardamment) vn tel cas foit aduenu, i'efpere que cete-là feule pourra cognoiftre quelle fut à cete heure-là la trifteffe de mon ame defia nourrie & entretenue de fon amour,& en aymant , enflámée outre mefure:les autres nõ; pource

lo ogn'altro esempio ; così ogni parlare ci
sarebbe scarso.

Forza
de l'a-
morosa
passio-
ne.

Io dico sommariamente, che udendo io
queste parole, l'anima mia cercò di fuggir
da me: & senza dubbio credo fuggita si
saria, se non che essa di colui nelle braccia,
cui piu amaua, si sentiua stare.

Ella nondimeno paurosa rimasa ; &
occupata da graue doglia lungamente mi
tolse il poter dire alcuna cosa.

Ma poi che per alquanto spatio si fu as-
suefatta à sostenere il mai piu non sentito
dolore, à miseri spiriti rende le paurose
forze: & gli occhi rigidi diuenuti hab-
bero copia di lagrime, & la lingua, di
dire alcuna parola; perche al Signor della mia vita riuolta così dissi.

O ultima sperãza della mia mẽte entrino

que comme pour le demonſtrer
tout autre exéple ne ſuffiroit, ainſi
toute parole y monteroit peu.

Ie dy ſommairement, qu'en oyát
ces paroles, mon ame taſcha de fuir
de moy , & certainement ie croy
qu'elle ſ'en fuſt fuie, ſi elle ne ſe fuſt
trouuee entre les bras de celuy que
i'aimois le plus.

Icelle neantmoins demouree peureuſe, & ſurprinſe de grande douleur me garda long temps de pouuoir dire aucune choſe.

Mais depuis que par quelque eſpace, elle ſe fut accouſtumee à ſouſtenir & ſouffrir la douleur qu'elle
n'auoit onques ſenty , elle rendit
aux pauures eſprits, les peureuſes
forçes; & les yeux deuenuz ſeueres,
abonderent en larmes, & la langue
eut pouuoir de dire quelque parole:& pour cete cauſe,ie dy ainſi au
Maiſtre de ma vie , eſtant tournee
vers luy.

O derniere eſperance de mon
cœur! que mes paroles entrent en

le mie parole nella tua anima con forza
di mutare il nuouo proposito accio; che(se
cosi m'ami, come dimostri) & la tua vita, & la mia cacciate non siano dal tristo mondo prima, che venga il dì segna-
to.

Tu da pietà tirato & da Amore in
dubbio poni le cose future.

Ma certo, se le tue parole per adietro sono state vere; con lequali, me da se esser
stata amata non vna volta, ma molte hai
affermato : niun'altra pietà à questa dee
hauer potenza di poter resistere : mentre
che io viua, altroue tirati : & oddi, perche.

Egli t'è manifesto; se tu seguiti quel, che
parli; inquanto dubbio tu lasci la vita
mia : laquale appena per adietro ho sostenuta quel giorno, che io non t'ho potuto
vedere.

Adunque puoi esser certo; che cessan-
dosi

voſtre ame, auec force de changer
voſtre nouuelle propoſition, à fin
que ſi vous m'aymez comme vous
demonſtrez,& voſtre vie & la miéne ne ſoient chaſſees & banies de
ce malheureux monde,auât le iour
deſigné.

Vous mettrez en doute les choſes
futures, tiré par la pieté & par l'a-
mour.

Mais certainement, ſi voz paroles,par le paſſé ont eſté vrayes , par
leſquelles vous m'auez affirmé &
certifié non vne fois , mais pluſieurs,que vous m'aymiez,nulle autre pieté doit auoir la puiſſance de
pouuoir reſiſter à cete-cy, tant que
ie viuray, pour vous tirer ailleurs:
& oyez pourquoy.

Vous ſçauez bien, ſi vous ſuiuez
ce que vous dictes, en quel doute
vous laiſſez ma vie,laquelle à peine
par le paſſé ay-ie ſouſtenue,le iour,
que ie ne vous ay peu voir.

Vous pouuez donc eſtre certain,
que ſi vous vous abſentez, toute

H

doti tu, ogni allegrezza da me si partirà,
et hora bastasse questo.

Ma chi dubita, che ogni tristitia non
m'habbia a sopravenire: laquale forse, et
senza forse m'occiderà.

Ben dei tu hoggimai conoscer quanta
forza sia nelle tenere giouani a poter così
aduersi casi con forte animo sostenere.

Se forse uuoi dire, che io per adietro a-
mando sauiamente et con forza sostenni
maggiori; certe il consente io in parte: ma
la cagione era molto diuersa da questa.

La mia speranza posta nel mio ualere,
mi faceua lieue quel, chi hora nell'altrui
mi grauerà.

Chi mi negaua, quando il dissi m'hauesse pure oltre ad ogni misura costretta,
che io te così dime, come io dite innamorata, non hauessi potuto hauere. certo

alegreſſe ſe departira de moy ; &
cecy ſuffiſe pour le preſent.

Mais qui doute que toute triſteſſe ne me doiue ſurprendre, laquelle
parauanture, voire pour certain me
fera mourir & me tuera?

Vous pouuez bien cognoiſtre deſormais quelle force ſe trouue és
tendres damoiſelles, pour pouuoir
courageuſement ſupporter tels facheux inconueniens.

Si d'auenture vous voulez dire,
qu'en aymât, i'en ay ſouffert par le
paſſé, ſagemét & auec force de plus
grands, certainement ie le vous ac-
corde en partie, mais l'occaſió eſtoit
bien differente à cete-cy.

Mon eſperance aſſiſe en ma valeur, me faiſoit trouuer leger, ce que
maintenât me ſera grief & facheux
en autruy.

Qui m'euſt nié, quand le deſir
m'euſt outre meſure cótrainte, que
ie ne vous euſſe peu auoir, eſtant
auſſi amoureux de moy, comme ie
le ſuis de vous? certainement per-

miuno: quel che, essendomi tu lontano, non
m'auerrà.

E mag-
gior do
lore a
perder
quello,
che si
tiē, che
quello
che si
spera di
tenere.

Oltre a ciò io, alhora nõ sapeua piu che
per vista, chi tu ti fossi; benche io ti stimas-
si da molto: ma hora conosco & sento per
opera, che tu sei d'hauer troppa piu caro;
che non mi mostraua alhora il mio imaginare, se diuenuto mio con quella certezza, con laquale gli amanti possano essir
da le donne tenuti e loro.

Et chi dubita, che non sia maggior dolore il perder ciò, che altri tiene; che quel
ch'essera di tenere; ancor che la speranza
debba riuscir vera?

Et perciò ben considerando assai aperto
si vede la morte mia. Dunque la pietà del
vecchio padre preposta à quella, che di me
dei hauere mi sarà di morte cagione? Et
tu non sò dir amatore, ma nemico, se cosa fai.

sonne ou nul; ce qui ne m'aduiendra, quand vous serez loin de moy.

Dauantage à cete heure là ie ne
sçauois qui vous estiez, & ne vous
cognoissois que de vuë, encore
que ie vous estimasse beaucoup :
mais maintenant ie cognoy & sens
par effect, que l'on vous doit beaucoup plus cherir & aymer, que ne
me monstroit à cete heure là mon
imagination; vous estes deuenu
mien, auec telle incertitude, que les
dames peuuent tenir leurs amans.

Et qui doute que ne soit yne plus
grande douleur & facherie de perdre ce qu'aucun tient, que ce qu'il
espere auoir, encore que l'esperáce
doiue reüssir vraye?

Et pour cete cause, si l'on considere bien, l'on voit assez apertemót
ma mort; la pieté donc enuers le
vieil pere, preferee à celle que vous
deuez auoir de moy, me sera elle
cause de mort? Vous n'estes pas
amoureux mais ennemy si vous faites ainsi.

Deh vorrai tu (ò potraile, perche io il
consenta) i pochi anni al vecchio padre
serbati à i molti, che ancora à me ragioneuolmente si serbano, anteporre?

Oime, che iniqua pietà sarà questa?
E egli tua credenza ò Panfilo, che alcuna
persona sia di te quantunque vaglia ò
possa per parêtado, per sangue, ò per amistà congiunta, t'ami, si com'io t'amâ? mi-
te credi, se cosi credi.

Chi piu
ama piu
pietà
merita. Veramente niuno t'ama cosi, com'io.
Dunque se io piu t'amo, piu pietà merite,
percio piu degnamente antipommi: &
di me essendo pietoso, di ogni altra pietà
ti distoglia, offenda questa; & senza te
lascia riposare il vecchio padre, & si come egli per adietro senza te lungamente
è viuuto; cosi (se gli piace) per innanzi
viua, & se non, si muoia.

Ah voudrez vous (ou bié le pourrez vous faire, par mon consente-
ment) preferer le peu d'annees, qui
restent à vostre pere aagé, au nóbre
plus grand de ceux, qui me sont reseruez par raison?

Mon Dieu quelle inique pieté
serz cete-cy? Croyez vous ô Pamphile qu'aucune persõne, de quelque valeur ou pouuoir qu'elle soit,
à vous conioincte par parentage,
consanguinité, ou par amitié, vous
ayme comme ie vous ayme? vous
croyez mal, si vous croyez ainsi.

Veritablement personne ne vous
ayme tant que ie fay. Si dóc ie vous
ayme le plus, ie merite aussi plus de
pieté: parquoy preferez moy cóme
plus digne; & estant pieteux enuers
moy, despouillez vous de toute autre pieté; n'offensez cete-cy: & laissez reposer vostre vieil pere, sans
vous; & comme par le passé, il a longuement vescu, sans vous, qu'il viue
ainsi à l'aduenir, s'il veut; sinon, qu'il
meure.

Egli è fuggito molti anni al quarto colpo così fido il vero : & piu si è visto, che
non si conviene.

Et se ogli con fatica vive, sì come, vecchi fanno, sarà via maggior pietà di te
verso lui il lasciarlo morire, che più in lui
con la tua presenza prolongar la fatiche-
vol vita.

Ma me, che guari senza te e vissa non so-
ne viver senza te saprei; si conviene
aiutare; & che giovanissima ancora con
teco aspetta molti anni di viver lieti;

I medi-
camenti
di Me-
dea ri-
torna-
no ad
Esone
la gioua
nezza.

Se la tua andata fosse tale, che nel tuo
padre operasse quel, che in Esone i medi-
camenti di Medea operarono : io direi
la tua pietà esser giusta; & commenderei
che s'adempisse, ancor che duro mi fosse:
ma non sarà cotale ne potrebbe essere : &
tu il sai.

Hor se così a te forse piu che io non cre-

Il a fuy plusieurs annees, le coup
mortel, à ce que i'entens, & a plus
vescu qu'il ne faut.

Et s'il est en vie auec trauail, comme sont volontiers les vieillards,
vous vserez enuers luy de plus grãde pieté, le laissant mourir, que si
par vostre presence, vous luy pro-
longez la penible & facheuse vie.

Mais quant à moy, qui n'ay gueres vescu sans vous, & qui ne sçaurois viure sans vous mesmes, il me
faut ayder, veu qu'estant encore
tresieune, ie m'attés de viure ioyeuse, plusieurs annees auec vous.

Si vostre depart & allee vers vostre pere estoit telle, qu'elle fist en
luy ce que les medicamens de Medee firent en Eson, ie dirois que vostre pieté est iuste: & voudrois que
elle s'accomplist, encore que ce me
fust vne chose dure & facheuse:
mais elle ne sera, & ne pourroit
estre telle, vous le sçauez bien.

Or vous estant parauanture plus
que ie ne pése, cruel, s'il vous chaut
H   v

do, crudele, di me; laquale per tua elettio-
ne, non isforzato hai amata, & ami : ſi
poco cale, che tu voglia pure al mio amore
preporre la pietà perduta del vecchio ; il
quale e tale, qual lo ti diè la fortuna : al-
meno di te medeſimo t'increſca piu, che di
me, ò di lui; il quale) ſe i tuoi ſembianti
in prima, & poi le tue parole nõ mi han-
no ingannata) piu morto che viuo ti ſei
dimoſtrato: quale hora per accidente ſen-
za veder mi hai trappaſſata : & hora in
tanta lunga dimora, quanta in te richie-
de la mal veñuta pietà ſenza vedermi ti
credi di poter dimorare?

Per lun
go do-
lor muo
re l'huo
mo.

Deh per dio attentamente riguarda; &
vedi te poſſibile la morte riceuere (ſe per
lungo dolore auiene che l'huomo ſi muo-
ia ; ſi come intendo per altri) da queſta
andata, laquale, che à te ſia duriſſima, le

tant peu de moy, laquelle de voſtre
gré & ſans contrainte vous auez
aymee & aymez, que vous vouliez,
ce neantmoins preferer à mon
amour la pieté perdue du bon hôme, lequel eſt tel que la fortune vo'
l'a dôné, au moins aiez pitié devous
meſmes, plus que de moy ou de
luy, de vous dy-ie, qui vous eſtes
demonſtré plus mort que vif (ſi premierement voſtre ſemblant, & puis
voz paroles ne m'ôt deceuë) à l'heure que par accident vous auez demouré ſans me voir:& maintenant,
en vne ſi longue demeure & ſeiour
que requiert en vous la mal venue
pieté, penſez vous pouuoir demourer, ſans me voir?

Ah ie vous prie, regardez atten-
tiuement à vous, & voyez qu'il eſt
poſſible que vous receuiez la mort
(ſil aduient que l'homme meure de
longue douleur & ennuy, comme
ie peux entendre par autruy) de ce
depart & abſence, laquelle vous eſt
treſgriefue & facheuſe, comme vos

tue lagrime, del tuo cuore il mouimento, il
quale nel petto senza ordine batter senti;
dimostrano, & se morte non te ne segue,
uita peggior che morte non te ne falla.

Oime, che l'innamorato mio cuore è
dalla pietà, che a me medesima porto, &
da quella, che per te sento, & da un'hora
costretto.

Perche io ti prego, che tu sì sciocco non
sia, che mouendoti pietà d'alcuna persona
e sia chi voglia; vogli te a graue pericolo
di te medessimo sottoporre.

Pensa, che chi se non ama, al mondo
niuna cosa possiede. Tuo padre, di cui tu se
hora pietoso; non ti diede al mondo, perche tu stesso ti fessi cagion di cartene.

Et chi dubita, se a lui fosse la nostra
condisione lecito di scoprire, che egli essendo sauio, non dicesse piu tosto ti-

Che se
non a-
ma al
mondo
niuna
cosa
possie-
de.

larmes, & le mouuement de voſtre cœur, lequel, ſans ordre ie ſens battre en voſtre poitrine, le demonſtrent; & ſi la mort ne vous en aduient, vous en auriez vne vie pire que la mort.

Ah, comme mon cœur enamouré eſt depuis vne heure contraint & ſerré, & de la pieté que i'ay à moy-meſme, & de celle que ie ſens pour l'amour de vous!

Parquoy, ie vous prie, que vous ne ſoyez ſi ſot, qu'eſtant eſmeu de pieté d'aucune perſonne, quelle elle ſoit, vous vouliez vous ſoumettre à vn grand danger de vous meſme.

Penſez que quiconque ne ſ'ayme, ne poſſede au móde aucune choſe. Voſtre pere, enuers lequel vous eſtes maintenant touché de pieté, ne vous a pas donné au móde, à fin que vous fuſſiez vous meſme cauſe de vous en oſter,

Et qui doute, que ſ'il eſtoit licité, luy deſcouurir noſtre condition, qu'iceluy eſtant ſage, ne diſt plu-

manti?

Et se a ciò discretion non l'inducesse; ne
l'inducerebbe pietà; & questo credo, che
assai ti sia manifesto.

Adunque sa ragione che quel giudicio, ch'egli darebbe, se la nostra causa sapesse, egli l'habbia saputa, & dato per la
sua medesima sentenza lascia stare questa andata; & a te; & a me parimente
dannosa.

Certo carissimo Signor mio, assai piu potenti ragioni sono le gia dette da deuerle
seguire, & da ritenerla; considerādo ancora doue tu vai; che poste, che cola vadá,
oue nascesti, luogo naturalmente oltre da
ogni altro amato da' ciascimo nondimeno
per quel, che io habbia gia da te udito,
egli t'è per accidente noioso.

Percioche (sì come tu medesimo gia di-

ſtoſt,Demourez?

Et ſi à ce faire la diſcretion ne l’induiſoit, la pieté le luy induiroit, &
croy que celà vous ſoit aſſez manifeſte.

Parquoy faictes voſtre compte,
qu’il ait ſçeu noſtre affaire, & qu’il
ait donné le iugement qu’il donne-
roit,ſil l’a ſçauoit ; & par la meſme
ſentence & iugement d’iceluy laiſſez là ce depart & allee, à vous & à
moy pareillement dommageable.

Certainement,mon cher & bien-
aymé Seigneur, les raiſons ja dictes
ſont beaucoup plus puiſſantes &
valables,pour les deuoir enſuiure,
& retenir,conſiderans auſſi où vous
allez; car bien que vous alliez au
lieu ou vous auez prins naiſſance,
lieu ſur tout autre, naturellement
aymé d’vn chacun; ce neantmoins,
ſuiuant ce que i’ay deſia entédu de
vous, il vous eſt par accident, facheux.

Pour ce que(ainſi que vous auez
dit vous meſmes autres fois) voſtre

cesti) la tua città è piena de voci pompose et di pusillanimi fasti; serui non à mille reggi, ma a tanti pareri, quanti v'ha huomini; & tutta in arme, & in guerra, così cittadina, come forestiera fremisce; & di superba, d'amara, & d'inuidiosa gente fornita, & piena d'innumerabili sollecitudini; cose tutte male all'animo tuo conformi.

Et quella, che di lasciar t'apparecchi, so, che conosci lieta, pacifica, aggradeuole, magnifica, & sotto ad vn solo Re. Lequali cose; s'io alcuna conoscenza ho di te; tutte assai ti sono aggradeuoli.

Et oltre a tutte le cose contate, ci sono io; laquale tu in altra parte non trouerai.

<table><tr><td>Alcuna volta è lecito lodar se stesso.</td></tr></table>

Dunque lascia d'angosciosa proposta; & mutando consiglio alla tua vita, & alla mia insieme, rimanendo prouedi, io te ne priego.

Le mie parole in molta quantità le sue

ville est pleine de voix pôpeuses, &
de pusillanimes faits serfs nó à mille Rois, mais à autant d'opinions
qu'il y a d'hómes; elle fremit toute
en armes & en guerre, tant ciuile
qu'estrangere; elle est fourmie de
peuple superbe, facheux & enuieux,
& pleine d'innombrables souciz;
toutes lesquelles choses, sont mal
conformes à vostre esprit.

Et sçay que vous cognoissez
gaye, ioyeuse, pacifique, abódante,
magnifique & souz vn seul Roy,
celle que vous vous aprestez de laisser; toutes lesquelles choses, si i'ay
de vous aucune cognoissance, vous
sont fort agreables.

Et outre toutes les choses racon-
tees, ie suis icy, laquelle vous ne
trouuerez en autre part.

Laissez donc vostre facheuse proposition, & changeant d'aduis, ayez
esgard, en demourant, à vostre vie
& à la mienne aussi; ie vous en prie.

Mes paroles auoient augmenté
ses larmes en grande quantité, des-

lagrime hauerno cresciute; delle quali
co' baſci mescolate aſſai ne beuui. Ma egli
dopo molti ſoſpiri coſi mi riſpoſe.

O ſommo bene dell'anima mia; ſenza
alcun fallo vere conoſco le tue parole, &
ogni pericolo in quelle narrato m'è manifeſto.

Ma acciò che io, non ſi come vorrei:
ma ſi come la neceſſità preſente richiede
brieuemente riſpondeua: ti dico, che potete io con vn certo affanno ſoluere vn debito lungo & grande; credo che da te mi
ſi debba concedere.

Penſar dei, & eſſer certa; che, benche la
pietà del vecchio padre mi ſtringa aſſai
& debitamente non meno, ma molto piu
quella di noi medeſimi mi coſtringe.

Laquale ſe lecito foſſe a diſcoprire, ſcu-
ſato mi parebbe eſſere preſumendo che

quelles meſlees aux baiſers, ie beu
beaucoup. Mais apres pluſieurs
ſouſpirs, il me reſpōdit en cete maniere.

O ſouuerain bien de mon ame,
certainement ie cognoy que voz
paroles ſont vrayes, & tout le danger narré par icelles, m'eſt manifeſte.

Mais à fin que ie reſpōde en brief,
non pas comme ie voudrois, mais
comme la preſente neceſſité le requiert, ie dy que ie croy que vous
m'accorderez de pouuoir par vn
court ennuy payer vne longue &
grande debte.

Vous deuez penſer & eſtre certaine, que combien que la pieté enuers mon vieil pere, m'incite beaucoup, & à iuſte raiſon, celle de nous
meſmes ne m'eſtraint & induit pas
moins, mais beaucoup dauantage,
encore.

Laquelle ſ'il eſtoit licite de deſcouurir, il me ſembleroit que ie ſerois excuſé, preſumant que non

non che da mio padre solo, ma ancora da
qualunque altro fosse vendicato: qual, che
dicesti: & lasciarei il vecchio padre senza vedermi morire.

Ma convenendo questa pietà essere occulta, senza quella palese adempire non
veggo come senza gravissima riprensione & infamia far lo potessi.

Alla quale riprensione fuggire adem-
piendo il mio dovere, tre o quattro mesi
terrà diletto la fortuna: dopo i quali
anzi prima che compiuti siano senza fallo mi rivederai nel tuo cospetto ritornare:
& me sì come te medesma rallegrare.

Et se il luogo al quale io vò, e così spia-
cevole, sì come il sai (che è così à rispetto
di questo, essendoci tu) ciò ti dee esser
molto a grado: pensando, che dove altra
cagione a partirmi quindi nõ mi moves-
se, per forza le qualità del luogo al mio
animo averseme ne farebbono partire &

seulement mõ pere, mais auſſi tout
autre iugeroit vray ce que vous
auez dict, & laiſſerois le vieillard de
pere mourir, ſans me voir.

Mais eſtant conuenable que cete
pieté ſoit cachee, ie ne voy point,
comme ſans treſgrande reprehenſion & deshonneur, ie peuſſe faire,
pour n'accomplir cete-là, qui eſt
manifeſte.

Et pour fuir cete reprehenſion là,
faiſant mõ deuoir, la fortune nous
priuera de plaiſir trois ou quattre
mois, apres leſquels, voire meſme
deuant qu'ils ſoiét accomplis, vous
me reuerrez aſſeurément retourner
deuant vous, & me recreer comme
vous-meſmes.

Et ſi le lieu où ie vay eſt ſi deſplai-
ſant que vous le faictes (ce qui eſt
ainſi, au regard de cetuy-cy, quand
vous y eſtes) celà vous doit eſtre
fort agreable, penſant que là où autre occaſion ne m'induiroit ou in-
citeroit à partir de là, les qualitez
du lieu contraires à mon naturel,

qui tornare.

Dunque concedasi questo da te, che io vada: & come per adietro ne' miei honori & vtili stata se sollecita: così hora in questo diuieni piacente acciò, che io conoscendo te grauissimo l'accidente, piu securo per innanzi mi renda, che in qualunque caso ti sia l'honor mio, quant'io stato caro.

Egli hauea detto, & taceuasi; quando io così rincominciai à parlare. Assai chiaro conosco ciò, che formato nell'animo non pieghevole porti: & appena mi pare, che in quello raccoglier tu voglia il pensare, di quãte & di quale sollecitudine l'animia mia lasci piena allontanandoti da me: laquale niun giorno, niuna notte, niuna hora sarà senza mille paure.

Cose, che sogliono offender l'animo del l'amante.

Io starò in continuo dubbio della tua vita; laquale io priego Dio, che sopra i miei dì la distenda, quanto tu vuoi.

Deh; perche con soperchio parlar mi vo-

m'en feroient partir & retourner
icy.

A cete cause permettez moy que
ie m'en aille, & comme par le passé,
vous ayez eu soin de mon honneur
& profit, ainsi maintenant, ayez en
cecy patience, à fin que cognoissant
l'accident fort grand, ie me rende à
l'aduenir plus certain, qu'en quelque chose que soit, mon honneur
vous est aussi cher qu'à moy-
mesme.

Il auoit dict & se taisoit desia,
quand ie recommençay à parler
ainsi. Ie cognoy assez clairement ce
que vous portez au cœur non
ployable: & à peine me semble que
vous vouliez penser de quel ennuy
& solicitude vous laissez mon ame
remplie, en vous eslongnât de moy,
qui ne seray aucun iour, aucune
nuict, ny aucune heure, sans mille
peurs.

Ie seray tousiours en doute de
vostre vie, laquelle Dieu vueille
prolonger & esténdre par dessus

glio distendere dicendo, ad vna ad vna
brieuemente.

Pericoli che soprastanno à gli huomini.

Non ha il mare tante arene, nel cielo
tante stelle; quante cose dubbiose, et di
pericolo piene possono tutto dì auuenire à
viuenti: lequali tutte (partendoui tu)
senza dubbio soprauenendomi mi offenderanno.

Oime trista la mia vita, io mi vergogno
di dirti quello, che nella mente mi viene.
Ma, percioche quasi possibile per le cose
vdite mi pare; costretta tel pur dirò.

Hor se tu ne' tuoi paesi, ne' quali ho udito più volte esser quantità infinita di belle donne con vaghi atti atte a bene amare, & ad essere amate; vna ne vedessi,
che ti piacesse, & me per quella dimenticassi: qual vita sarebbe la mia?

Deh

mes iours, tant que vous voudrez.

Ah, pourquoy me veux-ie dilater, par vn propos superflu, disant en brief tout par le menu, & chacune chose apres l'autre?

La mer n'a tant de sablon, ny le ciel tant d'estoilles, que de choses douteuses & pleines de danger, peuuent tout le iour aduenir aux viuans; toutes lesquelles, si vous vous absentez, indubitablement m'offenseront, en m'espouuantant.

Ah, pauure & triste vie, i'ay honte de vous dire ce qui me viét en la fátasie; mais pource qu'il me semble quasi possible, pour les choses ouyes, ie ne laisseray, contrainte, de le vous dire.

Or si en vostre païs, où i'ay ouy dire plusieurs fois qu'il y a vne grande quantité de belles femmes, & gracieuses, auec gestes propres à bien aymer & à estre aymees, vous en voyez vne, qui vous pleust, & vous m'oubliassiez, pour elle, quelle seroit ma vie?

I

Deh se così m'ami, come dimostri; pensa come saresti tu se io per altrui ti cambiassi; laqual cosa non sarà mai; anzi con le mie mani prima, che ciò auenisse, m'occiderei.

Ma lasciamo star questo; & di quello che noi non desideriamo che auenga: non tentiamo con tristo annuncio gli Dij.

Se à te pur fermo giace nell'animo il partire, conciosia cosa, che niuna altra cosa mi piaccia, se non piacerti: a ciò volere di necessità mi conuien disporre.

Tuttauia, s'esser può, io ti priego, che in questo tu seguiti il mio volere, cioè dare alla tua andata alcuno indugio, nel quale io imaginando il tuo partire, cò continuo pensiero possa apparere a soffetire d'esser senza te.

Imita
Virgi-.

Et certo questo non ti deue esser graue:

Ah, si vous m'aymez, comme vous demonstrez, pensez comme vous seriez, si ie vous changeois, pour aymer vn autre; ce qui n'aduiendra iamais; ains ie me tuerois plustost de mes mains que cela m'aduint.

Mais laissans cela; & de ce que nous ne desirons qui aduienne, ne tentons pas vn triste annoncer, les Dieux.

Si vous auez fermement resolu de partir, attendu que nulle autre chose ne me plaist, sinon de vous plaire, il me faut necessairement disposer à vouloir ce que vous voulez.

Toutesfois s'il est possible, ie vous prie, qu'en cecy vous suiuiez ma volonté, sçauoir est de retarder vn peu vostre depart, à fin que ce pendant, en imaginant vostre absence & departement, ie puisse par vne continuelle pensee aptendre à souffrir d'estre sans vous.

Et certainement cecy ne vous

lio nel 4. de l'Eneida.

il tempo medesimo il quale hora alla stagione mena maluagio: m'è fauoreuole.

Non vedi tu il cielo pieno d'oscurità continuo minacciare grauissima pestilenza alla terra, con acque, con neui, con vēti, e con ispauenteuoli tuoni.

Et come tu dei sapere, hora per le continue pioggie ogni picciolo riuo è diuenuto vn grande & potente fiume.

Chi è colui, che sì poco se medesimo ami, che in così fatto tempo si metta à caminare?

Dunque in questo fa il mio piacere, il quale se far non vuoi, fa il tuo deuere. Lascia i dubbiosi tempi passare, & aspetta il nuouo; nel quale & tu meglio, & con meno pericolo andrai.

Et io già co'tristi pensieri costumata, piu patientemente aspettaro la tua tornata.

doit estre facheux à faire : le temps mesme, lequel nous meine maintenant à la saison mauuaise, m'est fauorable.

Voyez vous par le ciel plein d'obscurité, menacer continuellemét la terre d'vne tresgrande pestilence, auec pluyes, neiges, vents, & espouuentables tonnerres?

Et comme vous deuez sçauoir, maintenant par les continuelles pluyes, tout petit ruisseau est deuenu vne grande & puissante riuiere.

Qui est celuy qui s'aime tant peu, lequel se mette en chemin en vn temps si fascheux?

Faictes donc en cecy ma volonté, & si vous ne la voulez faire, faictes au moins vostre deuoir. Laissez escouler le mauuais téps & douteux, & attédez le nouueau; auquel vous pourrez mieux & auec moins de danger, vous mettre en chemin.

Et estant desia duicte & accoustumee aux tristes pensees, i'attendray plus patiemment vostre retour.

A queſte parole egli non indugio la riſpoſta, ma diſſe: Cariſſima giouane l'an-
goſcioſe pene, & le varie ſollecitudini;
nelle quali io contro al mio piacer ti la-
ſcio, & quelle, che meco ſenza dubbio ne
porto: mitighi la lieta ſperanza della futura tornata.

Ne di quel: che coſi qui, come altroue
(quando tempo ſarà) mi dee giungere
(cioè la morte) e ſenno d'hauer penſiero
ne de futuri accidenti a nocere poſſibili, et
ancora a giouare.

Douunque, ſe l'ira, ò la gratia di Dio
coglie l'huomo; quiui & il bene male ſenza potere altro, gli conuien ſoſtenere.

Adunque tutte queſte coſe ſenza ba-
dare nelle mani di lui, miglior di noi con-
ſapeuole de'noſtri biſogni laſcia ſtare; &
à lui con prieghi ſolamente addimanda,
che vengano buone;

Che mai d'altra donna io ſia, che di Fiã

Conuie
ne al-
l'homo
oſteue-
re qua-
lunque
accidẽ-
te.

Il n'arresta point à respondre à ces parolles, mais il dist. Ma grande amie, la gaye esperance du futur retour mitige les angoisseuses peines, & les diuerses solicitudes, esquelles malgré moy, ie vous laisse, & celles que sans doute, i'emporte quant & moy.

Et n'est prudence de se soucier de ce qui me doit arriuer, quand il en sera temps, aussi bié icy qu'ailleurs, sçauoir est de la mort, ny des accidents à venir, qui peuuent nuire & seruir aussi.

Si l'ire ou la grace de Dieu veut accueillir l'homme, il est force qu'il endure ou le bié ou le mal en quelque lieu qu'il soit.

Parquoy il faut laisser, & remettre, sans perdre temps, toutes ces choses là entre les mains de Dieu, qui sçait mieux que nous ce qui nous est necessaire : le priant tant seulement qu'il nous aduiéne bien.

Mais que iamais ie sois à autre damoiselle que Fiammette, à peine

metta; appena (ancor, ch'io voleßi) il potrebbe far Gioue; con si farta cadena ha il
mio cuore Amor legato sotto la tua signoria.

Et di ciò ti rendi secura; che prima la
terra porterà le stelle, & il cielo arato da
buoi producera le mature biade, che Panfilo sia d'altra donna, che tuo.

L'allungar di spatio; che chiedi alla
mia partita; se io il credeßi & à te, & à
me vtile; piu volentieri, che tu ne'l chiedi
farei.

Ma quanto quello foße piu lungo; cotanto il nostro dolor sarebbe maggiore.

Io hora partendomi, prima sarò tornato, che quello spatio sia compiuto, ilqual
chiedi per apparare a sofferire; & quella
noia in questo meZo haurai, non essendoci io, che hauresti pensando al mio detter-
mi partite.

Et alla maluagità del tempo, come al-

(encore que ie le vouluſſe) Iupiter
le pourroit faire; tant Amour a lié
eſtroitemét mon cœur, ſouz voſtre
ſeigneurie.

Et vous aſſeurez de celà : car la
terre portera pluſtoſt les eſtoilles,
& le ciel labouré du ſoc, par les
bœufs, produira pluſtoſt les bleds
meurs, que Pamphile ſ'adonne à
vne autre femme que vous.

Le prolonger du temps que vous
demandez à mon depart, ſi ie le péſois profitable & à vous & à moy,
ie le ferois plus volótiers que vous
ne le demandez.

Mais d'autant que le retarder ſeroit plus long, d'autant ſeroit auſſi
plus grande noſtre douleur.

Si ie m'en vay maintenant, ie ſe-
ray retourné deuant que cet eſpace
de temps ſoit accomply , lequel
vous demandez pour apprendre à
ſouffrir ; & ce pendant, ſi ie ne ſuis
icy, vous aurez l'ennuy, que vous
auriez penſant à mon deparremét.

Et quant à l'iniure & malice du

tra volta vſo di ſoſtenere, prendero io ſa-
lutenole rimedio il quale voleſſe Dio, che
coſi ritornãdo già l'operaſſi, come partendomi il ſaprò operare.

Et perciò con forte animo ti diſponi à
ciò; che quando pur far ſi conuenga; ſia
meglio ſubito oprandolo paſſare, che con
triſtitia e paura di farlo aſpettare.

Coſtu-
me di
che a-
ma.

Le mie lagrime quaſi nel mio parlare
allentate altra riſpoſta attendendo, vdẽ-
do queſta crebbero in molti doppi.

Et ſopra il petto ſuo poſata la graue teſta, lungamente dimorai ſenЗa piu dirli,
& varie coſe nell'animo riuolgendo ne
affermar ſapeua, ne negar ciò, che è diceua.

Ma oime chi haurebbe a quelle paro-
le riſpoſto; ſe non ſi: fa quel, che ti piace; et

temps, comme d'autre fois accouſtumé de l'endurer, i'vſeray de conuenable remede, & pleuſt à Dieu,
qu'en retournant ie m'en ſeruiſſe
ainſi, qu'en allant ie m'en ſçauray
bien ſeruir.

Et pour cete cauſe, diſpoſez vous
courageuſemét à cecy, que veu que
c'eſt vn faire le faut, il vaut mieux,
par le faict, incōtinét paſſer ce réps,
& partir, qu'attédre de ce faire, auec
peur & triſteſſe.

Mes larmes, quaſi par mes paroles, moderees & retardees, attendás
autre reſponce, & oyans cete-cy,
augmenterent pluſieurs fois doublement.

Et ayant miſe ma teſte peſante
ſur ſon eſtomac, ie demouray long
temps, ſans parler à luy dauantage,
penſant diuerſes choſes en mon eſprit, & ne pouuois affirmer ny nier
ce qu'il diſoit.

Mais, helas ! qui euſt reſpondu à
ces paroles, ſinō ouy: faites ce qu'il
vous plaiſt, & retournez bien toſt?

torna tosto? niuna credo.

Et io non senza grauißima doglia & molte lagrime, dopo lungo indugio cosi gli rißosi; aggiungendogli, che gran cosa, se egli viua mi trouaße nel suo tornare, senza dubbio sarebbe.

Queste parole dette, l'vn confortato dell'altro, rasciugammo le lagrime: & a quelle ponemmo sosta per quella notte.

Et serbato l'vsato modo innanzi la sua partita (che pochi giorni fu poi) me piu volte venne a riuedere; benche aßai d'habito & di voler trasmutata dal primo mi riuedeße.

Ma venuta quella notte, laquale deuea eßer l'vltima de'miei beni; con varij ragionamenti non senza molte lagrime la trappaßammo Laquale, ancora che eßa per la stagione del tempo foße delle piu lunghe breuißima mi parue, & gia il giorno a gli amanti nimico cominciata

certainement nulle.

Et apres auoir tardé long temps, ie luy respondy ainsi, non sans tresgráde douleur, & plusieurs larmes; aioustant, que s'il me trouuoit en vie à son retour, certainement, ce seroit vne grande chose.

Ayant dict ces choses, l'vn consolé de l'autre, nous cessames les larmes, & icelles pour nous fut mise fin, pour cete nuict-là.

Et selon sa coustume, auant son departement (qui fut peu de iours apres) il vint plusieurs fois me reuoir, bien qu'il me reuist beaucoup changee & d'habit & de vouloir, autre que deuant.

Mais quand la nuict fut venue, laquelle deuoit estre la derniere de mes biens, nous la passames en diuers propos & deuis, non sans plusieurs larmes; laquelle, encore que pour la saison du temps, elle fust des plus longues, me sembla fort courte; & le iour ennemy des amás, auoit desia commencé d'oster la

haueua a tor la luce alle stelle , del quale vegnente poi che'l segno venne a gli
occhi miei, strettißimamente lui abbracciando coſi dißi.

O dolce ſignor mio chi mi ti toglie?qual
Dio contenta forza la ſua ira verſo di
me coſi adopra,che viuente ſi dica Panfilo non è là , doue la ſua Fiammetta dimora?

Oime ch'io non ſo hora , oue tu ne vai.
Quando ſarà,che io piu ti debba abbrac-
ciare?Io dubito,che mai.

Io non ſo ciò , che'l cuore miſeramente
indouinando gioua dicendo;et coſi amaramente piangendo , et riconfortando lui
piu volte il baſciai.

Ma dopo molti ſtretti abbracciamenti
ciaſcun pigro a leuarſi la luce del nuouo
giorno ſtringendoci;pur ci leuammo.

Et apparecchiandoſi egli già di darmi

lumiere aux eſtoilles , duquel venât depuis que le ſigne fut venu à mes yeux , ie dis ainſi en l'embraſſant eſtroitement.

O mon doux Seigneur, qui eſt-ce qui me priue de vous ? quel Dieu exerce auec ſi grande force ſon ire contre moy, que l'on die, Pamphile n'eſt pas là ou ſa Fiammette demoure?

Ah a!ie ne ſçay pas où vous allez: quand ſera ce plus que ie vous embraſſeray ? Ie penſe que ce ne ſera iamais.

Ie ne ſçay ce que le cœur miſerablement deuinant m'alloit diſant, & ainſi plorant amerement, & luy me conſolant, ie le baiſay pluſieurs fois.

Mais apres pluſieurs eſtroicts embraſſemés, comme chacun de nous fuſt pareſſeux de ſe leuer, & la lumiere du nouueau iour nous contraigniſt, à la fin nous nous leuaſmes.

Et ſ'apreſtant deſia de me donner

Signor mio; ecco tu te ne vai, & in
brieue tempo la tua tornata prometti; faccia mi di ciò (se si piace) la tua fedde secura; si che io (nõ parendomi in vano pigliar le tue parole) di ciò prenda quasi
come di futura fermezza, alcun conforto
aspettando.

Alhora egli le sue lagrime con le mie
mescolando, al mio collo (credo per la fatica doll'animo, graue) pendendo con debile voce disse.

Donna io ti giuro per lo luminoso Ap-
pollo; il quale hora surgente oltre à nostri
disii con velocissimo passo di piu tostana
partita dona cagione, & i cui raggi io
attendo per guida; & per quello indisso-
lubile Amore, che io ti porto; & per
quella pietà, che hora da te mi diui-

les derniers baisers, ie commençay
la premiere, en larmoyant, telles parolles.

Monsieur, voicy que vous vous
en allez, & en peu de temps, vous
me promettez voſtre retour; que
voſtre foy me réde, ſ'il vouſt plaiſt,
de cecy certaine, de maniere que ne
me ſemblant prendre ou receuoir
en vain, vos paroles, ie reçoiue de
cecy en attendant, comme d'vne future fermeté & aſſeurance, quelque
conſolation.

· A cete heure-là meſlât ſes larmes
auec les miennes, pendu à mon col
(peſant ce croy-ie, à cauſe du trauail de l'eſprit) il diſt d'vne debile
voix.

Ma dame, ie vous iure, par le lumineux Apollon, lequel ſe leuant
maintenant outre nos deſirs, par
ſon tres-vite pas, donne occaſion
de haſter mon depart, & duquel
i'attens les rayons pour guide, &
par cet indiſſoluble amour que ie
vous porte, & par la pieté, laquelle

de, che'l quarto mese non vscirà, che(con-
cedendolo Iddio) tu mi vedrai qui tornato.

Et quindi presa con la sua la mia destra mano, à quella parte si volse, doue le
sacre imagini de'nostri Dij figurate ve-
deansi; & disse, O santissimi Dij vgualmente del cielo gouernatori & della terra; siate testimoni alla presente promissio-
ne; & alla fede data mia destra, & tu
amore di queste cose consapeuole sia presente, e tu ò bellissima camera a me piu a
grado che'l cielo a gli Dij, si come testimo
nià secreta de'nostri desii se stata; cosi si-
milmēte guardà le dette parole; alle quali
se io per difetto, di me vengo meno, cotal
verso di me l'ira di Dio si dimostri, qual
quella di Cerere in Erisitone, o di Diana
in Atteone; od in Semele di Giunone ap-
paruegia nel passato.

Et questo detto me con somma valōra

maintenant me separe de vous, que
le quatriesme mois ne se passera,
Dieu aydât, sans que vous me voiez
de retour.

Et puis m'ayant prins la main
droicte, de la sienne, il se tourna en
celle part, où l'on voioit les sacrees
images de noz Dieux, & dist.

O Dieux tressaincts, gouuerneurs,
egalement du ciel & de la terre,
soyez tesmoins de la presente promesse, & foy donnee, baillant la
dextre; vous Amour consentant de
ces choses soyez present, & vous ô
tresbelle chambre, qui m'estes plus
agreable que n'est le ciel aux Dieux,
comme vous est tesmoin secrete de
nos desirs, gardez semblablemét les
paroles que i'ay dictes, ausquelles si
ie contreuiens, par ma faute, que
l'ire de Dieu se monstre telle enuers
moy, que celle de Ceres s'est monstree par le passé contre Erisiton; dë
Diane, contre Acteon; ou de Iunon
contre Semele.

Et ayant dict cela, il m'embrassa

abbracciò, vltimamente à Dio dicendo con retta voce.

Pio, che egli coſi hebbe parlato; io miſera vinta dall'angoſcioſo pianto appena potei riſpõdere alcuna coſa ma pur esforzandomi tremãti parole ſpinſi fuori della triſta bocca in cotal forma.

La fede alle mie orecchie promeſſa, & data alla mia deſtra mano dalla tua fermi Gioue in cielo con quello effetto; col qual Iſide fece i prieghi di Teletuſa; & in terra, ſi come io deſidero & ſi come tu chiedi, la faccia intera.

Et accompagnato lui in ſino alla porta del mio palagio volendo dire à Dio, ſubito fu la parola tolta alla mia lingua; & il cielo à gli occhi miei.

Et quali ſucciſa roſa ne gli aperti campi fra le verdi frondi ſentendo i ſolari i raggi cade perdendo il ſuo calore, cotal ſemiuiua caddi nelle braccia della mia ſerua, & dopo non picciolo ſpatio aiuta-

d’vne tresgrande volonté, disant en fin, A Dieu, d’vne voix entrerôpue.

Apres qu’il eut ainsi parlé, à peine, pauure que ie suis, vaincue de pleur & angoisse, peu ie respôdre aucune chose; ce neantmoins, en m’efforçant, ie mis hors de ma triste bouche, en tremblant, ces paroles.

Que Iupiter ratifie au ciel, la foy promise à mes aureilles, & donnee à ma main droicte, de lavostre, auec tel effect, qu’Isis fit, des prieres de Teletuse; & la fasse entiere en terre, comme ie desire, & comme vous voulez.

Et l’ayant accompagné iusques à la porte de mon palais, voulant dire à Dieu, la parole fut incontinent ostee à ma langue; & le ciel à mes yeux.

Et comme la rose, aux champs ouuers, entre les verdes fueilles, sentant les rayons du Soleil, tombe en perdant sa couleur, ainsi ie tombay demy-morte, entre les bras de ma seruante, & assez long temps

ta da lei fedeliſſima, con freddi licori riuocata al triſto mõdo mi riſenti; & ſpe-
rãdo anchora, che egli alla mia porta foſſe, quale il furioſo Toro riceuuto in mortal colpo furibondo ſi leua ſeltellando: cotale io ſtordita leuandomi (appena ancora veggendo) corſi : & con le braccia
aperte la mia ſerua abbracciai credendo
prendere il mio Signore; & con fioca voce et rotta dal pianto in mille parti diſſi.

ʹO anima à Dio. La ſerua tacque conoſcendo il mio errore. Ma io poi in me ri-
uenuta, & nel vero il mio hauer fallito
veggendo con pena mi ritenni, che vn'altra volta inſimile ſmarimento non ca-
deſſi.

ʹil giorno era gia chiaro in ogni parte.
onde io nella mia camera ſenza il mio
Panfilo veggendomi, & datorno mirã-

apres, fecouruë d'elle qui m'eftoit
tresfidele, ie me fenty reuoquee au
pauure môde, par froides liqueurs:
& penſant qu'il fuſt encore à ma
porte; comme le furieux Taureau,
ayant receu le coup mortel, ſe leue
forcené, bondiſſant; ainſi me leuât
toute eſtourdie, & à peine voyant
encore, ie couru, & les bras ouuers,
i'embraſſay ma feruante, penſant
prendre mon Seigneur Pamphile:
& d'vne voix foible, & rompuë du
pleur, en mille parts, ie dis.

O mon ame à Dieu! La feruante
ſe teut, cognoiſſant mon erreur.
Mais quand ie fu reuenue à moy, &
voyât que ie m'eſtois abuſee, à peine me peux-ie garder que ie ne tô-
baſſe encore vne autre fois en tel
euanouiſſement & pamoiſon.

Il faiſoit deſia grand iour par tout;
parquoy me voyant en ma chambre fans mon Pamphile, & regardant tout à l'entour de moy, & par
vn long eſpace de temps, ignorant
& ne ſachant comme cela eſtoit

demi e per ispatio lunghissimo come ciò
aduenuto si fosse ignorando, la serua dimandai, che di lui fosse, & ella piangendo rispose.

Gia è gran pezza, che lui nelle sue
braccia qui recateui da voi il soprauegnente giorno con lagrime infinite à forza diuise.

A cui io dissi; Dunque si è pure egli
partito? si, rispose la serua: laquale ancora io seguendo addimandai.

Hor con che affetto si partì? con graue,
rispose ella, & niuna mai piu dolente ne
vidi.

Curiosità di amante.   Poi seguitai. Quali furono gli atti suoi?
& che parole disse nella sua partenza?
& ella rispose.

Voi quasi morta nella mie braccia rimasa, vagando la vostra anima non so
doue, egli si recò tosto, che tale viuide, nel
le sue teneramente: & con la sua mano
nel

aduenu, ie demanday à ma feruante
où il eſtoit allé: & elle me reſpondit en pleurant.

Il y a deſia long temps, que vous
ayant icy en ſes bras, le iour ſuruenant l'a ſeparé de vous auec larmes
infinies.

A laquelle ie dis; Eſt-il donques
party? Ouy reſpondit la ſeruante; à
laquelle ie demanday encore; continuant.

De quel viſage eſt-il party? bien
faché, reſpondit elle, & ne vis iamais aucun plus dolent & triſte.

Apres ie pourſuiuy à dire; quelles
eſtoient ſes contenances, & quels
propos a il tenu à ſon depart? & elle
me reſpondit;

Vous eſtát demouree quaſi morte entre !mes bras, errant & vagant
voſtre ame, ie ne ſçay où, auſſi toſt
qu'il vous a veuë en ce poinct, il
vous a prinſe doucement entre les
ſiens, & cherchant, auec ſa main, en
voſtre ſein, ſi la peureuſe ame eſtoit
auec vous, l'ayant trouuee qui

nel nostro petto cercato , se con voi fosse la
paurosa anima , trouatala forte battendo
piangendo cento volte & piu à gli vltimi basci credo, che vi richiamasse.

Ma poi,che voi immobile , non altrimenti che marmo, vide,quiui recò ; &
dubitando di pieggio,lacrimãdo piu volte basciò il vostro viso,dicendo.

O sommi Dij , se nella mia partenza
peccato alcuno si contiene; venga sopra di
me il giudicio,non sopra la non colpeuole
donna.

Rendete a'luoghi suoi la smarrita anima ; si che di questo vltimo bene ; cioè di
vedermi nella mia partita , & di darmi
gli vltimi basci dicendo a Dio; & ella,et
io siamo consolati.

Ma poi,che egli vide voi non risentir-
ui quasi senza consiglio ignorando che
farsi pianamente in sul letto posataui;
quale le marine onde d'auenti, & dalla
pioggia sospinte, hora innanzi vengono,
& hora adietro si tornano; cotale da voi

battoit fort, ie penſe, qu'en pleurant, il vous ait appellee, aux derniers baiſers, plus de cent fois.

Mais depuis qu'il vous a veuë immobile, comme vn marbre, il vous
a portee icy; & craignant pis, en
larmoyant bien ſouuent il a baiſé
voſtre viſage, diſant.

O Dieux ſouuerains, ſi quelque
faute eſt comprinſe en mon depart,
que voſtre iugement en tombe ſur
moy, non ſur cete innocente damoiſelle.

Rendez l'ame foruoyee, en ſon
lieu, de maniere que de ce dernier
bien, ſçauoir eſt de me voir à mon
depart, & de me dõner les derniers
baiſers, en diſant à Dieu; & elle &
moy ſoyons conſolez.

Mais quand il a veu que vous ne
retourniez à vous, ne ſachant quaſi
que faire, & vous mettant doucement ſur le lict, comme les ondes
marines agitees des vents & de la
pluye, ores viennent en auant &
ores retournent arriere, ainſi ſe

partēdosi insino in sul limitare dell'uscio
della cāmera pigramente andando miraua per le fenestre il minacciante cielo nemico alla sua dimora; & quindi subitamente verso di voi ritornato, da capo ri-
chiamandoui: aggiugnendo lagrime, &
basci al vostro viso.

Ma poi, che cosi hebbe fatto piu vo'te,
vegendo che piu lunga non poteua esser
con voi la sua dimora, abbracciandoui
disse.

O dolcissima donna, vnica speranza
del tristo core; laquale tu à forza partendomi, lascio in dubia vita; Iddio ti rē-
da il perduto conforto: & te à me tanto
serbi, che insieme felici ancora ci possiamo
riuedere, si come sconsolati ne diuide l'a-
mara partenza.

Et come le parole diceua; cosi continuamente piangeua tanto forte, che i singhiozzi del suo pianto piu volte mi fecero

departant de vous, allant paresseu-
sement sur le sueil de l'huis de la
chambre, il regardoit par les fene-
stres, le ciel menaçant ennemy &
contraire à sa demeure : & de là, incontinent retourné vers vous , il
vous appelloit de plus belle , en
pleurant & baisant voftre visage.

Et apres auoir ainsi faict plusieurs
fois, voyant qu'il ne pouuoit demourer plus long téps auec vous,
il dist en vous embrassant.

O ma tresdouce maistresse, vnique esperance de mon triste cœur,
laquelle, m'en allant à force, ie laisse
en vie douteuse ; Dieu vous vueille
rendre la consolation perdue, &
vous preserue & garde tant que
nous nous puissiós reuoir heureux,
l'vn l'autre, cóme le facheux de part
nous separe & laisse desolez.

Et comme il proferoit ces paroles, il pleuroit aussi tousiours si fort,
que les sanglots de ses pleurs m'ont
faict plusieurs fois craindre , que
nous ne fussions entenduz , non.

paura;che nõ da'nostri di casa,ma da'ui-
cini sentiti fossero.

Ma poi piu non potendo dimorare per
la nemica chiarezza soprauegnente; con
maggiore abondanza di lagrime disse; à
Dio.

Et quasi a forza tirato percotendo forte
il piede nel limitar dell'uscio, uscì delle
nostre case:Onde uscito si saria detto, che
egli appena potesse andare: anzi ad ogni
passo volgendosi, quasi pareua sperare,che
voi risentita, io il douessi chiamare a riuedermi.

Tacque alhora quella & io ò donne,
Augu- quale voi potete pensare: cotale dolendo-
rio infe mi della partita del curo amante, sconso-
lice. lata piangendo mi rimasi.

Il fine del secondo libro.

seulement des nostres de la maison,
mais aussi des voisins.

Mais apres, ne pouuant plus demourer, à cause de l'ennemie clarté
suruenante, il a dict A Dieu, auec
plus grande abondance de larmes.

Et quasi tiré à force, frappant fort
le pied, au sueil de l'huis, il est soity
de nostre maison. Et estant dehors,
l'on eust dict qu'à peine, il pouuoit
aller, ains se tournant à chacun pas,
il sembloit quasi esperer, qu'estant
venue à vous, ie le deusse appeller,
pour vous reuoir.

Elle se teut à cete heure là, & moy
aussi, ô mes Dames, qui demouray
telle que vous pouuez penser, pleurant desolee, & portant vn grand
regret du depart de mon cher
Amant.

K iiij

LA FIAMMETTA
DI M. GIOVANNI
BOCCACCIO.

LIBRO TERZO.

VAL voi hauete udito di sopra donne: cotal il mio Pã-filo dipartito, rimasi : & piu giorni con lagrime di tal partenza mi dolsi ; ne altro era nella mia bocca (benche tacitamente fusse) che, ò panfilo mio, come puote egli essere, che tu m'habbia lasciata?

Certo tra le lagrime mi daua tal no-me? (ricordandolo) alcun conforto. Niuna parte della mia camera era, ch'io con desiderosißimo occhio non riguardas-

LE TROISIESME
LIVRE DE LA
Fiammette de Iean
Bocace.

Es Dames, apres le de-
part de mon Pamphile,
ie demouray en l'estat
que vous auez ouy cy
dessus, & fu plusieurs iours doléte,
auec larmes, d'vn tel departement;
ne se trouuant, en ma bouche autres paroles (bien que ce fust tacitement) que celles cy; ô mon amy Pã-
phile, comment est-il possible que
vous m'ayez laissée?

Certainement entre les larmes,
vn tel nom, me resouuenant d'iceluy, me donnoit quelque consolation. Il n'y auoit aucun endroit de
ma chambre, où ie ne regardasse

ſi, fra me dicendo.

Qui ſedette il mio Panfilo: qui giacque
qui mi promiſe di tornar toſto: qui il baſciai io, et brieuemente ciaſcun luogo m'e-
ra caro.

Io alcuna volta meco medeſima fin-
gena lui deuere ancora indietro tornando
venirmi à vedere: er quaſi, ſi come ſe
veziato foſſe, gli occhi all'uſcio della mia
camera riuolgena; er rimanẽdo dal mio
imaginamento beffata coſi mi rimaneua
cruccioſa, come ſe con verità foſſi ſtata ingannata.

Io più volte per cacciare da me i non
vtili riguardamenti, incominciai molte
coſe à voler fare: ma vinta da nuoue ima
ginationi: quelle laſciando, il miſero cuore
con non vſato battimento continuamente m'infeſtaua.

Io mi ricordaua di molte coſe, lequali

d’ynœil trefdefireux, difant en moy-
mefme.

Mon Pamphile s’eft affis là; il s’eft
couché là; il m’a promis icy de retourner bien toft; ie l’ay baifé en cet
endroit: brief, chacun lieu m’eftoit
cher & aymable.

Ie faignois aucunefois moy-mefme, qu’en retournant arriere, il deuoit encore venir me voir, & côme
s’il fuft venu, ie tournois les yeux à
l’huis de ma chambre; & demourant deceuë & abufee de mon imagination, ie demourois autant fachee, comme fi à la verité, i’euffe efté
trompee.

Et plufieurs fois, pour chaffer de
moy les vains & inutils regards, ie
commençay à vouloir faire beaucoup de chofes; mais vaincuë de
nouuelles imaginations, laiffans ces
chofes là, mon pauure cœur, par vn
battement inufité, me trauailloit
fans ceffe.

Il me fouuenoit de beaucoup de
chofes, que ie voudrois auoir dites,

io vorrei hauerle dette, quelle, che dette-
gli haueua, & le sue repetendo con meco
stessa.

Et in tal maniera non fermando l'animo à cosa alcuna, piu giorni mi stetti dogliosa.

Poi che la doglia grauißima per la nuoua partenza incominciò per interposiviõ
di tempo alquanto ad alleuiare; à me in-
cominciarono à venir piu fermi pensieri:
& venuti se medesimi con ragioni veri-
simili difendeuano.

Et non dopo molti dì dimorand'io ne
la mia camera sola, m'auenne, ch'io meco
à dir cominciai.

Ecco hora l'amante è partito, & vas-
sene & tu misera, non che dirli à Dio, ma
renderli i basci dati al morto viso, ò vederlo nel suo partir non potesti.

Lequali cose egli forze tenendo à mẽte;
à se d'alcuno caso noioso gli auiene della

rememorant celles que ie luy auois
dict, & luy à moy.

Et en cete maniere, n'arrestant mõ
cœur à aucune chose, ie demouray
plusieurs iours fachee.

Depuis que la tresgrande douleur
& facherie, pour le nouueau departement, commença par interposi-
tion & laps de temps, à se moderer
vn peu, les plus fermes pensees cõ-
mencerent à me venir; & estans venues, elles se defendoient elles-mes-
mes, par raisons vraisemblables.

Et peu de iours apres, demourant
seule en ma chambre, m'aduint de
commencer à dire en moymesme.

Voicy, que maintenant, l'Amant
est party & s'en va; & tu n'as peu,
chetiue, ie ne diray seulement, luy
dire à Dieu, mais aussi rendre les
baisez, donnez au visage mort, ou
le voir à son depart.

Desquelles choses se souuenant
parauanture, ou s'il luy aduiét quelque facheux accident, prenant de
ton silence, mauuais augure & pre-

tua taciturnità malo augurio predende, forse di te si biasimeta.

Giamā ti spesso si riprē donno è si scu- sano.

Questo pensiero mi fu nel principio al-l'animo molto graue; ma nuouo consiglio da me il rimosse: perciò che meco pensan-do dissi.

Di qui non dee biasimo alcun cadere; perciocbe egli sauia piu tosto il mio auenimento prenderà in augurio felice, dicendo. Ella non disse à Dio, si come si suol dire à quelli, iquali ò per lungamente dimorare: ò non tornare sogliono partir da altrui: ma tacendo me seco quasi riputando d'hauere breuissimo spatio disegnò alla sua dimora & cosi me con meco racconsolata lasciai questo andare, intrando in altri varij & noui pensieri.

Io dolorosa staua sola, & pur di lui del tutto pensosa dimoraua, & hor qua, & hor per la camera mi voltaua: & alcuna fiata fra me stessa diceua, standomi, con la mano sotto il capo appogiata al mio letto.

fage,il fe plaindra poſſible de toy.

Ceſte penſee me fut du commencement fort faſcheuſe;mais vn nouueau conſeil me la retrancha, pour
ce que péſant en moymeſme,ie dis:

De cete part ne me peut tomber
aucun blaſme , pourée que luy qui
eſt pluſtoſt ſage,prédra mõaccidét,
& taciturnité,pour vn heureux preſage , diſant ; Elle n'a dict à Dieu,
comme l'on a de couſtume de dire
à ceux,leſquels ont accouſtumé de
departir d'autruy, ou pour demourer long temps, ou pour ne retourner: mais me taiſant, quaſi reputant auoir peu d'eſpace de temps ,
il deſigna ſa demeure : & ainſi
m'eſtant en moy-meſme reconſo-
lee,ie le laiſſay aller, entrant en autres,diuerſes & nouuelles penſees.

I'eſtois dolente ſeule,& ne péſois
en autre qu'en luy , & me tournois
ores çà ores là,par la chambre ; &
aucunefois ie diſois en moymeſme,
me tenant la main ſouz le chef, ap-
puyee à mon lict.

Hora giugneſſe qui il mio Panfilio & coſi ſtando in queſti , & in altri penſieri entraua.

Alcuna altra volta con piu grauezza mi venne penſato lui hauere il piè percoſſo nel limitar dell'uſcio della mia camera , ſi come la fedel ſerua m'haueua detto: & ricordandomi : che à niuno altro ſegnale Laudomia preſe tãta formezza; quanto ad uno coſi fatto del non redituro Proteſilao gia molte volte ne piãſi quel medeſimo di ciò. temendo ; che m'a uenuto.

Ma non capendomi alhora nell'animo che auenir mi deueſſe , quaſi vani cotali penſieri imaginai di deuer laſciare andar via.

I quali però non ſi partiuano à mia poſta:ma tal volta de gli altri ſoprauegnendo queſti m'uſciuano di mente; & ſe pēſana à que' gia venuti: i quali tanti & tali erano,che di loro il numero , non che

Pleuſt à Dieu que mon Pamphile arriuaſt maintenant ; & me tenant en cete maniere, i'entrois d'vne pé-ſee en autre.

Vne autresfois , ie penſois, auec plus d'ennuy, qu'il ſ'eſtoit frappé le pied au ſueil de l'huis de ma cham-bre, comme la fidele ſeruante m'a-uoit dict ; & me ſouuenant que Laudomie ne print à autre ſigne que cetuy-là, ſi grande certitude de Proteſilee n'ayant à retourner, i'en ay pleuré beaucoup de fois , crai-gnant le meſme, qui m'eſt aduenu.

Mais ne pouuant comprendre à cete heure là en mó eſprit, que cela me deuſt aduenir, i'imaginay que ie deuois laiſſer telles penſees, comme vaines.

Leſquelles toutesfois ne ſ'en al-loient, à ma fantaſie & volonté ; mais aucunefois , ſuruenant d'au-tres, celles-cy me ſortoient de l'eſ-prit, & ie penſois à celles qui m'eſ-toient deſia venues , leſquelles eſtoient en ſi grand nóbre & telles,

altro, grauerebbe il ricordarsi.

Le fati-
che so-
gliono
trarre a i
giouani
l'amor
della
mente.

Egli non mi venne pure vna volta
sola nell'animo l'hauer gia letto n'essersi
di Ouidio, che le fatiche traheuano a'giouani Amor delle menti; anzi mi veniua
tante volte, quanto io mi ricordaua lui
essere à camino.

Et sentendo, quello non picciolo affanno, et massime à chi è di riposo, vso, od il
fa contro voglia; forte meco dubitaua in
prima non quello hauesse forza di torle-
mi: et poi la non vsata fatica, et il noioso tempo gli fossero cagion d'infirmità, o
di peggio.

Et in questo molto mi ricorda piu, che
ne gli altri dimorare occupata; benche
souente io, et dalle sue medesime lagrime
da me vedute, et dalle mie fatiche; lequali mai non mutarono la mia fermezza; argomenta; non potere essere veri,

que i'aurois bien de la peine de me
souuenir de la quantité d'icelles.

.. Et toutesfois ne me vint seulement vne fois en l'esprit & fantasie, d'auoir leu és vers d'Ouide, que
les trauaux tiroiét amour du cœur
& pensee des ieunes gens : ains cela
me venoit tant de fois en l'esprit,
qu'il me souuenoit, qu'il estoit en
chemin.

Et sentant cet ennuy non petit,
principalement à qui est de repos,
ie doutois fort en moy-mesme, premierement que cela eust force de
me l'oster, & puis que le trauail nó
accoustumé, & le temps fascheux,
luy fussent occasion de maladie, ou
de pis.

Et en cecy, il me souuient que
i'ay demsouré beaucoup plus occupee, qu'és autres choses, bien que
souuent i'argumête, & par ses mesmes larmes quei'ay veües,& de mes
trauaux, lesquels ne changerent iamais ma fermeté, ne pouuoir estre
vray, que pour vn si petit ennuy,

che per coſì picciolo affanno ſi ſpegneſſe,
Amor coſì grande, ſperando ancora, che
la ſua giouane età, & la diſcrettione da
altro accidente noioſo nel guarderebbeno.

Coſì adunque à me opponendo, è riſpõ-
dendo, & ſoluendo, tanti giorni trappaſ-
ſai; che non chi lui alla ſua patria perue-
nuto penſai ſolamente, ma ancora ne fui
per ſua lettera fatta certa.

Laquale eſſendo à me per molti cagioni gratioſiſſima, lui arder coſì, come mai
mi fece paleſe; & con maggiori promeſſe
viuificò la mia ſperanza del ſuo tornare.

Da queſta hora innanzi partiti i primi penſieri, nuoui in luogo di quelle ſubitamente ne nacquero. Io alcuna volta
diceua.

Hora Panfilo vnico figliuolo al vecchio padre, da lui (il quale gia molti anni no'l vide) con grandiſſima feſta riceuuto, non che egli di me ſi ricordi; ma credo, che maledica meſi, ne'i quali qui di-

vn si grand amour s'amortist, espé-
rant aussi que son ieune aage, & la
discretion le garderoient d'autre
facheux accident.

Ainsi donc opposant, respondant
& venant à souldre, ie passay tant
de iours, que non seulement ie le
pensay paruenu en son pays, mais
aussi i'en fu acertenee par sa missiue.

Laquelle m'estant pour plusieurs
raisons tresagreable, me fit cognei-
stre qu'il estoit aussi ardant qu'il fut
onques; & auec plus grandes promesses, viuifia l'esperance que i'a-
uois de son retour.

D'orenauant, estans les premieres pésees departies de moy, autres
vindrent incontinent en leur place.
Ie disois aucunefois.

Maintenant Pamphile vnique fils
du vieil pere (lequel auoit demouré tant d'annees priué de luy) receu
auec tresgrande feste, ne se souuient
tant s'en faut de moy, que ie pense,
qu'il maudisse les mois, esquels, diuerses occasions l'ont retenu icy,

uerse cagioni per amor di me il ritennero.

E riceuendo honore hor da queste amico, hor da quell'altro, biasima forse me, che altro, che amarlo non sapeua, quando qui era.

Et gli animi pieni di festa sono atti à potere esser tolti da un luogo, et essere obligati ad un'altro.

Deh hor potrebbe egli essere, che io in cosi fatta maniera il perdessi? certo appena che io il possa credere.

Dio cossi, che questo auenga; & come egli ha me tenuta & tiene tra miei parenti: & nella mia Città sua; cosi lui tra suoi, e nella sua conserui mio.

Oime con quante lagrime erano mescolate queste parole: & con quante piu sarebbono state; se vero hauessi creduto ciò che esse medesime vero indouinauano. Auenga che quelle, che alhor non ven-

pour l'amour de moy.

Et receuant honneur ores d'vn
amy, ores d'vn autre, il me blasme
paruanture, qui ne sçauois faire
autre chose que l'aymer, quand il
estoit icy.

Et les cœurs pleins de feste &
ioye sont propres à pouuoir estre
ostez d'vn lieu, pour s'obliger à vn
autre.

Ah, se pourroit-il bien faire, maintenant que ie le perdisse en cete
maniere? certainement à peine le
peux-ie croire.

Ia à Dieu ne plaise que celà aduienne: & comme il m'a tenue &
tient, entre mes parens & en ma
ville, pour sienne, ainsi qu'il le conserue mien, entre les siens, & en la
sienne.

Mon Dieu, auec combien de larmes estoient meslees ces paroles; &
comme elles l'eussent esté dauantage, si i'eusse pésé veritable, ce qu'elles mesmes deuinoient pour chose
vraye, bien que depuis i'aye espádu

nero, io poi in molti doppi habbia ſparte
in vano.

Oltre à cotal ragionamento l'anima
ſpeſſe volte conoſcitrice de'ſuoi futuri mali, preſa da nõ ſo che paura tremaua forte: laqual paura piu volte in cotal penſiero ſi riſoluette.

Panſilo hora nella ſua Città piena di
tempij excellentiſſimi, & per molte grã-
diſſime feſte pompoſi viſita quelli; i quali
ſenza alcun dubio troua di donne piene:
lequali (ſi come io ho molte fiate vdito)
oltre che belliſſime ſiano di leggiadria,
& di veghezza tutte l'altre trapaſſano;
ne alcune ne ſono con tanti lacciuoli da
pigliare animi, con quanti eſſe.

Deh chi puote eſſer ſi forte guardiano
di ſe medeſimo, doue tante coſe concorro-
no; che poſto che egli pur non voleſſe, &
non

en vain, doublement, celles, qui ne
me vindrent à cete heure là.

Outre ce discours, l'ame qui cognoist souuétesfois ses futurs mal-
heurs, prinse de ie ne sçay quelle
peur, trembloit fort; & cete peur se
vint à resouldre plusieurs fois en
telle pensee.

Pamphile estant à cete heure en
sa ville, pleine de tresexcellens temples, & pompeux à cause de plusieurs tresgrádes festes, visite ceux,
lesquels sans doute il trouue pleins
de femmes; lesquelles (comme i'ay
ouy dire beaucoup de fois) outre
ce qu'elles sont tresbelles, passent
de gentillesse, bonne grace & gail-
lardise, toutes les autres; & ne se
trónuent aucunes auec tát de laqs,
pour prendre & lier les cœurs, que
celles là en ont.

Ah qui est celuy qui peut estre si
forte garde de soymesme, où tant
de choses sont concurrentes & se
trouuent ensemble, que bien qu'il
ne le voulust, il ne soit au moins

L

non sia almen per forza alcuna volta preso.

Et io medesima fui per forza presa. Et oltre à ciò le cose nuoue sogliono piu, che l'altre piacere. Adunque è leggiera cosa, che egli à loro nuouo possa piacere; & esse à lui similmente.

Le cose nuoue soglion piu che l'altre piacere.

Oime quanto m'era graue cotale imaginamento; il quale, che non douesse auenire, appena poteua da me cacciare, in cosi fatta maniera dicendo.

Come potrebbe Panfilo; che tu piu, che se, ama; riceuere nel cuore da te occupato un'altro amore, nõ sai tu quiui essere stata alcuna ben degna di lui? laqual con maggior forza, che con quella de gliocchi s'ingegno d'intrarui; ne vi puote onde tornare, appena essendo tuo si come egli è; quà trappassando ancora qualũque donne si siano di bellezza & d'arte le Dee?

Come adunque vuoi, che egli cosi tosto

quelquefois prins par force?

I'ay esté moy-mesme par force prinse, & dauantage les choses nouuelles ont accoustumé de plaire plus que les autres. C'est donc chose legere & facile, qu'il puisse, nouueau, leur plaire, & elles mesmes semblablement à luy.

Mon Dieu, qu'vne telle imagination m'estoit fascheuse! & à peine me pouuois-ie exempter de croire que cela ne deust aduenir, disant ainsi.

Comment Pamphile, qui t'ayma plus que soy-mesme, pourroit receuoir au cœur saisy de roy, vn autre amour? Sçais tu pas bien qu'il s'est trouué icy quelqu'vne bien digne de luy, laquelle, auec plus grande force que celle des yeux, s'est efforcee, d'auoir place en son cœur, & n'a peu, estant tien, bien qu'elle passast toutes autres femmes, de beauté, & d'art, les Deesses?

Comment donc veux-tu qu'il se puisse enamourer si tost que tu

come tu dì, innamorar ſi poſſa? Et oltre à
queſto credi tu, che egli la fede à te promeſſa voleſſe per alcun'altra rómpere?

Egli no'l farebbe giamai: et perciò nella
ſua diſcrettione ti dei fidare. Tu dei ragioneuolmente penſare: che egli non è ſi
poco ſauio, che non conoſca; che mattamé-
te fa chi laſcia, quel; ch'egli ha per ac-
quiſtar quel, che non ha; ſe già quel che
laſciaſſe, non foſſe piccioliſſima coſa per
acquiſtare una grandiſſima: et di ciò
ſperanza hauere infallibile dei, che queſta non puo auenire.

Percioche (ſi ſe tu hai il vero udite) tu
ſareſti nel numero delle belle nella ſua
terra; laquale niuna piu ricca di te ne
tiene o piu gentile, et oltra à queſto, cui
trauarebbe egli: che coſi l'amaſſe, come tu
l'ami?

Eſſo (ſi come in ciò eſperto) conoſce
quanta fatica ſia il diſporre una danna,
che di nuouo piaccia, à farſi amare.
Lequali, ancor che amino (il che di

Matta-
mente
fa chi la
ſciaquel
che ha,
per ac-
quiſtar
quel
che non
ha.

dis? Et outre cela, penſes tu qu'il
vouluſt rompre la foy qu'il t'a promiſe, pour aucune autre?

Il ne le feroit iamais : & pour
cete cauſe, tu te dois fier en ſa diſcretion. Tu dois péſer à iuſte cauſe,
qu'il n'eſt pas tant peu aduiſé, qu'il
ne cognoiſſe, que celuy eſt fol, qui
laiſſe ce qu'il a, pour acquerir ce
qu'il n'a pas : ſi d'auenture ce qu'il
laiſſeroit n'eſtoit vne choſe treſpetite, pour en acquerir vne treſgrande; & quãt à cela vous deuez croire
infailliblement que cecy ne peut
aduenir.

Car (ſi tu as ouy dire verité) tu
ſerois au nombre des belles en ſon
pays, lequel n'en a vne plus riche
que toy ou plus gentile; & dauantage qui trouueroit-il qui l'aimaſt
comme ie l'ayme?

Il ſçait bien luy-meſme (comme
expert en cela) quelle peine il y a, à
diſpoſer vne femme qui plaiſe de
nouueau, à ſe faire aymer.

Et les femmes encores qu'elles

rado auiene) sempre il contrario mostraua di ciò, che disiaua.

Egli (quando pur te non amasse intorno a molte cose, altri suoi fatti impedito) non potrebbe hora uacare; & dimesticar nouelle donne: & però di ciò non pésare, ma tieni per certa regola, che quáto tu ami, cotanto sei amata. Oime quáto falsamente argomentaua fatta sofistica contro il vero.

La gelosia di rado abandona gli amanti.

Ma con tutto il mio argomentare mai non mi patei dell'animo cacciare la miserabile gelosia, entrataui per giunta de gli altri miei danni.

Ma pur quasi veramente arguissi, alquanto alleuiata, à mio potere da tal pensiero mi scóstaua.

O carissime donne, acciò ch'io non metta il tempo in raccontar ciascuno mio pésiero; quali le mie opere piu solliciti fosseno ascoltarete, ne di ciò pigliarete ammiratione p se furono nuoue; percioche non

ayment (ce qui n'aduient pas fou-
uent) monftrent toufiours le contraire de ce qu'elles defirent.

Pamphile, quand bien il ne t'aymeroit, eftant empefché à plufieurs
fiennes affaires, ne pourroit maintenant auoir loifir, & pratiquer
nouuelles maiftreffes : & pourtant
ne te mets en peine de celà, mais
tiens pour certaine reigle, que tu
és autant aymée que tu aymes.

Mais nonobftant tous mes argumens, ie ne me peu iamais ofter du
cœur, la miferable ialoufie, laquelle
y eft entrée, pour accroiffemét de
mes autres maux & dommages.

Ce neantmoins, côme fi i'euffe
vraiment argumenté, vn peu allegee, ie m'eflongnois tant qu'il m'e-
ftoit poffible, de telle penfee.

O gracieufes Dames, à fin que ie
ne perde & employe du temps, à
raconter chacune mienne penfee,
vous orrez quelles eftoient & furent mes plus fongneufes œuures:
& ne vous efmerueillez fi elles fu-

quali io l'hauerei volute, ma quali Amore le mie daua, seguirle mi conueniua.

Egli trappassauano poche mattine, ch'io leuata non saliße nella piu eccelsa parte della mia casa, & quindi non altrimenti, che i marinai sopra la gabbia del loro legno saliti, speculano se scoglio o terra vicina scorgono, che gli impedisca ; riguardaua tutto il cielo; poi verso l'oriente fermata consideraua quanto il sole sopra l'oriZonte leuato haueße del nuouo giorno passato ; & quanto io il vedeua piu inalZato ; cotanto diceua il termine piu auicinarsi della tornata di Panfilo.

Et quasi con diletto quello molte volte rimiraua salire ; & discernendo hora alla mia ombra fatta minore, et hora allo spatio del suo corpo alla terra fatto maggiore, la salita quantita, meco steßa diceua, lui piu pigramente, che mai andare, et

rent nouuelles, pource qu'il me falloit les suiure; non telles que ie les
eusse bien voulues, mais telles que
Amour les me donnoit.

Peu de matinees se passoient, que
estant leuée, ie ne montasse au plus
haut de ma maison, où ny plus ny
moins que les mariniers, montez
sur la hune de leur nauire, guettent
s'ils descouuriront point quelque
escueil, ou terre prochaine, qui les
empesche; ie regardois tout le ciel;
& puis m'arrestant vers l'Orient, ie
consideróis combien le Soleil leué
sur l'orizó, auoit passé du nouueau
iour; & d'autant plus que ie le
royois haut, d'autát plus disois-ie
le terme du retour de Pamphile
s'aprocher.

Et souuentesfois ie le regardois
monter, quasi auec plaisir; & discer-
nant ores à mó ombre faicte moindre, & ores à l'espace de son corps,
à la terre faict plus grand, de combien il estoit haut, ie disois en moy-
mesme, qu'il alloit plus paresseus-

più dare à giorni di spatio nel Capricor-
no, che nel Cancro dar non solea.

Et così similmente lui à mezo cerchio
solito, diceua à diletto starsi à riguardar
le torre; & quantunque egli uelocemente
si calasse all'occaso, mi parena tardi.

Gli an-
tichi se-
gnano i
giorni
con pie-
tre.
Il quale poi che tolta al nostro mondo
la sua luce, alle stelle la loro lasciaua mostrare; io contenta molte volte meco i dì
passati annouerando, quello con gli altri
passati con una picciola pietra segnaua
non altrimenti, che gli antichi i lieti da'
dolenti spartendo, con bianche & uere
pietruzze soleuano fare.

O quante volte gia mi recorda, che innanzi tempo io la vi giunsi parendomi

ment que iamais, & qu'il donnoit aux iours plus d'espace, au Capricorne, qu'il n'auoit accoustumé de donner au signe de l'Escreuice.

Et ainsi estant semblablement monté au demy cercle, ie disois qu'il demouroit & s'arrestoit pour son plaisir, à regarder les terres; & combien qu'il descendist vitement en l'Occident, il me sembloit neätmoins tardif.

Et apres qu'iceluy ayant osté sa lumiere à nostre monde, il laissoit monstrer aux estoilles la leur; esiät ioyeuse, & comptant plusieurs fois en moy-mesme, les iours passez, ie marquois ceruy-là auec les autres, d'vne petite pierre, ny plus ny moins que les anciens, diuisans les ioyeux, des tristes & infortunez, auoient accoustumé de ce faire auec de petites pierres blanches & noires.

O combien de fois, il me souuient, que deuant le temps i'arriuay là, me semblát aduis qu'autant

tanto del termine dato deuersi scemare:
quanto piu tosto l'aggiungeua al trappassato hora le pietruzze per li passati se-
gnate, & hora quelle,che per que'che era
no à passare stauano,annouerando: bēche
di ciascune ottimamente il numero nella
mente haueßi quasi ogni volta speraua
l'vne cresciute, & l'altre deuer trouare
scemate.

Cosi il disio mi trasportaua volonterosa alla fin del tempo dato.

Adunque vsata questa sollecitudine
uana il piu delle volte nella mia camera
mi tornaua,quiui piu volentieri sola,che
accompagnata.

Per fuggir i noceuoli pensieri; quando
sola mi truouaua,aprendo vn mio forzie-
ra di quello molte cose gia state sue ad vna
ad vna traheua: & quelle con quel desi-
deria,ch'io soleua gia lui riguardare, rimiraua: & mirauele: appena le lagrime

de terme donné se deuoir diminuer, que plustost ie l'adioustois au
passé; & contant ores les petites
pierres marquees, pour les iours
passez, & celles qui restoient pour
les iours qui estoient encores à passer, bien que de chacune d'icelles
i'en eusse le nombre en mon esprit,
ie m'attendois & esperois quasi à
toute heure, deuoir trouuer les
vnes creuës, & les autres dimi-
nuees.

Tant le desir me transportoit,
de paruenir à la fin du temps &
terme donné.

Apres donc, que le plus souuent,
i'auois prins en vain cete peine &
sollicitude, ie m'en retournois en
ma chábre, & là ie me tenois plus
volótiers seule que accompagnee.

Et pour euiter les nuisibles pensees, quand ie me trouuois seule,
i'ouurois vn mien cofre; & tirois
d'iceluy, l'vne apres l'autre, beaucoup de besongnes, qui auoient
esté siennes, & les regardois d'vn

ritenute, ſopirando le baſciaua: & quaſi
come ſe intelligenti creature ſtate foſſeno,
le dimandaua; quando ci ſarà il Signore?

Quindi riſpoſte quelle infinite lettere à
me da lui mãdate traheua fuori: et quelle quaſi tutte leggendo, con lui, quaſi parendomi ragionare: ſentiua non poco conforto.

Et molte volte fu, che io la mia ſerua
chiamata varij parlamenti con lei tenni
di lui hora dimandandola, qual fuſſe la
ſua ſperanza della tornata di Panfilo; hora dimandandola quel, che di lui le pa-
reſſe: talhora ſe di lui haueſſe vdito alcuna coſa.

Alle quali coſe eſſa o per piacermi, o
pur ſecondo il ſuo parere il vero riſpondē-

meſme deſir & affection, que i'a-
uois accouſtumé autresfois de le
regarder : & les ayant contemplees
& regardees, à peine retenant les
larmes, ie les baiſois en ſouſpirant;
& commeſi elles euſſeut eſté creatures pourueuës d'entendement, ie
leur demandois; Quand ſera icy voſtre Maiſtre?

Apres, les ayant remiſes en leur
place, ie tirois deliors les lettres infinies qu'il m'auoit enuoyees, & les
liſant quaſi toutes, me ſemblant
quaſi parler & deuiſer auecluy, ie
receuois vne grande conſolation.

Et maintesfois eſt aduenu, que
ayant appellé ma ſeruante, ie luy tenois diuers propos, de luy; ores luy
demandant quelle eſperance elle
auoit du retour de Pamphile; ores
ce qui luy ſembloit de luy, & quelle
opinion elle en auoit; & aucunesfois ſi elle auoit ouy quelques nouuelles de luy-meſme.

Auſquelles demandes ou pour
me plaire, ou bien, ſelon ſon aduis,

domi, non poco mi consolaua: et così molte volte gran parte del dì trapassaua con
poca noia.

Non meno, che le già dette cose, pietose
donne m'era caro il visitare i tempij: &
il sedere alla mia porta con le mie compagne; doue spesso da i ragionamenti varij
alquanto erano dà me rimosse le mie sollecitudini infinite ne' quali luoghi stando
piuvolte m'auenne, che io vidi di que'gio
uani, iquali io molte volte con Panfilo
haueua veduti ne mai, che gli vedessi, a-
uenia, che io tra loro non mirassi, quasi
tra essi deuessi Panfilo rivedere.

O quante volte in ciò auedutamente
ingannata fui. Et, come ingannata fossi,
mi giouaua di loro vedere: i quali (se il
loro affetto non mi mentiua) vedeua
della mia compassione medesima pieni:
& quasi del loro compagno rimasi soli,

me respondant la verité, elle me
consoloit beaucoup:& ainsi ie passois souuent vne grande partie du
iour,auec peu d’ennuy & facherie.

Et non moins que les susdites
choses,piteuses dames, m’estoit a-
greable de visiter les temples,& de
me seoir à ma porte auec mes compagnes,où souuent,par diuers propos & deuis, mes ennuis & peines
infinies m’estoient vn peu retranchees;& estár en ces lieux, m’aduenoit souuentesfois de voir aucuns
des ieunes hómes, lesquels i’auois
veuz plusieurs fois,auec Pamphile;
& iamais ie ne les voyois,que ie ne
regardasse parmy eux , comme si
i’eusse deu y reuoir Pamphile.

O combien de fois i’ay esté tró-
pee en cela,le sachant bien:& comme si i’eusse esté deceuë , i’estois
bien aise de les voir; lesquels (si
leur visage ne m’estoit menteur) ie
voyois pleins de ma compassion
mesme;& quasi demeurez seuls &
priuez de leur compagnó,ils ne me

mi pareuano non così lieti, come soleuano.

Oh che voler fu piu volte il mio di di-
mandargli, che fosse del loro compagno, se
la ragione non m'hauesse tenuta.

Ma certo la fortuna in ciò alcuna volta mi fu benigna, che non credendo essi,
di lui ragionando in alcuno luogo, esser
da me intesi, dissero la sua tornata esser
vicina.

Quanto ciò mi piacesse, in vano m'affa-
ticherei d'essprimerlo.

In questa maniera adunque con cotali
pensieri, con così fatte apere, & con molte
altre a queste simili, m'ingegnaua di trap
passare i giorni, a me nella loro picciole_
Za grauosi, la notte appetendo; non perche
io a me piu vtile la sentissi: ma perche ve
nuta, era meno del tempo a trappassare.

Amore
assicura   Poi che'l dì le sue hore finite era dalla

sembloient pas si ioyeux que de
couſtume.

I'eu pluſieurs fois enuie de leur
demander qu'eſtoit deuenu leur
compagnon, ſi la raiſon ne m'euſt
retenue & gardee de ce faire.

Mais certainément la fortune me
fut en cela fauorable & benigne,
en ce qu'iceux parlans de luy en
quelque lieu,& ne penſans pas que
ie les entendiſſe, ils dirent que ſon
retour eſtoit prochain.

En vain ie mettrois peine de dire
ou exprimer, combien cela me fut
agreable.

En cête maniere donc, auec telles penſees, telles œuures & actiõs,
& pluſieurs autres ſemblables à
celles cy, ie m'efforçois de paſſer
les iours,qui m'eſtoient ennuyeux,
encores qu'ils fuſſent petis,& deſirois la nuict, non pour m'eſtre plus
vtile & auantageuſe, mais pour ce
qu'eſtant venue, il y auoit moins
de temps à paſſer.

Apres que le iour, ayant finy ſes

notte occupato, noue sollecitudini le piu
volte mi s'appressauano.

Io dalla mia pueritia nelle notturne tenebre, paurosa accompagnata d'Amore
erà diuenuta sicura.

E sentendo gia nella mia casa ciascun
riposare, sola alcuna volta là, doue la mat
tina il Sole montare, hauea veduto, me ne
saliua; & quale Arunte tra bianchi
marmi de' monti Lucani i corpi celesti, et
i loro moti speculaua: cotaloio la notte lū
ghißime hore trahente sentendo à miei
sonni le varie sollecitudini esser nemiche,
da quella parte il cielo miraua; & i suoi
moti piu, che altri veloci, meco tardißime
reputaua.

Et alcuna volta volti gli occhi attenti
alla cornuta Luna, non che alla sua ricon
dità correßi: ma piu acuta Luna notte, che
l'altra la giudicaua.

heurés, eſtoit occupé & prins de la
nuict, le plus ſouuent nouueaux
ſouciz & peines m'accoſtoient.

Et dés mon enfance, ayant eſté
peureuſe, és tenebres de la nuict, ie
eſtois deuenue aſſeuree & hardie,
eſtant accompagnee d'Amour.

Et quand ie ſentois que chacun
repoſoit en ma maiſon, ie montois
aucunefois ſeule, là où le matin i'a-
uois veu monter le Soleil, & comme Aruns, entre les marbres blâcs,
des monts Lucains, conſideroit les
corps celeſtes & leurs mouuemés,
ainſi la nuict treſlongue, ſentant
que le ſoucy & la peine eſtoit contraire à mon repos & ſommeil, ie
regardois le ciel de celle part, & re-
putois en moy-meſme, les mouue-
mens d'iceluy, plus vites qu'autres,
fort tardifs.

Et aucunesfois, tournant atteeti-
uement les yeux à la Lune cornue,
faſché qu'elle ne couroit à ſa ron-
deur, ie la iugeois plus aigue vne
nuict, que l'autre.

E tanto era il mio disio piu ardente, quanto piu tosto le quattro volte col suo veloce corso voluto haurei, che consumate fossero.

O quante volte: ancor che freddissima luce porgesse, la mirai io ha diletto lunga fiata, imaginando, che cosi in essa fossero albora, come i miei fissi gli occhi del mio Panfilo.

Il quale hora io non dubito, che essendogli io gia di mente vscita, non che egli alla Luna mirasse, ma solo vn pensiero non hauendone, nel suo letto si riposasse.

A'gli amanti, che a pettano il ritorno della cosa

Et ricordomi, ch'io della lentezza del corso di lei crucciandomi, con varij suoni seguendo gli antichi errori, aiutai il corso di lei alla sua retenditá á peruenire, alla qual poi che peruenuta ella era; quasi contenta dell'intero suo lume, alle nuoue

Et d’autant mon defir eftoit plus ardant, que plus i’eufſe voulu, que les quatre tours & reuolutions d’icelle au moyen de ſon vite cours, euſſent efté parfaictes & confommees.

Combien de fois, encores qu’elle rendiſt vne lumiere tresfroide, l’ayie regardee long temps à plaiſir, imaginant qu’à cete heure là, les yeux de mon Pàmphile fuſſent, comme les miens, fichez en icelle?

Mais ie ne doute point, à cete heure que, luy eftant deſia ſortie de la penſee, tant ſ’en faut qu’il regardaſt à la lune, que meſmes n’y penſant pas ſeulement, i’eftime qu’il repoſoit en ſon lict.

Et me ſouuient, qu’eftant faſchee de la tardifueté du cours d’icelle, ie luy ayday, par diuers ſens, ſuiuant les anciennes erreurs à paruenir à ſa rotódité; à laquelle apres qu’elle eftoit paruenue, quaſi contente de ſa lumiere entiere & accomplie, il ne ſembloit point qu’elle ſe ſou

amata,
ogni ho
ra ſem
bra tar
diſsima

corna non pareua, che di tornar ſi curaſ-
ſe; ma pigra nella ſua ritondità dimoraua; auenga che io di ciò l'haueſsi quaſi in
medeſima tal volta per iſcuſata piu gratioſo reputando lo ſtare con la ſua madre,
che ne gli oſcuri regni del ſuo marito ritornare.

Ma ben mi ricordo, che ſpeſſo gia le vo-
ti in prieghi per li ſuoi agenolmente uſa-
te, riuolſi in minaccie, dicendo. O Febea
mala guiderdonatrice di riceuuti ſeruigi,
io con pietoſi prieghi le tue fatiche m'ingegno di menomare; ma tu con pigre dimoranZe le mie non ti curi d'accreſcere.

Et però ſe piu a'biſogni del mio aiuto
cornuta ritorni, me coſi alhora ſentirai pi
gra come io hora te diſcerno.

Hor nõ ſai tu, che quanto piu toſto quatro volte cornuta, & altrettante tonda

ciaſt de retourner à ſes nouuelles
cornes: mais elle demouroit pareſſeuſe, en ſa rotondité, combien
qu'en cela, ie la tinſſe quaſi en moy-
meſme aucunefois, pour excuſee,
reputant choſe plus gracieuſe de
demourer auec ſa mere, que de retourner aux obſcurs Roiaumes de
ſon mary.

Mais i'ay bien ſouuenance, que ie
tournay ſouuent en menaces, les
paroles autresfois aiſément vſees,
en prieres, par les ſiens, diſant.

O Lune, qui guerdonne mal les
plaiſirs receuz, ie m'efforce par pi-
teuſes prieres d'amoindrir tes trauaux; mais, par ta pareſſeuſe demeure, tu ne te ſoucies pas d'accroiſtre
les miens.

Et pour cete cauſe, ſi tu as plus
affaire de mon ayde, tu me trouueras à cete heure là pareſſeuſe, côme
ie te cognois maintenant telle.

Or ſçais tu pas bien, que tât pluſtoſt tu te ſeras monſtree quatre
fois cornue, & quatre fois pleine

t'haurai moſtrata ; cotanto piu toſtô il mio Panſilo tornerami?

Il quale tornato, coſì tarda & veloce, come ti piace, corri per li tuoi cerchi.

Certo quella demenza medeſima , che me a far cotali prieghi induceua quella ſteſſa tolſe ſi me a me , che mi fece parere alcuna volta, che eſſa temoroſa delle mie menaccie s'auacciaſſe nel corſo ſuo à'miei piaceri, & altre volte , quaſi non curandoſi di me, piu che l'vſato pareua, che tardaſſe.

Queſto riguardar la ſouente me ſi nota del ſuo andamento rende , che ella non di corpo pieno, ed in alcuna parte era del cielo , o con qualunque ſtella congiunta che io non haueſſi della notte il tempo paſſato, & lo auenire giudicato ditramente.

Similmente l'una & l'altra Orſa (ſe eſſa non foſſe parutaper) lũga eſperienza me ne facenano certa.

ou ronde, d'autant pluſtoſt mon
Pamphile retournera?

Lequel eſtant retourné, cours par
tes cercles & ſpheres, tát tardifue &
vite que tu voudras.

Certainement la meſme folie, laquelle m'induiſoit à faire telles
prieres, m'a tellement priuee de
moy-meſme, qu'elle ma faict aucunesfois ſembler, qu'icelle craignát
mes menaces, haſtaſt ſon cours,
comme ie voulois; & autres fois, ne
ſe ſouciát quaſi de moy, il ſembloit
qu'elle tardaſt plus que de couſtume.

Et pource que ie la regardois
ſouuent, ie cognoiſſois tellement
ſon cours, qu'elle n'eſtoit pleine,
ou en aucune partie du ciel, ou có-
ioincte à quelque eſtoille que ce
fuſt, que ie n'euſſe bien iugé le téps
paſſé & l'aduenir de la nuict.

Semblablement l'vne & l'autre
Ourſe (ſi la Lune ne fuſt apparuë)
m'en faiſoient certaine par vne lógue experience.

M ij

Deh chi crederebbe, che Amore m'hauesse potuto mostrare; astrologia, arte da
sottilißimi ingegni, & non da mente occupata dal suo furore?

Quãdo il cielo d'oscurißimi nuuo!è pieno, & trascorso da varij, & sonanti uẽti per parte questa vedũta mi toglieua; alcuna volta (se altro affare non mi occo-
reua) ragunate le mie fanti cõ meco nella mia camera; & racccontaua, & faceua raccontare historiè diuerse : lequali
quanto piu erano lunghe dal vero (come
il piu cosi fatte genti le dicono) cotantò
pareua che hauessero maggior forza a cac
ciare i sospiri, & a recare festa a me ascoltante; si che io alcuna volta con tutta
la malinconia di quelle lietißimamente
risi.

Et se questo forse per cagion legitima
non poteua essere ne i libri diuersi ricercando l'altrui miserie, & quelle alle mie
conformando, quasi accompagnata ser-

Ha, qui péſeroit qu'amour m'euſt
peu monſtrer l'Aſtrologie, art de
treſſubtil eſprit, & non d'entendement occupé de ſa fureur?

Quand le ciel plein de treſobſcu-
res nuees, bourſouflé de ſonnans
& diuers vents, m'oſtoit en partie
cete vëüe, aucunefois (ſi ie n'auois
autre choſe à faire) aſſemblant mes
ſeruantes auec moy en ma chambre, ie racontois & faiſois raconter
diuerſes hiſtoires : leſquelles, tant
plus eſlongnees de la verité(cóme
le plus ſouuent telles manieres de
gens les diſent) ſembloient d'autát
plus auoir de force à chaſſer les
ſouſpirs , & m'ameiner plaiſir &
ioye, en les eſcoutant : de maniere
que nonobſtant toute ma melancolie, i'en riois aucunesfois de bon
cœur.

Et ſi d'auanture cecy ne ſe pouuoit faire, pour quelque occaſion
legitime, recherchant és diuers liures les miſeres d'autruy, & les
conformant aux miennes, me ſen-

tendomi, con meno nuoia il tempo paſ-
ſaua.

L'hauer
compa-
gnia ne
le miſe-
rie, age-
uola le
pene.

Ne ſo qual piu gratioſo mi foſſe, o vedere i tempi traſcorrere, o trouargli (in altro eſſendo ſtata occupata) eſſer traſcorſi.

Ma poi, che l'operationi predette, &
altre m'haueuano per lungo ſpatio tenuta occupata quaſi à forza ancora aſſai bene conoſcendo che in vano, me n'andaua
a dormire anzi piu toſto a giacer per dormire.

Et nel mio letto dimorando ſola, & da
niun rumore impedita, quaſi tutti i preteriti penſieri del dì mi veniuano nella
mente; & mal mio grado con molto piu
argomenti & pro, & contra mi faceuano repetere.

Et molte volte voli entrare in altri; et
rade furono quelle; nelle quali io il poteſ-
ſi ottenere, ma pure alcuna volta loro à
forza laſciati, giacendo in quella parte,

tant quaſi accompagnee, ie paſſois le temps, auec moins d'ennuy & facherie.

Et ne ſçay qui me venoit le plus à gré, ou de voir les temps courir & paſſer, ou de les trouuer paſſez, ayát eſté empeſchee en autre choſe.

Mais depuis que les ſuſdictes actions, & autres m'auoient long temps tenue occupee, quaſi par force encore, cognoiſſant bien que c'eſtoit en vain, ie m'en allois dormir, ains pluſtoſt m'en allois-ie coucher, pour dormir.

Et demourant ſeule en mon lict, n'eſtant empeſchee d'aucun bruit, les penſees du iour me reuenoient quaſi toutes en l'eſprit : & malgré moy, me faiſoiét repeter beaucoup plus d'argumens, pour oppugner & defendre.

Et maintesfois voulois-ie entrer en autres; mais peu ſouuent y pouuois-ie venir : & toutesfois, les laiſſant aucunesfois par force, me couchant du coſté où mon bien-aymé

oue il mio Panfilo era giaciuto, quasi sentendo di lui alcun odore, mi pareua esser contenta.

Et lui tra me medesima chiamaua; & quasi mi deuesse vdire, il pregaua, che tosto tornasse.

Varie imaginati amanti.

Poi lui imaginaua tornato, & meco fingēdo molte cose gli deceua, & di molte il dimandaua: & io stessa in suo luogo mi rispondeua.

Et alcuna volta m'auenne, che io in cotali pensier m'adormentai; & certo il sonno m'era alcuna volta assai piu gratioso, che la vegghia; percioche quel, che io con meco falsamente vegghiando fingieuia; esso, se durato fosse, non altrimenti, che vero, mel concedeua.

Il sono spesso rapresēta le cose che si amano.

Egli alcuna volta mi pareua tornato, & con lui vagare in giardini bellissimi, di frōdi, di fiori, e di frutti varij adorni, quasi da ogni temenza, rimoti si come gia

Pamphile s'estoit couché, s'entant
quasi de luy quelque odeur, il me
sembloit que i'estois contente.

Et ie l'appellois en moy-mesme,
& comme s'il eust deu m'ouir, ie le
priois qu'il retournast bien tost.

Apres, ie m'imaginois qu'il estoit
retourné, & faignant en moy-mesme ie luy disois beaucoup de choses, & luy en demandois plusieurs:
& ie me respondois moy-mesme
au lieu de luy.

Et aucunefois m'auenoit de m'é-
dormir en telles pensees; & certainement le sommeil m'estoit aucunefois plus gracieux, que le veiller;
car quand il duroit, il m'octroyoit
& dónoit, cóme pour chose vraye,
ce qu'en veillant ie faignois faussement en moy-mesme.

Il me sembloit aucunefois retourné, & que ie me promenois
auec luy en de tresbeaux iardins,
ornez de fueilles, de fleurs & de
fruicts, hors de toute crainte &
doute, comme nous auons faict

facemmo; & quiui lui per mano tenendo, & esso me farmi ogni suo accidente
contare; & molte volte auanti, che'l suo
dire hauesse fornito, mi pareua bascian-
dolo rompergli le parole; & quasi vero
paredomi ciò che io vedeua, diceua.

Deh è gli vero, che tu sia, tornato? certo
si è, io ti pur tengo; & quindi da capo il
basciaua.

Altra volta mi pareua con lui essere
sopra i marini liti in lieta festa; & tal
volta fu; che io affermai meco medesima,
dicendo.

Hor pur non sogno io d'hauerlo nelle
mie braccia. O quãto m'era discaro, quãdo aueniua, che'l sonno da me si partisse;
il quale partendosi, sempre seco se ne portò
ciò, che senza sua fatica m'haueua prestato.

Et ancora, ch'io ne rimanessi assai ma-
lincenosa: non per tanto tutte il di seguẽ-

autresfois : & là le tenant par la
main, & luy moy, il m'eſtoit aduis
que ie luy faiſois raconter tout ſon
accident : & maintesfois deuât qu'il
euſt acheué de parler, qu'en le bai-
ſant, ie luy interrompois la parole :
& me ſemblât comme vray, ce que
ie voyois, ie diſois.

Ha eſt-il vray que vous ſoyez retourné? quoy qu'il en ſoit, ie vous
tiens neantmoins : & puis, ie recom-
mençois à le baiſer.

Il me ſemble vne autresfois que
i'eſtois auec luy, ioyeuſe, aux riuages de la mer; & telle fois a eſté, que
ie l'affirmois en moy-meſme, diſant.

Ie ne ſonge pas maintenant que
ie l'ay entre mes bras; & que i'eſtois
faſchee, quand il auenoit; que le
ſommeil ſe departoit de moy! lequel ſe departant, emportoit touſiours quant & luy, ce que ſans aucune peine il m'auoit preſté.

Et combien que i'en demouraſſe
fort melácolique, ie ne demourois,

te bene sperando contentissima dimoraua
desiderãdo, che tosto la notte tornasse, acciò ch'io dormẽdo quello hauessi, che ueg-
ghiando hauer non poteua. Et benche cosi
gratioso alcuna uolta mi fosse il sonno:
nondimeno non fosserse egli, ch'io cotal
dolcezza senza amaritudine mescolata
sentissi.

Percioche furono assai di quelle uolte,
che egli me'l pareua uedere de uilissimi
uestimenti uestito: tutto non so di che
macchie oscurissime macchiato, pallido,
& pauroso: & si come cacciato fosse, uerso me gridare, aiutami.

Altre uolte mi pareua udir parlare, à
piu persone della sua morte, & tal uolta
fu ch'io dauanti me'l uidi morto & in
altre molte, e uarie forme à me spiacenti:
il che niuna uolta auenne, che il sonno

pourtant, le iour enſuiuant, fort
contente,eſperant bien ; & deſirois
que la nuiĉt retournaſt, à fin que
i'euſſe en dormát, ce que ie ne pouuois auoir en veillant.

Et combien qu'aucunesfois le
ſommeil me fuſt ſi gracieux, il ne
ſouffroit neantmoins que ie ſentiſſe
vne telle douceur, ſans eſtre meſlee
de quelque amertume.

A cete cauſe, maintesfois a eſté
qu'il m'eſtoit aduis que ie le voiois
veſtu de tres-viles & pauures habillemens, tout taché de ie ne ſçay
quelles taches fort noires, paſle &
peureux ; & comme ſ'il euſt eſté
chaſſé, il me ſembloit le voir crier
vers moy;à l'ayde;ſecourez moy.

Autrefois, il m'eſtoit aduis que
i'oyois parler de ſa mort à pluſieurs
perſonnes,& telle fois eſt aduenu,
que ie le voiois mort deuant moy,
& en pluſieurs autres & diuerſes
formes, qui m'eſtoient deſplaiſan-
tes ; en quoy il n'eſt iamais aduenu
que le ſommeil euſt plus grandes

haueſſe maggiori le forze, che'l dolore.

Et ſubitamente ſuegliata; & la vanità del mio ſogno conoſcendo, quaſi contenta d'hauer ſognato ringratiaua Dio; non,
che io turbata non rimaneſſi, temendo nõ
le coſe vedute: ſenon tutte almeno in parte foſſeo vere, o figure di vere.

Ne mai: quantunque io meco diceſſi;
& d'altrui vdiſſi vani eſſere i ſogni : di
ciò era contenta; fin che io di lui non ſapeua nouelle: dele quali io aſtutiſſimamẽ-
te era diuenuta ſollecita dimandatrice.

In cotal guiſa, qualevdito hauete, i giorni & le notti trapaſſaua aſpettando.

E il vero, che auicinãdoſi il tempo della promeſſa tornata, ſtimai, che vtile conſiglio foſſe il viuer lieta; onde le mie bellezza alquanto ſmarrite per l'hauuto
dolore ritornaſſeno ne'loro luoghi, acciò

forces, que la douleur.

Et tout incontinent reueillee, cognoissant la vanité de mon songe,
ie remerciois Dieu, quasi contente
d'auoir songé, non pas que ie ne de-
mourasse troublee, craignant que
les choses venës, fussent, sinon du
tout, au moins en partie vraies, ou
figures de la verité.

Et combien que ie disse en moy-
mesme, & ouysse dire à autruy, que
les songes sont vains, ie n'estois iamais contente de celà, iusques à ce
que ie sçeusse nouuelles de luy, desquelles ie m'enquerois finement &
en estois deuenue fort curieuse.

Ie passois en la maniere que vous
auez ouy, les iours & les nuicts en
attendant.

Il est vray que s'aprochant le
temps & terme du retour promis,
i'estimay vne vtile deliberation &
conseil de viure ioyeuse, à raison
dequoy mes beautez, aucunement
perdues à cause de l'ennuy & douleur, retournassent en leur place, à

che à lui tornato essendo; io disformata
non potessi dispiacere.

Et questo mi fu assai ageuole à fare;
perciò che'l gia essermi ne gli affanni vsata; quelli con pochissima fatica mi faceua
portare, & oltre à ciò la propinqua speranza del promesso tornare con non vsata letitia ogni dì mi si faceua piu sentire.

Io le feste non poco interlasciate; dado
di ciò al sozzo tempo cagione veggendo
il nuouo ricominciai ad vsare.

Ne prima l'animo da grauissime ama-
ritudini ristretto si cominciò in lieta vita ad ampiare; ch'io piu bella, che mai ritornai.

Vani pē-
fieri che
fanno
gli amā-
u. Et li cari vestimenti, & le pretiosi ornamenti: non altrimenti, che il caualier
per la futura battaglia risarcisce le sue
forti armi doue bisogna; feci belli; accia

ce qu'estant changee & diforme, ie
ne luy peusse desplaire, quand il seroit retourné.

Et cecy me fut assez aisé à faire ;
pource qu'estant desia duite & accoustumee aux ennuis, ie les portois auec bien peu de peine ; & dauantage chacun iour me failoit sentir de plus en plus, auec vne ioye
non vsitee, la prochaine esperance
du retour promis.

Ie recommençay à hanter les festes voyant le renouueau, que i'a-
uois laissees, attribuant de ce l'occasion, au mauuais temps.

Et mon cœur resserré d'vne trefgrande amertume ne commença
plustost à se dilater & eslargir, à vne
vie ioyeuse, que ie retournay plus
belle que iamais.

Et rendy beaux mes chers vestemens, precieux habits & robes, ny
plus ny moins que le cheualier, à
cause de la future bataille, fait accommoder ses fortes armes où il
en est de besoin: & ce à fin qu'à son

che in quelli piu ornata pareßi nel suo
tornare; il quale iò in vano, et ingannata aspettaua.

Adunque si come gli atti si tramuta-
rono; coſi ſi fecero i miei penſieri; A me nõ
il non hauerlo nel ſuo partir veduto, ne il
triſto augurio del piè percoſſo , ne le ſoſtenute fatiche di lui, ne i dolori riceuuti, ne
la nemica gelosia piu nella mente veniuano ; anZi gia forſe ad otto di alla sua
promeſſa vicini, fra me diceua.

Hor al mio Pa͆filo increſce l'eſſere à me
ſtato lontano : & ſentendo il tempo vi-
cinoà ciò, che promiſe, di tornar s'apparecchia.

Et forſe hora laſciato il vecchio padre,
egli è à camino.

O quanto m'era caro cotal ragionare, et
quanto ſopr'eſſo volentieri mi volgeua,
molte volte entrando in penſiero con che
atto à lui piu gratioſo mi deueſſi rappre-

retour, ie semblasse mieux ornee, lequel, estant abusee, i'attendois en
vain.

Comme donc mes actions se
changerent, autant en firent mes
pensees.

Ie ne pensois plus à ce que ie ne
l'auois veu à son depart ; le triste
presage du pié frappé au sueil de
l huis, les trauaux soufferts de luy,
& l'ennemie & contraire ialousie
ne me venoient plus en l'esprit :
ains, estant desia à huict iours pres
de sa promesse, ie disois en moy-
mesme;

Il fait mal maintenant à mon
Pamphile d'auoir esté loin de moy,
& sentant le temps promis proche,
il s'aproche de retourner.

Et parauanture ayant laissé maintenát son vieil pere, il est en chemin.

O que i'estois bien aise de tenir
ce propos, & comme volontiers ie
l'auois en fantasie, pensant bien
souuent, auec quelle grace & contenance à luy plus agreable ie me

sentare.

Oime quante volte dissi; Egli sara nella sua tornata da me cēto mile volte ab-
bracciato; & i miei basci moltiplicheran-
no in tãta quantità che niuna parola la-
scieranno intera della sua bocca vscire: et
in cento doppi renderò quelli, che esso senza riceuerne alcuno diede al tramortiso
viso.

Et nel pensier piu volte dubitai di nõ
poter rafrenare l'ardente disio d'abbra-
ciarlo, quando da prima il vedessi innã-
zi à qualunque persona. Ma à queste cose
prouidero gli Dij per modo à me noieuole
piu, che troppo.

Io ancora nella mia camera stãdo, quãte uolte in quella alcuna persona entraua,
tante credeua, ch'ella venuta mi fosse a
dire; Panfilo è tornato.

Io non vdiua voci alcune in alcun luogo, che con l'orecchie leuate non le racco-
gliessi tutte, pensando, che di lui tornato

deuois repreſenter.

Mon Dieu combien de fois ay-ie dict: Ie l'embraſſeray cent mille fois à ſon retour; & mes baiſers multiplieront en telle quantité, qu'ils ne laiſſeront ſortir de ſa bouche aucune parole entiere: & rendray cent fois au double, ceux qu'il a donné, ſans en receuoir aucun, à mon viſage paſmé & euanouy.

Et en ma penſee, ie doutay pluſieurs fois, de ne pouuoir reprimer l'ardent deſir de l'embraſſer, deuant toute perſonne, auſſi toſt que ie le verrois. Mais les Dieux prouueurent à ces choſes là, par vn moyen qui me fut trop facheux.

Et me tenant encore en ma chambre, toutes les fois que quelque perſonne y entroit, ie péſois qu'elle me fuſt venue dire: Pamphile eſt retourné.

Ie n'oyois aucunes paroles, en aucun lieu, que ie ne les recueilliſſe toutes, ayant les aureilles attétiues, penſant qu'elles deuſſent me ſigni-

deuessene dire.

Io mi leuai credo piu di cento volte gia
da sedere; & correndo alla feneſtra quaſi
d'altro ſollecita, et in giu et in ſu rimirã-
do (hauendo in prima à me medeſimo
quel penſiero ſcioccamente fatto credere)
diceua, E egli poſsibile , che Panfilo hora
venuto ſi venga a vedere ? & poi vano
il mio auiſo ritrouando ; quaſi confuſa,
dentro mi ritiraua.

Io dicendo, che eſſo alcune coſe douena
al mio marito recare nella ſua tornata,
ſpeſſo ſe venuto foſſe, ò quando s'aſpettaſ-
ſe dimandaua & faceua dimandare.

Ma di ciò niuna lieta riſpoſta mi per-
ueniua: ſeno come di colui; che mai piu venire non douena, ſi come ha fatto; & coſi
doleroſa mi ſtaua ſoletta.

Et coſi ò pietoſe donne ſollicita; come
vdito hauete, non ſolamente al molto di-

fier le retour d'iceluy.

Ie pense que ie me leuay plus de cent fois de dessus mon siege; & courant comme à la fenestre, côme ayant autre chose en soucy, regardant haut & bas, m'ettant premierement faict sottement croire à moy-mesme cete pensee, ie disois.

Est-il possible que Paphile venu te vienne voir maintenant? & puis retrouuant mon aduis & pensee vaine, ie me retirois au dedãs quasi confuse.

Et disant qu'il deuoit apporter quelques choses à mon mary, à son retour, ie demandois souuent & faisois demander s'il estoit venu, ou quand on l'attendoit.

Mais ie n'auois de cecy aucune ioyeuse responce, sinon comme de celuy, qui ne deuoit iamais retourner, ainsi qu'il a faict : & ainsi ie me tenois seulette, toute fachee & dolente.

Et estant, ô piteuses dames, en tel soucy que vous auez ouy, ie paruins

siderato; & con fatica aspettato termine
peruenni; ma ancora di molti dì il paf-
fai, & con meco medesima incerta fe ancora il deuefsi biasimare, ò nò, allentata
alquanto la speranza lasciai in parte i
lieti pensieri ne'quali forse troppo allar-
gandomi era rientrata.

Incredi
bile paf
fione
fente,
chi do-
po il ter
mine
promef
fo, non
vede il
ritorno
della co
fa ama-
ta.

Et nuoue cose ancora non istatemi, mi
fi cominciarono a volgere per lo capo &
fermando la mēte à voler s'io potessi conoscere qual fosse; od esser potesse la cagion
della sua dimora, lunga piu, che l'impro-
messa, cominciai à pensare, & innanzi
all'altre cose in iscusa di lui tanti modi
trouai; quanti se esso medesimo presente
fosse stato, haurebbe potuto trouare; &
forse piu.

Io diceua alcuna volta; O Fiammetta,
Deh perche credi il tuo Panfilo dimorar
senza tornare à te; se non perche & non
puote?

Gli affari inopinati opprimono souente
altri; ne è possibile cosi precioso termine
dare

non seulement au terme fort desiré & attendu auec peine, mais aussi ie le passay de plusieurs iours; & estant incertaine en moy-mesme, si ie le deuois blasmer ou non, ayant vn peu retardé l'esperance, ie laissay en partie, les ioyeuses pensees, esquelles i'estois entree, me donnant trop de liberté.

Et nouuelles choses commencerent à m'entrer au cerueau : & estát resolüe de cognoistre, si ie pouuois, quelle estoit ou pouuoit estre, l'occasion de sa demeure, plus longue qu'il n'auoit promis, ie comméçay à penser, & auant autres choses, ie trouuay pour son excuse, autant de moyens & parauanture plus, que luy-mesme eust peu trouuer, s'il eust esté present.

Ie disois aucunefois; O Fiammette!he pourquoy penses tu que ton Pamphile retarde de venir à toy, sinon pource qu'il ne peut?

Les affaires inopinees accablent souuent autruy, & n'est possible de

N

dare alle cose future, come altri crede.

Hor chi dubita ancora: che la presente pietà non istringa piu assai, che la lontana?

Io son ben certa, che egli me sommamẽte ama : & hora pensa alla mia amara vita, & di quella ha compassione ; & d'Amor sospinto piu volte ne è voluto venire; ma forse il vecchio padre cõ le lagrime, & cõ' prieghi ha alquanto il termine prolungato ; & opponendosi à'suoi voleri l'haritenuto; egli verra quãdo potrà.

Da cosi fatti ragionamenti, & iscuse mi sospingeuano souente i pẽsieri ad imaginar piu nuoue & piu graui cose.

Io alcuna volta diceua : Chi sa se egli volenteroso piu, che'l deuere, di riuedermi & preuenire al posto termine, postposta ogni pietà del padre, & lasciato ogni altro affare si mosse; & forse senza aspe

donner aux choses à venir, terme
tant prefix, & certain, que l'on pen-
seroit bien.

Dauantage, qui doute que la presente pieté ne contraigne & force
beaucoup plus que l'eslongnee?

Ie suis bien certaine qu'il m'aime
fort: qu'il pense maintenant à ma
triste vie, & en a compassion; ie
sçay bien, qu'estant poussé d'A-
mour, il s'en est voulu venir plusieurs fois: mais le vieillard de pere,
& par les larmes & prieres a parauanture prolongé le terme, & s'opposant à sa volonté, l'a retenu: il
viendra quand il pourra.

De tels propos & excuses, les
pensees m'incitoient souuét à imaginer choses plus nouuelles & plus
facheuses.

Ie disois aucunesfois; Que sçait-
on, si desireux plus qu'il ne faut de
me reuoir, & preuenir le terme ordonné, postposant toute pieté paternelle, & laissant toute autre affaire, il est party; & sans attendre

tar la pace del turbato amore, credendo
a'marinai bugiardi, & arischieuoli per
voglia di guadagnare, sopra alcun legno
si mise; ilquale venuto in ira a'uenti, &
all'onde in quelle è forse perito?

Sospetti
che en-
tra nel-
l'animo
de gli
amanti.

Niuna altra cagione tolse Leandro ad
Hero.

Hor chi puote ancora sappere, se esso da
fortuna sospinto ad alcuno inhabitabile
scoglio, quiui la morte fuggendo dell'acque, quella della fame ò delle rapaci bestie ha acquistata? od in su quello (si come Achemenide) forse per dimenticanza lasciato aspetta chi quà nel rechi? chi
non sa ancora, che il mare è pieno d'insidie?

Forse esso de nimica mano preso, ò da'pi-
rati è nell'altrui prigione con ferri stretto, & ritenuto.

Tutte queste cose esser possono: & molte

parauanture la paix de l'amour
troublé, croyant les mariniers men-
teurs, & hazardeux, du defir de gangner, il f'eft mift fur quelque nauire, laquelle affaillie des vents courroucez & des ondes, il y eft parauanture demouré?

Nulle autre occafion priua Hero
de fon amy Leandre.

Et qui peut fçauoir auffi, fi pouffé de la fortune & tempefte, en
quelque inhabitable efcueil, y
fuyant la mort par les eaux, il eft
mort de faim, ou par l'iniure des
rauiffantes beftes? ou bien fi d'auáture, ayant efté laiffé, par oubliance, fur iceluy (comme Achemenide) il attend, qui le prenne & tire
de là? Sçait-on pas bien auffi que la
mer eft pleine d'embufches?

Il eft parauanture prins des ennemis, ou des pirates; ou ferré,
auecques des fers, en prifon, & par
ce moyen detenu.

Toutes ces chofes là peuuent

volte gia le veggiamo auenire.

Dell'altra parte poi mi si paraua nella
mente esser per terra piu securo il suo camino; & in quel similmente mille accidenti possibili à ritenerlo vedeua.

Effetto del Sole nella pri maue- ra.

Io (subitamente correndo con l'animo
pure alle peggiori cose, & estimando, lui
tanto piu giusta scusa trouare, quanto
piu graue la cosa poneua) alcuna volta
diceua.

Ecco il Sole piu, che l'usato caldo, dis-
solue le neui ne gli alti monti; onde furiosi & con torbide onde corrono, de'quali n'ha egli non pochi à passare.

Hora se gli alcuno volenteroso di trappassare s'è messo, & in quello caduto &
col cauallo insieme tirato & rauolto ha
renduto lo spirito; come puo egli venire?

I fiummi non apparano hora di nuouo
à far queste ingiurie à caminanti, ne à

estre, & nous les voyons souuentesfois aduenir.

D'autre part, ie pensois que son
chemin estoit plus asseuré par terre;
& en iceluy semblablement, ie
voiois mille accidents, qui le pouuoient retenir.

Et courant incontinent auec l'esprit, aux choses pires & estimant
luy trouuer d'autant plus iuste excuse, que ie posois la chose griefue
& facheuse, ie disois aucunefois.

Le Soleil plus chaud que de coustume, dissould & fait fondre les
neiges aux hautes montagnes ; à
raison dequoy courent les auala-
ces d'eaux furieuses, à gros bouil-
lons & ondes troubles ; desquelles
mótagnes il en a plusieurs à passer.

Or s'il s'est mis à en vouloir passer
aucune, & y estant tombé, & emporté pesle mesle auec son cheual,
il a rendu l'esprit, comment peut il
venir?

Ce n'est pas de cete heure que
les riuieres ont accoustumé de faire

tránghiottir gli huomini.

Ma pur s'eda questo è scampato; forse
ne gli aguati de'ladroni è incappato, &
rubbato, & ritenuto è da loro: ò forse nel
camino infermato in alcuna parte horá
dimora : & ricuperata la sanità senza
fallo qui ne verrà.

Oime; che mentre quelle cotali imaginationi mi teneuano, vn sudor freddo
m'occupaua tutta : & si di ciò diueniua
paurosa, che souente in prieghi à Dio, che
ciò cessasse riuolgeua il pensiero ne piu ne
meno, come se egli dauanti a gli occhi in
quel pericolo mi fosse presente.

Et alcuna volta mi ricorda, che io piã-
si quasi come con ferma fede in alcuno
de'pensati mali il vedessi.

Ma poi fra me diceua, oime che cose sono queste, che i miseri pensieri mi porgono

ces iniures là à ceux qui cheminét,
& d'engloutir les hommes.

Mais s'il est toutesfois echappé
de ce danger, il est parauanture tóbé entre les mains des voleurs, &
brigands qui l'ont destroussé & retenu : ou bien estant tombé & deuenu malade en chemin, il est maintenant en quelque part ; où apres
auoir recouuré sa santé, il s'en viendra, sans faute.

Ah! tandis que i'auois telles imaginations, vne sueur froide me sai-
sissoit toute ; dequoy ie deuenois
tant peureuse, que souuent ie tournois mó cœur & ma pensee à Dieu,
le priant que cela cessast, ny plus ny
moins que si en ce danger, ie l'eusse
eu present, deuant mes yeux.

Et me souuient auoir pleuré
quelquefois, comme si certainemét
ie l'eusse veu en aucun des maux
pourpensez.

Mais ie disois apres, en moy-mesme; Mon Dieu, quelles choses sont
cetes-cy, que les miserables & tri-

dauant.

Cessi Iddio, che alcuna ne sia. Innanzi
dimori quanto gli piace:o non torni ; che
egli per contentarmi à caso si metta , che
alcuna ne auenga ; lequali hora veramẽ-
te m'ingannano.

Percioche posto che possibili siano; im-
possibili sono ad essere occulte ; & molto
credibile è la morte di cotal giouane non
potere esser nascosa ; & massimamente à
me ; laquale sollecita continuamente di
lui so dimandare con inuestigationi non
poco sottili.

La fama
velocis-
sima
rappor-
tatrice
de'mali.
    Et chi dubita ancora, se delle cose male
da me pensate alcuna ne fosse vera, che la
fama velocissima rapportatrice de'mali
gia qui non l'hauesse condotta?

Alla quale la fortuna in ciò hora po-

stes pensees me presentent au deuant?

Ia à Dieu ne plaise qu'aucune
soit ou aduienne. Qu'il demoure
tant qu'il voudra, ou qu'il ne retourne, plustost que pour me contenter, il se mette en hazard, de maniere qu'aucune aduienne des choses lesquelles, veritablement me de-
çoiuent à cete heure.

Car bien qu'elles soient possibles, il est impossible qu'elles soiét
cachees; & est bien à croire que la
mort d'vn tel gentil-homme ne
peut estre celee, principallement à
moy, qui fort curieuse & d'vn grád
soin, fay continuellement demáder
nouuelles de luy, par recherches
fort subtiles.

Et si aucune des choses mauuaises que i'ay pensees, estoit vraye,
qui doute aussi que la renommee
tresvite & pronte messagere des
maux, ne l'eust desia apportee icy?

A laquelle, la fortune, qui m'est
en cecy, pour le present peu amie,

to mia amica haurebbe dato apertißima
via à farmi trißißima.

Certo io credo piu tosto ; che egli in
grauißimo affanno, si come io sonō (se nō
viene hora à forze ritenuto) dimori ; &
tosto verrà;ò della sua dimora à mia cō-
solatione scusandosi scriuerà la cagione.

Certo gia detti pensieri ancor che fieramente m'assalisseno;pure assai lieuemē-
te erano vinti, & la speranza ; che per lo
passato termine da me fuggir sforzaua,
con ogni mio poter riteneua ; ponendole
innanzi il lungo amore da lui à me, &
da me à lui portato la data fede,i giurati
Dÿ : & le infinite lagrime lequali cose
io affermaua essere impoßibile,che inganno coprisseno.

Ma io non poteua fare che essa cosi ri-

euſt ouuert vn grand chemin pour
me rendre la plus triſte Damoiſelle
qui ſoit au monde.

Certainement ie croy pluſtoſt,
qu'eſtant en vn tresfacheux ennuy,
comme ie ſuis(ſ'il ne vient maintenant,)retenu par force, il demeure;
& viendra bien toſt, ou bien ſ'ex-
cuſant il eſcrira la cauſe de ſa demeure & retardemrnt , pour ma
conſolation.

Et à la verité, les ſuſdictes penſees,encores qu'elles m'aſſailliſſent
rigoureuſement , eſtoient neantmoins aſſez facilement vaincues;
& ie retenois de tout mõ pouuoir,
l'eſperance, laquelle ſ'efforçoit de
fuir de moy,à cauſe du terme paſſé,
luy propoſant l'amour que ſi longuement il m'auoit porté, & moy
à luy,la foy donnee, les Dieux iurez & prins à teſmoins, & les larmes infinies,certifiant eſtre impoſ-
ſible,que ces choſes là couuriſſent
aucune tromperie & deception.

Mais ie ne pouuois faire,qu'icelle

tenuta non deſſe luogo a'laſciati penſieri;
i quali con lento paſſo, & tacitamente lei
à poco à poco ſpingendo fuori del mio cuore, s'ingegnauano di tornar nel loro pri-
mo luogo, a mente riducendomi i maluagi auguri, & le altre coſe. Et a pena me
n'auedeua, che io & la ſperanza quaſi
cacciata & loro potentiſſimi vi ſentiua.

Ma tra gli altri quel, che me piu forte
grauaua (niuna coſa in proceſſo di piu
giorni vdendo della tornata di Panfilo)
ſi era la geloſia.

Queſta, piu che io non voleua mi ſpro-
naua. Queſta ogni ſcuſa, che meco di lui
faceua, quaſi côſapeuole de'ſuoi fatti, an-
nullaua.

Queſta ſpeſſo: ne'ragionamenti per adietro da me dannatimi rimetteua, dicendo. Deh come ſe tu coſi ſtolta, che pietà di

retenue en cete maniere ne dónast
lieu aux pensees desia laissees; lesquelles à pas lent, chassans tacitement icelle, peu à peu, hors de mon
cœur; s'efforçoient de reprendre
leur premiere place, me ramenant
en memoire, les mauuais presages
& autres choses.

Et à peine m'en apperceuois-ie,
que ie senty l'esperance quasi dehors, & iceux trespuissans tenir sa
place.

Mais entre autres, ce qui plus me
fachoit (n'entendant au progrés de
plusieurs iours, aucunes nouuelles
du retour de Pamphile) estoit la ialousie.

Cete-cy m'epoinçonnoit plus
que ie ne voulois; Cete-cy, comme
sachant ses affaires, venoit à effacer
& anuller toute excuse que ie faisois en moy-mesme de luy.

Cete-cy me remettroit souuent
aux propos & discours, que i'auois
blasmez par le passé, disant. Ah que
tu és folle; quelle pieté paternelle,

padre, o altro qualunque stretto affare, o diletto hora potesse Panfilo sopratenere, se cosi t'amasse, come diceua?

Non sai tu che Amore vince tutte le cose?

Egli fermamente d'un altra innamorato te haura dimenticata; il cui piacere molto potete, si come nuouo la hora il tiene, si come il tuo già il teneua.

Quelle donne (si come tu gia dicesti) per ogni cosa atte ad amare, egli altresi naturalmente à ciò disposto & degno per ciascuna cosa d'essere amato, conformatesi al suo piacere, & egli al loro di nuoua l'hauranno innamorato.

Non credi tu, che l'altre donne habbian gli occhi in capo, si come tute conoscano in queste cose, quanto tu conosci, si fanno bene.

Et a lui altresi non credi tu, che ne possa piu che vna piacere? Certo io credo che

ou autre quelconque vrgent affaire
ou plaiſir, pourroit maintenant retenir Pamphile, ſ’il t’aymoit ainſi
qu’il diſoit?

Sçais tu pas bien qu’amour vainc
& ſurmonte toutes choſes?

Il t’aura oubliee, eſtant fermement amoureux d’vne autre, le plaiſir de laquelle pouuant beaucoup,
comme eſtant nouueau, le tient à
cete heure là, comme le tien le tenoit autresfois icy.

Ces femmes là (comme tu as dict
deſia) en toute choſe, propres à aymer, le voyant auſſi naturelement
diſpoſé à celà, & digne, en toute
choſe, d’eſtre aymé, ſe conformans
à ſon plaiſir, & luy ſemblablement
au leur, l’aurót derechef enamouré.

Penſes tu pas que les autres femmes n’ayent les yeux au champ, &
frians comme toy? & ne cognoiſſent en ces choſes autant que tu
peux cognoiſtre? ſi font bien.

Penſes tu pas auſſi, qu’il n’en puiſſe bien aymer plus d’vne?

ſe egli poteſſe te vedere malegeuole gli ſarebbe alcuna altra amare; ma egli non ti
puo hora vedere, ne ti vide gia ſono co
tanti meſi paſſati.

Tu dei ſapere, che niun mondano accidente è eterno; ſi come egli s'innamorò di
te, & ſi come tu gli piaceſti; coſi è poßibi-
bile, che vn'altra ne gli ſia piaciuta : &
che egli (hauendo il tuo Amore aban-
donnato) ami vn'altra.

Le coſe
nuoue
ſempre
piu piac
ciono.

Le coſe nuoue piacciono con piu forʒa
che le molte vedute; & ſempre quel, che
l'huomo non ha, ſi ſuole con maggiore affettione deſiderare, che quel che l'huomo
poßiede & niuna coſa è tanto diletteuole, che per lungo vſo non rincreſca.

Et chi non amerà piu volentieri à caſa
ſua vna nuoua dōna, che vna antica nel-

Certainement ie croy bien, que
s'il te pouuoit voir, il luy seroit ma-
laisé d'aimer aucune autre ; mais il
ne te peut voir maintenant, & ne
t'a veuë depuis tant de mois desia
passez.

Tu dois sçauoir qu'il n'y a aucun
mondain accident eternel: comme
il s'est enamouré de toy, & comme
tu luy as pleu, & t'a trouuee à son
gré : ainsi est il possible qu'il ait
trouuee vn autre agreable; & que
ayant abandonné ton amour, il en
aymé vne autre que toy.

Les choses nouuelles plaisent
beaucoup plus, que celles que l'ó a
veuës souuent; & tousiours a l'on
accoustumé de desirer de plus gráde affection, ce que l'homme n'a,
que ce qu'il possede: & n'y a chose
tant delectable, laquelle, par long
vsage & trait de temps, ne vienne à
contre-cœur, & ne fache.

Et qui est-ce qui n'aymera plus
volontiers en sa maison ou pays,
vne nouuelle dame & maistresse,

l'altrui contrade?

Egli ancora forse non t'amaua con seruente amore, come moſtraua ; ne alle ſue
lagrime, ne à quelle d'alcuno altro è da
credere coſi caro pegno, come è cotanto
amore, quanto tu forſe ſtimi, che egli ti
portaſſe.

Etiandio gli huomini alcuna volta nõ
hauendoci mai piu veduti, che alcuni
giorni, ſono crucioſi, & piãgono ſparten-
doſi, & moltẽ coſe ſimilmente giurano, et
impromettono ; lequali hanno fermo intendimento di fare ; ma poi nuouo caſo
ſoprauegnendo fa quei giuramenti vſcir
di mente.

Le lagrime, i giuramenti, et le promiſ-
ſioni de'giouani non ſono hora di nuouo
arra di futuro inganno alle donne.

Eſſi ſanno generalmẽte prima far que-

qu'vne ancienne és quartiers d'autruy?

Il ne t'aymoit auſſi parauanture
d'vne feruente amour, comme il en
faiſoit ſemblant : & ne faut croire
ny commettre à ſes larmes ny à
celles d'aucun autre, vn ſi cher ga-
ge, comme eſt l'amour ſi grande
que parauanture tu eſtimes qu'il
t'ait porté.

Les hommes auſſi aucunefois, ne
nous ayás onques veües, que quelques iours, ſe tourmentent, pleurent, & ſe paſſionnent; promettent
& iurent ſemblablemét beaucoup
de choſes, leſquelles ils entendent
fermement accomplir; mais depuis
quand il ſuruient quelque choſe
nouuelle, ces ſermens & promeſſes
ſ'en vont à val l'eau , & ſont ou-
bliees.

Les larmes, les ferment & promeſſes des ieunes hommes, ne ſont
maintenant, de nouueau, arres aux
femmes, de future tromperie & deception.

ste cose, che amare.

La loro volontà vagabonda gli tira à questo niuno n'è che non voleße ogni meße piu tosto mutar dieci donne, che eßer dieci di d'vna.

Ogniuno vorrebbe piu tosto mutar dieci donne, che eßer dieci di d'vna.

Eßi continuamente credono & costumi nuoui, & nuoue forme trouare; & glorianfi d'hauere hauuto l'amor di molte.

Adunque che fperi; perche vanamente ti lafci menare alla vana credenza? tu non fe in atto da poterlo di ciò ritrarre; rimanti d'amarlo: & dimostra, che con quella arte, che egli ha te ingannata, tu habbia ingannato lui.

Et dietro à queste parole con molte altre feguitaua, & in eße accendeuami di fiera ira: laquale con te morofiffimo caldo fi m'infiammaua l'animo, che quafi

Ils ſçauent generalement faire ces choſes là, auant que d'aymer.

Leur vagabonde volonté les tire à cela; & ne ſe trouue aucun qui n'aymaſt mieux changer tous les mois de dix femmes, qu'eſtre dix iours à vne.

Ils penſent continuellemét trou-uer & nouuelles mœurs & nouuel-les formes : & ſe glorifient d'auoir eu l'amour de pluſieurs.

Qu'eſperes tu donc ? pourquoy te laiſſes tu en vain mener à vne vaine foy & creance ? tu n'es en point de le pouuoir retirer de cela: deportes toy de l'aymer; & môſtre que par le moyé & artifice meſmes qu'il t'a abuſee, tu l'as auſſi abuſé & deceu.

Et côtinuoit à me tenir pluſieurs autres paroles, par leſquelles elle m'enflammoit d'vn merueilleux courroux & ire, laquelle auec vne treſcraintiſue chaleur m'embraſoit tellemét l'ame , qu'elle me pouſſoit quaſi à faire choſes, comme de for-

ad atti rabbiosiſsimi m'induceua.

Ne prima il concreato furore trappaſ-
ſaua, che le lagrime abondeuoliſsimamē-
te per gli occhi non m'uſciſſeno, con lequali (molto alcuna volta durante eſſo) del
petto m'uſciuano grauoſiſsimi ſoſpiri,
n'equali per conforto di me medeſima dā-
nando, ciò, che l'indouina anima mi diceua, quaſi à forza la gia fuggita ſperanza con vaniſsime ragioni riuoltaua.

Et in cotal guiſa quaſi ripreſa ogni allegrezza laſciata, ſtetti ſperando, & di-
ſperandomi molto ſpeſſo piu giorni ſempre
ſollecita oltre modo à potere acconciamente ſapere che di lui foſſe che non veniua.

LA FIAM-

cence & enragee.

Et la conceuë fureur ne paſſoit, pluſtoſt que ie n'euſſe jetté des larmes en treſgrande abondáce, auec leſquelles(icelle durant aucunefois beaucoup) me ſortoient de la poitrine de grands ſouſpirs, eſquels, pour la conſolatió de moy-meſme, blaſmant & reiettant ce que l'ame deuine me diſoit, ie faiſois retourner quaſi à force, par raiſons tresvaines, l'eſperance qui ſ'en eſtoit deſia fuie.

Et en cete maniere, ayant quaſi reprins toute l'alegreſſe laiſſee, ie demeurois, eſperant, & bien ſouuent ſans eſpoir, & le plus du téps touſiours en ſoucy merueilleux, de pouuoir, par ſubtil moyen, ſçauoir, qu'eſtoit deuenu celuy, qui ne venoit pas.

O

LA FIAMMETTA
DI M. GIOVANNI
BOCCACCIO.

LIBRO QVARTO.

IEVI sono state infino à
qui le mie lagrime, o pietose donne, & i'miei sospiri
piaceuoli à rispetto di quel
li, i quali la dolente penna piu pigra à
scriuere, che il cuore à sentire, s'apparecchia dimostrarui.

Et certo se ben si considerano le pene infino à qui trappassate, quasi piu di lasciua giouanetta, che di tormentata, si possano dire; male seguẽti vi parrãno d'un'
altra mano.

Adũque fermate gli animi ne vi spa-
uẽtino si le mie impromesse, che le cose pas-

LE QVATRIESME
LIVRE DE LA
Fiammette de Iean Bocace.

Es larmes, ô pitoiables dames, ont esté legeres iusques icy, & mes souspirs, plaisans, au regard de ceux lesquels, la dolente plume, plus paresseuse à escrire, que le cœur à sentir, s'apreste de vous monstrer.

Et certainement si l'on considere bien, les peines iusques icy passees, elles se peuuent dire quasi plus d'vne ieune lasciue, que d'vne tourmentee: mais celles qui suiuét, vous sembleront d'vne autre main.

Parquoy, prenez cœur, & que mes promesses ne vous épouuan-

sate parendoui graui non vogliate ancora veder le seguenti grauissime.

Et in verità io non vi conforto tanto
a questo affanno, per che voi di me disegniate piu pietose; quanto perche piu la
nequitia di colui per cui ciò mi auenne
conoscendo, disegniate piu caute in non
commetterui ad ogni giouane.

Et così forse ad vn'hora à voi m'obli-
gherò ragionando, & disobligherò con-
sigliando, ò per le cose à me auenute am-
monendo vi sanero.

Dico adunque donne che con tali varie imaginationi; quali poco auenti hauete a comprendere nel mio dire; io staua
continuo: quando piu d'vn mese essendo
il promesso tempo trappassato, a me così
dell'amato giouane vn di nouelle perue-

rent en forte, que trouuant les chofes paffees facheufes, vous ne vueillez voir encore les fuiuantes plus
facheufes.

Et à la verité, ie ne vous confeil-
le & aduife de voir cet ennuy, tant
à fin que vous ayez plus de pitié de
mon mal, que, à ce que cognoiffant
mieux la malice de celuy, par lequel
cecy m'eft aduenu, vous deueniez
mieux aduifees, à ne vous commettre & fier à chacun ieune homme.

Et ainfi, en vn mefme inftant, &
heure, ie m'obligeray parauanture
à vous, en deuifant, & me defobli-
geray en vous confeillant, ou vous
admonneftant par les chofes qui
me font aduenues, ie vous guariray.

Ie dy donc, mes dames, que i'e-
ftois toufiours en telles diuerfes
imaginations, qu'vn peu au-parauant vous auez peu comprendre
par mes propos, quand le terme
promis eftant paffé de plus d'vn
mois, telles nouuelles me vindrent

nero.

Io andata con animo pietoso ò visitar
sacre religiose, et forse per far per me porgere a Dio pietose orationi; che ò renden-
domi Panfilo, ò cacciandolmi della mente mi ritornasse il perduto conforto; auenne; che essendo io con le già dette donne
assai discrete, & piaceuoli nel ragionare:
& a me molto per parentado, et per antica amistà congiunte, quiui venne vn
mercatante; il quale non altrimenti; che
Vlisse, & Diomede a Deidamia; alle suo-
re cominciò diuerse gioie, & belle(quali
à così fatte donne si conuengono) a mostrare.

Egli; sì come io alla sua fauella cõpresi:
& sì come esso medesimo da vna di quelle dimandatone confessò : era della terra
di Panfilo mio.

vn iour de l'aymé ieune gentil-
homme.

Estant allee d'vne saincte & pie
volonté voir quelques sainctes Religieuses, parauanture à fin de faire
pour moy, presenter à nostre bon
Dieu, prieres, à ce que, ou me rendant Pamphile, ou me l'ostant &
suprimant du cœur, ie retournasse
en premier estat, recouurant ma
consolation perdue, aduint qu'e-
stant desia en deuis auec lesdictes
dames, fort discretes, & plaisantes,
& qui m'estoient alliees & con-
ioinctes par parentage & par anciéne amitié, arriua là vn marchád,
lequel ny plus ny moins qu'Vlisse
& Diomedes à Deidamie, commença à monstrer à ces sœurs &
Nonnains, diuerses belles besongnes, telles qu'il les falloit à telles
dames.

Iceluy, comme ie cogneu à sa parole, & comme luy-mesme enquis
de l'vne des Religieuses, le côfessa e-
stoit du païs & ville de mô Páphile.

Ma poi moſtrate molte delle ſue coſe,
& da eſſe di quella alcuna per lo conue-
nuto preʒʒo preſa, & l'altre rendutegli;
& entrati in nuoui motti & lieti eſſo
& eſſe: & mentre, che egli il pagamen-
to aſpettaua, vna di loro d'eta giouane, di
forma belliſſima, chiara di ſangue, & di
coſtumi: et quella medeſima, che dimandato auanti l'haueua chi foſſe & donde;
il dimandò ſe Panfilo ſuo compatrietà
conoſciuto haueſſe giamai.

O quanto cotale dimanda diede per lo
mio diſio. Certo io ne fui contentiſſima; è
l'orecchie alla riſpoſta leuai.

Il mercatante ſenʒa indugio riſpoſe: Et
che è quegli, che meglio di me il conoſca?

A cui ſeguì la giouane quaſi ſtruggē-
doſi di ſapere, chi di lui foſſe: Et hora che
è di lui?

Modi
di dimā
dare.

Et apres qu'il eut monſtré & deſ-
plié beaucoup de ſes beſongnes, &
qu'eſtans conuenuz de prix, elles en
eurent prinſes aucunes , & rendu
les autres; eſtans entrez luy & elles
en quelques propos ioyeux; tandis
qu'il attendoit le payement, l'vne
des Religieuſes, ieune, treſbelle, de
noble ſang, & d'excellentes meurs;
& celle meſme, qui luy auoit demandé au parauant qui il eſtoit, &
d'où il eſtoit, luy demanda ſ'il auoit
iamais cogneu Pamphile , de ſon
pays, ou compatriote.

O que cete demande vint à propos & ſelon mon deſir! Certainement i'en fus treſcontente , &
dreſſay l'aureille pour entendre la
reſponce.

Le marchand, ſans la faire longue,
reſpondit. Et qui eſt celuy qui le cognoiſt mieux que moy?

La ieune dame qui mouroit d'enuie de ſçauoir ce qu'il eſtoit deuenu, continua à luy demander. Et
maintenant qu'eſt-il de luy?

O v

O, diſſe il mercatante; Egli è aſſai: che
l'padre non eſſendogli altro figliuolo ri=
maſo,il richiamò à caſa ſua.

Il quale ancora la giouane dimandò.
Quanto è,che tu di lui ſapeſti nouelle?

Certo egli diſſe,non mai.poi che da lui
mi partì; che ancora non credo che ſiano
quindici giorni compiuti.

Continuò la donna & alhora,ch'era
di lui? Allaquale eſſo riſpoſe. Molto bene
& dicoui, che'l dì medeſimo, che io mi
partì; vidi con grandiſſima feſta entrar
di nuouo in caſa ſua vna belliſſima giouane;laquale (ſecondo, che io inteſi) era
à lui nouellamente ſpoſata.

Io mentre che l'mercatante queſte caſe
diceua(ancor che con amariſſimo dolore
l'aſcoltaſſi)fiſſo nel viſo la dimādāte gio-

Ho, dist le marchand, il y a assez long temps, que son pere, ne luy estant demouré autre fils que luy, le r'appella en sa maison.

Et la ieune Dame luy demanda encore. Combien y-a-il que vous n'auez sçeu noüuelles de luy?

Certainement, dist-il, ie n'en ay point eu depuis que ie suis party de là où il est, il n'y a pas, ce croy-ie, encore quinze iours accompliz.

La Dame continua ainsi. Et à cete heure là, comment se portoit-il? A laquelle il respondit. Fort bien, & vous aduise que le mesme iour, que ie party, ie veis entrer auec tresgrãde feste, de nouueau en sa maison, vne tresbelle ieune damoiselle, laquelle (selon que ie peux entendre) estoit nouuellement à luy espousee.

Tandis que le marchand disoit ces choses (encore que ie l'escoutalle auec vne tresamere & facheuse douleur) ie regardois attentifuement la ieune Religieuse qui faisoit ces demandes ; estant esmer-

uane risguardaua con marauiglia pensando qual cagione potesse esser, che costei
inducesse à dimandar cosi strette particolarità di colui; cui io credeua, che appena
altra donna conoscesse, che me.

Io vidi, che prima alle sue orecchie non
venne Panfilo hauer moglie sposata, che
gli occhi abbassati tutta nel viso si tinse;
& la pronta parola le morì in bocca; &
per quello, che io presumessi, essa con fatica grandissima le lagrime gia à gli occhi venute ritenne.

Ma io in prima ciò vdendo, d'vn grauissimo dolore presa, & poi subita fui da
vn'altro non minore assalita, & appena
mi ritenni, ch'io con grandissima villania la turbation di colei non riprendessi,
inuidiosa, che da lei si aperti segnali d'a-
mor verso Panfilo si mostrasseno: dubitã-
do, che essa, cosi come io, hauesse legitima
cagione di dolersi delle vdite parole.

Ma pur mi tenni: & cõ noiosa fatica

ueillee pourquoy elle s'enqueroit
tant particulierement de luy, qu'à
peine pensois-ie estre cogneu d'autre femme que de moy.

Ie veis qu'elle n'eut plustost entendu que Pamphile estoit marié,
que baissant les yeux, la couleur luy
monta au visage, & la pronte parole luy demoura en la bouche : &
à ce que ie presumay, elle retint
auec tresgráde peine, les larmes, qui
luy estoient desia venües aux yeux.

Mais, premierement oyant cela,
surprinse d'vne tresgriefue douleur, ie fu incontinent apres assail-
lie d'vne autre non moindre ; & à
peine me peu-ie retenir & garder
de reprendre auec grande iniure, la
passion de cete Religieuse, estant
fachee de ce qu'elle moustroit tant
manifestes signes d'amour enuers
Pamphile ; & craignát, qu'elle eust,
comme moy, legitime occasion de
se plaindre & lamenter des paroles
ouyes.

Ce neantmoins ie m'en garday :

alla quale nõ credo simigliante si truuui,
il turbato cuore sotto non cambiato viso
serbai; di pianger piu disiosa, che di piu
ascoltare.

Ma la giouane forse con quella medesima forza, che io, ritendo dentro il dolore, come se stata non fosse quella, che s'era
dauanti turbata, fatasi far fede di quelle parole, quanto piu addimandaua, tanto piu trouaua la cosa contraria al suo disio, & al mio.

: Onde dato comiato al mercatante; che
ella dimandaua & ricoperta con infinite risa la sua tristitia, con ragionamenti,
diuersi insieme quiui per piu lũgo spatio:
ch'io non haurei voluto, rimanemmo.

: Venuti meno i nostri ragionamenti,
ciascuna si dipartì; & io con l'anima piena d'angosciosa ira non altrimenti fre-
mendo, che il Lione Libico, poscia, che nel-

& auec grande peine, né penſant
point qu'il ſ'en trouue de ſemblable, ie garday & tins le cœur
troublé, ſouz vn viſage non changé, ayant plus grand deſir de plorer
que d'eſcouter dauantage.

Mais la ieune dame, retenant parauanture, de meſme force que
moy, la douleur au dedans, comme
ſi elle n'euſt eſté celle, qui ſ'eſtoit
troublee au-parauant, ſ'eſtant faict
acertener ces paroles, tant plus elle
ſ'enqueroit, plus elle trouuoit la
choſe contraire & à ſon deſir & au
mien.

Parquoy ayant enuoyé le marchand enquis, & ayant recouuert
par infinies riſées, ſa triſteſſe, nous
demouraſmes là enſemble, en diuers propos & deuis, plus long
temps que ie n'euſſe voulu.

Et noz deuis venans à ceſſer, chacune ſe departit, & ayant le cœur
plein d'angoiſſe & d'ire, grinçant
& fremiſſant; ny plus ny moins
que le Liõ d'Afrique, qui découure

Paſsio-
ne di ge
.loſia.

le loro inſidie ſcuopre i cacciatori : hora
nel viſo acceſa, & hora pallida diuenendo quando con lento paſſo , & quando cõ
veloce piu , che la donneſca honeſtà non
richiede, tornai alla mia caſa.

Et poi, che lecito mi fuſdi, poter di me
fare à mio ſenno, entrata nella mia camera amaramente cominciai à piangere.

Et quando per lungo ſpatio le molte lagrime parte della gran doglia hebbero
sforzata, eſſendomi alquanto piu libero il
parlare, con voce aſſai debole incominciai.

Hora ſai la cagione della ſua dimora,
tanto da te diſiata.

Hora ò miſera Fiammetta ſai perche il
tuo Panfilo nõ ritorna: Hora hai tu quel,
che andaui cercando di trouare.

Che miſera chie di piu, che piu diman-

les chasseurs, aux embusches, ores
enflammee au visage, & ores deuenant pasle, aucunefois à pas lent, &
aucunefois, d'vn plus vite que
l honnesteté feminine ne requiert,
ie m'en retournay en ma maison.

Et depuis qu'il me fut licite &
permis de pouuoir faire de moy à
ma fantasie, estant entree en ma
chambre, ie commençay à plorer
amerement.

Et apres que par vn long espace
de temps, les grádes larmes eurent
forcé & contraint vne partie de la
grande facherie, m'estant la parole
vn peu plus libre, ie commençay
d'vne voix assez debile.

Tu sçais maintenant la cause de
sa demeure, que tu desirois tant
sçauoir.

Maintenant, ô miserable Fiammette, tu sçais pourquoy ton Pamphile ne retourne pas: tu as maintenant ce que tu allois taschant de
trouuer.

Que veux-tu plus? que demandes

di? Baſtiti queſto. Panfilo non è piu tuo, gitta via hormai gli diſiderij di rihauerlo; abandona la mal ritenuta ſperanza, pon giu il feruente Amore; laſcia i penſieri matti.

Credi hormai à gli auguri, & alla tua indouinante anima, & comincia à conoſcer gl'ingani de'giouani.

Tu ſe à quel punto venuta, doue l'altre ſogliono venire, che troppo ſi fidano; & con queſte parole mi raccefi nell'ira, & rinforzai il pianto. Et da capo con parole troppo piu fiere ricominciai coſi à parlare.

Biaſte-
me de'-
gelofi.

O Dij doue ſiete? Oue hora mirano gli occhi voſtri? Oue è hora la voſtra ira? Perche ſopra lo ſchernitor della voſtra potēza non cade?

O ſpergiurato Gioue, che fanno le folgore tue? Oue hora le adoperi? Chi piu ampiamente l'ha meritate? Come nõ diſcendono eſſe ſopra il peſſimo giouane, acciò;

tu dauantage ? que cecy te suffise.
Páphile n’est plus rien : oste desormais les desirs de le r’auoir ; quitte
l’esperance mal retenue : suprime le
feruét amour, laisse les folles pésees.

Croy d’orenauant les augures, &
ton ame qui deuine, & commence
à cognoistre les tromperies des icu-
nes hommes.

Tu es venue au poinct, où les autres qui se fient trop ont accoustumé de venir : & ce disant, mó courroux se r’alluma , & renforçay le
pleur. Et de plus belle, ie recómen-
çay, par paroles trop plus hardies
& furieuses à parler ainsi.

O Dieux, où estes vous ? où regardent maintenant voz yeux ? où
est maintenant vostre ire ? pourquoy ne tóbe elle sur le moqueur
& mespriseur de vostre puissance ?

O pariuré Iupiter, que font tes
fouldres ? où les employes tu maintenant ? qui les a mieux meritez ?
Que ne descendét ils sur le meschát
& desloyal, à fin que les autres, à

che gli altri per innanzi di spergiurarti
habbiano temenza?

O luminoso Febo, doue sono hora le tue
saette: delle quali mal meritò le ferite Pi-
thone à rispetto di colui, che falsamente
& a'suoi inganni chiamò testimonio?

Priualo della luce de'raggi tuoi, & nõ
meno gli torna nemico, che tu fosti al misero Edippo.

O voi altri qualunque Dij & Dee, &
tu Amore, la cui potenza ha schernita il
falso amante, come hora non mostrate le
vostre forze, & la deuenuta ira.

Come non conuertite voi il cielo & la
terra contro il nouello sposo sì, che egli nel
mondo per esempio d'ingannatore, &
d'annullator della vostra potenza non ri-
manga à piu schernirui.

Molto minori falli mossero gia l'ira vo-

l'aduenir ayent crainte de te pariu-
rer ou attester faussement?

O lumineux Apollon, où sont
maintenant tes sagettes? desquelles Pithon merita mal les coups, au
respect de celuy, lequel faussement,
& pour tróper, t'a prins à resmoin?

Priue-le de la lumiere de tes
rayons, & ne luy sois moins ennemy, q̃ tu as esté au pauure Edippe.

O vous autres Dieux & Deesses
quels que soyez; & toy Amour, de
la puissance duquel s'est moqué le
faux amant, comment ne monstrez
vous tous voz forces, & vostre
courroux?

Comment ne conuertissez vous
le ciel & la terre à l'encontre du
nouuel espoux, en sorte, à ce qu'il
ne demoure au monde pour exemple d'vn trompeur, qui mesprise &
anulle vostre puissance, en se moquant de vous?

Plusieurs moindres fautes ont
induit autresfois vostre courroux
& ire à vne vengeance moins iuste

ſtra à vendetta mengiuſta.

Dunque hora perche tardate? Voi non potreſte appena tanto incrudelir contro di lui,che egli dubitamente punito foſſe.

Oime miſera perche non è egli poſſibile che voi l'effetto de'ſuoi inganni coſi ſentiate,come io acciò,che coſi in voi,come in me,l'ardor s'accendeſſe della punitione.

O Dij riuolgete in lui alcuni di quei pericoli,ò tutti:dequali io gia dubitai, occidetelo di qualunque generation di morte piu vi piace; acciò,che io ad vn'hora tutta; & l'vltima doglia ſenta, che mai debbo ſentir per lui: & voi & meuendichiate ad vn'hora.

Non conſentite,che io ſola de'peccati di lui pianga la pena; & egli voi & me hauendo beffati lieto ſi goda con la nuo-

& raisonnable.

Pourquoy dõc tardez vous maintenant ? Vous ne pourriez à peine tant exercer de cruauté contre luy, qu'il fust puny comme il merite.

Ah chetifue! pour quoy ne se peut il faire, que vous sentiez l'effect de ses tromperies, comme moy,à fin que l'ardeur de la punition s'enflammast en vous aussi bien qu'en moy?

O Dieux! tournez sur luy aucuns des dangers ou bien tous ceux desquels i'auois peur autresfois : tuez le de telle maniere de mort que vous voudrez, à fin que par mesme moyen, ie sente tout en vn instant l'entiere & derniere douleur & fácherie que ie doy sentir & receuoir pour luy ; & que tout à vne mesme heure vous preniez vengeance & pour vous & pour moy.

Ne permettez pas que ie pleure seule la peine de ses fautes, & que s'estant moqué de vous & de moy, il s'esiouysse & prenne son plaisir

ua ſpoſſa.

Poi non men acceſa d'ira, ma con pianto piu fiero riuolgendo à Panfilo le parole
mi ricorda, che io coſi cominciai.

O Panfilo hora la cagion della tua dimora conoſco: Hora i tuoi inganni mi ſono paleſi. Hora veggo chi ti ritiene, &
qual pietà. Tu hora celebri gli ſanti Hi-
menei; & io dal tuo parlare, & da te, et
da me medeſima ingannata mi conſumo
piangendo: & con lagrime apro la via
alla mia morte, laquala con titolo della
tua crudeltà ageuolmente ſeguirà la ſua
dolente venuta; & gli anni, i quali io cotanto deſiderai d'alluगare; ſi moϟϟeran-
no eſſendone tu cagione.

O ſcelerato giouane, & pronto ne'miei
affanni, hor con che cuore hai tu preſa la
nuoua ſpoſa; con intendimento d'ingan-
nar lei, ſi come tu hai me fatto;

Coſ

auec sa nouuelle espouse.

Et puis non moins embrasee de colere, mais auec vn plus grand pleur, adressant mes paroles à Pamphile, il me souuient que ie commençay à luy dire ainsi.

O Pamphile, ie cognoy maintenant la cause de ta demeure: ta tróperie m'est à present manifeste. Ie voy maintenant qui te retient, & quelle pieté. Tu celebres maintenant les saincts Hymenees, & tu te maries; & de ma part, par ton parler, & de toy & de moy-mesme abusee, ie me consomme en pleurát; & par les larmes i'ouure le chemin à ma mort, laquelle, auec le tiltre de ta cruauté, suiura aisément sa triste & dolente venue; & les ans lesquels i'ay tant desiré allonger, seront retranchez & accourciz, à ton occasion.

O mechant, & pront à mes ennuis! de quel cœur as tu prins maintenant femme? l'as tu prinse pour la tromper, cóme tu as faict de moy?

La cosa obliga-
ta non si
puo piu
che vna
volta ob-
ligare.

Con quali occhi la riguardasti tu? con quelli, che me misera, & troppo credula pigliasti? Qual fede le promettesti tu; quella, che tu haueui à me promessa?

Hor come ciò far poteui tu? Non ti ricorda, che piu che vna volta la cosa obligata non si puo obligare?

Quali Dij giurasti tu? gli spergiurati da te?

Oime misera io non so quale aduerso piacere l'animo si t'acciecò sentendoti mio che tu d'altrui diuenissi.

Oime per qual colpa meritai io d'esserti si poco a cura; Doue e fuggito cosi tosto da noi il lieue amore; Oime, che la trista sortuna cosi miseramente costringe i dolenti.

Tu hora la promessa fede, et a me della tua destra data, & li spergiurati Dij, per i quali tu con son mo disio giurasti di ritornare; & le tue lusingheuoli parole,

De quels yeux l'as tu regardee ? est-ce pas de ceux, desquels, chetif-ue & trop credule tu m'as prinse? Quelle foy luy as tu promise?est-ce pas celle que tu m'auois donnee?

Or comment peux-tu faire cela? Sçais tu pas bien que la chose obli-gee ne se peut pas obliger plus d'v-ne fois?

Quels Dieux as tu iuré?les pariu-rez & faussement attestez de toy.

Ah chetifue!ie ne sçay quel con-traire plaisir, t'a tellement aueuglé l'esprit,te cognoissant mien,que tu sois deuenu à autruy.

Ah!par quelque coulpe ay-ie me-rité,que tu eusses tant peu de soucy de moy?où est si tost fuy de nous le leger amour?Ah a!la mechante for-tune contraint ainsi miserablemét ceux qui sont dolents.

Tu ne t'es pas soucié de la foy promise, & à moy donnee, de ta dextre;des Dieux pariurez, par les-quels tu as iuré, auec vn tresgrand desir , que tu retournerois ; de tes

delle quali eri molto fornito: & le tue lagrime, con lequali non solamente il tuo
viso bagnasti, ma ancora il mio, tutte insieme raccolte hai gittato à'venti: & me
schernendo lieto vivi con la nuova donna.

Quãto
bisogna
esser cau-
ti a le
parole
de gli
amanti.

Oime hor chi haurebbe mai potuto credere, che falsità fosse nelle tue parole nascosa; & che le tue lagrime con arte fosseno mandate fuori.

Certo io nò, anzi si come fedelmente
pareua che parlassi, & che piangessi, cosi
con fedele parole, & le lagrime riceueua:

Et se forse in contrario dicesti: et le lagrime furono vere, e i sacramenti, & la
fede prestati con puro cuore, concedasi.

Ma quale scusa darai tu da nõ haver-

attrayantes paroles, desquelles tu
estois assez fourny: ny de tes larmes, desquelles non seulement tu
as bagné ton visage, mais aussi le
mien: toutes ces choses ensemble
s'en sont allées à val l'eau, & te moquant de moy, tu vis à ton plaisir
auec ta nouuelle femme.

Mon Dieu! qui eust iamais peu
croire, qu'aucune faussseté fust cachee souz tes paroles? & que par
ruse & art tes larmes fussent mises
dehors?

Certainement ie ne l'eusse pas
creu, ains comme il sembloit que
ta parlasses fidelement, & que tu
pleurasses sans faintise, ainsi rece-
uoy-ie fidelement tes paroles &
larmes.

Et si d'auenture tu disois au contraire, & tes larmes ont esté vrayes
& non fainctes: tes sermens & ta
foy donnee de bon cœur: ie le veux
bien.

Mais quelle excuse donneras tu
de n'auoir obserué & gardé ces

gli ſerbati coſi puramente, come promet-
teſti?

Dirai tu? la piaceuolezza della nuoua
donna ne è ſtata cagione? debole ſia, &
manifeſto dimoſtratrice di mobile animo.

Et oltra à tutto queſto ſarà egli perciò
ſodisfatto à me, certo nò. O maluagißimo
giouane, non t'era egli manifeſto l'ardente Amore, che io per te portaua, & porto
ancora contra mia voglia? certo ſi era.
Dunque molto meno d'ingegno ti biſo-
gnaua a ingannarmi.

Ma tu acciò che piu ſottile ti moſtraſ-
ſi: ne' tuoi parlari ogni arte vſar voleſti.

Hor non penſaui tu quanto poco di gloria ti ſeguiua ad ingannare vna giouane,
lequale di te ſi ſidaua;

La mia ſimplicità meritò maggior ſe-
de, che la tua non era.

Ma che io credetti nõ meno à i Dij da

E ver-
gogna
ingan-
nare v-
na gio-
uane
che a-
mi.

choses susdictes aussi purement &
sincerement que tu les auois pro-
mises?

Diras tu? le plaisir & bonne grace
de la nouuelle femme en a esté la
cause: cete excuse est debile & demonstre manifestemét l'inconstáce
& mobilité de ton cœur.

Et outre tout cela, seray-ie satis-
faicte ? certainement non. O mechant homme ! l'ardáte amour que
ie te portois & porte encore cótte
ma volonté, t'estoit elle pas assez
manifeste ? certainement ouy : &
pour cete cause tu auois moins affaire à me tromper.

Mais à fin de te monstrer plus
subtil, tu as voulu vser de tout art
& industrie, en tes paroles.

Or pensois tu pas le peu de gloire qui te reuiendroit d'abuser vne
ieune femme, laquelle se fioit en
toy ? ma simplicité meritoit plus
gráde foy que la tienne n'estoit pas.

Mais quoy ! i'ay creu non moins
aux Dieux iurez de toy qu'à toy

te giurati, che à te liquali io priego, facciano, che questo sia la piu somma parte
della tua fama. cioè d'hauer ingannata
vna giouane, che piu che se t'amaua.

Deh Panfilo dimmi hora, haueua io
commesso alcuna cosa per laquale io meri-
tassi da te esser con tanto ingegno tradita
certo niuno altro fallo feci verso te giamai
se non che poco sauiamente di te m'innamorai: & oltre al deuere ti portai fede, et
t'amai.

Ma questo peccato almeno da te nõ me-
ritaua riceuere tal penitenza.

Veramente vna iniquità in me conosco per laquale l'ira de' Dij (facendola)
giustamente impetrai; & questa fu di ri-
ceuer te scelerato giouane, & senza alcuna pietà nel letto mio : & hauer sostenuto, che'l tuo lato al mio s'accostasse.

mesme; lesquels ie prie de faire, que
cecy soit la plus grande partie de ta
renommee, à sçauoir d'auoir trôpé
vne damoiselle, qui t'aymoit plus
que soy-mesme.

Dea Pamphile, dy moy maintenant, auois-ie commis aucune chose, pour laquelle ie meritasse, d'estre
par toy trahie, auec tant de ruse &
subtilité? certainement ie ne cômis
onques enuers toy autre faute plus
grande que de m'estre folement a-
mourachee de toy, & en outre de
t'auoir aymé & gardé la foy.

Mais cete faute là ne meritoit
pas de receuoir au moins de toy,
vne telle penitence.

Veritablemêt ie cognoy en moy
vne iniquité, par laquelle (en la faisant) i'ay à iuste cause prouoqué
l'ire des Dieux contre moy; & cete
iniquité ou mesfaict a esté de te receuoir, mechant homme que tu es,
& sans aucune pieté, & de t'admet-
tre en mon lict, ayant souffert que
ton costé ait touché le mien.

Auenga che di questo (si come essi medesimi videro) non io, ma tu colpeuole
fosti il qual col tuo ardito ingegno me pre
sa nella tacita notte secura dormendo: come colui: che altre volte eri uso d'ingannare: prima nelle braccia m'hauesti, &
quasi la mia pudicitia violata; che io fossi dal sonno interamente fui luppata.

Et che deueua io fare questo veggendo?
deueua io gridare, & col mio grido à me
infamia perpetua, & à te, il quale io piu
che me medesimo amaua morte cercare.

Io opposi le forze mie (si come Iddio sa)
quanto io potei: lequali alle tue non potendo resistere, vinte possedesti la tua rapina.

Quãto
la hone
sta dee
esser te-
nuta ca
ra.

Oime hora mi fosse il dì precedente à
quella notte stato l'ultimo: nelquale io
haurei potuto morire honesta.

O quante doglie, & come acerba m'asp

Combien que de cecy (comme les Dieux mesmes ont veu) tu as esté coulpable, en ce que par ta hardiesse m'ayant prinse, en la nuict coye, dormant sans penser à rien, côme celuy, qui d'autres fois estois duict & accoustumé à tromper, tu me tins entre tes bras, & quasi par toy fut violee ma pudicité, auât que ie fusse entierement desueloppee du sommeil.

Et que deuois ié faire voyant cela? ie deuois crier, & par mon cry, me pourchasser perpetuelle infamie & deshonneur, & à toy que i'aymois plus que moy-mesme, la mort.

l'opposay mes forces (comme Dieu sçait) tant que ie peu; lesquelles ne pouuans resister aux tiennes, estás vaincues, tu iouys de ta proye.

Ah, pleust aux Dieux, que le iour precedent celle nuict m'eust esté le dernier; auquel i'eusse peu mourir honneste.

Que de fácheries & angoisses.

sal irануo hoggimai: & tu con la menata giouane stando, per piu piacerle, i tuoi
antichi amori raconterai : & me misera
farai in molte cose colpeuole, le mie belleZ
Ze auidendo, & i miei costumi. Iquali et
lequali da te con somma laude soleuano
sopra tutti quegli e quelle dell'altre donne
esser esaltati, & hora solamente le sue, et
gli suoi loderai.

Et quelle cose, lequali io pietosamente
uerso di te da molto Amore sospinta operai, da focosa libidine dirai nate.

Ingrati-
tudine.
Ma ricordati tra le cose, che non vere
raconterai, di narrare i tuoi veri inganni: per i quali me piangete, & misera potrai dire hauer lasciata; & con essi i riceuuti honori accioche tu faccia la tua in-
gratitudine ben manifesta all'ascoltante.

Ne t'escadi mente di raccontare quasi

m'aſſailliront deſormais:& quant à
toy,te tenant auec ta femme, pour
luy plaire dauantage, tu raconteras
tes anciennes amours, & tu me feras coulpable en beaucoup de choſes, denigrant mes beautez & mes
mœurs,que tu ſoulois exalter grandement,ſur toutes celles des autres
femmes ; & maintenant tu ne feras
cas que de la beauté & grace de ta
nouuelle eſpouſe.

Tu diras que les choſes leſquelles pouſſee d'amour,i'ay faites auec
pitié,en ton endroict, ſont proce-
dees d'vne ardante luxure.

Mais entre les choſes que tu raconteras non vrayes, ſouuiéne toy
de natrer tes vrayes tromperies;par
leſquelles tu pourras dire que tu
m'as delaiſſee miſerable & eſplo-
ree:& auec tes ruſes,& deceptions,
tu pourras mettre en ieu les honneurs receuz, à fin que tu rendes tó
ingratitude plus manifeſte à elle
qui t'eſcoutera.

Et n'oublie pas de raconter com

& quali giouani già d'hauere il mio a-
more tentaſſero; & i diuerſi modi, &
l'inghirlanda te porte dargli loro amari,
le notturne riſſe; & le diurne prodezzi
per quelli operate: & che mai dal tuo in-
gannenole amore non mi poterono piega-
re; & che tu per vna giouane appena da
te ancora conoſciuta, ſubito mi cambia-
ſti.

Laquale ſe come io, non ſa ſemplice: i
tuoi baſci prendera ſempre ſoſpetti, &
guarderaſſi da'tuoi inganni; da'quali io
guardar non mi ſeppi. & laquale io priego, che tal ſia ſeco, qual con Atreo fu la
ſua; o le figliuole di Danao cõ nuoui ſpo-
ſi; o Clitenneſtra con Agamennone: od
almeno; quale io (operando la tua nequitia) col mio marito non degno di queſta
ingiurie ſono dimorata; & te à tal miſeria produca, che come io hora per pietà da

bien de Gentils-hommes & quels
se sont efforcez autrefois d'auoir
mon amour, & les diuers moyens,
les portes auec guirlandes, les de-
bats nocturnes pour leurs amours,
& les proüesses par eux faictes de
iour:& que iamais ils ne m'ont peu
plier ou destourner de ton amour
trompeur, & que pour vne ieune
femme, à peine encore cogneüe de
toy,tu m'as changee incontinent.

Et si cete-là n'est simple comme
moy, elle aura tousiours soupçon
de tes baisers, & se gardera de tes
tromperies, desquelles ie n'ay peu
me garder : laquelle ie prie d'estre
telle en ton endroit, que Atree ex-
perimenta la sienne, ou telle que
les filles de Danaus, à l'endroit de
leurs nouueaux espoux,ou Clitem-
nestre enuers Agamemnon, ou au
moins,telle que par ton mesfaict,&
pour te contenter, i'ay demouré
auec mon mary, qui n'estoit digne
de cete iniure : de maniere qu'elle
te meine à vne telle misere, que

me medesima piango; così mi sforzi span-
der lagrime per te.

Et questo; se dagli Dij verso i miseri
con pietà alcuna si mira, priego, che tosto
sia.

Come ch'io fossi molto da questo dolente rammarico offesa, & souente sopra
esso tornassi; & non solamente quel dì,
ma molti altri seguenti; non dimeno mi
pungeua dall'altra parte non poco la turbation veduta della giouane sopradetta;
laquale alcuna volta mi induße a così
con graue doglia pensare; sì come molte
volte era vsata: & diceua con meco stessa.

Deh perche ò Panfilo mi doglio del tuo
esser lontano? & che tu di nuoua donna
sia diuenuto? concio fosse cosa, che essendo tu qui presente, non mio, ma d'altrui

comme maintenant ie pleure de la pitié de moy-mesme, ainsi ie sois contrainte d'espandre larmes pour toy.

Et si les Dieux regardent les humains auec quelque pitié, ie les prie que ce soit & aduienne bien tost.

Combien que ie fusse fort attainte de cete facherie & que souuent cet ennuy me retournast en l'esprit, non seulement ce iour là, mais aussi plusieurs autres ensuiuans, ce neantmoins estois-ie bien fachee, de l'autre part, de la perturbation & alteration que i'auois veuë en la susdite ieune dame; laquelle m'a aucunefois induite de penser à vne tát griefue facherie, comme i'auois souuent accoustumé; & ie disois en moy-mesme.

Ah! pourquoy, ô Pamphile, me souciay-ie, ou suis-ie fachee que tu és loin? & que me souciay-ie que tu aymes ou sois à vne autre femme, veu que quád tu estois icy present,

dimoraui?

O peßimo giouane; in quante parti era il tuo amore diuiso, o datto a poterſi diuidere; Io poſſo preſumere, & che coſi come queſta giouane, & io alle quali hai hora aggiunta la terza) s'erauamo donne; tu a queſto modo n'haueui molte, doue io ſola mi credeua eſſere.

Et coſi aueniua; che credendo le mie medeſime coſe trattare occupaua le altrui.

E chi può ſapere (ſe queſto gia ſi ſeppe) s'alcuna piu della gratia de gli Dÿ di me degna pregando per le riceuute ingiurie, & per li miei mali impetra, che io coß ſia; come ſono d'angoſcia piena?

Ma qualunque ella è (s'alcuna è) perdonimi; che io ignorantemente peccai, & la mia ignoranza merita perdono.

Ma tu con quale arte queſte coſe fin-

tu n’eſtois mien, mais à vne autre?

O mechât! que ton amour eſtoit diuiſé en beaucoup de parties, ou propre à ſe pouuoir diuiſer. Ie peux bien preſumer, que tout ainſi que cete ieune dame & moy auſquelles tu as maintenant adiouſté la troiſieſme, te ſeruions de femmes, tu en auois auſſi en cete maniere pluſieurs, là où ie penſois eſtre ſeule.

Et ainſi il aduenoit que penſant traitter & manier mes propres beſongnes, i’occupois celles d’autruy.

Et qui peut ſçauoir (ſi cecy ſ’eſt deſia ſçeu) ſi aucune plus digne que moy de la grace des Dieux, priant pour les iniures receuës, & pour mes maux, impetre que ie ſois ainſi, comme ie ſuis, pleine d’angoiſſe & de facherie?

Mais, qu’elle me pardonne, ſ’il y en a, quelle qu’elle ſoit; car i’ay peché ignoramment; & mon ignorance merite pardon.

Mais par quelle ruze & art, ſaignois-tu ces choſes ? auec quelle

geui? con qual conscien za l'adoperaui? da
qual amare, o da qual tenerezza eri à ciò
tirato?

Non si puo a-mar ia vn me-desimo tempo piu che vna sola persona.

Io ho piu volte inteso; non poter si amar
piu, che vna persona in vn medesimo tē-
po, ma questa regola mostra che in te non
hauesse luogo.

Tu me amaui molto, o faceui vista d'a-
mare. Deh desti tu à tutte; od a questa
vna; che male hu saputo celar quel, che tu
hai celato; quella fede, quelli promissioni;
quelle lagrime, che a me donasti; se ciò fa-
cesti, tu poi, come à niuna obligato, dimorar securo; percioche quel, che a molti di-
stintamente si dona, non pare, che ad alcun sia donato.

Deh come puo egli essere, che chi di tāte piglia i cuori non sia il suo alcuna volta preso.

Narci-so, per-che s'in namoro di se stesso.

Narciso amato da molte, & essendo à
tutte durissimo ultimamente fu preso
della sua fama medesima.

conscience les faisois-tu? de quel
amour & affection estois-tu tiré à
ce faire?

I'ay entendu plusieurs fois que
l'on ne peut aymer en vn mesme
temps, plus d'vne personne; mais tu
monstres que cete reigle n'auoit
point de lieu en toy.

Tu m'aymois beaucoup, ou faisois semblant de m'aymer. As tu
donné à toutes, ou bien à cete-cy
seule, laquelle a sçeu mal celer, ce
que tu as celé, la foy, les promesses,
& les larmes, que tu m'as donné?
Si tu l'as faict, tu peux bien demourer libre & asseuré, comme n'estant
obligé à nulle; car il ne séole point
que l'on donne à aucun, ce qui se
donne distinctement à plusieurs.

He comment se peut-il faire, que
aucune fois le cœur de celuy ne soit
prins, qui reçoit & accepte les
cœurs de tant de maistresses?

Narcisse aymé de plusieurs, estát
à toutes fort rigoureux & cruel, en
fin fut prins de soy-mesme.

Atalanta velocißima nel suo corso, rigida superò gli amati suoi, infin che Hippomene con maestreuole inganno, si come ella medesima volle, la vinse.

Ma perche vò io per gli antichi esempi? Io medesima, che non potei mai da alcuno esser presa? fui presa da te.

Tu adunque tra le noue nõ hai trouato chi t'habbia preso? Questa cosa io non credo anzi sicura sono, che preso fosti; & se fosti, chi che colei si fosse, che con tanta forza ti prese, come à lei non torni?

Et se tu non vuoi à lei, ne à me tornare, torna à costei: che celar non ha saputo il vostro amore. Et se vuoi, che la fortuna à me sia cosi contraria (che forse secondo la tua opinione l'ho meritato) non nocciano all'altre i miei peccati.

Torna almeno ad esse, & serba la fede forse prima à loro promessa, che à me: &

Atalante tresvite en son cours, cruelle surmonta ses amants, iusques à ce qu'Hippomene, par ruse & tromperie, ainsi qu'elle voulut elle-mesme, la vainquit.

Mais qu'ay-ie affaire d'alleguer sur ce les exemples anciens? moy-mesme qui n'ay onques peu estre prinse d'aucun, l'ay esté de toy.

Et entre les noueaux, n'as tu donc point trouué qui t'ait prins? Ie ne croy point cela; ains ie suis certaine, que tu as esté prins: & si tu l'as esté, qui que soit celle, qui t'à prins, auec si grande force, pourquoy ne retournes tu à elle?

Et si tu ne veux retourner à elle ny à moy, retourne à cete-cy qui n'a sçeu celer son amour. Et si tu veux que la fortune me soit tant contraire (car parauanture ie l'ay merité, selon ton opinion) que mes pechez ou faultes ne nuisent aux autres.

Retourne au moins à elles, & garde la foy, que tu leur as para-

non volere per fare noia a me offender
tante; quanto io credo, che in isperanza
qua'n'habbia lasciatè: ne possa costà una
sola, piu che quà molte.

Cotesta è hormai tua; ne puo (volendo)
non essere dunque lei securamente lascia-
do vieni: accio, che quelle : che non tue si
possano fare, per tue con la tua presenza
conserui.

Dopo questi molti parlari, & vari;
percioche nelle orecchie de gli Dij toccauano, ne quelle del giouane ingrato : aueniua alcuna volta, che io subitamente
mutaua consigli, dicendo.

O misera, perche disideri tu, che Panfilo qui ritorni? credi tu con maggior patiē-
za sostenere vicino quel, che grauissimo
t'è lontano; tu disideri il tuo danno.

Et

uanture premieremét promise qu'à
moy; & pour me vouloir faire de
l'ennuy & facherie, ne vueilles en
offenser tant d'autres, que ie pense
auoir esté par toy laissees icy, atten-
dantes: & qu'vne seule ne puisse là
où tu es, plus, que plusieurs icy.

Ceste là est desormais tienne, &
ne peut, quoy qu'elle voulust, n'e-
stre à toy; la laissant donc asseuré-
ment vien t'en, à fin que celles qui
se peuuent faire non tiennes, soient
conseruees pour tiennes, par ta
presence.

Apres tant de paroles vaines,
pource qu'elles touchoient les aureilles des Dieux, & non celles du
ieune Amant ingrat, il aduenoit aucunefois, que tout soudain ie chan-
geojs d'aduis & conseil, disant:

O chetiue! pourquoy desires-tu
que Pamphile retourne icy? penses
tu souffrir auec plus gráde patience
celuy pres de toy, qui t'est si facheux estant loin? tu desires ton
dommage.

Q

Et ſi come hora in forſe dimori che egli
t'ami ò non: coſi lui tornando potreſti diuenir certa, che non per te, ma per altrui
foſſe tornato.

Stiaſi, & innanzi eſſendo lontano ti
tenga del ſuo amore in forſe, che venendo
vicino di non amarti ti faccia certa.

Sia almeno contenta, che ſola non dimori in cotali pene; & quel conforto piglia,
che i miſeri ſogliono prendere nelle miſe-
rie accompagnati.

Egli mi ſarebbe duro ò donne il poter
moſtrare con quanta focoſa ira, con quante lagrime, con quanta ſtrettezza di cuore io quaſi ogni dì, cotali penſieri & ragionamenti, ſoleua fare.

Ogni
dura co
ſa ſi a-
molliſce
col tem
po.

Ma percioche ogni dura coſa proceſſo di
tempo ſi pur matura, & ammolliſce; a-
uenne, che hauendo io piu giorni cotal vi-

Et comme maintenant tu es en doute qu'il t'ayme ou non : ainsi, s'il retournoit, tu pourrois deuenir certaine, qu'il fust retourné, non pour l'amour de toy, mais pour l'amour d'vne autre.

Qu'il se tienne là, & estant eslongné, qu'il te tiéne plustost douteuse & en suspens de son amour, que si venant icy, il te faisoit certainé qu'il ne t'ayme point.

Contente-toy au moins, que tu n'es pas seule en telles peines, & reçoy la consolation, que les miserables accompagnez en leurs miseres, ont accoustamé de prendre.

Il me seroit difficile, mes dames, de dire, de quel courroux enflammee, auec combié de larmes ie soulois quasi tous les iours entretenir telles pésees, & vser de tels discours, ayant le cœur fort serré.

Mais pource que le laps ou progrés de temps meurit & amollit toute chose dure & fascheuse, aduint qu'ayát mené long temps telle

Q ij

ta tenuta; ne potendo piu oltre nel dolor
procedere, che proceduta mi foßi: esso
alquanto si cominciò a cessere.

Et quanto esso della mente disoccupa-
ua: cotanto il seruente amore, & la tur-
bida speranza vi si raccendeuano.

Et essi in luogo del dolor dimoratemi,
mi fecero di voglia cambiare; & il primo desiderio di rihauere il mio Panfilo
ritornare.

Et quanto piu in ciò mi fu la speranza
di mai deuerlo rihauere contraria; tanto
ne diuenne maggiore il disio.

Et ß come le fiamme da'uenti aghiate
crescono in maggior vampa; cosi Amore
da'contrarij pensieri ßati nelle sue forze
ßi fece maggiore. onde delle cose dette subito pentimento mi venne.

Io riguardando a quelle, che m'haueua l'ira condotta a dire, quasi come se udito m'hauessero, mi vergognai; & lei ser-

vie, & ne pouuant ma douleur aller
plus auant, estant à l'extremité, elle
commença vn peu à cesser.

Et d'autât que l'ennuy & la douleur se departoit de mon cœur,
d'autant la feruente amour, & la
trouble esperance s'y r'allumoient.

Et icelles y estans demourees, au
lieu de la douleur, me firent changer de volonté, & retourner le premier desir de r'auoir mó Pamphile.

Et plus en cela, l'esperance de iamais le denoir r'auoir, me fut contraire, plus le desir en deuint plus
grand.

Et comme les flammes agitees &
souflees des vents, croissent dauantage, ainsi l'amour se fit plus grand,
au moyen des contraires pensees
estant en leur force & vigueur: &
pour cete cause, ie fu incontinent
touchee d'vn repentir des choses
que i'auois dictes.

Et ayant egard à ce que l'ire & la
colere m'auoiét faict dire, comme si
l'on m'eust ouye, i'eu honte, & la

te biasimai; Laquale ne'primi assalti con
tanto furor prende gli animi; che alcuna
verità a loro esser palese non lasciando.

Gli amã
ti hora
incolpa
no la co
si ama
ta hora
la scusa-
no.

Ma nondimeno, quanto piu vene accer-
sa; tanto piu in processo di tempo, diuenta
fredda; & lascia chiaro conoscere quel,
che seco male ha fatto adoperare; & ri-
hauuta la debita mente, cosi incominciai
a dire.

O stoltissima giouane di che cosi ti tur-
bi? Perche senza certa cagione in ira s'ac-
cendi posto che vero sia ciò, che'l mercatante disse. il che è forse non vero, cioè, che
egli habbia moglie sposata: è questo cosi
gran fatto; cosa nuoua, che te non deuessi
sperare.

Egli è di necessità, che i giouani in cosi fatte cose compiaccino a'padri.

Se'l padre ha voluto questo; con che ca

blafmay fort:laquelle,furprend, és
premiers affaults , les cœurs, auec
telle fureur,qu'elle ne foufre qu'aucune verité leur foit manifefte.

Ce neantmoins tant plus elle deuient enflammee, plus, auec laps de
temps,elle deuient froide, & laiffe
cognoiftre manifeftement , ce que
par elle,a efté mal faict; & ayant recouuré le conuenable fens & entendement , ie commençay à dire
ainfi.

O tresfolle que tu és! dé quoy te
faches tu ainfi?pourquoy t'enflam-
mes tu d'ire,fans certaine occafion?
bien que foit vray ce que le marchand a dict; ce qui n'eft parauanture veritable, fçauoir eft qu'il ait
vne femme époufee, eft-ce vn fi
grand cas? eft-ce vne chofe nouuelle, laquelle tu ne deuffes efperer.

Il eft force que les ieunes hómes
obeyffent en telles chofes à leurs
peres.

Si le pere l'a voulu ainfi; fouz
quel pretexte pouuoit-il aller au

lore il poteua esso negare.

Ei creder dei che nè tutti coloro, che moglie prendono, & che l'hanno, l'amino, si come si fanno dell'altre donne.

La soverchia copia, che le moglie fanno di se a loro mariti, è cagion di tostano rincrescimento, quando esse pur nel principio sommamente piacesseno, & tu non sai quanto costei si piaccia.

Forse, che sforzato Panfilo la prese, & amando ancora te piu di lei; egli è noia d'essere con essa; & se ella gli pur piace; tu puoi sperare, che ella gli rincrescerà tosto.

Et certo della sua fede & de' suoi giuramenti tu non ti potessi con ragion biasimare; percioche egli à te tornando nella tua camera l'uno & l'altro adempirebbe.

Priega adunque Iddio, che Amore, il quale piu che sacramento, ò promessa fede

contraire?

Tu dois croire, que tous ceux-là qui prennent femme, & qui l'ont en mariage, ne l'ayment pas, cóme ils font les autres femmes.

La trop grande liberté que les maris ont d'acoller leurs femmes, qui s'abandonnent trop à eux, est cause qu'ils en font incontinent faouls, quand bien du commencement elles seroient fort agreables : & puis tu ne sçais pas comme cete cy plaist.

Pamphile l'a parauanture prinse par force ; & vous aymant encore plus qu'elle, il est faché de luy faire cópagnie, & bien qu'elle luy plaise, tu peux esperer qu'il en sera bien tost ennuyé.

Et certainement tu ne le peux à iuste cause blasmer de sa foy & sermens, pource que retournant à toy en ta chambre, il pourroit accomplir l'vn & l'autre.

Prie donques Dieu, qu'Amour, lequel peut plus que le serment ou.

Q v

puote; il coſtringa à tornarci.

Et oltre à queſto, perche per la turbation
della giouane di lui prendi ſoſpetto : non
ſai tu quanti giouani t'amano in vano : i
quali ſapendo te eſſer di Panfilo ſenZa
dubbio ſi turberebbono.

Coſi dei creder poſſibile lui eſſer amato
da molte : allequali par duro di lui vdir
quel, che à te dolſe; benche per diuerſe ragioni à ciaſcuna ne increſca.

Et in cotal modo me medeſima dime-
tendo, & quaſi in ſu la prima ſperanZa,
tornando; oue molte beſtemmie mandate
haueua ; con oratione ſupplicaua in contraria.

Queſta ſperanZa in cotal guiſa tornaua non haueua però fvrZa di rallegrarmi
anZi con tutta eſſa con turbatione continua & nell'animo, & nell'aſpetto era

la foy promife le contraigne de retourner.

Et dauantage, pource que tu as
foupçon de luy, à caufe de l'alteration de la ieune Religieufe, fçais tu
bien combien de ieunes hommes
t'ayment en vain? lefquels certainement fe fafcheroient beaucoup, de
fçauoir que tu fuffes à Pamphile?

Ainfi dois-tu penfer eftre poffible qu'il foit aymé de plufieurs, aufquelles femble bien facheux d'ouïr
de luy ce qui vous deult & fafche
beaucoup, bien qu'il en fuffe mal à
chacune, pour diuerfes raifons.

Et m'abaiffant ainfi & moderant
en cete maniere, & retournât quafi
à ma premiere efperance; au lieu
que i'auois vfé de beaucoup de
blafme & iniures, par priere ie fu-
pliois au contraire.

Cete efperáce retournoit en cete
maniere; & neantmoins, ie n'auois
pas la force de me refiouyr : ains
nonobftant icelle, l'on me voyoit
toufiours troublee en l'efprit & au

veduta; & io medesima non sapeua, che
farmi.

Le prime sollecitudini erano fuggite. Io
haueua nel primo empito della mia ira
gittate vie le pietre: lequali de'giorni stati erano memorabili testimoni: e, haueua
arse le lettere da lui riceuute: & molte
altre cose guastate.

Costu-
me de
g'i amā
ti irati
& vinti
dalla
passio-
ne.

Il rimirare il cielo piu non mi gradiua
come à colei, che incerta era della tornata
alhora: si come certa me. ne pareua essere
auanti.

: La volontà del fauoleggiar se n'era ita:
& il tempo, che molto haueua le notti
abbreuiate, no'l concedeua: lequali souente ò tutte, ò gran parte di loro io passaua
senza dormire, continouamente, ò piangendo, ò pensando consumandole.

Et qualhora pure aueniua, che io dor-
missi: diuersamente era da'sogni occupata; alcuni lieti vegnenti, & alcuni tri-
stissimi.

visage: & moy-mesme ne sçauois
que faire.

Les premiers soucis s'en estoient
fuiz: i'auois au premier mouuem̃ẽt
de mon ire, ietté au loin les pierres,
lesquelles auoient seruy de memo-
rables tesmoins des iours escoulez:
& mesmes i'auois bruslé les lettres
receuës de luy, & gasté plusieurs autres choses.

Ie ne prenois plus de plaisir de
regarder au ciel, comme celle qui
estois à cete heure là incertaine du
retour, au lieu qu'au parauant me
sembloit en estre acertenee.

La volonté de deuiser & raconter nouuelles s'en estoit allee, & le
temps qui auoit beaucoup accour-
cy les nuicts ne le permettoit pas:
lesquelles ie passois souuent entie-
res, ou vne grande partie d'icelles,
sans dormir, ou pleurãt ou pẽsant.

Et quand il m'auenoit de dormir, i'estois diuersement occuppee
& saisie des songes, les vns ioyeux,
& les autres fort tristes.

Le feste, & i tempij m'erano noieuoli:
ne mai se non di rado (quasi non potendo altro fare) gli visitaua.

Et il mio viso pallido ritornato faceua
tutta malinconia la casa mia; & da varij variamente, di me parlare.

Et cosi aspettando : & quasi che non
sapendo; malinconica & trista me staua.

I miei dubbiosi pensieri il piu mi traheuano tutto il giorno incerta de dolermi
ò di rallegrarmi.

Ma veggendo la notte attißimo tempo
à' miei mali, trouandomi nella mia camera sola, hauendo prima pianto ; & molte
cose meco dette , quasi mossa da consiglio
migliore, le mie orationi à Venere riuolgeua, dicendo.

O special bellezza del cielo , ò pietosiß-
sima Dea ; o sanctißima Venere ; la cui

Les festes & les temples m'estoient ennuyeux, & ne les fiequétois pas, sinon rarement, ne pouuât quasi faire autre chose.

Et mon visage retourné passe, rendoit toute ma maison melancolique, & faisoit que diuerses personnes parloient de moy diuersement.

Et ainsi attendant, & quasi ne sachant quoy, i'estois toute triste & melancolique.

Mes douteuses pensees, le plus souuent me pitoient tout le iour, incertaine si ie me deuois fascher ou resiouyr.

Mais voyant que la nuict estoit vn temps trespropre à mes maux, me trouuant seule, en ma chambre, ayant premierement pleuré, & dict beaucoup de choses en moy-mesme, quasi meuë d'vn meilleur aduis & conseil, i'adressois mes prieres à Venus, disant.

O speciale beauté du ciel! ô trespitoiable Deesse! ô tressaincte

effigie nel principio de'miei affanni in
questa camera fu manifesta porgi conforto a'miei dolori; & per quel venerabile
& intrinseco amore, che tu portasti ad
Adone, mitiga i miei mali.

<table>
<tr><td>La ima-
gine de
la mor-
te e ter-
ribile.</td><td>Vedi quanto per te io tribolo. Vedi quã-
te volte per te la terribile imagine della
morte sia gia stata innanzi a'gli occhi
miei.</td></tr>
</table>

Vedi se tanto male ha la mia pura fede meritato quanto io sostegno.

Io lasciua giouane nõ conoscendo i tuoi
dardi, al primo tuo piacere senza disdire
mi ti feci sogetta.

Tu sai quanto per te mi fu promesso di
bene; & certo io non niego, che parte gia
nõ ne hauessi ma se questi affanni: che
tu mi dai, vuoi che di quel bene parte s'in-
tendano; perisca il cielo & la terra ad un

Venus! l'effigie de laquelle au commencement de mes ennuis, s'est ma-
nifestée en cete chambre , donnez
confort à mes douleurs, & par la
venerable & intime amour , que
vous auez portee à Adonis, mitigez
mes maux.

Voyez en quelle tribulation ie
suis par vous : voyez combien de
fois, par vous, la terrible image de
la mort, s'est desia presentee à mes
yeux.

Voyez, si ma sincere foy a merité
tant de mal que i'endure.

Ie me suis, lasciue damoiselle que
ie suis, rendue subiette à vous du
premier coup, sans contredict, ne
cognoissant voz dards.

Vous sçauez le grand bien, que
vous m'auez promis : & certainement ie ne nie pas que ie n'en eusse
desia vne partie ; mais si vous voulez que ces ennuis que vous me dó-
nez soient entenduz, pour vne partie de ce bien là, le ciel & la terre
perisse tout ensemble, & se refasse

botta: et rifacciasi tol mondo; che seguirà, le nuoue leggi a queste simili.

Se egli è pur male: sì come di sentirlo
mi pare; auenga o gratiosa Dea il ben promesse, accioche la santa bocca non si puos-
sa dire (sì come gli huomini) hauere apparato a mentire.

Manda il tuo figliuolo cón le saette et
con le tue fiaccole al mio Panfilo là: doue
egli hora da medimerà lontano; et lui;
(se forse per nonuedermi nel mio amore;
è raffreddato; o di quel d'alcuna altrà è
fatto caldo) rinfiamma per tal maniera;
che ardendo, sì come io ardo, niuna cagione il ritenga, che egli nõ torni; accio, che io
riprendendo cõforto sotto questa grauezza non muoia.

O bellissima Dea, vengano le mie parole alle tue orecchie; et se lui riscaldar
nõ vuoi; traggi à me di cuore i dardi tuoi;
acciò che io casi, come egli, possa senza tãte

auec le monde, qui soiura des loix
semblables à celles-cy.

Si c'est vn mal, comme ie pense
sentir, ô gracieuse Deesse, le bien
promis aduienne, à fin que vostre
saincte bouche ne se puisse dire
(comme les hommes) auoir aprins
à mentir.

Enuoyez vostre fils, auec ses fleches, & auec ses brandons, vers
mon Pamphile, là où il demoure
loin de moy; & si d'auenture, pour
ne me voir, il est refroidy à me porter amour, ou bien est eschaufé &
esprins de l'amour d'aucune autre,
r'enflammez le de telle maniere,
que bruslant, comme ie fay, nulle
occasion le puisse retenir & garder
qu'il ne retourne, à fin que reprenât
cœur & confort, ie ne meure acca-
blee de cet ennuy.

O tresbelle Deesse ! que mes paroles paruiennent à voz aureilles,
& si vous ne le voulez reschaufer,
arrachez moy voz dards du cœur,
à fin que ie puisse passer mes iours

angoscie passare i giorni miei.

In questi cosi fatti prieghi, ancor che
vani gli vedessi poi riuscire; pur alhora
quasi esauditi credendogli, alquanto con
isperanza alleuiaua il mio tormento, &
nuoui mormorij rincominciando diceua.

Pensieri
de'ge-
losi.
O Panfilo doue sei tu hora? Deh che fai
tu? Hora ha te la tacita notte senza sonno
& con tante lagrime, cò quante ha me; o
forse nelle braccia ti tiene la giouane mal
per me vdita? o pur senza alcun ricordo di me soauissimamente dormi?

Deh come puo questo essere, che Amore due amanti con si disuguali leggi go-
uerni, ciascuno feruentemente amando si
come io fe; et forse si come tu fai? Io nõ so;
ma se cosi è, che quei pēsieri te, che me, oc-
cupino, quali prigioni, o quali catene ti tē-

comme luy, exempte de tant d'angoiſſes.

l'allegeois vn peu mon tourmêt
auec quelque eſperance, faiſant telles prieres, encore que ie les viſſe
ne ſeruir de rien; & puis recommen-
çant nouueaux murmures, ie diſois.

O Pamphile, où és tu maintenât?
Hé que fais tu? la paiſible & coye
nuiƈt te tient elle maintenans ſans
dormir, & auec tant de larmes, comme elle me tient? ou bien ta ieune
eſpouſe, de laquelle i'ay ouy parler
à mon grand regret, te tient elle entre ſes bras? ou bien ſans aucune
ſouuenance, de moy, dors-tu doucement & à ton aiſe?

He comment ſe peut-il faire,
qu'Amour gouuerne deux amans
auec des loix tant inegales, chacun
aymant ardamment, comme moy,
& comme parauanture tu fais?

Ie ne le ſçay pas; mais ſ'il eſt ainſi
que tu ſois ſaiſy de telles penſees
que moy, quelles priſons ou quelles
chaines te retiennent, & gardent

gono, che quelle rompendo à me torni?

Certo io non so chi mi si potesse tenere
di venire à te, se la mia forma sola, la
quale senza dubbio d'impedimento &
di vergogna in piu luoghi mi sarebbe cagione, non mi tenesse.

Quantunque à fare, qualunque altre
cagioni costa trouasti, gia deono esser finite; & il tuo padre gia di te deue esser se-
tio: il quale (& così come gli Dij sanno,
priego souente per la sua morte) fermamente credo cagion è della tua dimora, et
se di questa non è : almeno del torniti,
par su.

Ma io non dubito, che della morte pregando non gli si prolunghi la vita, tanto
mi sono gli Dij contrari & male esaudeuoli in ogni cosa.

Deh, vinca il tuo amore: se cotale è qua-

que les rompant, tu ne retournes
deçà vers moy?

Certainement, ie ne sçay pas, qui
me pourroit empescher d'aller à
toy, si ma beauté seule, laquelle sans
doute, me seroit en plusieurs lieux,
cause d'empeschement & de honte,
ne m'en gardoit.

Quelques affaires & autres occasions, que tu ayes trouué delà, elles doiuent estre à present depes-
chees, & ton pere doit estre maintenant saoul de toy, lequel (& partant, comme les Dieux sçauent, ie
prie souuent qu'il meure) ie croy
fermement estre la cause de ta demeure: & s'il n'é est cause, au moins
il l'est de ce que tu és hors d'icy, &
que ie suis sans toy.

Mais ie ne doute pas, que priant
qu'il meure, la vie ne luy soit pro-
longee, tant les Dieux me sont contraires & m'exaucent mal en toutes choses.

Ah, si ton amour est tel, qu'il souloit estre, qu'il surmonte leurs

le esser soleua, le loro forze, & vieni.

Non pensi tu me sola gran parte delle
notti giacere, nelle quali tu fida compagnia mi faresti? se tu ci fossi, come gia fa-
cesti?

Oime quante il passato verno lunghis-
sime, senza te fredda, nel grādissimo letto, sola n'ho trappassate.

Deh ricordati de' varij diletti da noi
molte volte in varie cose presi; de' quali ri-
cordandoti tu sono certa, che niuna altra
donna mai non mi ti potrà torre.

Et quasi questa credenza piu che altra mi rende secura, che falsa sia l'udita
nouella della nuoua sposa; laquale, ancora
che vera fosse, non temerei, che mi ti potesse torre, se non un tempo.

Dunque ritornā, & se i gratiosi diletti
nō hanno forza di tirarti quà, ritiritici il
voler

forces & t'en vien.

Penſes tu pas, que ie ſuis couchee ſeule, vne grande partie des
nuicts, eſquelles tu me ferois bóne
compagnie, comme tu as faict autresfois, ſi tu eſtois icy?

Hela, que i'en ay paſſé de treſlon-
gues l'hyuer paſſé ſeule, ſans toy,
froide, & en vn treſgrand lict.

Et dea, ſouuiens toy des diuers
plaiſirs, que nous auons prins ſouuentesfois, en diuerſes choſes : deſquels ſil te reſouuient, ie ſuis certaine, que nulle autre femme ne te
pourra gangner & ne te m'oſtera
iamais.

Et cete creance plus qu'autre, me
rend quaſi aſſeuree, que la nouuelle
que i'ay entendue de l'eſpouſe eſt
fauſſe: & encore qu'elle fuſt vraye,
ie ne craindrois pas qu'elle me
peuſt priuer de toy, ſinó vn eſpace
de temps.

Retourne donc, & ſi les gracieux
plaiſirs n'ont la force de te tirer de
là, que la volóté au moins te retire,

voler da morte turpiſſima liberar , colei,
che ſopra tutte coſe t'ama

Oime, ſe tu hora tornaſſi, appena credo,
che mi riconoſceſſi; ſi m'ha trasformata
l'angoſcia.

Ma certo, ciò che infinite lagrime m'hã-
no tolto , brieue letitia (veggendo il tuo
bel viſo) mi renderebbe : & ſenƷa ſallo
ritornarei quella Fiammetta , che io già
fui.

Deh vieni , vieni ; che'l cor ti chiama
nõ la ſciar perire la mia giouaneƷƷa preſta a tuoi piaceri.

Oime ch'io non ſo cõ che freno io ſẽpraſ
ſi la mia letitia , ſe tu tornaſſi, in modo
che à tutti manifeſta non foſſe: perche io;
& meritamente dubito : che'l noſtro a-
more lungamente & con grãdiſſimo ſenno , & ſofferenƷa celato non ſi ſcopriſſe à
ciaſcuno.

Ma hora pur veniſſi tu à vedere, ſe

de vouloir deliurer d'vne treshon-
teuse mort , celle qui t'ayme sur
toutes choses.

Ah a! si tu retournois maintenāt,
à peine croy-ie que tu me reco-
gneusses, tant l'angoisse m'a trans-
formee.

Mais certainement, vne briefue
ioye , voyant ton beau visage, me
rendroit ce que les larmes infinies
m'ont osté; & indubitablement ie
redeuiédrois la Fiammette que i'e-
stois autresfois.

Et dea viens t'en, vien t'en; car le
cœur t'appelle; ne laisse perdre ma
ieunesse, preste & appareillee à tes
plaisirs.

Mon Dieu! ie ne sçay auec quelle
bride, ie modererois ma ioye , si tu
retournois, en sorte qu'elle ne fust
à tous manifeste; car ie doute, à bō
droict, que nostre amour, celé longuement, & auec tresgrande discretion & patience, ne se descouurist
à chacun.

Mais ie voudrois neantmoins

così ne' prosperi casi, come ne gli auersi, l'in
gegnose bugie hauessero luogo.

Oime hòr fossi tu gia venuto & se meglio non potesse essere, sapesselo, chi valesse
che à tutto mi crederei dare riparo.

Falsa
creden-
za de
gli amā
ti.

Questo detto; quasi come se egli le mie
parole hauesse intese; subito mi leuaua, e
correua alla fenestra, me nella stimatione
ingannando di vdir quel, ch'e vdito haueua; cioè, che la mia porta toccasse, sì come era vsato.

O quante volte: se i solleciti amanti
hauessero saputo questo, forse sarei stata
potuta ingannare. & sarei stata, se alcuno malittioso se Panfilo hauesse finto à cotali punti.

Ma poi, che la fenestra aperta haueua,
& guardata la porta, gli occhi del conosciuto inganno mi faceuano piu certa, &

que tu vinſſes voir, ſi les ingenieu-
ſes bourdes & méſonges, ont lieu
és proſperitez cóme aux aduerſitez.

Ah ! fuſſes tu deſia venu, & le
ſçeuſt qui voudroit, ſ'il n'y auoit
autre remede, & ſi l'on ne pouuoit
mieux faire: car ie penſerois remedier à tout.

Ayant dict cela : comme ſ'il euſt
entendu mes paroles, ie me leuois
incontinent, & courois à la feneſtre, me deceuant en l'imagination,
& penſant ouyr ce que i'auois ouy,
à ſçauoir eſtimant qu'il frappaſt à
ma porte, comme il auoit de couſtume.

Ah, combien de fois, ſi les ſou-
ciez amans euſſent ſçeu cecy, euſ-
ſay-ie parauanture peu eſtre trompee, & l'euſſe eſté, ſi quelque malicieux, en tels poincts, ſe fuſt faint
pour mon Pamphile.

Mais apres que i'auois ouuert la
feneſtre, & regardé la porte, & depuis que mes yeux m'auoient faicte
plus certaine de la cogneuë erreur,

cotal la vana letitia in me con turbation subita si volgeua: quale peroi, che il sorto albero rotto da' poteti venti cõ le vele rauilupppate in mare à forza di quelli è trasportato; la tempestosa onda cuopre senza contrasto il legno periclitante, & nel modo vsato alle lagrime ritornando; miseramente piangeua.

Et isforzandomi poi di dare alla mente riposo, con gli occhi chiusi allettãdo gli humidi sonni, tra me medesima in cotal guisa gli richiamaua.

Il sonno è quiete delle cose, e pace degli animi.

O sonno piaceuolissima quiete di tutte le cose, & de gli animi vana pace; il quale ogni cura fugge, come nemico, vieni à me, & le sollecitudini alquanto col tuo operare caccia del petto mio.

O tu; che i corpi ne' duri affanni grauati ristori, & ripari alle, nuoue fatiche; come nõ vieni? Tu dai pure à ciascuno altro

la vaine ioye se tournoit en moy,
auec vne soudaine confusion, telle,
qu'apres que le fort mast rompu
par les vents puissants, est transpor-
té par la force & violence d'iceux,
auec les voiles troussees & enue-
loppees, dedans la mer, l'onde ora-
geuse couure , sans resistence, le
vaisseau, qui est en danger ; & en la
maniere accoustumee retournant
aux larmes, ie plorois amerement.

Et m'efforçant en apres, de donner repos à mon cœur, allechant ,
auec les yeux clos, l'humide sommeil ; ie l'appellois ainsi en moy-
mesme.

O sommeil, tresagreable repos
de toutes choses, & la vaine paix
des cœurs ! qui fuis tout soucy &
cure comme ennemy, viens à moy,
& chasse vn peu les souciz & ennuis de ma poittrine.

Toy, qui restaures les corps tra-
uaillez, & les repares aux nouuelles peines & trauaux, pourquoy ne
viens tu ? Tu donnes à tout autre

riposo; donalo ancora à me, più che altra
di ciò bisognosa.

Fuggi da gli occhi delle liete giouani:
lequali hora tenĕdo i loro amanti in brac-
chio nelle palestre di Venere eser citando-
si te rifiutano, & odiano, & entra ne gli
occhi miei, che sola & abandonata, &
vinta dalle lagrime, & da i sospiri dimoro.

O domator de'mali & parte miglior
dell'humana vita, consolami di te, & lo
starmi lontano riserba, quãdo Panfilo con
suoi piaceuoli ragionari diletteran le mie
orecchie auide di lui vdire.

O languido fratello della dura morte:
il quale le false cose alle vere rimescoli:
entra ne gli occhi tristi. Tu gia gli cento
d'Argo sonnolenti vegghiare occupasti,
Deh occupa hora i miei due che ti deside-
rano.

O porto di vita, o di luce riposo, et della
notte compagno: il quale parimente vieni

repos; donne le moy auſſi, qui en
ay plus de beſoin qu'autre.

Fuy des yeux des ioyeuſes & ieunes dames, leſquelles tenans à cete
heure leurs amans entre les bras,&
ſ'exerçans aux iouſtes de Venus, te
rejettent & hayſſent; & entre en
mes yeux, qui demoure ſeule & a-
bandonnee, & vaincue des larmes
& des ſouſpirs.

O donteur des maux, & la meilleure partie de la vie humaine, con-
ſole moy, de toy, & reſerue à te tenir loin de moy, lors que Pamphile
par ſes agreables propos, delectera
mes aureilles, deſireuſes de l'ouir.

O languiſſant frere de la cruelle
mort! qui meſles les choſes fauſſes
aux vrayes, entre en mes triſtes
yeux. Tu as autresfois ſaiſy les cæt
d'Argus, qui ſouloient veiller, he ie
te prie, occuppe maintenant les
deux miens qui te deſirent.

O port de vie! ô repos de la lumiere & compagnon de la nuict!
qui es pareillement gracieux aux

R v

gratioso à gli eccelsi Re, & à gli humili
serui, entra nel tristo petto, & piaceuole
alquanto le mie forze ricrea.

O dolcissimo sonno, il quale l'humana
generatione pauida della morte costringi
ad apparare le sue lunghe dimore, occupa
me cō le tue forze: & da me caccia gl'in-
sani nocumenti, ne'quali l'animo se medesimo senza pro affatica.

Egli piu pietoso, che alcuno altro Iddio:
a cui porgessi prieghi; auegna che indugio
ponesse alla gratia chiesta da'preghi miei
pur dopo lungo spatio; quasi piu à seruir-
mi costretto che volontario, pigro venisse
senza dire alcuna cosa non aueggendo-
mene io, sott'entraua al lasso capo; il quale di lui bisognoso, & quello volonteroso
pigliando tutto in lui si rauolgeua.

Non veniua, ancor che il sonno venisse, però in me la disiata pace: anzi in lui-

grands Rois & aux humbles feruiteurs, entre en mon pauure cœur &
agreable, recréé & reftaure vn peu
mes forces.

O trefdoux fommeil, qui con-
trains l'humaine race craignant la
mort, à apprendre fa longue demeure, faify moy par les forces, &
chaffe de moy les infenfez & fots
empefchemens, par lefquels, fans
aucun profit, mon efprit fe trauail-
le foy-mefme.

Iceluy plus pitoyable, qu'aucun
autre Dieu, à qui ie prefentaffe mes
prieres, encore qu'il retardaft la
grace requife par mes fupplicatiós,
apres vn long efpace, quafi pluftoft
par contrainte, que de fon bon gré,
s'en venoit neantmoins, pareffeufe-
ment fans dire aucune chofe, &
fans m'en apperceuoir, entroit en
mon pauure chef, lequel ayant befoin de luy, le receuoit du tout,
volontiers, & fe repofoit en luy.

Et combien que le fommeil vint,
fi eft-ce que la paix defiree ne

ga de' pensieri, e delle lagrime mille visio-
ni piene d'infinite paure mi spauentaua-
ne.

Io credo, che niuna furia rimanesse nella Città di Dite, che in diuersi modi, &
terribili già piu volte non mi si mostrasse
diuersi mali minacciando, & spesso col
suo horribile aspetto i miei sonni rompendo; di che io quasi per non veder la, mi
contentaua.

Et brieuemente poche sono state quelle
notti dopo la mala vdita nouella della
menata sposa, che rallegrata m'habbieno
dormendo; si come dauanti mostrandomi
lietamente il mio Panfilo assai souente soleuano fare.

Il che senza modo mi doleua; & ancor
duole. Di tutte queste cose & delle lagrime, & del dolor i dico: ma non della cagione s'auide il caro marito et consideran-

venoit en moy ; ains au lieu des
penſees, & des larmes, mille viſiõs
réplies de peur, m'eſpouuantoient.

Ie penſe qu'il n'y auoit en la cité
& demeure de Pluton, aucune furie, qui ne ſe monſtraſt à moy pluſieurs fois, en diuerſes & terribles
manieres, me menaçant de diuers
maux, & rompant ſouuent mon
ſommeil, par ſon horrible aſpect,
dequoy, pour ne la voir, i'eſtois
contente.

Et pour le faire court, depuis la
mauuaiſe nouuelle que i'ay ouye,
du mariage de Pamphile, peu de
nuicts ſe ſont paſſees, qui m'ayent
reſiouye & recreée en dormant,
comme au-parauant eu me monſtrant ioyeuſemét mon Pamphile,
elles auoient accouſtumé de faire.

Ce qui me fachoit infiniment, &
me fache encore. Mon cher mary
ſ'apperceut bien de toutes ces choſes, & de mes larmes & de ma douleur, mais non pas de l'occaſion d'i-
celle: & conſiderant la viue couleur

do il viuo colore del mio viso in palidezza esser cambiato, & gli occhi piace voli & lucenti veggendo di purpureo cerchio intorniati, & quasi della mia fronte
fuggiti, molte volte già si marauigliò per
che ciò fosse.

Ma pur veggendo me il cibo, & il riposo hauer perduto alcuna volta mi dimandò, che fosse di ciò la cagione.

Io gli risposi lo stomaco hauer ne colpa;
il quale, non sapendo io per qual cagione
guastato misi era, à quella difforme ma-
grezza m'haueua condotta.

Oime che egli intera fede dando alle
parole mie; il mi credeua; et infinite medecine già mi fece apparecchiare, lequali
io per contentarlo vsaua, nò per vtile, che
di quelle aspettassi.

Niuno
alleuia-
mento
di cor-

Et quale alleuiamento di corpo puote le
passioni dell'anima alleuiare? niun credo.
Piu tosto forse quelle dell'anima via leua-

de mon visage, changé en palleur,
& voyant mes yeux agreables &
luisans ; enuironnez d'vn cercle
pourpré,& quasi fuiz de mon visage,il fut plusieurs fois emerueillé
de celà,& de la cause de ce changement.

Et me voyant auoir perdu le mã-
ger & le repos,il me demanda quelquefois,qui estoit cause de celà.

Ie luy feis responce que mon
estomac en estoit cause, lequel, ne
sachant comment & par quelle occasion ie l'auois gasté,m'auoit amenee à ceste difforme maigreur.

Ha, comme il me croioit, aioustant du tout foy à mes paroles, de
maniere ; qu'il me faisoit aprester
plusieurs medecines, lesquelles ie
prenois,pour le contenter, & non
pour le bien & vtilité que i'en at-
tendisse!

Et quel allegemét du corps,peut
alleger les passions de l'ame? nul ce
croy-ie.Mais plustost celles de l'a-
me estans retranchees,pourroient

te potrebbono il corpo alleuiare la medicina vtile al mio male non era piu che v-
na; laquale troppo era lontana à potermi
guarire.

Poi, che l'ingannato marito vedeua le
molte medicine poco giouare, anzi niente;
di me piu tenero, che'l deuere, da me in
molte nuoue, & diuerſe maniere la malinconia s'ingegnaua di cacciar via, &
la perduta allegrezza reſtituire; ma in vano le molte coſe adoperaua.

Egli alcuna volta mi moſſe cotali parole: Donna; ſi come tu ſai poco di là dal
piaceuole monte Falerno in mezzo del-
l'antica Cuma; & di Pozzuolo ſano le
diletteuoli Baie ſopra i marini liti.

Del ſito delle quali piu bella, ne piu
piaceuole non ne cuopre alcuno il cielo.

Egli di monti belliſſimi tutti d'alberi
vary & diuiſi coperti è circõdato; fra le

bien parauanture alleger le corps;
Il n'y auoit qu'vne seule medecine
propre & vtile à mon mal, laquelle
estoit trop loin, pour me pouuoir
guarir.

Et l'abusé mary voyant que tant
de medecines seruoient peu, ains
ne seruoient de rien, estant plus
songneux de moy, qu'il ne deuoit,
il s'efforçoit, en plusieurs nouuelles
& diuerses manieres, de chasser de
moy, la melancolie, & de me resti-
tuer l'alegresse perdue: mais en vain
il faisoit toutes ces choses.

Il m'a tenu quelquefois tels propos, m'amie, vn peu de là le plaisant
mont Falerne, au milieu de l'anti-
que Cume, & de Pozzuol, est la
plaisante ville, Baye, sur le riuage de
la mer.

De laquelle l'assiette est telle, que
aucun ciel n'en descouure vne plus
belle, ny plus plaisante.

Elle est enuironnee & ceinte de
tresbelles montagnes toutes cou-
uertes d'arbres diuers & de vignes,

valli de quali niuna beſtia è à cacciare
habile, che non ſia.

Ne à quelli lontana la grandiſſima,
pianura dimora, vtile alle varie cacce de'
predanti vccelli, e ſolla Zeuoli.

Euoghi
dilett.-
uoli.

Quiui vicina è l'Iſola Pitacuſa, &
Niſida di conigli abondante, & la ſepol-
tura del gran Miſeno, dante via à'regni
di Plutone.

Quiui gli Oracoli della Cumana Sibil-
la, il lago Auerno, & in Theatro (luogo
comune de gli antichi giuochi) & le Pe-
ſcine, & il monte Barbaro vane fatiche
dell'iniquo Nerone. lequali coſe & anti-
chiſſime & nuoue à'moderni animi: ſino
non picciola cagion di diporto ad andarle
mirando.

Et oltre à tutte queſte vi ſono bagni ſa-
niſſimi ad ogni coſa, & infiniti: et il cielo quiui mitiſſimo queſti tempi ci dà di
viſitargli materia.

és vallees delquelles, il ne se trouue
beste propre à chasser qui n'y soit.

Et non loin de là est la tresgrande
planure, propre & vtile aux diuerses chasses & plaisirs de la fauconnerie & oiseaux de proye.

Pres de là est aussi l'isle Pitacose,
& Nitide, abondante en connils, &
lieures, & la sepulture du grand
Misene, qui meine aux Roiaumes
de Pluton.

Là sont les oracles de la Sicile
Cumaine, le lac Auerne, & le thea-
tre (lieu commun des anciens ieux)
& les Piscines, & le mont Barbare,
vains trauaux & œuures de l'inique Neron : lesquelles choses &
tresanciennes & nouuelles aux modernes esprits, ne seruent de peu
d'occasion de plaisir & recreation,
à les aller regardant.

Et outre toutes ces choses, il y a
des bains fort salubres ou sains à
toute chose, & infiniz; & le ciel qui
y est tresdoux nous donne accasion
d'aller voir ces lieux.

Quiui non mai senza festa, & somma allegrezza con donne nobili, & caualieri si dimora.

Et però tu non sana dello stomaco; & nella mente (per quel, che io discerno) di molesta malinconia affannata, meco per l'una sannità & per l'altra voglio, che venga; ne sia fermamente senza vtile il nostro andare.

Io alhora queste parole vdendo, quasi dubiosa non nel mezo della dimora tornasse il caro amante, & così ne'l vedessi, lungamente penai à rispondere.

Ma poi veggendo il suo piacere, imaginando, che vegnedo egli, esso doue che io fossi verrebbe, risposi me al suo volere apparecchiata: & si n'andammo.

O quanto contraria medecina operaua il mio marito alle mie doglie.

L'on ne demoure iamais là, sans feste & grande alegresse, auec les nobles dames & cheualiers.

Et pour cete cause, attendu que vous n'estes saine d'estomac, & à ce que ie peux cognoistre, vous voyât trauaillee en l'esprit d'vne facheuse melancolie, ie veux que vous y veniez auec moy, pour recouurer l'vne & l'autre santé, & guarison; & certainement nous nous en trouuerons bien.

Oyant à cete heure là ces paroles, quasi douteuse, que cependant que nous serions là, mon cher amât retournast, & que par ainsi ie ne le veisse, ie demouray long temps à respondre.

Mais, en fin, regardant à son plaisir, & imaginant, que s'il venoit, il viendroit où ie serois, ie respondy que i'estois preste de luy côplaire; & nous y allasmes.

O que mon mary pratiquoit vne medecine fort contraire à mes douleurs!

Quiui posto che i lquori corporali molte si curino; rade volte, o non mai vi s'andò con mente sana, che con sana mente se
ne tornasse; nò che le inferme sanità v'ac-
quistasseno od il sito vicino alle marine
onde, luogo natal di Venere, che il Dea; od
il tempo: nel quale egli piu s'usa, cioè nella Primauera; si come quelle cose piu atto;
che il faccia.

Ne in verità cio è marauiglia che per
gia quel che molte volse à me paruto ne
sia quiui etiandio le piu honeste donne
postposta alquanto la donnesca vergogna
con piu licenza in qualunque cosa mi pareua che conuenesseno, che in altra parte;
ne io sola di cotale openione sono: ma quasi tutti que giaui sono costumati.

Quiui la maggior parte del tempo o-
tioso si trappassa, et qualhora piu è messo

Posé, que là les corporelles mala-
dies & lãgueurs s'y gdarissent fort,
peu souuent ou iamais y a esté aucun auec sain entend:mét, qui soit
retourné tel & sain d'esprit, tant
s'en faut que les malades y recou-
urent santé, ou l'assiette proche des
ondes de la mer, lieu natal de Venus, Deesse, ou le téps, auquel cela
se pratique le plus, à sçauoir au
Printemps, cóme choses plus propres, où apres, le face.

Et à la verité, il ne se fault pas esmerueiller de cela: car à ce qui m'a
semblé plusieurs fois, il m'est aduis
que les plus hõnestes femmes mesmes, postposans vn peu l'honneur
& vergõngne feminine, s'assembloient en ce lieu, auec plus de licence, en toute chose, qu'en autre
part: & ne suis pas seule de telle
opinion; mais quasi tous ceux là y
sont desia duits & accoustumez.

Là se passe, pour la plus grand
partie, ocieusement le temps, &
quand il est le plus employé, en

in esercitio; ſi e in amoroſi ragionamenti
o dalle donne per ſe, o dalle meſcolate cõ'
giouani.

Iuini deſtano la luſſuria.   Quiui non s'vſano viuande ſenõ delicate, & vini per antichità nobiliſſimi;
potenti non che ad eccitar la dormente
Venere, ma di riſuſcitare la morta in ciaſcuno huomo; & quanto ancora in ciò la
virtù de'bagni diuerſi adoperi, quegli il
puo ſapere, che l'hà prouato.

Quiui i marini liti, & gratioſi giardini, & ciaſcuna altra parte ſempre di varie feſte, di nuoui giuochi, di belliſſime
danʒe, d'infiniti ſtramenti, d'amoroſe cã
ʒoni, coſi da'giouani, come da donne fatte ſonate & cantate riſuonano.

Tengaſi adunque chi puo quiui tra
tante coſe contrò Cupido; il quale quiui
(per quel, che io creda) come in le ſuo

quelque exercice, c'eſt en deuis a-
moureux, ou des femmes entre elles meſmes, ou bien eſtans meſlees
auec les ieunes hommes.

En ce lieu, l'on n'vſe que de viandes delicates & de vins vieux treſ-
excellents, & puiſſans, non ſeulement à exciter & eſmouuoir la dor-
mante Venus, mais auſſi à la reſuſci-
ter en tout homme, eſtant morte:
& combien peut auſſi en cela, la
vertu des diuers bains, celuy le peut
ſçauoir qui l'a eſprouué.

En ce lieu, les riuages de la mer,
les gracieux vergers, iardins, & tout
autre quartier retentit de diuerſes
feſtes, de nouueaux ieux, de tresbelles danſes, d'infinis inſtruments, &
d'amoureuſes chanſons, faites, ſon-
nees, & chantees tant par les ieunes hommes, que par les ieunes
dames.

Celuy donc qui le pourra, ſe
tienne là, entre tant de choſes, contre Cupidon; lequel, à ce que i'eſtime, ayde-là, comme au lieu treſ-

principalißimo de'suoi regni; aiutato da
tante cose con poca fatica vsa le sue forze.

Et cosi fatto luogo, pietosißime donne,
mi soleua il mio marito menare à guarir
dell'amorosa febbre: nel quale poi, che per
uenimmo, non vsò Amore ver me altro
modo, che verso l'altre facesse; anzi l'anima (che presa piu piglier non si poteua)
alquanto & certo assai poco rattiepida-
ta; & per il lungo dimorare lontano à me
che Panfilo fatto haueua, & per molte
lagrime, & dolori sostenuti raccese in si
gran fiamma, che mai tal non me la pareua hauere hauuta.

Et ciò non solamente dalle predette cagioni procedeua; ma il ricordarmi quiui
molte volte essere stata accompagnata da
Panfilo, amore, & dolore senza esso ve-
gendomi, senza dubbio alcuno mi cresceua.

Io non vedeua monte ne valle alcuna,

principal de ſes Roiaumes, de tant
de choſes, exerce & pratique ſes
forces, auec peu de peine.

Et ainſi, treſpiteuſes dames, mon
mary me ſouloit mener en vn tel
lieu, pour me guerir de la fieure a-
moureuſe: où depuis que nous fuſ-
mes paruenuz, Amour n'vſa enuers
moy d'autre moyen , qu'il faiſoit
enuers les autres ; ains r'enflamma
tellement mon ame, qui ſ'eſtoit vn
peu, voire aſſez retiedie, à cauſe de
la longue demeure que Pamphile
auoit fait loin de moy, & à cauſe de
l'abondance des larmes & douleurs
ſupportees, & l'enflamma de telle
ardeur, qu'il me ſembloit ne l'auoir
onques ſenty telle & ſi grande.

Ce qui ne procedoit pas ſeulement des ſuſdictes occaſions, mais
auſſi de ce que ie me reſouuenois
auoir eſté là pluſieurs fois, accompagnee de Pamphile, l'amour & la
douleur, me voyant ſans luy, certainement croiſſoit en moy.

Ie ne voyois aucune montagne

che io già da molti, & da lui accompagnata, quando le retti portando, i cani
menando ponendo insidie alle saluatiche
bestie, &, quando pigliandone non rico-
noscesi testimonia, & delle mie, & delle
sue allegrezze essere stata.

Il simi-
le spie-
gò il Pe-
trarca
in vn
Sonetto
leggia-
dramē-
te.

Niuna lito, ne scoglio, ne isoletta ancora
vi riuedeua, che io non dicessi qui fu io
con Panfilo; & così qui mi disse; & così
qui faccemmo.

Similmente niuna altra cosa riueder
vi poteua che in prima nõ mi fosse cagione di ricordarmi con piu efficacia di lui:
& poi di piu feruente disio di riuederlo ò
qui; od in altra parte, ò ritornare in hieri.

Come al caro marito aggradiua così
quiui diletti à prender si cominciauano.
Noi alcuna volta leuati prima, che 'l gior-

ny vallee, que du temps que i'eſtois
accompagnee autresfois de pluſieurs & de luy, portant aucunesfois les filets, menant les chiens, &
dreſſant embuſches aux beſtes ſauuages, & aucunesfois faiſant prinſe
d'icelles, ie ne recogneuſſe auoir
eſté reſmoing & de mes allegreſſes
& des ſiennes.

Ie n'y voyois ny riuage, ny eſcueil, ny petite iſle auſſi, que ie ne
diſſe: I'ay eſté icy auec Pamphile; il
m'a dict ainſi en ce lieu; nous y auõs
faict ainſi.

Ie n'y pouuois reuoir ſemblablement aucune autre choſe, qu'elle ne
me fuſt occaſion, en premier lieu,
de me reſouuenir de luy, auec plus
d'efficace; & puis d'vn plus feruent
deſir de le reuoir ou là, ou autre
part, ou de retourner en arriere au
paſſé.

Et comme il pleut à mon cher
mary, nous commençaſmes à prendre plaiſir en ce lieu; & aucunesfois eſtans leuez, deuant qu'il fuſt

no chiaro apparisse, saliti sopra i portanti
cavalli, quãdo con cani quando con uccel-
li, & quando cõ amendue ne' vicini paesi, di ciascuna caccia copiosi hora per l'om-
brose selue, & hora per gli aperti campi
solleciti n'andauano, & quiui varie caccie veggendo ancor che esse molto ralle-
grasseno ciascuno altro: in me sola alquãto menomauano il dolore.

Et come alcun bel volo, o notabile corso vedeua; cosi mi correua alla bocca.

O Panfilo hora ci fossi tu qui à vedére,
come gia fosti.

Oime che infino à quel punto alquanto
hauendo con men noia sostenuto, et il riguardare, & l'operare, per tal ricordarmi, quasi vinta nel nascoso dolore, ogni
cosa lasciaua stare.

clair iour, & montez à cheual, aucunesfois auec des chiens, aucunesfois auec des oiseaux, & aucunesfois, auec tous les deux, nous
nous en allions és pays voisins, propres à la Venerie & Fauconnerie,
ores par les ombreuses forests, &
ores par la campagne ouuerte, auec
solicitude ; & là voyant diuerses
chasses, encores qu'elles recreassent
beaucoup chacun autre, elles dimi-
nuoyent en moy seule vn peu la
douleur que ie sentois.

Et quand ie voyois quelque beau
vol, ou notable course, ces parolles
me venoiét soudain en la bouche.

O Pamphile! fussiez vous maintenant icy à voir, comme vous y
auez esté autrefois.

Mon Dieu, comme ayant iusques
à cete heure là, vn peu supporté
auec moins d'ennuy, & le regarder;
& l'exercice de faire, quasi vaincue,
en ma secrette douleur, par vne telle souuenance, ie laissois là toute
chose, & ne m'en souciois.

O quante volte mi ricorda, che in tale
accidente gia l'arco mi cade, & le saette
di mano, nell'usar del quale, ne in disten-
der reti, ne lasciar cani, niuna, che Diana
seguisse, fu piu di me ammaestrata giamai.

I varij
solazzi
a gli in-
felici a-
manti
niun di-
fetto ap
porta-
no.

Et non una volta, ma molte nel piu
spesso vcellare qualunque vcello si fu, à
cio conuenenole, quasi essendo io à me medesima di mente vscita, non lasciandolo
io, si leuò volando delle mie mani; di che
io gia in ciò studiosissima, quasi niente
curaua.

Mà poi, che ciascuna valle, & monte,
& gli spatiosi piani erano da noi ricerca-
ti, di preda charichi i miei compagni &
io à casa ne tornauano. Laqual lieta per
per molte feste, & varie trouauamo le
piu volte.

O qu'il me souuient de fois, qu'en tel accident, l'arc & les fleches, me sont tōbees de la main ; pour l'vsage desquelles', & mesmes à tendre les filets, & à lascher les chiens, aucune de la suite de Diane, ne fut onques mieux duite & aprinse que moy.

Et non vne fois, mais plusieurs, en la fauconnerie plus grāde, quelque oiseau qui fust à ce conuenable, estant quasi hors de moy-mesme, & ne laschāt l'oiseau, il s'est leué de mes mains, en volant; dequoy ie ne me souciois quasi point, ayant ce neantmoins esté fort curieuse de ce plaisir autresfois.

Mais apres que nous auions recherché & couru chacune vallee & montagne, & les spacieuses plaines & campagnes, estans chargez de venaison & gibier, mes compagnons & moy nous en retournions en la maison: laquelle nous trouuions le plus souuent gaye par plusieurs & diuerses festes.

S. v

Poi alcuna fiata sotto gli altißimi scogli sopra il mare stendendosi, & facenti
ombra gratiosißima su l'arene poste le mē
se, con compagnia di donne & di giouani grandißima mangiauamo.

Ne prima erauamo da quelle leuate, che
sonandosi diuersi stormenti, i giouani varie danze incominciauano ; nelle quali
quasi à me sforzata, alcuna volta conuenne entrare, ma in esse si per l'animo non à
quelle conforme ; & si per lo corpo debole
per picciolo spatio duraua, perche indietro
trattami sopra i distesi tapeti; & fra me
dicendo; Oue se o Panfilo? con alcune altre
mi poneua à sedere.

Quiui ad vn'hora i suoni ascoltando,
entrati con dolci note nell'animo mio, &
a Panfilo pensando, discorde & feste &
noia copriua, percioche gli piaceuoli suoni

Et puis dreſſans aucunesfois, ſur le ſablon, les tables, deſſouz les hauts rochers, qui ſ'eſtendoient ſur la mer & faiſoient vne treſagreable ombre, nous mangions & preniós repas, en vne treſgráde compagnie de dames & de ieunes hommes.

Et n'eſtions pluſtoſt leuez de table, qu'en ſonnant diuers inſtrumens, les ieunes hommes commençoient diuerſes danſes ; eſquelles il me falloit aucunesfois entrer quaſi par force; mais ie n'y durois gueres, tant à cauſe que mon eſprit n'y eſtoit enclin & conforme, que pource que i'auois le corps debile ; & pour cete cauſe me tirant arriere, ſur les tapis eſtenduz, ie diſois en moy-meſme; où eſt tu ô Pamphile? & ie me mettois à ſeoir, auec quelques autres.

En cet endroit, eſcoutất les ſons, entrez par douces notes, en mon cœur, & penſant à Pamphile, ie couurois les feſtes & ennuis, diſcordans; car les plaiſans ſons, en les

ascoltando in me ogni tramortito spirito
d'Amore faceuano risuscitare; & nella
mente tornare i lieti tempi, ne'quali il
suono di questi stormenti variamente con
arte non picciola; & in presenza del mio
Panfilo laudeuolmente soleua adoperare.

Ma quiui Panfilo non veggendo volentieri con tristi sospiri pianti gli haurei dolentissima; se conueneuole mi fusse
paruto.

Et oltre a ciò questo medesimo la varie
canzoni quiui da molte cantate mi soleua
fare; dellequali se forse alcuna n'era conforme à miei mali, l'ascoltaua intentissi-
ma, di saperla desiderando; accioche poi
fra me ricordandola, cō piu ordinato parlare & piu coperto mi sapessi, & potessi
in publico alcuna volta dolere; & massimamente di quella parte de'danni miei
che in essa si contenesse.

Ma poi che le danze in molti giri &

escoutans, excitoient en moy l'a-
mour presque amorty, & me faisoient retourner en la pensee les
ioyeux temps, esquels ie soulois,
d'artifice assez grád, & en la presence de mon Pamphile, loüablement
pratiquer, & auec diuersité, le son
de ces instrumens.

Mais ne voyant là mon Pamphile,
ie les eusse volontiers pleuré & re-
gretté, tresdoléte, si ie l'eusse estimé
conuenable.

Et en outre, les diuerses chansons
chantees de plusieurs me souloient
causer cela mesme: desquelles si d'a-
uanture aucune estoit conforme à
mes maux, ie l'escoutois fort enten-
tiuement, la desirant sçauoir : à fin
que me la ramenteuant apres en
moy-mesme, ie sçeusse d'vn parler
mieux ordóné & couuert, & peusse,
aucunesfois, en public me plaindre
& facher, principallement de celle
part de mes dommages & maux,
contenuz en icelle.

Mais apres que les danses reite-

volte reiterate haueuano le giouani donne rendute stanche tutte postesi con noi à
sedere, piu volte auenne, che gli vaghi
giouani di se d'intorno à noi accumulati,
quasi faceuano vna corona.

Laquale mai ne quiui, ne altroue auenne che io vedessi, che ricordãdomi del primo giorno; nel quale Pãfilo à tutti dimorando di dietro, mi prese; io in vano non
leuassi piu volte gli occhi fra loro rimirando, quasi tuttauia sperando in simil
modo Panfilo riuedere.

Tra questi adunque mirando, vedeua
alcuna volta alcuni mirare con occhi in-
tentissimi il loro disio: & io in quegli atti sagacissima per adietro con occhio per-
plesso ogni cosa miraua.

Dopo
lo erro-
re tar-
do si di-
uiẽ pru-
dente.

Et conosceua chi amaua, & chi scher-
miua; & talhora l'vno laudaua, & tal-
hor l'altro: & in me diceua tal volta,

rees en plusieurs tours & retours,
auoient rendu les ieunes dames laſ-
ſes, ſ'eſtans toutes miſes à ſe ſeoir
auec nous, il aduenoit bien ſouuét
que les gaillards ieunes hommes,
d'eux-meſmes accumulez à l'entour
de nous, faiſoiét quaſi vne coróne.

Et ne m'aduint iamais de la voir
là ny ailleurs, que me reſouuenant
du premier iour, auquel Pamphile
demourant derriere tous, me print,
ie ne leuaſſe en vain, pluſieurs fois
les yeux, regardát parmy eux, quaſi
m'attendant & eſperant touſiours
reuoir mó Pamphile en ſemblable
maniere.

Regardant donc entre ceux-cy,
ie voyois aucunefois aucuns, regarder d'vn œil treſſententif, leur deſir;
& par le paſſé, eſtant fort aduiſee,
en telles contenances, ie regardois
tout cela, d'vn œil perplex & faché.

Et ie cognoiſſois bien, qui aymoit,& qui ſe moquoit:&ie loüois
aucunefois l'vn,aucunefois l'autre:
& ie diſois quelquesfois en moy-

che il mio meglio sarebbe stato, se così io, come quelle faceuano, haueßi fatto, serbando l'anima mia libera, sì come quelle gabbando, la loro serbauano.

Poi dannando cotal pensiero, diceua. Piu contenta (se essere si puo contenta di male hauere) sono d'hauere fedelmente amato.

Ritornando adunque & gli occhi, e i pensieri, a gli atti vaghi de'giouani amãti; & quasi alcuna consolation prendendo di quelli; i quali feruentemente amare discerneua: piu meco stessa di ciò commẽdaua; & quelli lungamente con intero animo hauendo mirati così fra me medesima tacita incominciaua.

O felici voi; à quali sì come à me non è tolta la vista di voi steßi. Oime, che così, come voi fate, soleua io per adietro fare.

Lunga sia la vostra felicità, acciocche io

mesme , que mieux euſt eſté pour
moy, ſi i'euſſe faict, comme celles
là faiſoient, de garder mon cœur libre, comme celles-là, en ſe riant &
moquant, gardoient le leur.

Et puis en blaſmant vne telle
penſee, ie diſois : Ie ſuis plus contente (ſi l'on peut toutesfois eſtre
contente de mal auoir) d'auoir fidelement aymé.

Retournant donc & les yeux &
la penſee aux gayes & gaillardes
contenances des ieunes amants, &
receuant quaſi quelque conſolatió
de ceux , que ie diſcernois & cognoiſſois aymer ardamment, ie les
eſtimois de celà dauátage en moy-
meſme, & les ayans long temps regardé d'vn cœur entier, ie comméç-
ois à dire raiſiblement en moy-
meſme.

O vous heureux, auſquels, cóme
à moy, n'eſt oſtee la veuë de vous-
meſmes! Ah a! ie ſoulois faire par le
paſſé, comme vous faites.

Que voſtre felicité ſoit longue;

sola di miseria possa essempio rimanere a' mondani.

Niuna festa dilet:a, oue non si vede l'amato bene.

Almeno se Amore (facendomi mal contenta della cosa amata da me) sarà cagion; che i miei giorni si raccorcino; me ne seguirà, che io, sì come Dido, con dolorosa fama diuenterò eterna.

Et questo detto, tacendo tornaua à riguardar quello, che diuersi diuersamente adoperauano.

O quanti gia in simili luoghi ne vidi, i quali dopo molto hauer mirato, & non hauendo la lor donna ueduta, putando men che bello il festeggiare malinconosi si partiuano.

Per liquali alcun riso (auegna che debole) nel mezo de' miei mali trouaua luogo veggendomi compagnia ne' dolori , & conoscendo per li miei stessi i guai altrui.

à fin que ie puisse demourer seule, aux mondains l'exemple de misere.

Au moins si Amour (me rendant mal contente de la chose de moy aymee) est cause que mes iours s'accourcissent, il m'en aduiendra, que comme Didon, par vne triste & doloureuse renommee, ie deuiendray eternelle.

Et ayant dict cela, en me taisant, ie retournois regarder ce que plusieurs & diuers faisoient diuersement.

O que i'en ay veu desia, en semblables lieux, lesquels apres auoir beaucoup regardé; & n'ayans veu leur maistresse, ne trouuans la feste & recreation belle, s'en alloient & departoient de ce lieu, melancoliques.

Au moyen desquels, quelque ris (bien que debile) au milieu de mes maulx, trouuoit lieu en moy, me voyant accompagnee en mes douleurs, & cognoissât les ennuis d'autruy par les miens mesmes.

Adunque cariſſime donne coſì dipoſta
come le mie parole dimoſtrano, m'haueano i delicati bagni, le faticoſe caccie, & i marini liti d'ogni feſta ripiena.

Perche dimoſtrando il mio pallido aſpetto, i continoui ſoſpiri, & il cibo parimente, & il ſonno perduto all'ingannato marito: & a'medici la mia infirmità nõ curabile, quaſi della mia vita diſperandoſi, alla città laſciata ne tornauamo.

Nella quale la qualità del tempo molte & diuerſe feſte appreſtante, con quelle cagioni di varie angoſcie m'apparecchiaua.

Egli auenne non vna volta, ma molte, che douendo nouelle ſpoſe andare à'loro mariti principalmente o per parentado ſtretto, o per amiſtà, o per vicinanza fui inuitata alle nuoue nozze; allequali andar piu volte mi coſtrinſe il mio marito,

Pourquoy ; mes trescheres dames, les bains delicats, les penibles chasses, & les riuages maritimes, répliz de toute feste, m'auoient dispósee cóme mes paroles demonstrent.

A cete cause demonstrant mon palle visage, & continuels souspirs, ayant pareillement perdu le manger & le repos, à mon mary deçeu; & aux medecins ma maladie incurable, ayans quasi desespoir & defiance de ma vie, nous retourniós en la ville que nous auions laissee.

En laquelle, la qualité du temps, qui aprestoit plusieurs & diuerses festes, m'appareilloit, auec ce que dessus, les occasions de diuerses angoisses.

Il est aduenu, non vne fois, mais plusieurs, qu'ayant certaines nouuelles mariees à aller à leurs maris, i'ay esté principallement inuitee, ou par l'estroit parentage, ou par amitié, ou par voisinage, d'aller aux nopces? ausquelles mon mary m'a souuent contrainte d'aller, pensant

credẽdofi in cotal guifa la manifefta mia malinconia allegiare.

Donde in quefti cofi fatti giorni i lafciati ornamenti mi conueniua ripigliare & i negletti capelli d'oro per adietro da ogn'huomo giudicati, alhora quafi à cerere fimili diuenuti fi come io poteua in ordine rimettere.

Le appafsionate giouani nõ fi curano di adornarfi.

Et ricordandomi con piu piena memoria: à cui efsi oltre ad ogni altra bellezza foleuano piacere, con nuoua malinconia riturbaua il turbato animo.

Et alcuna volta hauendo io me medefima obliata, mi ricorda, che non altrimenti, che da profondo fonno rimocata dalle mie ferue, ritogliendo il caduto pettine ritornai al dimenticato vfficio.

Quindi volendomi (fi come vfanza è delle giouani donne) configliare col mio fpecchio de' prefi ornamenti, veggendomi

ſoulager en cete maniere, ma melancolie manifeſte.

Parquoy, en tels iours, il me falloit reprendre mes ornemens laiſſez, & beaux habits, & meſmes agé-
cer mes cheueux deſquels ie ne faiſois compte, & que chacun auoit
iugez d'or, par le paſſé, eſtans à cete
heure là quaſi deuenuz ſemblables
à la cendre.

Et me reſouuenant d'vne plus
entiere memoire, à qui ils ſouloiét
plaire, par deſſus toute autre beauté, ie retroublois & affligeois mon
cœur troublé, par vne nouuelle melancolie.

Et quelquefois m'eſtant moy-
meſme oubliee, i'ay ſouuenance,
que tout ainſi que ſi mes ſeruantes
m'euſſent reueillee d'vn profond
ſommeil, reprenant le peigne tóbé,
de la main, ie retournois à mon office delaiſſé & oublié.

De là, me voulant, ſelon la couſtume des ieunes femmes, conſeil-
ler à mon miroir, des ornemens &

in essa horribile, quale io era: & hauendo
nella mente, la forma perduta; quasi non
quella la mia, che nello specchio vedeua
ma d'alcuna infernal furia pēsando d'at-
torno volgendomi, dubitaua.

Ma pur poi che ornata era, non dissi-
mile alla qualità dell'animo con l'altre
andaua alle liete feste; liete dico per l'altre che (si come colui sa, à cui niuna cosa
è nascosa) nulla ne fu mai dopo la partita del mio Panfilo che à me nō fosse di tri
stitia cagione.

Peruenute adunque à'luogi deputati
alle noꝣꝣe, ancor che diuersi, et in diuersi tempi fossero non altrimenti, che in vna
sola maniera mi videro; cioe con viso infinto (qual io portaua) ad allegreꝣꝣa, &
con l'animo del tutto disposto à dolersi:
predendo cosi dalle liete cose come dalle
triste

parures prinſes, me voyant, en iceluy horrible, comme i'eſtois; &
ayant en mon eſprit emprainte la beauté perdue, penſant à la forme
que ie voiois au miroir, me tournát à l'entour, ie doutois qu'elle fuſt
mienne; eſtimant qu'elle fuſt pluſtoſt de quelque furie infernalle.

Ce neantmoins quand i'eſtois acconſtree & paree, non diſſemblable à la qualité de l'eſprit, ie m'en allois auec les autres, aux ioyeuſes feſtes: ie dy ioyeuſes: car (comme celuy ſçait auquel rien n'eſt caché) depuis le departement de mon Páphile, n'y en a iamais eu, qui ne m'ait eſté occaſion de triſteſſe.

Eſtans donc paruennes aux lieux deputez, aux nopces, bien qu'ils fuſſent diuers & en diuers temps; on ne m'a veu autrement qu'en vne ſeule maniere; à ſçauoir auec vn viſage non faint(tel que ie portois) à l'alegreſſe, & auec vn cœur du tout diſpoſé à la douleur, prenant tant des choſes ioyeuſes que des triſtes;

T

triſtè che egli aueniuano; cagione alla ſua
daglia.

Ma poi, che quiui dell'altre con molto
honor riceuute erauamo, l'occhio deſide-
roſo non di vedere ornamenti; de'quali
luoghi tutti riſplendeuano; ma ſe ſteſſo,
col penſiero ingannando, ſe quiui forſe
Panfilo vedeſſe; ſi come piu volte gia in
ſimil luogo veduto haueua, in torno ſoleua girare.

Et non veggendolo, come fatta piu certa di ciò, che io in prima era quaſi vinta
con l'altre mi poneua à ſedere, refiutado
gli offeruti honori, non veggendoui io colui, per lo quale eſſer mi ſoleuano cari.

Et poi, che la nuoua ſpoſa era giunta, et
la pompa grandiſſima delle meſe celebra-
taſi toglieua via; come le varie dáze ho-

qui luy auenoient, occasion de se
facher & contrister.

Mais apres què nous estions là
recueillies & receuës des autres,
auec beaucoup d'honneur, l'œil desireux, non pas de voir les ornemens & pareures, dont tous les
lieux reluisoient, mais s'abusant &
trompant soy-mesme, de penser si
d'auanture il voirroit là, Pamphile,
comme il l'auoit veu plusieurs fois
en tel lieu, auoit de coustume de regarder çà & là tout à l'entour.

Et ne le voyant, comme rendue
& faicte plus certaine de ce que i'e-
stois au-parauant, quasi vaincuë, ie
me mettois à seoir, auec les autres,
refusant les honneurs offerts, pource que ie ne voyois là, celuy, pour
l'amour duquel ils me souloient
estre agreables.

Et apres que la nouuelle espouse estoit arriuee, & que l'on
ostoit la tresgrande pompe cele-
bree des tables; quand les diuerses
danses conduites ores à la voix de

ra alla voce d'alcun cantante guidate, et
hora al suono di diuersi stormenti, mena-
te, erano cominciate, risuonãdo ogni parte della sponsaresca casa di festa, io accioche non isdegnosa, ma urbana paressi data alcuna volta in quelle; a sedere mi ri-
poneua entrando in nuoui pensieri.

Ogni cosa rin fresca la memoria all'amante de la felice passata vita.

Egli mi ritornaua à mente, quanto solenne fosse stata quella festa; laquale à
questa simile, gia per mè s'era fatta nella
quale io semplice, & libera senza alcuna
malinconia lieta l'ui vidi honorare.

...e tempi con questi altri misuran-
di...me medesima, & oltre a modo veggendogli variati, con sommo disio (se conceduto l'hauesse il luogo) prouocata era a
lagrimare.

Correuami ancora nell'animo con pensiero prontissimo, veggendo i giouani pa-
rimete & le donne far festa quant'io gia
in simili luoghi al mio Panfilo me mirãdo cõ atti varij et maestreuoli à cotali co-

quelque chantre, & ores menées
au son de diuers instrumens, estoiēt
commencées, retentissant de feste,
toute la maison de l'espouse, à fin
que ie ne semblasse desdaigneuse,
mais gracieuse, m'y estant mise au-
cunéfois, ie me remettois à scoir,
entrant en nouuelles pensées.

Ie me venois à resouuenir, combien solennelle auoit esté la feste,
laquelle semblable à cete-là, auoit
esté faicte pour moy, & en laquelle
ie m'estois veuë honorer, simple &
libre, sans aucune melancolie.

Et mesurant en moy-mesme ces
temps-là, auec ceux cy, & les voyāt
merueilleusement chágez, i'estois,
auec vn tresgrand desir prouoquee
à pleurer, si le lieu l'eust permis.

Et voyant les ieunes hommes &
les femes pareillement mener feste,
il me souuenoit incontinent, combien de fois en semblables lieux,
i'auois mené feste auec mon Pamphile, qui me regardoit auec diuerses contenances, & duites en telles

se, festeggiato haueßr, & in piu meco della cagion del far festa, che tolta m'era,
che del non far festa medesimo mi doleua.

Quindi orecchie porgendo a motti a-
morosi, alle canzonni, & a'suoni, ricordandomi de'preteriti soffiraua; & con
infinito dißiacere, desiderãdo la fine'di co
tal festa, meco medesima mal cõtenta con
fatica paßaua.

Nondimeno ogni cosa riguãrdandõ essendo intorno alle riposanti dõne la moltitudine de'giouani a rimirarle sopraue-
nuti, manifestamente scorgeua molti di
quelli, o quasi tutti me rimirare alcuna
volta; & quale vna cosa del mio aßetto,
& quale vn'altra fra se tacito ragiona-
ua. Ma non si, che de'loro occulti parlari,
o per imaginatione, o per vdita non per-
ueniße gran parte alle mie orecchie.

Alcuni l'vno verso l'altro diceuano.

choses : & me fachoit plus de l'occasion qui m'estoit ostee de faire
feste, que de ne faire la feste mesme.

Delà prestant l'aureille aux propos amoureux, aux chansons, &
aux sons des instrumens, ie souspi-
rois, quand il me souuenoit des
passez : & auec vn desplaisir infiny,
desirant, la fin de telle feste, ie demourois ainsi, mal contente en
moy-mesme.

Ce neantmoins, regardant toute
chose, & estant la multitude des
ieunes hommes, suruenue à l'étour
des dames qui se reposoient, pour
les regarder, i'apperceuois manifestement, plusieurs d'iceux, ou quasi
tous me regarder aucunefois ; &
l'vn disoit vne chose de mó aspect,
& vn autre en disoit & pensoit tacitement vne autre en soy-mesme;
mais non en sorte, que de leurs secrettes parolles, ou par imagination, ou par l'ouie, ne m'en paruinst
vne grande partie aux aureilles.

Aucuns se disoient l'vn à l'autre;
T iiij

Diuersi pareri e ragiona menti di huo- mini.

Deh guarda quella giouane, alla cui bel- lezza nulla ue fu nella nostra Città so- migliante: & hora uedi, quale è diuenu- ta?

Non miri tu come ella ne' sembianti pare sbigottita, qual la cagion si sia?

Et detto questo, mirando con atti hu- milissimi, quasi dalla compassion de' miei mali compunti partendosi me di me la- sciauano piu, che l'usato, pietosi.

Altri fra se dimandauano. Deh è que- sta donna stata inferma? & poi a se me- desimi rispondeuano: Egli mostra di si; si magra, & iscolorita è tornata: di che egli è grandissimo peccato, pensando alla sua smarrita bellezza.

Certi v'erano di piu profondo conosci- mento, il che mi dileua: i quali dopo lun- go parlar diceuano.

La pallidezza di questa giouane da

Dea, regardez cete ieune femme, à la beauté de laquelle n'y auoit, en noſtre ville, autre ſemblable: voyez maintenant côme elle eſt deuenue.

Voyez vous pas, comme elle ſemble, à ſa contenance, toute eſperdue & eſtonnee? quelle en eſt l'occaſiõ?

Et ayant dict celà, regardât d'vne grace & maniere fort hûble, quaſi touchez de la compaſſion de mes maux, s'en allans, ils me laiſſoient, ayans plus de pitié de moy que de couſtume.

Autres demandoient entre eux; Cete ieune femme a elle eſté malade? & puis ils reſpondoient à eux meſmes: Elle monſtre qu'ouy; tant elle eſt deuenue maigre & deſcoloree: dequoy c'eſt grand domma-ge, quand ie penſe à ſa beauté per-due.

Il y en auoit certains autres, de plus profonde cognoiſſance; ce qui me fachoit: leſquels apres auoir parlé long temps, diſoient;

La couleur palle de cete damoi-

segnà d'innamorato cuore.

Et quale infirmità mai alcuno assotti-
glia, si come fa il troppo feruente amore?
Veramente ella ama; & se cosi è, crudele
è colui, che a lei è di si fatta noia cagióne,
per laquale essa cosi s'assottigli.

Quando questo venne; dico, che io non
potei ritenere alcun sospiro, veggendo di
me molta piu pietà in altrui, che in colui,
che ragioneuolmente hauer la deuria. Et
dopo i mandati sospiri con voce tacita pregai per li coloro beni humilmente gli Dij.

Et certo gli mi ricorda la mia honestà
hauere hauuta tra quelli, che cosi ragio-
nauano tanta forza, che alcuni mi scusa-
rono, dicendo.

Cessi Iddio, che questo di questa Donna si creda: cioè che Amore la molesti. Ella piu che alcuna altra honesta mai di ciò

selle monstre le signe d'vn cœur a-
moureux.

Et quelle maladie attenue iamais
aucun tant que fait l'amour trop
ardant? Veritablement elle ayme, &
s'il est ainsi, celuy est bien cruel, qui
luy est occasion de tel ennuy & facherie, au moyé de laquelle elle deuient en si piteux estat.

Quand cela aduenoit, ie ne pouuois pas me garder de ietter quelque souspir, voyant en autruy, vne
beaucoup plus gráde pitié de moy,
qu'en celuy, lequel à bon droict la
deuroit auoir.

Et apres ces souspirs enuoyez dehors, i'ay húblement prié les Dieux,
pour leur bien & prosperité.

Et certainement, i'ay souuenáce,
que mon honnesteté, entre ceux-là
qui deuisoient ainsi, auoit si grande
force, qu'aucuns m'excusoient, disans;

Ia Dieu ne vueille que l'on croye
cecy de ceto Dáme; à sçauoir qu'A-
mour la moleste. Elle plus hóneste

non mostrò sembiante alcuno, ne mai ragionamento veruno tra gli amati si puose di suo Amore ascoltare.

Et certo ella non è passione da poterla lungamente occultare.

Amor non è passione da poter lũ gamente sopportare.

Oime diceua io alhora fra me medesima quanto sono costoro lontani alla verità, me innamorata non reputando, perciò che come pazza ne gli occhi, & nelle boche de'giouani non metto i miei Amori, si come molte altre fanno.

Quiui ancora mi si parauano molte volte dauanti giouani nobili & di forma belli, & d'aspetto piaceuoli : i quali per adietro piu volte con atti, & cõ modi diuersi tantato haueuano gli occhi miei, ingegnandosi di tirarli à loro dissi j,

I quali, poi che me così disforme vn pezzo haueuano mirata: forse contenti, che

que iamais fut aucune autre, n'en a
onques monstré aucun semblant;
& n'est possible d'ouyr entre les
Amás aucun propos, de son amour.

Et certainement l'amour n'est
vne passion qui se puisse long téps
cacher.

Mon Dieu! disois-ie à cete heure
là en moy-mesme; que ceux-là sont
eslongnez de la verité, ne me repu-
tans pas amoureuse, pour ce que
comme folle, ie ne commets pas
mes amours, aux yeux & bouches
des ieunes hommes, comme font
plusieurs autres.

Aussi se presentoient là, souuent
deuant moy, quelques nobles ieunes hommes beaux & de gracieux
visage, lesquels par le passé, auoient
plusieurs fois, par gestes & diuerses
manieres, tenté & sondé mes yeux,
s'efforçaus de les attirer à leurs desirs.

Lesquels apres m'auoir vn espace
de temps, regardee, ainsi diforme,
contens & ioyeux parauáture que

che io non gli haueßi amati, ſi dipartiua-
no, dicendo; Guaſta è la bellezza di queſta donna.

Perche naſconderò io a voi ò Donne
quel, che non ſolamẽte à me, ma general-
mente à tutte diſpiace d'udire.

Io dico che ancora, che il mio Panfilo
non foſſe preſente; per laqual me ſomma-
mente era caro la mia bellezza; con grauißima puntura di cuore d'hauer quella
perduta aſcoltaua.

Oltre à queſte coſe ancora mi ricorda
eſſermi alcuna volta in coſì fatte feſte a-
uenuto, che io incerchio con donne d' A-
moroſi ragionamenti mi ſono ritrouata là
doue con diſiderio aſcoltando quali gli
altrui amori ſiano ſtati ageuolmente ho
compreſo niuno ſi feruente, ne tanto occulto, ne con ſi graui affanni eſſere ſtato, come il mio. Auegna che di piu felici, &
di meno honoreuoli il numero ne ſia grãde.

Adũque in cotal guiſa vna volta mi-

ie ne les auois aimez, se departoiét, disans; La beauté de cete Dame est perdue.

Pourquoy vous celeray·ie, ô Dames! ce qu'il ne me desplaist seulement, mais aussi à toutes d'ouyr?

Ie dy, qu'encores que mon Pamphile ne fust present, pour l'amour duquel, m'a beauté m'estoit fort agreable, le cœur me faisoit merueilleusement mal, & auois vn tresgrand regret d'entendre que ie l'auois perdue.

Dauantage, il me souuient aussi, qu'en telles festes, il m'est aduenu aucunefois, que ie me suis trouuee auec des dames deuisans d'amour, là où escoutát, auec desir quels ont esté les amours d'autruy, i'ay aisément cogneu, qu'il n'y en a point eu de si feruent, tant secret, ny accompagné de tant d'ennuis que le mien; combien que le nombre en soit grand de plus heureux, & de moins honorables.

Parquoy, regardant en cete ma-

rando, & vn'altra ascoltando ciò, che ne' luoghi, ne' quali staua, s'adoperaua, pensosa passaua il discorreuol tempo.

Essendo adunque per alcuno spatio le donne, sedendosi riposare, m'auenne alcuna volta, che rileuatesi esse alle danze, hauendo me piu volte a quelle inuitata indarno; e dimorando esse, & i giouani parimente in quelle, con cuore d'ogni altra intentione vacuo, molto attente, quale forse da veghezza dimostrarse in quelle esser maestra, & quale dalla focosa Vene re à cio sospinta, io quasi sola rimasa a sedere, con isdegnoso animo i nuoui atti, & le qualità di molte donne, miraua.

Et certo d'alcune avenne, che le biasimai: benche io sommamēte disiderassi (se esser fosse potuto) di fare cosi, se'l mio Panfilo fosse stato presente.

niere, vne fois; & vne autre fois, ef-
coutant ce qui fe faifoit aux lieux
aufquels i'eftois, penfiue ie paffois
le labile temps.

S'eftans donc, quelque efpace de
temps, les dames repofees, affifes, il
m'eft aduenu quelquefois, que f'e-
ftans icelles releuees, pour aller aux
danfes, elles m'y ont plufieurs fois
inuitees en vain; & fe tenás icelles,
& les ieunes hommes pareillemét,
en ces feftes & dáfes, auec vn cœur
vuide de toute autre intention, fort
attentiues, aucunes parauanture de
defir de fe monftrer maiftreffes &
fçauantes en icelles; autres pouffees
& induites à cela, par l'ardante Venus, demourant quafi feule affife, ie
regardois, d'vn cœur contrit & faché les nouuelles contenances, geftes, & qualitez de plufieurs dames.

Et certainemét il eft aduenu d'aucunes, que ie les ay blafmees, combien que ie defiraffe grandement,
s'il euft efté poffible, de faire ainfi, fi
mon Pamphile y euft efté.

Il quale, tante volte quante à mente mi tornaua, o torna: tante diuuoua malinconia m'era, & è cagione.

Il che (si come Iddio sa) non merita il grande amore, ch'io gli porto, & ho portato.

Ma poi, che quelle danze con grauissima noia di me alcuna volta per longo spatio rimirate haueua, essendomi diuenute per altro pēsiero te diose, quasi da'altra sollecitudine mossa, del publico luogo leuatami, volonterosa di sfogare il raccolto dolore se fatto mi veniua, acconciamente in parte soletaria me n'andaua.

Piangē
do li
sfoga il
dolore.
Et quindi dando luogo alle volenterose lagrime delle vanità vedute à'miei folli occhi rendeua guiderdone.

Ne quelle senza parole accese d'ira usciuano fuori; anzi conoscendo io la misera mia fortuna; verso lei mi ricorda d'ha-

Lequel, autant de fois qu'il me reuenoit ou reuient en la memoire, autant de fois m'estoit, & est occasion de nouuelle melancolie.

Ce que la grande amour que ie luy porte & ay porté (comme Dieu sçait) ne merite pas.

Mais depuis que i'auois regardé, aucunesfois vn long espace de temps, auec vn tresgrãd ennuy, ces danses là, m'estans venues, pour autre pensee, ennuyeuses, quasi meuë d'autre soucy, m'estãt leuee du lieu public, en volõté de decharger ma douleur accumulee, s'il m'estoit possible, ie m'en allois gentimét en lieu solitaire, & escarté.

Et puis donnant lieu aux volontaires larmes, ie rendois à mes fols yeux, le guerdõ des vanitez que i'auois veuës.

Et ces larmes ne sortoiét dehors, sans parolles enflammees d'ire & courroux: ains cognoissant ma miserable fortune, il me souuient d'a-

uere alcuna volta così parlato.

proprie
tà della
forma.

O fortuna spauenteuole nemica di ciascun felice, & de'miseri, singolare speranza.

Tu permutatrice de'regni, & de'mondani casi adducitrice solleui, & aualli
con le tue mani, sì come il tuo indiscreto
giudicio ti porge, & non contenta d'esser
tutta d'alcun ed in vn caso l'esalti, ed in
vn'altro il deprimi, o dopo alla data felicità aggiugni à gli animi nuoue cure accioche i mondani in cõtinue necessità dimorando, secondo il parer loro, te sempre
prieghino, & la tua deità orba adorino.

Tu cieca & sorda i piãti de'miseri rifiutando con gli esaltati ti godi, i quali te
ridente, & lusingante te abbracciando
con tutte le forze, con inopinato auenimento da te si trouano prostrati: & al-

uoir ainſi parlé quelquefois, contre elle.

O fortune eſpouuantable, ennemie de chacun heureux & ſinguliere eſperance des miſerables!

Tu es la cauſe de la mutation & changement des Roiaumes, & des affaires mondaines ; tu eſleues & abaiſſes de tes mains, ſuiuant ton indiſcret iugement : & non contente d'eſtre toute à aucun, ou en vne choſe tu l'exaltes, ou en vne autre tu le deprimes, ou apres la felicité dónee, tu aiouſtes aux cœurs, nouueaux ſouciz & cures, à fin que les mondains demourans en continuelles neceſſitez, ſelon leur aduis, te prient touſiours & adorent la tienne aueugle deité.

Et reiettant, aueugle & ſourde, les pleurs des miſerables, tu t'eſiouïs & ris auec les eſleuez, leſquels t'embraſſans riante & fauorable, de toutes leurs forces, ſe trouuent en fin de toy abbatuz, par vn accident inopiné & non attendu ; & à

bera ue miseramète conoscono hauer mutato uiso.

Et di questi cotali io misera mi trouo,
ne so qual nimicitia, o cosa me commessa
cötro te à cio t'inducesse, o mi noccia.

Oime chiunque nelle grandi cose si fida
et potente signoreggia ne gli altri luoghi,
l'animo credulo dando alle cose liete, ri-
guardi me d'alta döna picciolißima serua tornata: et peggio, che disdegnata sono dal mio Signore, & rifiutata.

Tu nö desti giamai o fortuna piu am-
maestreuole esempio di me de'tuoi mutamenti se con sana mente si guarderà.

Io da te o fortuna mutabile, nel mondo
riceuuta fui in copiosa quantità de'tuoi
beni, se la nobilità, & le ricchezze sono
di quelli, si come io credo.

Et oltre à ciò in quelle cresciuta fui, ne
mai ritraesti la mano.

cete heure là , ils cognoiſſent bien,
que tu as changé de viſage.

Ie me trouue, chetifue! eſtre du
nõbre de ceux là : & ne ſçay quelle
inimitié ou choſe commiſe contre
toy, t'à induite à cela , ou m'eſt nuiſible.

Ah a! quiconque ſe fie aux grandes choſes, & puiſſant maiſtriſe &
commande aux haults lieux, addon-
nant ſon cœur credule aux choſes
ioyeuſes, prenne exemple en moy ,
& me regarde, de haute dame , deuenue treſpetite ſeruante: & ce qui
eſt le pis, ie ſuis deſdaignee & reiet-
tee de mon Maiſtre.

Si l'on regarde bien, ô Fortune,
tu ne donnas onques plus profitable & inſtructif exẽple de tes changemens & varietez que moy.

Ie fus, ô muable Fortune, receuë
de toy au monde, auec grande abõ-
dance de mes biens, ſi la nobleſſe &
les richeſſes en ſont, cõme i'eſtime.

Et dauantage i'ay prins accroiſſe-
ment en icelles, & tu m'as iamais

LIBRO QVARTO.

Queste cose certo continuamente ma-
gnanima possedei, & come mutabili le
trattai; et oltre alla natura delle femine:
liberalißimamente l'ho vsate.

Ma io ancor nuoua in saper te essere delle pasioni dell'animo donatrice; non sapendo, che tanta parte haueßi ne'regni
d'Amore, si come volesti, m'innamorai:
& quel giouane ami, il quale tu sola &
altri nò, parasti dauanti a gli occhi miei
alhora, che io piu ad innamorar mi credeua esser lontana.

Al piacer del quale, poi che lui nel
mio cuore con legami indissolubili senti-
sti legato tu non stabile piu volte hai cercato di farmi noia.

Alcuna volta hai i vicini animi con
vani & inganeuoli ingegni commoßi, et
tal volta gli occhi, accio, che palesato no-
cesse il nostro amore.

Et piu volte, si come tu volesti, sconcie
parole

retiré ta main.

I'ay certainemét touſiours poſſe-
dé,magnanime,ces choſes, & les ay
maniez côme muables; & outre le
naturel des femmes, i'en ay fort li-
beralement vſé.

Mais eſtant encore nouuelle à
ſçauoir que tu donnes les paſſions
de l'eſprit, ne ſçachant pas que tu
euſſes ſi grande part aux roiaumes
d'amour, ie deuins amoureuſe,
comme tu as voulu, & aymay le
ieune homme, lequel tu mis ſeul
& non autre deuant mes yeux, lors
que ie péſois eſtre la plus eſlógnee
de m'enamourer.

Au plaiſir duquel, depuis q̃ tu l'as
ſenty lié en mô cœur,de liens indiſ-
ſolubles, tu as taſché pluſieurs fois,
n'eſtant ſtable, de me faire ennuy.

Tu as aucunesfois eſmeu les
cœurs voiſins, par vains & dece-
ptifs artifices; & engins; & aucunesfois, les yeux, à fin que noſtre a-
mour manifeſte fuſt nuiſible.

Et ſuis certaine que maintesfois,

V

parole dell'amato giouane alle mie orecchie, & alle sue di me, sono certa, che fa-
cesti per venire, possibili(essendo credute)
à generare odio, ma esse non vennero mai
al tuo intendimento secondo che posto che
tu Dea,si come ti piace,guidi le cose esteriori; le virtu dell'anima non sono sottopo-
ste alle tue forze.

il nostro senno continuamente in ciò
t'ha soperchiata.

La for-
tuna
quello
che nõ
puo per
dritto,
fornisce
per ob-
liquo.

Ma che gioua però à te l'opporsi?à te sono mille vie da nuocere à'tuoi nimici;&
quel che per dritto non puoi, conuien che
per obliquo tu fornisca.

Tu non potendo ne'nostri animi ge-
nerar nimicitia, t'ingegnasti dimetterui
cosa equiualente; & oltre a ciò grauissima doglia,& angoscia.

I tuoi ingerni per adietro rotti col nostro senno si risarciranno per altra via: &

comme tu as voulu, tu as faict venir à mes aureilles, de mauuaises & deshonnestes parolles de l'aymé ieune homme, & aux siennes pareillement de moy, pouuans (si elles eussent esté creuës) engédrer haine; mais elles ne sont iamais venues à ton entendement, attendu que veu que tu guides, estant Deesse, les choses exterieures, comme il te plaist, les vertuz de l'ame ne sont soumises à tes forces.

Nostre sens t'a continuellement en cela surpassee & rendue vaine.

Mais ce nonobstant que gangne l'on de s'opposer à toy? tu as mille moyens de nuire à tes ennemis; & fault que tu fasses de trauers ce que tu ne peux faire droictement.

Ne pouuant engendrer inimitié en noz cœurs, tu t'es efforcee d'y mettre chose qui vault autant, & outre cela vne tresgrande facherie & angoisse.

Tes esprits & engins par le passé rompuz, par nostre sens & prudéce

nimica à lui parimente, & à me, cò tuoi
accidenti porgesti cagion di diuider da
me l'amato giouane con lunga distanza.

Oime quando haurei potuto pensare, che
in luogo à questo tanto distante, & da
questo diuiso da tanto mare, da tanti mó-
ti, & valli, & fiumi deuesse nascere (te
operante) la cagion de' miei mali?

Certo non mai, ma pare e cosi, & con
questo, auegna che egli sia lontano à me,
& io a lui non dubito, che egli m'ami, si
come io amo lui; il quale io sopra tutte le
cose amo.

Ma che vale questo amore all'effetto
piu, che se fossino nimici? certo niuna cosa. Dunque al tuo contrasto niente vál se
il nostro senno.

Tu insiememente cò lui ogni mio dilet-

ſe remirent ſus & r'habillerent par
autre moyen : & eſtant ennemie à
luy comme à moy, tu as donné, par
tes accidents, occaſion de deuiſer
& ſeparer de moy l'aymé gentil-
homme, par vne longue diſtance.

Mon Dieu, quand euſſ-ay-ie peu
penſer, que par ton moyen, l'occaſion de mes maux deuſt naiſtre en
vn lieu tant eſlongné de cetuy-cy,
& tant ſeparé de tant de mer, de
tant de montagnes , vallees & riuieres?

Certainement ie ne l'euſſe iamais penſé : & neantmoins il eſt
ainſi ; & ce nonobſtant , bien qu'il
ſoit loin de moy , & moy de luy, ie
ne doute pas qu'il ne m'aime, côme
il eſt aymé de moy , qui l'ayme ſur
toutes les choſes du monde.

Mais que ſert cet amour, pour
l'effeƈt, plus que ſi nous eſtions ennemis? certainemét de rien. Et pour
cete cauſe, noſtre ſens n'a rien peu
contre ton effort.

Tu as emporté quant & luy, tout
V iij

to ogni mio bene, & ogni mia gioia teue
portasti. Et con questi le feste, i vestimenti, le bellezze, & il viuer lieto. In luogo
de' quali pianto, tristitia, & intolerabile
angoscia lasciasti.

Ma certo che io non l'ami, tu nõ m'hai
potuto torre, ne puoi. Deh se io ancor giouane haueua contro la tua deità commessa alcuna cosa, l'età semplice mi deueua
rendere scusata. Ma se tu pur di me voleui vendetta; perche nõ l'operaui tu nelle tale cose?

Tu ingiusta hai messa la tua falce nel-
l'altrui biade. Che hanno le cose d'Amo
re à fare teco?

Metter
la f. ee
nell'al-
trui bia-
de.

A me sono altissime case, e bello: ampi-
ssimi campi, & molte bestie: a me thesori
conceduti dalla tua mano, perche in queste
cose, con fuoco, o con acqua, o con rapi-

mon plaisir, tout mõ bien, & toute
ma ioye : & auec cela, les festes, les
vestemens, les beautez & la ioyeuse
vie: au lieu desquelles choses, tu as
laissé le pleur, la tristesse, & l'intolerable angoisse.

Mais certainement tu n'as peu
faire, & ne peux, que ie ne l'ayme. Ah! si i'auois, estant encore ieune, commis quelque chose, contre
ta deité, l'aage simple me deuoit
rendre excusable. Mais si nonobstant cela, tu voulois de moy vengeance, pourquoy ne la faisois tu
en telles choses?

Tu as, iniuste, mis ta faulx en la
moisson d'autruy; Quelle affaire &
cõmunication ont les affaires d'a-
mour auec toy?

Tu m'as donné de treshaultes &
belles maisons, tresamples champs,
& beaucoup de bestail, ta main m'a
esté liberale de thresors & richesses:
pourquoy ton ire ne s'est estendue
sur ces choses là, au moyen du feu
V iiij

na, o con morte non ti distese la tua ira?

Tu m'hai lasciate quelle cose, che alla
mia consolatione non possono valere, se nõ
come a Mida la riceuuta gratia da Bacco
alla fame: & haitene portato colui solo,
il quale io piu che tutte l'altre cose, haueua care.

Ahi maledette siano l'amorose, saette,
lequali ardire no di prender vendetta di
Febo, & da te tanta ingiuria sostengõ-
no.

Oime, che se esse t'hauessono mai punta
si come elle pungono hora me, forse tu con
piu deliberato consiglio offenderesti gli
amanti.

Ma ecco tu m'hai offesa, & a quel cõ-
dotta, che io ricca, nobile, & potente sono
la piu misera parte della mia terra: &
ciò vedi tu manifesto.

Ogni huomo si rallegra, & fa festa: et
io sola piango. Ne questo solamente hora
comincia, anzi e lungemente durato tan-

ou de l'eau, ou par rapine, ou par la mort?

Tu m'as laissé les choses, qui ne peuuent seruir à ma consolation, sinon comme à Midas, la grace receuë de Bache, pour la faim ; & tu m'as osté & enleué celuy seul, lequel ie cherissois plus que toutes les autres choses.

Ah ! maudites soient les amoureuses sagettes, lesquelles oserent prendre vengeance de Phœbus, & portent par toy vne si gráde iniure.

Ah! si elles t'auoient espoint, cóme maintenant elles me poignent, tu offenserois pàrauanture les amants, auec conseil plus meur, & deliberé.

Mais voicy, tu m'as offensee, & reduite à tel poinct, qu'estant riche, noble & puissante, ie suis la plus miserable de mon païs; & tu le vois manifestement.

Tout hóme se resiouyt & meine feste : & n'y a que moy qui pleure. Et cecy ne commence pas de main-
V. v.

to,che la tua ira deuria esser mitigata.

Ma tutto il ti perdono; se tu solamente di gratia il mio Panfilo sì come da me il diuedesti, ricongiungi.

Et se forse ancora la tua ira dura; sfoghisi sopra il rimanente delle mie cose. Deh increscati di me ò crudele.

Vedi,che io sono tal diuenuta,che quasi come fauola del popolo sono portata in bocca; oue con solenne fama la mia bellezza soleua esser narrata.

Comincia ad esser pietosa verso di me acciochè io uaga di potermi di te lodare, cã parole, piaceuoli honori la tua maestà. Alla quale, se benigna mi torni nel dimandato dono; infino ad hora prometto, (& qui siano testimoni gli Dij) porre la

tenant, ains il a long temps duré, de maniere que ton ire deuroit estre mitigee.

Mais ie ne m'en soucie pas de tout cela, si tant seulement tu veux reconioindre mó Pamphile à moy comme tu l'en as separé.

Et si d'auanture ton courroux dure encore, & n'est appaisé, qu'il se descharge sur le reste de mes biens. Ah! cruelle, ayes pitié de moy.

Voy que ie suis deuenue telle, que ie suis quasi, comme la fable du peuple, portee en la bouche d'vn chacun, au lieu que par vn solennel bruit, ma beauté souloit estre narree.

Commence à estre pitoiable enuers moy, à fin que ioyeuse de me pouuoir louër de toy, i'honore par agreables parolles, ta majesté. A laquelle, si tu me rends, gracieuse, le don que ie t'ay demádé, ie promets dés maiotenant (& en cet endroit les Dieux m'en soient tesmoins, mettre mon image ornee le plus.

mia imagine ornata quanto potraſſi ad
hora hor di te, in qualunque tempio piu
ti ſia caro. Et quella con verſi ſoſcritti,
che diranno.

Queſta è Fiammetta dalla fortuna di
miſeria inſima ſecata in ſomma allegrezza; ſi vedrà da tutti.

Niuna
coſa ral
legra l'a
mante
miſero
ma gli è
cagione
di mag-
gior do
glia.

O quante piu altre coſe ancora diſſi piu
volte, lequali lungo, & tedioſo ſarebbe
il raccontare: ma tutte brieuemente in a-
mare lagrime terminauano, delle quali
alcuna volta auenne che io dalle donne
ſentita con varij conforti leuata alle fe-
ſteuoli danze fui rimenata mal mio grado.

Chi crederebbe poſſibile, amoroſe donne
tãta triſtitia nel petto d'vna giouane capere, che niuna coſa foſſe, laquale non ſolamente non rallegrar la poteſſe, ma etiãdio che cagion di maggior doglia le foſſe
continuo?

qu’il fera poſſible, en tout temple qui te ſoit le plus agreable; & icelle auec des vers eſcrits au deſſouz qui diront.

Cete-cy eſt Fiammette, amenee par la fortune, d’vne extreme & infinie miſere, en vne grande allegreſſe. Elle ſe verra de tous.

O que i’ay dict auſſi maintesfois pluſieurs autres choſes, que ie ſerois trop longue & ennuyeuſe de raconter: mais, en brief, elles terminoient toutes en ameres larmes: deſquelles il eſt aduenu quelquefois, qu’ayát eſté ouye & ſentie des femmes, i’ay eſté allegee de diuerſes conſolations, & remenee malgré moy, aux recreatiues danſes.

Qui penſeroit, amoureuſes Dames, vne ſi grande triſteſſe trouuer lieu au cœur d’vne ieune Damoiſelle, qu’il ne ſe trouuaſt aucune choſe, laquelle non ſeulement ne la peuſt recreer, ou reſiouyr, mais auſſi luy fuſt touſiours occaſion de plus grande facherie?

Certo egli pare incredibile à tutti, ma non à me misera, come à colei che a proua, sente, & conosce ciò esser vero.

Egli aueniua spesse volte, che essendo (sì come la stagion richiedeua) il tempo caldissimo; molte altre donne & io, accioche piu ageuolmēte quello trappassassimo; sopra velocissima barca, armata di molti remi solcando le marine onde, cantando & sonando e i remoti scogli, & le cauerne ne' monti dalla natura medesima fatte essendo esse & per ombra, et per vēti freschissime, cercauano.

Il fuoco dell'anima nō riceue per cose esteriori rinsigerio.

Oime, che questi erano al corporal caldo sommissimi rimedij à me offerti. ma al fuoco dell'anima per tutto questo nuouo alleggiamento non era prestato: anzi piu tosto tolto.

Percioche cessati i calori esteriori i quali

Certainement cela semble incredible à tous, mais non pas à moy miserable, cóme à celle qui aprouue, sent & cognoist que cela est vray.

Il aduenoit souuentesfois, qu'estant (comme la saison requeroit) le temps treschauld, plusieurs autres femmes & moy, à fin que plus aisément nous le peussions passer, sillonnans les ondes marines, au moyé d'vne tresvite barque, armee & garnie de plusieurs auirons, nous cherchions, en chantant & sonnát, & les escueils & rochers escartez, & les cauernes, faictes aux montagnes par la mesme nature, pour estre icelles tresfresches, & à cause des ombres, & à cause des vents.

Ah ! ces grands & souuerains remedes là m'estoient offerts, pour la chaleur du corps: mais tout cela ne seruoit d'aucun allegement au feu de l'ame ; ains par ce moyen luy estoit plustost osté.

Car, quád les chaleurs exterieures

senza dubbio a' delicati corpi sono tediosi
incontinente piu ampio luogo si daua à
gli amorosi pensieri: i quali non solamente materia sostentante le fiamme di Venere sono, ma aumentante, se ben si mira.

Venute adunque ne' luoghi da noi cer-
cati, & presime per li nostri diletti am-
pissimi, secondo che'l nostro appetito ri-
chiedessa, hor quà, & hor là: & hor questa brigata di donne, & di giouani; &
hor quell'altra (delle quali ogni picciolo
scoglietto, o lito, solo; che di alcuna ombra
di monte da' solari raggi disceso fosse, erano piene) veggendo andauamo.

O quanto, & quale è questo diletto
grande alle sauementi.

Quiui si vedeuano in molte parti le
mense candidissime poste; e per i cari orna-

estoient cessees, lesquelles certainement sont ennuy aux corps delicats, incontinent se donnoit plus
ample lieu aux amoureuses pensees, lesquelles seruent de matiere,
qui soustient non seulement les
flammes de Venus, sil'on y regarde
bien, mais aussi qui les accroist &
augmente.

Estans donc venues aux lieux
par nous cherchez & les ayás prins
tresamples, pour nostre plaisir,
nous allions voyant, selon nostre
volonté & desir, ores çà, ores là; &
tantost cete compagnie de femmes
& de ieunes hommes, & ores cete
autre (desquelles chacun petit rocher, ou riuage seulement defendu
des rayons du soleil, au moyen de
quelque ombre de mótagne, estoit
plein.)

O que ce plaisir est grand, aux esprits qui sont sains!

L'on y voioit en plusieurs endroits, les tables tresblanches dres-
sees & mises, tant bien, à cause des

menti sì bene; che solo il riguardarle haueua forza d'inuogliar l'appetito in qualunque piu fosse stato suogliato.

Et in altra parte (gia richiedendolo
l'hora) si discerneuano alcuni prender
lietamente, matutini cibi de'quali e poi,
& quale altro passaua, con allegra voce
alle loro letitie erauamo conuitate.

Ma poi, che noi medesimi haueuamo (sì
come gli altri,) mangiato con grandissima festa: & dopò le leuate mense piu giri
dati in liete danze: al modo vsato, risali-
te sopra le barche, subitamente hor quà,
& hor colà n'andauamo;

Et in alcuna parte cosa carissima à gli
occhi de'giouani n'appareua, ciò era va-
ghissime giouani in giubbe di zendado spo

precieux ornemens, qu'en les regardant feulement elles auoient la
force d'ouurir l'appetit, au plus de-
goufté ou rafafié qui euft fçeu fe
prefenter.

Et en vn autre endroit, pource
que l'heure le requeroit defia, l'on
voioit aucuns difner ioyeufement,
& prendre le repas du matin, lefquels nous inuitoient & tout autre
paffant, d'vne voix alaigre & ioyeufe, à difner auec eux.

Mais apres que nous auiós nous
mefmes prins noftre repas, comme
les autres, auec vne trefgrande fefte
& plaifir; eftans les tables leuees,
depuis que nous auions faict plufieurs tours, aux ioyeufes danfes;
eftans remontees fur les barques, à
la maniere accouftumee, nous nous
en allions, ores d'vn cofté, & ores
de l'autre.

Et en certains endroicts, fe monftroit aux yeux des ieunes hómes,
chofe trefagreable, fçauoir eft de
trefbelles ieunes femmes, en longs

gliate, scalze, & isbraccia te nell'acque
andanti, & dalle dure pietre leuanti le
marine con che: & à cotal vfficio abbaf-
fandofi, fouēte le nafcofe delitte dell'ube-
rifero petto moftrauano.

Et in alcuna altra con piu ingegno, altri con reti, & altri con piu nuoui artifi-
cij à nafcofi pefci fi vedeuano pefcare.

Che gioua il faticarfi in voler dire ogni
particolarità de' diletti, che quiui fi prendono? Egli non fi verrebbe meno giamai.

Penfi feco chi ha intelletto, quanti &
quali efsi deono effere, non andandoui: et
fe vi pur và, non vergendofiui alcuno altro, che giouane & lieto.

Quiui gli animi aperti liberi fono, et fo-

habits de sandal tresdelié, despouil-
lees, deschaussees, & rebrassees par
dessus les couldes, qui marchoient
dedans les eaux, & qui leuoient les
conches de mer, des pierres dures;
lesquelles se baissans, pour vn tel
exercice, & office, monstroient sou-
uët les secrettes delices de leur sein.

Et en quelque autre part, s'en
voyoient aucunes, auec plus d'esprit & industrie, pescher & prendre
les poissons cachez, les vnes auec
les rets, & autres auec artifices &
moyens plus nouueaux.

Que sert se trauailler de vouloir
dire & declarer toutes les particu-
laritez des plaisirs, qui se prennent
là? On n'enviendroit iamais à bout.

Que celuy lequel est pourueu
d'entendement, pense en soy-mesme, quels & combien gráds ils doiuent estre n'y allant point, ou s'il y
va, attendu que l'on n'y voit aucun
autre, que la gaye & gaillarde ieunesse.

En cet endroit, les esprits ouuerts,

no tante, & tali cagioni per le quali cio
auiene, che appena alcuna cosa addiman-
data negar vi si puote.

**Difficil-
mente
con lie-
to volto
si puo
coprir
l'amari-
tudine
del cuo
re.** In questi cosi fatti luochi confesso io (per
non turbar le compagne) d'hauer hauuto
viso coperto di falsa allegrezza, senza ha
uer ritratto l'animo da'suoi mali.

Laqual cosa, quanto sia malageuole à
fare, chi l'ha prouato ne puo testimonianza dare.

Et come porrei io nell'animo essere stata lieta ricordandomi gia meco; & senza
me hauere in simili diletti veduto il mio
Panfilo, il quale io sentiua oltre modo da
me esser lontano: & oltra à ciò senza speranza di riuederlo?

Se à me non fosse stata altra noia, che la
sollecitudine dell'animo, laquale me continuamente teneua sospesa à molte cose;
non m'era ella grandissima?

sont libres; & les occasions sont
telles & si grandes, par lesquelles
cela aduient, qu'à peine l'on y peut
refuser aucune chose que l on demande.

Ie confesse qu'en ces lieux là
(pour ne troubler & facher mes
compagnes) i'ay eu le visage couuert d'vne fausse allegresse , sans
auoir retiré & exempté le cœur de
ses maux.

Chose qui est fort malaisee à faire,
comme celuy qui l'a esprouué en
peut donner tesmoignage.

Et comment eussay-ie peu estre
ioyeuse en mon cœur, me resouuenant en moy-mesme, & sans moy,
auoir veu en semblable plaisir,
mon Pamphile, lequel ie cognoissois estre fort eslongné de moy, &
en outre, sans esperãce de le reuoir?

Si ie n'eusse eu autre ennuy & facherie, que la sollicitude de l'esprit,
laquelle me tenoit tousiours en
suspens à beaucoup de choses, ne
m'estoit elle pas tresgrande?

Et come è da penfare altrimenti? con-
cia foffe cofa, che il feruente difio di riuederlo haueffe fi di me tolta la vera cono-
fcenza, che certamente fapēdo lui in quella parte non effer, pur poffibile, che vi foffe, argomentaffi; & come che foffe senza
alcuna cōtraditione vero, procedeffi à riguardar, fe io il riuedeffi.

Egli non vi rimaneua alcuna barca
(delle quali quale in vna parte volante,
& quale in vn'altra era , cofi il feno di
quel mare ripieno come il cielo di ftelle
qual'hora egli appare piu limpido & fe-
reno) che io prima à quella & con gli
occhi, & con la perfona riguardando non
perueniffi.

Io non fentiua alcun fuono di qualunque ftormento, (quantunque io fapeffi lui
fe non in vno effere ammaeftrato) che con
le orecchie leuate nō cercaffi di fapere chi
foffe

Et comment peut-on penſer autrement? veu que ce eſtoit choſe
telle, que le feruent deſir de le reuoir, m'auoit tellemét oſté la vraye
cognoiſſance, que ſçachant certainement qu'il n'eſtoit en celle part,
i'argumentois neátmoins eſtre poſſible qu'il y fuſt, de maniere que cóme ſil euſt eſté vray, ſans contradiction, ie procedois à regarder, ſi ie le
pourrois reuoir.

Il n'y auoit là aucune barque (deſquelles, l'vne allant d'vn coſté, &
l'autre, d'vne autre part, cet endroit
de mer eſtoit autant remply & couuert, que le ciel l'eſt, d'eſtoilles)
quand il ſe monſtre clair & ſerain,
que ie ne paruinſſe à icelle la premiere, & auec les yeux & auec la
perſonne, pour voir qui eſtoit dedans.

Ie n'oyois aucun ſon de quelque
inſtrument que fuſt, encore que ie
ſçeuſſe bien qu'il n'en ſçauoit iouër
que d'vn, que dreſſant l'aureille, ie
ne m'efforçaſſe de ſçauoir qui
X

foſſe il ſuonatore: ſempre imaginãdo quello eſſer poſſibile d'eſſer colui, il quale io cercaua.

I ſoſpiri cõuerti ri in lagrime ſpiraua no gli occhi della Fiam metta.

Niun lito, niuno ſcoglio, niuna grotta da me non cercata vi rimaneua, ne ancora alcuna brigata.

Certo io cõfeſſo, che queſta tallhora vana & talhora infinita ſperanza mi toglieua molti ſoſpiri: i quali, poi che ella da me era partita, quaſi come ſe nella concauità del mio cerebro raccolti ſi foſſeno que' che vſcir deueuano fuòri, conuertiti in amariſſime lagrime per i miei dolenti ecchi ſpirauano.

Et coſi le finte allegrezze in veriſſime angoſcie ſi conuertiuano.

La noſtra città oltre a tutte l'altre Italiche di lietiſſime feſte abondeuole nõ ſolamente rallegra i ſuoi citradini, ò con le nozze, ò con marini liti; ma copioſa di

eſtoit le ſonneur, imaginant touſiours eſtre poſſible que cetuy-là
fuſt celuy lequel ie cherchois.

Il n'y auoit riuage, eſcueil, ny
grotte, où ie ne cherchaſſe, ny meſmes aucune compagnie que ie laiſ-
ſaſſe, ſans y regarder.

Certainement ie confeſſe que cete eſperance, aucunefois vaine &
aucunefois infinie, m'oſtoit beaucoup de ſouſpirs, leſquels, depuis
qu'elle eſtoit departie de moy, cõme ſi en la concauité de mon cerueau ſe fuſſent amaſſez ceux, qui deuoient ſortir dehors, ſ'euacuoient
par mes dolents yeux, eſtans con-
uertis en treſameres larmes.

Et ainſi les faintes allegreſſes ſe
conuertiſſoient en treſveritables
ennuys & angoiſſes.

Noſtre ville, abondante par deſſus toutes les autres d'Italie, de
treſioyeuſes feſtes, non ſeulement
recrée ſes citadins ou par les nopces, ou au moyen des riuages de la
mer: mais y ayant ſouuent force

molti giuochi souente hor cō uno, hor con
un'altra letifica la sua gente.

Ma tra l'altre cose, nelle quali essa appare splendidissima, è nel souente armeg-
giare.

Discre-
tion va-
ga della
Prima-
uera.

Suole adunque esser questa à noi consue-
tudine antica; poi che i guazzosi tempi
del Verno sono trappassati, & la Primauera co' fiori, & con le nuoue herbette ha
al mondo rendute le smarrite bellezze, es-
sendosi con queste i giouaneschi animi &
per la qualità del tempo accesi, (& piu,
che l'usato pronti à dimostrare i loro disii.) di conuocare ne' dì piu solenni alle log-
gie di caualieri le nobili donne; lequali ornate delle loro gioie piu care quiui s'adu-
nano.

Non credo che piu nobile, ò piu ricca cosa fosse à riguardar le nuore di Priamo

ieux, elle resiouyt son peuple, ores
d'vne maniere de ieu, & passe-téps,
& ores d'vn autre.

Mais entre autres choses, esquelles elle se monstre tresplendide &
excellente, c'est aux ioustes & tournois qui se font souuent.

Nous auons donc cete ancienne
coustume, depuis que le mauuais
temps d'hiuer est passé, & le Printemps auec ses fleurs & nouuelles
herbes, a rendu au monde, ses beautez qui estoient perdues, s'estans
auec icelles, les cœurs des ieunes
gens, & par la qualité du temps es-
chaufez, & plus que de coustume,
deuenuz pronts à demonstrer leurs
desirs, d'appeller, és iours plus so-
lennels, aux galleries & porches
des cheualiers, les nobles damoiselles, lesquelles ornees de leurs plus
precieuses besongnes & ioyaux,
s'assemblent là.

Ie ne pense point que ce fust vne
plus noble & riche chose, de regarder les bruz de Priã, auec les autres

cõ l'altre Frigie donne qua l'hora piu ornate dauanti al suocero loro à festeggiar s'adunauano: che siano in piu luoghi della nostra città le nostre cittadine à vedere lequali, poi che a'theatri in grandissima quantità ragunate si veggono (ciascuna, quanto il suo poter si stende , dimostrandosi bella) non dubito, che qualunque forestiere intendente soprauenisse, considerate le continenze altiere, i costumi notabili gli ornamenti piu tosto reali, che conueneuoli ad altre donne, giudicasse nõ moderne, ma donne di quell'antiche magnifice esser al mondo tornate.

Quella per alterezza, dicendo, Semiramis somiglierebbe. Quell'altra à gli ornamenti guardando, Cleopatra si crederebbe. L'altra considerata la sua vaghezza , sarebbe creduta Helena; Et

dames Troyennes, lors qu'estans
les mieux ornees qu'elles pouuoient, elles s'assembloient, pour
mener feste deuant leur Beaupere ;
que c'est, de voir en plusieurs lieux,
de nostre ville, noz citadines, lesquelles se voyans assemblees aux
theatres, en grande quantité, (se demonstrant chacune belle, tant que
le pouuoir se peut estendre) ie ne
doute point que tout hôme estranger & d'esprit, suruenant là, ayant
consideré les haultes & graues contenances, les mœurs & façons notables, & les habillemens pla-
stost royaux que conuenables à
autres femmes, ne iugeast ces femmes non modernes, mais ces anciennes magnifiques estre retournees au monde.

Cete-là, pour sa grauité, parlant
ressembleroit Semiramis: cete autre, regardant aux habits & parures, seroit reputee vne Cleopatre:
vne autre, en considerât sa beauté,
seroit prinse pour vne Helene : &

alcuna gli atti suoi ben mirando, in mente si direbbeno dissimigliante à Didone.

Perche vo io somigliandole tutte? Ciascuna per se medesima parrebbe una cosa
piena di diuina maestà, non che d'humana.

Et io misera, prima che il mio Panfilo
perdessi, piu volte udì tra'giouani que-
stionare: à quali io fossi piu da essere asso-
migliata, od alla vergine Polissena, od alla Cipriana Venere: dicentimi alcuni di
loro esser troppo somigliarmi à Dea; &
altri rispondenti in contrario, esser poco
à somigliarmi a femina humana.

Quiui tra cotanta & così nobile compagnia non lungamente si siede; ne vi si
tace ne vi si mormora: ma stanti gli antichi huomini a riguardare i cari giouani;
prese le donne per delicate mani, & dan-

quelqu'vne, prenant bien garde à
ses gestes, se diroit en l'esprit n'estre
dissemblable à Didon.

Mais pourquoy les vay-ie com-
parár toutes? Chacúne d'elle-mesme, sembleroit vne chose pleine de
majesté diuine, pour ne dire humaine.

Et quant à moy chetiue, deuant
que ie perdisse mon Pamphile, i'ay
ouy plusieurs fois debatre entre les
ieunes hommes, à qui ie deuois
plustost estre parangonnee, ou à la
pucelle Polixene, ou à la Ciprienne
Venus; aucuns d'iceux disans que
c'estoit trop de me comparer à vne
Deesse; & autres respondans au
contraire, estre trop peu, de me faire
semblable à vne femme humaine.

En cet endroit, entre vne si gráde
& tant noble compagoie, l'on ne
demoure pas long temps assise; on
ne s'y taist; & n'y a point de murmure; mais estans les anciehs hommes à regarder les agreables ieunes
gens; prenans les dames par leurs

X. v.

zando con altißimi voci cantano il loro amori.

Et in cotal guisa con quante maniere di gioia si possono diuisare, la calda parte del giorno trappaſſano.

Descre-
tion del
l'Autunno.

Et poi,che'l Sole ha cominciato à dare piu tiepidi suoi raggi;si veggono quiui ve nire gli honoreuoli Precipi del nostro Au sonico Regno in quell'habito, che alla loro magnificenza si richiede.

I quali,poi che alquanto hanno ⁊ la bellezza delle donne, et le loro danze cōsiderate,quelle commendando, quasi con tutti i giouani cosi caualieri,come donzeli partendosi, dopo non lungo spatio, in habito tutto al primo contrario con grandiſſima comitiua ritornano.

Qual lingua si d'eloquenza ſplendida, e si di vocaboli eccellenti faconda sarebbe quella,che interamēte poteſſe i nobili habiti, ⁊ di varietà pieni narrare? non il Greco Homero ,non il Latino Vergilio;

delicates mains, & dansans, ils chã-
tent à haute voix, leurs amours.

Et en cete maniere, ils passent la
chaulde partie du iour, par toutes
les manieres de ioye & plaisir, que
ils peuuent aduiser.

Et apres que le Soleil a commencé à dõner ses rayõs moins chauds,
ou plus tiedes, l'on voit venir là les
honorables Princes de nostre Roiaume Ausonien, en l'habit requis à
leur magnificence.

Lesquels apres auoir vn peu consideré & la beauté des dames &
leurs danses, loüant icelles, se departans quasi auec tous les ieunes hõ-
mes, tant cheualiers qu'autres da-
moiseaux, non long temps apres,
retournent auec grande suite, en
habit, du tout cõtraire au premier.

Quelle seroit la langue tant riche
d'eloquence, & tant faconde d'excellens vocables, qui peust entierement narrer les nobles habits, &
rempliz de diuersité? Le Grec Hõ-
mere ne le pourroit pas, ny le Latin.

i quali tanti riti di Greci, di Troiani, e
d'Italici gia ne' loro versi discrissero.

Lieuemente adunque comparation del
vero m'ingegnerò di farne alcuna parti-
cella à quelli, che veduti non gli hanno
palese.

Et ciò nõ sia nella presente materia di-
mostrato in vano; anzi si potrà per le sauie comprender la mia tristitia oltre à
quella d'ogni altra donna preterita &
presente esser continoua; poi che la digni-
tà di tante, & di si eccelse cose vedute
non l'hanno potuta interrompere con alcun lieto mezo.

Dico adunque al proposito ritornando,
che i nostri Prencipi sopra caualli tanto
pel correre veloci, che non che gli altrui
animali, ma i venti medesimi (qualunque piu si crede festino) di dietro correndo si lascieriano, uengono.

La cui giouanetta età, la spetiosa bellezza, et la virtu espettabile d'essi gratiosi

Virgile, lesquels ont autrefois descrit en leurs vers tãt de manieres & ceremonies des Grecs, des Troyens & des Italiens.

Ie m'efforceray donc legerement d'en manifester quelque petite partie à ceux qui ne les ont veu.

Et cecy ne soit, au present subiect, demonstré en vain ; ains se pourra par les sages & aduisees cõprendre ma tristesse, outre celle de toute autre femme passee & presente estre continuelle, puis que la dignité de tant & si grandes choses que i'ay veuës, ne l'ont peu interrompre, par quelque ioyeux moyé, & occasion.

Ie dy donc, retournant à mon propos, que noz Princes viennent sur des cheuaux tant legers à courir, qu'ils laisseroient derriere eux, ie ne diray seulemét les autres animaux, mais aussi les vẽts mesmes, tãt vites fussent-ils.

Desquels le ieune aage, l'excellente beauté, & l'admirable vertu,

gli rende oltre modo a'riguardanti.

Et sì di porpora, & di drappi dalle in-
diane mani tessuti con lauori di vari colori & d'oro intermisti; & oltre a ciò so-
praposti di perle, & di care pietre vestiti,
& i caualli coperti appariscono.

Descri-
tione
de'Gio-
stranti.

De'quali i biondi crini pendenti sopra
i candidissimi homeri, da sottiletto cer-
chiello d'oro, o da girlandetta di frende
nouelle sono sopra la testa ristretti.

Quin di la sinistra vn leggerissimo scudo, & la destra mano arma vna lancia:
& al suono delle Toscane trombe l'vno
appresso l'altro, & seguiti da molti, tutti
in cotal habito commciano dauāti le donne il giuoco loro; colui lodando piu in esso,
il quale con la lancia piu vicino alla terra con la sisa punta; & meglio chi vso
sotto lo scudo senza mouersi sconciamente

les rend fort gracieux aux regardás.

Et ſe monſtrent veſtuz de pourpre,& de draps tiſſuz & faicts des
mains Indiennes,auec ouurages en-
tremeſlez de diuerſes couleurs &
d'or; & en outre ſemez par deſſus
de perles , & riches pierreries , &
leurs cheuaux couuerts de meſme.

Deſquels les blonds cheueux pé-
dant ſur les tresblanches eſpaules,
ſõt reſtrains ou reſerrez ſur la teſte,
auec vn petit cercle d'or , ou au
moyen d'vne petite guirlande de
nouuelles fueilles.

D'vne part,vn eſcu treſleger arme
la main ſeneſtre, & vne lance,la
main droicte: & au ſon des trom-
pettes Toſcanes, l'vn pres l'autre,
& ſuiuiz de pluſieurs, tous, en tel
habit,cõmencent leur ieu & paſſe-
temps deuant les dames,qui louënt
le plus celuy, lequel auec la lance,
tenant ſa pointe plus pres de la terre,& mieux clos ſouz l'eſcu, ſans ſe
mouuoir & demener ſottement &
mal à propos,demoure en gallopát

dimora correndo sopra il cauallo.

A queste così fatte feste, & à questi
così piaceuoli giuochi (sì come io soleua):
ancora misera sono chiamata.

Il che senza grandissima noia di me
non auiene perciò, che queste cose mirãdo,
mi torna a mente d'hauere gia tra nostri
più antichi, & per età reuerendi caualieri veduto sedere il mio Panfilo à riguardare; la cui sofficienza alla sua età giouanetta impetraua sì fatto luogo.

Et alcuna volta fu che stante egli non
altrimenti che Daniello tra gli antichi
sacerdoti ad esaminare la causa di Susan-
na tra gli predetti caualieri togati, de'
quali per autorità alcuno Sceuola somi-
gliaua: et alcuno altro per la sua graue-
za sì saria detto il Censorino Catone, ò
l'Vticense, & alcuni sì nel viso appari-
uano fauoreuoli, che appena altrimenti si
crede. che. fosse il Magno Pompeo: &

sur son cheual.

Ie suis chetiue! encore appellee à telles festes & à ces passe-temps & ieux tant agreables.

Ce qui ne m'aduient, sans vne tresgrande facherie & ennuy; pource que voyant ces choses là, il me souuient d'auoir veu autrefois, entre noz plus anciens, & venerables cheualiers; à cause de l'aage, mon amy Pamphile assis, à regarder; lequel en si ieune aage, obtenoit vn tel lieu, à cause de sa suffisance.

Et aucunefois a esté, qu'estant iceluy ny plus ny moins que Daniel, entre les anciens Prestres, pour examiner la cause de Susanne, entre les susdicts cheualiers à longues robes; desquels l'vn, à cause de son autorité, ressembloit vn Sceuole, & vn autre, pour sa grauité, se pouuoit dire Caton Censorin ou l'Vtiquois; & aucuns se monstroient tãt fauorables au visage, qu'à peine croit-on ou peut l'on penser que le grand Pompee fust autrement;

altri piu robusti fingeuano Scipione Afri
cano, ò Cincinnato, rimirando esse parimente il correr di tutti, & quasi de'loro
piu giouani anni rimemorãdosi, tutti fre-
mẽdo hor questo, & hor quell'altro com-
mendauano, affermando Panfilo i detti
loro.

Dal quale io alcuna volta ragionando
esso con essi, quanti ne correuano vdì à gli
antichi cosi giouani, come à valorosi vecchi assomigliare.

O quanto m'era ciò caro ad vdire, si
per colui, che'l diceua; si per que'che ciò
ascoltauano intenti; & si per i miei cittadini, de'quali era detto, tanto certa, che
ancor m'è caro il rammentarlo.

Egli soleua de'nostri principi giouanetti i quali ne i loro aspetti ottimamente
reali animi dimostrauano; alcun dire essere ad Arcadio Parthenopeo somiglian-

& autres plus robuftes pouuoient repreſenter Scipion l'Africain, ou Cincinnat, regardás iceux pareille-ment la couiſe & carriere de tous, & quaſi ſe reſouuenans de leurs plus ieunes ans, faiſoiét cas ores de l'vn, ores de l'autre, en parlant entre eux; & Pamphile confirmoit leur dire, & ſe tenoit à ce qu'ils en di-ſoient.

Duquel deuiſant aucunefois, ie l'ay ouy, auec eux comparer tous ceux qui couroient, aux anciens, tát ieunes que valeureux vieillards.

O que i'eſtois ioyeuſe d'ouyr cela, tant pour celuy qui le diſoit, que pour ceux, qui l'eſcoutoient enten-tiuement, & pour l'amour de mes citadins, deſquels eſtoit le dict tant certain, que ie ſuis encores ioyeuſe de le ramenteuoir.

Et de noz ieunes Princes, leſquels à leur ſemblant, demonſtroient tresbien, vn cœur roial, il ſouloit dire aucun eſtre ſemblable à Arca-dius Parthenopeen; & n'eſtime l'on

te, del quale non si crede, che altro piu ornato all'eccidio di Thebe venisse, alhora
che esso vi fu dalla madre mãdato, essendo ancora fanciullo.

L'altro appresso il piaceuole Ascanio
parer confessaua; delquale Vergilio tanti
versi, ottima testimonianza di giouanetto, discrisse.

Il terzo comparãdo a'Deifebo. Il quarto per bellezza a Ganimede.

Quindi alla piu matura turba, che loro
seguiua, vegnendo, non meno piaceuoli
somiglianza donaua.

Quiui vegnente alcun colorito nel viso
con rossa barba, & con bionda chioma so-
pre gli homeri candidi ricadente; &
non altrimenti, che hercole far solesse ri-
stretta da verde fronda in ghirlandetta
protratta assai sottile, vestito di drappi
sottilissimi serici, non occupanti piu spatio, che la grossezza del corpo, ornati di

qu'autre vint plus orné que luy, au
fac & ruine de Thebes, lors qu'il y
fut enuoyé par fa mere, eftant encore enfant.

Il confeffoit que l'autre d'apres
refembloit le plaifant Afcaigne, duquel Virgile a efcrit tant de vers,
pour vn tresbon tefmoignage du
iouuenceau.

Il comparoit le troifiefme à Dei-
phebe, le quatriefme, pour fa beauté à Ganimede.

De là, venant à la plus meure
tourbe qui les fuiuoit, il ne donnoit
pas de moins agreables comparai-
fons.

Là, quand il venoit quelqu'vn
coleré en face, auec la barbe rouffe,
& la perruque blonde, tombante
fur les blanches efpaules, & ny plus
ny moins que fouloit faire Hercule, refferree & trouffee, d'vne petite
guirlande de fueilles verdes, veftu
de draps tresfins de foye & d'habits n'occupans plus d'efpace que
la groffeur du corps, ornez de

vari lauori fatti da maeſtra mano, cõ vn
mantello ſopra la deſtra ſpalla con fibula
di oro riſtretto, & con lo ſcudo coperto il
mancolato, portando nella deſtra mano
vn'haſta licue quále all'apparecchiato
giuoco cõuienſi, ne' ſuoi modi ſimile il diceua al grãde Hettore.

Appreſſo alquale trahendoſi vn'altro
auanti in ſimile habito ornato, et con viſo non meno ardito, hauendoſi del mantello l'vn lembo ſopra la ſpalla gittato, cõ
la ſiniſtra maeſtreuolmente reggendo il
cauallo, quaſi vn'altro Achille il giudicaua.

Seguendo alcun'altro pallando la lancia, & poſtergato lo ſcudo, i biondi capelli
hauendo legati con ſottil velo forſe riceuuto dalla ſua dõna, Proteſilao gli s'udi
ua chiamare.

Quindi ſeguendone vn'altro con leg-
giadro capelletto ſopra i capelli, bruno nel

diuers ouurages, faicts d'vne maiſtreſſe main, auec vn manteau ſur
l'eſpaule droicte, attaché d'vne a-
graphe d'or, & ayant le coſté ſeneſtre couuert de ſon eſcu, portant en
ſa main droicte vne legere lance,
telle qu'il faut au ieu appreſté, il le
diſoit en ſes manieres là, ſemblable
au grand Hector.

Apres lequel lors que quelque
autre s'auançoit orné de ſemblable habit, &auec vne face nó moins
hardie, ayant jetté l'vn des pans de
ſon manteau ſur l'eſpaule, & gouuernant habilement ſon cheual de
la main ſeneſtre, il le iugeoit vn autre Achille.

Quand quelqu'autre ſuiuoit, jet-
tant la lance de l'eſcu derriere le
dos, ayant les blonds cheueux liez,
auec vn delié voile receu parauátu-
ré de ſa maiſtreſſe, on l'oyoit appeller Proteſilee.

Quand apres il en venoit vn autre, auec vn gentil chappeau ſur la
teſte, brun de viſage, auec la barbe

viso, & con barba prolissa, & nell'affetto feroce, nomaua Pirro;

Et alcuno piu mansueto nel viso. bion-
dissimo & polito, & piu che altro orna-
tissimo, lui credere il Troiano Paris, ò Me-
nelao diceua possibile.

Egli non è di necessità il piu in ciò pro-
lungar la mia nouella.

Egli nella lunghissima schiera mostraua Agamennone, Aiace, Vlisse, Diomede, & qualunque altro Grego, Frigio, e
Latino degno di lode:

Ne poneua a beneplacito cotali nomi,
anzi con ragioni accetteuoli fermando i
suoi argomenti sopra le maniere de'nomi-
nati, loro debitamente assomigliati mostraua.

Perche non era l'udir, cotali ragionamenti meno diletteuole, che veder coloro
medesimi, di cui si parlaua.

Essendo adunque la lieta schiera due, o
tre volte caualcando con picciolo passo di-
mostra-

longue, de regard audacieux & hardy, il le nommoit Pyrrhe.

Et quand aucun s'auançoit plus gracieux de visage, fort blond & poly, & mieux orné qu'autre, il disoit qu'on le pouuoit estimer vn Paris Troyen ou bien vn Menelee.

Il n'est pas de besoin de prolonger en cecy dauátage ma nouuelle.

Il monstroit en la treslongue trouppe Agamemnon, Aiax, Vlysse, Diomedes, & tout autre Grec, Troyé, ou Latin, digne de loüange.

Et n'imposoit à son plaisir, tels noms; ains par raison receuables, arrestant & concluant ses argumens, sur les manieres & gestes des nommez, il les monstroit deuëment comparez.

Et pour cete cause, il n'y auoit pas moins de plaisir d'ouyr tels propos & comparaisons, que de voir ceux là mesmes desquels l'on parloit.

S'estant donc la ioyeuse trouppe, cheuauchant à petit pas, monstree deux ou trois fois aux assistans, ils

Y

moſtrataſi à circonſtanti cominciauano i
loro arringhi : & diritti ſopra le ſtaffe,
chiuſi ſotto gli ſcudi cõ le punte delle lie-
ni lancie tutta via vgualmente portãdo-
le, quaſi radenti terra, velociſsimi piu che
aura alcuna correuano i loro caualli : &
l'aere riſonante per le voci del popolo cir-
conſtante per li molti ſonagli, per li diuerſi ſtormenti, & per la percoſſa del volante mantello del cauallo, & di ſe, a meglio,
& a piu vigoroſo correr gli affrancaua.

Et coſi tutti veggendogli, nõ vna volta, ma molte degnamente ne' cuori de' riguardanti ſi rendeuano laudeuoli.

Quante donne : quale il marito, qual
l'amante, quale lo ſtretto parente veggendo tra queſti, vidi io gia piu ſiate ſomma-
mente rallegrare? certo aſſai.

Et non che eſſe, ancora le ſtrane. Io ſola
(ancor che'l mio marito vi vedeſſe, o vi

commençoient leurs rengs : &
droicts sur leurs estriers, cloz souz
les escuz, auec les pointes des legeres lances, en les portant egalemét,
quasi rasans la terre, leurs cheuaux
couroient plus vites qu'aucun vét:
& l'air retentissant à cause des voix
du peuple, estant à l'entour, à cause
de plusieurs sons, pour les diuers instrumens, & pour le froisser du má-
teau volant, & de soy, par vne meilleure & plus vigoureuse course, ils
les affranchissoient.

Et ainsi tous, les voyans non vne
fois, mais plusieurs, se rendoient di-
gnement louables és cœurs des regardans.

Que i'ay veu autresfois, de femmes se resiouyr grandement, l'vne
voyant son mary, aucune son amát,
autre son proche parent entre ceux
cy? certainement beaucoup.

Et non seulement celles là, mais
aussi les estrágeres. Il n'y auoit que
moy, qui les regardois & regarde
toute dolente, (encore que i'y visse

vegga & con esso i miei parenti) dolente
gli riguardaua; & riguardo, Panfilo non
veggendoui , & lui esser lontano ricordandomi.

Deh hor non è questa mirabile cosa o
donne, che ciò ch'io vegga, mi sia materia
di doglia? ne mi possa rallegrare cosa alcuna?

Deh quale anima è nel inferno con tãta pena, che queste cose veggendo, non douesse sentire allegreZZa? certo niuna credo.

Esse prese dalla piaceuoleZZa della ce-
tra d'Orfeo obliarono per alquanto spatio le pene loro: ma io tra mille tormenti,
tra mille allegreZZe, & in molte, et varie maniere di feste non posso la mia pena, non dico dimenticare, ma solamente
vn poco alleuiare;

Et posto, che io alcuna volta à queste feste, e ad assomiglianti con infinto viso la
celi, & dia sosta à'sospiri; la notte poi, à'

où que i'y voye mon mary, & auec
luy mes parens) n'y voyant pas mó
Pamphile,& me resouuenant qu'il
est loin de moy.

Ah a!mes dames, est-ce pas vne
chose metueilleuse, que ce que ie
voy me soit matiere & occasion de
douleur & facherie ? & qu'aucune
chose ne me puisse resiouyr?

Ah quelle ame est en Enfer, auec
si grande peine, laquelle voyant ces
choses,ne deust sentir ioye & alle-
gresse:certainement ie ne pense pas
qu'il y en ait aucune.

Icelles prinses du plaisir de la
harpe d'Orphee oublierent pour
vn peu de temps, leurs peines:mais
quant à moy, entre mille tourmés,
entre mille ioyes, & en plusieurs &
diuerses manieres de festes,ie ne
peux ie ne diray pas oublier, mais
seulement tant soit peu, alleger ma
peine.

Et bien qu'aucunefois,d'vn visage
simulé, ie la celé à ces festes & autres semblables; la nuict apres, me

qual l'hora soletta trouandomi, prēdo spatio, non perdoni a parte delle sue lagrime:
anzi tanto piu ne verso, quante perauan-
tura ho il giorno risparmiato sospiri.

Et inducendomi queste cose in piu pensieri: & massimamente in considerar la
loro vanità, piu possibile a nuocere, che a
giouare; si come io manifestamente pro-
uādolo, conosco alcuna volta finita la festa, & da quella partitami, meritamente
contro le mondane apparenze cruciandomi; cosi dissi.

Lode
della
vita
sole-
taria

O felice colui: il quale innocente dimora nella soletaria villa, vsando l'aperto
cielo. Il quale solamēte pēsando di prepa-
rar malitiosi ingegni alle saluatiche fiere, & lacciuoli à semplici vccelli, da affanno nell'animo essere stimolato non
puote.

Et se graue fatica perauentura nel corpo sostiene, incontinente sopra la fresca
herba riposandosi lo ristora; tramutando
hora in questo lito del corrente rino, &

trouuant seulette, ie n'espargne les larmes, ains i'en espans d'autant plus, que parauanture i'ay le iour espargné & retenu de soufpirs.

Et ces choses là m'induisant en plusieurs pensees, & principalle-ment à considerer leur vanité, qui peut plus nuire que seruir, comme l'esprouuant manifestement, ie le cognois aucunefois, quand la feste est finie; & estant partie d'icelle, me fachant à bon droict, contre les mô-daines apparences, i'ay dict ainsi.

O que celuy est heureux, lequel innocent demoure, en la solitaire metairie aux champs, se seruant du ciel ouuert : lequel pensant seule-ment de preparer malicieux engins & embusches aux bestes sauuages, & des lacets aux simples oiseaux, ne peut, en son cœur, estre époinçôné d'ennuy.

Et si dauanture il soufre en son corps, grand trauail, incontinent il le restaure, en se reposât sur l'herbe fresche, changeât ores en ce riuage

hora in quell'ombra dell'alto bosco i luoghi suoi ne'quali ode i queruli vccelli fre-
mire con dolci canti, & i rami tremanti,
& mossi da lieue vento, quasi fermo tenenti alle loro notte.

Deh cotal vità o fortuna hauessi tu a
me conceduta, alla quale le tue desperate
larghezze sono di sollecitudine assai dannose. Deh a me sono vtili gli alti palagi,
i ricchi letti, & la molta famiglia, se l'a-
nimo d'ansietà è occupato, errando per le
contrade da lui non conosciute dietro a
Panfilo, non concedendo a'lassi membri
quiete alcuna.

O come è diletteuole, quanto è gratioso
con tranquillo & libero animo il preme-
re le riue de'trascorrenti fiumi; & sopra i
vndi cespiti menare i lieui sonni, i quali il
fuggente riuo con mormoreuoli suoni &

de la courante riuiere, & ores en cet
ombre du hault bois, ſes places, eſquelles il oit les plaintifs oiſeaux
fremir & gazouiller de leurs doux
chants, & les branches tremblantes
& mëuës d'vn doux vét, qui accor-
dét quaſi à leurs châſons, ou notes.

Pleuſt à Dieu, ô Fortune, que tu
m'euſſes octroyé vne telle vie; à laquelle tes non eſpereés largeſſes
ſont par ſollicitude, aſſez dommageables.

He ie vous prie, que me ſeruent
les haults palais, les riches lits, & la
grande famille, ſi l'eſprit eſt occupé
d'anxieté, errant, par les contrees &
quartiers de luy incogneuz, apres
Pamphile, ne permettant aucun repos aux membres laſſez?

O que c'eſt choſe delectable &
gracieuſe de marcher ſur les riuages des courantes riuieres, d'vn eſprit tranquille & libre, & trouuer
ſur les nuds gazós herbuz de terre,
lés legers ſómeils, leſquels le fuyát
ruiſſeau, par ſon doux bruit & mur-

dolci senza paura nudrica.

Questi senza alcuna inuidia, sono conceduti al pouero habitãte nelle ville, molto piu da desiderare, che quelli; i quali al-
leuiati con piu lusinghe souenti, o da prõ-
te sollecitudini cittadine, o da' strepiti di
tumultante familia sono rotti.

La costui fame (se forse alcuna volta lo
stimola) i cotti pomi nelle fidelißime selue raccolti scacciano, & le nuoue herbette di loro propria volontà fuori della terra vscite, sopra i piccioli monti, ancora gli
ministrano saporosi cibi.

O quanto gli è a temprare la sete dolce l'acqua della fonte presa, & del riue
con mano concaua.

O infelice sollecitudine de' mondani: à
sostentamento de' quali la natura richiede & apparecchia leggierißime cose.

Noi nell'infinita multitudine de' cibi

mure, nourrit fans peur.

Ceux-cy, fans aucune enuie, font octroyez au pauure habitant aux champs & villages, beaucoup plus à defirer que ceux lefquels allechez par plufieurs moyens, font bien fouuét interrôpuz ou par les prôts fouciz & follicitudes des villes, ou par les bruits, d'vne tumultueufe famille.

Les fruicts cueilliz aux tresfideles forefts, chaffent la faim de cetuy cy, fi d'auanture elle le ftimule aucunefois; & les nouuelles herbes, de leur propré volonté forties de la terre, fur les petites montagnes, luy donnent auffi fauoureufe pafture.

O que l'eau de la fontaine, ou du ruiffeau prinfe dedans le creux de la main, luy eft douce & agreable, pour moderer & appaifer la foif!

O malheureux foucy des mondains! pour le fouftenement defquels la nature requiert & aprefte de treflegeres chofes.

Nous cuidons raffafier le corps,

la sacietà del corpo crediamo compire, non
accorgendoci in quell'esser le cagioni na-
scose, per le quali gli ordinati humori spes
se volte sono piu tosto corrotti, che sosten-
tati: & ne' lauoratti beuerazgi apprestã-
do l'oro, & le cauate gemme souente ueg-
giamo gustar i veleni freddißimi & se
non questi , almeno Venere vi pur si breue.

Et tal volta per quelli à securità suer-
chia si viene, per laquale o con parole; o
con fatti misera vita, o vitupereuole morte s'acquista.

Cõcetti
Poetici.
Et spesse volte ancora auiene, che molti
di quelli assai peggio , che insensato corpo
ne rendena il beuitore.

A costui i Satiri, i Fauni, le Driade, le
Naiede, & le Ninfe fanno semplice compagnia. Costui non sa chi si sia Venere, ne

par l'infinie multitude des viandes, ne nous apperceuans pas qu'en icelles sont les occasions cachees, par lesquelles les honneurs bien ordonnez sont souuentesfois plustost corrompus que nourris & entretenus : & és breuuages faicts & apreftez en l'or, & precieuses couppes, nous voyons souuent boire & goufter les venins tresfroids, & si l'on ny aualle les poifons, l'on y boit à tout le moins Venus.

Et aucunesfois, au moyen d'iceux l'on vient à vne trop grande seureté & fiance, par laquelle, ou par parolles ou de faict, l'on acquiert vne miserable vie, ou vne vituperable mort.

Et souuentesfois il aduient aussi, que de plusieurs d'iceux, le beuueur rend le corps beaucoup pire que insensé.

Les Satyres, les Faunes, les Dryades, les Naiades & les Nymphes sont simple compagnie à celuy-cy. Le pauure paysan ne sçait que c'est

il suo biforme figluolo; & se pur la conosce rozißima sente la forza sua, & poco
amabile.

Deh hora fosse stato piacer d'Iddio, che
io similmente mai conosciuta nõ l'haves-
si; & da semplice cõpagnia visitata, roza mi fossi viuuta.

Io sarei lõtana da queste insanabili sollecitudini, che io sostengo: & l'anima insieme con la mia fama santißima non cu-
rerebbe di veder le mondane feste simili
al vento, che vola; me da quelle vedute
haurebbe angoscie, si come ha.

Le feste
del mõ-
do so-
no simi
li al ven
to.

A costui non l'alte torri, non l'amate
case, non la molta famiglia, non i delicati
letti, non i risplendenti drappi, non i correnti cavalli, non cento mila altre cose, in-
uolatrici della miglior parte della vita,
sono cagion d'ardente cura.

Questi da'maluagi huomini non cercato, ne' luoghi remoti viue senza paura, &

de Venus, ny de son fils de deux formes: & s'il l'a cognoist, il sent sa force treslourde & peu aimable.

Ah! pleust à Dieu que ie ne l'eusse
semblablement onques cogneuë, de manière qu'ayant esté visitee d'v-
ne simple compagnie, i'eusse vescu,
à la bonne foy & lourdement.

Ie serois eslongnee de ces incurables soucis que ie soufre: & l'ame
tressaincte auec ma renommee, ne
se soucieroit pas de voir les festes
mondaines semblables au vent, qui
vole, mais seroit fachee comme elle
est de les auoir veuës.

Les haultes tours, les maisons aymees, le grand train de la famille,
les licts delicats & mols, les beaux
& luisans habits, les vites cheuaux,
& cent mille autres besongnes, qui
volent & rauissent la meilleure partie de la vie, n'occasionnent à cetuy
vn ardant soucy & cure.

Cetuy-cy non cherché des mechans hommes, passe sa vie, és
lieux écartez, sans peur; & sans

senza cercar nell'altissime case i dubbiosi
riposi l'aere, & la luce dimanda, & è alla sua vita il cielo testimonio.

O quanto è hoggi cotal vita mal conosciuta, et da ciascun cacciata, come nemica; oue piu tosto douerebbe esser come caris
sima cercata da tutti.

Certo io arbitro, che in cotal maniera
viuesse la prima età, laqual insieme gli
huomini, & gli Dij produceua.

Oime niuna è piu libera ne senza vitio
e miglior che questa; laquale i primi vsa-
rono, & che colui ancora hoggi vsa; il
quale abandonate le Città habita nelle
selue.

O felice il mondo se Gioue mai non hauesse cacciato Saturno: & ancora se l'età
aurea durasse sotto caste legge; percioche
tutti a que' primi simili viuaressimo.

Oime, che chiunque è colui i primi riti

chercher, és treshautes maisons, les douteux repos, il demande l'air & la lumiere ; & le ciel est tesmoin de sa vie.

O qu'vne telle vie est auiourd'huy mal cogneuë, & chassee de chacun, comme ennemie : au lieu qu'elle deuroit plustost estre recherchee d'vn chacun comme treschere.

Certainement i'estime que l'on viuoit en cete maniere, au premier aage, lequel produisoit ensemble les hommes & les Dieux.

Mon Dieu, il n'y en a aucune plus libre, ny sans vie, ou meilleure que cete-cy ; laquelle les premiers hommes ont menee, & que meine encore celuy, lequel ayant abandó-né les villes, habite aux forests.

O que le monde seroit heureux, si Iupiter n'eust iamais chassé Saturne ; & si l'aage d'or duroit encores souz chastes loix ; pource que nous viurions tous semblables à ceux du premier aagé.

Ah, quiconque garde & obserue

seruante, non è nella mente infiammato
dal cieco furore della non sana Venere, sì
come io sono; ne colui, che dispose ad habi-
tar ne' colli de' monti, fu sogieto ad alcun
regno, non al vento del popolo, non all'in-
fido volgo, non alla pestilentiosa inuidia,
ne ancora al fauor fragille della Fortuna:
alla quale io troppo fidandomi in meZo
l'acque per troppa sete perisco.

Alle picciole cose si presta alta quiete:
come che grandißime sopraßasta senZa le
grandi potere sostenere di viuere.

Queste parole:

Quali
seguita
nole ri-
chezze.

Quegli, che alle cose grandißime sopra-
stà, o disidera soprastare; seguita i vani
honori delle trascorrenti r.cchezZe.

Et certo le piu volte a' falsi huomini
piacino gli alti nomi.

Ma quegli e libero da paura, & da spe
ranZa, ne conosce il nero liuidor dell'inuidia diuoratrice & mordente con dente
iniquo che habita le solitarie ville; ne

les premieres mœurs , n'eſt en ſon eſprit enflammé de l'aueugle fureur de la folle Venus,comme ie ſuis: & celuy qui ſ'eſt diſpoſé de demourer aux collines des môtagnes , n'a eſté ſubiect à aucun Roiaume , ny au vent du peuple , ny au traiſtre vulgaire,ny à l'empeſtee enuie, ny meſmes à la fragile faueur de la Fortune;à laquelle me ſiât trop,ie meurs de ſoif,au milieu des eaux.

Aux petites choſes eſt donné le grand repos , comme aux treſgrandes,le contraire.

Celuy qui preſide aux choſes treſgrandes, ou deſire y preſider, ſuit les vains honneurs des richeſſes tranſitoires.

Et certainement , les hauts noms plaiſent le plus ſouuent aux hómes faulx.

Mais celuy eſt exempt de peur & d'eſperance, & ne cognoiſt la poiſon de l'enuie, qui deuore & mord d'vne dent inique , lequel habite aux ſolitaires champs & villages;il

sente gli odij varij ne gli amori incurabi-
li,ne i peccati de'popoli mescolati alla Città: ne come conscio di tutti i strepiti ha
dottanza;negli è a cura il comporre ficti-
tie parole;lequali lacci sono ad irretire gli
huomini di pura fede.

Ma quell'altro mentre sta eccelso , mai
non è senza paura;et quel medesimo coltello,che arma il lato suo,teme.

O quanto buona cosa è ignudo resistere,
& sopra la terra giacendo pigliare i cibi,
securo.

Rade volte o non mai entrarono i peccati grandissimi nelle picciole case.

Alla prima & a niuna sollecitudine
d'oro fu,ne niuna sacrata pietra fu arbi-
tra a diuidere i campi a primi popoli.

Essi con ardita naue non solcauano il
mare; solamente ciascuno conosceua i liti

ne fent & n'efprouue les diuerſes
haines, ny les incurables amours,
ny les faultes des peuples meſlez,és
villes ; il n'a comme conſentant &
coulpable,doute de tous les bruits,
& ne ſe ſoucie de trouuer les paroles faintes, leſquelles feruent d'autant de lacets,pour lier les hommes
qui ſont de pure foy.

Mais tandis que cet autre ſe tiét
hault,il n'eſt iamais ſans peur, & la
meſme eſpee qui arme ſon coſté ,
craint.

O que c'eſt yne bonne choſe de
reſiſter nud , & eſtant couché ſur la
terre,prédre ſon repas, ſans crainte,
& aſſeuré!

Les grands forfaicts & crimes rarement ou iamais n'entrerent és
petites maiſons.

La premiere & nulle n'auoit ſoucy de l'or, & nulle ſacree pierre
eſtoit arbitre aux premiers peuples,
pour diuiſer leurs champs.

Ils ne fendoient la mer, par le
moyé d'vn hardy nauire;& chacun

ſuoi.ne gli forti ſtecati, ne gli profondi foſſi, ne l'altiſſime mura con molte torre cin-
geuano i lati delle Città loro.

Ne le crudelli armi erano acconcie &
tratte da caualieri.ne era loro alcuno edi-
ficio, che con graue pietrà rompeſſe le ſer-
ratte porte.

Et ſe forſe tra loro era alcuna picciola
guerra; la mano ignuda combattena, & i
roʒʒi rami de gli alberi, & le pietre ſi
conuertiuano in armi.

Ne ancora era la ſottile & lieue haſta
di corgno armata di ferro, nell'aguto ſpō-
tone, ne la tagliēte ſpada cigneua lato alcuno, ne la comante creſta ornaua i luceti
ti elmi & quel che piu & meglio era à
coſtoro, era Cupido non eſſere ancora nato: per la qual coſa i caſti petti, poi da lui
pennuto per il mondo volante ſtimolati

cognoiſſoit ſeulement ſes riuages : ny les forts remparts & tranchees ; ny les profonds foſſez ny les haultes murailles, auec pluſieurs tours ceignoient l'enuiron & coſtez de leurs villes.

Et les cruelles armes n'eſtoient accommodees & miſes en vſage pour les cheualiers. Ils n'auoiét aucun edifice ou machine, qui rõpiſt les portes de fer, auec force.

Et ſi d'auanture il y auoit entre eux quelque petite guerre ; la main nuë cõbattoit, & les lourdes branches des arbres, & les pierres eſtoiét conuerties en armes.

Le delié & leger baſton de cormier n'eſtoit pasencore armé de fer par la pointe ; la taillante eſpee ne ceignoit aucun coſté ; la belle creſte n'ornoit les luiſans heaumes.

Et ce qui eſtoit meilleur pour eux, Cupidon n'eſtoit encore nay ; & pour cete cauſe, les chaſtes cœurs depuis eguillonnez par iceluy ailé & volant par le monde, pouuoient

poteuano viuere securi:.

Deh hora m'auesse Iddio donata à cotal mondo: la gente del quale di poco contenta, & di mente sola saluatica libidine conosceua.

Muta-
tioni
dell'e-
tà.

Che se di cotanti beni quanti essa posse-
deua non me ne fosse seguito l'altro, che
non hauer così affannoso Amore, ne cotanti sospiri sentito, come e quanti io sento: sarei io da dir più felice, che quel, che
io sono ne' presenti secoli, pieni di tãte delitie, di tanti ornamenti, & di cotante
feste.

Oime, che l'empio furor del guadagnare, la straboccheuole ira, & quelle menti:
lequali la molesta libidine di se accese;
ruppono i primi patti così santi & così
ageuoli à sostenere dati dalla natura alle
sue genti.

Venne la sete del signoreggiare, peccato
pieno di sangue, & il ramore diuentò
pred-

viure en asseurance.

Pleust à Dieu, qu'il m'eust donnee à vn tel monde, ou que ie fusse
nee de ce temps-là ; duquel le peuple se contentât de peu, & de cœur
craintif, cognoissoit seulement le
plaisir sauuage.

Que si de tant de biens, qu'il pos-
sedoit ne me fust ensuiuy autre
chose, que d'estre exempte d'vn a-
mour tant ennuyeux, & de tant de
sonspirs qui sortent de ma poitrine, on me pourroit dire plus heureuse, que ie ne suis en ce téps, plein
de tanede delices, de tant d'ornemens & de tant de festes.

Ah a!c'est grand pitié, que la mechante ardeur de gangner, l'ire
precipitee, & les cœurs lesquels la
facheuse luxure enflammee de soy,
rompent les premieres pactions &
loix tant sainctes & tant aisees à
supporter, donnees par la nature à
ses peuples.

Le desir de maistriser est venu,
peché & crime remply de sang; & le

predda del maggiore.

Venne Sardanapalo: il quale Venere (ancora che diſſoluta da Semiramis foſ-ſe fatta) primieramente ſe delicata : & appreſſo diede à Cerere , & à Bacco forme ancora dà loro non conoſciute.

Venne il battaglieuole Marte; il qua-le trouo nuoue arti e mille forme alla morte.

Et quinci le terre tutte ſi contamina-rono di ſangue, & il mare ſimilmente n'è diuenuto roſſo.

Alhora ſenza dubbio grauiſſimi pec-cati entrarono per tutte le caſe; et in brie-ue niuna graue ſceleratezza fu ſenza e-ſempio.

Il fratello dal fratello il padre dal fi-gliuolo & il figluolo dal padre furono ucciſi. Il marito giacque per il colpo della moglie.

L'empie madri hanno piu volte i loro medeſimi parti morti.

moindre est deuenu la proye du plus grand.

Sardanapale vint, lequel rendit premierement Venus delicate, encore qu'elle eust esté faicte dissoluë par Semiramis ; & apres donna à Ceres & à Bacche, formes incogneuës d'eux.

Le bataillant Mars est venu, lequel a trouué nouueaux moyens, & mille formes à la mort.

Et de là tous les pays se sont contaminez de sang, & la mer semblablement en est deuenue rouge.

A cete heure là, les grands crimes entrerent indubitablemét par toutes les maisons; & en brief il n'y eut aucune grande mechanceté, sans exemple.

Le frere fut occis du frere; le pére du fils, & le fils du pere. Le mary a esté gisant à l'enuers, par le coup de sa femme.

Les malheureuses meres, ont plusieurs fois occis leurs propres enfans.

La rigidezza delle matrigine ne' figliastri non dico, percioche è manifesta ciascū
giorno.

Amore
facitore
di tutti i
mali.

Le ricchezze adunque l'auaritia, la su-
perbia, l'inuidia, la lusuria, & ogni altro
vitio parimente seco recarono. Et oltre le
predette cose ancora entrò nel mōdo il dis-
ca, & il facitore di tutti i mali, & arte-
fice d'peccati, il dissoluto Amore per gli
cui assediamēti de gli animi infinite Città cadute & arse ne fumano; & senza
fine genti ne fanno sanguinose battaglie,
& fecero.

Et i sommersi regni ancora premono
molti popoli.

Oime tacciasi tutti gli altri suoi pessimi effetti: & quelli, i quali egli vsa in me
siano solo esēpio de' suoi mali della sua cru
deltà; laquale si agramēte mi stringe, che
à niuna altra cosa, che à lei posso volgere
la mente mia.

Ie ne parle point de la rigueur des maraſtres, enuers leurs filiaſtres, pource qu’elle ſe voit tous les iours.

Les richeſſes donc ont amené quant & elles, l’auarice, l’arrogance, l’enuie, la luxure, & tout autre vice. Et outre les ſuſdictes choſes eſt auſſi entré au monde, le chef, la cauſe de tous maux & l’ouurier des crimes, le diſſolu Amour, par lequel aſſiegeant les cœurs, il y a vne infinité de villes abatues & bruſlees, qui fument encores : & ſans fin, à cauſe de luy, les peuples ont faict & font de ſanglátes batailles.

Et les royaumes ſubmergez preſſent auſſi pluſieurs peuples.

Mon Dieu ! que l’on ne die mot de tous ſes autres treſmechans effects; & que ceux deſquels il vſe enuers moy, ſeruent ſeulement d’exemple de ſes maux, & de ſa cruauté, laquelle m’eſtraint ſi fort, que ie ne peux tourner mó eſprit à aucune autre choſe qu’elle.

Z iij

Queste cose così fra me ragionate, alcuna volta pensai, che le cose da me operate fossero appo Iddio graui molto; & le
pene à me noiose senza comparationẽ, ma
i molti maggiori mali già per altrui adoperati, me quasi innocente fanno appari-
re; & le pene di altrui sostenute (benche
io creda da niun così graui, come da me)
veggendomi non esser prima ne sola fanno, ch'io diuenga più forte à comportar le
mie;

Alle quali io souente preggo Iddio che
ò con morte, ò con la tornata di Panfilo,
ponga fine.

A così fatta vita, & à peggiore m'ha
la fortuna lasciata consolatione così picciola; come vdite. Ne intẽdiate cõsolatione

Ayant ainfi difcouru ces chofes en moy-mefme, i'ay penfé quelquefois que les chofes par moy faictes, fuffent enuers Dieu fort griefues, & les peines à moy facheufes & ennuyeufes, fans comparaifon : mais les maux ou mesfaicts beaucoup plus grands, iadis perpetrez & cõmis par autruy, me font quafi apparoir innocente ; & les peines endurees par autres (bien que ie ne penfe qu'aucun en ait fouffert de fi grandes que moy) me voyant n'eftre feule ny la premiere, me font deuenir plus conftante & vertueufe à fupporter courageufement les miennes.

Aufquelles ie prie Dieu biéfouuent, qu'il luy plaife mettre fin, ou par ma mort, ou par le retour de Pamphile.

A vne telle vie & pire encore, la fortune m'a laiffé, vne tant petite cõfolatió, que vous voyez. Et n'entendez cete confolatió qui me priue de douleur, commé elle a de

che me di dolore priui ſi come l'altre ſuole.

Eſſa ſolamente alcuna volta gli occhi
toglie da lagrimare ſenza piu preſtarmi
de' ſuoi beni.

Seguitando adunque le mie fatiche, dico : Che conciosia coſa che io per adietro
tra l'altre giouani della mia Città di bellezza ornatiſſima, quaſi niuna feſta ſoleua, che a'diuini Tempij ſi faceſſe, laſciare: ne alcuna bella ſenza me riputauano
i cittadini; lequali feſte veggendo, a quelle mi ſoleuano ſollecitare le ſerue mie, &
ancora eſſe l'antico ordine oſſeruando: ap-
parecchiati nobili veſtimenti alcuna volta mi diceuano.

O donna adornati; venuta è la ſollen-
nità di cotal Tempio, laquale te ſola aſ-
petta per compimento.

Oime, che egli mi torna a mente che in
alcuna volta à loro furioſa riuolta non
altrimenti, che l'adentato cingibale alla

couſtume,de faire dès autrés.

Elle retire ſeulement aucunefois,
les larmes des yeux,ſans me donner
dauantage de ſes faueurs & biens.

Pourſuiuant donc més trauaux,
ie dy,que veu que par le paſſé; eſtãt
de beauté treſornee entré les autres ieunes damoiſelles de ma ville,
ie ne ſoulois quaſi laiſſer aucune feſte,qui ſe fiſt aux ſacrez Temples,de
maniere que les citadins n'en repu-
toiēt aucune belle ſans moy; voyãt
leſquelles feſtes, mes ſeruãtes a-
uoient de couſtume de m'y ſollici-
ter,& meſmes icelles,obſeruant l'ã-
cien ordre,aians apreſté mes riches
& nobles veſtemens, me diſoient
aucunefois.

Madame,ornez vous;la ſolenni-
té d'vn tel temple eſt venue;laquel-
le n'attend que vous pour eſtre accomplie & parfaicte.

Ah!il me ſouuient, que me tournant aucunesfois furieuſemét vers
elles,ny plus ny moins que le dentu
Sanglier vers la trouppe des chiés,

turba de' cani, rispondeua turbata; & con
voce d'ogni dolcezza vota.

Via vilissima parte della mia casa: fate lontani da me questi ornamenti. Brieue
robba basta a coprire i sconsolati membri:
ne piu alcū Tempio: ne festa per voi a me
si ricordi, se la mia gratia v'è cara.

O quante volte gia (si come io vdi) fu-
reno que' Tempij da molti nobili visitati;
i quali piu per vedermi, che per deuotione
alcuna venuti, non veggendomi vi; tur-
bati si tornauano in dietro; nulla dicendo
senza me valer quella festa.

Ma come, che io cosi gli risiutassi; pure
alcuna volta, in compagnia delle mie nobili compagne me gli conuene costretta
vedere, con lequali io semplicemente, &
di feriali vestimenti vestita v'andai.

Et quiui non i solenni luoghi, (si come

ie respondois toute troublee, &
d'yne voix vuide de toute douceur.

Hors d'icy, tresvite partie de ma
maison: oftez moy ces ornemens &
parures. Vn simple accouftrement
fuffit, pour couurir mes membres
defolez; & ne me parlez plus d'aucun temple ny de fefte, fi vous aymez ma faueur.

O que de fois (ainfi que i'ay entendu) ces temples ont efté autresfois vifitez de plufieurs gentils-
hommes, lefquels y eftás allez pluftoft pour me voir, que pour aucune deuotion, & ne m'y voyans pas,
f'en retournoiét arriere, difans que
la fefte ne valloit rien fans moy.

Mais combien que ie les reiet-
taffe ainfi, fi eft-il, qu'aucunefois
force m'a efté de les voir, en la compagnie de mes nobles compagnes,
auec lefquelles, veftue fimplement
& de mes habits des feftes, i'y fuis
allee.

Et là, ie n'ay cherché les celebres
& folennelles places, comme i'ay
Z vj

gia feci) cercai ; ma rifiutando i gia vo-
luti honori, humile ne' piu baßi luoghi
tra le donne m'assettai.

Et quiui diuerse cose hora dall'una hora dall'altra ascoltando con doglia nascosa quanto io piu potei, passai quel tempo
che io vi dimorai. Oime quante volte gia
m'ho io vdito dire assai d'appresso. O qual
marauiglia è che questa donna, singolare
ornamento della nostra Città, così rimessa
com'ella è, sia diuenuta?

Qual diuino spirito l'ha spirata? Oue le
nobili robbe? Oue son gli altieri portamē-
ti? Oue le mirabili bellezze si sono fuggite? Alle quali parole (se lecito mi fosse
stato) haurei volontieri risposto. Tutte
queste cose con molte altre piu care, se ne
portò Panfilo dipartendosi.

faict autrefois , mais refufant les honneurs que ie pourchaffois au-trefois,ie me fuis humblemét affife, entre les dames,au plus bas & con-temptibles lieux.

Et là oyant diuerfes chofes, ores de l'vne,ores de l'autre, i'ay paffé le téps que i'y ay demouré , auec vne facherie la plus fecrette que i'ay peu.

Mon Dieu, que i'ay ouy dire de fois d'affez pres; O la grande mer-ueille que c'eft de voir que cete da-moifelle , l'ornement fingulier de noftre ville,foit deuenue tát remife qu'elle eft!

Quel diuin efprit l'a infpiree? où font les nobles accouftremens? où eft fon port haultain? où fe font re-tirees les merueilleufes beautez d'i-celle?

Aufquelles paroles (f'il m'euft efté licite)i'euffe volontiers refpondu: Pamphile f'en allát,a emporté quát & luy toutes ces chofes , & plu-fieurs autres befognes plus cheres.

Quiui ancora dalle donne intorniata,
& da diuerse dimande trafitta, à tutte
con infinta visa mi conuiene sodisfare.

L'una delle quali con cotali voci mi stimolo. O Fiammetta senza fine dite me
& l'altre donne fai mirauigliare, ignorando qual cagione sia stata si subita, per
laqualle pretiose robbe hai lasciate & i
cari ornamenti, & l'altre cose diceuoli
alla tua giouane età.

Tu ancora fanciulla in si fatto habito
andar non deueresti.

Non pensi tu, che lasciando hora per innanzi ripigliar no'l potrai? usa gli anni,
secondo la lor qualità.

Questo habito di tanta honestà da te
preso, non ti falla per innanzi.

Et estant aùsi entource en ce lieu des dames,& importunee de diuerses demandes,il me falloit satisfaire & respondre à toutes auec vn visage faint.

L'vne defquelles me stimula, par telles parolles:

O Fiammette, vous me faites infiniment esmerueiller & moy. & les autres dames aussi, ignorans quelle a esté l'occasió tant soudzine, pour laquelle vous auez laissé voz precieuses robes, riches parures.& ornemens,& les autres besongnes cóuenables à vostre ieune aage.

Quand bien vous seriez encore vne ieüne fille, vous ne deuriez aller auec cet accoustremét que vous portez.

Pensez vous pas que le laissant pour cete heure, il ne soit en vous de le reprendre à l'aduenir? passez vos ans,selon leur qualité.

Que cet habit tant honneste que vous auéz prins, ne vous faille par apres.

Et come tu vedi, qui ciascuna di noi piu
di te atempata, ornata con maestra mano, & d'artificiali drappi, & honoreuoli vestita: cosi tu similmente desireresti essere ornata.

A costei, & a piu altre aspettanti, le
mie parole rendei si con humil voce cotal
risposta.

Dóne ò per piacere à Iddio, o à gli huomini si viene, a questi tempij: Se per piacere a Iddio ci si viene; l'anima ornata di
virtù basta; ne forza da, se'l corpo di ci-
licio è vestito.

Se per piacere a gli huomini ci si viene;
conciosia cosa che la maggior parte da
falso parere adombrati per le cose esteriori
giudichino nelle dentro; confessa, che ornamenti vsati & da voi & da me per
adietro, si richieggano.

Ma io diciò non ho cura; anzi dolente
delle passate vanita, volenterosa d'auen-

Et comme vous voyez icy chacune de nous, plus aagee que vous
n'estes, paree d'vne industrieuse
main, & de belles estoffes & honorables, vous deuriez semblablemét
estre ornee.

Ie rendy telle responce à cete là,
& à plusieurs autres qui attendoiét
mes paroles.

Mes Dames, l'on vient en ces
temples, ou pour plaire à Dieu, ou
pour plaire aux hommes: l'ame ornee de vertu suffit, & est tout vn si
le corps est vestu d'vne haire.

Si l'on vient icy pour plaire aux
hommes, attendu que la plus grande partie, voilez de la fausse apparence, iugent par les choses exterieures, de celles de dedans; ie confesse, ie confesse que les riches habits & parures desquelles vous
estes ornees, & l'estois par le passé,
sont requises.

Mais ie ne me soucie point de
cela, ains desplaisante des vanitez
passees, desireuse de m'amender

dare nel conspetto d'Iddio, mi rendo quãto io posso dispetta à gli occhi vostri.

Et quinci le lagrime della intrinseca
verità cacciate per forza fuori mi bagna-
rono il mesto viso. Et con tacita voce cosi
meco medesima dissi:

O Iddio veditor de'nostri cuori, le non
vere parole dette da me non mi imputare
in peccato: che (si come tu vedesti) non
volontà d'ingannare, ma necessità di ri-
coprire le mie angoscie à quelle mi strinse:
anzi più tosto merito me ne rendi, considerando che'l maluagio essempio leuando
alle tue creature il dò buono:

Egli m'è grandissima pena il mentire,
& con faticoso animo la sostengo; ma più
non posso.

O quãte valte ò donne ho io per questa
iniquità pietose laudi riceuute, dicendo la
circonstanti donne me deuotissima gioua-

deuant Dieu, ie me rends, tant que
ie peux contemprible à voz yeux.

Et de là, les larmes mises par force
dehors par l'interieure verité, me
bagnerent le triste visage : & ie dis
ainsi tacitement en moy-mesme;

O Dieu ! qui vois noz cœurs, ne
m'imputes pas à peché, les paroles
non vrayes que i'ay dictes: car, cōme tu as veu, ie ne les ay pas profé-
rees pour tromper & deceuoir,
mais pour la necessité de couurir
mes ennuis: ains tu m'en dois plustost premier & recompenser, considerant qu'en retranchát à tes creatures le mauuais exemple, ie leur en
donne vn bon.

Ce m'est vne tresgrande peine de
mentir, & la soustiens auec grand
trauail d'esprit; mais ie ne peux faire
autrement.

O que de fois, mes dames, i'ay receu de pitoiables loüanges, pour
cete iniquité, en ce que les dames
qui estoient à l'entour de moy, disoiét, que de tresvaine & módaine,

ne di vaniβima riternata.

Certo io intefi piu volte di molte effere openeine, me di tanta amicitia effer congiunta con Domenedio, che niuna gratia à lui da me dimandate, negata farebbe.

Et piu volte ancora dalle fante perfone per fanta fui vifitata, nen conofcendo effe quel che l'animo nafcõdaua nel trifto vifo, & quãto i miei defideri foffere lontani alle mie parole.

O inganneuole mondo quanto poffono in te el'infiniti vifi piu, che i giufti animi, fe l'opere fono occulte.

Io piu peccatrice che altra, dolente per li miei dishonefti amori; perciothe quelli velo fotto honefte parole: fono reputata fanta, ma conofcelo Iddio, che fe fenza pericolo effer poteffe.

Io con vera voce di me fgannerei ogni ingannata perfona, ne celerei la cagione,

i'eſtois deuenue vne treſdeuote damoiſelle.

Certainement i'ay entendu pluſieurs fois que pluſieurs auoient o-
pinion , que i'eſtois conioincte à
Dieu d'vne amitié ſi grande, qu'il
ne me refuſeroit aucune grace que
ie luy peuſſe demander.

Dauantage, i'ay eſté pluſieurs fois
viſitee pour ſaincte , des ſainctes
perſonnes, ne cognoiſſans pas au
triſte viſage, ce que le cœur cachoit,
& comme mes deſirs eſtoient eſló-
gnez de mes paroles.

O Mōde trompeur ! que les viſages feints & ſimulez peuuét plus
en toy, que les iuſtes cœurs, quand
les œuures ſont cachees.

Ie ſuis reputee ſaincte , qui ſuis
plus pechereſſe qu'autre, deſplai-
ſante de mes deshonneſtes amours:
& ſuis eſtimee telle , pource que ie
les cache , ſouz honneſtes paroles:
mais Dieu cognoiſt quelle ie ſuis.

Ie dirois la verité, à toute perſonne, qui s'abuſe à l'entour de moy, &

che trista mi tiene;ma non si puote.

Come io hebbi à quella che prima ad-
dimandata m'haueua risposto;l'altra dal
mio lato veggendo le mie lagrime rasciu-
gate disse:

O Fiammetta doue è fuggita la vaga
bellezza del viso tuo? Doue l'acceso colore;Qual è la cagion della tua pallidezza?

Gli occhi tuoi simili a due matutine
stelle, hora intorniati di purpureo giro,
perche appena nella tua fronte si scerne-
no?

Gli aurei crini con maestreuole mano
ornati per adietro,hora perche chiusi appena si veggono senza alcuno ordine?

Dilloci,tu me fai senza fine marauigliare.

Da questa con poche parole scioglien-

ne celerois point l’occasion qui
me tient triste : mais cela ne se peut
faire.

Apres que ieu faict responce à
celle qui m’auoit la premiere, en-
quise, l’autre, à costé de moy, voyãt
mes larmes cessees, me dist.

O Fiammette où est fuye la gentile beauté de vostre visage? Où est
allee la couleur viue & enflammee?
quelle est l’occasion de vostre palleur & couleur blesme?

Pourquoy à peine peut-on discer
ner, en vostre visage, voz yeux qui
estoient semblables à deux estoillas
du matin, & sont maintenant en-
tourez d’vn cercle rouge, ou bor-
dez d’ecarlate?

Pourquoy à peine voit-on, sans
aucun ordre maintenãt encloz voz
cheueux d’or, qui souloient estre
par le passé, ornez & agencez, d’vne
industrieuse main?

Dites le nous, vous me faites infiniment emerueiller.

Me despettant de cete-cy, en peu

domi,dißi.

La bel-
lezza
eßer co
la fragi-
le e ca-
duca.

Manifesta cosa è l'humana bellezza
eßer fiore caduco, & da un giorno ad un'
altro venir meno; la quale se di da fidan-
za ad alcuna, miseramente al lungo andare se ne troua proſtrata.

Quegli che la mi diede; con sordo paſſo
sottomettendomi le cagione da cacciarla
se l'ha ritolta, poßibile a renderlami, quãdo gli pur piaceſſe.

Et questo detto non potendo le lagrime
ritenere, chiusa sotto il mio mantello co-
piosamente le ſparſi: Et meco con cotali
parole mi dolſi.

O bellezza dubbioso bene de'mortali,
dono di picciolo tempo: laquale piu toſto
vieni & partiti, che non fanno ne'dolci
tempi della Primauera i piaceuoli prati
riſplendenti di molti fiori & gli eccelſi
alberi carichi di varie frõdi; i quali ſi come ornati dalla virtù d'Ariete dal caldo

vapor

de paroles, ie dis ainſi:

C'eſt vne choſe manifeſte que l'humaine beauté eſt vne fleur caduque, qui diminue de iour à autre:& ſi aucune y a fiance, elle ſ'en trouue à la longue, miſerablement fruſtree.

Ce qui me l'a donnee, me ſoumettant les occaſions de la chaſſer, me la oſtee, & me la peut rendre quand il luy plairoit.

Et ayant dict cela, ne pouuant retenir les larmes, enfermee ſouz mó manteau, ie les eſpandy en abondance; & ie me vins à plaindre par telles parolles, en moy-meſme.

O beauté, douteux bien des mortels, don de petite duree, qui viens & t'en vas pluſtoſt, que ne ſont en la douce ſaiſon du Printemps, les agreables prés, ornez & emaillez de pluſieurs & diuerſes couleurs, & les hauts arbres, chargez de diuerſes fueilles; & comme ils ſont ornez par la vertu du Mouton, ils ſont auſſi gaſtez, & perdent leur luſtre

vapor della state sono guasti, & tolti
via.

Et se pur forse alcun ne resparmia il
caldo tempo, niuno dall'autunno è risparmiato.

Così ò tu bellezza le piu volte nel mezo de'migliori anni da molti accidenti
offesa perisci; alquale, se forse pur ti perdona la giouanezze; la matura età a forza
resistente ne porta.

¶ O bellezza tu se cosa fugace; non altrimenti che l'onde non mai tornanti alle
loro fonti; & in te fragil bene niuno auiso si dee confidare.

Oime quanto già t'amai, & quanto a
me misera fosti cara, & con sollecitudine
riguardata; hora & meritamente ti maladico.

Tu prima cagion de'miei danni, tu
prenditrice prima nell'animo del caro

& ornement par la chaulde vapeur de l'eté.

Et si d'auáture la chaleur de l'eté en espargne quelqu'vn, nul n'est espargné par l'automne.

Ainsi, quant à toy, ô beauté, estant offensee par plusieurs accidents, au milieu des meilleures annees, tu peris ; & si d'auanture la iennesse te maintient, l'aage meur, malgré toy, & nonobstant la resistence que tu sçaurois faire, t'emporte.

O beauté ! tu és vne chose fugitiue, ny plus ny moins que les ondes, qui ne retonrnét iamais à leurs sources ; & nulle personne aduisee se doit fier en toy , qui és vn bien fragile.

Ah a! que ie t'ay autre fois aymee, & que tu m'as esté chere : que ie t'ay songneusement respectee ; & maintenant , ie te maudis à bon droict.

Tu és la premiere cause de mes pertes; tu n'as pas eu la force, ayant faict, la premiere, prinse au cœur de

amante lui non hai hauuto forza di ritenere, ne patito di riuocarlo.

Se tu non fosti stata: io non sarei piaciuto à gli occhi vaghi di Panfilo; & non
essendo piaciuta, egli non si sarebbe inge-
gnato di piacere à miei: & non essendo
egli piaciuto, si come piacque; hora non
haurei queste pene.

Dunque tu sola ragione & origine se
d'ogni mio male.

O beate quelle; che senza te i rimpro-
ueri della rusticheZZa sostengono, esse caste le sante leggi serbano, & senza stima-
li passano viuere con l'anime libere dal
crudel tiranno Amore.

Ma tu à noi cagion di continuo infe-
stamento riceuere da chi ci vede, à forZa
ti conduci a romper quel, che piu caramē-
te si dee guardare.

O felice spurina, & degno d'eterna fama: il quale (i tuoi affetti conoscendo) nel

mon cher amant, de le retenir, ny
permis de le reuoquer.

Sans toy, ie n'eusse pas esté agreable aux beaux yeux de Paphile: &
n'estát agreable, il ne se fust pas esforcé de plaire à mes yeux; & ne
l'ayát trouué à mon gré, comme ie
l'ay trouué & m'a pleu, ie n'aurois
maintenant ces peines.

Tu és donques, seule la cause &
l'origine de tout mon mal.

O heureuses celles, qui soustiennent, sans toy, les reproches de la
rusticité; elles gardent chastes, les
sainctes loix, & peuuent viure, sans
eguillons, libres du cruel tyran, A-
mour.

Mais toy qui es occasion de nous
faire continuellement receuoir ennuy & peine de qui nous voit, tu
nous conduis par force & nous incites de rópre ce qui se doit le plus
cherement garder.

O heureux Spurina, & digne d'eternelle renómee! lequel (cognoissant tes affections) te chassa de soy,

fior della sua giouentù da se con acerba
mano ti discacciò, eleggendo piu tosto di
voler da' sauij per virtuosa opera essere
amato, che dalle lasciue giouani per la sua
concupiscibile bellezza.

Oime se così hauesse fatto io, tutti questi
dolori, tutti questi pensieri, & queste lagrime sarebbono lontane; & la vita per
adietro corrotta, ancor ne' termini primi
laudeuoli si sarebbe.

Quinci mi ripigliauano le donne: &
biasimauano le mie souerchie lagrime, dicendo:

Non si
dee al-
cuno di
sperare
della mi
sericor-
dia di
Dio.

O Fiammetta, che miseriä è questä? Di-
speriti tu della misericordia di Dio? nõ credi tu lui pietoso à perdonar le piu picciole
offese senza tante lagrime?

Questo che fai, è piu tosto cercar morte,
che perdono.

Leua su, asciuga il viso tuo, & attendi
al sacrificio porto al sommo Gioue da' nostri sacerdoti.

en la fleur de sa ieunesse, d'vne main
rigoureuse, aymant mieux estre aymé des sages, pour ses œuures vertueuses, que des lascives & luxu-
rieuses femmes par sa desiree & có-
cupiscible beauté.

Ah a! si i'eusse faict ainsi, toutes
ces douleurs, toutes ces pensees &
ces larmes, seroient loin de moy; &
la vie par le passé corrompue, se
trouueroit encores en ses premiers
loüables termes.

Pourtant, les dames me repre-
noient, & blasmoient mes abon-
dantes larmes, disant.

O Fiammette, quelle misere est
cete-cy? vous défiez vous de la misericorde de Dieu? pensez vous pas
qu'il soit pitoiable, pour pardonner les plus petites offenses, sans tát
de larmes?

Ce que vous faites, est plustost
chercher la mort que pardon.

Leuez vous; essuyez vostre visage,
& entendez au sacrifice fait au souuerain Iupiter, par noz prestres.

A queste voci io, le lagrime ristringen-
do, alzai la testa; laquale gia in giro non
volsi (si come io soleua) fermamente sapendo, che quiui nõ era il mio Panfilo per
mirarlo, ne per veder se d'altrui, o da lui
era mirata, o quello che di me pareua a
gli occhi de'circonstanti: anzi attenta a
colui, che per la salute di tutti diede se me
desimo, porsi pietosi prieghi per lo mio Pãfilo, & per la sua tornata; con cota'i paró-
le tentandolo.

O grandißimo Retter del sommo cielo,
& generale arbitro di tutto il mondo, poni hoggi mai alle mie graui fatiche modo
& fine a'miei affanni.

Vedi niun giorno a me esser sicuro continuamente il fine dell'vn male è a me
principio dell'altro.

Ma che gia mi dißi felice non conoscẽdo
le mie miserie, in prima ne'uani affanni

A ces paroles, reſtraignant les larmes, ie leuay la teſte , laquelle ie ne
tournay pas en rond , comme ie
ſoulois faire, ſachant fermement,
que mon Pamphile n'eſtoit pas là,
à fin de le regarder, ny pour voir, ſi
i'eſtois aduiſee d'autruy ou de luy,
ou pour voir ce qu'il ſembloit de
moy, aux yeux des aſſiſtans: ains en-
tentiue à celuy, lequel a donné ſoi-
meſme pour le ſalut de tous, ie fis
humbles prieres pour mon Pamphile & pour ſon retour, le prouo-
quant par telles paroles.

O treſgrand gouuerneur du haut
ciel , & general arbitre de tout le
monde, moderez deſormais mes
griefs trauaux, & mettez fin à mes
ennuis.

Voyez qu'il n'y a aucun iour qui
me ſoit aſſeuré, la fin d'vn mal m'eſt
continuellement, le commencemét
d'vn autre.

Et m'eſtant autrefois reputee heu-
reuſe, ne cognoiſſant pas mes miſeres, vous offenſant ſur tout, és vains

Aa v

d'ornar la mia giouanezza piu che'l debito ornata dalla natura, te non sapeuole
offendendo, per penitenza all'indissolubi-
le Amore, che hora mi stimola, sottopo-
nesti: & poi la mente non vsa a cosi gran
affanni riempiesti per quello di nuoue cure.

Et vltimamente colui: cui io piu, che me
amo, da me diuidesti; onde infiniti pericoli sonō cresciuti, l'uno dopo l'altro, alla
mia vita.

Deh se i miseri sono da te vditi alcuna
volta: porgi le tue pietose orecchie a'miei
prieghi, & senza guardare a'molti falli
da me contro te commessi: i pochi beni(se
mai ne feci piu alcuno) benigno conside-
ra: & in merito di quelli le mie orationi,
& preghiere esaudisci.

Lequali cose sono à te assai leggiere, &
à me grandissimo contento daranne.

ennuys d'orner ma ieunesse, plus
ornee par la nature qu'il ne faut,
vous m'auez, par penitence, soumi-
se à l'indissoluble Amour, lequel
m'eguillonne maintenant; & puis,
vous auez remply, au moyen d'iceluy, mon cœur, de nouueaux soucis,
qui n'estoit accoustumé à si grands
ennuis.

Et finalement, vous auez separé
de moy, celuy, que i'aymé plus que
moy-mesme: à raison dequoy, infiniz dangers sont creuz & aduenuz
à ma pauure vie l'vn apres l'autre.

Ah si vous exaucez aucunefois
les miserables, prestez voz pitoiables aureilles à mes prieres, & sans
regarder à plusieurs offenses que
i'ay commises contre vous, considerez auec benignité le peu de biés
(si iamais i'en ay fait aucun) & pour
le merite d'iceux, exaucez mes prieres & oraisons.

Lesquelles choses vous sont assez
legeres & faciles, & me donneront
vn tresgrand contentement.

Aa vj

Io non cerco, ne ti chieggio altro, se non
che à me sia renduto il mio Panfilo.

Oime quãto, & come conosco bene questa preghiera nel conspetto di te giustißi-
mo giudice essere ingiusta.

Ma della tua giustitia medesima si dee
mouere il meno male piu tostouolere, che'l
maggiore.

A te à cui niente s'occulta, manifesto
è à me per niuna maniera potere vscire
della mente il gratioso amante, ne i preteriti accidẽti, del quale, et de'quali la memoria à si fatto partito mi reca con graui
dolori, che gia per fuggirli mille modi di
morte ho dimandati; i quali tutti vn poco di speranza, che di te m'è rimasa m'ha
leuata di mano.

Dunque se minor male e il mio amante
tenere: si come io gia tenni, che insieme
col corpo vccidero anima trista (i comé io
credo) torni, & rendamisi.

Ie ne cherche & ne vous demáde autre chofe, ſinon que vous me rendiez mon Pamphile.

Mon Dieu, que ie cognoy bien que cete priere eſt iniuſte deuant vous qui eſtes treſiuſte iuge.

Mais, par ta iuſtice meſme, on doit eſtre eſmeu, de pluſtoſt vouloir le moindre mal , que le plus grand.

Il vous eſt manifeſte, veu que rié ne vous eſt caché, qu'il n'eſt aucunement poſſible que i'oublie mon gracieux amant , ny les accidents paſſez , duquel & deſquels la memoire me reduiɛt à tel poinɛt , & tát griefues douleurs , que pour les fuir, i'ay deſia demádé mille moyés de mort; tous leſquels vn peu d'eſperance qui m'eſt reſtee de vous, m'a oſtez de la main.

Si donc c'eſt vn moindre mal de tenir mon amant, cōme ie l'ay tenu autrefois, quede tuer la pauure ame auec le corps(comme ie croy) qu'il retourne & me ſoit rendu.

Sciāti piu cari i peccatori viui & pof-
fi alli à conoscerti, che morti senza sperā-
za di redentione.

I miseri
deside-
rano la
morte.

Et vogli innanzi perder parte, che tutto, delle creature da te create.

Et se questo è graue ad essermi conceduto: concedamisi quella, che d'ogni male
è vltimo fine prima, che io costretta da
maggior doglia, da me stessa con determi-
nato cōsiglio la prenda.

Vengano le mie voci nel tuo cospetto;
lequali se te toccar non possono, o qualunque altri dij tenenti le celestiali ragioni,
s'alcun di noi iui si truoua, il quale mai
quà giù viuendo quell'amorosa fiamma
prouasse, laquale io pro vo, riceuete le; &
per me le porgete à colui, il quale da me
non le prende: si che impetrandomi gratia in prima quà giù lietamente, & poi

Cherchez pluſtoſt les pecheurs viuans, & qui vous peuuent cognoiſtre, que les morts ſans eſperáce de redemption.

Et vueillez pluſtoſt perdre vne partie de voz creatures que le tout.

Et ſi cela vous eſt facheux à me octroyer, q́ celle qui eſt la derniere fin de tout mal, me ſoit octroiee, deuant que cótrainte & forcee par vne plus grande douleur, ie la préne par vne certaine deliberation & cóſeil determiné.

Que ma voix ſe preſente deuant vous; & ſi elle ne vous peut toucher, ou quelques-vns des autres Dieux là tenans les celeſtes regiós, ſi aucun de vous ſe trouue, lequel viuant icy bas, ait iamais eſprouué l'amoureuſe flamme que ie ſens, receuez mes prieres, & les preſentez au lieu de moy à celuy, lequel né les prend de moy: de maniere que m'impetrant grace, ie puiſſe viure icy bas ioyeuſement, en premier lieu, & puis auec vous, là hault, à la

nella fine de' miei giorni costà sù con voi io
possa vivere; & innanzi iratto a' peccatori dimostrare, convenevole l'un peccatore all'altro perdonare; & dare aiuto.

Queste parole dette, odorosi incensi, &
degne offerte per fargli habili a' miei prieghi, & alla salute di Panfilo, posi sopra li
loro altari.

Et finite le cerimonie, con l'altre donne
partendomi ritornai alle triste case.

fin de mes iours; & demonstrer au-
parauant aux pecheurs, estre conuenable qu'vn pecheur pardonne &
subuienne à l'autre.

Ayant dict ces parolles, ie mis sur
leurs autels, parfuns & encens de
bonne odeur, & dignes offrandes,
pour les rédre propices à mes prieres & au salut de Pamphile.

Et ayant acheué les ceremonies,
me departant auec les autres femmes, ie retournay en mon triste
logis.

LA FIAMMETTA
DI M. GIOVANNI
BOCCACCIO.

LIBRO QVINTO.

VAL voi hauete potuto cõprendere pietosißime Donne per le cose dauanti dette, è stata nelle battaglie d'Amore la vita mia & ancora assai peggiore.

Laqual certo, rißetto della futura sorte, non ingiustamente si potrebbe dir diletteuole, ben pensando.

Io ancor paurosa ricordandomi di quello: a che egli vltimamente mi condusse, & quasi ancora tiene; per piu prendere indugio di peruenirui: si perche del mio

LE CINQVIESME
LIVRE DE LA
Fiammette de Iean Bocace.

VOVS auez peu comprendre, tresgracieuses dames, par les choses susdictes, quelle a esté ma vie, & beaucoup pire encore, aux batailles d'Amour.

Laquelle certainement au regard de ce qui doit aduenir, non sans cause, se pourroit dire delectable, si l'on y pensoit bien.

Me resouuenát encore peuteuse, de ce à quoy, il m'a finalement reduit, & où il me tiēt presque encore, pour prendre plus de temps & loisir d'y paruenir, tant pource que i'auois honte de ma fureur,

furor mi vergognaua; & si perche scri-
uendolo, in esso mi pareua rientrare, con
lenta mano, le cose men graui, distenden-
domi molto v'ho scritto.

Ma hora piu non potendo quello fuggire, tirandomi l'ordine del mio ragionare,
paurosa vi peruerrò.

Ma tu o santissima pietà habitante ne'
delicati petti delle morbide giouani, reggi
i tuoi freni in quelli con piu forte mano,
che infino à qui non hai fatto : accioche
trascorrendo, & di te piu parte, che'l cō-
ueneuole dando non forse di quel, che io
cerco, ti conuertissi in contrario, & di
grembo togliessi alle leggenti donne le lagrime mie.

Egli era gia vn'altra volta il sole tornato nella parte del cielo, che si cosse alhora, che mal le sue carra, guidò il proson-
tuoso figliuolo, poi che Panfilo fu da me
partito.

que pource qu'en l'escriuant, il m'e-
stoit aduis que i'y r'entrois, ie vous
ay escrit d'vne main lente, en m'e-
stendãt beaucoup, les choses moins
graues.

Mais maintenant ne pouuãt plus
fuir cela, pource que l'ordre de mõ
discours m'y tire, i'y viendray toute
en crainte.

Mais toy, ô tressaincte pitié, qui
habites aux delicates poitrines des
belles & fresches ieunes dames, cõ-
duy ton frein en icelles, d'vne plus
forte main, que tu n'as pas faict iusques à present; de peur que courant
par dessus, & donnant de toy plus
de part qu'il n'est conuenable, ie ne
te conuertisse d'auanture, de ce que
ie cherche, au contraire, & ostasse
mes larmes du sein des dames li-
santes.

Le Soleil estoit desia tourné vne
fois, en la part du ciel, qui se brusla
lors que le presomptueux filsguida
mal son char, depuis que Pamphile
estoit departy de moy.

Et io misera per lunga vsanza haueua
apparato à sostenere i dolori, & piu tem-
peratamente mi doleua, che l'vsato, ne credeua, che piu si potesse durare di male, che
quel, che io duraua: quando la fortuna nõ
contenta de'danni miei, mi volle mostrare, ch'ancora piu amari veleni haueua,
che darmi.

La for-
tuna,
quando
comin-
cia a di-
mostrar
si con-
traria,
va accrē
scendo
il male

Auenne adunque; che di paesi di Panfilo, alle mie case tornò vn mio carißimo
seruidore, il quale da tutti, & maßima-
mente da me fu gratiosamente riceuuto.

Questi narrando i casi suoi, & le vedute cose, mescolando le prospere con l'ad-
uerse, perauentura gli venne Panfilo ricordato.

Delquale molto lodandosi ricordando
l'honore da lui riceuuto, me nell'ascoltare
faceua contenta.

Et quant à moy, miserable, i'a-
uois apprins par long vsage à souffrir les douleurs & ennuis, & me
fachois auec plus de moderation
que de coustume, & ne pensois que
l'on peust auoir & endurer plus de
mal que i'endurois, quand la Fortune non contente de mes maux,
me voulut monstrer, qu'elle auoit
des venins plus amers, que ceux
qu'elle auoit pratiquez en mon
endroit.

Il aduint donc, que du pays de
Pamphile, retourna en ma maison,
vn mien tresaymé seruiteur, lequel
fut gracieusement receu de tous, &
principallement de moy.

Cetuy-cy narrant ses auentures,
& les choses qu'il auoit veuës, mes-
lant les bonnes & prosperes, auec
les contraires, se vint parauanture à
souuenir de Pamphile.

Duquel se loüant beaucoup, &
recitant l'honneur qu'il auoit receu
de luy, i'estois bien aise de l'ouyr
ainsi parler d'iceluy.

'Et appena potè la ragione la volontà
raffrenar di correre ad labbraciarlo ; &
del mio Panfilo dimandar con quella affettione che io sentiua. Ma pur retinendo-
mi, & quello essendo dello stato di lui dimandato da molti.

Et hauendo, bene esser di lui, a tutti risposto ; io sola il dimandai con viso lieto
quel, che egli faceua ; & se'l suo intendimento era di ritornare.

Allaquale dimanda egli così rispose.

Madonna & a che far tornerebbe quà
Panfilo ? Niuna piu bella donna è nella
terra sua (laquale oltre ad ogni altra è di
bellissime maniere copiosa) che quella; laquale lui ama sopra tutte le cose; per quello, che io da alcuni intendessi, & egli (secondo che io credo) ama lei: altrimenti io
il reputerei folle, doue per adietro sauissi-
ma l'ho tenuto.

A queste parole mi si mutò il cuore, nõ
altri-

Et à peine la raison peut refrener la volonté de courir l'embrasser, & demander nouuelles de mon Pamphile, de l'affection que ie sentois en moy. Ce neantmoins m'en gardant, plusieurs luy demanderent, comme il se portoit.

Et ayant respondu à tous, qu'il estoit en bonne disposition, ie fu seule qui luy demanday d'vn visage ioyeux ce qu'il faisoit, & s'il auoit intention de retourner : à quoy il me respondit ainsi.

Madame, he à quoy faire Pamphile retourneroit icy ? Il n'y a point en sa ville vne plus belle femme que celle qui l'ayme sur toutes choses, à ce que i'ay peu entendre d'aucuns, laquelle est en outre & sur tout autre remplie de bonne grace & contenance: & comme ie croy il l'ayme; autrement ie le reputerois bien fol, au lieu que par le passé, ie l'ay estimé tressage.

A ces paroles le cœur me changea & fus troublee, ny plus ny

altrimenti, che ad Enone sopra gli alti monti d'Ida aspettante, vaggendo la Greca donna col suo amante venir nella naue Troiana.

Et appena ciò nel viso nasconder potei: auēga, che io pur la facessi. Et con falso riso dissi.

Certo tu di il vero. In questo paese male à lui gratioso, non gli potemmo conceder per amanza vna donna alla sua virtù debita.

Però se colà l'ha trouata sauia mente fa, se con lei si dimora.

Ma dimmi con che animo sostiene con la sua nouella sposa? Egli alhora rispose.

Niuna sposa è a lui & quella: laquale non ha lungo tempo ne fu detto, che venne nella sua casa, non a lui, ma al padre e vero, che venne.

La gelo
sia e il
peggio
re di tut
ti i ma-
li.

Mentre che egli queste parole da me ascoltato dicea: io à vna angoscia vscita,

moins qu'Enon attendant sur les
hauts monts d'Ida, voyant la femme Greque, entrer auec son amant
dedans le nauire Troyen.

Et à peine peu-ie cacher cela au
visage, bien que ie le feisse : & ie dy
auec vn beau semblant & faux ris.

Certainement tu dis la verité;
nous ne luy auons peu bailler en ce
pays, qui luy est mal plaisant, pour
amante, vne femme, selon sa vertu,
& qui le meritast.

Parquoy, s'il l'a trouuee de là, il
fait sagement, de demourer auec
elle.

Mais dy moy, comment se gouuerne il auec sa nouuelle espouse? Il
me respondit à cete heure là en cete
maniere.

Il n'a aucune espouse; & celle la_
qu'elle n'y a pas long temps que
l'on disoit estre allee en sa maison,
y fut bien, non pour luy, mais pour
son pere.

Tandis qu'il disoit ces paroles, &
que ie l'oyois, estant sortie d'vne

& entrata in vn'altra molto maggiore,
da ira subita stimolata, & da dolore, cosi
il tristo cuore si cominciò a dibattere, come le preste ali di Progne, qual'hora ella
vola piu forte battono i bianchi liti; &
i paurosi spiriti, nõ altrimenti mi cominciarono per ogni parte à tremare, che faccia il mare da sottil vēto disteso nella sua
superficie minutamente, e i piegheuoli
giunchi lietamēte mossi dall'aura, & cominciai à sentir le forze fuggirsi via.

Perche quindi toltami, si come piu acconciamente potei, nella mia camera mi
raccolsi; accioche di ciò niuno s'accorgesse.

Partita adunque dalla presenza d'ogni
huomo, non prima sola in quella peruenni, che per gli occhi non altrimenti, che
vena pregna scarghi le humide valli, a-

angoiſſe , & entree en vne autre
beaucoup plus grande , ſtimulee
d'vne ſoudaine ire & de douleur, le
triſte cœur commencer à debatre,
comme les ſoudaines ailes de Pro-
gné, routes les fois qu'elle vole ,
battent plus fort les blancs riuages; & les eſprits peureux me commencerent par tout à trembler, ny
plus ny moins que faict la mer, ſou-
flee en ſa ſuperficie , d'vn ſubtil vér,
ou que les ploiables ioncs , gaie-
ment meuz & agitez d'vn doux
vent; & commençay à ſentir mes
forces fuir de moy, & m'abandonner à l'heure.

Parquoy m'eſtant retiree de là, le
plus gentiment qu'il me fut poſſible, ie m'en allay en ma chambre, à
fin que perſonne ne ſ'apperceuſt
de cela.

Eſtant donc partie de la preſence
de tout homme; ie ne fus pluſtoſt
paruenue ſeule en icelle, que par
les yeux, ny plus ny moins que la
veine & ſource ſ'eſpand par les

mare lagrime cominciai a verfare, et appena le voci ritenni de gli altri guai.

Et fopra il mifero letto de'noftri amori
teftimonio, volendo dire ò Panfilo, perche
m'hai tradita? mi gittai ò piu tofto caddi
fupina.

Et nel meZZo della loro via furono rotte le mie paròle; fi fubito alla lingua, &
à gli altri membri furono le forZe tolte:
& quafi morta, anZi morta da alcuna
creduta quiui per lunghiſſimo fpatio fui
guardata.

Ne valfe à farmi tornar la vita errante ne'fuoi luoghi, di Fifico alcuno argomento.

Ma poi, che la trifta anima; laquale
piangendo piu volte i miferi fpiriti haueua per partirfi abbracciati: & pur fi ri-
fermò nell'angofciofo corpo & le fue for-

humides vallees, ie commençay à
espandre ameres larmes; & à peine
peu-ie retenir la voix de mes autres
plaintes & regrets.

Et voulant dire, ô Pamphile,
pourquoy m'as tu trahie, ie me iet-
tay, ou pluſtoſt ie tombay à l'enuers ſur le pauure lict, teſmoin de
noz amours.

Et au milieu de leur voye, me furent interrompues les paroles, tant,
les forces furent ſoudain oſtees &
retranchees à ta langue & aux autres membres : & ie fus là gardee
fort long temps, quaſi morte, voire
meſme eſtimee morte de quelqu'vne.

Et ne ſeruit aucun argument &
raiſon de Medecin, pour me faire
retourner la vie errante en ſon lieu.

Mais depuis que la triſte ame, laquelle en pleurant, auoit pluſieurs
fois embraſſé les pauures eſprits,
pour departir, ſe fut neantmoins
arreſtee au corps ſoucié & plein
d'ãgoiſſe, & eut reuoqué ſes forces

le hebbe riuocate di fuori sparse, à gli occhi miei tornò il perduto lume.

Et alzando la testa sopra me vidi piu
donne; lequali con pietoso seruigio piangendo, con pretiosi licori m'haueuano tutta bagnata.

Et piu altri stormenti vidiatti à cose
varie a me vicini.

Onde io & de' pianti delle donne, &
delle cose hebbi non picciola marauiglia:

E poi, che il poter parlare mi fu concé-
duto: qual fosse la cagione di quelle cose esser quiui addimandai.

Ma alla mia dimanda rispose vna di
loro; & disse perciò qui queste cose sono
venute, per fare in te la smarrita anima
ritornare.

All'hora dopo vn lungo sospiro con
fatica dissi.

Oime con quãta pietà crudelissimo officio operauate voi contrario alla mia vo-

eſpandues dehors , la lumiere perdue retourna à mes yeux.

Et leuant la teſte , ie veis ſur moy
pluſieurs femmes, leſquelles pleu-
rás par vn pitoiable ſeruice & plaiſir, m'auoient toute bagnee de pre-
cieuſes liqueurs.

Et ie vey pres de moy pluſieurs
autres inſtrumens propres à diuerſes choſes.

A cete cauſe, ie fus fort eſmerueil-
lee & des pleurs des femmes, & des
choſes que ie vey là.

Et apres que ie peu parler, ie demanday pourquoy ces beſongnes
eſtoient là.

- Mais l'vne d'icelles reſpondit à
ma demande, & diſt; l'on a apporté
icy ces choſes là que vous voyez,
pour vous faire retourner l'ame
perdue & egaree.

A cete heure là , apres vn long
ſouſpir, ie dis auec peine.

- Mon Dieu, auec quelle pitié &
compaſſion; vous faiſiez vn trescruel office, côtraire à ma volonté!

lontà: credēdomi seruire, diseruita m'hauete, & l'anima dispoſta a laſciare il piu
miſer corpo, che viua (ſi com'io veggo)
meco a forza ritenuta hauete.

Oime che egli è aſſai, che niuna coſa da
me ne da altri cō pari affettione fu diſiata à quella che voi m'hauette negato.

I miſeri
cerca-
no d'eſ-
ſer ſoli
per iſ-
forgar
il duolo
in lamē-
ti.

Io gia diſciolta da queſte tribulationi,
vicina era al diſio, voi me n'hauette tolta.

Varij conforti dalle donne dati ſegui-
rono queſte parole; ma di quelle le operationi furono váne: Io mi infinſi riconfor-
tata; & nuoue cagioni diedi al miſero accidente, acciò che partendoſi quelle luago
mi rimaneſſe à dolermi.

Ma poi, che di loro alcuna ſi fu partita,
& all'altre fu dato commiato, eſſendo io
quaſi lieta nell'aſpetto tornata, ſola con la

me penſans faire plaiſir, vous m'a-
uez faict deſplaiſir, & aiez retenu
par force, auec moy, l'ame diſpoſee
à laiſſer & abandonner le plus miſerable corps, qui ſoit viuant, côme
ie voy.

Ah a! ie n'ay iamais deſiré, ny autre auſſi, aucune choſe de pareille
affection, à celle que vous m'auez
refuſee.

Eſtant deſia deſpeſtree & exempte de ces tribulations, i'eſtois proche de mon deſir : vous m'en auez
fruſtree,

Apres ces paroles, les dames me
donnerent diuerſes couſolations ;
mais les effects d'icelles furét vains.
Ie feis ſemblant d'eſtre reconfor-
tee, & donnay nouuelles occaſions
au miſerable accident, à fin qu'icelles venans à departir, i'euſſe lieu &
moyen de me lamenter.

Mais apres qu'aucune d'icelles
ſ'en fut allee, & que l'on eut donné
congé aux autres, eſtant quaſi retournee gaye & ioyeuſe, en face, ie

mia antica balia, & con la consapeuole
serua de' danni miei, quiui rimasi.

Delle quali ciascuna alla mia vera infermità porgeua conforteuoli vnguenti
da douerla guarire, se ella non fosse stata
mortale.

Ma io l'animo hauendo solamente al-
-le parole vdite, subitamente nemica diuenuta d'una di voi o donne, non so di
quale, & grauissime cose cominciai a pēsare, & il dolore, che tutto dentro stare
non poteua: con rabiosa voce in cotal guisa fuori del tristo petto sospinsi.

O iniquo giouane. O di pietà nemico. O
piu che altro pessimo Panfilo; il quale hora me misera hauendo dimenticata, con
vna donna dimori.

Maladetto sia il giorno che io da prima ti vidi, & l'hora, & il punto, nel

demouray là feule , auec mon ancienne nourrice, & auec la feruante qui cognoiſſoit ma fortune &
mon mal.

Deſquelles chacun me preſentoit
des onguens & medicamens propres à ma maladie, pour la guarir, ſi
elle n'euſt eſté mortelle.

Mais ayant ſeulement l'eſprit aux
paroles que i'auois ouyes , eſtant
incontinent deuenue enﬀemie de
vne de vous, mes dames , ie ne ſçay
pas de laquelle , ie commençay à
penſer de treſgrandes choſes , &
d'vne voix furieuſe & enragee, ie
meis hors de mon triſte cœur, en
cete maniere, la douleur, laquelle
ne pouuoit pas du tout tenir au dedans.

O inique ieune homme! ô ﬀnne-
my de pitié! ô Pamphile plus mechant qu'autre! qui m'ayant maintenant oubliée, chetiue que ie ſuis,
demoures auec vne femme.

Maudict ſoit le iour que ie te
veis premierement; & l'heure & le

quale tu mi piacesti;

Maladetta sia quella Dea, che apparitami, me fortemente resistente ad amarte riuolse con le sue parole dal giusto intēdimento.

Certo io non credo che essa fosse Venere, ma piu tosto in forma di lei alcuna infernal furia; me non altrimenti riempiente d'insannia, che facesse il misero Atamante.

O crudelißimo giouane da me tra molti nobili, belli, & valorosi solo eletto peßimamente per il migliore, oue sono hora i prieghi, i quali tu piu volte à me per iscāpo della tua vita piangendo porgesti, affermando quella, & la tua morte star nelle mie mani?

Oue sono hora i pietosi occhi; co' quali a tua posta misero lagrimaui? Oue è hora l'Amore a me mostrato? Oue le dolci parole? Oue i graui affanni à miei serui-

poinct, auquel tu me pleus.

Maudicte soit la Deesse, laquelle s'estant apparue à moy, quoy que i'y resistasse fort, à t'aymer, par ses paroles, me detourna du bon sens & raison.

Certainement ie ne pense point, qu'elle fust Venus, mais plustost en forme de cete Deesse quelque infernale furie, me remplissât de rage & fureur, ny plus ny moins, qu'il est aduenu au miserable Athamas.

O trescruel ieune homme, que i'ay tresmal esleu entre plusieurs nobles, beaux & valeureux, pour le meilleur, où sont maintenant les prieres, que tu m'as faites plusieurs fois en pleurant, pour sauuer ta vie, certifiant qu'icelle & ta mort aussi consistoit en ma puissance?

Où sont à present, les pitoiables yeux, desquels miserable, tu espandois larmes, comme tu voulois? où est maintenât l'amour que tu m'as monstré? où sont les douces paroles? où sont les grands ennuis de

gi proferti?

Sono essi del tutto della sua memoria
vsciti? ò hagli nuouamente adoperati ad
irretire la presa donna?

Ahi maladetta sia la mia pietà, laquale quella vita da morte sciolse, che di
se facēdo lieta altra donna, la deueua recare a morte oscura.

Hora gli occhi: che nella presenza pian-
geuano; dauanti alla nuoua donna ridono
& il mutato cuore ha ad essa riuolte le
dolci parole, & le proferte.

Oime doue sono hora o Panfilo gli spergiurati Dij? Doue la promessa fede?

Doue le infinite lagrime; delle quali io
gran parte miseramente beuuti, pietose
credendole, & esse erano piene del tuo inganno.

Tutte queste nel senno della nuoua
donna rimesse, seco insieme m'hai tolte.

couuers, pour me seruir?

Les as tu du tout mis en oubly? ou bien les as tu de nouueau pratiquez, afin de gangner & attirer à ta deuotion la femme prinse?

Ah! maudite soit ma pitié, laquelle a deslié de mort, celle vie, laquelle rendât de soy, ioyeuse, autre dame, la deuoit amener à la mort obscure.

Les yeux maintenant, qui pleuroient deuant moy, rient deuant la nouuelle maistresse; & le cœur chágé a tourné à icelles les douces paroles, & les offres.

Ah! où sont maintenant, ô Pamphile les Dieux, que tu as pariurèz, & attestez faussement? où est la foy promise?

Où sont les larmes infinies, desquelles ayant beu vne grande partie, les estimans pleines de pitié, ie les ay trouuees remplies de ta trahison?

Tu m'as osté, quant & toy, toutes ces choses que tu as remises au soin de ta nouuelle maistresse.

Oime quanto mi fu gia graue vdendo te per Giunonica legge dato ad altra donna.

Ma sentendo, che i patti da te a me donati non erano da preporre à quelli; benche faticosamente il portassi; pur vinta da giusto dolore con meno angoscia il sosteneua.

Ma hora sentendo, che per quelle medesime leggi, per lequali tu à me se stretto, tu ti sia à me togliendoti, dato ad vn'altra, m'è intolerabile supplicio à sostenere.

Hora la tua dimoranza conosco, & similmente la mia semplicità: con laquale sempre te dener tornare ho creduto, se tu hauessi potuto.

Oime hora bisognaua ò Panfilo tante arti ad ingannarmi? Perche i giura-

Grã dolore è, che quel, che fu suo, sia d'altri.

Mon Dieu, qu’il m’a esté autrefois fascheux d’entendre que tu t’és
addonné à vne autre femme, par la
loy Iunonique!

Et cognoissant que les accords
& pactions que tu as faictes quant
& moy, ne se deuoient preferer à
ceux-là, bien qu’il m’en fist bien
mal, & que i’eusse trauail à le porter, ce neantmoins vaincue d’vne
iuste douleur, ie l’endurois auec
moins d’angoisse.

Mais voyant bien à present, que
te retirant de moy, tu t’es addonné
à vne autre femme, par les mesmes
loix, par lesquelles tu t’es lié & o-
bligé à moy, ce m’est vn supplice &
tourment intollerable à souffrir.

Ie cognoy maintenant ce qui te
retarde, & semblablement ma simplicité, par laquelle i’ay tousiours
pensé que tu deuois retourner, si tu
eusses peu.

Mon Dieu, ô Pamphile, estoit-il
besoin à cete heure là de tant d’art
& ruse, pour me tróper! Pourquoy

menti grandißimi, et la fede intierißima
coſi mi porgeui, ſe d'ingannarmi per cotal
modo intendeui?

Perche non ti partiui tu ſenza comiato
cercare, ò ſenza promeſſa alcuna di ritornare?

Io (ſi come tu ſai) fermißimamente
t'amaua, ma io non t'haueua perciò in
prigione, che tu a tua poſta ſenza le infinite lagrime non ti foßi potuto partire.

Se tu coſi haueßi fatto, io mi ſarei ſenza dubbio di te diſperata ſubitamente,
conoſcendo il tuo inganno; hora, o morte, o
dimenticanza haurebbe finiti i miei tormenti; i quali tu, accioche foßino piu lunghi, vana ſperanza donandomi, nudricar
voleſti; ma queſto non haueua io meritato.

Oime come mi furono gia le tue lagrime dolci, ma hora conoſcendo il loro effetto, mi ſono amarißime diuenute.

me baillois tant de grands sermens, & la foy tresentiere, si tu voulois m'abuser en cete maniere?

Pourquoy ne t'en allois tu, sans prendre congé, ou sans faire promesse aucune de retourner par deça?

Ie t'aymois, comme tu sçais tresfermement; mais ie ne te tenois pas pourtant prisonnier, de façon, que sans tant de larmes, tu n'eusses peu departir à ta volonté.

Si tu eusses faict ainsi, i'eusse, sans doute, perdu incontinent toute esperance de toy, cognoissant ta trópetie; & maintenant ou la mort, ou l'oubly eust mis fin à mes tourmens; lesquels, à fin qu'ils fussent plus longs, me donnant vne vaine esperance, tu as voulu entretenir; mais ie n'auois pas merité cela de toy.

Ah a! que tes larmes m'ont esté autrefois douces; mais cognoissant maintenant leur effect, elles me sont deuenues tresameres.

Oime s'Amore così fieramente ti signoreggia, come egli fame: non t'era assaivna
volta essere stato preso, se di nuouo la seconda in capar non voleui?

Ma che dico io, tu non amasti giamai:
anzi schernir le giouani donne ti se di-
lettato. Se tu haueßi amato, sì come io credeua: tu saresti ancora mio.

Et di cui potresti tu mai essere, che piu
t'amaße di me?

Oime chiunque tu se o donna, che tolto
me l'hai, anchor che nemica mi sia sentẽ-
do il mio affanno, a forza di te diuengo
pietosa.

Guardati da'suoi inganni; percioche
chi una volta ha ingannato, ha per innanzi perduta l'honesta vergogna; no per
innanzi d'ingannare ha conscienza.

Oime iniquißimo giouane, quanti prieghi & quanto offerte à gli Dij ho io porti per la salute dite; che tormi ti deueui, e

Mon Dieu, si Amour te maistrise si rudement qu'il faict, te suffisoit il pas d'auoir esté prins vne fois, si de rechef tu ne voulois estre prins pour la seconde?

Mais que dy-ie? tu n'as iamais aymé, ains tu t'es delecté de te moquer & rire des ieunes damoiselles. Si tu eusses aymé, comme ie pésois, tu serois encores mien.

Et à qui pourrois tu iamais estre, qui t'aymast plus que moy?

Ah a! quiconque sois, ô femme, qui me l'as osté, encores que tu me sois ennemie, sentant mon ennuy, si est-il force que i'aye pitié de toy.

Garde toy de ses tromperies; car quiconque a trompé vne fois, a perdu, pour l'aduenir, l'honneste honte, & d'orenauant ne faict pas conscience de tromper & abuser.

Ah, tresinique ieune homme, combien de prieres & offrandes ay-ie faictes aux Dieux, pour ton salut & preseruation, qui te deuois neantmoins retirer de moy, pour

darti ad altra.

O Iddij i miei prieghi fono efauditi:ma
ad vtilità d'altra donna. Io ho hauuto
l'affanno ; & altri di quello fi prende il
diletto.

Deh non era o peſſimo giouane la mia
forma conforme à'tuoi difii;et la mia nobilità non era alla tua conueneuole? Certa
molto piu.

Le ricchezze mie furonti mai negate,o
da me tolte le tue:certo nò.

Fu mai amato od in atto , od in fatto,
od in fembiante da me altro giouane;che
tu? & quefto ancora che nò, confeſſerai,
fe'l nuouo amore non t'ha tolto dal vero.

Dunque qual fallo mio,qual giufta cagione à te,qual bellezze maggiore;o piu
feruente amore mi t'ha tolto, & datoti
ad

t'adonner à vne autre?

O Dieux!mes prieres sont exaucees,mais au profit & vtilité d'vne
autre femme. I'ay eu la peine &
l'ennuy, & vne autre en a le plaisir
& delectation.

Et dea, mechant que tu és, ma
beauté estoit-elle pas conforme à
tes desirs?& ma noblesse estoit elle
pas conuenable à la tienne? certainement beaucoup plus.

Mes biens & richesses t'ont elles
iamais esté refusees,ou bien t'ay-ie
osté & emporté les tiennes?certai-
nement non.

Ay-ie iamais aymé, ou d'acte,ou
de fait,ou de semblant, autre ieune
homme que toy?tu confesseras encore cecy que ie n'en aymé autre, si
la nouuelle amour ne t'a eslongné
de la verité.

Parquoy quelle mienne faulte,
quelle iuste ou raisonnable occasiõ
à toy, quelle plus grande beauté,
ou amour plus feruent m'a-priuee
de toy,pour te donner à vne autre?

Cc

ad altri? certo niuno.

Vēdetta che
disiderano
gli amā
ti.

Et di questo mi siano testimoni gli Dij,
che mai contro di te niuna cosa operai, se
non, che oltre ad ogni termino di ragione
t'ho amato. Se questo merita il tradimento da te contro me operato, tu il conosci.

O Iddij, giusti vendicatori de'nostri difetti, io dimando vendetta, et non ingiusta.

Io non voglio, ne cerco di colui la morte; che gia da me fu scampato, & che
vuole la mia. Ne altro sconcio dimando
di lui, se non che, se egli ama la nuoua dōna, si come io lui, che ella togliendosi a lui
& ad vn'altro donandosi, si come egli a
me s'è tolto, in quella vita il lasci, in che
egli ha me lasciata.

Et quinci torcendomi con mouimenti
disordinati, super il letto impetuosa mi

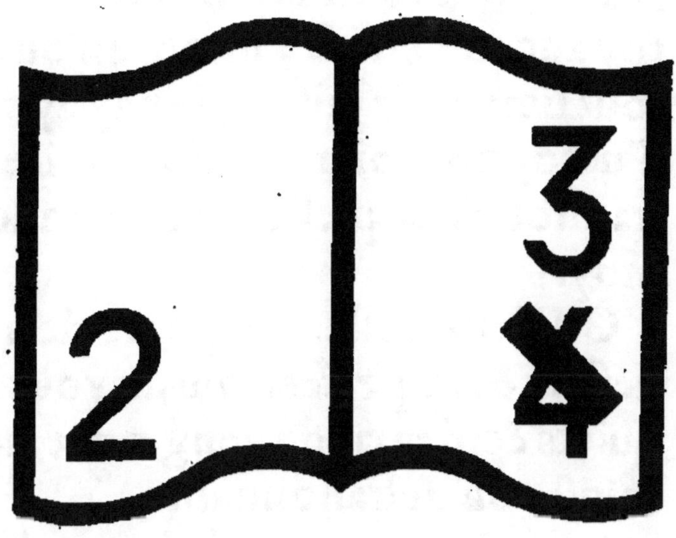

Pagination incorrecte — date incorrecte

NF Z 43-120-12

certainement nul.

Et de cecy me soient tesmoins les Dieux, que ie ne feis iamais contre toy aucune chose, sinon qu'outre tout limite de raison, ie t'ay aymé. Tu cognois bien si cela merite la trahison de laquelle tu as vsé enuers moy.

O Dieux, iustes vangeurs de noz defaux & imperfections, ie vous requiers & demande vengeance, non iniuste ou desraisonnable.

Ie ne veux pas ny ne demande la mort d'iceluy, de laquelle ie l'ay autresfois sauué & garenty, & qui veut la mienne; & ne requiers autre chose estrange & mauuaise, de luy, sinon qu'il ayme sa nouuelle dame, comme ie l'ayme; qu'icelle se retirant de luy, & s'adonnant à vn autre, comme il s'est retiré de moy, le laisse en telle vie & ennuy qu'il m'a laissee.

Et apres cela, me demenant & tordant desordonnément, ie me lançay de force sur le lict, & me

gitti, & mi riuolsi.

Quel giorno tutto non fu in altre voci
che nelle predette, ed in simili consumato.

Ma la notte assai peggior, che'l giorno,
ad ogni doglia (in quanto le tenebre sono
piu alle misarie conformi, che le luci) so-
prauenuta, auenne, che essendo io nel letto
à latto il caro marito, tacita lungo spatio, ne' pensieri dolorosi vegghiando: &
nella memoria ritornandomi senza esser
da alcuna cosa impedita, tutti i tempi passati cosi lieti come i dolenti, & massimamente l'hauer Panfilo per nuouo amor
perduto in tanta abondanza mi crebbe il
dolore, che non potendolo ritenere dentro,
piangendo forte con voci misere lo sfogai,
sempre di quello tacendo l'amorosa cagione.

Et si fu alto il pianto mio, che essendo

tournay & retournay.

Tout ce iour ne fut employé en autre chose, qu'aux susdictes ou séblables voix & plaintes.

Mais la nuict beaucoup pire que le iour, à toute facherie (entant que les tenebres sont plus conformes aux miseres que la lumiere) estant suruenue, aduint, que comme i'estois au lict au costé de mon cher mary, coye long temps, & veillant en mes douloureuses pensees, & me r'amenant en memoire, sans estre empeschee d'aucune chose, tout le temps passé, tant ioyeux, que triste & desplaisant, & principallement, comme i'auois perdu Pamphile, à cause d'vne nouuelle amour, la douleur print tel pied & accroissement en moy, que ne la pouuant retenir au dedans, & pleurant fort, ie la deschargeay, par piteuses & dolentes parolles, taisant tousiours l'amoureuse occasion d'icelle.

Et mon pleur fut si haut & grãd,

gia per lungo spatio nel profondo sonno
stato inuolto il mio marito, costretto da
quello si risueglò; & à me; che tutta di
lagrime era bagnata; riuoltosi, nelle braccia reccandomisi, con voce benigna, et pietosa cosi mi disse.

O anima mia dolce, qual cagione à questo pianto cosi doloroso nella quieta notte
ti muoue?

Qual cosa (gia è piu tempo) t'ha sempre malinconia & dolente tenuta?

Niuna cosa, che à te dispaccia, deue essere à me celata. E egli alcuna cosa, laquale il tuo cuore disideri, che per me si possa
che dimandandola tu fornita non sia?

Non se tu sola mio conforto, & bene;
Non sai tu, che io sopra tutte le cose del
mondo t'amo? Et di ciò nõ vna proua, ma
molte ti possono far viuer certa.

que mon mary ayant defia long
temps, dormy d'vn plus grand fommeil, fe reueilla au moyen d'iceluy,
& feftant tourné vers moy, qui ba-
gnois toute en larmes, me prenant
entre fes bras, me dift ainfi d'vne
voix gracieufe & piteufe.

O m'amie, quelle occafion vous
induit à ce pleur tant douloureux
& ennuyeux, durant la paifible
nuict?

Pourquoy eftes vous toufiours
melancolique & dolente, depuis
long temps ença?

Vous ne me deuez celer aucune
chofe, qui vous defplaife. Y a il aucune chofe, que voftre cœur defire,
& que ie puiffe, laquelle vous n'ob-
teniez, fi vous me la demandez?

Eftes vous pas feule ma confolation & mon bien? fçauez vous pas
bien que ie vous ayme, fur toutes
les chofes du môde? Dequoy vous
pouuez eftre certaine, non feulement par vne experience, mais auffi
par plufieurs.

Cc iiij

Dunque perche piangi? Perche in dolor t'affligi?

Non ti paio io giouane degno alla tua nobiltà o reputi me colpeuole in alcuna co sa, laquale io possa ammendare.

Dillo, fanella, scuopri il tuo disio. Niuna cosa sarà che non s'adempia, solo che si possa.

Tu tornata nell'affetto, nell'habito, & nelle operationi angosciosa mi dai cagion di dolorosa vita.

Et se mai dolorosa ti vidi, hoggi mi se piu, che mai apparita.

Io pensai già, che corporale infirmità fosse della tua pallidezza cagione, ma, io hora manifestamente conosco, che angoscia d'animo t'ha condotta à quello, in che io ti veggo. Perche io ti priego che quel,

Pourquoy donc pleurez vous? pourquoy vous tourmentez vous de douleur?

Me trouuez vous pas ieune hómme, digne de voſtre nobleſſe? ou bien m'eſtimez vous coulpable en aucune choſe, laquelle, ie puiſſe amender?

Dites le, parlez, deſcouurez voſtre deſir; il n'y aura choſe, qui ne ſ'accompliſſe, pourueu qu'elle ſe puiſſe faire.

Vous voyát retournee, en voſtre face, en voſtre habit, & en voz actions, en facherie & angoiſſe, vous me donnez occaſion de facheuſe & triſte vie.

Et ſi iamais ie vous ay veuë fachee, vous me le ſemblez auiourd'huy plus que iamais.

Ie péſois que la maladie du corps fuſt cauſe de voſtre paſſe couleur; mais ie cognois à cete heure maniſeſtement, que la facherie de l'eſprit vous a reduite en l'eſtat auquel ie vous voy. Parquoy ie vous prie me

che di ciò t'è cagione, mi ſi ſcuopra.

Alquale io con feminile ſubitezza
preſo cõſiglio al mẽtire, il quale per adietro mia arte non era ſtata: coſi riſpoſi.

Si pian-
ge alle
volte
piu il
modo
della
morte,
che eſſa
morte.

Marito à me piu caro: che tutto l'altro
mondo: niuna coſa mi manca, laquale per
te ſi poſſa ; & te piu degno di me ſenza
fallo, conoſco; ma ſolo à queſta triſtitia per
adietro, & al preſente recata m'ha la
morte del mio caro fratello, laqual tu ſai.

Eſſa à queſti pianti, ogni volta che à me
moria mi torna, mi ſtringe. Et certo non
tanto la morte, alla qual noi tutti conoſco
che debbiamo venire, quanto il modo di
quella piango; ilquale diſauenturato, &
ſozzo conoſceſti.

Et oltre à cio le male andate coſe dopo-

descouurir ce qui vous est occasion
de cela.

Auquel, ayant par vne soudaine-
té de femme, prins conseil & deliberation pronte à mentir(ce que ie
n'auois accoustumé de faire par le
passé,ie respondy ainsi.

Mon mary, que i'ayme plus que
tout l'autre monde, ie n'ay saulte
d'aucune chose, à laquelle vous
puissiez fournir,& certainement,ie
vo' cognoy plus digne q̃ moy; mais
la mort de mon bien-aymé frere,
que vous sçauez, m'a causé par le
passé, & encore à present,cete tristesse.

Elle me contraint & force à ces
pleurs, toutes les fois qu'il m'en
souuient. Et certainement ie ne
pleure pas tant la mort, à laquelle
ie cognoy bien qu'il nous faut tous
venir, que la maniere d'icelle,la-
quelle vous auez cogneuë infortunee & estrange.

Et outre cela, les affaires qui se
font mal portees apres luy, me for-

lui à maggior doglia mi ſtringono.

Io non poſſo ſi poco chiudere, ò dare al
ſonno gli occhi dolenti; che egli pallido di
ſqualor coperto, e ſanguinoſo , moſtrando
mi l'acerbe piaghe, non m'appáriſca , dauanti.

Et pur teſte; alhora, che tu piãger mi
ſentiſti, da prima m'era egli nel ſonno ap-
parito con imagine horribile, ſtanco pau-
roſo, & con anſi o petto : tal che appena
pareua che poteſſe le parole rihauere.

Ma pur con fatica grandiſſima mi diſſe. O cara ſorella caccia da me la vergogna, che con turbata fronte mirando la
terra, mi fa tra gli altri ſpiriti andar dolente.

Io ancora ; che di vederlo alcuna conſolatione ſentiſſi; pur vinta dalla compaſ-
ſione, preſa dall'habito ſuo , & delle parole ſubita riſcotendomi, fugai il ſonno, il

cent & contraignent de me facher
encore plus.

Ie ne peux, tant foit peu clorre
mes triftes yeux pour dormir, qu'i-
celuy pafle, hideux, & fanglant, me
monftrant fes cruelles playes, n'ap-
paroifle deuant moy.

Et à l'heure mefme que vous m'a-
uez entendu pleurer, il m'eftoit au-
parauant apparu, en dormant, d'vne
forme horrible, las, craintif, efper-
du, & fort ennuyé, de maniere qu'à
peine, il, fembloit qu'il peuft r'auoir
la parole.

Ce neantmoins il me dift à la
parfin, auec trefgrande peine. O
fœur bien aymee, chaffez de moy,
la honte, laquelle d'vn vifage troublé, regardant la terre, me fait aller
trifte & dolent entre les autres efprits.

Et combien que de le voir, ie
fentiffe quelque confolation ; ce
neantmoins vaincue de la compaffion prinfe de fon port, eftat & paroles, incontinent en treffaillant, ie

quale à mano le mie lagrime, lequali tu
hora consoli, soluendo il debito della hauuta pietà, seguitarono.

Et si come gli Dij conoscono, se a me l'armi si conuenissero, gia vendicato l'hauerei, & lui tra gli altri spiriti renduto con
alta fronte: ma piu non posso.

Adunque caro marito non senza cagion miseramente m'attristo.

O quante pietose parole egli alhora mi
porse medicando la piaga; laquale assai
danáti era guarita; & i miei pianti s'ingegnò di rattemperar con quelle vere ragioni, che alle bugie si confaceuano.

Ma poi, che egli me racconsolata credendosi, si diede al sonno io pensando alla pietà di lui, con piu crudel doglia tacitamente piangendo, ricominciai la tra-
mezzata angoscia, dicendo.

fuy le fommeil, que mes larmes, lefquelles vous confolez maintenant,
payant la debte de la pitié que i'a-
uois eu, fuiuirent.

Et comme les Dieux fçauent bié,
fi les armes m'eftoient conuenables, le l'euffe defia vangé, & l'euffe
rendu entre les autres efprits, d'vn
front hault & efleué : mais ie ne
peux faire dauantage.

Parquoy, mon cher maty, ce n'eft
pas fans caufe que ie m'atrifte & fache extremement.

O qu'il me tint à cete heure là de
propos, pour medicaméter la plaie,
laquelle eftoit beaucoup deuant
guarie; & f'efforça de moderer mes
pleurs, par les vrayes raifons, qui
conuenoient aux menfonges.

Mais apres que penfant m'auoir
reconfolee, il fe mit à dormir, penfant à la pitié d'iceluy, pleurant tacitement, & eftant attrainéte d'vne
plus cruelle facherie, ie recommençay à refentir l'angoiffe premiere
difant.

O crudelißime spelunche habitate dalle rabbiose fere.

O inferno eterna prigione decretata alla nocente turba.

O qualunque altro esilio piu giu si nasconde, prendetemi; & me a'meritati supplici date nocente.

O sommo Gioue cōtro a me giustamente adirato, suona: & con tostißima mano in me le tue saette distendi.

O sacra Giunone: le cui santißime leggi io sceleratißima giouane ho corrotte, vendicati. O Caßie serpi lacerate il tristo corpo. O rapidi vccelli; o feroci animali deuoratemi.

O caualli crudelißimi diuiditori dell'innocente Hippolito, me nocente giouane squartate.

O pietoso marito volgi nel petto mio con debita ira la spada tua; & con molto san-

O trefcruelles cauernes, habitees par les beftes farouches & enragees!

O enfer, eternelle prifon, eftablie pour la tourbe des mechans!

O tout autre exil quel qu'il foit, caché plus bas, prenez moy & me donnez criminelle aux meritez fuplices:

O fouuerain Iupiter, iuftement courroucé contre moy, tonnez, & d'vne main treffoudaine, lancez fur moy voz fouldres.

O facree Iunon, de laquelle i'ay trefmechammét corrompu & violé les treffainctes loix, vangez vous! O ferpens Cafpiens dechirez ce malheureux corps. O rauiffans oifeaux! ô furieux animaux deuorez moy.

O cheuaux trefcruels, qui auez diuifé & defmembré l'innocent Hippolite, ecartelez moy l'ayant merité.

O pitoiable mary, tournez contre mon fein, d'vne ire iufte & rai-

gue la peßima anima di te ingannatrice
ne caccia fuori.

Niuna pietà, niuna mifericordia in me
fia vfata: poi che la fede debita al fanto
letto poftpofi all'Amor di ftrano giouane.

O piu che altra iniqua femina, di quefti, & d'ogni altro maggior fupplicio degna ; qual furia ti fi parò dauanti a gli
occhi cafti il dì, che prima Pãfilo ti piacque?

Doue abbandonafti tu la pietà debita
alle fante leggi del matrimonio? Doue la
caftità, fommo honor delle Donne, cac-
ciafti alhora, che per Panfilo il tuo marito abbandonafti?

Oue è hora verfo te la pietà dell'amato
giouane? Oue cõforti da lui dati a te nella
tua miferia fi trouano?

Egli nel feno d'un'altra giouane lieto

sonnable, voste espee, & en chassez
dehors auec beaucoup de sang, mõ
ame tresmechante & malheureuse,
qui vous a trompee.

N'vsez enuers moy d'aucune pitié ny misericorde, voyant que i'ay
postposee la foy deuë au sainct lict
de mariage, à l'amour d'vn estrange
ieune homme.

O femme plus inique & mechante qu'autre, digne de ce supplice, &
de tout autre plus grand? quelle furie se presenta à tes chastes yeux, le
iour que premierement Pamphile
te pleut?

Où laissas tu la pieté deuë aux
sainctes loix du mariage? où fut par
toy chassee & banie la chasteté, souuerain honneur des femmes, lors
que pour Pamphile, tu abandõnas
ton mary?

Où est maintenant enuers toy la
pieté de l'aymé ieune homme? où
sont les consolations qu'il t'a donnees en ta misere?

Il passe ioyeux le temps qui fuit,

trascorre il fuggeuole tempo : ne di te ſi
cura, & ha ragione, & meritamente coſ
ſi deueua auenire & à te , & à qualunque altra , che legittimi Amori poſſone
à libidinoſi.

Il tuo marito piu debito ad offenderti,
che ad altro, s'ingegna di confortarti: &
colui, che ti deueua confortare , non cura
d'offenderti.

Oime hora non è egli bellezſi come Panfilo? certo ſi. Le ſue virtù la ſua nobilità, et
qualunque altra ſua coſa non auanzano
molto quelle di Panfilo? hor chi ne dubita?

Dunque perche lui per altrui abban-
donaſti? Qual cecità, qual traſcuranza,
qual peccato, ò quale iniquità vi ti condu-
ce? Oime che io medeſima no'l conoſco.

Solamente le coſe liberamente poſſedute

au ſein.& entre les bras,d'vne autre
ieune damé, & ne ſe ſoucie pas de
toy, enquoy il a raiſon, & à bon
droiĉt te deuoit ainſi aduenir à toute autre,qui poſtpoſe les legitimes
Amours aux luxurieux.

Ton mary qui te deuroit offenſer pluſtoſt que faire autre choſe,
s'efforce de te conſoler; & celuy au
contraire qui te deuoit conſoler,
ne ſe ſoucie pas de t'offenſer.

Ah a!eſt-il pas beau, comme Páphile?certainement ouy . Ses ver-
tus, ſa nobleſſe, & toutes autres
choſes departans de luy, ſurpaſſent
elles pas les perfeĉtions de Páphile,
qui eſt-ce qui en doute?

Pourquoy donc l'as tu abandõné
pour l'amour d'vn autre?

Quel aueuglement, quelle negli-
gence,quel peché ou quelle iniquité t'y a induite ? Helas! ie ne le ſçay
pas.moy-meſme.

Ie ſçay tant ſeulement que les
choſes librement poſſedees & à
ſouhaiĉt, ont de couſtume d'eſtre

Le cose libera-
mente
possedu-
te so-
gliono
esser ri-
putate
vili.

sogliono essere reputate vili; quantunque elle siano molto care.

Et quelle, che cõ malageuolezza s'hanno, ancora che villißime siano, sono carißime riputate.

La troppa copia del mio marito à me da deuere essere cara m'ingannò & io forse potete a resistere, quel che io non feci, miseramente piãgo anzi senza forse era potente, s'io voluto haueßi: pensando a quel che gli Dij, & dormendo, & veggiando m'haueuano mostrato la notte, et la mattina precedente alla mia rouina.

Ma hora, che da amare, perche io viglia non mi posso partire, conosco qual fosse la serpe; che me sotto il sinistro lato, trasfisse, & piena si partì del mio sangue.

Et similmẽte veggo quel, che la corona,

reputees viles , combien qu'elles
foient & doiuent estre tenues fort
cheres.

Et celles, au contraire que l'on a
malaisément, encores qu'elles foiét
trefviles , font reputees & tenues
trescheres & agreables.

La trop grand abandon & liberté de iouyr de mon mary , que ie
deuois aymer & cherir, m'a deceuë:
& pouuant parauanture resister, ce
que ie n'ay pas faict,ie pleure & me
lamente miserablement:voire mefmes,sans douter estois-ie bien suffisante à la resistence, si i'eusse voulu,pensant à ce que les Dieux & en
dormant & en veillant m'auoient
monstré la nuict, & le matin precedent,à ma perte & ruine.

Mais maintenant que ie ne peux
me departir d'aymer, quoy que ie
vueille , ie cognois quel estoit le
serpét qui me mordit souz le costé
feneftre, & estant remply de mon
sang se departit.

Ie voy semblablement ce que

caduta del tristo capo volle significare.
Ma tardi mi giugne questo auedimento.

Gli dij forse a purgare alcuna ira contra me concreata, pentuti di dimostrati
segni di quelli mi tolsero la conoscenza,
non potendo indietro tornarli, si come A-
pollo all'amata Cassandra, dopo la data
diuinità tolse l'esser creduta.

La onde io in miseria constituita, non
senza ragioneuole cagione consumo la vita mia.

Et così dolendomi voltandomi, & ri-
uoltandomi per lo letto, quasi tutta la not
te passai senza potere alcun sonno pigliare: il quale se forse pure entraua nel tristo petto si debole in quello dimoraua, che
ogni picciolo mutamento l'hauerebbe rotto: & come che egli ancora ficuole fosse,
senza fiere battaglie nelle sue dimostra-
tioni alla mia mente non dimoraua nie-
co.

vouloit signifier la coronne tom-
bee de mon pauure chef : mais ie
me suis trop tard aduisee.

Les Dieux parauanture, pour
purger quelque ire conceuë contre
moy, se repentans des signes qu'ils
en auoient demonstrez, m'osterent
la cognoissance, ne pouuans les retourner arriere, comme Apollon,
osta à l'aymee Cassandre, apres luy
auoir donné la diuinité, la grace d'e-
stre creuë.

Parquoy estant constituee en
grande misere, non sans cause, ie có-
somme ma vie.

Et ainsi me lamentant, me tournant & retournant par le lict, ie
passay quasi toute la nuict, sans
pouuoir dormir aucunement: & si
le sommeil entroit d'auanture en
ma triste poitrine, il y demeuroit
tant debile, que le moindre changement l'eust peu interrompre : & en
outre, comme estráge, il ne demouroit auec moy, sans cruelles batailles demonstrees à mon esprit.

Dd

Et questo non solamente quella notte, della quale di sopra parlai, m'auenne, ma in
prima molte volte, & poi quasi côtinua-
mente m'è auenuto: Perche vguale tem-
pesta veggiando, & dormendo sente, &
ha sentita l'anima mia.

Non tolsero le notturne querele luogo
alle diurne; anzi quasi come del dolermi
scusata, per le bugie dette al mio marito,
quasi da quella notte innanzi non me seno ridotta di piangere, & di dolermi in
publico molte volte.

Ma pur venuta la mattina, la fida
nudrice: alla quale niuna parte de' danni
miei era nascosa (perciò che era stata la
prima, che nel mio viso haueua gli amorosi stimoli conosciuti; & ancora in essa
haueua casi futuri imaginati) veggendomi, quando detto mi fu Panfilo, hauere
altra donna, di me dubitando, & instantissima a' miei beni; non prima il

Et cecy m'est aduenu non seulement la nuict de laquelle i'ay parlé
cy dessus, mais aussi plusieurs autres au precedent & depuis, quasi
tousiours. Et pourtant mon ame
sent & a senty & veillant & dormant pareille & egale tempeste.

Les plainctes de nuict ne supri-
merent pas celles de iour; ains quasi
comme excusee de me plaindre,
pour les mensonges dicts à mon
mary, depuis cete nuict là en auant,
ie n'ay cessé quasi de pleurer, & de
me plaindre en public, beaucoup de
fois.

Ce neantmoins estant venue le
matin ma loyale nourrice (à laquelle rien de mes affaires n'estoit caché, pource qu'elle estoit la premiere, qui auoit cogneu en mon visage
les amoureux eguillons, & en outre
auoit en iceluy imaginé les accidés
à venir) & doutant de moy à me
voir, quand on me dist que Pamphile auoit vne autre femme, &
pourchassant instamment mó bien

mio marito della camera vscito, che vi entro.

O quã-
to s'in-
ganna-
no alle
volte i
sempli-
ci mari-
ti.

Et me veggenda per l'angoscia della notte preterita quasi semiuiua ancora giacere, con parole diuerse si cominciò ad ingegnare di mitigare i furiosi mali, & in braccio recatamisi, con la tremante mano m'asciugaua il tristo viso mouendo ad hora ad hora cotali parole.

Giouane oltre modo m'affligono i tuoi mali, & piu affligerebbono, se dauanti non te ne hauesse fatto auedere.

Ma tu piu volonterosa, che sauia lasciando i miei consigli, seguisti i tuoi piaceri, onde al fine debito a cotali falli, con dolente viso ti veggo venuta.

Ma perciiche sempre (solo che altri voglia) mentre si viua, si puo ciascun dal malnagio camino dipartire & al buono

& profit, mon mary ne fut pluſtoſt
ſorty de la chambre, qu'elle y entra.

Et me voyant encore couchee,
preſque demye morte, à cauſe de la
douleur & angoiſſe de la nuiɛt paſſee, elle commença par pluſieurs
paroles à ſ'efforcer d'adoucir & mitiger la fureur de mon mal ; & me
ayát prinſe entre ſes bras, elle m'eſ-
ſuya de ſa main tremblante, mon
triſte viſage, & m'vſa à l'heure meſme, de tels propos.

Ma fille, ie ſuis extremement fachee de voſtre mal, & en ſerois encores plus outree, ſi ie ne vous en
auois aduiſee & aduertie deuant.

Mais vous monſtrant plus deli-
beree que ſage, laiſſant mon conſeil, vous auez ſuiuy voſtre plaiſir,
au moyen duquel, ie vous voy arriuee, auec vn triſte viſage, à la fin
deuë à telles faultes.

Mais pource que tandis que l'on
eſt en vie, pourueu que la volonté
y ſoit, chacun ſe peut rouſiours departir du mauuais chemin, & re-

ritornare:mi sarebbe caro, che tu ho mai
gli occhi dalla tua mente delle tenebre di
questo iniquo Tiranno occupati, suellasti,
& loro della verità rendesti la luce chiara.

Chi egli sia, assai i brieui dilletti, & i
lunghi affanni, che per lui hai sostenuti,
& sostieni, ti possono far manifesto.

I giouani nell'
amore
seguono piu
la volõtà, che
la ragio
ne.

Tu si come giouane piu la volonta seguitante, che la ragione, amasti: & amãdo quel fine, che di Amor si puo desiderare prendesti & (si come è detto) brieue diletto, esser lo conoscesti, ne piu auanti, che quel che hanuto n'hai; hauer ne desiare se ne puote.

Et se egli pure auenisse, che'l tuo Panfilo nelle tue bracia tornasse; non altrimẽti, che l'usato diletto, ne sentiresti.

I seruenti disideri sogliono esser nelle cose nuoue, nelle quali molte volte sperãdesi, che quel bene sia nascoso; il quale

tourner au bon, ie ferois bien aife,
que vous retiraffiez deformais les
yeux de l'entendement, faifis & occuppez des tenebres de cet inique
Tyran, en leur rendant la claire lumiere de la verité.

Les briefs plaifirs, & les longs ennuis que vous auez fouffers & fou-
frez pour luy, vous peuuent mani-
fefter quel il eft.

Vous auez, comme icune pluftoft
fuiuy & aimé voftre vouloir, que la
raifon; & aymant, vous auez eu la
fin qui fe peut defirer defirer de l'a-
mour, & comme i'ay dict, vous l'a-
uez cogneu vn brief plaifir; & n'en
peut-on auoir ny defirer dauantage que ce que vous en auez eu.

Et fil aduenoit que voftre Pamphile retournaft entre voz bras,
vous ne fentiriez autre chofe que
l'accouftumé plaifir.

Les defirs feruents ont de couftume d'eftre és chofes nouuelles;
efquelles f'attendant maintesfois,
que le bien foit caché lequel para-

forſe non è, fanno cō noia ſoſtenere il ſer-
uente diſio ; le conoſciute piu temperata-
mente ſi ſogliono deſiderare.

Ma tu troppo nel diſordinato appetito
traſcorſa , & tutta diſpoſtati al piacere,
fai il contrario.

Sogliono le diſcrete perſone trouandoſi
ne' faticoſi luoghi , & pieni di dubbij ti-
rarſi in dietro : volendo anzi hauer la
fatica, laquale inſino al luogo , doue gia
peruenuti s'aueggono, perduta ; & ſecuri
tornare; che piu auanti andando metterſi
à riſchio di guadagnar la morte.

Segui adunque tu menare che tu puoi
cotale eſempio : & hora piu temperata,
che tu non ſuoli metti la ragione innanzi
alla volontà : & te medeſima ſauiamen-
te caua de' pericoli, & delle angoſcie: nelle
quali mattamente ti ſei laſciata traſcorrere.

Le fortuna a te beniuola (ſe cō ſano ac-

uanture me l'eſt, aduient qu'auec peine & facherie, l'on ſouffre le feruent deſir; l'on deſire volontiers, plus moderément les choſes cogneuës.

Mais courant par trop, aprés voſtre deſordonné appetit, & n'aymát autre choſe que voſtre plaiſir, vous faites le contraire.

Les diſcretes perſonnes ſe trouuans és lieux penibles, & douteux ont accouſtumé ſe tirer arriere; aymans mieux auoir la peine (laquelle, paruenus là ils cognoiſſent áuoir perdue) & ſ'en retourner en ſeureté, que ſe mettre en danger d'y laiſſer la vie, ſ'ils paſſoient outre.

Suiuez donc le mieux que vous pourrez vn tel exemple, & maintenant plus temperee que de cóuſtume, preferez la raiſon à la volonté, & vous tirez ſagement vous-meſme des dangers & peines eſquelles vous vous eſtes folement laiſſee tomber.

La fortune qui vous eſt gracieuſe

chio riguarderai) non t'ha richiusa la via di dietro; ne occupata si, che ben discernendo ancora le tue pedate non possi per quelle tornare là, onde tu ti mouesti; et esser quella Fiammetta, che tu soleui.

Quello che principalmēte gioua ic liberarsi d'Amore.

La tua fama è intera: ne de alcuna cosa da te stata fatta è nelle menti delle genti commaculata. Laquale essendo corrotta; a molte giouani fu gia cagion di cadere nella infima parte de' mali.

Non voler piu procedere; accioche tu nŏ guasti quel, che la Fortuna t'ha riserbato.

Confortati, & teco medesima pensa di non hauer veduto mai Panfilo; ò che'l tuo marito sia desso.

La fantasia s'addata ad ogni cosa; & le buone imaginationi sostengono leggiermente d'esser trattate.

Sola questa via ti puo render lieta; la

si vous regardez d'vn œil sain, ne
vous a bousché le chemin, par derriere, ny tellement enclose, que re-
marquant la trace & vestiges de
voz pieds, vous ne puissiez par i-
ceux retourner au lieu duquel vous
estes departie, & estre la Fiammette
que vous estiez.

Vostre renommee est entiere, &
n'est interessee és cœurs des person
nes, d'aucune chose que vous ayez
faicte : laquelle estát maculee a esté
cause à plusieurs damoiselles de tó-
ber en l'extremité du mal.

Ne passez pas plus auant, à fin
que vous ne perdiez pas ce que la
Fortune vous a reservé.

Consolez vous, & pensez en
vous-mesme, que vous n'auez onques veu Pamphile ; ou bien que
vostre mary le soit.

La fantasie s'adapte & aproprie à
toute chose, & les bonnes imaginations permettét aisément d'estre
traitees, donnant lieu en nous.

Ce seul moyen vous peut rendre

qual cosa tu dei sommamente disiderare;
se cotante le angoscie t'offendono, quanto
gli atti & le tue parole dimostrano.

Queste parole, ò somiglianti non vna
volta, ma molte, & senza rispondervi alcuna cosa, ascoltai io con graue animo.

Et auegna, che io oltre modo turbata
fossi; nondimeno vere le conosceua. Ma la
materia mal disposta ancora senza alcuna vtilità le riceueua; Anzi hora in vna
parte, & hora in vn'altra voltando mi
auenne alcuna volta, che da impetuosa
ira cammossa, non guardandomi dalla
presenza della mia balìa, con voce oltre
alla donnesca grauezza rabbiosa, & con
pianto oltre ad ogni altra grandissimo così dissi.

O Tesifone infernal furia; O Megera;
ò Aletto stimolatrici delle dolenti anime, dirizzate gli spauenteuoli crini,
et le feroci hidre cō ira accendete à nuui

ioyeufe:& deuez fort defirer cecy,
fi les ennuis & angoiffes vous offé-
fent autant que voz contenances
& paroles le demonftrent.

I'efcoutay , d'vn cœur fort trauaillé non pas vne fois mais plufieurs, ces paroles ou femblables,
fans refpondre aucun mot.

Et combien que ie fuffe merueilleufemét troublee, ce neantmoins
ie les cognoiffois eftre vrayes. Mais
la matiere qui eftoit encore mal di-
fpofee,les receuoit,fans aucun profit,ains me tournát ores d'vn cofté,
& ores d'vn autre, m'aduint que
meuë d'vne ire impetueufe,ne prenát garde à la prefence de ma nourrice,ie dis ainfi, d'vne voix,outre la
grauité feminine,enragee & furieu-
fe, & auec vn pleur grand fur tout
autre & exceffif.

O Tefiphone infernale furie! ô
Megere! ô Alecton qui eguillónez
& bourrelez les dolentes ames ,
dreffez voz efpouuantables crins,
& animez les furieufes hidres à

spauentamenti: & veloce nella iniqua
camera entrate della maluagia donna de'
suoi congiugnimenti con l'smuolato amā-
te accēdete le misere facelline: e quelle intorno al delicatto letto portate in segno di
funesto augurio a'peßimi amanti.

O qualunque altro popolo delle nere case di Dite. O Dij de gli immortali regni
di Stige, siate presenti quiui, & co'uostri
rammarichi porgete paura di essi insi-
deli.

O misero Gufo canta sopra l'infelice
tetto. Et voi ò Harpie date segno di futuro danno.

O ombre infernali, ò eterno Chaos, ò
tenebre d'ogni luce nemiche, occupate le
adultere case sì, che gl'iniqui occhi non
godano d'alcuna luce.

Et i vostri odij, ò vendicatrici delle sce-
lerate case, entrino ne gli animi accorti

nouueaux épouuantemens; entrez
vites en l'inique chambre, de la mechante femme, allumez les miserables flambeaux & feuz de ses con-
ionctions auec l'amant volé & de-
robé, & les portez à l'entour du lict
delicat, en signe de triste augure
aux tresmauuais amants.

O tout autre peuple quel qu'il
soit de la noire maison & demeure
de Pluton! O Dieux des immortels
Roiaumes Stygiens! soyez icy pre-
sens, & faites peur à ces desloyaux
amans.

O miserable & triste Hibou, cháte
sur le malheureux toict; & vous ô
Harpies, donnez signe de futur dō-
mage.

O ombres infernales! ô eternel
chaos! ô tenebres ennemies de toute lumiere, occupez tellement l'a-
dultere maisō, que les iniques yeux
ne iouyssent d'aucune lumiere.

Que vos haines, ô vangeresses des
mésaicts & crimes, entrét és cœurs
suiects & propres aux changemés,

a'mutamenti: & impetuosa guerra gene-
rate fra loro.

Apresso questo gittato un ardente sospiro, aggiunsi alle rotte parole.

Contrari.

O iniquissima donna qualunque tu se
da me non conosciuta, tu hora l'amante
il quale io lungamente ho aspetato possiedi: & io misera languisco a lui luntana.

Tu delle mie fatiche possiedi il guiderdone: & io vacua senza frutto dimoro
de'seminati prieghi.

Io ho porte l'orationi & gl'incensi a gli
Dij per la prosperità di colui, il quale fur-
tiuamente tu mi deueui sottrare, et quelle
furono udite per utile di te.

Hor ecco, io non so con quale arte ne come tu me gli habbia tratta del cuore &
messaui te: ma pur so che cosi è. Ma cosi
ne possa tu rimaner cõtẽta, come tu n'hai
me lasciata.

& engendrez entre eux vne guerre
impetueuse.

Ce dict, ayāt ietté vn ardant fou-
fpir, i'aiouftay aux parolles interrompues.

O trefinique femme, quelle que
tu fois, incogneuë de moy, tu poffedes maintenant mon amant, lequel i'ay longuement attendu; & ie
languy miferable, loin de luy.

Tu poffedes le guerdon de mes
peines & trauaux, & ie demeure
vuide, fans aucun fruict, de mes prieres femees.

I'ay faict prieres, & offert encens
aux Dieux, pour la profperité de celuy, lequel tu me deuois furtiuemēt
fouftraire, & mes prieres & vœuz
ont efté exaucez & ouys pour ton
profit.

Or voicy que ie ne fçay par quel
moyen ny comment tu m'as tirce
de fon cœur, pour t'y mettre, mais fi
fçay-ie bié qu'il eft ainfi. Mais ainfi
puiffes tu demourer côtente, côme
ie le fuis par ton moyen.

Et se forse a lui la terza volta è malageuole l'innamorarsi: gli Dij non altrimenti diuidano il vostro amore; che quel
della Greca donna & del Giudice di Ida
diuisero: o quel del giouane Abideo, &
della sua dolente Hero: o de'miseri figliuoli d'Æolo, volgendosi cõtro te l'aspero giudicio, egli rimanendo saluo.

O peßima femina, tu deueui (ben mirando la sua faccia) pensare, che egli senza donna non era. Dunque se ciò pensasti
(che so, che'l pensasti) con quale animo
procedesti a tor quel che d'altrui era? certo con nemico animo, auiso.

Et io sempre come nemica, & occupa-
trice de miei beni ti seguirò: & sempre,
mētre ci viuero, mi nudricherò della speranza della tua morte. Laquale io non si
comune priego, che sia, come l'altre; ma pi-

Et ſi d'auanture, pour la troiſieſme fois, il luy eſt malaiſé de ſ'enamourer, les Dieux ne diuiſent autrement voſtre amour que celuy
de la femme Grecque & du Iuge
d'Ida; ou celuy du ieune Abidee, &
de la dolente Hero, ou des miſerables enfans d'Eole, ſe tournât côtre
toy l'aſpre iugement, & demourât
iceluy ſain & ſauf.

O treſmechante femme! tu deuois penſer, en regardant bien ſon
viſage, qu'il n'eſtoit pas ſans ſême.

Parquoy ſi tu l'as penſé (comme
ie ſçay bien que tu as faiét) de quel
courage & commét as tu faiét d'o-
ſter ce qui appartenoit à autruy; cer
tainement ie voy que tu y as pro-
cedé de mauuais cœur.

Et ie te pourſuiuray touſiours
comme ennemie, qui occuppes &
poſſedes mes biens; & tandis que ie
viuray, ie me nourriray & paiſtray
de l'eſperance de ta mort, & prie
qu'elle ne ſoit pas tant commune
que les autres; mais, au lieu d'vn

sta in luogo di pesante piombo, o di pietra
nella cõcaua sionda tu sia tra nemici gittata; al tuo lacerato corpo si dato sia fuoco, o sepoltura ma diuiso, & isbrenato sa-
tij gli agognanti cani.

I quali io priegho , che poi che consumate hauranno le molli polpe, delle tue ossa commettano asprißime zuffe : acioche
rapinosamente rodẽdole, te di rapina dil-
lettata in vita dimostrino.

Niun giorno; niuna notte , niuna hora
sarà la mia bocca senza esser piena delle
tue maladittioni : ne à questo mai si por-
ra fine.

Prima si tufferà la celestiale Orsa nell'
Oceano; & la rapace onda della Siciliana
Carridi stara ferma : & taceranno i ca-
nidi Silla, & nell' Ionio mare surgerano
le mature biade : & la oscura notte darà nelle tenebre luce, e l'acqua cõ le fiamme: & la morte con la vita , & il mare

pefant plomb,ou pierre, eftant mife en vne profonde foffe, tu fois
jetté entre les ennemis ; & tõ corps
dechiré ne foit bruflé,ou mis en fe-
pulture, mais foit diuifé & defmé-
bré par les chiens affamez.

Et prie qu'apres qu'ils auront
mangé ta chair, ils fe battent afpre-
ment, pour auoir tes oz, à fin que
les rõgeant auec rapine, ils demonftrent que tandis que tu eftois en
vie,tu te delectois de rapine & de
proye.

Ie ne pafferay iour,ny nuict ny
heure,fans auoir la bouche pleine
de tes maledictions; & iamais ie n'y
mettray fin.

La celefte Ourfe pluftoft fe ba-
gnera en l'Ocean; la rauiffante onde de la Sicilienne Caribde farre-
ftera; les chiens de Sylle fe tairont;
les bleds meurs croiftront & fe le-
ueront en la mer Ionique;l'obfcure
nuict, donnera, és tenebres, la lumiere;l'eau faccordera auec le feu ;
la mort auec la vie , & la mer auec

cò uenti saranno concordi con somma fede: anzi, mentre c'e Gange durerà tiep.-
do, & Istro freddo, & i monti porteran-
no le quercie, & i campi i morbidi paschi
teco haurò battaglie; ne finira morte questa ira; anzi tra morti spiriti seguitando,
con quelle ingiurie, che di la s'adoperano,
m'ingegnerò di nominarti.

Et se tu forse a me soprauiui (qual che
si sia della mia morte il modo) douunque
il misero spirito se n'andrà, di quindi a
forza m'ingegnerò discioglierlo: & in te
entrando, furiosa ti farò diuenire non altrimenti, che siano le vergini dopo il riceuuto Apollo.

Le ver-
gini, cio
è indo-
uinatri-
ci.

O venendo nel tuo cospetto veggiando
horribil mi vedrai, et ne'sonni spauente-
uola souente ti desterò nelle tacite notti.

Et brieuemēte in ciò che tu farai, con-

les vents: voire mesmes tandis que
le Gange sera tiede, l'Istre froid, que
les montagnes porteront les ches-
nes, & les champs, les mols & frais
pasturages, i'auray guerre à toy : &
la mort ne mettra fin à cete ire &
haine, ains te poursuiuant entre les
esprits des morts, ie m'efforceray
de te nommer, & te faire la guerre
auec les iniures qui se pratiquent
de là.

Et si d'auanture vous viuez apres
moy (quelle que soit ma maniere
de mort) en quelque lieu que mon
pauure esprit s'en aille, ie m'efforceray le destier de là; & entrat en toy,
ie te feray deuenir furieuse, ny plus
ny moins que les pucelles deuine-
resses, apres qu'elles ont receu A-
pollon.

Ou bien me presentat deuat toy,
tu me verras horrible, quand tu
veilleras, & quand tu dormiras, ie
te reueilleray souuent espouuanta-
ble, durat la nuict coye, & paisible.

Brief, en ce que tu feras, ie voleray

tinuamente volerò dinanzi gli occhi tuoi
& rammendandomi questa ingiuria; te
in niuna parte lascierò quietà.

Et così, mentre viuerai, da tal furia, me
operante, sarai stimolata, & morta poi di
peggiori cose ti farò cagione.

Oime misera in che si stendono le mie
parole, Io ti menaccio, & tu mi nuoci, &
il mio amante tenēdoti, quel delle minacciate offese ti curi che gli altißimi Re di
meno potenti huomini.

Oime hora fosse in me l'ingegno di De-
dalo, o le carra di Medea: accio che o per
quello aggiugnendo ali alle mie spalle, o
per l'ere portata, subitamente là doue tu
gli amorosi furti nascondi, mi ritrouaßi.

O quãte, et quali parole al falso giouane
et à te rubbatrice de gli altrui beni dirci

continuellement deuant tes yeux,
& me ramenteuant cete iniure, ie
ne te laisseray en repos, en quelque
lieu que tu sois.

Et ainsi, tandis que tu viuras, tu
seras stimulee par mon moyen d'v-
ne telle furie; & quád tu seras morte,ie te seray cause de pires choses.

Mon Dieu, où s'estendent, miserable que ie suis,mes propos ? Ie te
menace,& tu me nuis ; & en tenant
mon amant,tu ne te soucies nóplus
de mes menaces, que les tresgrands
Rois,des moins puissans hommes.

Ah!pleust à Dieu qu'en moy fust
maintenant l'esprit de Dedale, ou
les chars de Medee,à fin que ou par
l'industrie Medeenne, aioignát des
ailes à mes espaules, ou par l'autre
moyen,portee en l'air,ie me retrou-
uasse incontinent, là ou tu caches
les amoureux larcins.

O que ie parlerois bien à la reuerence du faulx ieune homme, & à
toy larronnesse des biens d'autruy,
Ec

con turbato viso, & minaccieuole.

O con quanta villania i vostri falli ri-
prenderei. E poi,che te, & lui delle com-
messe colpe vergognosi haueßi rēduti,sen-
za alcun freno od in dugio procederei alla vendetta, & i tuoi capelli con le proprie mani pigliando, & laniandogli forte te hora quà et hora là tirando per quelli dauanti al perfido amante satierei le
mie ire ; & con eßi tutti i vestimenti ti
stratierei.

Ne questo mi basterebbe, anzi con ta-
gliente vngia il viso piaciuto o gli occhi
falsi arerei in molte parti, lasciando in
quello eterni segnali delle mie vendette,
& il misero corpo tutto:co'bramosi denti
lacererei;ilquale poi lasciando à colui che
hora ti lusinga a medicare lieta ricerche-
rei le triste case.

auec vn visage courroucé & menaçant.

O que ie reprendrois, auec gráde
iniure, voz faultes; & apres que ie
t'aurois, & luyaussi rendu honteux,
des faultes cómises, ie procederois
en toute extremité, & sans retardement, à la vengeance; & t'empon-
gnant aux cheueux de mes propres
mains, te les arrachant & tirant
ores deçà, ores delà, deuant le perfi-
de & desloyal amant, ie saoulerois
mon courroux, & te dechirerois
tous tes accoustremens.

Et cecy ne me suffiroit pas, ains
de mes ongles tranchaas i'egrati-
gnerois ton visage lequel a agreé
& les faux yeux, en plusieurs endroits, y laissât les marques eternel-
les de mes vengeances, & dechirerois tout ton miserable corps à belles dents sur toy acharnees; & puis
le laissant à penser & medeciner à
celuy qui te flate & amadouë à present, ie m'en retournerois ioyeuse
en ma triste maison.

Mentre che io queste parole diceua con
gli occhi sfauillanti, e cò denti serrati, e
con le pugna strette quasi à'fatti fossi, dimoraua: e pareua, che parte della disiata
vendetta mi reccassi.

Ma la vecchia balia quasi piangendo
mi diceua.O figluola poscia, che ti conosci
a rabbiosa tirannia di Dio, che ti molesta; tempra te medesima, & i tuoi pianti
raffrena.

L'hono
re dee
mouere
ogni sa-
uia don
na da,
non sa-
ni pen-
sieri.

Et se la debita pietà di te stessa a ciò nõ
ti muoue, muouati il tuo honore, alquale
nuoua vergogna d'antica colpa potrebbe
nascer di leggieri: od almeno taci, accioche non il tuo marito senta le triste cose
& per doppia caggione meriteuolmente
si dolga del fallo tuo.

All'hora al ricordato sposo pensando,
da nuoua pietà mossa, più forte piangeua;

Tandis que ie tenois ces propos, auec les yeux estincellans, grinçant les dents, & fermant les poings, ie demourois là, comme si i'eusse esté sur le faict & en œuure, & sembloit que i'eusse executé vne partie de la desiree vengeance.

Mais la vieille nourrice, me disoit quasi en pleurant: Ma fille vous voyant menee de la furieuse & enragee tyrannie, du Dieu qui vous moleste, moderez vous mesmes, & refrenez voz pleurs.

Et si la conuenable & deuë pitié de vous-mesmes ne vous induit à cela, que l'honneur vous y induise, auquel nouuelle honte de l'anciéne coulpe, pourroit naistre facilemét; ou au moins taisez vous, de peur que vostre mary entende vostre piteux faict, & par vne double occasion, se plaigne à bon droict de vostre faute.

A cete heure là pensant à mon espoux ramentéu, induite & poussee de nouuelle pitié, ie pleurois plus

& nell'anima volgendo la rotta fede, et
le mal serbate leggi, così diceua alla mia
balia.

O fidißima compagnia delle mie fatiche, di poco si può dolere il mio marito. Co
lui, che fu del mio peccato cagione; di quel
lo è stato agrißimo purgatore.

Io ho riceuuto? & riceuo, secondo i meriti il guidardone. Niuna pena mi peteua
il marito dar maggiore: che quella, che
m'ha pirta l'amante.

Sola la morte (se la morte è penosa si
come si dice) mi puote per pena il mio marito accrescere.

Venga adunque: & dialami. Ella non
mi sia pena, anzi diletto; percioche io la di
sidero, & piu dalla sua mano, che dalla
mia sia gratiosa.

Se egli non la mi da od ella da se nõ mi
viene, il mio ingegno la trouerà; percio-

fort ; & me r'amenant deuant les yeux, la foy rompue, & les loix mal gardees, ie difois ainfi à ma nourrice.

O trefloyale compagne de mes trauaux, mõ mary ne fe peut plaindre de grande chofe. Celuy qui a efté la caufe de mon peché, en a efté le trefrigoreux puniffeur.

I'ay receu & reçoy guerdon felon mes merites; mon mary ne pouuoit pas me donner peine plus grande, que cela que m'a occafionné mon amant.

La mort feule (s'il y a de la peine en la mort, comme l'on dit) me peut eftre, en outre, donnee pour peine, par mon mary.

Qu'il vienne donc, & qu'il me la donne : elle ne me fera peine, ains plaifir, pource que ie la defire, & me fera plus agreable de fa main, que de la mienne.

S'il ne me la donne, ou fi elle ne me vient de luy, mon efprit la trouuera: pource qu'au moyen d'icelle,

che io per quella spero ogni mia doglia finire.

L'inferno de' miseri ultimo supplicio
nel piu nocente luogo, c'habbia in se non
ha pena alla mia somigliante.

Titio ci è porto per grauissimo esempio
di pena da gli antichi auteri, dicenti à lui
sempre esser pizzicato da gli Auoltoi il
ricrescente fegato;

Et certo non la stimo picciola, ma non è
alla mia semigliante, Che se à colui gli
Auoltoi pizzicano il fegato, à me continuo squarcia no il cuore cento mila sollecitudini piu forti, che alcun rostro d'uc-
cello.

Tantalo finalmente dicono tra l'acque,
e tra frutti morirsi di fame, & di sete.
Certo & io posta nel mezzo di tutte le
mondane delitie, con affettuoso appetito
il mio amante desiderando, ne potendolo
hauere, tal pena sostengo; quale eggli,

i'espere finir & terminer toute ma facherie & tourment.

L'Enfer, le dernier suplice des miserables, au lieu le plus criminel qu'il comprenne en soy, n'a peine aucune semblable à la mienne.

Titie y est, pour vn merueilleux exemple de peine declaré par les anciés auteurs, qui disent que les vautours luy vont tousiours bequetás le foye renaissant.

Et certainement ie n'estime pas cete peine là, petite; mais elle n'est pas semblable à la mienne: car si les vautours luy mordent le foye, cent mille souciz plus forts & poignans qu'aucun bec d'oiseau, m'écartellét le cœur.

On dit finalement que Tantale meurt de faim & de soif, entre les eaux & les fruicts. Certainement estant mise pareillement au milieu des mondaines delices, desirant mon amant d'vne grande affectió; & ne le pouuant auoir, i'endure vne telle peine que ce cetuy-là, voire

anzi maggiore.

Percioche egli con alcuna speranza delle vicine, onde, & de'propinqui pomi pur
si crede alcuna volta poter satiare.

Ma io hora del tutto disperata di ciò,
che a mia consolatione speraua & piu a-
mando che mai; colui, che nell'altrui forze con suo volere e riceuúto, tutta di se
m'ha tratta di fuori.

Et ancora il misero Issione nella fiera
ruota voltato non sente doglia si fatta, che
alla mia si possa agguagliare.

Io in continuo mouimento da furiosa
rabbia per gli aduersari Fati riuolta pa-
tisco piu pena di lui assai.

E se le figliuole di Danao ne'forati va-
si con vana fatica continuo versano acqua credendogli empiere: io con gli occhi,
tirate del tristo cuore, sempre lagrime verso.

Perche ad vna ad vna l'infernali pene

plus grande.

Car Tentale, au moyen de quelque esperance des prochaines ondes & fruicts, pense aucunesfois se
pouuoir rassasier.

Mais ne m'attendant aucunemét
pour cete heure en ce que i'esperois, pour ma consolation, & aymant plus que iamais, celuy qui est,
de son gré, en la puissance d'autruy, m'a du tout tiree hors de soy.

Et mesmes le miserable Ixion,
tourné en la cruelle roüe, ne sent
pas vn tel tourment, qu'il se puisse
egaller au mien.

Estant en continuel mouuement,
par vne furieuse rage roüé, des cô-
traires destins, ie souffre beaucoup
plus de peine que luy.

Et si les filles de Danaus versent
continuellement par vne peine inu-
tile de l'eau en leurs vaisseaux per-
cez, pensans les emplir, i'espans &
verse aussi continuellemét des larmes, tirees de mon triste cœur.

Que m'efforçay-ie de raconter
Ee vj

m'affatico io di raccontare? conciofia cosa,
che in me maggior pena tutta insieme si
truoua; che in quelli ò diuise, ò congiunte
non sono.

Et se altro in me piu d'angoscia nõ fosse, che del conuenirmi tenere occolti i miei
dolori, ed almeno la cagion di loro, là doue essi con voci altissime & con atti conformi alle loro doglie dimostrargli possono
si sarebbono le mie pene maggiori, che le
loro da giudicare.

Oime quanto piu fieramente nuoce il
fuoco ristretto, che quello, il quale per ampio luogo manda le fiamme sue.

Et quanto è graue cosa, & di gua piena il non potere nelle sue doglie spandere
alcuna voce, ò dire la nociua cagione; ma
conuenir sotto lieto viso nascenderle solo
nel cuore.

les peines d'enfer, l'vne apres l'autre, veu qu'en moy se trouue toute
ensemble, vne peine plus grande,
qu'en celles là, ou diuisees ou coniointes?

Et quand il n'y auroit autre chose en moy, indice de plus grande
angoisse, que de tenir, parforce mes
douleurs cachees, ou aumoins l'occasion d'icelles, au lieu que ceux là
les peuuent demonstrer à haulte
voix, & par contenances conformes à leurs tourmens, on deuroit
iuger mes peines plus grandes que
ne sont les leur.

Mon Dieu! que le feu contraint
nuit beaucoup plus que celuy lequel estend ses flammes, en lieu spa-
cieux & large!

Et que c'est vne chose facheuse,
& pleine de lamentations, de ne
pouuoir en ses douleurs & ennuis
espandre ou proferer aucune voix,
ou dire la nuisible occasion, estant
force les cacher au cœur, en monstrant vn ioyeux visage.

Dunque non doglia, ma piu tosto di doglia alleggiamento mi sarebbe la morte.
Vegna adunque il caro marito, & se ad
vn'hora vendichi, & me caccia di doglia.

Apra il suo coltello il mio misero petto; & fuori la dolente anima, & le mie
pene ad vn'hora ne tragga con molto sangue; & il cuore di queste cose ritenitore: si
come ingannator principale, & ricetta-
tor de'suoi nimici: laceri, pur come merita
la commessa nequitia.

Dapoi, che la vecchia balia me tacita
del parlare, e nel profondo delle lagrime
vide: cosi con voce sommessa mi cominciò
a dire.

O cara figliuola, che è quel che tu fauelli? Le tue parole sono vane, & varissi-
mi gli intendimenti.

Io in questo mondo vecchissima molte cose ho vedute, & gli amori di mol-

Parquoy, la mort ne me seroit pas
douleur ou mal, mais pluſtoſt allegement de mal.

Que mon cher mary vienne dóc,
& qu'il ſe vange, & me deliure de
peine & facherie tout enſemble, &
par vn meſme moyen.

Que ſon poignard ouure mó miſerable ſein, & qu'il en tire auec beaucoup de ſang ma triſte ame, & mes
peines tout enſemble : & qu'il de-
chire mon cœur reteneur de ces
choſes, comme principal trómpeur,
& celuy qui a recelé ſes ennemis;
qu'il le traitte comme la mechanceté commiſe le merite.

Apres que la vieille nourrice me
vid taire, & pleurer amerement, elle
commença ainſi à me dire d'vne
voix baſſe.

Ma fille, m'amie, qu'eſt-ce que
vous dites? Voz parolles ne ſeruent
de rien, & voz intentions ſont treſ-
vaines.

I'ay veu beaucoup de choſes en
ce monde, comme treſvieille que ie

te donne senza dubbio ho conosciuti.

Et ancora, che io tra il numero di voi
da metter non sia; nõ per tanto io pur già
conobbi gli amorosi veleni: i quali cosi
vengono graui (& molto piu tal fiata)
alle menome genti, come alle piu potenti,
in quanto piu alle bisognose sono chiuse le
vie d'loro piaceri; che à coloro, che con le
ricchezze le possono trouare per il cielo.

Et quel, che tu quasi impossibile, &
tanto à te penoso fauelli; non vdi, ne senti
mai esser duro, si come tu porgi.

Ilquale dolore: ancor che grauissimo
sia, non e perciò da consumarsene, si come
fai: & quindi cercar la morte, laquale tu
piu adirata: che consigliata, dimandi.

Ben conosco io, che la rabbia della focosa

suis, & certainement ay-ie cogneu les amours de beaucoup de fémes.

Et combien que ie ne sois à mettre entre le nombre de vous autres, ie n'ay pourtant laissé de cognoistre les amoureuses peines, lesquelles sont aussi facheuses, & auconefois beaucoup plus, aux personnes de basse condition qu'aux grandes: entant qu'aux pauures, & necessiteux est clos le chemin à leurs plaisirs, plustost qu'à ceux là, lesquels au moyen des richesses, les peuuent aisément trouuer.

Ie n'ouy & ne senty iamais facheux, cóme vous monstrez, ce que vous dites quasi impossible, & à vous tant ennuieux.

Et combien que cete douleur soit tresgriefue, il ne s'en faut pas toutesfois perdre & consommer, cóme vous faites, & chercher, pour cete occasion, la mort, laquelle vous demandez plustost par courroux, que par conseil & bon sens.

Ie cognoy bien que la rage sti-

ira stimolata è cieca, & non cura di co-
prirsi: ne freno alcū sostiene, ne teme morte: anzi essa medesima da se stessa sospinta, si fa cōtra alle mortali punte delle agu-
te spade.

Ma questa ira s'alquanto raffreddare
si lasciasce, non dubito, che l'accesa follia
sarebbe manifesta alla raffreddata parte.

Et percio figliuola sostieni il suo graue
empito, & da luogo al furore, & alquāto nota le mie parole, & ne gli esempi da
me dati ferma l'animo tuo.

Tu ti duoli con graui rammarichi (se
io ho bene le tue parole raccolte) dell'amato giouane da te partito, della rota fede
d'amore, & della nuoua donna. Et in
questo dolerti niuna pena alla tua reputi
vguale.

Et certo se tu sauia sarai, si come io disi-
dero: a tutte queste cose con effetto) rac-

mulce d'vne ire embrasee est aueugle, & ne se soucie pas de se couurir; elle n'endure aucune bride; elle
ne craint la mort, ains elle mesme
induire par soy mesme, s'oppose
aux mortelles pointes des glaiues
aiguz.

Mais si cete ire se laissoit vn peu
refroidir & moderer, ie ne doute
pas que cete rage allumee ne fust
manifeste à la partie refroidie.

Et pour cete cause, ma fille, soustenez son grand effort, ne donnez
lieu à la fureur; notez vn peu mes
paroles, & arrestez vostre esprit aux
exemples que ie vous ay donnez.

Vous estes griefuement fachee (si
i'ay bien recueilly voz paroles) de
l'aymé ieune homme qui vous a
laissee, vous vous plaignez de la foy
rompue, d'amour, & de la nouuelle
maistresse. Et en cete plainte, vous
ne reputez aucune peine egalle à la
vostre.

Et certainemét si vous estes sage,
cóme ie desire, vous receurez auec

cogliendo le mie parole) prenderai vtile
medicina.

Il giouane: il quale tu ami senza dubbio, secondo l'amorose leggi, si come tu lui,
te deue amare: & se nol sa, fa male; &
niuna forza a farlo il puo costrignere.

Ciascuna il beneficio della sua libertà
si come egli piace, puote vsare.

Se tu fortemente ami lui, tanto che di
ciò pena intolerabile sostieni; egli di ciò
non n'ha colpane giustamente di lui ti
puoi dolere.

Tu stessa di ciò ti se principalissima
cagione.

Amore, ancora che potentissimo signor sia, & incomparabili le sue forze;
non però (te inuita) ti poteua il giouane
pinger nella mente.

Il tuo senno, et gli otiosi pensieri d'amar

effect, vne medecine vtile & profitable à tout celà, si vous entendez
bien mes propos.

Le ieune homme que vous aymez, vous doit indubitablement,
selon les amoureuses loix, aymer,
comme vous, luy; & s'il ne le faict,
il faict mal, & ne peut par aucune
force estre contraint à le faire.

Chacun peut vser & se seruir du
benefice de sa liberté, comme il
voudra.

Si vous l'aimez fort, & tant que
vous en souffrirez vne peine intollerable, il n'en peut mais, & ne pouuez à iuste cause vous plaindre de
luy.

Vous estes vous-mesmes la tres-
principale cause de celà.

Et combien qu'Amour soit vn
tres-puissant Seigneur, & que ses
forces soient incomparables, il ne
pouuoit neantmoins, malgré vous
mesmes, vous imprimer le ieune
homme au cœur.

Vostre sens & les ocieuses pésees

coſtui ti furono principio. Alquale ſe tu
vigoroſamente ti foſſi oppoſta: tutto queſto non aueniua ma libera, lui et ogni altro haueresti potuto ſchernire: ſi come tu
dì, che egli di te non curandoſi il ſcher-
niſſe.

E adunque di biſogno, poi che la tua
libertà gli ſottometeſti, di reggerti ſecondo
i ſuoi piaceri. Piacegli hora di ſtare à te lõ
tano; a te ſimilmente ſenza rammaricar-
ti conuien che piaccia.

Se egli intera fede lagrimando ti diede, & di tornar il promiſe; non coſa nuoua, ma antichiſſima fece, et uſata da gli
amanti.

Queſti ſono dè coſtumi, che s'uſano nella corte del tuo Iddio. Ma ſe egli attenuto
nò te l'ha; niuno giudice ſi trouò mai, che
di ciò teneſſe ragione: ne di ciò ſi ſi puo-

vous ont seruy de commencement pour aymer cetuy-cy ; auquel si vous vous fussiez vigoureusement opposee, tout cecy ne fust aduenu, mais vous eussiez peu, libre, vous rire de luy & de tout autre, comme vous dites qu'iceluy ne se souciant de vous, se rit.

Puis donc que vous luy auez soumis vostre liberté, il fault que vous vous gouuerniez, selő ses plaisirs. Il luy plaist maintenant de se tenir loin de vous; il fault par semblable que cela vous plaise, sans vous fascher.

S'il vous a donné entiere foy en larmoyant, & s'il vous a promis de retourner, il n'a pas fait chose nouuelle, mais tresancienne, & accoustumee aux amans.

Cetes sont des coustumes & manieres qui se pratiquent en la court de vostre Dieu. Mais s'il nevous a tenu promesse, on ne trouua iamais Iuge qui fist raison de cela; car l'on n'en peut dire autre chose, sinon;

te, che dir male ha fatto, & darſi pace,
pēſando, che à lui coſì foſſe da fare, ſe mai
a cotal partito la Fortuna tel deſſe, a quale ella ha te à lui conceduta.

Egli ancora non è il primo , che queſti
faccia; ne tu la prima, a cui queſto auenga.

Eſendi
di diuer
ſi che l'a
manti
abando
naro-
no.
Giaſone ſi partì di Lenno da Hiſiſile,
& torno in Theſaglia da Medea. Paris ſi
partì da Enone delle ſelue d'Ida, & ritornò a Troia da Helena.

Theſeo ſi partì di Creti da Ariana, et
giunſe ad Athene di Fedra.

Ne però Hiſiſile, od Enone, od Ariana
s'ucciſero; ma poſponendo i vani penſieri
miſero in oblio i falſi amanti.

Amore (ſi come io diſopra ti diſſi)niu-
na ingiuria ti fa, ò t'ha fatto piu che tu
habbia voluto pigliare.

Egli vſa il ſuo arco, & le ſaette ſenza
auc-

il a mal faict ; & s'appaiſer , penſant
qu'il luy en fauldroit faire autant,ſi
iamais la Fortune vous le rangeoit
là où elle vous a reduite enuers luy.

Il n'eſt pas auſſi le premier qui
faſſe celà,comme auſſi vous n'eſtes
la premiere à qui celà aduienne.

Iaſon partit de Lemne, & laiſſant Hipſiphile, s'en retourna en
Theſſalie, vers Medee. Paris partit
d'Enon,des foreſts d'Ida, & retourna à Troye vers Helene.

Theſee partit de Crete, & laiſſa
Ariadne, & arriua à Athenes, vers
Phedre.

Et ce nonobſtant Hipſiphile, ou
Enon ou Ariadne ne ſe tuerent pas,
mais poſtpoſans leurs vaines penſees , elles mirent en oubly leurs
faux amants.

Amour, comme ie vous ay dict
cy deſſus , ne vous fait aucun tort,
ou ne vous en a faict,plus que vous
auez voulu prendre.

Il met en œuure ſon arc & ſes fleches dont il ſe ſert, ſans regarder

auedimento alcuno: si come noi tutto
giorno veggiamo.

Et ecci per manifesti & infiniti esempi alla sua maniera sì chiari, che niuno
meritamente di cosa, che gli venga per
lui, non si deuria di lui, ma di se condo-
lere.

Egli fanciullo lasciuo ignudo, & cieco
vola & gira, & non sa dóne: Perche il
dolersene, non consolatione hauerne, ò di
mondo rimouerlo; è anzi più tosto vn per-
dersi le parole.

La nuoua donna, che ha il tuo amante
preso, ò che da lui è stata presa, & laqual
con tante ingiurie minacci: forse non con
sua colpa l'ha fatto suo: ma egli forse di
lei con importunità è diuenuto;

Come tu a'prieghi di lui non potesti
resistere; così per auentura ne ella medesima non meno piegheuole di te, quelli pote
senza pietà sostenere.

qu'il fait, comme nous voyons tous les iours.

Et vous voyez par manifestes & infinies exemples, tant certains, que personne ne se deuroit, à iuste raison, plaindre de luy mais de soy-mesme, d'aucune chose qui luy aduienne à son occasion.

Iceluy enfant, lascif, nud & aueugle, vole & tournoye & ne sçait où.

Parquoy, s'en facher, n'en receuoir consolation, ou bien le retrancher du monde, ce n'est que peine & paroles perdues.

La nouuelle maistresse, laquelle a prins vostre amant, ou bien qui a esté prinse de luy, & laquelle vous menacez auec tant d'iniures, ne l'a parauanture faict par sa faute, mais il est possible, deuenu sien, par importunité.

Et comme vous n'auez peu resister aux prieres d'iceluy, ains elle mesme non moins ployable que vous, n'a peu parauanture les soustenir ou entendre sans pitié.

Se egli così sa piangere (come narri)
quando gli pioue: siati manifesto, le lagrime alla bellezza congiunte hauer grandissime forze.

Ciascu-
no cer-
ca il suo
vantag-
gio.

Et oltre à ciò, poniamo pur che la gentil donna con le sue parole et atti l'habbia irretito: così s'usa hoggi nel mõdo, che
ciascuna persona cerca il suo vantaggio,
& senza altrui riguardare, quando il
trona, se'l piglia sì come puote.

La buona donna, forse non meno di te
sauia in queste cose, lui destro alla militia
di Venere conoscendo, si recò à se.

Et chi tiene te, che tu non possa fare il
simigliante d'uno altro? Laqual cosa non
lodo.

Ma pur se più non si puote, & di seguire Amor se costretta: oue tu la tua libertà da colui voglia ritrarre (che potrai) infiniti giouani vi sono più di lui degni (per

S'il sçair, comme vous dites, pleurer, quand il veut : sachez certainement que les larmes coniointes à la
beauté ont tresgrande force.

Et outre celà, posons le cas que la
gentile dame & par ses propos &
par ses gestes & contenances l'ait
prins & enreté; la coustume est telle au monde, que chacun cherche
son aduantage, & sans autre egard,
le prend comme il peut, quand il le
trouue.

La bonne dame, parauenture autât aduisee en ces choses que vous,
le cognoissant adroit à la guerre de
Venus, l'a retenu pour soy.

Et qui vous empesche, que vous
n'en fassiez de mesme, d'vn autre?
ce que ie ne louë ny n'aprouue pas.

Toutesfois si vous ne pouuiez
autremér, & si vous estes contrainte de suiure Amour, là où vous voudrez retirer vostre liberté du vouloir de cetuy-là (ce que vous pourrez faire) il y a infiniz ieunes hommes plus dignes que luy, comme ie

Ff iij

quel che io creda) che volentieri à te di-
uerranno soggetti.

Il diletto de' quali così lui traranno della tua mente; come la nuoua donna hà te
forse della sua tratta.

Di queste fede promesse , & di questi
giuramenti fatti Gioue se ne ride: quando
si rompono.

Et chi tratta altrui, secondo che egli è
trattato: forse non fauella di souerchio,
anzi vsa il mondo, secondo i modi altrui.

Il serbar fede à chi à te la rompa, è
hoggi reputata mattezza: & l'inganno
compensar con l'inganno si dice sommo
sapere.

Medea da Giasone abandonata si prese
Egeo & Arianna da Theseo lasciata
guadagno Bacco per suo marito; è così loro pianti mutarono in allegrezza.

Dunque piu patientemente le sue pene

pense, lesquels s'assubiettiront volontiers à vous.

Le plaisir & delectation desquels le tirerôt & supprimeront de vostre cœur, comme la nouuelle maistresse vous a parauanture tiree & effacee de celuy de Pamphile.

Iupiter se moque de telle foy, promesses & sermens faicts, quand ils se rompent.

Et quiconque traitte autruy, selon qu'il est traitté, parauanture ne parle en vain, ains le monde faict & se gouuerne selon les manieres d'autruy.

Garder la foy à qui vous la rompt est auiourd'huy reputé folie : & payer ou compenser la tromperie par la tróperie, se dit estre vne gráde sagesse.

Medee abandonnee de Iason, print Egee ; & Ariadne laissee de Thesee, gangna Bache pour son mary ; & ainsi ils changerent leurs pleurs en allegresse.

Parquoy endurez plus patiem-

soſtieni; poi che meritamente più d'altrui che di te non t'hai à dolere.

Et à laſciar quelle molti modi ſi troueranno, quando vorrai; conſiderando, che ancora gia ſe furono ſoſtenute per altre di coſi graui, & trappaſſate.

Che dirai tu Deianira eſſer abandonata per Iole da Hercole, è Filli da Demofonte, & Penelope da Vliſſe per Circe?

Tutte queſte furono più graui, che le tue pene; in quanto coſì, ò più era feruente l'amore.

Et tanto più ſe ſi conſidera il modo, & gli huomini più notabili, & le donne; et pur ſi ſoſtennero.

Men nuoce, quando   Dunque à queſte coſe nõ ſe ſola, ne prima, & quelle, allequali l'huomo ha compagnia, appena poſſono eſſer importabili, ò

ment voz peines, voyant qu'à iuste cause, vous ne pouuez pas vous plaindre, plus d'autruy que de vous.

Et se trouueront, quand vous voudrez, plusieurs moyens de les laisser, considerant qu'autres en ont aussi souffert & passé d'autát griefues & facheuses.

Que direz vous de cecy, que Deianire a esté abandonnee par Hercule, pour l'amour d'Iole; Phillis par Demophon, & Penelope, par Vlisse, à cause de Circe?

Toutes ces peines ont esté plus griefues & ennuyeuses que les vostres, entát que l'amour estoit aussi feruent ou encore plus.

Et d'autant plus si l'on considere la maniere, & les hommes plus notables & les femes, & neantmoins elles eurent patience.

Vous n'estes donc pas seule, ny la premiere à laquelle ces choses là sont aduenues, & celles, esquelles l'homme a compagnie, à peine peuuent estre insupportables ou grief-

si ha cō-
pagnia
nel ma-
le.

graui; come tu le dimoſtri.

Et però rallegrati. & le vane ſollecitudini caccia, & del caro marito dubita,
delquale, ſe forſe queſto perueniſſe all'orecchie: poſto (ſi come tu di) che nulla piu
oltre ſe ne poteſſe per pena dare, che la
morte; quella medeſima (cōcioſia coſa che
piu, che, vna volta non ſi muoia) ſi deue
quando l'huomo puo, pigliar quanto ſi
poſſa migliore.

Penſa, ſe quella coſi come adirata la
dimandi, ti ſeguiſſe : di quanta infamia
& eterna vergogna rimarrebbe la tua
memoria fregiata.

Egli ſi voglieno le coſe del mondo apparare ad vſar, come mobili : & per innanzi ne tu, ne alcuno in eſſo molto ſi cō-
fidi, ſe vengono proſpere; ne anco nelle aduerſe proſtrato delle migliori ſi diſperi.

Cloto meſco la queſte coſe con quelle;
& vieta, che la Fortuna ſia ſtabile,

ues, comme vous les demonſtrez.

Parquoy reiouiſſiez vous, & chaſſez les vains ſouciz, & ayez peur de voſtre cher mary, aux aureilles duquel, ſi cete choſe paruenoit; encore que pour peine, il ne vous peuſt (comme vous dites) dóner autre choſe que la mort, ce neantmoins attendu que l'on ne meurt qu'vne ſeule fois, l'homme la doit prendre la meilleure qu'il peut.

Si elle vous aduenoir cóme vous la demandez eſtát ainſi irritee, penſez vn peu, de quelle infamie & eternel deshonneur voſtre memoire demoureroit tachee.

Il faut aprendre à ſe ſeruir des choſes du monde, comme mobiles; & pour l'aduenir, ny vous ny aucú autre ſ'y confie ſi elles luy viennent heureuſes & proſperes; & meſmes eſtant abbatu és aduerſitez, qu'il ne ſe deſeſpere d'auoir mieux.

Cloton meſle ces choſes icy auec celles-là, & empeſche que la For-

& ciascun Fato riuolge.

Niuno hebbe mai gli Dij sì fauoreuoli,
che nel futuro gli potesse obligare.

Iddio le nostre cose da' peccati incitato
con turbatione reuerscia; & la fortuna
similmente gioua à forti, & auilisce gli
timidi.

Hora è tempo da prouare, se in te ha
luogo alcuna virtù; auegna che à quella
in niun tempo si possa tor luogo, male a-
uersità à la ricuoprono assai spesso.

La speranza ancora ha questa manie-
ra, che ella nelle cose afflitte ne mostra alcuna via.

Perciò chi in alcuna cosa puo sperare,
di nulla si disperi.

Noi siamo agitati da' Fatti: & credimi, che non di leggieri si possono con sollecitudine mutar le cose apparecchiate da
loro.

tune soit stable, & retourne chacun destin.

Nul n'a onques eu les Dieux tant fauorables, qu'à l'aduenir il les peust obliger.

Dieu incité par les pechez, renuerse auec courroux noz affaires: & par semblable la Fortune ayde aux vertueux & hardis ; auilit & abaisse les timides.

Il est temps à cete heure, d'eprouuer, si aucune vertu a lieu en vous; bien que l'on ne puisse oster lieu à icelle, en aucun temps, mais les aduersitez bien souuent la recouuréc.

L'esperance aussi est de cete maniere, qu'és affaires allans mal, elle nous móstre aucune voye de nous releuer.

Parquoy quiconque peut esperer en quelque chose, ne se desespere d'aucune.

Nous sommes agitez & menez des Destins; & me croyez qu'aisément l'on ne peut, auec soucy chãger les choses aprestees d'iceux.

Di ciò; che noi generation mortal fac-
ciamo, o sostegniamo; quasi la maggior
parte vien da' cieli.

Lachesis serba alla sua rocca la decreta
legge; & ogni cosa mena per limitata
via, Il primo dì ti dà lo stremo. Ne è lecito le deliberate cose riuolgere in altro corso.

L'hauer voluto l'immobile ordine temere, nuocque gia à molti: & à molti ancora il non hauerlo temuto.

Percioche mentre, che essi i loro fati te-
mono gia à quelli sono peruenuti.

Adunque lascia i dolori; i quali volontaria hai eletti; & viui lieta ne' Dij
sperando, & opera bene.

Percioche spesso auenne gia, che qualhora l'huomo piu alla felicità si crede lon-
tàno: alhora in quella cò disaueduto passo per entrato.

Molte naui correndo felicemente per
gli alti mari, gia ruppero all'entrata de

La plus grande partie quaſi, de ce
que nous, race mortelle, faiſons ou
ſouffrons, vient des cieux.

Lacheſis garde à ſa quenoille la
loy arreſtee, & meine toute choſe
par vn chemin limité : le premier
iour vous donne le dernier : & n’eſt
licite de faire prendre autre cours
aux choſes deliberees.

Auoir voulu craindre l’ordre immobile, a eſté autrefois nuiſible à
pluſieurs; & à autres auſſi de ne l’a-
uoir redouté.

Car cependant qu’ils craignent
leurs deſtins, ils y ſont deſia paruenuz.

Laiſſez donc les douleurs, que
vous auez volontairement eleu, &
viuez ioyeuſe eſperant és Dieux, &
faites bien.

Car il eſt ſouuent aduenu autrefois, & aduient que lors que l’hóme ſe penſe le plus eſlongné de la
felicité, il y entre ſãs y penſer.

Pluſieurs nauires voguans heureuſemét és haultes mers ont iadis

salui porti. Et cosi alcune di salute disperate del tutto salue in quelli di alla fine si ritrouarono.

Et io ho gia veduti molti alberi dalle fiammi fere folgori di Gioue percossi; iui a pochi giorni pieni di verdi frondi, & alcuni con sollecitudine riguardati, da nõ conosciuto accidente esserfi secchi.

La fortuna da varie vie, si come ella di noia t'è stata cagione, cosi, se sperando la tua vita nudrichi, ti farà similmente di gioia.

Nõ vna sola volta, ma molte vsò verso di me la sauia balia cotali parole, credendosi da me poter cacciare; dolori, & l'ansietà riserbaua solamente alla morte.

Ma di quelle poche ò nulla toccaua con frutto l'occupata mente: & la maggior parte perduta si smarriua tra le aure.

Et il mio male di giorno in giorno piu comprendeua la dolente auigna;

faict naufrage à l'entree des haures & ports asseurez. Et ainsi aucunes n'esperans aucun salut, se sont retrouuees à la fin du tout en sauueté.

Et i'ay veu autrefois plusieurs arbres touchez des fouldres porte-flammes de Iupiter, de là à peu de iours, pleins de verdes fueilles; & autres songneusement gardez & auec sollicitude s'estre sechez par vn accident incogneu.

Comme la Fortune vous a esté occasion d'ennuy, ainsi par diuerses voies, si vous entretenez vostre vie auec esperance, elle vous sera semblablement cause de ioye.

La sage nourrice m'vsa de tels propos, non vne fois seulement, mais plusieurs, pensant pouuoir chasser de moy les douleurs & ennuis reseruez seulement à la mort.

Mais il y en auoit peu qui profitassent, & la plus grande partie se perdoit auec le vent.

Et ma dolente ame cõprenoit de iour en iour, dauantage mon mal.

Perche spesso supina sopra il ricco letto col viso fra le braccia nascoso, nella mente varie cose & grandi riuolgea.

Spesso
cade in
pensie-
ro di vc
cider si
chi iufe
licemen
te ama.

Io dirò crudelissime cose; & quasi da nõ deuere esser credute da donna esser pẽsate se auenire per adietro cosi fatte, ò maggiori non si fossero vedute.

Essendo io nel cuor vinta da incomparabile doglia, sentendomi dal mio amante disperata lontana fra me cosi à dir cominciai.

Ecco, quella medesima cagione, che la Sidonia Elisa hebbe d'abandonare il mõdo; m'ha Panfilo donato, & molto peggiore: A lui piace, che abandonate queste, nuoue ragioni cerchi.

Et io, poi che soggetta gli sono, farò quel che egli piace: & al mio amore, al comesso male, & all'offeso Marito ad vn'hora sodisfare degnamente.

Et pour ceté cauſe eſtant ſouuent couchée à l'enuers ſur mon riche lict, mon viſage caché entre mes bras, ie penſois en mon eſprit diuerſes & grandes choſes.

Ie diray que ie penſay choſes treſcruelles, & que ne deuroit quaſi croire aucune femme, ſi par le paſſé, l'on n'en auoit veu aduenir de telles, ou plus grandes.

Eſtant vaincuë en mon cœur d'vne douleur merueilleuſe & incomparable, me ſentär, deſeſperee, loin de mon amant, ie commençay à dire ainſi en moy-meſme.

Voicy, que Pamphile m'a donné la meſme occaſion, que la Sidoniëne Eliſe eut d'abandóner le móde, & beaucoup pire. Il luy plaiſt qu'abandonnant ce pays, ie cherche nouuelles regions.

Et puis que ie luy ſuis ſubiecte, ie feray ce qu'il voudra, & ie ſatisferay en vn meſme inſtant à mon amour, au mal commis & à mon mary offenſé.

Et se à spiriti sciolti dal corporal carcere al nuouo mondo alcuna libertà sarà senza alcuno indugio cõ lui mi ricongiugnerò & doue il corpo mio esser non puo: l'anima starà in quella vece.

Ecco adunque morrò: & questa crudeltà (volendo l'aspre pene fuggire) conuiene vsare à me in me stessa.

Perciòche niuna altra mano potrebbe esser sì crudele, che degnamẽte quella, che io ho meritata operasse.

Prenderò adunque senza indugio la morte: laquale, ancor che oscurissima cosa sia à pensare; più gratiosa l'aspetto, che la dolente vita;

Et poi che io ultimamente fui in questo proponimento deliberata; fra me cominciai à cercar qual deuesse di mille mardi esser l'uno, che mi togliesse di vita.

Et in prima m'accorsero ne' pẽsieri i feri, à molti di quella stati cagione; tornan-

Et si les esprits desliez de la prison
corporelle, estât au nouueau monde ont quelque liberté, ie me re-
ioindray inçontinent à luy, & là où
mon corps ne pourra estre, l'ame y
sera au lieu de luy.

Ie mourray donc, & fault que
i'vse enuers moy-mesme de cete
cruauté, voulant euiter ou fuir les
rigoureuses peines.

Car il n'y a aucune autre main,
qui peust estre tant cruelle, qui me
donnast la mort telle que ie l'ay
meritée.

Ie prendray donc la mort, sans
tarder, & combien qu'elle soit vne
chose fort troublee & obscure à péser, ie l'attens plus gracieuse que la
dolente vie.

Et depuis que finalement i'eu
prins cete resolution, ie commençay à chercher en moy-mesme,
quel deuoit estre de mille moyens,
celuy, qui me priueroit de la vie.

Et premierement me vint en pensee le fer, qui auoit esté cause d'i-

domi à mente la già detta Elisa partita
di vita per quelli.

Et poi dopo questi, mi si parò dauanti
la morte di Biblide, & d'Amata, il modo delle quali s'offerse à finir la mia vita.

Ma io più tenera della mia fama, che
di me stessa; & temendo più il modo del
morir, che la morte, parendomi l'vno pieno d'infamia, & l'altro di crudeltà se-
uerchia nel ragionar delle genti, mi fu cagion di schifar & l'vno & l'altro.

Poi imaginai di voler fare sì, come fecero i Sagontini, ò gli Abidei; gli vni te-
menti Annibale Cartbaginese, è gli altri Filippo Macedonico, i quali le loro cose, & se medesimi alle fiamme commise-
ro.

Ma veggendo in questo del caro
marito non colpeuole de' miei mali grauissimo danno, come gli altri precedenti modi haueua rifiutati: così &

celle à plusieurs me resouuenant de la susdicte Elize ou Didon, qui estoit partie de cete vie, par le moié du fer.

Et puis se presenta deuant moy, la mort de Biblis & d'Amate, desquelles le moyen s'offrit à moy, pour finir ma vie.

Mais estant plus curieuse de ma renommee que de moy-mesme, & craignant plus le moien de mourir que la mort, me semblant l'vn plein d'infamie, & l'autre de cruauté trop grande, au deuis du monde, cela me fut occasion d'euiter l'vn & l'autre.

En apres ie m'imaginay de vouloir faire, comme firent les Sagontins, ou les Abideens; les vns craignans Hannibal de Carthage; & les autres, Philippe de Macedoine: lesquels abandonnerent aux flammes & leurs biens & eux-mesmes.

Mais voyant en cela, vne grande perte & dommage de mon cher mary qui n'estoit coulpable de mes maux, comme i'auois refusé les au-

questo ancora rifiutai.

Vennermi poi nul pensiero i velenosi sughi, i quali per adietro à Socrate à Soformisba, ad Annibale, & à molti altri Principi l'ultimo giorno assegnarono, & questi assai à miei piaceri si cõfecero. Ma veggendo, che à cercar d'hauerli, tempo si conueniua interporre. & dubitando non in quel mezo si mutasse il mio proponimento, di cercare altra maniera imaginai.

Et pensato mi venne di voler tra le ginocchia; si come molti gia fecero: rendere il tristo spirito; dubitando d'impedimẽto (che il vedeua) ad altra spetie di pensiero trappassai.

Et questa cagiõ medesima gli accesi carboni Portia mi fece lasciare.

Ma venutami nella mente la morte di Ino, & di Melicerta, & similmente
quella

tres precedens moyens, ie reiettay
pareillement cetuy-cy.

Apres, ie vins à penser aux sucs,
enuenimez & poisons, lesquelles
par le passé assignerent le dernier
iour à Socrate, à Sophonisbe, à
Hannibal & à plusieurs autres
Princes,& qui me venoient assez à
gré, comme conformes & conuenables à mes plaisirs. Mais voyant
qu'il y falloit du temps pour les
chercher,& craignant que ce pendant ma volonté se changeast, ie
m'aduisay, de chercher vn autre
moyen.

Ie pensay de rendre l'esprit, entre mes genoux, comme plusieurs
ont faict autrefois: mais craignant
quelque empeschement que ie pre-
uoyois, ie tournay ma pensee à autre espece de mort.

Et cete occasion mesme me fit
laisser les charbós ardans de Portie.

Mais me resouuenant de la mort
d'Ino & de Melicerte, & semblal-
blement de celle d'Eresichthon, ie

quella di Erisitone, il bisognarmi lungo
spatio di l'una, ad andare, all'altra espet-
tare, me le fece lasciare. imaginando del-
l'ultima il dolore lungamente nudricar i
corpi.

Ma oltre tutti questi modi, m'occorse la
morte di Perdice caduto dell'altissima ar-
ce Cretense: & questo solo modo mi piacque di seguitare per infallabile morte, è
vota d'ogni infamia, fra me dicendo.

Io dell'alte parti della mia casa gittan-
domi il corpo romperò in cento parti, &
per tutte le cento renderò l'infelice anima
maculata & rotta a'tristi Dij.

Ne sia, chi quindi pensi crudeltà, ò furore in me stato di morte; anzi à fortuno-
so caso imputandolo, spandendo pietose lagrime per me la fortuna malediranno.

Questa deliberatione nell'animo mio
hebbe luogo, è sommamente mi piacque

les laiſſay, voyant qu'il me falloit à
l'vne, vn long temps, pour aller ; &
à l'autre, pour attendre : imaginant
de la derniere que la douleur nourrit longuement les corps.

Mais outre tous ces moyens, me
vint en memoire la mort de Per-
dix, tombé d'vne treshaulte Forte-
reſſe de Crete ; & me pleut de ſuiure ce ſeul moyen, pour vne mort
infallible , & vuide ou exempte de
toute infamie , diſant en moy-
meſme.

Me iettant du plus haut de ma
maiſon, ie me rompray le corps en
cent parties, & par toutes icelles, ie
rendray la malheureuſe ame tachee
& maculee aux Dieux infernaux.

Et ne ſe trouuera, qui de là, penſe
qu'il y ait eu en moy cruauté, ou
fureur de mort ; ains l'imputant à
vn fortuné accident, en eſpandant,
par pitié, larmes ; pour moy, l'on
maudira la Fortune.

Cete deliberation eut lieu en mõ
cœur, & trouuay fort bon de la

Sempre cō i cattiui spēsieri cōbattono i buoni.

di seguitarla; pensando in me grandissima pietà vsare, se forte spietata contro di
me diuenissi. Gia era il pensier fermo; ne
altra cosa aspettaua, che tempo: quando
non freddo subito entrato per le mie ossa,
tutta mi fece tremare; il quale seco reco
parole cosi dicent.

O misera, che pensi tu di fare? Voi tu
per ira, ò per cruccio diuenir nulla? Hor se
tu fossi pur hora per morir da infermità
graue costretta; non ti deuresti ingegnare
di viuere, acciò, che almeno vna volta
innanzi la morte tua tu potesti ueder Pāfilo? Non pensi tu, che morta uol potrai
uedere? nulla pietà di lui verso te cosa
alcuna potrà operare?

Che valse à Filli non patiente la tarda tornata di Demofonte? Essa fiorendo
senza alcun diletto senti la uenuta sua;
laquale se sostenere hauesse potuto, don-

fuiure, penſant vſer enuers moy de
treſgrande pitié, ſi ie deuenois fort
cruelle contre moy-meſme.

Ma penſee eſtoit deſia arreſtee, &
n'attendois autre choſe, que le
temps, quand vne ſoudaine froideur entree en mes os, me fit toute
trembler, & amena quât & ſoy telles parolles.

O miſerable, que penſes-tu faire?
veux-tu par ire, ou par tourment
deuenir à neant? S'il te falloit maintenant mourir d'vne griefue maladie, deurois tu pas t'efforcer de viure, à fin que tu peuſſes voir Pamphile, au moins vne fois deuant que
mourir?

Penſes tu pas, qu'eſtant morte tu
ne le pourras voir? rien ne ſeruira
aucune pitié d'iceluy enuers toy.

Que gangna Phyllis ne pouuant
pas ſupporter le tardif retour de
Demophon? Elle ſentit ſa venue en
floriſſant, ſans aucune delectation,
au lieu que ſi elle euſt eu patience,
& euſt peu la ſupporter, elle l'euſt

na non albero l'haueria riceuuta.

Viui adunque, che egli pur tornerà qui
alcuna volta od amate, ò nimico, che egli
ti torni, & di quale animo, che egli ritorni, tu pur l'amerai; & per auentura il
potrai vedere, & farlo pietoso de'casi
tuoi.

Egli non è di quercia, ò di grotta, o di
dura pietra scoppiato, ne beuue late di Tigre, o di quale altro è piu fiero animale,
ne ha cuore di diamante, o d'acciaio; che
egli à quelli non sia pietoso & pieghueuo-
le.

Ma se pur da pietà non sia vinto, viuendo tu; alhora di morire piu lecito ti
farà.

sempre
puo ha-
uer la
morte
chi la
vuole.

Tu hai oltre ad vn'anno senza lui sostenuta la trista vita: ben la puoi ancora
sostenere oltra ad vn'altro.

In niun tempo falla la morte à chi la
vuole. Ella sia così presta, & molto migliore alhora, che non è hora.

receu, estant femme, & non arbre.

Vy donc; car il retournera icy quelques fois, ou amant ou ennemy; & de quelque volonté qu'il retourne, tu ne laisseras pas de l'aymer; & parauanture le pourras tu voir, & faire qu'il ait pitié de toy.

Il n'est pas de chesne, ny d'vne cauerne, ny d'vn dur rocher, & n'a beu le laict de Tigre; ou de quelque autre plus cruel animal; il n'a pas le cœur de diamant ou d'acier, pour n'estre ployable, & meu de compassion de voz affaires.

Mais toutesfois, s'il n'est vaincu de pitié, de vostre viuant, à cete heure-là il vous sera plus licite de mourir.

Tu as soustenu & trainé ta paure vie, plus d'vn an sans luy; tu la peux bien soustenir encore plus d'vn autre.

La mort ne faut en aucun temps à quiconque la veut. Elle sera ainsi preste & beaucoup meilleure à cete heure là qu'elle n'est à present.

Chi di
consi-
gliar si
affretta
si studia
di pen-
tire.

E potranne tu andar con isperanza,
che egli alcuna lagrima (quantunque
nimico & crudel sia) porgerà alla tua
morte.

Ritira adunque in dietro il troppo subito consiglio; perciochè chi di consigliar
s'affretta si studia di pentire.

Et questo che tu vuol fare; non è cosa
che pentimento ne possa seguire: et se egli
ne pur seguisse; non è da poterlo in dietro
ritornare.

Così da queste cose l'anima occupata il
proponimento subito lungamente in libra
tenne: ma stimulandomi Megera con a-
pre doglie, vinse di seguire il proposito: et
tacitamente pensai di mandarlo ad effetto.

Et con benigne parole alla mia balia;
che gia tacea: nel tristo viso dimostrai
infinto cō forte alla quale, acciò che quindi si dipartisse dissi.

Et tu pourras esperer (tant cruel
ennemy soit-il) qu'il donnera quelques larmes à ta mort.

Retires donc arriere, le trop soudain conseil; car celuy qui se haste
trop de prendre conseil & deliberation, s'estudie & a loisir de se repentir.

Et quant à ce que tu veux faire,
ce n'est chose de laquelle la repen-
tance s'en puisse ensuiure; & si elle
s'ensuiuoit, elle n'est pour pouuoir
retourner arriere.

Ainsi l'ame occuppee de ces choses, tint longuement ma soudaine
deliberation en balance : mais Megere me stimulant d'vne aspre facherie, gangna pour me faire suiure ma proposition, & pensay tacitement en moy de la mettre en effect.

Et par douces paroles, ie demon-
stray à ma nourrice, laquelle se taisoit desia, vne fainte consolation en
mon triste visage, & luy dis, à fin
qu'elle partist de là.

Gg. v

Ecco carißima madre, i tuoi parlari ve
rißimi con vtil frutto luogo nel petto mio
hanno trouato.

Ma acciò; chel cieco furore esca della
pazza anima, alquanto di qui ricessa. er
me di dormir disiderosa al sonno lascia.

Ella sagacißima, er quasi de' miei intendimenti indouina, il mio dormir lodò;
er; da me dilungoßi alquanto per lo riceuuto comandamento: pur della camera
vscir non volle in alcun modo.

Ha sot-
tilissi-
mo in-
gegno
ciascu-
no al
proprio
male.

Ma io per non farla del mio intendimento sospetta, oltre al mio piacere sostenni la sua dimora, imaginando, che dopo
alquanto quieta neggendomi; si deuesse
partire.

Finsi adunque con riposo tacito il pensata inganno. Nel quale (benche di fuori vulla cosa apparisse) pur nell'hore,

Feuillets 354 et 355,

Documents manquants (pages, cahiers…)
NF Z 43-120-13

Exemplaire incomplet numérisé en l'état.

Mais, ô Dieux! s'il se trouue en vous aucune pitié, soyez moy gracieux, en mes dernieres prieres.

Faites que ma mort se passe entre le peuple, sans deshonneur. Et si en icelle, la prenant, se commet quelque offense, voicy que la satisfaction en est toute preste: à sçauoir que ie meure, sans en oser manifester la cause: ce qui me seroit vne grande consolation, si ie pensois que cecy se passast sans blasme.

Faites aussi que mon cher mary la porte patiemment, duquel si i'eusse gardé l'amour, comme ie deuois, ie penserois viure encore ioyeuse, sans vous offrir & presenter ces prieres.

Mais, comme femme, estant mal recognoissante du bien receu, & comme les autres, prenát tousiours le pire, ie m'en donne maintenant ce guerdon & recompense.

O Atropos, ie te prie humblement, par ton coup infallible & attendu de tout le monde, que tu

che il cadente corpo guidi nelle tue forze;
& con troppa angoscia l'anima sciogli
dalle fila della tua Lachesis.

Et te ò Minos di quella riceuitore, priegho per quello amor; che gia ti cosse et per
lo mio sangue; ilquale io da hora offero à
te; che tu benignamēte la guidi a luoghi
à lei disposti dalla tua discretione; ne si
asperi gliele apparecchi; che lieui reputi i
mali hauuti.

Queste cose cosi fra me dette, Thesifone
uenne dinnanzi à gli occhi miei; & con
non intendeuole mormorio, et con minaccieuole aspetto mi sfe pauida di peggior
vita, che la preterita.

Ma poi con piu sciolta fauella dicendo;
Niuna cosa vna sola volta prouata, puo
esser graue il turbato animo alla morte
infiammò con piu focoso disio.

Perche vegendo io, che ancora nõ si par-

guides à ton voulöir, le corps tombant,& deslies auec trop d'angoisse
l'ame, dū filet de ta Lachesis.

Et ie te prie, Minos, receueur d'i-
celle, par l'amour qui t'a enflammé
autrefois, & par mon sang, lequel
ie t'offre dés à present, que tu la
meines & conduises doucement és
lieux à elle disposez & ordonnez,
par ta discretioñ : & si tu les luy a-
prestes rudes ou rigoureux, ie ne
reputes les mauxque i'ay eu legers.

Ayant dict ainsi ces choses en
moy-mesme, Thesiphone se vint
presenter deuant mes yeux, & auec
murmure,& vne face mehaçante &
horrible, elle me fit craindre vne
pire vie que celle que i'auois passee.

Mais depuis, disant d'vne parole
plus deslice, & intelligible,Nulle
chose, vne seule fois esprouuee,
peut estre facheuse, elle enflamma
d'vn plus ardant desir, mon cœur
troublé,à la mort.

Parquoy voyāt que l'aciéne nourrice ne bougeoit encore de là,crai-

tiua la vecchia balia, dubitando non il
troppo affettare da me apparecchiata al
morir indietro trahesse il proposito, ò che
accidente via nol togliesse, stese le braccia
sopra il mio letto. quasi abbraciadolo dif-
si piangendo.

O letto rimanti con Dio, il quale io priegho, che alla seguente donna, più, che à
me non t'ha fatto, ti faccia gratioso.

Poi gli occhi riuolti per la camera, la
quale più mai non speraua vedere, presa
da dolor subito il ciel perdei, & quasi
palpando oppressa da non so che tremito,
mi volli leuare: ma le membra vinte da
paura horribile non mi sostennero: anzi
ricaddi, & non sola vna, ma più fiate sopra il mio viso.

Et in me fierißima battaglia sentita
tra paurosi spiriti, & l'adirata anima: i quali lei volente fuggire à forza

gnant que la trop longue attente
de moy preste à mourir, ne retiraſt
arriere ou changeaſt ma propoſition, ou que quelque accident ne
l'oſtaſt & interrompiſt, i'eſtendis
mes bras, ſur mon lict, & quaſi l'embraſſant, ie dis en pleurant.

O lict, demoure en la garde de
Dieu, lequel ie prie te faire plus gracieux & agreable à la femme qui
viédra apres moy, qu'il ne m'a eſté.

Apres tournant les yeux par la
chambre, laquelle ie ne m'attendois
plus de voir, ſurprinſe d'vne ſoudaine douleur, ie perdis le ciel; &
quaſi taſtonnant, oppreſſee de ie ne
ſçay quelle tremeur, ie me voulu
leuer: mais les membres vaincuz
d'vne horrible peur ne me peurent
ſouſtenir, ains ie retombay, nó ſeu-
lemént vne fois, mais trois, ſur mon
viſage.

Et ie ſenty en moy vne treſcruel-
le bataille, entre les eſprits peureux
& l'ame courroucee: & ces eſprits
la retenoient par force, comme

geneuano.

Ma pur l'animo vincendo, & da me
la fredda paura cacciando, tutta di focco-
so dolor m'accese & rihebbi le forse.

Et gia nel viso del color pallido della
morte dipinta, impetuosamente su mi leuai. Et quale il forte Toro riceuuto il mortal colpo furioso in qua, & in là saltella
se percotendo: cotale dinnanzi à gli occhi
miei errando Thesifone del letto non conoscendo gli empiti miei, come beccata, mi
gittai in terra, & dietro alla furia correndo, verso le scale sagliente alla somma
parte delle mie case mi drizzai.

Et gia fuori della camera trista salta-
ta, forte piangendo cõ disordinato sguar-
do, tutte le parti della casa mirando con
voce rotta & fioca disi.

O casa male à me felice, rimani eterna,
et la mia caduta fa manifesta all'amãte,

elle vouloit fuir.

Ce nonobstant l'ame ou le cœur venât à vaincre, & chassant de moy la froide peur, m'enflamma toute d'vne ardante douleur, de maniere que ie recouuray mes forces.

Et ayant desia la face peinte de la couleur passe de la mort, ie me leuay impetueusement : & telle que le fort Taureau, ayant receu le coup mortel saulte & bondit furieux çà & là, se frapant, ie me iettray de mon lict, comme assenee, ne cognoissant ma fureur, & errant Tesiphone deuâo mes yeux, & courant apres la furie, montant vers les degrez, ie tiray au plus hault de mon logis.

Et m'estant desia iettee hors de ma triste chambre, pleurant fort, auec vn desordonné regard, aduisant toutes les parties de ma maison, ie dis d'vne voix rompuë & foible.

O maison à moy malheureuse, demeure tousiours, & manifeste

se egli torna.

Et tu ò caro marito confortati, & per innanzi cerca di nuouo piu sauia Fiammetta.

O care sorelle, ò parente, ò qual unque altre compagne, è amiche. O seruitrici fedeli rimanete con la gratia de gli Dij.

Io rabbiosa intendeua con tutte le mie parole al tristo corso. Ma la vecchia balia non altrimenti, che chi dal sonno ò furore è acciecato lasciato della rocca lo studio, subito stupefatta questo veggendo, lenò i grauissimi membri, & gridando, si come poteua, mi cominciò à seguire.

Ella cò voce appena da me creduta diceua. O figliuola, oue corri? qual furia ti sospigne? E questo il frutto, che tu diceui, che le mie parole haueuano in te pel preso conforto messo? Oue vai tu? aspettami.

ma cheute à l'amant s'il retourne.

Et vous, mon cher mary, confolez vous, & pour l'aduenir, cherchez de nouueau plus aduifee Fiã-
mette.

O bien aymees sœurs, ou paren-
tes, ô vous toutes autres compagnes & amies. O feruiteurs fideles
demourez auec la grace des Dieux.

I'eftois, pleine de rage, ententifue
& apliquee, auec toutes mes paroles à ma trifte & piteufe courfe;
mais la vieille nourrice, ny plus ny
moins que qui du fommeil eft a-
ueuglé de fureur, voyant cecy &
tout incontinent eftonnee, ayant
laiffe le rouër & quenoille, leua fes
trefpefans membres, & criant, ainfi
qu'elle pouuoit, commença à me
fuiure.

Elle difoit d'vne voix à peine de
moy creuë, Ma fille où courez vo°?
quelle furie vous pouffe? Eft-ce là
le fruict & la côfolation que vous
difiez auoir perceuë de mes parolles? Où allez vous? attendez moy.

Poi con voci ancora maggiori gridaua;
O giouani venite, occupate le passe, donde
& ritenete i suoi furori.

Il suo remore era nulla, & molto meno il graue corso.

A me parena che fossero ali cresciute,
& piu veloce, che veruna aura correua
alla mia morte.

Ma i buon pensati casi si à buoni, come
à rei proponimenti opponenti si furono
cagione, Che io sia viua, perche i miei pa-
ni lungissimi, & al mio intendimento
nimichi, non poteda con la loro lunghezza raffrenare il mio corso, ad un forcuto
legno mentre io correua, uò so come, s'aui-
lupparono, & la mia impetuosa fuga
fermarono: ne per tirar, che io facessi, di
sè parte alcuna lasciarono.

Perche, mentre io tentaua di rihauerli
la graue balia mi supragiunse, alla quale

Apres elle crioit encore plus fort,
ô ieunes gens venez, saisissez la folle dame & retenez ses fureurs.

Son cry & bruit ne seruoit de
rien, & beaucoup moins estoit sa
pesante course.

Il me sembloit que i'auois des
ailes, & plus vite que le vent, ie courois à ma mort.

Mais les accidents non pourpensez qui s'opposent aux propositiõs
tant bonnes que mauuaises, furent
cause que ie suis en vie; car mes tres
longs habits, ennemis de ma volõté & intention, ne pouuans par
leur longueur, reprimer ou retenir
ma vite course, s'acrocherent & re-
tindrent, ne sçay comment, à vn
bois fourchu, ainsi que ie couuois,
& arresterent tellement ma fuite
impetueuse, que combien que ie
tirasse de toute ma force, ie ne peu
sortir de là.

Parquoy tandis que ie m'efforçois de r'auoir ma robe ainsi prinse, la pesante nourrice me surprint,
Hh

io con viso sintomi ricorda, che io dissi cõ
alte grida.

O misera vecchia fuggi di qui; se la
vita t'è cara. Tuti credi aiutarmi, & of-
fendimi. Lasciami vsare il mortale vfficio hora à ciò disposta con somma voglia.

Chi imã
pedisce
altrui
dal mo-
rire, l'vc
cide.

Percioche niuna altra cosa fa; chi al
morire impedisce colui, che desidera di mo
rire, se non, che egli l'vccide. Tu di me di
uẽti micidiale, credendomi tor dalla morte: & come nimica, tenti di prolongare in
danni miei.

La lingua gridaua, & il cuore ardeua
d'ira: & le mani per la fretta credendo
sui luppare, auiluppauano.

Ne prima à me occorse il rimedio dello spogliarmi, che sopragiunta dalla gri-
dante balia, come ella pote, cosi da lei fu
impedita.

à laquelle, ayant le visage tout embrasé & en feu, il me souuient que ie dis, à hault cry.

O miserable vieille, fuy d'icy, si tu aymes ta vie. Tu penses m'ayder & secourir & tu me fais tort. Laissez moy pratiquer le mortel office, estant maintenant fort disposée à celà.

Car quicõque empesche de mourir celuy qui le desire, ne fait autre chose, sinõ qu'il le tue. Tu és meurtriere de moy, me pensant sauuer de la mort; & comme ennemie, tu t'efforces de prolonger ma vie à mon dommage.

La langue crioit & le cœur estoit embrasé d'ire; & les mains pensans me défaire ou descrocher de là, m'y acrochoient, pour la grande haste, encore dauantage.

Et ne m'apperceu du remede de me despouiller, premier qu'estant surprinse & abordee, par la nourrice qui s'escria comme elle peut, ie fus en cete maniere empeschee.

Ma la sua forza in vn così fatto lupa-
niente valeua; se le giouani serue a lei,
grido da ogni parte non fossino corse, come hauessero ritenuta.

Della mani delle quali piu volte con
guizzi diuerso, & con forze maggiori mi
credetti ritrare; ma vinta da loro stachis-
sima fu nella camera, laquale mai piu vedere non credeua menata.

Oime quante volte loro dissi con pian-
geuole voce;

O vilissime serue, quale ardire è questo
che concede, che la vostra danna da vei
violentemente sia presa?

Qual furia misere v'ha spirate? & tu
ò iniqua nutrice del misero corpo futuro
esempio di tutti dolori; perche all'vltimo
dissio m'hai impedita?

Hora non sai tu, che mi sarebbe maggior gratia commandarmi la morte, che da

Mais sa force n'eust de rien seruy sur moy, desia despestree, si les ieunes seruantes ne fussent accouruës de toutes parts, au cry d'icelle, & ne m'eussent retenuë.

Des mains desquelles ie me pensay plusieurs fois, & en diuerses sortes deffaire, & auec plus grandes forces; mais vaincuë par elles, ie fus menee fort lasse en ma chambre, laquelle ie ne pensois plus iamais voir.

Mon Dieu, que ie leur dis souuentesfois d'vne voix larmoyante!

O tresviles seruantes! de quelle hardiesse vsez vous, de prendre auec force & violence vostre maistresse?

Quelle furie vous a menees & inspirees? Et toy ô meschante nourrice du miserable corps, exemple futur de toutes douleurs, pourquoy m'as tu empeschee mon dernier desir?

Sçais tu pas bien maintenant que l'on me feroit vn plus grand plaisir de me commander la mort, que me

quella defendermi?

Lascia la misera impresa di me adempire; & me di me à mio senno lascia fare:
se cosi m'ami, come io credo; Et se cosi se
pietosa come ti mostri; adopera la tua
pietà in saluar la dubbia fama, che di me
dopo me rimarrà.

Percioche in questo: in che tu hora m'im
pedisci: la tua fatica sia vana.

Credi tu potermi torre gli aguti ferri:
nelle punte de'quali consiste il mio disio? ò i dolenti lacci, ò le mortali herbe: od
il fuoco? Che profitto adopra questa tua
cura?

Prolunga vn poco la dolorosa vita; &
forse alla morte che hora senza infamia
mi veniua, indugiata aggiungerai vergogna.

Tu misera non la mi potrai per guardia torre. Percioche la morte è in ogni luogo: & consiste in tutte le cose. Et etiam

defendre ou preseruer d'icelle?

Laisse moy accomplir ma piteuse entreprinse de moy; & me laisse faire de moy-mesme à ma fantasie, si tu m'aymes, comme ie pense. Et si tu es pitoyable, comme tu te monstres, employes ta pitié à sauuer la douteuse renommee, laquelle demourera de moy, apres ma mort.

Car tu ne gangnes rien, & perds ta peine en ce enquoy tu m'empesches maintenant.

Penses tu me pouuoir oster le fer aigu, en la pointe duquel consiste mon desir? ou les facheux licols, ou les mortelles herbes; ou bien le feu? que sert ton soucy?

Il prolonge vn peu ma triste vie: & parauanture adiousteras tu la honte & le deshonneur à ma mort retardee, laquelle maintenant me venoit sans infamie.

Tu ne me la pourras oster, non-obstāt ta garde, pource que la mort est en tout lieu, & consiste en toutes choses; & mesmes a esté autres-

dio ne' vitali argomenti fu gia trouata.

Dunque lasciami morire prima, che piu
diuenendo dolente, che io mi sia con piu
sferoce animo la dimandi.

Io mentre che miseramente queste parole diceua, non teneua le mie mani in riposo: ma hora questa & hora quella fer-
ua rabbiosamente dipigliando, à qual leuate le treccie tutta la testa pelaua: &
quale ficcando le vnghie nel viso miseramente graffiandola, faceua filar sangue.

Et ad alcuna mi ricorda, che io tutti, i
poueri vestimenti in dosso stracciai.

Ma aime, che ne la vecchia balia, ne le
lacerate serue ad alcuna cosa mi rispondeuano; anzi piangendo in me vsauano pietoso vfficio.

Io al'hora piu mi sforzaua vincerle
con parole; ma nulla valeuano; perche

fois trouuee és argumens vitaux.

Laiſſe moy donc mourir, premier
que deuenant plus dolente, que ie
ne ſuis pas, ie la demãde, d'vn cœur
plus felon & furieux.

Tandis que miſerablement, ie tenois ces propos, ie ne tenois pas
mes mains en repos, mais empon-
gnant ores l'vne & ores l'autre ſeruante, ſ'arrachois les cheueux &
treſſe de cete-cy, d'vne grande rage,
& fichant mes ongles au viſage d'v-
ne autre, en l'egratignant d'eſtran-
ge ſorte, ie luy faiſois diſtiller le
ſang.

Et me ſouuient que ie déchiray à
aucune d'elles, tous les pauures veſtemens qu'elle auoit ſur ſon dos.

Mais, helas! la vieille nourrice,
ny les ſeruantes ainſi dechirees &
traittees, ne me reſpondoient à aucune choſe, ains plorans, elles v-
loiēt enuers moy de piteux office.

Ie m'efforçois à cete heure-là de
les gangner dauantage par paroles, mais elles ne ſeruoient de rien,

con rumore à gridare cominciai.

O mani inique, & potēti ad ogni male; voi ornatrici della mia bellezza foste gran cagione di farmi cotale, che io fossi desiderata da colui, il quale io piu amo.

Dunque, poi ch'omale del vostro vfficio m'è seguito; in guiderdone di ciò hora l'empia crudeltà vfate nel vostro corpe: laceratelo, apritelo, è quindi la crudele anima & inespugnabile ne trahete con molto sangue.

Tirate fuore il cuor ferito dal cieco Amore Et poi che tolti vi sono i ferri; lui con le vostre vnghie, come de tutti i vostri mali cagion principale; senza alcuna pietà laniate.

Oime che le mie voci mi minacciauano i disiderati mali, & commandauanle alle volonterose mani ad eseguire, ma le preste fanti m'impediuano, tenendole cōtro mia voglia.

pource que ie commençay à crier
auec grand bruit.

O mains iniques, & puiſſantes à
tout mal: vous ayans orné ma beauté, auez eſté grande occaſion de me
faire telle, que ie fuſſe deſiree de celuy, lequel i'ayme le plus.

Parquoy puis qu'il m'eſt aduenu
mal de voſtre office, en recompenſe
de celà, vſez maintenant de la barbare cruauté enuers voſtre corps;
dechirez le, ouurez le, tirez en la
cruelle ame & inexpugnable, auec
beaucoup de ſang.

Tirez dehors le cœur frappé de
l'aueugle Amour; & puis que vous
ſont oſtez les fers & glaiues, dechirez le, ſans aucune pitié auec voz
ongles, comme la principale cauſe
de tous voz maux.

Ah a! mes parolles me mena-
çoient les maux deſirez, & com-
mandoient aux volontaires mains
de les exécuter; mais les ſoudaines
chambrieres m'empeſchoient, les
tenans, contre mon gré.

Poi la trista balia & importunata da
lenti voci incominciò cotali parole.

Cōsorti affet-
tuosi.

O. Cara figliuola: io ti priego per questo misero seno: onde tu i primi alimenti
trahesti: che con humiliata mente alquã-
te mie parole ascolti.

Ia cercherà in quelle di sorti, che tu non
ti toglia: ò che forse la degna ira, che à
questa furor t'accende, tu cacci da te; ò per
dimoranza la rompa ò con rimossa pietà
& piaceuole la sostenga: ma quel solo, che
vita ti sarà, ca honore, riducile alla smarrita memoria.

Egli si conuiene à te famosa giouane di
tanta virtù, di quanta se; non istare soggetta al dolore: ne, come vinta, dar le spalle à mali.

Non è
virtù à
chieder

Egli non è virtù il chieder la morte, ne
la vita temere, si come tu fai: ma à sopra-
uegnenti mali contrastare, ne à quelli dassati

En apres, l'importune nourrice, commança d'vne piteuse voix, telles parolles.

Ma fille, m'amie ie vous prie par ce miserable sein, duquel vous auez tiré les premiers alimens & nourriture, que vous escoutiez, d'vn cœur humilié, quelques miénes parolles.

Ie m'efforceray en icelles, de faire que vous ne vous fachiez, ou que vous chassiez de vous l'ire parauanture iuste, qui vous embrase d'vne telle fureur, ou que par la demeure vóns la rópiez, ou que vous la supportiez d'vn cœur remis & appaisé; mais reduisez en la memoire egaree ce qui vous sera vie & honneur.

C'est affaire à vous, renommee Damoiselle, de si grande vertu que vous estes, de ne demoürer subiette à la douleur, & comme vaincuë, tourner le dos au mal.

Ce n'est pas vertu de demander la mort, & de craindre la vie, cóme vous faites; mais c'est vne tresgráde

la mor-
te, ne à
temer la
vita.

fuggire, è virtù somma.

Chi i suoi Fati abbatte, & i beni della
sua vita da se gitta è diuide, sì come tu
hai fatto; non so che vopo gli sia di cercar
la morte, ne so perche tema la vita, l'vna
& l'altra è volontà di timido.

Or se tu te in somma miseria porre desideri; non cercar la morte, percioche essa è
vltima cacciatrice di quella.

Fugga questo furor della tua mente; per
loquale ad vn'hora d'hauere, & di perder mi pare, che cerchi l'amante.

Credi tu nulla diuenendo acquistarlo?
Io non risposi alcuna cosa, ma tanto il ro-
more si sparse per la spatiosa casa, & per
la contrada circonuicina; che non altrimenti che all'vrlare d'vn lupo si soglio-
na tuti i circonstanti in vno conuenire:

vertu de refifter aux maux qui fur-
uiennent, & ne les fuir.

Quiconque renuerfe fes deftins,
& iette & fepare de foy, les biens
de fa vie, comme tu as faict, ie ne
fçay quel plaifir ce luy eft de chercher la mort, & ne fçay pourquoy
il doiue craindre ou redouter la vie,
l'vne & l'autre volonté eft d'vne
perfonne timide.

Or fi vous voulez vous mettre en
vne trefgrande mifere, ne cherchez
pas la mort, pour ce qu'elle eft la
derniere chafferefle d'icelle.

Fuyez cete fureur de voftre efprit, par le moyen de laquelle, il
m'eft aduis que vous tafchez d'a-
uoir & de perdre tout enfemble voftre amant.

Penfez vous l'acquerir ne deuenant rien? Ie ne refpondy aucune
chofe, mais le bruit f'efpandit tellement par la fpacieufe maifon, &
par la ruë circõuoifine, que ny plus
ny moins qu'à l'hurler d'vn loup,
tous les affiftans ont de couftume,

corsero quiui i seruidori d'ogni parte; et
tutti dolenti dimandauano, che ciò fosse.

Ma già era stato uietato da me à chi'l
sapeua di dirlo; perche con men uogna, ri-
coprendo l'horribile accidente, sodisfatti
erano.

Corsaui il caro marito et corseui le sorelle, i cari parenti, et gli amici; et ugual-
mente da tutti da uno inganno occupati
là, doue io era iniqua, pietosa fui reputata.

Et ciascuno dopo molte lagrime primieramente la mia vita riprese cosí dolente,
ingegnandosi appresso di confortarmi.

Oime, che quinci auenne, che alcuni me
stimolata d'alcuna furia credettero; et
me quasi furiosa guardarono.

Ma altri piu pietosi la mia uïa suetudi-
ne riguardãdo, dolere (sí come era) stimã-
dolo, di ciò, che quelli, diceuano, sí secero

s'assembler, les seruiteurs accouru-
rent là de toute part, & demanderent tous, tristes, & dolents, que
c'estoit.

Mais i'auois desia defendu à qui
le sçauoit de le dire; & pour cete
cause, ils estoient satisfaicts auec
mensonge, en recouurant l'horrible accident.

Mon cher mary y accourut; mes
sœurs y coururent aussi, mes bien
aymez parés & mes amis, & au lieu
que i'estois inique, ie fus reputee
pitoyable de tous egalement, amu-
sez & occuppez d'vne tromperie.

Et apres plusieurs larmes, chacun
reprint premierement ma vie tant
dolente, s'efforçant en apres de me
consoler.

Ah! il aduint de cela, qu'aucuns
me penserent stimulez d'aucune
furie, & prindrent garde à moy côme furieuse.

Mais autres plus pitoiables, regardans ma douceur, estimant cela
douleur, comme elle estoit, se mo-

beffe:portandomi compaßione.

Ogni
iia col
tempo
fira.tred
da.

Et coſi viſitata da molti, piu giorni ſtu
pefatta rimaſi; & ſotto diſcreta cuſtodia
della ſagace balia fui tacitamente guardata.

Niuna ira è ſi focoſa, che per paſſamen-
to di tempo freddiſſi ma non diuenga. Io
alcuni giorni coſi dimorata; come io diſe-
gno, mi riconobbi ; e manifeſtamente: le
parole della ſauia balia udi vere.

Et certo io la mia paſſata follia pianſi
amaramente. Ma ancora, che il mio furor
nel tempo ſi conſumaſſe & tornaſſe nulla; il mio amore per queſto non hebbe alcun mancamento; anzi mi rimaſe pur la
malinconia uſata ne gli altri accidenti
hauuti; & grauemente portaua l'eſſer
per altra donna abandonnata.

Et ſpeſſe volte ſopra ciò con la diſcre-

quoient de ce que ceux-là diſoient,
ayans compaſſion de moy.

Et en cete maniere eſtant viſitee
de pluſieurs, ie demouray pluſieurs
iours esbahie, & fus taiſiblement
gardee ſouz la diſcrete garde de la
ſage nourrice.

Il n'y a aucune ire tant embraſee,
laquelle auec laps de temps, ne de-
uienne tresfroide.

Ayant demouré quelques iours
ainſi que ie deſigne, ie me reco-
gneu, & apperceu manifeſtement
que les paroles de la ſage nourrice
eſtoient vrayes.

Et certainement ie ploray auec
amertume ma follie paſſee. Mais
combien que ma fureur ſe cóſom-
maſt auec le temps, & ſe tournaſt à
neant, mon amour ne defaillit pas
pourtant, ains me demoura la melancolie pratiquee és autres accidents que i'auois eu; & eſtois bien
fachee d'eſtre abandonnee, pour
vne autre femme.

Et ſouuentesfois ie me conſeillay

ta balia hebbi consiglio; voledo modo trouare, par loquale à me rinocaßi l'amante.

Et alcuna volta proponemmo con lettere pietosißime i miei casi dolenti nar-
rargli: & altra volta piu vtile esser pen-
sammo: che per sauio messaggio con viua
voce gli annunciaßimo i miei martiri.

Et certo: ancora che vecchia fosse la balia, & il camino lungo & maluagio, per
me si volle disporre ad andarui.

Ma bene riguardando ogni cosa, le lettere (quantunque pietose) efficaci non
reputammo à rimouere i presenti et nuoui amori.

Si che per perdate le giudicammo; auue-
ga, che cō tutto questo parne scriuessi alcuna: che quello auiscimento hebbe; che di-
uisammo.

Il mandarui la balia chiaramente

de cecy, à ma discrete nourrice,
voulant trouuer moyen, par lequel
ie peusse reuoquer, & faire retourner à moy mon amant.

Et aucunes fois nous proposions
de luy narrer par lettres trespitoia-
bles, ma triste auanture : autre fois,
nous pensions qu'il estoit meilleur,
& plus expedient, de luy faire entendre mon martyre, de viue voix,
par vn sage messager.

Et certainement encore que la
nourrice fust vieille, & le chemin
long & mauuais, elle se voulut
disposer d'y aller pour moy.

Mais aduisant bien à toute chose, nous n'estimasmes les lettres,
quoy qu'elles fussent pitoyables,
d'assez grande efficace, pour retrancher les presentes & nouuelles a-
mours.

A tant nous les iugeasmes pour
perdues, bien que ce nonobstant
i'en escriuisse aucune, qui reüssit à
telle fin que nous auions pensé.

D'y enuoyer ma nourrice, ie con-

conobbi lei non viua à lui poter perueni=
re; ne d'altrui fidarmi bene reputai. Si che
friuoli furono i primi auifi.

E solamente nell'animo mi rimase niu=
na via efferci à rihauerlo, se nò se io per lui
andaffi: allaqual cofa fare diuerfi modi
per la mente mi corfero: i quali vltima=
mente tutti furono per cagioni legittime
annullati dalla mia balia.

Io penfai alcuna volta di prendere ha=
bito di pellegrino con alcuna fida compa-
gna, & in quello cercare i fuoi paefi.

Et benche questo mi pareffe poffibile,
non per tanto in effo pericolo grandiffimo
conol bi del mio honore; fapendo come le
viandanti pellegrine: alle quali alcuna
bella forma fi vede; fiano fouente ne'ca-
mini trattate da fcelerati.

Et oltre à questo me al caro marito fen=
tendo obligata, fenza lui non vidi come

gneu clairement, qu'elle ne pouuoit paruenir en vie, iusques à luy,
& ne trouuay bon de me fier en autre. Et pour cete cause les premiers
aduis furent friuoles.

Et me demoura seulement en
l'esprit, qu'il n'y auoit aucun moyé
de le r'auoir & retirer, si ie n'allois
moy-mesme vers luy: à quoy faire,
diuerses manieres me vindrent en
la fantasie, toutes lesquelles finalement, par legitimes occasions, furét
annullees par ma nourrice.

Ie pensay aucunefois de prendre
l'habit de pelerin, auec quelque
mienne loyale compagne, & chercher, en iceluy, ses pays.

Et bien que cecy me semblast
possible, si est-ce que i'y cogneu vn
tresgrand danger de mon honneur,
sachant comme les estrangeres qui
vont par pays, esquelles l'on void
quelque beauté, sont souuent traittees sur les chemins, par les mechás.

Et en outre, me sentant obligee à
mon cher mary, ie ne veis comme

esser potesse l'andata, ò senza sua licenza;
laquale da sperare non era giamai.

Per laqual cosa questo pensiero come
vano, abandonai. Et subitamente in un
altro non poca malitioso mi trasportai: et
fatto mi credetti, che venisse & sarebbe,
si alcuno caso auenuto non fosse; ma nel
futuro spero non mancherà, solo che io
viua.

Io mi infinsi d'hauer in queste mie predette aduersità (se Iddio mi trahesse di
quelle) fatto alcuno voto il quale volendo
fornire con giusta cagione poteua, et posso passare per il mezo della terra del mio
amante.

Per laqual passando non mi mancaua
cagion di lui volere & deuer vedere, et
quella rinouare, perche io andaua.

Et certo (si come io dico) lo scopersi al
caro marito, il quale à ciò fornire se lietamente offerse; ma tempo à ciò competente
(si come è detto) disse voler, che atten-
dessi.

ie peuſſe partir ſans luy , ou ſans ſa licence, laquelle il ne falloit pas iamais eſperer.

Parquoy ie laiſſay cete penſee là, cóme vaine, & tout ſoudain ie me tranſportay en vne autre, aſſez malicieuſe; & penſe que ie l’euſſe miſe en effet, ſi quelque cas ne fuſt aduenu: mais i’eſpere qu’à l’aduenir, elle ne me defaudra, pourueu ɋ ie viue.

Ie feis ſemblant d’auoir fait en ces miénes ſuſdictes aduerſitez (ſi Dieu me tiroit d’icelles) quelque vœu, lequel voulant accóplir, à iuſte cauſe pouuois-ie & peux paſſer, par le milieu de la ville de mon amant.

Paſſant par laquelle, ne me defailloit pas l’occaſion de le vouloir & deuoir voir, & le reuoquer, pour laquelle choſe ie m’acheminois.

Et certainement (comme ie dy) ie le deſcouuray à mon cher mary, lequel ſ’offrit volontiers & gayemét de ce faire ; mais diſt qu’il vouloit que i’attédiſſe le temps à ce propre & competent, comme il a eſté dict.

Ma l'indugio à me grauißimo: & te-
mendolo vitioso: mi fu cagion d'entrare
in altri auisi: & tutti mi vennero meno;
fuori solamente di Hecate le mirabili cose.

Dellequali, accioche à paurosi spiriti si-
curißima mi commetteßi piu volte con
diuerse persone vantatisi ciò sapere operare, hebbi ragionamenti.

Et alcune di trasportarmi subitamente
promettendomi: altre disciogliere la sua
mente da ogni altro amore, & nel mio
ritornarla; altre, dicendo di rendere à me
la pristina libertà, volendo io d'alcuni di
questi all'effetto venire, piu di parole, che
d'opere, gli trouai pieni.

Onde non vna volta, ma molte rimasi
da loro nella mia speranza confusa, &
per lo meglio senza piu à queste cose pensare, mi diedi ad aspettare il tempo con-
gruo del caro marito promesso à fornire il
voto fittitio.

Il fine del quinto libro.

Mais le retardemét me fut tresfacheux,& le craignát mauuais, il me
fut occaſió d’étrer en autres aduis,
& tous reiettez, hors mis ſeulemét
les merueilleuſes choſes d’Hecate.

Deſquelles, à fin de me cómettre
treſſeuremét aux peureux eſprits,ie
tins pluſieurs fois propos, auec diuerſes perſonnes,qui ſe vátoiét ſçauoir pratiquer & faire ces choſes là.

Et aucunes me promettás de me
tráſporter ſoudain:autres,dedéſliér
ſa penſee de tout autre amour, & la
retourner captiuer du mien; autres
diſás qu’ils me rédroiét ma premiere liberté, voulát venir à l’effet d’aucunes de ces choſes , ie trouuay ces
prometteurs plus remplis de parolles que d’effect.

A raiſon dequoy ie demouray, nó
vne fois,mais pluſieurs,par eux có-
fuſe, en mon eſperance ; & pour le
mieux , ſans plus m’attendre à ces
choſes là, ie me mis à attendre le
temps propre & cóuenable,promis
par mon cher mary , pour accóplir
le vœu ſainct.

LA FIAMMETTA
DI M. GIOVANNI
BOCCACCIO.

LIBRO SESTO.

Ontinouauansi le mie an-
goscie, non ostante la speranza del futuro viaggio ; &
il cielo con mouimento con-
tinuo, seco menando il Sole l'vn dì dopo
l'altro traheua senza interuallo , & me
in affanno & in amore non iscemante, in
piu lungo tempo che io non voleua , mi
teneua la vana speranza.

Distrit-
tione
della
prima-
uera.

Et gia quel Toro , che trasportà Euro-
pa, teneua Febo con la sua luce, & i giorni togliendo luogo alle nottidi breuissimi

LE SIXIESME
LIVRE DE LA
Fiammette de Iean Bocace.

Es peineʒ & angoiſſes ſe continuoient, non-obſtant l'eſperance du futur voiage: & le ciel, par vn continuel mouuement, me-nant quant & ſoy, le Soleil, tiroit ſans interualle, vn iour apres l'au-tre,& la vaine eſperance me tenoit en ennuy & en amour, ne dimi-nuant point, plus long temps que ie ne voulois.

Et deſia le Taureau qui tranſpor-ta Europe, tenoit le Soleil auec ſa lumiere; & les iours accourciſſant les nuicts & leur oſtant lieu,de treſ-

grandißimi diueniuano.

Et il florifero Zefiro foprauenuto col
fuo leue & pacifico foffiamento haueua
l'impetuofa guerra di Borea pofto in pace:
& cacciati nel freddo aere i caliginofi tē-
pi, & delle alteʒʒe de'monti le candide
neui, & i guaʒʒofi prati rafciutti dalle
cadute pioue, ogni cofa d'herbe & di fiori
haueua rifatta bella & la biancheʒʒa
per la fopraftante freddura del verno venuta ne gli alberi era, da verde vefta ricoperta in ogni parte.

Et era gia in ogni luogo quella ftagio-
ne, nella quale la liete Primauera gratio-
famente in ciafcun luogo ʃpōde le fue ric-
cheʒʒe. Et che la terra di varij fiori di
viole & di rofe quafi ftellata ; di belleʒ-
ʒa, contrafta col cielo ottauo : & ogni
prato teneua Narcifo.

Per la
madre
di Bac-
co intē-
de la vi-
te.

Et la madre di Bacco gia haueua della fua pregneʒʒa cominciato à moftrar ʃe-
gni; et piu che l'vfato graue il compagno,

courts qu'ils estoient deuenoient
tresgrands.

Et le porte-fleurs Zephire estant
suruenu, auoit pacifié de sa douce
& pacifique haleine, l'impetueuse
guerre de Boreas, & chassez en l'air
froid, les temps tenebreux, & du
haut des montagnes les blanches
neiges, & les prez couuerts d'eaux,
des pluyes tombees, essorez & secs,
auoit faict toute chose belle d'herbes & de fleurs; & la blancheur, à
cause de la froidure de l'hyuer, venue aux arbres, estoit recouuerte,
par tout d'vne robe verde.

Et desia estoit en tout lieu, la saison, en laquelle le gay Printemps,
espand gracieusement en chacun
endroit ses richesses : & la terre
quasi estoillee de diuerses fleurs, ro-
ses & violettes, debat & contreba-
lance le huictiesme ciel, en beauté;
& tout pré tenoit Narcisse.

Et la mere de Bache auoit desia
commencé à monstrer signes de la
groisse; & son cõpagnon l'ormeau,

Olmo, già da se ancora diuenuto piu graue per la presa vesta.

Driope, & le misere siroccie di Fetente mostrauano similmente letitia, cacciato il misero habito del canuto Verno. I gai vccelli s'vdiuano con diletteuole voce per ogni parte, & Cerere ne gli aperti campi lieta veniua co'frutti suoi.

Et oltre à queste cose il mio crudel Signore piu focosi faceua i suoi dardi sentire nelle veghe menti.

Onde de'giouani, & delle vaghe donzelle ciascun secondo la sua qualità ornato s'ingegnaua di piacer alla amata cosa.

Le liete feste rallegrauano ciascuna parte della nostra Città, piu copiosa di quelle che non fu mai l'alma Roma.

Et i Theatri ripieni di canti, & di suoni inuitauano à quella letitia ciascu-

plus pefant que de couftume;eftoit
auffi de foy deuenu plus chargé, à
caufe de fon nouueau veftement.

Driope & les pauures fœurs de
Phaëron, mouftroient femblablement lieffe,ayans defpouillé le pauure & miferable habit de l'hyuer
cheou.

L'on oioit les gais oifeaux, &
leur voix delectable par tout , &
Ceres auec fes früicts venoit ioyeufement és champs defcouuerts.

Et outré ces chofes, mon cruel
Seigneur, faifoit fetir és cœurs gaillards, fes fagettes & dards plus ar-
dants.

Et pour cete caufe, chacun des
ieunes hommes,& des gentiles da-
moifelles,orné felon fa qualité,f'efforçoit de plaire à la chofe aymee.

Les ioyeufes feftes refiouyffoient
chacun quartier de noftreville,plus
abondáte qu'oncques fut la noble
& excellente Rome.

Et les theatres remplis de chants
& de fons, inuitoient chacun amát.

no amante. I giouani, quando sopra i correnti caualli con le fiere armi giostraua-
no, & quando circondati da sonanti so-
nagli armeggiauano; quãdo con ammaestrata mano lieti mostrauano, come gli
arditi caualli con ispumante freno si deb-
bano regere.

Le giouani donne di queste cose vaghe
inghirlãdate di nuoue frondi lieti sguar-
di porgeuano à i loro amãti; hora dall'alte fenestre, & hõra dalle basse porte.

Et quale con nhouo dono, & qualè con
sembiante, & quale con parole conforta-
ua il suo del suo amore.

Ma me sola solitaria parte teneua quã-
si romitta: & io sola scõsolata per la fallita speranza dè lieti tempi, haueua mia.

à cete lieſſe. Les ieunes gens iou-
ſtoient aucunefois ſur leurs cour-
ſiers, auec leurs armes, aucunesfois
enuironnez de ſons, ils s'exerçoient
aux armes, & aucunesfois d'vne habile & induſtrieuſe main, ils mon-
ſtroient ioyeux, comme les hardiz
cheuaux ſe doiuent conduire &
gouuerner auec le frein & mords
eſcumeux.

Les ieunes dames, ioyeuſes de ces
choſes, auec chappeaux & guirlandes de nouuelle verdure, donnoiẽt
de gayes œillades à leurs amants,
ores des haultes feneſtres, & ores
des portes baſſes.

Et l'vne, par vn nouueau don &
faueur; l'autre, par vn regard & gracieux ſemblant, & aucune par paroles, conſoloit & certifioit le ſien de
ſon amour.

Mais i'eſtois ſeule en part ſolitai-
re, comme vn hermite; & ſeule de-
ſolee, à cauſe de l'eſperance faillie
du temps ioyeux, i'eſtois en ennuy
& facherie.

Niuna cosa mi piaceua, nulla festa mi poteua rallegrare, ne conforto porgere, ne pensiere ne parola.

Niuna verde fronde, niun fiore, niuna lieta cosa toccauano le mie mani, ne con lieto occhio le riguardaua.

Io era diuenuta dell'altrui letitie inui-diosa & con sommo dissiderio appetiua, che ciascuna donna cosi fosse da amore, et dalla fortuna trattata, come io era.

Oime con quanta consolatione piu volte gia mi ricorda d'hauere udito le mise-rie, & le dissauenture de gli amati nuo-uamente auenute.

La fortuna per piu affli-gere al le volte mostra sereno il uolto.

Ma mentre, che in questa dissositione mi teneuano dispettosa gli Dij la Fortu-na inganneuole; laquale alcuna volta per affligere con maggior doglia i mise-ri, loro nel mezo dell'aduersità, quasi mutata si mostra con lieto uiso, acciòche

Il n'y auoit aucune chose qui me pleust; il n'y auoit aucune feste qui me peust resiouyr, ny donner consolation ny pensee ny parole.

Mes mains ne touchoient aucune verde branche, ny fleur, ny aucune chose gaie, & ne regardois ces choses là d'vn œil ioyeux.

I'estois deuenue enuieuse des ioyes d'autruy, & appettois d'vn tresgrand desir, que toute femme fust traittee comme moy, d'amour & de la fortune.

Mon Dieu, auec quelle consolation, il me souuient auoir ouy dire plusieurs fois, les miseres, & mesauantures des amans, nouuellement aduenues!

Mais tandis que les Dieux me tenoient en cete disposition, toute despite, la Fortune trompeuse, laquelle aucunefois, pour affliger d'vne plus grande douleur & facherie, les miserables, se monstre à eux, au milieu des aduersitez, quasi changee, d'vn visage ioyeux & riant,

oßi più abandonandoſi à lei, caggiano in maggior ſcoſcio ceſſando la loro letitia.

Et queſti, ſe come ſolli s'appoggiano alhora ad eſſa; cotale abbattuti ſi trouano, quale il miſero Icaro nel mēʒo del camino preſa troppa fidanʒa nelle ſue ali, ſalito all'alte coſe da quelle nell'acque cadde del ſuo nome ancora ſegnate:

Queſta me ſetendo di quelli non contēta de' dati mali, apparecchiandomi peggio, con falſa letitia traſſe in dietro le coſe aduerſe & il ſuo cruccio, acciò che piu mouendoſi di lontano; non altrimenti che facciano i montoni Africani per dare maggior percoſſa; piu m'offendeſſe.

Et in queſta maniera con vna vana allegreʒʒa alquanto diede ſoſta alle mie doglie.

Eſſendo gia per ogni meſe promeſſo trop-

à fin que s'abandonnans dauantage
à elle, ils tombent en vn plus grand
ennuy & ruïne, venant à cesser leur
liesse.

Et comme ceux-cy seuls s'appuiét
à cete heure là, & se fondent en
icelle, ils se trouuent abbatuz ny
plus ny moins que le miserable
Icare, au milieu du chemin, s'estant
trop confié en ses ailes, monté aux
choses haultes, tomba d'icelles, de-
dant les eaux, remarquees aussi de
son nom.

Cete-cy me sentant de ceux-là,
non contente des maux donnez,
m'aprestant pis, tira, par vne fausse
ioye, en arriere les choses aduerses,
& son tourment, à fin que se mou-
uant de plus loin, ny plus ny moins
que font les moutons d'Afrique,
pour donner vn plus grand coup&
secousse, elle m'offensast dauátage.

Et en cete maniere par vne vaine
allegresse, elle dóna vn peu de trefue à mes douleurs.

Estant desia le peu fidele amant,

po piu di quatro dimorato il poco fidele a-
mante; auene che vn giorno dimorando
io ne'pianti vfati, la vecchia balia con
paffo piu ffeffo,che la fua età non prefta-
ua,tutta nel vecchio vifo di fudor molle
entrò nella camera nella quale io era: &
poftafi à federe battendole forte il peto,ne
gli occhi lieta piu volte cominciò à parlare.

Ma l'anfieta del polmone precedente
ogni volta nel meʒo le rompeua'le parole. Alla quale io piena di marauiglia
diffi.

O cara nudrice,che fatica è quefta, che
t'ha cofi prefa? qual cofa difideri tu dire
con tanta fretta, che prima l'affannato
fpirito non lafci pofare?

E ella lieta ò dolente apparecchiomi io
di fuggire, ò di morire, ò che debbo fare?

Il tuo vifo alquanto,non fo di che, ne
perche,rinuerdifce la mia fperanʒa;me le

pour chacun mois promis, demouré trop plus de quatre, aduint qu'vn
iour, entree en mes pleurs accoustumez, la vieille nourrice, d'vn pas
plus vite que son aage ne portoit,
toute moite & molle en son visage,
de sueur, entra en la chambre en laquelle i'estois; & s'estant mise à se
seoir, luy battant fort la poitrine,
ayant les yeux gais, elle commença
plusieurs fois à parler.

Mais l'anxieté procedente du
poulmon, luy interrompoit, à tous
coups, la parolle. A laquelle ie dis
remplie de merueille:

O chere nourrice! quelle peine
vous a ainsi surprinse? quelle chose
desirez vous dire, auec si grande haste? que ne laissez vous premierement r'asseoir l'esprit trauaillé?

Est elle ioyeuse ou triste? m'apre-
steray-ie de fuir ou de mourir, ou
que doy-ie faire?

Ie ne sçay pas dequoy, ny pourquoy, vostre visage renouuelle vn
peu mon esperance: mais les choses

cose lungamente state contrarie mi porgono quella paura di peggio, che ne' miseri suole capere.

Dì adunque tosto non mi tenere piu sospesa, qual su la cagione della tua ratez-
za? Dimmi se lieto Iddio, od infernal furia qui t'ha sospinta.

Al'hora la vecchia appena ancora ri-
hauuta la lena, interrompendo le mie parole, assai piu lieta disse.

O dolce figliuola rallegratti; niuna paura è ne' miei detti: gittauia ogni dolore, et
la lasciata letitia ripiglia: il tuo amante
torna.

Questa parola entra ta nel'animo mio,
subita allegrezza mi mise, si come gli occhi miei mostrarono, ma la misera usata
in brieue la tolse via & no'l credetti: anzi piangendo dissi.

O cara balia per li tuoi molti anni; &

qui m'ont esté longuement contraires me font craindre le pis qui
entre volontiers és cœurs des miserables.

Dites donc soudain, ne me tenez
plus en suspens, dites moy l'occasion de vostre tant soudaine venue.
Dites moy si Dieu ou l'infernalle
furie vous a icy amenee?

Alors la vieille, ayant encore à
peine recouuré la parolle & haleine, interrompit ma voix, dist beaucoup plus ioyeuse;

Ma fille bien aymee, resiouysſez
vous : il n'y a point de peur ny de
crainte en ce que ie vous apporte;
supprimez toute douleur, & repre-
nez la lieſſe & ioye laiſſee : voſtre
amant retourne.

Cete parolle entree en mó cœur
m'y insinua vne soudaine allegreſ-
se, comme mes yeux demonſtreré́t:
mais l'accouſtumee misere, en brief
la retrancha, & ne le creu, ains ie dis
en pleurant:

O bien aymee nourrice ! par voz

per li tuoi vecchi membri ; i quali hoggi
mai l'eterno riposo dimãdano:non ischer-
nire me misera , i cui dolori in parte de-
urebbono esser tuoi.

Prima torneranno i fiumi alle fonti;et
Hespero recherà il chiaro giorno, & Febea co'raggi del suo fratello darà luce alla notte,che torni l'ingrato amante.

Chi non sa,che egli hora ne'lieti tempi
con altra donna piu amando,che mai , si
rallegra?

Ouunque egli fosse hora, si tornarebbe
à lei:non che da lei si partisse per venir
quà.

Ma ella subito seguitò: O Fiammetta , se gli Dij lieta riceuano l'anima di
questo vecchio corpo:la tua balia di nulla
timente. Ne si conuiene alla mia età ho

annees qui font en nombre, & par
voz vieils membres, lefquels deformais demandent l'eternel repos, ie
vous prie ne vous moquer de moy
miferable, de laquelle les douleurs
deuroient en partie vous toucher.

Les riuieres retourneront auant à
leurs fources; l'eftoille du foir ame-
nera le clair iour; & la Lune par les
rayons de fon frere donnera lumiere à la nuict premier que l'ingrat
amant retourne.

Qui ne fçait qu'iceluy maintenant fe recree, ayant le temps à fou-
hait, auec vne autre dame, aymant
plus que iamais?

En quelque lieu qu'il fuft pour le
prefent, il f'en retourneroit à elle,
pluftoft que fe departir d'elle pour
venir deçà.

Mais elle pourfuiuit foudain; O
Fiammette! ainfi les Dieux reçoi-
uét l'ame ioyeufe de ce vieil corps,
comme voftre nourrice ne vous
ment, de rien; & n'eft d'orenauant
conuenable à mon aage, de me

mai andare de così fatte cose, alcuna persona gabbando & te massimamente, laquale io amo sopra tutte le cose.

Adunque, dissi io, come è ciò peruenu-
to alle tue orecchie et onde il sai? dillo tosto, acciòche, se verisimile mi parrà, io mi
rallegri della lieta nouella.

Et leuatami del logo (oue io staua già
piu lieta m'appressai alla vecchia (& ella disse.

Io sollecita à fatti famigliari questa
mattina sopra i salati liti, quelli eseguen-
do, andaua con lento passo, & intenta sopra quelli dimorando con le reni al mare
riuolta, vn giouane d'vna barca saltato
(si come io vidi poi) dissaueduramente
portato dall'empito del suo salto, mi vrtò
grauemente.

Perche io gli Dij scongiurando, cru-
ciosa riuoltami contro lui, per dolermi
della riceuuta ingiuria è egli con parole

moquer d’aucune perſonne, en telles choſes , &, de vous principallement , que i’ayme ſur toutes
choſes.

Comment donc, dis-ie, cela eſt-il
paruenu à voz aureilles, & d’où le
ſçauez vous? dites le ſoudain, à fin
que ſ’il me ſemble vray-ſemblable,
ie me reſiouyſſe de cete ioyeuſe
nouuelle.

Et m’eſtant leuee du lieu où i’e-
ſtois deſia, ie m’aprochay plus ioyeuſe de la vieille, & elle diſt.

Eſtant ſongneuſe des affaires domeſtiques, ie m’en allois ce matin à
pas lent, ſur le riuage de la mer;
executant icelles; & y eſtant enten-
tiue, ayant le dos tourné à la mer,
vn ieune homme ſaulté d’vne barque (ſelon que ie vey apres) porté
temerairement de la force de ſon
ſault, m’a heurtee rudement.

Parquoy, en coniurant les Dieux,
& toute fachee, m’eſtant tournee
contre luy , pour me plaindre de
l’iniure receuë, il m’a incontinent

humili subitamente mi chiese perdono.

Io riguardatolo,è nel viso, & nell'habito de'paesi del tuo Panfilo il giudicai, & dimandailo.

Giouane; se Iddio ben ti dia: dimmi vieni tu di paese lontano?

Si donna rispose. Al'hora dissio. Deh dimmi donde? s'è lecito. et egli delle parti d'Etruria, & della piu nobil Città di quella vengo; & quindi sono.

Come io vdì questo d'vna patria col tuo Panfilo il conobbi & dimandailo se egli il conosceua,che di lui era, & quegli rispose di si: & di lui molto bene mi narrò.

Et oltre à ciò disse. Che egli con lui ne sarebbe venuto, se alcun picciolo impedimento non l'hauesse tenuto; ma che senza fallo in pochi dì quà sarebbe.

In

Saut de pagination
Texte complet

demandé pardon, par humbles paroles.

L'ayant regardé au visage, & à
son habit, ie l'ay iugé estre du pays
de vostre Pamphile, & le luy ay
demandé.

Ieune homme, dites moy ie vous
prie, venez vous de loin?

Ouy, madame, a il respondu; Et à
cete heure-là ie luy ay dit : Dites
moy s'il vous plaist d'où, s'il vous
est licite:& il m'a dit; des quartiers
de l'Hetrurie , & viens de la plus
noble ville d'icelle, & suis de là.

Aussi tost que i'ay ouy cela, ie l'ay
iugé & cogneu d'vn mesme pays
que vostre Pamphile , & luy ay demandé s'il le cognoissoit, & côme
il alloit de luy : & il m'a respondu
que ouy, & m'en a sçeu fort bien
parler.

Et outre cela, il m'a dict, qu'il s'en
fust venu, quant & luy , si quelque
petit empeschement ne l'eust retenu ; mais que indubitablement , il
seroit icy en peu de iours.

Kk

In questo meZo, mentre queste parole
haueuano, i compagni del giouane tutti
in terra scesi con le loro cose, egli con esso
loro si partì.

Io lasciato ogni altro affare, con tostis-
simo passo, appena tanto viuer credendomi, che io te'l dicessi, qui ne venni ansan-
do, si come vedesti. Et però lieta dimora,
& caccia la tua tristitia.

Presola al'hora, con lietißimo cuore ba-
sciai la vecchia fronte ; & con dubbioso
animo poi piu volte la scongiurai: & dimandai da capo se questa nouella vera
fosse, desiderando che non il contrario dicesse, è dubitando che non m'ingannasse.

Ma poiche piu volte se dire il vero con
piu giuramenti m'hebbe affermato; benche il si et il nò credendo nel capo mi va-
cilasse: lieta con cotali voci gli Dij ringra-
tiai.

Cose
impos-
sibili.

Ce pendant , comme nous te-
nions ces propos, les compagnons
du ieune homme sont descenduz
tous en terre, auec leur bagage, & il
s'en est allé auec eux.

Et ayant laissé toute autre affaire,
ie m'en suis venue icy à pas soudain, & haletant, comme vous au z
veu, à peine me pensant viure tant,
que ie peusse le vous dire ; & pour
cete cause viuez ioyeuse, & chassez
vostre tristesse.

L'ayant prinse à cete heure-là, ie
baisay le vieil front de tresbon
cœur ; & ie la prins plusieurs fois à
serment de cela, estant en doute, &
luy demanday de poinct en poinct,
si cete nouuelle estoit vraye, desirát
qu'elle ne dist le contraire, & craignant qu'elle ne me trompast.

Mais depuis que par plusieurs
sermens, elle m'eut affirmé beaucoup de fois , qu'elle disoit vray,
bien que ie fusse entre deux & az de
le croire ou non; ioyeuse , ie remer-
ciay les Dieux, par telles parolles.

LIBRO SESTO.

O superno Gioue di Cieli Rettore so-
lenniſſimo. O luminoſo Apollo, à cui niē-
te s'occulta. O gratioſa Venere pietoſa de'
tuoi ſoggetti. O ſanto Fanciullo portante i
cari dardi, lodati ſiate voi.

Veramente chi in voi ſperando perſe-
uera, non puo perire à lungo andare. Ecco,
che per la gratia di voi, non per gli meriti miei il mio Panfilo torna. Ilquale io nō
vedrò prima, che i voſtri altari ſtati per
adietro viſitati da'miei feruentiſſimi
prieghi, et bagnati d'amare lagrime, d'accetteuoli incenſi ſaranno honorati, dan-
dogli io.

Et à te ò Fortuna pietoſa tornata de'
miei danni, la promeſſa imagine, teſtante
i tuoi benefici, donerò di preſente.

Priegoui non per tanto con quella hu-
milià, & deuotione; che piu vi puote

O Iupiter fupernel, treſſouue-
raine guide & gouuerneur des
cieux!ô lumineux Apollon, auquel
rien n'eſt caché!ô gracieuſe Venus,
qui as pitié de tes ſubiects! ô ſainct
enfant, qui portes les chers & aymez dards & fleches, ſoyez tous
loüez.

Vraiment quiconque perſeuere
d'eſperer en vous,ne peut perir, à la
lógue. Ie voy que par voſtre grace,
& non par mes merites, mon Pamphile retourne, lequel ie ne verray
pluſtoſt, que voz autels, leſquels
par le paſſé, ont eſté viſitez de mes
tresferuentes prieres & bagnez d'a-
meres larmes, ne ſoient par moy
honorez d'agreables offrandes &
encenſemens.

Et à toy, ô Fortune, qui as pitié
de mes maux, ie donneray de preſent l'image promiſe, teſmoignant
tes bienfaicts.

A cete cauſe, vous priay-ie tous,
auec l'humilité & deuotion qui
vous peut rendre propices , que

esaudeuoli rendere;che voi ogni accidente poßibile à turbare là propoſta tornata
del mio Panſilo togliate via , & lui ſal-
uo, & ſenza impedimento qui producia-
te,ſi come egli fu mai.

Finita l'oratione, non altrimenti , che
Falcone uſcito, di capello , plaudendomi
coſi à dire cominciai.

O amoroſi petti lungamente da'mali
indeboliti , homai ponete giu le ſollecite
cure, poſcia che'l caro amante di voi ri-
cordante ſi torna,ſi come promiſe.

Fugate il dolore, la paura,& la graue
vergogna nelle afflitte coſe abundante,
ne come per adietro la Fortuna v'habbia
guidati,vi tenga in penſiero,anzi cacciate via le nebbie de crudeli Fati : & ogni
ſembiante del miſero tempo da voi ſi par-
ta,& torni il lieto viſo preſente bene.

Et la vecchia.Fiammetta della rinouu-

vous retranchiez tout accident, pouuant troubler le proposé retour de mon Pamphile, & le rédiez icy, sain & sauf & sans empeschement, aussi bien qu'il y fut onques.

Ayant acheué la priere, ny plus ny moins que le Faulcon ou espreuier descouuert, frappât des mains, de ioye, ie commençay à dire ainsi;

O amoureuses poitrines, longuement afoiblies de mal, mettez desormais voz souciz, souz le pied, puis que mon cher amant se resouuenant de vous, retourne, comme il a promis.

Fuyez la douleur, la peur, & la facheuse honte, abondante és aduersitez; & comme par le passé, la Fortune vous ait guidez, elle ne vous tiéne en pensee, ains chassez au loin les nuages des cruels Destins ; & tout semblât d'vn temps miserable se departe de vous ; & le bié present rende & fasse retourner le visage gay & ioyeux.

Et la vieille : Fiammette de l'ame

ta anima, del tutto si vesta fuori.

Mentre che cotali parole liete fra me
diceua, il cuore diuenne dubio: & non sa
onde, ne come tutta m'occupasse vna subita tiepidezza, che in dietro tirò la volun-
tà presta à rallegrarsi perche quasi smarrita rimasi nel mezo del mio parlare.

I mise-
ri non
credo-
no alle
cose, lie
te.

Oime, che questo vitio propriamente i
miseri seguita, cioè il non poter mai credere alle cose liete; & auenga, che la felice
Fortuna ritorni; nò per tanto à gli afflitti
incresca di rallegrarsi; & quasi sognar
credendosi quella come non fosse, vsano
mollemente.

Perche io fra me quasi attonita cominciai. Chi mi richiama, ò vieta della cominciata allegrezza?

Non torna egli il mio Panfilo? certo si.
Dunque chi mi comando di piangere?

renouuellee, fe vefte du tout par dehors.

Tandis que ie difois en moy-mefme, telles parolles, ioyeufes, mó cœur deuint douteux; & ne fçay d'où ny comment vn foudain refroidiffement me faifit toute, qui tira en arriere, la volonté prefte à fe refiouyr; à raifon dequoy ie demouray toute efperdue, au milieu de mon parler.

Ah a! comme ce vice fuit proprement les miferables, à fçauoir, de ne pouuoir iamais adioufter foy aux chofes ioyeufes; & bien que l'heureufe Fortune retourne, fi eft-il que les affligez à peine fe reiouyffent, & contre leur gré : & quafi penfans fonger, ils en vfent mollement, cóme fi elle n'eftoit.

Parquoy eftant quafi eftonnee, ie commençay à dire en moy-mefme, Qui eft-ce qui me retire ou empefche de mó allegreffe encómencer? Mon Pamphile retourne-il pas? certainement ouy. Qui eft-ce donc

Da niuna parte m'è hora giunta di tri-
ftitia cagione.Hora adunque chi mi vieta d'adornarmi di nuoui fiori & delle
ricche robbe?Oime,che io non fo : & pur
vietato m'è, fo da chi.

Et cofi ftando , quafi in me non foffi,
tra miei errori, non volendo io , dai miei
occhi caddero lagrime, & in meZo le voci miei venne l'vfato pianto.

Et cofi il lungamète afflitto petto amaua gli vfati lagrimari.

La mente mia quafi del futuro indouina col pianto , di ciò che auenir deueua,
mandò fuori aperti fegni , per liquali io
hora veramente conofco all'hora à naui-
ganti grandiffima tempefta effer apparecchiata, quando fenZa vento enfiano i
mari tranquilli.

Segni
della
mente
indoui-
na del
futuro.

Ma pur vaga di vincere quel,che l'ani-

qui me commande de plorer? De nulle part maintenant, m’est arriuee occasion de tristesse. Qui est-ce donc qui m’empesche de m’orner & parer de nouuelles fleurs, & de riches robes? ah! ie ne sçay pas; & neantmoins i’en suis empeschee, & ne sçay pas de qui.

Et estant ainsi, comme n’estant en moy, entre mes erreurs, contre mon gré, me tomberent larmes de mes yeux, & au milieu de mes propos, vint le pleur accoustumé.

Et en cete maniere le cœur longuement affligé aymoit les larmes accoustumees.

Mon esprit quasi deuinant l’aduenir, par le pleur, mit dehors les signes manifestes de ce qui deuoit aduenir, par lesquels ie cognoy maintenant à la verité, qu’vne tresgrande tempeste est aprestee aux nauigans, lors que sans aucun vent, les mers calmes & tranquilles s’enflent.

Ce neátmoins ioyeuse de vaincre

ma non voleua ; diſſi ; O miſera , quali annuntij , quali empiti non biſognando venturi t'inſigni ? preſta alla crudula-mente a'beni venuti: che queſto ſia , che tu t'annuntij tardi temi , & ſenZa pro-fitto.

Adunque da queſto ragionare innan-Zi io mi diedi ſopra la cominciata letitia & i triſti penſieri , ſi come potei , da me cacciai.

Et ſollecitata la cara balia ; che intan-ta foſſe della tornata del mio amante; tra-ſmutai i triſti veſtimenti in lieti ; & di me cominciai ad hauere cura , accioche da lui tornato per afflitto viſo riſiutata non foſſi.

La pallida faccia cominciò à riprēdere il perduto colore:la partita graſſeZZa co-minciò à ritornare; et le lagrime del tut-to andate via , ſe ne portarono con loro

ce que l’ame ne vouloit pas, ie dis,
ô chetifue!quels pronostics, quelles forces & chaiges, sans qu’il en
soit besoin,fains tu deuoir aduenir?
aioustes foy aux biens venuz;tu ne
gangnes rié de craindre que ce soit
que tu t’annonces.

Apres auoir donc tenu ce propos, ie m’addonnay à l’encommen-
cee liesse, & chassay de moy les tristes pensees, le mieux qu’il me fut
possible.

Et ayant sollicité ma chere nourrice d’estre ententifue & prendre
garde au retour de mon amant, ie
changeay mes tristes vestemens en
autres plus gais, & commençay à
auoir soucy de moy,à fin que ie ne
fusse refusee de luy estãt de retour,
à cause de mon attenué & affligé
visage.

Ma face palle commença à repré-
dre sa couleur perduë;l’embópoint
qui estoit party cómença à retourner:& les larmes du tout departies
emporterét quant & elles, le pour-

il purpureo cerchio fatto d'intorno à gli
occhi miei.

Effetti
di cui
ritorna
lieto.

E gli occhi nel debito luogo tornati ri-
hebbero intera la luce loro & le guancie
per lo lagrimar diuenute aspre si ritorna-
rono nella pristina loro morbidezza.

E i miei capelli, auegna che subitamente aurei non tornassero nondimeno l'ordine vsato ripresero.

Et i cari pretiosi vestimenti lungamē-
te senza essere stati adoperati, m'adorna-
rono.

Che piu? In breue me & ogni mia cosa
rinouai; & nella prima bellezza et ista-
to quasi mi ridussi tutta; tanto che le vicine donne & i parenti & il caro marito n'hebbero ammiratione; et ciascuno in
se disse.

Quale ispiratione ha di costei tratta la lunga tristitia & malinconia? la
quale ne per prieghi, ne per conforti mai
per adietro da lei si puote cacciar via?

pté cercle & bordure faicte à l'entour de mes yeux.

Et les yeux retournez en leur cõ-
uenable lieu recouurerent leur entiere lumiere,& les iouës deuenues
rudes & aspres, à cause du pleur, reprindrent leur premiere delicatesse
& beauté.

Et mes cheueux,encores que sou-
dainement ils ne redeuinssent do-
rez, reprindrent neantmoins leur
premiere grace & splendeur.

Et mes beaux & precieux habillemens, qui auoient demouré long
téps inutils,m'ornerent & parerét.

Quoy plus? en brief ie renouuel-
lay & moy, & toute chose mienne;
& me remis quasi toute en ma premiere beauté & estat, de maniere
que les dames voisines, mes parens
& mon cher mary en furent esmer-
ueillez:& chacũ dist en soy.mesme.

Quelle inspiration a retiré de cete-cy,la longue tristesse & m-lan-
colie?laquelle par le passé, n'a oncques peu estre banie d'icelle,ñy par

Questo non è men che gran fatto; & con
tutto il marauigliare n'erano lietißimi.

La mia casa lungamente stata trista
per la mia tribulatione, tutta meco ritornò lieta; & sì come il mio errore era mutato: così tutte le cose di triste in liete parue, che si mutassero.

I giorni: che più che l'usato mi pareuano lunghi: per la presa speranza della futura tornata di Panfilo lunghißimi tra-
passauano con passo lentißimo. Ne piu
volte furono da me i primi cotanti, che
fossero questi.

Ne'quali io alcuna volta in me raccol-
ta, alle preterite tristitie pensando, & à
gli hauuti pensieri, sommamente in me
gli dannaua così dicendo.

O quanto mal per adietro ho pensato dal caro amante & come perfida-
mente ho dannate le sue dimoranze: &

prieres, ny pour aucune confolation? Voila vn grand cas. Et nonobſtant toute cete merueille, ils en
eſtoient fort ioyeux & contens.

Ma maiſon qui auoit longuement eſté triſte à cauſe de mon ennuy, retourna toute gaye, quant &
moy : & comme mon erreur eſtoit
changee, ainſi ſembloit que toutes
choſes ſe fuſſent changees, de triſtes, en gaieté.

Les iours qui me ſembloiét plus
longs que de couſtume, treſlongs à
cauſe de l'eſperance du futur retour
de Pamphile, paſſoient d'vn pas
treſlent & tardif : & ne m'ont eſté
maintesfois plus les premieres que
ceux-cy.

Eſquels eſtant aucunefois retiree en moy, & penſant aux triſteſſes
paſſees, & aux penſees & ennuis
que i'auois eu, ie les blaſmois fort
en moy-meſme, diſant ainſi;

O que i'ay penſé mal, par le paſſé
de mon cher amant, & comme deſ-
loyaument i'ay blaſmé ſa demeure

follemente ho creduto à chi lui esser d'altra donna , che mio m'ha detto alcuna
volta Maladette siano le loro bugie.

O Iddio, come possono gli huomini cō
cosi aperto viso mentire.

Ma certo dalla mia parte ciascuna di
queste cose era dà fare con piu pensato cōsiglio, che io non faceua.

Io deueua contrapesar la fede del mio
amante tante volte à me promessa, & cō
tante lagrime, & cosi affettuosamente;
& l'amore il quale egli mi portaua &
porta, con le parole di coloro, i qual senza alcun sagramento, & non curantesi
d'hauer piu inuestigato di quel , che essi
parlauano, diceuano solamente il loro primo, & superficial parere. Il che assai manifestamente appare.

'L'uno veggendo entrare una nouella
sposa nella casa di Panfilo (percioche altro giouane di lui in quella nō conosceua)

& retarder: & follement ay aiousté
foy à celuy, qui m'a dict quelque
fois,qu'il est à vne autre femme que
moy. Maudites soient leurs mensonges.

O Dieu! comment peuuent les
hommes mentir tant apertement?

Mais certainement, chacune de
ces choses, se deuoit faire de ma
part, auec vn conseil mieux pour-
pensé que ie ne faisois pas.

Ie deuois contre-peser la foy de
mon amant,tant de fois à moy promise,& auec tant de larmes & si af-
fectueusement; & l'amour qu'il me
portoit & porte, auec les paroles
de ceux,lesquels sans aucun sermér,
& ne se souciant d'auoir mieux &
plus curieusemét, recherché ce qui
estoit par eux mis en auant, disoiét
seulement leur premier & surperfi-
ciel aduis.

L'vn voyant entrer en la maison
de Pamphile, vne nouuelle espouse (pource qu'il ne cognoissoit en
icelle, autre ieune homme que luy)

non considerando la biasimeuole lasciuia
de' vecchi: sua la credetti; & cosi disse à
chi assai apperue di lui curarsi.

L'altro, percio che forse alcuna volta ò
riguardarlo, ò mottegiarlo vide ad alcuna bella donna; laquale per auentura era
sua parente, od honestamente di mestica;
sua la credette, & cosi con semplici parole affermandolo, glielo credetti.

Oh se io hauessi queste cose debitamente considerate quante lagrime, quanti sospiri, et quanto dolore sarebbe da me stato lontano.

Amore
è cosi
solleci-
ta è pie
na di
paura.

Ma qual cosa possono gli inamorati di-
rittamente fare? Come gli empiti vengono; cosi muouono le nostre menti.

Gli amanti credono ogni cosa. Percioche
amore è cosa sollecita è piena di paura. Essi per usanza cotinoua sempre s'adattano
à gli accidēti no ciui: & molto desiderāti

ne confiderant la lafciueté des vieillards, digne de blafme, l'a eftimee
fienne; & ainfi l'a dit, à qui il voioit
affez chaloir, & fe foucier de luy.

L'autre, pource qu'il l'a veu aucunefois regarder & rire à quelque belle femme, laquelle eftoit
parauanture fa parente, ou honne-
ftement priuee & domeftique, la
penfee à luy; & ainfi l'affirmant par
fimples paroles, ie luy ay aioufté
foy & l'ay creu.

Ha, fi i'euffe bien confideré ces
chofes, que i'euffe eflógné de moy
beaucoup de larmes, beaucoup de
foufpirs, & vne grande douleur.

Mais que peuuent les amoureux
droitement faire ? comme l'effort
vient & l'ardeur; ainfi efmouue-il
noz cœurs.

Les amans croyent toute chofe;
pource qu'amour eft vne chofe
pleine de follicitude & de peur.
Iceux par vfage & continue, s'ada-
ptent toufiours aux accidens nui-
fibles : & defirans beaucoup, ils

ogni cosa credono possibile ad esser contraria a'loro desii, & alle seconde presta-
no lenta fede.

Ma io sono da essere sensata: percioche
io pregai sempre gli Dij, che me de'miei
disii facesseno mentitrice.

Ecco, che le mie preghiere sono state
vdite, & egli ancora non saperà queste
cose, lequali se pur sapesse; che altro 'e ne
potrà per lui dire, se non seruentemente
m'amaua costei?

Egli deuerà esser caro saper le mie angoscie, & i corsi pericoli: percioche essi gli
siano verißimo argomento della mia fede, & appena che io dubiti, che egli ad
altro fine sia dimorato cotanto: se non p r
prouar se conforte animo senza cambiar-
lo lui ho potuto aspettare.

Ecco, che fortemente l'ho aspettata:
Adunque di quinci, sentēdo egli cō quā-

croyent & estiment toute chose
pouuoir estre contraire à leurs desirs; & aioustent vne foy leute, aux
secondes.

Mais ie dois estre aduisée; & pour
cete cause ay ie tousiours prié les
Dieux, de me faire mensongere de
mes desirs.

Voicy, que mes prieres ont esté
exaucees; & il ne sçaura aussi ces
choses: & quand bié il les sçauroit,
qu'en pourroit-il dire autre chose,
sinon; Cete cy m'aymoit d'vne feruente amour?

Et il deura estre bien aise de sçauoir mes angoisses & les dangers
encouruz: pource qu'ils luy seruiront de trescertain & veritable mét
argument & resmoignage de ma
foy: & à peine pensay-ie qu'il ait
tant demouré à autre fin, sinon,
pour esprouuer, si ie l'ay peu constamment attendre, d'vn vertueux
courage, sans le cháger aucunemét.

Voicy, que ie l'ay constamment
attendu; parquoy de là coguoissant

ta fatica, lagrime, & pēsieri atteso l'habbia nascerà Amore, & non altro Iddio,
quando sarà, che egli venuto mi vegga,
& io lui?

Iddio
vede
tutte le
cose.

O Iddio, che vedi tutte le cose, potro io
temprar l'ardēte mio disio d'abbracciar-
lo in presenza d'ogn'huomo: come primieramente il vedrò? Certo appena, che io il
creda.

O Iddio quando sarà; che io nelle mie
braccia tenendolo stretto, gli renderò gli
basci, i quali nel suo partir diede al mio
tramortito viso senza rihauerli?

Certo l'augurio preso da me non poter-
gli dare à Dio, è stato vero, et bene m'han
no in quello gli Dij mostrata la sua futura tornata.

O Iddio quando sarà, che io le mie lagrime, & le mie angoscie gli possa dire,
& ascoltar le cagioni della sua lunga dimoranza? Viurò io tanto? appena, che io
il creda.

Deb

auec quelle peine, larmes & pen-
fees, ie l'ay attendu, naiſtra Amour,
& non autre Dieu : quand ſera-ce
qu'iceluy venu me verra, & moy,
luy?

    O Dieu, qui vois toutes les cho-
ſes, pourray-ie moderer mon ardát
deſir de l'embraſſer deuant tout
homme, auſſi toſt que ie le verray?
certainement à grande peine, ce
croy-ie.

    O Dieu, quand ſera-ce, que le te-
nant eſtroittement entre mes bras,
ie luy rendray les baiſers, leſquels à
ſon depart il donna à mon viſage
paſmé & euanouy, ſans les r'auoir?

    Certainement l'augure par moy
prins, de ne luy pouuoir donner
l'Adieu, a eſté veritable, & les Dieux
m'ont bien monſtré en cela, ſon futur retour.

    O Dieu! quand ſera-ce, que ie luy
pourray dire mes larmes & mes angoiſſes? & eſcouter les raiſons de ſa
longue demeure & retardemét? vi-
uray-ie bien tant? à peine le croy-ie.

Deh venga tosto quel giorno: percioche
la morte molto da me per adietro non solamente chiamata, ma cercata, hora mi
spauenta. Laquale se possibile è, che alcuno priego alle sue orecchie per vega: priego che da me allontanandosi col mio Panfilo i miei giouani anni in allegrezza lasci trascorrere.

Io era sollecita, che niun giorno passas-
se, che io della tornata di Panfilo non sentissi vera nouella : & piu volte la cara
balia sollecitata fu da me ritrouare il giouane nunciatore della lieta nouella: accio,
che con piu fermezza si facesse accertare
di ciò, che detto m'haueua; & ella il fece
non vna volta sola, ma molte : & tuttauia, secondo i precedenti tempi piu prossi-
ma tornata mi nunciaua.

Io non solamēte il tempo promesso aspettaua; ma procedendo innanzi imaginaua

Dea, que ce iour vienne bié toſt
pource que la mort, que i’ay par le
paſſé, non ſeulemét appellée, mais
cherchée, m’eſpouuante mainte-
naut; laquelle ie prie, ſ’il eſt poſſible, qu’aucune priere paruienne à
ſes aureilles, que s’eſlongnant de
moy, elle me laiſſe paſſer auec mon
Pamphile, mes ieunes ans en allegreſſe.

I’auois ſoucy, qu’aucun iour ne
ſe paſſaſt, que ie n’euſſe certaine
nouuelle, du retour de Pamphile;
& maintesfois ie ſollicitay ma chere nourrice, de retrouuer le ieune
ambaſſadeur & nunce de la ioyeuſe nouuelle, à fin qu’auec plus de
fermeté & aſſeuráce, elle ſe fiſt acertener de ce qu’elle m’auoit dict : ce
qu’elle fit non ſeulement vne fois,
mais pluſieurs; & elle me rappor-
toit touſiours, le retour plus proche, ſelon les temps precedents.

I’attendois nõ ſeulement le téps
promis; mais paſſant plus auant,
i’imaginois eſtre poſſible qu’il fuſt

poßibile lui eſſer venuto : & infinite
volte il giorno , hora alle mie feneſtre,
hora alla mia porta correua in giu, &
in ſu riguardando per la longa via,ſe
io lui venir vedeßi ; ne per quella di
lontano vedeua alcuno huomo venire,
che io non imaginaßi poßibile eſſere eſſo,
& quello con diſiderio aſpettaua inſino à tanto che fattomiſi vicino lui co-
noſceua non eſſer deſſo : di che alquanto
meco rimanendo confuſa à gli altri;ſe alcun ne veniua; attendeua: & hora queſto,et hora quello trapaſſando mi teneuano ſoſpeſa.

Et ſe forſe io richiamata dentro in caſa,ò per altra cagione da me n'andaua;
come da infiniti cani foßi nell'animo ad-
dentata,mi ſtimolauano cento mila penſieri dicendo:

Di cui
attende
che l'a-
mante
venga,
leggaſi
l'Ario-
ſto.

Deh forſe poſſa egli teſtè, od è paſſato,
mentre che tu à riguardar non ſe ſtata:

venu,& vne infinité de fois le iour,
ie courois en bas, ores à mes feneſtres,ores à ma porte ; & regardant
en hault,par le long chemin,ſi ie le
verrois venir, ie ne voyois en iceluy de loin, aucun venir, que ie ne
penſaſſe incontinent pouuoir eſtre
luy, & ie l'attendois affectionne-
ment, iuſques à tant, que s'eſtant
aproché de moy , ie cognoiſſois
qu'il n'eſtoit mon Páphile;dequoy
demouree aucunement confuſe en
moymeſme , ie prenois garde ſi
quelque autre venoit : & paſſant
ores l'vn,ores l'autre, i'eſtois tenue
en ſuſpens.

Et ſi d'auanture eſtant r'appellee
au dedãs de la maiſon, ou pour autre occaſion ie m'en allois de moy-
meſme,cent mille penſées me ſti-
muloyent, comme ſi vne infinité
de chiens, m'euſſent, en l'ame, attainte de leurs dents;& diſois.

Dea il pourra maintenant venir,
ou bien il eſt paſſé tandis que tu
n'as eſté pour regarder : retourne;
Ll iiij

ritorna, & coſi ritornaua et poi mi leuaua; & là da capo mi ritornaua à vedere.
Poco altro tempo mettendo in meZo, che
d'andare dalla feneſtra alla porta, et dalla porta alla feneſtra.

O miſera me, quanta fatica per quello,
che mai venir non deueua, d'hora in hora
aſpetandolo, ſoſtenni.

Ma poi, che venne il giorno ſtato detto
alla mia balia, che egli deueua venire; il
quale eſſa piu volte m'haueua predetto,
non altrimenti che Alcmena alla fama
del ſuo venturo Anfitrione m'adornai:
& con mano maeſtriſſima niuna parte
in me laſciai ſenZa belleZZa nell'eſſer
ſuo.

Et appena mi potei ritener d'andare
a'marini liti: acciò, ch'io lui piu toſto po-
teſſi vedere, nunciandoſi fermamente
quelle Galee giugnere, ſopra lequali la
mia balia era ſtata accertata lui deuer
venire.

& ainſi ie retournois, & puis ie m'oſtois ; & i'y retournois de plus belle, voir s'il venoit ; ne mettant gueres autant, entre deux, que d'aller de la feneſtre à la porte, & de la porte à la feneſtre.

O chetifue ! que i'eu de peine, pour celuy qui ne deuoit iamais venir, l'attendant d'heure en autre.

Mais depuis que fut venu le iour que l'on auoit dict à ma nourrice qu'il deuoit venir, lequel elle m'a-uoit pluſieurs fois predict, ie me paray & ornay, ny plus ny moins que Alcmene, au bruit de la venue de ſon Amphitrion; & d'vne main induſtrieuſe, ie ne laiſſay aucune partie ſur moy, ſans la beauté re-quiſe.

Et à peine me peu-ie garder d'al-ler aux riuages de la mer, à fin que ie peuſſe voir pluſtoſt, pource que l'on m'auoit certainemét rap-porté que les galeres arriuoyét, ſur leſquelles ma nourrice auoit eſté aſcertenée qu'il deuoit venir.

Ll   iiij

Ma meco pensando; che la prima cosa, laquale egli facesse, sarebbe il venirmi à vedere; raffrenai il caldo disio.

Ma egli (si come io imaginaua) non veniua. Onde oltre modo mi cominciai à marauigliare, & nel mezo dell'allegrez-za mi sursero nella mēte varie dubitationi: lequali non legiermente furono vinte da' lieti pensieri.

Rimandai adunque dopo alquanto la vecchia à saper, che di lui fosse ; & se venuto fosse ; ò nò : Laqual andò (per quel che à mē paresse) piu pi-gramente, che mai. Per laqual cosa piu volte maladissi la sua tarda vecchiez-za.

Ma dopo alquanto spatio ella à me ri-torno con tristo viso, & lento passo.

Segni di chi ap-porta triste no uelle.

Oime, che quando io lavidi; apena vita rimase nel tristo petto ; & subito pen-sai non morto nel camino : od infermo

Mais penſant en moymeſme, quæ la premiere choſe qu'il feroit, ſeroit, de me venir voir, ie reprimay mon chauld deſir.

Mais (comme i'imaginois) il ne venoit point; à raiſon dequoy ie commançay outre meſure à m'eſbahir, & au milieu de l'allegreſſe me vindrent à ſourdre & naiſtre en l'eſprit, diuers doutes, qui ne furent aiſement vaincuz des gayes penſees.

Ie r'enuoiay donc vn peu apres, la vieille, ſçauoir des nouuelles d'iceluy, & s'il eſtoit venu ou non: laquelle y alla (à ce qu'il me ſembla) plus pareſſeuſement que iamais: & pour cete cauſe ie maudy bié ſouuent ſa tardifue veilleſſe.

Mais vn peu de temps apres, elle retourna à moy auec vn triſte viſage, & pas lent.

Ah mon Dieu! quand ie la veis, à peine demoura aucune vie, en mó triſte cœur, & penſay incontinent ou que mon amant eſtoit mort en chemin, ou bien qu'il eſtoit venu

venuto foſſe l'amante.

Il mio viſo mutò mille colori in vn pō-
to:et fattami incontro alla pigra vecchia
diſſi.

Di toſto,che nouelle rechi tu:viue l'amā
te mio? Ella non mutò paſſo,ne riſpoſe alcuna coſa:ma poſta ſi nella prima giunta
à ſedere,mi riguardaua nel viſo.

Io gia tutta,come nouella fronde agi-
tata dal vento, tremaua:et appena le lagrime ritenente,meſſemi le mani nel petto diſſi.

Se tu non di toſto,che vuole ſignificare
il triſto viſa, che parti niuna parte de'
miei veſtimenti rimarra ſalda. Qual cagion ti tiene tacita,ſe non rea? Non la celar piu,manifeſtala, mentre che io ſpero
peggio:Viue il mio Panfilo?

Ella ſtimolata dalla mie parole con

malade.

Mon visage chágea de mille couleurs, en vn instant, & estant allée au deuant de la paresseuse & tardiue vieille, ie luy dis.

Dites moy soudain, quelles nouuelles vous apportez? mon amant est-il en vie? se porte il bien? Elle ne changea point son pas, & ne respódit aucune chose; mais s'estant assise, de premiere abordeé, elle me regardoit en face.

Ie tremblois deia toute, comme vne nouuelle fueille agiteé du vét; & à peine retenant les larmes, mettant mise les mains au sein, ie dis.

Si vous ne dites bié tost que veut signifier le triste visage que vous portez, ie ne laisseray aucune partie de mes vestemens entiere, que ie ne la despece. Quelle occasion, sinon mauuaise vous fait taire? ne la celez plus; manifestez là, tandis que i'esperé & attens pis: mon Páphile est il en vie?

Icelle stimulee de mes paroles,

voce sommessa mirando la terra , disse,
Viue.

Dunque dissi io al'hora.Perche non di
tosto ?quale accidente l'occupa? Perche sospesa mi tieni in mille mali ? E egli d'infirmità occupato?O qual accidente il rit-
tene,che egli à vedermi della Galea smõ-
tato non vine?

Et ella dise. Non so se sanità od altro
accidente l'occupa. Dunque diss'io.Non
l'hai tu veduto,ò forse non è venuto ?

Ella al'hora disse. Veramente l'ho io
veduto, & è venuto:ma non quello, che
noi attendeuamo.

Al'hora diss'io : chi t'ha fatto certa,
che quegli,che è venuto,non sia desso?Ve-
destillo tu altra volta, ed hora con occhio
chiaro il mirasti ?

Veramente, disse ella, io non vidi altra volta costui,che io sappia: ma hora à

regardant en terre elle dist d'vne
voix basse;Il est en vie.

Pourquoy dõc,dis-ie,à cete heure là,ne le dires-vous incontinent?
quel accident l'occupe? pourquoy
me tenez vous douteuse,en mille
maulx?est il malade? ou quel accident le retiér & empesche, qu'estãt
desembarqué & descendu de la ga-
lere,il ne vienne me voir?

Et elle dist;ie ne sçay si la santé ou
quelque autre accident le tient &
occupe.L'auez vous donc pas veu,
dis-ie,à cete heure là,ou bien n'est
il pas dauantüre, venu?

Elle dist à cete heure là;Vraiment
ie l'ay veu & est venu,mais non celuy que nous attendions cy deuãt.

A lors,ie dis ; Qui vous a acertenee que celuy qui est venu , ne soit
Pamphile? l'auez vous veu autre
fois ? & maintenant l'auez vous
bien regardé?

Vraiment,dist elle,ie n'ay veu cetuy-cy d'autre fois, que ie sache:
mais à present estant venue à luy,

lui venuta, de quello giouane menata: che
della sua tornata m'haueua prima parlato, dicendogli egli, che io piu volte di lui
haueua dimandato; mi dimando, che io
demandaßi.

Alquale io rißoßi. La sua salute: et di-
mandatolo io, come il vecchio padre steße,
& in che stato l'altre sue cose foßero, &
quale era stata la cagione di sì lunga dimora dopo la sua partita; rißose se Padre
mai non hauere conosciuto, percioche Po-
sthumo era: & che le sue cose (de' Dij gratia) tutte proßeramente stauano: & che
mai piu quiui non era dimorato; & hora
intendeua dimorarci poco.

Queste cose mi fecero marauigliare: et
dubitando non foßi gabbata, il dimandai del suo nome ilquale egli semplicemẽ-
te mi disse: & io non l'vdi prima, che

par la conduite du ieune homme,
qui m'auoit premieremét parlé de
son retour, comme ie luy eusse dict
que ie m'estois plusieurs fois en-
quise de luy, il me demanda que ie
voulois.

Auquel ie respondy, sa santé &
conseruation: & luy ayant demandé, comme le bon homme de pere
se portoit, en quel estat estoient ses
autres affaires, & quelle auoit esté
la cause d'vne si longue demeure &
retardemét, apres son depart; il me
fit respóce, qu'il n'auoit iamais cogneu son pere, pource qu'il estoit
Posthume, nay depuis le deces de
son pere; que ses affaires, graces aux
Dieux, se portoyent bien toutes,
que iamais il n'auoit demouré en
ce lieu, & qu'il n'auoit pas intentió
d'y faire long temps sejour.

Ces choses me firét esmerueiller:
& craignát d'estre deceuë, ie m'enquis de son nom, lequel il me dist
simplemét: & ie ne l'ouy plustost, q̃
ie cognu que vous & moy estions

d'aſſomiglianʒa di nome & te &' mie
conobbi ingannate.

Vdite io queſte coſe, il lume fuggì da
gli occhi miei:et ogni ſpirito ſenſitiuo per
paura di morte ſe n'andò via: & appena
ſopra le ſcale cadẽdo là, doue io era, tanta
forʒa rimaſe in tutto il corpo, che mi ba-
ſtaſſe à dir, oime.

La miſera vecchia piangendo, & l'altre ſeruigiali della caſa chiamate, me per
morta nella triſta camera ſopra il mio let
to portarono, & quiui con acque fredde
riuocando gli ſmariti ſpiriti per lungo
ſpatio credendo, & non credendo me viua guardarono.

Ma poi, che le perdute forʒe tornarono,
dopo molte lagrime & ſoſpiri vn'altra
volta raddimandai la dolente balia ; ſe
coſi era, come haueua detto.

Et oltre à ciò ricordãdomi quanto cauto eſſer ſoleſſe Panfilo, dubitando non egli

abuſees, par la ſimilitude ou ſem-
blance du nom.

Ayant ouy ces choſes, la lumiere
fuit de mes yeux; & tout eſprit ſen-
ſitif, de peur de la mort, s’en alla,
& à peine ſur les degrez tombant
où i’eſtois, demoura en tout mon
corps, tant de force, qu’elle me ſuf-
fiſt à dire; Helas!

La paure vieille pleurant, & les
autres ſeruantes de la maiſon ap-
pellees, me porterent pour morte, en ma triſte chambre, ſur mon
lict : & là auec eaux froides faiſans
retourner les eſprits egarez, me
garderent long-temps viue, le croyant & ne le croyant pas.

Mais depuis que mes forces perdues furent retournees, apres pluſieurs larmes & ſoſpirs, ie demanday vne autre fois à la dolente &
piteuſe nourrice, s’il eſtoit ainſi
qu’elle m’auoit dict.

Et en outre, me ramenant en memoire, comme Pamphile ſouloit
eſtre ruſé & cault, doutant qu’il ſe

ſi celaſſe dalla balia, con laquale mai non
haueua parlato; aggiunſi, che le fatezze
di quel Panfilo, col quale ella era ſtata in
raggionamento, mi dichiaraſſe.

Et eſſa primieramente con ſacramento
affermando coſì eſſere come detto m'haueua, & appreſſo ordinatamente & la ſta-
tura, & le fatezze de'membri, & maſ-
ſimamente quelle del viſo, & l'habito di
colui mi dimoſtrò. I quali intera fede mi
feccro coſì eſſere, come la vechia diceua.

Perche cacciata d'ogni ſperanza rien-
trai ne'primi guai: & leuata quaſi furioſa, le liete robbe mi traſſi, & i cari ornamenti ripoſi, & gli ordinati capelli cõ nimica mano traſſi dell'ordine loro;

Et ſenza alcun cõforto à piãger cominciai duramẽte; et cõ amare parole à biaſi-
mare la fallita ſperãza, et i nõ veri pẽſieri

vouluſt celer à la nourrice, à laquelle il n’auoit iamais parlé, i’adiou-
ſtay qu’elle me declaraſt les contenances & geſtes de ce Páphile, auquel elle auoit parlé.

Et icelle me certifiant, en premier lieu, par ſe:ment, eſtre ainſi
qu’elle m’auoit dić,elle me demó-
ſtra en apres,par ordre & la ſtature
& la forme des membres, & principallement celle du viſáge,& l’habit d’iceluy: au moyen dequoy ie
cogneu certainement, qu’il eſtoit
ainſi que la vieille diſoit.

Parquoy ayant perdu toute eſperáce,ie r’entray en mes premiers
trauaux & ennuis ; & m’eſtant leuee, comme furieuſe, ie deſpouil-
lay mes gayes robbes,& laiſſay mes
precieux ornemens ; & tiray d’vne
main ennemie, mes cheueux bien
agencez.

Et ſans aucune conſolation, ie
commançay, à ploier amerement,
& à blaſmer par rigoureuſes parolles l’eſperance faillie & les penſees

hauuti dell'iniquo amante.

La spe-
rāza tic-
ncal:rui
in vita.

Et in brieue tutta nelle prime miserie
tornai : & troppo piu feruente disio di
morte hebbi, che prima : ne da quella sarei fuggita, si come gia feci, se non che la
speranza del futuro viaggio da ciò con
forza non picciola mi ritenne.

Il fine del sesto libro.

fauſſes, que i'auois eu de l'inique amant.

Et en brief, ie retournay du tout, en mes premieres miſeres, auec vn deſir de la mort, trop plus feruent, que ie n'auois eu au parauant: & ne l'euſſe fuie, cōme i'auois deia faict, n'euſt eſté que l'eſperance du futur voiage, me garda & retint de ce faire d'vne force grande.

Fin du ſixieſme liure.

LA FIAMMETTA
DI M. GIOVANNI
BOCCACCIO.

LIBRO SETTIMO.

SONO adunque, ò pietosif-
fimi donne, rimafa in cotal
vita; qual voi potrete nelle
cofe vdite, prefumere. Et
quanto piu vede il mio ingrato Signore
la fperanza da me fuggire; tanto opera
contro me piu che l'ufato; & tanto piu cõ
defideri foffiando nelle mie fiamme le fa
maggiori lequali come crefcono, cofi le mie
tribulationi s'aumentano.

Et effe mai da me con vnguento debito non effendo alleuiate, per ogni hora

LE SEPTIESME
ET DERNIER LIVRE
de la Fiammette de Iean
Bocace.

E suis dōc, ô tres-piteu-
ses Dames , demouree
en telle vie , que vous
pouuez presumer, par
les choses que vous auez ouyes. Et
tant plus mō Seigneur ingrat, voit
l'esperáce fuir de moy, plus il s'employe contre moy, plus rigoureux
que de coustume; & tant plus, par
les desirs, soufflant mes flammes, il
les faict plus grandes; & comme elles croissent , mes tribulations &
douleurs s'augmentent aussi.

Et icelles n'estás iamais adoucies,
par aucun cōuenable onguent, elles s'enaigrissent à toute heure ; &

inaspriscono : & piu aspre piu affligono
la trista mente.

Ne dubito quelle in loro corso seguenti,
che alla morte da me tãto per adietro desiderata con diceuole modo haurebbono
aperta la via. Ma hauendo io ferma speranza posta di deuere (si come gia dissi)
nel futuro viaggio riueder colui, che di ciò
m'è cagione, non di mitigarle m'ingegno,
ma piu tosto di sostenerle.

Alla qual cosa fare solo vn modo possibile tra gli altri ho trouato : ilquale è le
mie pene con quelle di coloro, che sono dolorosi passati, commisurare ; & in ciò mi
seguiranno due acconci. L'vno è, che sola
nelle miserie non mi veggio, ne prima : si
come gia confortandomi la mia nutrice
mi disse.

Il para-
gonarle
altrui
pene có
le pro-
prie è al
logia-
mento
di do-
glia.

L'altro è, che (secondo il mio giudicio)
compensata ogni cosa de gli altri affanni,
co'miei ogni altro trappassare di grã lunga deliberi.

il che

plus elles sont aspres, plus affligent mon triste cœur.

Et ne doute point, que d'vne cóuenable maniere, elles ne m'eussent ouuert le cheminà la mort, que i'auois par le passé tant desiree ; mais ayant ferme esperance(comme i'ay deia dict) de deuoir, en mon futur voiage, reuoir celuy qui m'est occasion de cet ennuy, ie ne m'efforce pas de le mitiger, mais pluftost de le supporter.

A quoy faire, ie n'ay trouué, entreautres, qu'vn seul moyen possible, lequel est de mesurer mes peines, auec celles de ceux qui sont passees; & en ce me seruiront deux choses : l'vne est que ie ne me voy pas seule és miseres, ny primiere: comme m'a de-ia dict ma nourrice, en me consolant.

L'autre est, que (selon mon iugement) compensant toute chose des autres ennuis, auec les miens, ie delibere outrepasser tout autre de beaucoup.

M m

Il che à non picciola gloria mi reco ; potendo dire che io sola sia colei , che viua habbia sostenute piu crudeli pene, che alcuna altra.

Et cõ questa gloria fuggitta(come somma miseria) da ogniuno, & da me, se io potessi;al presente in totale guisa , quale vdirete,il tempo malinconoso trappasso.

Dico,che ne'miei dolori affannata, gli altrui ricercando,gli amori della figliuola d'Inaco:laquale io morbida,et vezzosa donzella primieramente figuro: et appresso la sua felicità,sentendosi amata da Gioue con meco penso.Laqual cosa ad ogni donna per sommo bene senza dubbio deuria esser assai.

Quindi lei trasmuttata inVacca guardata da Argo ad instanza di Giunone rimirando , in grandissima ansietà oltre modo esser la credo.

Ce que ie m'atribue à gráde g'oi-
re, pouuant dire & me vanter que
seule ie sois celle, qui viuáte ay soustenu des peines plus cruelles qu'au
cune autre.

Et auec cete gloire & louange,
fuie, comme vne tres-grande misere, d'vn chacũ, & que ie fuirois aus-
sy, s'il m'estoit possible, ie passe le
temps melancolique, en la maniere que vous oirrez.

Ie dy que trauaillee en mes douleurs & ennuis, recherchant ceux
d'autruy, ie pense en moy-mesme
aux amours de la fille d'Inacq, laquelle se peut r'apporter à moy,
premierement belle & freche Damoyselle: & puis ie me ramentoy sa
felicité, se sentát aymee de Iupiter:
ce qui deuroit estre indubitablement tenu, de toute femme, pour
vn souuerain bien.

De là, là voyant transmuee en
vache, gardee par Argus, à l'instan-
ce de Iunon, ie l'estime estre en vne
tres grande peine & anxieté.

Et certo io giudico i suoi dolori i miei in
molto auanzare, se ella non hauesse hauuto continuamente à sua protettione l'a-
mante Dio.

Et chi dubita, se io il mio amante hauessi aiutatore ne' danni miei, ò pure di
me pietoso; che pena alcuna mi fosse graue?

Oltre à ciò il fine di costei se le sue passate fatiche leuissime : percioche morto
Argo, con graue corpo leggerissimamen-
te trasportata in Egitto; & quiui in propria forma tornata, & maritata ad Os-
siri, felicissima Reina si vide.

Certo se io potessi sperare pur nella mia
vecchiezza riueder il mio Panfilo, direi
le mie pene nõ esser da mescolai, cõ quelle di questa donna. Ma solo Iddio il sa, se
esser dee; come che io con speranza falsa

Et certainement ie iuge que ses douleurs surpassent de beaucoup les miennes, si elle n'eust eu tousiours le Dieu amant, à sa protection.

Et qui dout , que si i'auois mon amant fauorable, en mes maux, où seulement de moy pitoyable, ie ne fusse pour supporter aisement toute peine?

Dauantage, la fin de cete-cy a rédu ses trauaux passez legers: pource qu'Argus estant mort, trás-portee fort legerement, auec pesant corps en Egypte , & là ayant esté remise en sa propre forme, elle fut mariee à Osiris , & se veid tres-heureuse Royne.

Certainement si ie pouuois esperer tant seulement en ma vieillesse de reuoir mon Pamphile, ie dirois qu'il ne fauldroit mesler mes peines auec celles de cete dame : mais il n'y à que Dieu qui sache, si cela doit aduenir: comme me deceuant en cela moy-mesme, par vne fausse

M m iij

me stessa di ciò inganni.

La maggior parte di queste fauole si legge in Ouidio.

Appresso costui mi si para dauanti l'amor della sua suenturata Biblis : laquale ogni suo bene mi pare veder lasciare, & seguitare il non piegheuole Cauno.

Et con queste insieme considero la scelerata Mirrha : laquale dopo i suoi mal goduti amori, fuggendo la morte dall'adirato padre minacciatale, in quella misera incappò.

Veggo ancora la dolorosa Canace; à cui dopo il miserabile parto male conceputo, niuna altra cosa che'l morir fu cōceduto.

Et meco stessa pensando bene all'angoscia di ciascuna senza alcun dubbio grandissime le discerno; auenga, che abomineuoli fossero i loro amori.

Ma se ben considero; io le veggo finite, ò per finire in certo spatio. Percioche Mirrha nell'albero del suo nome, hauendo gli Dij secondi al suo disio, senza alcuno in-

esperance.

Apres se presente à moy l’amour de l’infortunee Biblis, laquelle me semble voir laisser tout son bien & suiure l’inexorable Caune.

Et auec celles cy, ie considere la mechante myrrhe; laquelle apres ses amours, desquelles elle iouit mal, fuiant la mort de laquelle son pere irrité la menacea, tomba miserablement en icelle.

Ie voy aussi la dolente Canace: à laquelle apres le miserable enfantement mal conceu, ne fut octroyé autre chose que la mort.

Et pésant bié en moy-mesme, aux angoissesde chacune, certainemét ie les cognoy tres-grandes, combien que leurs amours fussent abominables.

Mais si ie les considere bien, ie les voy finies, ou pour finir, en certain temps. Car Mirrhe, ayant les Dieux fauorables à son desir, fut sans aucun retardement, changee en fuyant, en l’arbre de son nom:&
M m iiij

duggio fuggendo fu permutata. Ne piu
(ancor, che egli sempre lagrimi; si come ella, al'hora che mutò forma, faceua) alcuna delle sue pene sentì.

Et si come la cagione di dolersi venne;
così quella giunse, che le tolse la doglia.

Biblis similmente (secondo , che alcun
dice) col capestro la terminò senza indugio; auenga, che altri tēga, che ella per beneficio delle Ninfe pietose de' suoi danni
in fonte, ancora il suo nome seruante , si
conuertisse.

Et questo auenne, come conobbe à se da
Cauno negato del tutto il suo piacere.

Che dunque dirò mostrando la mia
pena molto maggior che quella di queste
donne? se nõ che la breuità della loro dalla lunghezza della mia molto è auanza-
ta.

Considerate adũque costoro, mi viene la

ne ſentit onques puis , aucune de
ſes peines , combien qu'il pleure
touſiours, comme elle faiſoit, lors
qu'elle changea de forme.

Et comme l'occaſion de ſe facher
vint; ainſi celle arriua, qui luy oſta
la douleur & facherie.

Biblis ſemblablement (ſelon que
dit aucun) la termina incontinent,
per le licol, combien qu'vn autre
tienne, que par le moyen & faueur
des Nymphes, qui eurent pitié de
ſes malheurs, elle fut conuertie en
vne fontaine, gardant encore ſon
nom.

Et cecy aduint , comme elle co-
gneut que ſon plaiſir luy auoit eſté
du tout nié par Caune.

Que diray-ie donc, monſtrât ma
peine beaucoup plus grande que
celle de ces femmes ſus nommees;
ſinon que la briefueté de la leur, eſt
beaucoup ſurpaſſée, par la lãgueur
de la mienne.

Ayant donc conſideré celle-là, il
me ſouuient de la pine de l'iufor-

pietà dello sfortunato Piramo, & della
sua Tisbe, a'quali io porto nõ poca cõpaf-
sione, imaginando gli giouanetti, & con
affanno lungamente hauere amato : &
douendo per congiugnere i loro defii, per-
dere se medesimi.

O quanto è da credere, che con amara
doglia fosse il giouanetto trafitto, nella tacita notte sopra la chiara fontana à pie
del gielso trouando i vestimenti della sua
Tisbe laniati dalla saluatica fiera, &
sanguinosi: per i quali segnali meritamẽ-
te lei diuorata comprese. Certo l'vccider
se medesimo il dimostrò.

Poi in me riuolgendo i pensieri della
misera Tisbe guardante dauanti da se il
suo amante pieno di sangue, & ancora cõ
poca vita palpitante; quelli, & le sue lagrime sento: & si cocensi le conosco, che
appena altre piu che quelle, fuori che le
mie, mi si lascia credere, che euocano, percioche questi due (si come gia è detto) nel
cominciar de'loro dolori quelli termina-

tuné Pirame & de fa Tisbe, defquels j'ay grande compaſſion, confiderãt les ieunes gens auoir longuement aymé auec ennuy, & ſe deuans perdre & ruiner eux meſmes, pour cõioindre leurs defirs.

O qu'il eſt bien à croire que le iouuenceau fut outré d'vne amere douleur, en la nuict coye, trouuant ſur la claire fontaine, les veſtemens de ſa Thiſbe, enfanglãtez de la beſte ſauuage, par leſquels ſignes, à iuſte cauſe il penſa qu'elle euſt eſté deuoree: Certainement l'occiſion de ſoy-meſme le demonſtra.

Apres me propoſant les penſees de la miſerable Thiſbe, aduiſant deuant ſoy, ſon amant, plein de ſang, & encore auec vn peu de vie, ie les ſents & ſes larmes auſſi, & cognoy ſi cuiſantes, qu'à peine croy-ie qu'autres, hors mis les miennes, cuiſent dauantage; pource que ces deux (comme de-ià a eſté dict) au commancement de leurs ennuis & douleurs ; les terminerent &

rano.

O felici anime le loro se così nell'altro
mondo s'amano, come in questo; niuna pena di quelle si potrà agguagliare al diletto della loro eterna compagnia.

Viemmi poi innanzi con molta piu forza, che alcuno altro, il dolore della abandonata Dido, percioche piu al mio somigliante il conosco, che alcuno altro.

Io imagino lei edificar Carthagine; &
con somma pompa dar leggi nel Tempio
di Giunone à suoi popoli: & quiui beni-
gnamente riceuere il forestiere Enea nau-
frago, & esser presa della sua forma, &
se, et le sue cose rimettere nell'arbitrio del
Troiano Duca.

Il quale hauendo le reali delitie usate
à suo piacere, & lei di giorno in giorno
piu accesa del suo amore, abandonatala si
diparti.

acheuerent.

O que leurs ames sont heureuses
si elles s'ayment en l'autre monde,
ainsi qu'en cetuy-cy : nulle peine
d'icelles se pourra egaller, au plaisir
de leur eternelle compagnie.

Apres, se presente à moy, auec
plus de force qu'aucune autre, la
douleur de l'abandonnee Didon,
pource que ie la cognoy plus conforme & semblable à la mienne
qu'aucune autre.

Ie l'imagine, qui edifie Carthage,
& auec tresgrande pompe, donne
loix à ses peuples, au Temple de Iunon : où elle reçoit gratieusement
l'estranger Enee, ayant faict naufrage; est esprinse de sa beauté, & se re-
met auec tout ce qui est sien, à la
volonté & discretion du chef Troyen.

Lequel ayant vsé à son plaisir, des
delices Roiales, & de iour en iour
dauantage embrasé icelle de son a-
mour, se departit, l'ayant abandonnee.

O quanto senza comparatione mi si
mostra misereuole mirando lei riguardā-
te il mare pieno de'legni del fuggente a-
mante.

Ma vltimamente piu impatiente, che
dolorosa la tengo, considerando alla sua
morte:Et certo io nel primo partir di Pāfilo sentì per mio auiso quel medesimo dolore,che ella nella partita di Enea.

Cosi hauessono alhora gli Dij voluto,
che io poco sofferente mi fossi subitamente vccisa. Almeno si come lei, sarei stata
fuori delle mie pene:lequali poi continuamente sono diuentate maggiori.

Oltre à questi pensieri miserabili mi si
para dauanti la tristitia della dolente
Hero da Sesto; & vederla mi par discesa
della sua alta Torre sopra i marini liti:
ne'quali essa era vsata di riceuere il fati-
cato Leandro nelle sue braccia : & quiui
con grauissimo pianto la mi par veder

O quelle me semble, sans comparaison, digne de pitié & compassió,
quand ie la voy qui regarde la mer,
pleine de vaisseaux de l'amant qui
fuit.

Mais en fin, ie la tiens & repute
plus impatiente que réplie de douleur, quand ie considere sa mort. Et
certainement, au premier depart de
Pamphile, i'ay senty la mesme douleur, que Didon , au departement
d'Enee.

Ainsi à l'heure eust-il pleu aux
Dieux, que ie me fusse soudainemét
occise par impatience. I'eusse esté,
au moins, comme elle, hors de mes
peines, lesquelles depuis, sont cóti-
nuellement deuenues plus grádes.

Outre ces miserables pésees, s'offre deuant moy la tristesse de la dolente Hero de Seste ; & me semble
que ie la voy descendue de sa haute
tour, sur les riuages de la mer , esquels elle auoit accoustumé de receuoir, le trauaillé Leádre entre ses
bras:& là m'est aduis que ie la voy,

riguardare il morto amante, soſpinto da
vno Delfino, & ignudo giacer ſopra l'a-
rena: & poi eſſa con ſuoi veſtimèti aſciu-
gare il morto viſo della ſalata acqua, &
bagnarlo di molte lagrime.

Ahi con quanta compaſsione mi ſtringe coſtei nel penſiero. In verità con molta
piu, che alcuna delle donne ancora dette:
tanto che tal volte fu, che io obliati i miei
dolori dè ſuoi lagrimai.

Et vltimamente alla ſua conſolatione
modo alcuno io non conoſco, ſe non de'due
l'uno: ò morire, ò lui, ſi come gli altri morti ſi fanno, dimenticare, qualunque di
queſti ſi prende, è il dolor finire.

Niuna coſa perduta; laqual di rihauere non ſi poſſa ſperare; puo lungamète dolere.

Ma ceſsi Iddio però, che queſto auenga
à me: il che, ſe pure aueniſſe; niun conſi-

auec vn tres-grand pleur, regarder
l'amant mort, pouſſé par vn Daul-
phin, & giſant nud ſur l'arene : &
puis icelle, auec ſes veſtemens , eſ-
ſuyer le mort viſage, de l'eau ſalee,
& le bagner de pluſieurs larmes.

Ah, que i'ay compaſſion de cete-
cy, quand i'y penſe? Veritablement
i'en ay plus de pitié, que d'aucune
encore des femmes ſuſnommees:
de maniere que telle-fois a eſté,
qu'ayant oublié mes douleurs, i'ay
pleuré des ſiennes.

Et finalement, ie ne cognoy ãu-
cun moyen, pour ſa conſolation, ſinõ de deux l'vn: ou mourir, ou l'oublier cõme l'on fait les autres treſ-
paſſez ; quel que l'õ prenne de ceux
cy, eſt finir la douleur.

On ne peut longuement auoir
regret & eſtre faché de choſe perduë, laquelle on ne puiſſe eſperer
de r'auoir & recouurer.

Mais à Dieu ne plaiſe que cecy
m'aduienne, ce que toutes-fois ad-
uenant, ie ne prendrois autre con-

glio, se non la morte, ci pigliarei.

Cessa il
dolore,
quando
mãca la
sperãza
di rihauer
la cola per
duta.

Ma mentre, che il mio Panfilo viue, la cui vita lunghißima facciano gli Dij ; sì come egli stesso desia, non mi può quello auenire. Percioche veggendo le mondane cose in continouo moto, sempre mi si lascia creder che egli alcuna volta debba ritornar mio; sì come egli fu altra fiata.

Ma questa speranza non vegnendo ad effetto grauißima fa la mia vita continuamente. Et perciò me di maggior doglia grauata tengo.

Romãzi Franceschi.

Ricordami alcuna volta hauer letti i Franceschi Romanzi; à quali se fede alcuna si puote attribuire, Tristano, et Isotta, oltre ad ogni altro amante esserci amati, et con diletto mescolato à molte auersità, hauer la loro età piu giouane esercitatasi legge:

I quali; percioche molto amandosi insieme vennero ad vn fine ; non par, che

feil & remede que la mort.

Mais tandis que mon Pamphile est en vie, duquel les Dieux prolongét fort la vie, comme il desire luy-mesme, celà ne me peut auenir: pource que voyant les choses mōdaines en continuel mouuement, ie pense tousiours que quelquefois il doiue retourner mien, comme autres fois il l'a esté.

Mais ne venant cete esperance à effect, ma vie en est continuellement rendue tref-ennuyeuse : & pour cete cause ie m'estime chargee de plus grande peine & fache-rie.

I'ay souuenance d'auoir leu quelque fois les François Romanz, ausquels si l'on peut attribuer foy aucune, on lit que Tristan & Isotte, se sont aymez sur tout autre amant, & auoir passé & exercé leur plus ieune âge auec plaisir, meslé auec beaucoup d'aduersitez.

Et pour ce que s'aymás beaucoup tous deux, ils vindrent à vne fin, il

ſi creda, che ſenza grandiſſima doglia,
& dell'vno, & dell'altro i mondani diletti abandonaſſeno.

Il che ageuolmente ſi puo concedere, ſe
eſſi con credenza ſi partirono del mondo,
che altroue queſti diletti non ſi poteſſono
hauere.

Ma ſe queſta openione hebbero d'eſſer
altroue; ſi come di quel erano, piu toſto altro nel loro morire letitia ſi dee credere,
che triſtitia alla riceuuta morte hauer
date. Laquale benche da molti ſia fieriſſi-
ma, et dura tenuta; non credo, che ſia coſi.

Et che certezza di doglia puote vno
reender teſtimoniando coſa, che egli non
prouò mai? certo niuna.

Nelle braccia di Triſtano era la morte
di ſe, & della ſua donna: & ſe quando
ſtrinſe, gli foſſe doluto, egli l'haurebbe a-
perte le braccia, & ſaria ceſſato il dolore.

Et oltre à ciò diciamo pur, che grauiſ-

ne semble, que l'on croye, que sans
tref-grande fafcherie & de l'vn &
de l'autre, ils abandonnaffent les
plaifirs mondains.

Ce qui fe peut aifement ceder,
s'ils partirent du monde, croyans
qu'ailleurs ils ne peuffent iouïr de
ces plaifir là.

Mais s'ils eurent cete opinió d'e-
ftre autre part, comme ils l'eurent,
il eft à croire qu'autre chofe a pluftoft donné ioye à leur mourir, que
trifteffe à la mort receuë, laquelle
bien que de plufieurs reputee tref-
cruelle & rigoureufe, ie ne croy
neantmoins eftre telle.

Et quelle certitude de douleur
peut rendre aucun, donnát tefmoignage de chofe, qu'il n'eprouua iamais? certainement nulle.

Entre le bras de Triftan eftoit la
mort de foy & de fa Dame : & fi
lors qu'il ferra, il luy euft faict mal, il
euft ouuert les bras, & la douleur
fuft ceffée.

Et en outre, nous difons pourtát

sima sia ragioneuolmente; che grauezza
diremo noi, che possa essere in cosa, che non
auenga, se non una volta, & quella oc-
cupi pochissimo spatio di tempo? certo niuna.

Finirono adunque & Isotta, & Tristano ad una botta i diletti, & le doglie.

A me molto tempo in doglia incomparabile è sopra gli hauuti diletti auan-
zato.

Aggiugne ancora il mio pensiero al
numero delle predette la misera Fedra:
laquale col suo mal consigliato furore fu
cagione di crudelissima morte à colui; il
quale ella piu, che se medesima amaua.

Et certo io non so quello, che à lei si segui
di cotal fallo, ma certa sono; se à me mai
auenisse; niuna altra cosa, che rapinosa
morte, il purgherebbe.

que par raifon c'eft vne chofe tref-griefue & facheufe: quel grief, & peine, dirons nous pouuoir eftre en chofe, qui n'aduient finon vne fois, & qui occupe vn bien petit efpace de temps? certainement nulle.

Parquoy & Ifotte & Triftan, finirent leurs plaifirs & douleurs tout à vne fois.

Mais quant à moy, en vne douleur incomparabile, eft paffé beaucoup de temps, par deffus les plaifirs que i'ay eu.

Ma penfee aioufte auffi au nombre des fufdictes, la miferable Phedre, laquelle par fa mal aduifee fureur, fut caufe de la tref-cruelle mort de celuy, lequel elle aymoit plus que foy-mefme.

Et certainement, ne fçay-ie pas ce qui luy aduint, de telle faute, mais ie fuis certaine, que fi iamais cela m'aduenoit, nulle autre chofe', que la rauiffante mort, purgeroit mon crime.

Mais

Ma se essa pure in vita sostenne; si come gia dissi; ageuolmente il mise in oblio, si come metter si sogliono le cose per morte.

Et oltre à ciò con costei accompagno la doglia, che senti Laudomia, & quella di Deifile, & d'Argia, & di Euadne, & di Deianira, & d'altre molte, lequali ò da morte, ò da necessaria dimenticanza furono racconsolate.

Il fuoco, quãto piu in lui si dimora con piu forza cuoce.

Et che può cuocere il fuoco, ò il caldi ferro, ò i fonduti metalli à chi dentro subitamente vi tuffa il dito, & subito furi vel trahe? senza dubbio credo, che molte: ma nulla è à rispetto di chi per lungo spatio vista dentro con tutto il corpo.

Perche à quante n'ho di sopra in pene descritte; si puo dire il somigliante essere incontrato nelle loro doglie la, doue io in esse sono stata, & sto continuamente.

Mais puis qu'elle a souffert celà
& n'en a faict en vie, autre semblât,
aisement, comme i'ay de-ia dict,
elle l'a mis en oubly, comme par la
mort, l'on a de coustume d'oublier
les choses.

Et dauantage, auec ceste-cy i'ac-
compagne la douleur que sentit
Laudomie, & celle de Deiphile, &
d'Argie, & d'Euadne, & de Dejani-
re & de plusieurs autres, lesquelles
furent reconsolees ou par la mort,
ou par la necessaire oubliance.

Et que peut cuire le feu, ou le fer
chaud ou les metaux fonduz, à celuy qui soudain y met le doigt dedans, & tout incontinent l'en retire? ie croy certainement que celuy
est grief mal : mais ce n'est rien au
regard de celuy lequel y a tout le
corps vn long espace de temps.

Car l'on peut dire que le semblable est aduenu à toutes celles, en
leurs ennuis, que i'ay cy dessus des-
crites, en peines; au lieu que i'ay e-
sté & suis côtinuellemét en icelles.

Sono state le predette noie amorose, ma oltre à queste lagrime non meno triste mi si parano dauanti mosse da' miserabili & inopinati assalti della Fortuna; se quello è uero, che egli sia generation di sommo infortunio l'esser felice.

Et queste sono quelle di Giocasta, d'Hecuba, di Sofonisba, di Cornelia, & di Cleopatra.

O quanta miseria bene inuestigando di Giocasta gli auenimenti, uedremmo noi auenuta tutta a lei pertinéte ne' giorni suoi, possibile a turbare ogni forte auimo.

Ella giouane maritata a Laio Re Thebano, il primo suo parto conuenne, che alle fiere mandasse a diuorare credendo per questo il misero padre fuggir quel, che i cieli con corso infallibile gli apprestauano.

O qual dolor debbiamo pensare, che questo fosse; pensando il grado di colei

Les ſuſdites ont eſté facheries a-
moureuſes ; mais en outre, les larmes non moins triſtes ſe preſentēt
deuant moy mеües des miſerables
& inopinez aſſauts de la Fortune:
ſi cecy eſt vray, que ſoit vne maniere de treſ-grande infortune, eſtre
heureux.

Et cetes ſon celles de Iocaſte,
d'Hecube, de Sophoniſbe, de Cornelie & de Cleopatre.

O la grande miſere, ſi nous re-
cherchons biē les euenemens d'Iocaſte, nous verrós luy eſtre du tout
aduenue, en ſon tēps, laquelle peut
troubler tout conſtant & magna-
nime courage!

Il fallut que cete ieune Dame mariee à Laius Roy des Thebains, ex-
poſaſt à deuorer, le premier fruict
de ſon ventre, aux beſtes ſauuages,
penſant par ce moyen, le miſerable
pere, fuir ce que les cieux, d'vn infallible cours, luy apreſtoyent.

O quelle douleur deuons nous
penſer que fut cete-cy penſant au

che il mandaua.

Ella poi da'portanti il tristo figliuolo
certificata di ciò,che fatto haueuano, lui
reputando morto dopo certo tempo da colui medefimo;cui ella haueua partorito:le
fu il marito miferamente ucciso : & del
non conofciuto figliuolo diuenne fpofa,&
generogli quattro figliuoli.

Et cofi madre , & moglie ad un'hora
del paricida fi vide , & riconobbelo poi,
che egli del regno,è de gli occhi priuatofi
infiememente,la fua colpa fece palefe.

Chète l'animo di lei gia d'anni piena
foffe al'hora,effendo ella piu di ripofo vaga,che di angofcia;penfar fi puo,che foffe
dolorofiffimo.

Ma la fua Fortuna ancora non perdo-
nante , piu guai aggiunfe alla fua miferia.

Ella vide con patti tra due figliuoli del

grade & grandeur de celle qui en-
uoyoit ainſi expoſer ſon enfant?

Icelle depuis, certifiee par les por-
teurs du miſerable enfant, de ce
qu'ils auoyent faict, penſant qu'il
fuſt mort, certain temps apres, ſon
mary luy fût miſerablement occis,
par celuy meſme, qu'elle auoit en-
fanté; & deuint eſpouſe de ſon fils
incogneu, & luy engendra quatre
enfans.

Et ainſi elle ſe veid, tout enſemble & à vne meſme heure, & mere
& femme du Parricide; & le reco-
gnut apres, que s'eſtát priué enſemble du Royaume & des yeux il manifeſta ſa faute.

L'on peut penſer quel eſtoit à cete heure là le cœur d'icelle, de-ia
chargee d'ans, eſtant plus deſireuſe
du repos que d'angoiſſe: & on peut
penſer qu'il fut treſ-dolent.

Mais ſa Fortune ne luy pardon-
nant encore, aiouſta pluſieurs autres maux à ſa miſere.

Elle veid, par accord & paction,

regnare diuiso il tempo: poi al non seruan_
te fratello nella Città rinchiuso uide d'in_
torno gran parte di Grecia sotto sette Re:
ultimamente l'un l'altro de' due figliuoli
dopo molte battaglie & incendij uide
uccidere: & sotto altro reggimento scac_
ciato il marito figliuolo.

Vide cader le mura antiche della sua
terra edificate al suono della cetherea
d'Anfione, & perire il regno suo: &
impiccatasi, in forse lasciò le figliuole di
vitupereuole vita.

Che poterono piu gli Dij, il mondo, &
la Fortuna contro à costei: certo nulla mi
pare.

Cerchisi tutto l'inferno; appena creda,
che in esso tanta miseria si trouasse.

Ogni parte d'angoscia prouo, & così
di colpa. Niuna sarebbe, che giudicasse

entre ses deux fils, le temps de regner, diuisé: & puis elle veid vne grande partie de la Grece, souz sept Roys, entour le frere ne gardant promesse, enfermé dedans la ville; en fin apres plusieurs batailles & embrasemens, elle veid l'vn l'autre des deux enfans tuer; & souz autre gouuernement, le fils, son mary, chassé.

Elle veid tomber les anciennes murailles de sa ville, basties au son de la harpe d'Amphion, & son Royaume perit; & s'estant pendue, elle laissa ses filles, en dáger d'encourir & mener vne vituperable vie.

Que pouuoyent dauantage les Dieux, le Monde & la Fortune, côtre ceste-cy? certainement rien, come semble.

Que l'on recherche tout l'enfer, à peine croy-ie qu'en iceluy se peut trouuer tant de misere & calamité.

l'esprouue toute partie d'angoisses:& ainsi de coulpe, ne se trouue

N n iiij

la mia potere à questa aggiugnere: certa
io direi, che cosi fosse; se ella non fosse amorosa.

Chi dubita, che costei la sua casa & il
marito degno dell'ira de gli Dij conoscendo, non riputasse suoi accidêti degni? Certo niuno, che lei senta discreta.

Se ella fu pazza, via meno i suoi danni conobbe; i quali non conoscendo non le
doleuano. Et chi se degno conosce del male, che egli sostiene, senza noia, ò con poca
il comporta.

Ma io mai non commisi cosa onde giustamente contro me si potessero, ò douessere
turbare gli Dij:

Continuamente gli ho honorati, &
con vittime sempre le loro grasie ho cercate; ne sono di quelli stata dispregiatrice;
si come gia furono i Thebani.

Ben potrebbe forse dire alcuna; Come

roit aucune, qui iugeaſt la mienne pouuoir arriuer à cete-cy; & certainement ie dirois qu'ainſi fuſt, ſi elle n'eſtoit amoureuſe.

Qui doute que cete-cy, cognoiſſant la maiſon & ſon mary digne de l'ire des Dieux, n'ayt reputé ſes accidents dignes & meritez? certainement nul qui la cognoiſſe diſcrete.

Si elle a eſté folle, d'autát moins cognoiſſoit elle ſes maux, leſquels ne cognoiſſás, ne luy faiſoyét point de mal. Et quiconque ſe cognoiſt digne du mal qu'il endure, le ſupporte, ſans ennuy, ou auec bié peu.

Mais ie n'ay iamais commis choſe, pour laquelle les Dieux ſe peuſſent, à iuſte cauſe, ou deuſſét facher contre moy.

Ie les ay continuellement honorez, & par victimes & ſacrifices i'ay touſiours pourchaſſé leurs graces; ie ne les ay meſpriſez, comme ont faict autre fois les Thebains.

Quelqu'vne pourroit d'auáture

di tu non hauer meritata ogni pena, ne
mai hauer fallito.

Hor non hai tu rotte le sante leggi, &
con adulterio giouane violato il matri-
monial letta?certo si.

Ma si ben si guardarà;questo fallo solo
è in me;il quale però non merita queste
pene.Che pensare si dee me tenera giouane non poter resistere à quel che gli Dij,
& i robusti huomini non poterono.

Et in questo io non sono prima, ne sarò
ultima,ne sono sola:anzi quasi tutte quel
le del mondo ho in compagnia, & le leggi
contro alle quali io ho commesso,sogliono
perdonare alla moltitudine.

Similmente la mia colpa è occultissi-
ma;laqual cosa gran parte dee della vendetta sottrare.

Et oltre à tutto questo, posto che gli
Dij pur debitamente contro me cruciati

bien dire: Comment dis-tu n'auoir
merité toute peine, & n'auoir iamais failly?

As-tu pas rôpu les sainctes loix?
& par adultere violé le lict de mariage? certainement ouy.

Mais si l'on regarde bien, cete
seule faute est en moy, laquelle
pourtant ne merite ces peines; car
on doit penser, qu'estant ieune &
tendre, ie ne peux resister à ce que
les Dieux & les robustes hommes
n'ont peu.

Et en cecy ie ne suis la premiere,
ny seray la derniere, & ne suis pas
seule : ains i'ay quasi pour compagnes, toutes celles du monde:& les
loix, contre lesquelles i'ay commis
faute, ont de coustume de pardonner à la multitude.

Semblablement ma coulpe est
tres-secrette & cachee, ce qui doit
soustraire & diminuer vne grande
partie de la vengeance.

Et dauantage, combien que les
Dieux fussent à iuste cause, irritez

fossero: & vendetta del mio fallo cercassero; non saria da commettere il pigliar la vendetta à colui, che del peccato m'è stata cagione.

Peccato occulto è mezo perdonato Chi è cagiõ del, peccato meritamente de esser punito.

Io non so chi mi conduße à romper le sante leggi, od Amore, ò la forma di Pãfilo. Qualunque si foße: & l'uno, & l'altro haueua grandißima forza à tormentarmi stranamente: si che gia questo non m'auenne per il fallo commeßo: anzi è vn dolor nuouo, & diuiso da gli altri; piu aspramente, che alcuno tormentante il suo sostenitore.

Ilquale ancora se per il peccato commeßo meldeßero gli Dij; eßi fariano contre alloro dritto giudicio, & vsato costume, che eßi non compenseriano col peccato la pena: laquale se a'peccati di Giocasta si mira, & alla pena data, & al mio, &

& fachez contre moy, & cherchaſ-
ſent la vengeance de ma faute, il ne
faudroit pas encharger de prendre
la vengeance, à celuy, qui m'a eſté
occaſion de pecher.

· Ie ne ſçay pas qui m'a induitte à
rompre & violer les ſainctes loix,
ou Amour, ou la beauté de Pamphile: quelque ſoit des deux, l'vn&
l'autre auoit vne treſ-grande force
à me tourmenter eſtrangement: de
maniere que cecy ne m'eſt pas aduenu, par la faute commiſe, ains eſt
ce vne nouuelle douleur, & diuiſee
des autres, qui tourmente plus aſ-
prement qu'aucune , celuy qui la
ſouſtient.

Et quant bien auſſi, les Dieux me
la donneroyent à cauſe du peché
par moy commis, il feroyeur côtre
leur droict iugement & vſitee couſtume; car ils ne compenſeroyent
pas la peine auec le péché, & ne pu-
niroyét ſeló le demerite: car ſi l'on
regarde aux fautes d'Iocaſte & à la
peine ſienne : à ma coulpe, & à la

alla pena: che io soffero si guarda; ella poco punita, et io di soperchio farò conosciuta.

Ne à questo s'appigli alcuna dicendo. A lei tolto il regno, i figliuoli, & il marito, & vltimamente la propria persona esser stata, & à me solamente l'amante.

Certo io il confesso. Ma la fortuna con questo amante trasse ogni felicità: & ciò, che forse alla vista de gli huomini m'è felice, rimaso, è il contrario.

Percioche il mio marito, le richezze, i parenti & l'altre cose tutte mi sono gratissimo peso, & contrarie al mio disio.

Lequali se, si come l'amante mi tolse; m'hauessie tolte; à fornire il mio disio mi rimaneua apertissima via, laquale io haurei vsata: & se fornir non l'haue ssi potuta, mille generationi di morte mi erano presenti à potere vsare per trat-

peine que i'endure, on cognoistra
qu'elle n'est pas assez punie, & que
ie le suis trop.

Et qu'aucune ne se prenne à cela,
disant, que le Royaume, les enfans,
son mary & en fin la propre persone a esté ostee, à celle là; & à moy
seulement mon Amant.

Certainement ie le confesse: mais
la Fortune m'a emporté toute felicité, auec cet amant: & ce que para-
uature, aux yeux des hommes, m'est
resté d'heureux, est le contraire.

Car mon mary, les richesses, mes
parens & toutes autres choses me
sont tresfacheuses & contraires à
mon desir.

Lesquelles si elle m'auoit ostees,
comme elle m'a priuee de mon a-
mant; i'eusse eu, pour l'accomplis-
sement de mon desir, la voye tres-
ouuerte, laquelle i'eusse prinse: & si
ie ne l'eusse peu trouuer, & venir à
chef de mon desir, ie pouuois me
seruir & ayder sur le champ, de mille manieres de mort, pour me de-

mi de'miei guai.

Dunque piu graui le pene mie, che alcuna delle predette meritamente giudico.

Hecuba appresso vegnente nella mia mente oltre modo mi par dolorosa: laqual sola rimasa à veder le dolenti reliquie stampate di sí gran Regno, di sí mirabile Città, di sí fatto marito, di tanti figliuoli, di tante figliuole & cosí belle, di tante nuore, di tanti nepoti & di cosí gran richezza, di tanta eccellenza, di tanti tagliati Re, di cosí crudeli opere dello sparso popolo Troiano, de'caduti tempij, de'fuggiti Dij, & vecchia mirandosi, & nella memoria reducendosi, chi fosse il potente Hettore, chi Troilo, chi Deifebo, & chi Polidoro, & chi gli altri, come miseramente tutti gli vedesse morire; tornádosi à mète il sangue del suo marito, poco auäti

liurer d'ennuis & peines.

I'estime donc à bon droict, que mes peines sont plus griefues & facheuses, qu'aucune des susdictes.

Apres Hecube me venant en pésee, me semble merueilleusement doléte & chargee d'ennuy, laquelle estant seule demouree à voir les piteux restes eschappez, d'vn si grand Royaume, d'vne ville tant admirable, d'vn tel mary, de tant d'enfans, de tant de filles, & si belles, de tant de niepces, de tant de nerpueux, & d'vne si grande richesse, d'vne si grande excellence, de tant de Roys mis en pieces, de tant d'actes cruels du peuple Troyen espars, des temples ruinez & abbatuz, & des Dieux; & âgee regardant & se reduisant en memoire, quel estoit le puissant Hector, qu'estoit deuenu Troile, Deiphobe, Polidore & les autres, comme elle les auoit veu miserablement mourir; se resouuenant & ramenant le sang de son mary, vn peu au parauant venera-

reuerendo & da temer da tutto il mõdo
ſpander nel triſto grembo: & hauer veduta Troia d'altiſſimi palagi, & di nobile popolo piena, acceſa di fuoco & ab-
batuta tutta. Et oltre à ciò il miſero ſa-
crificio fatto da Pirrho della ſua Poliſſe-
na;con quanta triſtitia ſi dee penſare,che
il riguardaſſe? Certo con molta.

Ma brieue fu la ſua doglia;che la debole & vecchia mente non potendo ciò ſoſtenere,in lei ſmarritaſi,la rende pazza;
ſi come il ſuo latrare per li campi ſe manifeſto.

Ma io con piu ferma & con piu ſoſte-
nente memoria,che non mi biſogna,à mio
danno continoua rimango nel triſto ſen-
zo;& piu diſcerno le cagioni da dolermi.

Quãto
la do-
glia è
piu lun-
ga,tãto
piu tor-
men-
ta.

Perche piu lungamente perſeuerándo
il male ſi come io fo;ſtimo quello,quan-

ble & redoutable à tout le monde,
couler & s'espandre en son pauure
sein & giron, ayant veu Troye pleine de haults palais, & d'vn peuple
noble, embrasee de feu & du tout
abbatue:& en outre, le miserable
sacrifice faict par Pirrhe,de sa Polixene, auec quelle tristesse peut on
penser qu'elle regarda cela? certainement fort grande.

Mais sa facherie fut courte:car la
debile &vieille pensee,ne pouuant
supporter cela, s'estant egaree en
elle,la rendit folle,comme manifesta sa maniere d'abboyer par les
champs.

Mais quant à moy, continuant
en mon mal, ie demeure en mõ triste sens & entendement auec vne
memoire plus ferme, & plus con-
stante: & cognois de plus en plus
les occasions de me facher & en-
nuyer.

Car preseuerant plus lõguement
le mal,comme le mien, i'estime celuy,encore qu'il soit leger, deuoir

tunque leggiero sia; da parer molto piu
graue; (si come gia piu volte ho gia detto)
che il grauissimo il quale in brieue tempo
si finisce, & termina.

Sofonisba mescolata tra l'auersità del
vedouatico, & la letitia delle nozze in
vn medesimo momento di tempo dolente
& lieta; prigione & sposa; spogliata del
regno & riuestitane; & vltimamente
in queste medesime brieui permutationi
beuente il veleno, piena di noiosa angoscia m'apparisce.

Vedesi costei Reina altissima de' Numi-
di; quindi (andando aduersamente le cose
de' suoi parenti) vide preso Siface suo marito, & prigion diuenire di Masinissa Re:
& ad vn'hora caduta del regno, & prigione del nemico nel mezo dell'armi, facendola si Massinissa moglie in quello re-
stituita: O con quanto sdegno d'animo si

fembler beaucoup plus grief (comme i'ay deia dict plufieurs fois) que
le tref-grief & ennuyeux, lequel fe
finit & termine en peu de temps.

Sophonifbe entremeflant l'ad-
uerfité du veufuage, à la lieffe des
nopces, dolente & ioyeufe en vn
mefme inftát:prifonniere& efpou-
fe:defpouillee du Royaume & re-
neftue d'iceluy;& finalement beu-
uát en ces mefmes briefues permu-
tations & changemens, la poifon,
m'apparoift réplie d'vne merueil-
leufe angoiffe.

Cete-cy s'eft veuë Royne tres-
haute & puiffante des Numidiens:
de là (fe portans mal les affaires de
fes parents) elle a veu Siphax fon
mary prins, & deuenu prifonnier,
entre les mains du Roy Maffiniffe.
Et en vn mefme inftant decheuë
du Royaume,& prifonniere de l'en
nemy au milieu des armes, fe la faifant Maffiniffe efpoufe, remife en
iceluy,de quelle indignation eft-il
à croire qu'elle regardaft ces cho-

dee credere, che ella queste notabili cose
mirasse, ne secura della volubile Fortuna
con tristo cuore celebrasse le nuoue nozze.

Il che il suo ardito finire assai chiaro
dimostra perciò che non essendo dopo le
sue sponsalitie ancora vn di naturale va-
licato appena, credendosi ella rimaner nel
reggimento & seco di ciò combattente,
non accostandosi ancora al suo animo il
nuouo amor di Massinissa; si come l'antico di Siface, riceuette dal seruo mandato
nuouo sposo con ardita mano lo stampera-
to veleno: & quello, premesse sdegnose parole, senza paura beuè, poco appresso ren-
dendo lo spirito.

**Il pesa-
re fa la
miseria
maggio
re.** O quãto amara si puote imaginare, che
stata saria la vita di costei, se spatio hauesse hauuto di pensare. Laquale però tra
le poco dolenti è da porre, considerando
che la morte quasi preuenne alla sua tristitia; doue ella à me ha prestato tempo

ses notables, & nõ asseurée de l'inconstante & muable fortune, elle celebrast d'vn triste cœur & volõté les nouuelles nopces?

Ce que sa fin hardie demonstre assez clairement, pource que n'estant apres les espousailles, encores vn iour naturel à peine passé, se pesant demourer au gouuernement roial, & combatant de cecy en soy-mesme, ne s'accostant encore de son cœur, l'amour nouueau de Massinisse, comme l'ancien de Siphax, elle receut du seruiteur enuoyé par le nouueau espoux, d'vne main hardie la poison, & ayát dict quelques parolles pleines d'indignatió, elle la beut, sans aucune peúr, & peu apres rendit l'esprit.

O que la vie de celle cy eust esté amere, comme l'on peut imaginer, si elle eust eu espace d'y penser: laquelle neantmoins se doit mettre au nombre des peu dolentes, considerant que sa tristesse fut quasi preuenue de la mort, au lieu qu'el-

lunghissimo, et presta oltre à mia voglia,
& prestera per farla maggiore.

Dietro à questa, così piena di tristitia
come fu, mi si para Cornelia: laquale la
Fortuna haueua tanto leuata in alto, che
in prima fu di Crasso, & poi moglie del
Magno Pompeo: il cui valore; quasi sommo principato in Roma haueua acquista-
to; si vide.

Et che in prima di Roma, et poi di tutta Italia quasi in fuga (riuolgēdo la fortuna le cose) col marito da Cesare segui-
tato miseramente usci:

Et dopo molti casi in Lesbo lasciata, da
lui, quiui lui medesimo sconfitto in The-
saglia, & le sue forze dal suo auersario
abbattute riceuette.

Et oltre à tutto questo lui ancora con
isperanza di rintegrare la sua potāza nel
conquistato Oriēte il mar solcando ne' regni di Egitto arriuato da lui medesimo
con-

le m'a donné vn lõg temps, & dõne contre mon gré, & donnera pour la faire plus grande.

Ie voy derriere cete-cy, autãt pleine de tristesse comme elle fut, Cornelie, laquelle la Fortune auoit tãt esleuée, que premierement elle fut & se veid femme de Crassus, & puis du grãd Pompee, duquel la valeur auoit quasi acquis, la souueraine Principauté, en Rome.

Et laquelle, en premier lieu sortit miserablement de Rome, & puis de toute l'Italie, quasi en fuite (réuersant & meslãt la Fortune l'estat des affaires) auec son mary, poursuiuy par Cesar.

Et apres plusieurs accidents, laissee par luy en Lesbos, y eut nouuelles, qu'il auoit esté descõfit en Thessalie, & ses forces desfaictes & abbatues par son aduersaire.

Et outre tout cela, le suiuit aussi, esperant remettre sus sa puissance en l'Orient conquis, sillonnant la mer, és Royaumes d'Egypte, par luy

conceduto al giouane Re, seguitò: & quiui il suo busto senza capo infestato dalle
marine onde vide.

Lequali cose ciascuna per se, & tutte
insieme debbiamo pēsare; che senza comparitione afflissero l'anima sua.

Ma i sani consigli dell'Vticense Catone, & la perduta speranza di piu rihauere Pompeo lei in picciolo tempo di molto, poco renderono dogliosa.

Là, doue io vanamenté sperando, ne da
me potendo questa speranza cacciare, senza alcun cōsiglio, ò conforto, fuor che della vecchia mia balia consapeuole de'miei
mali; nella quale io conosco piu fede, che
senno (perche spesso credēdo dare alle mie
pene rimedio, m'accresce doglia) dimoro
piangendo.

Sono ancora molti; che crederebbono
Cleopatra Reina d'Egitto pena intollerabile, & oltre alla mia assai maggiore ba

mefme octroyé au ieune Roy:& là
elle veid, fon corps fans chef, tour-
mété & battu des ondes de la mer.

Lefquelles chofes, chacune par
foy, & toutes enfemble, nous deuons péfer auoir merueilleufemét
& fans cóparaifon affligé fon ame.

Mais les bós cófeils de l'Vtiquois
Catõ,& l'efperáce perduede pl° ra-
uoirl'ópée,la rédirét en peu de téps
de beaucop,peu doléte&cótriftée.

Au lieu qu'efperant en vain,&ne
pouuant de moy chaffer cete efperance, fans aucun confeil, ou confort, hors mis de ma vieille & ancienne nourrice, fachant mes mal-
heurs,en laquelle ie cognoyplus de
foy que de fens & prudéce.(pource
que founét, péfant remedier à mes
peines,elle m'accroift ma douleur)
ie demeure en pleurs & ennuis.

Encores fe trouuent plufieurs
qui penferoyent Cleopatre roine
d'Egypte, auoir fouffert vne peine
intolerable, & beaucoup plus grãde que la mienne. Car fe voyant en
Oo ij

uer sofferta. Percioche prima veggendosi
col fratello insieme regnante, & di ric-
chezza abondante, & da questo in prigion messa, senza modo si crede dolente.

Ma questo dolor futura speranza di
quel, che auenne l'aiutò ageuolmente à
portare: & poi di prigione vscita, & diuenuta di Cesare amica, & da lui abandonata, sono chi pensano ciò da lei non
grauißimo affanno esser paßato: non ri-
giuardando esser corta noia d'amore in
colui, od in colei, il quale, & laquale à
diletto si puo torre ad vno, & darsi ad
vn'altro; si come essa mostrò spesse volte di
potere.

Ma cessi Iddio, che in me cotal consolatione possa auenire. Egli non fu, ne sia giamai (da colui in fuori, di cui io ragioneuolmente esser deurei) che poteße dire, ò
possa che io mai foßi sua; se non Panfilo, et
sua niuro.

Ne speri: che mai alcuno altro amore

premier lieu, regnáte auec son frere, abondante en richesses, & de cetuy cy mise en prison , on la croit
infiniement dolente.

Mais la future esperance de ce
qui aduint, luy ayda aisemét à porter cete douleur : & puis sortie de
prison & deuenue amie de Cesar,
& par luy abandonnée, aucuns pensent que cela fut par elle passé auec
vn tresgrand ennuy: ne regardás e-
stre courte la facherie d'amour en
celuy ou celle, lequel ou laquelle, à
plaisir & discretion, se peut oster à
l'vn & donner à vn autre, comme
souuentesfois elle monstra estre en
son pouuoir de faire.

Mais Dieu ne vueille, qu'vne telle consolation puisse aduenir en
moy. Onques ne fut aucun, & ne
sera (hors mis celuy, auquel par raison ie deurois appartenir) qui ait
peu ou puisse dire, que iamais i'aye
esté sienne, sinon Pamphile, auquel
ie seray tousiours.

Et ne pése que iamais aucú autre

habbia forza di potermi il suo spegnere
della mente.

Oltre à ciò, se ella di Cesare rimase scö-
solata nel suo partire; serebbeno (chi non
sapesse il vero) di que', che crederebbeno
ciò esserle doluto; ma egli non fu cosi.

Che se essa del suo partir si doleua; dal-
l'altra parte con allegrezza auanzante
ogni tristitia la cösolaua l'esser rimaso di
lui vn figliuolo, & il restituito regno.

Questa letitia ha forza di vincer troppo maggiori doglie, che non sono quelle,
di chi lentamente ama, si come io gia dissi, che ella faceua.

Ma quel che per sua grauissima & e-
strema doglia s'aggiugne; è l'essere stata
moglie d'Antonio, il quale ella con le sue
libidinose lusinghe haueua à cittadine
guerre incitato contro il suo fratello: quasi

amour ait la force de me pouuoir
effacer le sien de mon cœur.

Dauantage si elle demoura desolee de Cesar, à son departement, si
l'on ne sçauoit la verité, aucuns se
trouueroyent de ceux qui pense-
royent qu'elle en eust receu grand
douleur & desplaisir ; mais le faict
va autrement.

Car si elle auoit regret à son depart, d'autre costé, par vne allegresse surpassant toute tristesse , elle e-
stoit consolee , de ce que de luy
estoit demeuré vn fils & le Royaume restitué.

Cete ioye & liesse a la force de
vaincre trop plus grands ennuis
& douleurs, que ne sont celles de
qui ayme lentement, comme i'ay
des-ia dict qu'elle faisoit.

Mais ce qui se peut adioindre,
pour vne sienne tres-grande &
extreme douleur, est qu'elle a esté
femme d'Antoine, lequel par ses luxurieux attraits, piperies & allechemens elle auoit incité aux guerres

di quelle, vittoria sperando, aspirasse al-
l'altezza del Romano Imperio.

Ma venutole di ciò ad un'hora, doppia
perdita, cioè quella del morto, & della
spogliata speranza; lei dolorosißima oltre
ad ogni altra femina esser rimasa si crede.

Et certo considerando si alto intendimento venir meno per una disauentura-
ta battaglia: quale è il deuere esser general donna di tutto il circuito della terra,
senza aggiugnerui il perder così caro marito; è da credere esser dolorosißima cosa.

Ma ella à ciò trouò subitamente quella
sola medicina, che v'era à spegnere il suo
dolore; cioè la morte. Laquale ancor che
rigida fosse; non si distese perciò in lungo
spatio: percioche in picciola hora possono per le poppe due serpenti trar d'un

ciuiles, contre son frere, comme si esperant victoire d'icelles, elle eust aspiré, à la grandeur de l'Empire Romain.

Mais luy estant venu de cela, en vn mesme temps, double perte, à sçauoir celle du mary mort & de l'esperance faillie, on estime qu'elle demoura la plus desolee & dolente femme du monde, ou ennuyee sur toute autre.

Et certainement quand l'on considere vn si haut entendement & intentió s'abaisser, pour vne infortunee bataille, comme est d'auoir à estre generale Dame de tout le circuit & estédue du païs, sans y aiou-ster la perté d'vn mary tant cher & aymé, il est à croire que c'est vne chose tres-facheuse.

Mais elle trouua incótinent à cela, la seule medicine, propre à chasser sa douleur, à sçauoir la mort; laquelle, encore qu'elle fust cruelle, ne s'estendit pourrát en long espace; pource qu'en peü d'heure, deux

corpo il sangue, & la vita.

O quante volte io non minor doglia
sentendo di lei, posto che per minor cagione secondo il parer di molti, haurei volontieri fatto il simigliante ; se io fossi stata
lasciata, ò se pur paura di futura infamia
da ciò non m'hauesse ritratta.

Con questa, & con le predette m'accor-
rono la eccellenza di Ciro da Tamiris
morto nel sangue il fuoco, & l'acque di
Creso ; i ricchi regni di Perse: la magnificenza di Pirrho, la potenza di Dario : la
crudeltà di Giugurta: la tirannia di Dia-
nisio, l'altezza d'Agamennone: & altri molti tutti da doglie simili alle predette ò furono stimolati, od altrui lasciarono sconsolati.

I quali similmente furono da subditi
argomenti aiutati : ne lungamente in
quelle dimorando sentirono intera la loro

serpens peuuent tirer par les mamelles, le sang & la vie d’vn corps.

O que de fois, ne sentant pas
moindre douleur, qu’elle, bien que
pour moindre occasion, selon l’aduis de plusieurs, i’eusse volontiers
faict le semblable, si i’eusse esté laissee, ou bien si la peur d’vne future
infamie & des-honneur, ne m’en
eust gardee.

Auec cete-cy & les susdictes s’of-
frent à moy l’excellence de Cyrus,
occis par Tamiris, au sang; le feu &
les eaux de Cresus; les riches Royaumes de Perses; la magnificence
de Pirrhe: la puissance de Daire: la
cruauté de Iugurtha: la tyrannie de
Denis; la grandeur & altesse d’Agamemnon, & plusieurs autres, tous
lesquels ont esté stimulez & é-
points de facheries & peines semblables aux susdictes ou ont laissé
autres desolez.

Lesquels par semblable ont esté
aydez, & ne demourás long temps
en leurs peines, n’ont senty leur en-

grauezza, sì come io faccio.

Mentre, che io veggo, gli antichi danni in cotal guisa, quale auanti vedette, nella mia mente cercando per trouar lagrime, & fatiche meritamente alle mie simiglianti; à cio che hauendo compagnia mi dolga meno mi vegono innanzi quelli di Thieste, & di Tereo: i quali amendue furono misera sepultura di loro figliuoli.

La cōpagnia, come s'è detto, fa la doglia minore.

Et senza dubbio io non conosco qual temperanzi gli ritenesse à nō aprire i loro corpi co' taglienti ferri a' riluttanti figliuoli nelle interiora paterne per vscir fuori (abominando il luogo) donde erano entrati, & dubitando ancora i crudeli morsi, non hauendo altro luogo per altra parte.

Ma questi con cio che poterono, ad vn'hora l'odio & il dolore sfogarono: & quasi ne' danni presero conforto; sentendo, che senza colpa erano tenuti

tiere angoisse, comme ie fay.

Tandis que ie vay en cete maniere, les anciens mal-heurs, comme vous voyez cy deuant, recherchant en mon esprit, pour trouuer des larmes & trauaux, à bon droict semblables aux miens, à fin qu'ayát compagnie, ie sente moins de douleur, se presentent deuant moy les peines de Thiestes & de Teree : lesquels furent tous deux la miserable sepulture de leurs enfans.

Et certainemét ie le sçay & ne cognoy qu'elle temperance les retinst qu'ils n'ouurissent leurs corps, auec le fer tranchant à leurs fils, s'efforceant és entrailles paternelles, pour sortir (ayant le lieu en abominatió) d'où ils estoyent entrez ; & craignás encore les cruelles morsures, n'ayás autre lieu par autre part.

Mais ceux-cy, deschargerét, auec ce qu'ils peurent, en vn mesme instant la haine & la douleur, & quasi se consolerent en leurs maux, cognoissant bien, que sans coulpe ils

miseri da'loro popoli; quel che à me non
auiene.

A me è portata compaßione di ciò;
onde io non ho doglia alcuna, ne oso sco-
prir quello onde io mi doglio : laqual cosa
se fare osaßi; non dubito che, si come à gli
altri dolenti è stato alcun rimedio; à me
simil mente si trouasse.

Vengonmi ancora nella mente tal volta le pietose lagrime di Ligurgo & della
sua casa, meritamente haute del morto
Archemoro dal serpe, & con queste
quella della dolente Atalanta madre di
Partenopeo, morto ne'Thebani campi &
& si proprie à me con i loro affetti s'acco-
stano; & si mi fanno conoscere, che apena
piu saper le potrei, se io non le prouaßi, si
come gia da me un'altra volta prouate.

Dico, che di tãta mestitia sono piene che
piu non potrebbono: ma ciascune sono con

estoient tenuz miserables de leurs peuples:ce qui ne m'aduient pas.

L'on a compassion de moy , en cecy; à raison dequoy ie n'ay aucune facherie,& n'ose decouurir d'où ma douleur procede : car si ie l'osois faire,ie ne doute pas que comme les autres ont trouué quelque remede, ne s'en trouuast semblablement pour moy.

Aussi me reuiennent en memoire aucunefois , les pitoyables larmes deLicurge de sa maison , à bõ droit espandues , pour l'amour d'Archemore occis par le serpent; & auec celles-cy; celles de la dolente Atalante,mere de Parthenopee , occis aux champs Thebains,& s'accostér par leurs affections , tant proprement de moy , & les cognoy en sorte , qu'à peine les pourrois-ie mieux sçauoir , si ie ne les esprouuois,comme de-ia par moy esprouuees vne autre fois.

Ie dy qu'elles sont réplies d'vne si grande tristesse , qu'elles ne le

tanta gloria in eterno ritratte, che quaſi
liete ſi potriano dire.

E forſe
il Boc-
cacio
ſouer-
chio in
raccon-
tar tanti
eſempi.

Quelle di Ligurgo con le mortali eſe-
quie honorate da ſette Re, & da infiniti
giuochi fatti da loro: & quelle di Atalante della laudeuole uita, & morte ui-
torioſa del figliuolo.

A me non è alcuna coſa, che le mie lagrime bene impiegate faccia contente:
percioche ſe queſto foſſe; là, doue io piu, che
alcuna mi chiamo doglioſa; & ſono; forſe il contrario affermar m'acoſterai.

Moſtrammiſi ancora le lunge fatiche
d'Vliſſe, & i mortali pericoli, er gli ſtra-
boccheuoli fatti eſſere à lui nõ ſenza grã-
diſſime angoſcie d'animo interuenute:
ma in me repetire piu volte le mie fanno
piu graue ſtimare: & vdite perche.

pourroyent eſtre plus : mais elles
ſont chacune auec vne ſi grande
gloire eterniſees, que preſque elles
ſe pourroyent dire & certifier
ioyeuſes.

Celles de Licurge ont eſté hono-
rees de ſept Roys par obſeques &
funerailles: & celles d'Atalante par
la louable vie, & victorieuſe mort
de ſon fils.

Quãt à moy, ie n'ay aucune choſe, qui rende ou faſſe mes larmes
bien employees, contentes: car ſi
ainſi eſtoit, au lieu que ie m'eſtime
plus dolente & triſti qu'aucune autre, & le ſuis, ie viendrois parauanture à affirmer le contraire.

Encore ſe preſentent à moy les
longs trauaux, erreurs & mortels
dangers d'Vliſſe, par luy encoureuz
non ſans tres grãdes angoiſes d'eſprit; mais me les ramenteuant ſou-
uentes-fois en moy-meſme, elles
me font reputer mes maux & ennuis plus griefs & facheux; & entendez pourquoy.

Egli prima, & principalmente era
huomo dunque di natura piu forte à fo-
stener di me tenera giouane.

Egli robusto, & fiero sempre ne gli affanni, et ne' pericoli vsato quasi maturato
fra loro, al'hora che egli faticaua, gli parena hauer sommo riposo.

Ma io nella mia camera tra le morbide cose delicata, et vsa di trastullarmi col
lasciuo amore ogni picciola pena m'è graue molto.

Egli da Nettuno stimolato, & in varie parti portato, & da Eolo similmente
le sue fatiche riceuette.

Ma io sono infestata dal sollecito A-
more; Dal Signore, il quale gia molestò

Vlisse, en premier lieu, & principallement estoit homme : & par
côsequent de nature plus forte que
moy tendre damoyselle, pour soustenir les auersitez.

Il estoit robuste, tousiours ferme
contre les ennuis, accoustumé &
duict aux dangers, comme nourry
& experimenté entre iceux: & lors
qu'il estoit en peine & trauail, il
pensoit auoir vn tres-grand repos.

Mais de moy, qui suis nourrie en
ma châbre entre les choses belles,
gentiles, molles & délicates, & accoustumee de passer mon temps,
auec le lascif amour, toute petite
peine m'est fort griefue & facheuse.

Vlisse stimulé de Neptune, porté
en diuers quartiers, & par Eole
semblablement, a receu ses trauaux
& ennuis.

Mais quant à moy ie suis mole-
stee d'Amour plein de soucy : du
Seigneur, lequel a des-ia molesté,
pourchassé & vaincu ceux, qui ont

& vinse coloro, che infestarono Vlisse.

Et se à lui erano imminenti i mortali pericoli; gli andaua egli cercando.

Et chi si puo rammaricare, se egli truo-ua quel, che cerca?

Niun si puo rā-maricare, quā-do tro-uacio, che cer-ca.

Ma io misera volentieri viurei quieta; s'io potessi: & quegli fuggirei, se ad essi non fossi sospinta.

Oltre a ciò egli non temeua la morte:et perciò sicuramente si metteua nelle sue forze.

Ma io la temo; & da doglia sforzata, alcuna volta non senza speranza di gra-ue doglia corsi verso lei.

Egli ancora della sua fatica & peri-coli speraua eterna gloria, & fama : ma io delle mie vituperio temo, & infamia; se auenisse, che si scoprissene.

faict la guerre & tourmenté Vlisse.

Et s'il estoit menacé & proche des mortels dangers, il les alloit cherchant.

Et qui est celuy qui se puisse à iuste cause fascher, de trouuer ce qu'il cherche?

Mais quant à moy, chetifue! ie viurois volontiers en paix & tranquillité, s'il m'estoit possible, & euiterois ces dangers, si ie n'y estois poussee.

Dauantage, il ne craignoit point la mort; & pour cete cause il se mettoit hardiment au pouuoir d'icelle.

Mais ie la crains, & forcee de desplaisirs & facherie, ie suis aucunesfois couruë vers elle, non sans attendre vne griefue douleur.

Vlisse, en outre, esperoit de ses trauaux & dangers eternelle gloire & renommee: mais quant à moy, ie crains le des-honneur & l'infamie de mes peines, s'il aduenoit qu'elles se descouurissent.

si che gia non auanzano le sue le mie:
anzi sono dalle mie molto le sue auanza-
te, & in tanto piu in quanto di lui molto
piu, che non fu se ne scriue : ma le mie sono molto piu, che io non posso cōtare.

Dopo tutti questi, quasi da se medesimi
riserbati, come molto piu graui mi si fanno sentire i guai d'Hissisile, di Medea, di
Enone, & di Ariana: le lagrime, delle
quali, & i dolori assai alle mie simiglianti giudico.

Percioche ciascuna di queste dal suo a-
mante ingannata, si come io, sparse lagrime, gittò sospiri, & amarissime pene senza frutto sostenne. Lequali, auegna che si
come è detto, si dolesseno pure; esser videro termine con iusta vendetta alle lagrime loro laqual cosa ancora non hanno le
mie.

Hisisile; auenga, che molto honorato

De maniere que les siennes ne surpassent point les miennes ; ains les siennes sont de beaucoup surpassees des miennes ; & d'autât plus que de luy l'on a escrit beaucoup plus qu'il n'y auoit : mais les miennes sont beaucoup plus grandes que ie ne sçaurois raconter.

Apres tous ceux-cy, quasi d'eux mesmes reseruez, ie voy côme plus griefs de beaucoup, les maux & ennuis d'Hisiphile, de Medee, d'Enô & d'Ariadne ; les larmes desquelles & les douleurs, i'estime fort semblables aux miennes.

Pour ce que chacune de celles cy deceuë par son amât, comme moy, a espandu larmes, iette souspirs & a supporté en vain, de tres-grandes peines.

Et bien que cependant elles fussent doléres, elles ont neantmoins auec iuste vengeance, veu terminer leurs larmes ; ce que n'ont pas les miennes.

Hisiphile, bien qu'elle eust beau-

Giasone, & per debita legge se l'haueße
obligato; veggendosi da Medea tolto, si
come io posso, ragioneuolmente si puo dolere.

Ma la prouidenza de gli Dij con occhio giusto guardante ad ogni cosa (se nõ
a'miei danni) le rende grand parte della
disiderata letitia; percioche ella vide Medea, che Giasone haueua tolto, da Giasone per Creusa abandonata.

Certo io non dico, che la mia miseria fi-
niße, se questo vedeßi à colei auenire che
m'ha tolto il mio Panfilo; eccetto, se io nã
foßi gia colei, che glie lo tagließi ma ben
dico, che gran parte mancherebbe di
quella.

Medea similmente si rallegrò di vendetta: ancora, che eßa coßi crudele diue-
niße contro di se, come contro l'ingrato
amante; occidendo i comuni figliuoli in
presenza di lui, ardendo i reali hostieri
con la nuoua donna.

Ensine

coup honoré Iaſon, & ſe l'euſt, par
loy deuë & conuenable, obligé, ſe
le voyant oſté & ſouſtraict par Medee; à bron droict ſe peut faſcher
comme moy.

Mais la prouidéce desvieux, d'vn
œil iuſte regardant à toute choſe,
ſinon à mes maux, luy rendit vne
grande partie de la ioye deſiree; car
elle veid Medee, que luy auoit oſté
Iaſon, abandonnee par luy-meſme,
pour l'amour de Creuſe.

Certainement ie ne dy pas que
ma miſere finiſt, ſi ie voiois cecy
meſme aduenir à celle, qui m'a priué de mon Pamphile, ſi d'auanture
ie n'eſtois celle qui le luy oſtaſſe:
mais ie dy bien qu'vne grande partie d'icelle viendroit à faillir & diminuer.

Medee ſemblablement ſe reiouit
de la vengeance; encore qu'elle deuint auſſi cruelle cótre ſoy-meſme
que contre l'ingrat amant, en tuát
les communs enfans, en la preſence
de luy, bruſlant le Royal logis, auec

P p

Enone ancora lungamente dolutasi, alla fine sentì l'infidele et disleale amante hauere sostenuta meritamente pena
delle rotte leggi, & la sua terra per la
mal mutata donna vide, in infiamme
consumar miseramente.

Ma certo io piu tosto amo i miei dolori,
che cotal vendetta del mio.

Arianna ancora, diuenuta moglie di
Bacco, vide del cielo furiosa Fedra dell'a-
mor del figliastro; laquale prima era stata, consentiente il suo abandonaméto nel-
l'Isola per diuenir di Theseo.

Si che ogni cosa pensata, io sola tra le
misere mi trouo ottenere il principato; &
piu non posso.

Ma se forse ò donne i miei argométi friuoli gia tenete, & ciechi; come da cieca-

la nouuelle dame.

Enon aussi s'estant longuement
faschee, cognut en fin que son infidele & desloyal amant, auoit, à iuste
cause souffert la peine des loix ró-
pues, & veid son païs miserablemét
consommer par les flammes, à cause de la dame, qu'il auoit mal changee.

Mais certainement i'ayme mieux
mes douleurs & ennuis, qu'vne telle vengeance de mó desloyal amát.

Ariadne aussi deuenue femme de
Bacche, veid, du ciel, Phedre furieuse de l'amour d'Hippolite son fi-
liastre, laquelle au parauant auoit
cósenty à ce que Thesee l'abádon-
nast en l'Isle, pour deuenir sienne.

De maniere que ayant pensé à
toute chose, ie me trouue entre les
miserables obtenir le premier lieu,
& n'en peux plus.

Mais si dauanture, mes dames
vous retenez de-ia mes arguments
friuoles & de peu d'effect, reputez
les faicts, comme d'vn entendemét

mente fatti gli reputate: l'altrui lagrime
piu, che le mie infelici stimando, questo
uno solo, & ultimo à tutti gli altri dia
supplimento.

Se chi porta inuidia è piu misero, che
colui à cui la porta; io sono di tutti i
predetti piu misera.

Cōciosia cosa, che io sia inuidiosa de gli
loro accidenti; meno miseri, che i miei re-
putandogli.

Ecco adunque ò donne, che per gli antichi inganni della Fortuna io sono misera, & oltre a questo essa non altrimenti, che la lucerna vicina al suo spegnere
suole alcuna vampa piena di luce magio-
re, che l'usato gittare; a fatto:

Perciò che dandomi in apparenza alcun refrigerio me, poi nelle separate lagrime ritornata; ha miserissima fatta.

Et accio che io, posposta, ogni altra cō-

aueugle:& estimât les larmes d'autruy plus que les miennes infortunees , cetuy seul & dernier donne suppleement à tous les autres.

Si celuy qui porte enuie est plus miserable que celuy à qui il la porte, ie suis plus miserable & affligee que tous les susdicts.

Attendu que ie suis enuieuse de leurs accidents, les estimans moins miserables q̃ ne sont pas les miens.

Vous voyez donc mes dames, comme ie suis miserable, par les anciennes tromperies & trahison de la Fortune, & en outre, elle a faict ny plus ny moins que la lápe proche de s'esteindre , laquelle a de coustume de ietter quelque flamme , pleine de lumiere plus grande que de coustume.

Car me donnant en apparence quelque cõsolation, elle m'a faicte depuis tref-miserable, estãt retournee en mes larmes que i'auois escartees.

Et à fin que postposât toute autre

paratione, con vna sola m'ingegni, di farui cer te d'nuoui mali, v'affermo cõ quella grauita, che le misere mie pari possano
maggiore affermare, cotanto esser le mie
pene al presente piu graui, che esse auanti
la vana letitia fossero, quanto piu le secõ-
de febbri sogliono con egual caldo, ò freddo vegnẽdo offendere gli ricaduti infer-
mi, che le primiere.

Le secõ
de feb.
bri piu
offen-
dono,
che le
primie-
re.

Et perciò che accumulatione di pene,
ma non di nuoue parole vi potrei dare,
essendo alquanto di voi diuenuta pietosa,
per nõ darmi piu tedio in piu lũga dimo-
rãza attrahẽdo le vostre lagrime, s'alcuna di voi, forse leggẽdo m'ha sparto, ò spã
de, et per non ispendere il tempo, che me à
lagrimar richiama in piu parole, di tacere
hò deliberato; facendoui manifesto non

comparaifon, ie m'efforce par vne
feule de vous faire certaines de
nouueaux mal-heurs, ie vous certi-
fie auec telle & plus grande grauité que les miferables mes pareil-
les, peuuent affirmer, que mes peines font à prefent , plus grandes,
qu'elles n'eftoient auant la vaine
ioye, d'autât que les fecondes fieu-
res, qui viennent auec egalle chaleur , ou froid, ont de couftume
d'offéfer plus les malades retóbez,
que les premieres.

Et pource que ie vous pourrois
donner vn amas & accumulation
de peines , & non pas de paroles
nouuelles, ayant aucunement pitié
de vous, pour ne vous donner plus
d'ennuy, par vn plus long retardement, attirant voz larmes , fi aucune de vous, en lifant en a d'auanture efpandu, ou efpãd, & pour n'em-
ployer le temps, en plus longs propos, lequel me r'appelle à larmoyer,
i'ay deliberé me taire, vous faifant
cognoiftre manifeftement qu'il n'y

Pp iiij

essere altra comparatione dal mio narrare verißimo à quel, che io sento, che sia
dal fuoco dipinto à quel, che veramente
arde.

Alqual io priego Iddio, che ò per i vostri prieghi, ò per i miei saluteuoli acque
mandi; ò con trista morte di me, ò con lieta tornata di Panfilo.

Il fine de la Fiammetta de Giouanni
Boccacio.

a autre comparaison de mon tres-
veritable narré , à ce que ie sens,
qu'il ya du feu depainct,à celuy qui
vraiement brufle & ard.

Auquel ie prie Dieu,que par vos
prieres,ou par les miennes falutai-
res il enuoie de l'eau,ou par ma triste mort,ou par le ioyeux retour de
Pamphile.

Fin de la Fiammette de Iean
Bocace.

P.p. y

LA FIAMMETTA
AL SVO LIBRO.

E T tu ò picciolo mio libretto
tratto quasi della sepoltura
della tua donna (si come à me
piace) alla tua fine venuto,
con piu sollecito pie che quel de' miei danni, tal; qual tu se dalle mani scritto, &
in piu parti delle mie lagrime offeso, dinnanzi all'innamorate donne ti presenta.

Et se pietà guidandoti (si come io fer-
missimamente spero (ti vedranno volentieri: s' Amore non ha mutate leggi poi,
che io misera diuenni, non ti sia in questo
habito cosi vile, come io ti mando; vergogna d'andare à ciascuna, quantunque ella sia grande :: pur che essa te hauere non
ricusi.

LA MESME FIAM-
METTE A SON
LIVRE.

ET toy mon petit liurer, tiré quasi de la sepulture de ta maistresse, venu (cóme il me plaist) à ta fin, d'vn pied plus soudain que celuy de mes maux, quel que tu sois escrit de mes mains, & en plusieurs endroits offensé de mes larmes, va te presenter deuant les amoureuses dames.

Et si la pitié te guidant (comme i'espere fermement) elle te voyent volontiers, si Amour n'a chágé ses loix & ordonances, depuis que ie suis deuenue miserable, n'ayes hô-te, en cet habit tant vile, auquel ie t'enuoie, d'aller à chacune tant grá-de soit elle, pourueu qu'elle ne re-fuse de t'auoir.

Pp vj

A te non si richiede habito altrimenti fatto; posto che io pur dare tel voleßi.

Tu deue esser contento di mostrarti simigliante al tempo mio, il quale (essendo
infelicißimo) te di miseria ha vestito, si
come fa me.

Et perciò non ti sia à cura d'alcuno ornamento (si come gli altri sogliono) hauere; cioè di nobili couerte di colori varij
tinte, & ornate: ò di polita tonditura, ò
di leggiadri minij, ò di gran titoli.

Queste cose non si conuengono à graui
pianti; i quali tu porti. Lascia, & quelli,
& i larghi spatij, i lieti inchiostri, &,
l'incominciate carte à libri felici.

A te si conuiene andare rabbuffato
con isparte chiome; & macchiato, & di
squallore pieno, la, doue io ti mando, et co'
miei infortuni ne gli animi di quelle, che

Il ne te faut point d’autre habits,
encore que ie te le vouluſſe donner faict autrement.

Tu te dois contenter de te monſtrer ſemblable à mon temps, lequel (eſtant tres-malheureux) t’a
veſtu de miſere, comme moy.

Et pour cete cauſe, ne te ſoucie
pas d’aucun ornement, comme les
autres ont de couſtume s’en ſoucier, à ſçauoir de belles & nobles
couuertures, taintes de diuerſes
couleurs, & orné de polie raſure,
ou enluminé de gentiles couleurs,
& illuſtré de grands tiltres.

Ces choſes là ne conuiennent
pas aux grands pleurs que tu portes; laiſſe tout cela, & les larges eſ-
paces, le ioyeux ancre, & les fueilles encommancees aux liures heureux.

C’eſt à faire à toy de marcher re-
frongné, auec les cheueux eſpars,
taché, hideux & plein d’horreur là
où ie t’enuoye, & par mes infortunes, excites la ſaincte pitié és cœurs

ti leggeranno, deſtar ſanta pietà.

Laquale; ſe auiene, che per te di ſe nè
belliſſimi viſi moſtri ſegnali, incontanen-
te di cio rendi meriti, qual tu puoi.

Io, & tu, non ſiamo ſi da la fortuna
auallati, che eſſi non ſiano grandiſſimi in
noi da poter dare.

Ne queſti ſono però altri ; ſenon quelli
i quali eſſa à niuno miſero puo torre: cioè
eſempi di ſe dare a quei, che ſono felici: acciò, che eſſi pongano modo à loro beni, &
fuggano di diuenire ſimili à noi.

Molto
gioua
a impa-
rare da
li altrui
eſſempi.

Il quale (ſi come tu poi) ſi fatto dimo-
ſtra di me; che ſe ſauie ſono ne i loro amori; ſauiſſime ad ouuiare à gli occulti inganni de' giouani diuentino per paura de'
noſtri mali; Va adonque.

Io non ſo qual paſſo ſi conuenga à te piu
toſto ò ſollecito, ò queſto, ne ſo quali par-

de celles qui te liront.

Et s'il aduient, que par toy elle se
monstre en leur tres-beaux visages,
rends incontinent de cela les merites que tu pourras.

Nous ne sommes toy & moy tãt
rabaissez de la Fortune , qu'ils ne
soient tres-grãds en nous, pour les
pouuoir donner.

Et ceux cy ne sont autres , sinon
ceux, lesquels elle ne peut oster à
aucun miserable, à sçauoir de donner exéples de soy , à ceux qui sont
heureux, à fin qu'ils moderent leurs
biés, & se gardent de deuenir semblables à nous.

Et comme tu le peux bien , de-
monstres tellement mon faiɛt, que
si elles sont sages en leurs amours,
elles deuienent tres-sages, pour ob-
uier aux secrettes embusches &
tromperies des ieunes hommes,
par la peur de noz maulx. Va
donc.

Ie ne sçay quel pas t'est le plus
conuenable, ou hastif , ou doux

ti in prima da te siano da essere tentate, ne
so come tu sarai, ne da cui riceuuto : si come la fortuna ti spinge, così procedi.

Il tuo corso non puote esser molto ordinato. A te occultà, il nubiloso tempo Stel-
la ; lequali se pur tutte paressene : niuno
argomèto ha l'impetuosa fortuna lasciato à sua salute.

Et però, in qua, & in la ributtato come naue senza timone : & senza vella
dall'onde gittata, così t'abandonna:

Et come i luoghi richieggono ; così vsa
varij gli consegli.

Se tu forse alle mani te alcuna pernie-
ni, laquale se felici vsi : suoi amori, che le
nostre angoscie schernisca, & per folle,
forse riprendane, humile sostieni i gabbi
fatti, i quali menomißima parte sono de'
nostri mali.

Ei à lei à Fortuna esser mobile torna

& lent, & ne ſçay en quels quartiers tu dois aller premierement ; ie ne ſçay commét, & de qui tu ſeras receu: va cóme la fortune te meine.

Tó cours ne peut eſtre beaucoup ordonné : le temps couuert & nebuleux te cache les eſtoilles : leſquelles meſmes apparoiſſantes toutes, ce nonobſtant la fortune impetueuſe n'a laiſſé aucun argument & ſubiet de ton ſalut.

Et pour cete cauſe, rebouté ça & là, comme vne nauire ſans timon, & ſans voile , iettee & battue des ondes, ainſi ie t'abandonne.

Et comme les lieux requierent, vſe auſſi de diuers conſeils;

Si d'auenture tu paruiens aux mains d'aucune, laquelle iouiſſe tát heureuſemét de ſes amours, qu'elle ſe moque de noz angoiſſes, & les reprenne comme folles, ſupportes patiemment la moquerie & riſees, qui ſont la treſmoindre & plus petite partie de nos maulx.

Et luy remets en memoire que la

a mente; per laqual cosa noi lieti & lei,
come noi, potrebbe rendere in breue: &
risa, & beffe per beffe le renderemmo.

Et se alcuna truouerai che leggendo te,
i suoi occhi asciugati nõ tenga; ma dolente & pietosa de'nostri mali con le sue lagrime multiplichi le tue macchie, quelle
in te, si come santißime con le mie racco-
gli, & piu pietoso & afflitto mostran-
doti, humile, priega, che per me prieghi
colui, il quale con le dorate piume in un
momento visita tutto il mondo, si che egli
forse da piu degna bocca, che la mia pre-
gato; & piu ad altrui pieghuole, che à
me, alleui le mie angoscie.

Et io chiunque ella sia, priegho ad hora con quella voce, che à'miseri piu esau-

fortune eſt mobile & inconſtante,
& que pour cette occaſiõ, elle nous
pourroir bié rédre ioyeux en brief,
& elle, cóme nous, de maniere que
nous luy rendrions riſees & moqueries pour moqueries.

Et ſi tu en trouues aucune, laquelle, en te liſant, ne tiéne ſes yeux
ſecs, mais dolente & eſmeuë à pitié
de noz maux , augmente & multi-
plie, par ſes larmes, tes macules &
taches, ie t'aduiſe de les recueillir,
comme treſſainᵭtes, auec les miennes, & te monſtrant plus triſte &
affligé, prie humblement , qu'elle
prie pour moy , celuy lequel auec
ſes plumes dorees, viſite en vn moment tout le monde , de maniere
qu'eſtant parauanture prié d'vne
bouche plus digne que la mienne,
& ſe pliant plus à autre qu'à moy,
il ſoulage mes trauaux & angoiſſes.

Et quant à moy, quiconque elle
ſoit, ie prie dés à preſent, par la
voix, laquelle eſt donnee aux mi-

deuole è data: che ella mai a tali miserie
non peruenga, & che sempre le siano gli
Dij placabili, & benigni: & i suoi ame-
ri, secondo i suoi disii, felici produca per
longhi tempi.

Ma se per auentura tra l'amorosa turba delle vaghe donne, delle mani d'vna
in vn'altra cambiandoti, peruieni a quelle della nemica donna vsurpatrice de'nostri beni, come di luogho iniquo fuggi in-
cõtinẽte ne parte di se non mostrare à gli
occhi ladri, acciò che essa la seconda volta sentendo le mie pene non si rallegri
d'hauermi nociuto.

Ma, se pure auiene, che essa per forza ti
tenga & pur ti voglia vedere, per modo
ti mostra che non risa, ma lagrime le vẽ-
gano de miei danni, & à conscienza tornando mi renda il mio amante.

O quanto felice pietà sarebbe questa, et

serables, la plus propre pour estre
exaucee , qu'elle ne paruienne iamais à telles miseres , & que les
Dieux luy soient tousiours benins
& propices , de maniere que ses a-
mours durent long téps heureux,
selon ses desirs.

Mais si d'auenture , parmy l'a-
moureuse tourbe des belles dames, te changeât des mains de l'v-
ne en l'autre, tu paruiens à celles de
la femme ennemie, qui vsurpe noz
biens, fuy incontinent de là, comme d'vn lieu inique, & ne monstre
de toy aucune partie aux yeux lar-
rons,de peur qu'icelle oyant la se-
códe fois mes peines & ennuis, se
resiouisse de m'auoir esté nuisible.

Ce neantmoins,s'il aduiét,qu'elle tetienne par force, & te vueille
voir,monstre toy,en sorte, qu'elle
ne rie pas, mais pleure de mes
maulx, & que retournant au deu
de sa conscience,elle me rende mó
amant.

O que cete pitié seroit heureuse,

come fruttuosa la faticha.

Gli occhi de gli huomini fuggi, da' quali se pur sei veduto, di. O generatione ingrata, & deriditrice delle semplici donne, non si conuengono à voi di veder le cose pie.

Ma se à colui, che è de' miei mali radice peruieni, sgridalo dalla lunga, & di. O tu piu rigido, che alcuna quercia: fuggi di qui, & me con le tue mani non violare La'sua rotta fede è di tutto ciò, che io porto, cagione.

Ma se con humana mente legger mi vuoi forse riconoscendo il fallo commesso contra colei, che tornando tu ad essa di perdonar ti disidera, vedemi.

Ma se ciò fare non vuoi, non si conuiene à te di vedere le lagrime, che date hai & spetialmente se d'accrescerle dimori nel voler primo.

Et se forse alcuna donna delle tue parole rozamente composte si marauiglia,

& la peine proffitable!

Fuy les yeux des hommes, desquels neantmoins, si tu es veu, dy. O race ingrate, qui te moques des simples femmes, ce n'est pas à vous de voir les choses pies.

Mais si tu paruiens à celuy, qui est l'origine de mes maux, crie luy de loin & dy, O toy plus dur que le chesne, fuy d'icy, & ne m'offense ou violes par les mains. Ta foy rompuë est cause de tout ce que ie porte.

Mais si d'vn cœur humain tu me veux lire, recognoissant parauanture la faute que tu as commise contre celle, laquelle si tu retournes vers elle, te desire pardonner, voy moy.

Mais si tu ne veux faire cela, il ne t'appartient pas de voir les larmes, que tu as donnees, & specialement si tu demoures en ta premiere volonté de les accroistre.

Et si d'auenture quelque femme s'esmerueille de tes paroles, mal

Quelo
che ri-
chiede.
à parla-
re orna
ti.

a lei di che quella che roza, non è, essa ne
mandi via percioche i parlari ornati ric-
chieggono gli animi chiari, & i tempi se-
reni, & tranquilli.

Et pero piu tosto dirai, che prenda ammiratione, come à quel poco, che narri, disordinato, bastò l'intelletto, è la mano, cō-
siderando, che dall'una parte amore, &
dall'altra gelosia con varie trafitte in cōtinua battaglia tennero il dolente animo
nubiloso. tempo fauoreggia dogli la cōn-
traria fortuna.

Tu puoi da ogni aguato andare securo
si come io credo, percioche nulla inuidia
ti mordera con aguto dente.

Ma se pur piu misero di te si trouasse
(che n'ol credo.) il quale quasi à te, come
à piu beato di se la portasse: lasciati mor-
dere.

M iii

composees, & grossieres , dy luy
qu'elle qui n'est grossiere & rude,
nous en enuoye soudain , pource
que les parolles ornees requierent
les esprits clairs , & les téps serains
& tranquilles.

Et pour cete cause tu diras plus
tost,qu'elle s'esmerueille,comme à
ce peu que tu narres desordonne-
ment a peu suffire l'entendement
& la main, considerant que d'vne
part amour, & de l'autre, la ialousie,par diuerses attaintes, ont tenu
en continuelle guerre,l'esprit triste
& dolér,luy donnát la côtraine fortune vn temps obscur &nebuleux.

Tu peux marcher asseurement,
sans craindre aucun aguet,comme
ie pense , pource qu'aucune enuie
ne te mordera de sa dent aigue.

Mais ce neantmoins, s'il se trouuoit vn plus miserable que toy (ce
que ie ne croy) lequel te portast
enuie,comme estant plus heureux
que toy,laisses toy mordre.

Mais ie ne sçay pas bien, quelle
Q q

LIBRO SETTIMO.

Ma io non so ben qual parte di te nuo-
na offesa riceuera, si per tutto dalle percos-
se della fortuna ti veggo esser lacerato.

Egli non ti puo molto offendere, ne
farti d'alto tornare in basso luogo, si è in-
fimo quello, oue dimori.

Et posto, che ancora non bastasse alla
fortuna d'hauerci con la superficie della
terra congiunti, et ancor sotto quella cer-
casse di sotterarci, si siamo nella auersità
anticati, che con quelle spalle, con le quali
le maggiori cose habbiamo sostenute et
sosteniamo, sosterremo le minori, et però
entra doue ella vuole.

Viui adunque. Nullo ti puo di questo
priuare et esempio eterno à felici, et à mise
ri dimora dell'angoscie della tua dox-
ua.

IL FINE.

partie de toy receura nouuelle of-
fenſe , te voyant par tout dechiré
des viues attaintes & trauerſes de
la Fortune.

Il ne te peut pas beaucoup offé-
ſer, ny te faire de haut retourner en
bas lieu , ſi celuy où il demeure eſt
le plus infime.

Et bien que la Fortune ne fuſt
contente de nous auoir conioinɛts
à la ſuperficie de la terre , mais d'a-
bondant, s'esforceaſt de nous en-
terrer ſouz icelle, nous ſommes tellemét endurcis & accouſtumez aux
aduerſitez, que des eſpaulesmeſmes
deſquelles nous auons ſouſtenu &
ſouſtenós plus gɪádes choſes, nous
ſuporterons encore les moindres,
& pour cete cauſe entre hardiment
où elle voudra.

Vy dóc:perſóne ne te peut priuer
de cela : & demeure eternel exéple
aux heureux & aux miſerables, des
angoiſſes & peines de ta maiſtreſſe.

Fin de la Fiammette de Iean Bocace.

Q q ij

TABLE DES CHOSES CONTENVES EN l'œuure.

Au premier liure.

Au second liure.

Au cinquiesme liure.

                    Fin de la table.